Staread
星文文化

半城風月

上

十四郎 著

江苏凤凰文艺出版社

目录

那句喜欢是用了心的，
他把她的心带走了。

半城风月半城雪，
她一生中的所有风景，
都因他而辉煌了起来。

至死不渝，纯钧为证。

楔　子

二月二，龙抬头，清静了数百年的钟山顶热闹无比。

从卯时开始，碗大的金花便一朵朵自云中坠落，仙乐阵阵，香风四溢，宾客往来不绝。钟山帝君笑了整整一天，收礼也收了一整天，下巴和胳膊都有点酸痛。

他的小女儿生下来到今天刚好两百岁，按说宴席不用办这么热闹，不过前几日还泥鳅似的小丫头突然化出了人身，这对钟山龙神一脉来说，算得上是头等大事，少不得请四海八荒的天神们来喝个酒。

眼看日上三竿，来贺喜的宾客越来越多，钟山帝君脸皮都笑麻了。

不知怎么搞的，今天总有些心不在焉，好几次都叫错了来客的尊号，所幸一旁有神官齐南打圆场，倒还没出什么大差池。

好不容易得了空闲，钟山帝君望着越爬越高的日头，忍不住低低叹了一声："阿翠竟真不回来？"

齐南笑道："小公主两百岁便得了人身，这样的喜事，夫人怎会不来？帝君且放宽心，莫要多虑。"

帝君依旧忧心："她一定还在气我请了桐山一族的人赴宴，可珊珊是无辜的，她对我发乎情止乎礼，这个傻阿翠，何必与我斗气到现在？"

齐南浅笑垂眸，偷偷拂去胳膊上起的鸡皮疙瘩，跟了帝君十几万年，还是没法习惯他这种腔调。

帝君别的都还好，就是这股多情腔始终改不掉，见一个爱一个，每个都说发乎情止乎礼，钟山龙神一脉多少代积攒下来的那点冷酷威名，都快被他败光了。

就连最远的蓬莱、方丈、瀛洲三座仙岛上的小仙君都晓得，钟山帝君是最不好惹的帝君之一。能被天帝称为帝君，地位已是非同小可，关键是他们钟山龙神一脉，绝非四海八荒其他龙神所能媲美的。

上古天帝有言：龙战于野，其血玄黄。说的正是钟山龙神一脉。

曾有传言，上上代的钟山帝君与九天之上的凤凰一族生了些龃龉，一怒之下将极西之地的离恨海彻底放逐在永恒黑暗之中，直到今天那里都阴寒彻骨，为无数厉害的凶煞盘踞，寻常的神族稍微靠近些便要重伤，故而已被天帝封为禁地。

这是万龙之尊的霸道，不过看看眼前的这位帝君……齐南无声地叹了口气。

叹气归叹气，该安抚的还是要安抚，齐南劝道："此处宾客无数，帝君还是谨言，何况小公主如此天赋，帝君应当开怀才是，怎能愁眉紧锁？"

钟山龙神的血脉与其他龙神自有不同，出生时是为龙身，往往要在钟山顶的养龙池内度过五六百年，才能化为人形。如今的帝君，还有小龙君，都是在五百岁左右才得了人身的，小公主仅两百岁就能得到人形，足以说明其神力之浑厚，说不准将来就靠她挽回点钟山龙神的威名了。

他再三将小公主拿出来说事，终于打动了钟山帝君那颗多愁善感的心，正准备找女官把女儿抱过来亲昵一下，忽觉一股微弱的力道在拉扯自己的袖子，帝君低下头，便见儿子清晏倚在腿边，满脸稚气地抬头看自己。

"要爹爹抱。"清晏奶声奶气地朝他伸出手索抱。

钟山帝君露出笑容，方欲将儿子抱起，只听礼官高声唱道："桐山三公主，前来贺喜。"

但见宫门处祥云飞舞，托着浩浩荡荡一群天神飘了进来，为首的神女披着淡桃花色的天衣，袖口衣摆不知嵌了多少天河星屑，晃得整座钟山都亮了。

见到钟山帝君，她双目流波婉转，含羞带怯地盈盈行礼，柔柔唤一声："帝君。"

这一声唤得钟山帝君心都酥了，情不自禁地走到她面前，应一声："珊珊。"

齐南低头望向清晏，这孩子的胳膊还茫然伸着，却没等到爹爹的抱。他只有再一次在心底叹息，蹲下去柔声道："小龙君，帝君今日有太多宾客要招待，不如您去看看小公主？"

一派天真的清晏果然被打动了，连连挥舞胳膊："看妹妹！看妹妹！"

后面的女仙立即上前将他抱开，用身子挡住他的视线，不让他望见钟山帝君握着桐山三公主双手的模样。

桐山三公主既已来，想必帝君是没心思招呼其他客人了，齐南只得顶替上去，忙得跟陀螺似的。

直到天色渐渐暗沉，酉时将至，夫人依旧没有出现的迹象，齐南想，她肯定是不会回来了。

夫人是翠河河神的女儿，从身份来说，确实是高攀了钟山龙神一脉，这也是她自己的一块心病，加上帝君大婚后多情花心的性子始终改不掉，她三天两头地吵，估计这次是累了，现在静静也好。

不过，这些大大小小的神族，十之八九都玩世不恭，天长地久的时光，绝顶丰艳的容颜身段，哪一个不是在感情上剪不断理还乱？今天爱这个，明天恨那个，反正有无比漫长的年月供他们造作纠缠，哪里管什么婚前婚后，像夫人如此较真的神族，反而少见。

酉时整，女仙们抱着小公主从偏殿里出来了。才两百岁便得了人身，小公主看上去更像是凡人的婴儿，小小的身体被裹在金丝织就的锦被里，胸前放着瑰丽繁复的黄金锁，一面沉沉地睡着，一面把手指头含在嘴里吮，可爱极了。

清晏一路又蹦又跳地跟在后面，不停试图用手去够她，兴奋地嚷嚷："粉团儿！粉团儿！"

巨大的赞叹声在来宾中此起彼伏，先前都以为钟山帝君夸了海口，哪有两百岁就得人身的龙女？如今一见，竟是真的，许多年老的天神想起曾经钟山龙神一脉的霸道，不由得感慨万千。

如此浩大的声势，到底是将小公主惊醒了，女仙怕她啼哭，急忙悉心摇晃抚拍，她却十分安静，换了只手继续吮，黑白分明的大眼睛好奇地望着眼前无数神族，一眨不眨。

齐南估摸着帝君马上该给小公主取名了，这个仪式十分重要，受不得干扰，他上前将莫名兴奋的清晏按住，吩咐女仙将他带到座位上，自己捧了玉匣，内里陈列不死树制成的细签，每一根都刻了字，只等待钟山帝君的挑选。

帝君四方祝祷后，忽而抬手在玉匣上轻轻一拍，但见内里无数不死树细签好似活了一般飞起，在空中排列出无数大小不一的圆，不一会儿，两根细签像是被看不见的线拉扯住，轻轻落在帝君掌中。

他低头一看，便取过案上的毛笔，蘸了天河水，在空中利落干脆地写下"玄乙"二字，霎时间荧光闪耀，"玄乙"二字在半空缓缓浮起，忽而化作万千光点，在空中莹莹絮絮地飘浮，良久才消散于风中。

"既然天道有所示，本座自当遵循天意，今日为小女命名：玄乙。"

下一刻，贺喜声此起彼伏，巨大的琉璃屏风后，乐官们奏起仙乐，万朵金花下雨般坠落，空荡荡的礼桌上忽然出现无数美酒，诸位神仙纷纷举杯邀饮。

酒香醇厚，女仙怀里的小公主玄乙还不习惯这味道，打了个喷嚏，紧跟着"噗"一声，这玲珑剔透的玉娃娃在万众瞩目下变成了一尾灰溜溜的小龙，只有几寸长，在女官手中头尾摇曳，跟泥鳅似的。

四下里骤然静了下来，桐山三公主花容失色，惊得声音都变了，有点刺耳："哎呀！怎么变成泥鳅了？！"

钟山帝君面色阴沉，邀饮的天神们噤若寒蝉，假装没听到桐山三公主的话，就连屏风后的乐官们也停下了奏乐——已得人身的龙神一脉按理说不该再变回龙身，除非……除非神力低微，不能长时间维持人身。

可钟山龙神是什么血脉？小公主怎能神力低微？之前说得好好的，两百年就得了人身，眼下算什么？众目睽睽下变回小龙，还长得跟泥鳅一样，简直是揪着钟山帝君的脸打得“啪啪”响，响彻天际。

安安静静坐着的清晏，忽然快步走至尴尬的女仙面前，抬手将妹妹捧到自己怀里，用手指头轻轻抚摸她头顶嫩芽似的小角，一面低声哄道：“好孩子，听话，快变回去。”

泥鳅一样的小公主却在他掌心打个哈欠，吐出一串口水泡泡，蜷成一团，睡着了。

二月二，龙抬头，钟山顶小公主的两百岁寿宴终是散了，诸神离开的时候，钟山顶已经开始飘雨，想来帝君心情不佳，过两天可能就要冰封钟山。

不管钟山帝君怎么不爽，这件事依旧以最快的速度传遍了整个神界，连三座仙岛上的小仙君们都晓得，钟山龙神吹破了牛皮，号称两百年就得人身的小公主，在寿宴上变成了“泥鳅”。

“泥鳅公主”的名号顺理成章地响彻寰宇，有着万龙之尊名号的钟山龙神一脉，所剩不多的威名再一次被狠狠抹黑，连下方的那些妖族都敢堂而皇之地嘲笑他们。

直到上千年过去，钟山帝君的夫人翠河神女不知何故陨灭在大荒之原，与此同时，北方的桐山一族忽然遭到寒冰封冻，族内诸神尽数陨灭，有传言称，正是钟山帝君所为。

桐山一族陨灭得太过离奇，天帝亦曾找帝君质问过，结果却不尽如人意。谁也不知他二位神尊聊了些什么，只知道钟山帝君安然回到了钟山，继续做他的帝君，而桐山一族的事，就被天帝悄然无声地压了下去，权当没发生。

至此，钟山龙神的威名再一次震慑神界，有关泥鳅公主的笑话，终于无人敢再提。

时光匆匆流逝，一晃眼，又八千年过去了。

第一章

佳偶难成

那是一个晴朗的春日，两条突如其来的消息打破了神界持续许多年的平静。

第一条，花皇的后花园里，原本应该三万年才开一次花的婆娑牡丹，这次只隔了一万年不到就冒出了花骨朵。

第二条，有小道消息称，天帝有意牵线撮合钟山龙神烛阴氏的小公主和华胥氏青帝的独子扶苍神君。

正巧花皇后花园的婆娑牡丹开了，本着“不想初次见面太尴尬”的念头，天帝将两位年轻天神的初次相见定在了花皇的后花园，见着来赏花游玩的天神众多，他俩便不至于大眼瞪小眼了。

消息一传出来，这几日前来赏花游玩的天神络绎不绝，后花园的门槛眼看着都被踩矮了几寸。

当年钟山帝君的夫人翠河神女陨灭在大荒之原，帝君自此封了钟山，几乎不与诸神来往，到现在谁也没见过神君的一子一女是何等容貌。

而有关那位小公主，倒有“泥鳅公主”之类的谣言，想必十之八九只是个平庸的小神。

不过，纵然再平庸，她的出身依旧高贵异常。

如今小公主年方九千七百岁，刚刚到可嫁娶的年纪，便能请得动天帝为之牵线，青帝引荐独子，此等架势，寻常神族只能羡慕赞叹。

可是，天帝牵线谁不好，为什么偏偏是扶苍神君？神界无数神女为此芳心暗碎。

犹记得当年扶苍神君也不过才两万两千岁，恰逢帝女出嫁，酒席足足摆了五天。天帝嫁女，诸神自然少不得捧场，那时四海的龙女们先起了歌舞，湘君凑趣抚箮横吹，太子长琴以琴音和之，羲和神女击鼓呼应。

天帝许是酒兴上来，忽然转头望向东南角独坐的一位年轻神君，笑道：“扶苍，何不舞剑助兴？”

年轻的神君振袖而起，翩然的姿态如同一只鹤，长剑为他执在手中，行云流水般潇洒。

一曲皓月寒霜收尾，他的动作也收尾，长剑划出干脆漂亮的一道线，年轻的神君傲然端立，微微侧着的脸，鼻梁与下颌的弧度隽秀而完美，他抬手，将长剑递还给龙女们，垂下的眼睫扬起，双眸似月光般清冷。

风华绝代。

一场剑舞令扶苍神君名震四野，也让无数神女为之心驰神迷，如今想到他即将落入烛阴氏小公主的魔掌之中，更是让人肝肠寸断。

未时过三刻，风忽然大了起来，层叠汹涌的云海像是被一双巨手骤然撕开，青色九头狮御风而飞，一眨眼的工夫便落在了花枝缭乱的梨花林中。

漫天雪白里，年轻的神君轻轻从狮背上跃下，广袖摇曳，翩然惊鸿，正是青华帝君的独子扶苍神君。

他竟是一个人来的，没带扈从，也没带侍立女仙，牵着九头狮信步走向花皇的庭院。直至庭院门前，花皇的侍者们早已迎出，毕恭毕敬地接过缰绳。

“不知花皇有何安排？”扶苍低声问。

与他清冷似月的外表不同，他的声音竟极具诱惑力，甫一开口，低沉而魅惑的声线像一柄柔软的羽毛刷轻轻刷过心间，令人酥倒半边。

侍者们不由自主地红了脸，半晌答不上来他的问题。

忽然之间，云海内又传来雷音般的嗡鸣声，重叠的云层被毫不留情撕裂，一辆金碧辉煌的长车在云中穿梭前行，其上绘的正是钟山龙神的图腾，车身周围祥光万里，随扈者浩浩荡荡，不下百人。

待这浩浩荡荡的人群落在梨花林中时，小小的花林忽然显得有些拥挤，诸神不得不纷纷让道。

只见前方三十名扈从提了青铜小桶，用玉勺舀水，泼洒在道路两旁。中间三十名女仙捧着紫金的香炉，青烟袅袅，幽雅清凉的香气几乎盖过了梨花的味道。

再后三十名扈从一路铺下雪白的纤云华毯。这毯子是天河岸织女们采了流云织就，更以天河美玉点缀，一尺纤云毯都极为奢侈，小公主居然拿它来铺路，实在太过奢华。

长车后跟随的最后三十名女仙手执拂尘羽扇、宝瓶玉匣，更有两个扈从扛着巨大的锦缎伞。扈从虽然众多，却安静无比，一路气势惊人地行至庭院门前，扈从向两旁散开，长车堪堪停在扶苍神君的面前。

“帝女都没这种排场……”

诸神不满地窃窃私语，就算是钟山龙神的公主，初初露面便气势汹汹随扈者达百人，是想彰显自己身份高不可攀吗？

车门“吱呀”一声被打开，扛伞的扈从立即撑开锦缎伞候在两旁，侍立女仙恭敬地弯曲胳膊，一只纤长的手扶在上面，五根指甲上都涂了鲜红的蔻丹，衬着女仙嫩黄的衣袖，更显得肌肤胜似新雪。

诸神的目光齐刷刷地集中在那只柔荑上——出来吧，钟山龙神的小公主，看看你到底长什么模样，才能这般骄横奢华！

一个纤细的人影从金碧辉煌的长车上缓缓下来，小公主穿着霜色长裙，其上密密麻麻绣着无数暗金色的闭目之龙，漆黑的长发用金环点缀，除此之外一无饰物，有种不动声色的华贵。

她的脸低垂在锦缎伞的阴影中，偶尔露出的脸颊弧度丰盈而柔嫩。扶着侍立女仙，她走得不快也不慢，每一步都恰到好处地优雅着。

及至走到扶苍神君面前，扛伞扈从与侍立女仙退开三步跪下行礼，诸神才第一次见到钟山龙神小公主的容貌，年轻的神女们忽然都有些泄气。

小公主肤色极白，便映得眉眼更加浓黑，双唇更加娇嫩。或许是因为出身高贵，又或许是因为排场太大，她身上有一种莫名的气质，像是无邪的娇憨，又像是矜持的高贵，使她看上去绝不会泯然于诸神。

更何况，她是这般丰姿绰约、净无纤尘。

九千岁的小公主脸颊上还存着一丝稚气的丰盈，她的表情十分平静，看不出任何内心的情绪，坦然与对面的扶苍神君对视，仿佛站在对面丰神俊朗的年轻神君只是个五官模糊的木头人。

振袖弯腰行礼，幽雅清凉的香气覆盖了整座花皇仙岛。

“妾身钟山龙神烛阴氏，玄乙，见过扶苍神君。”

她的声音低柔如夏夜的凉风。

九头狮被牵去了坐骑圈，小公主带来的那一大帮浩浩荡荡的扈从也已散开，贴着仙岛的边缘，无声无息地将花皇仙岛围成了个铁桶。

此举惹来天神们诸多不快，暗地里抱怨连连，偏又舍不得走。扶苍神君跟钟山公主到底能不能互相看上眼？大家对这件事很关心。

因见神君引着小公主进了花皇内园，此处若非花皇邀请，绝不能进，诸神只得努力朝里张望，个个跟鹅似的把脖子伸老长。

花皇内园更是满目姹紫嫣红，所种皆为花皇珍爱的花品，风过处，淡香浓香交叠递送，令人心旷神怡。

小公主走得很慢，好像没有女仙搀扶，她便无力走路，扶苍神君只得走走停停，时不时还是要回头等她。

没有人说话，神君看上去连挑起话题的兴趣都没有，一路沉默得像个哑巴。

不过片刻，忽听玄乙在后面轻柔地抱怨：“这条路满地碎石，甚是粗糙，妾身实在走不惯，还望神君体贴，容妾身稍稍休憩片刻。”

扶苍一言不发地停在云池畔的悬空回廊上，转身时瞥了一眼足下小路，上面嵌的是打磨得极为平整的天河石，粗糙？

玄乙用手绢将栏杆擦了十几遍，这才软软地倚上去，顺手将那块手绢丢进了云池。

扶苍立在她身旁，低声道：“花皇内园云池内养了许多仙品鱼，公主此举，不大妥当。”

玄乙仰首静静看着他：“神君言之有理，妾身乃钟山烛阴后人，小小云池岂能安置妾身的帕子？是妾身思虑不周。这云池内的仙品鱼，今日便算是得了福泽吧。”

扶苍没有再说话，倒是玄乙又缓缓开口：“妾身一直被养在深闺，于外界事所知甚少，有关神君的事，也仅白父亲转述了一些。神君年少潇洒，曾在帝女婚宴上做剑舞一曲，只可惜妾身未能目睹神君的英姿。不过，既然父亲与青帝皆有意，妾身便不敢见外，如今有一言想要说与神君听闻。”

她说话慢而软，咬文嚼字，一席话说了许久，扶苍耐住性子听她说完，声音不由得又冷了几分：“公主有话但说无妨。”

玄乙淡道：“神君乃东方青帝之子，将来便是继承青帝之位。舞刀弄枪乃是莽夫武将所为，神君他日成了帝君，此举才是不大妥当。”

她神色始终平静至极，对他眼眸深处越来越浓烈的不耐视而不见，反而又道：“妾身今日得见神君，心中十分仰慕，能与神君结为连理，实乃妾身所愿。故而还望神君三思，妾身希望夫君是儒雅清贵的帝君，而非舞刀弄棒之莽夫。”

扶苍眉头微皱，旋即又松弛开，语气淡漠：“此事公主言之尚早，暂且宽心。花皇内园的婆娑牡丹近日开了花，公主可愿同去观赏？”

玄乙勉为其难地答应，跟在他身后继续慢吞吞地走，半个时辰走完了悬空回廊，又花了半个时辰才来到牡丹院。

护花侍者见是他俩，立即毕恭毕敬地弯腰将院门打开，但见院内无数牡丹迎着春风妖娆绽放，紫一团，粉一堆，如叠锦铺霞般，而正中的琉璃台上独独只种了一株牡丹花，花朵不过巴掌大小，却有层层叠叠不下数千层的花瓣，其色透明似霜，冰晶般的花瓣上又有无数纤细脉络，色如碧玉，正是传说中三万年才开一次花的婆娑牡丹。

“好漂亮的牡丹。”

玄乙赞了一句，忽然抬起手臂，丝质的华贵长袖缓缓滑落，露出皓白纤细的手臂，似是要去摘这朵珍贵的牡丹。

护花侍者登时大惊失色，急道：“公主不可！”

玄乙奇道：“有何不可？”

身后的扶苍突然开口了，声音冷得像冰：“婆娑牡丹是天地间的灵根，三万年才开一次花，公主岂能因私心便将其毁坏？”

玄乙目光流转，似是有些委屈，轻道：“可是，妾身喜欢，便是这朵花的福泽，天地灵根，怎及得上钟山烛阴……”

扶苍终于不等她慢吞吞地把话说完，倒退了数步，拱手行礼：“我还有事，不能久陪公主，告辞了。”

说罢他竟不等她回答，拂袖而去。

玄乙没有动，她的胳膊还举着，纤细的手指还差着几寸便要触到花瓣。一旁的护花侍者又是害怕又是慌张，连声哀求：“还望公主手下留情！这是花皇大人最珍爱的牡丹！”

片刻后，玄乙那只让人心惊肉跳的手终于慢慢收了回来，她慢条斯理地整了整袖子，忽然朝劫后余生的护花侍者微微一笑：“婆娑牡丹果然名不虚传，可惜了。”

“可惜了”三个字让护花侍者又出了一把冷汗，却见这位小公主气定神闲地开始观赏院中其他牡丹。扶苍神君拂袖离去，对她竟好似完全没有影响，她既不尴尬，也不生气，在牡丹院里绕了一圈，把每一种牡丹都欣赏了一遍，这才慢慢走出内园。

原本守在门口偷窥的诸神如鸟兽散，继续在梨花林中弹琴的弹琴，跳舞的跳舞，勉强看起来欢快祥和。

所有目光都偷偷胶着在小公主身上，盼着从她脸上看出点端倪，奈何这位金尊玉贵的公主涵养太好，神情平静得怕是针扎一下都不会有波澜。

浩浩荡荡的扈从们又一次排列好长队，像来的时候一样，声势惊人地离开了花皇仙岛，留下一群叽叽喳喳的天神，兴奋地互相讨论方才发生的一切。

金碧辉煌的长车在云海中穿梭，玄乙从侍立女仙手中的玉匣里挑了一粒腌渍得恰到好处的乌梅，一放进口中，又酸又甜的味道令她愉悦地“嗯”了一声。

似是见她心情不错，侍立女仙小心翼翼地问道：“公主，今日与扶苍神君相见，您印象如何？”

玄乙专心致志地咬那颗乌梅，隔了许久方道：“怕是难成。”

侍立女仙吃了一惊：“可……这是天帝牵线……”

玄乙无辜地望着她：“你今年多少岁了？”

侍立女仙不解她的意思，只得老实回答：“两万三千岁。”

玄乙用最优美的仪态将梅核吐出来，淡道：“你两万三千岁了还没出嫁，我今年才九千七百岁，自然不用急。”

侍立女仙吃了一惊：“婢子如何能与公主您相提并论！何况夫人她……帝君自然急着

盼望您找到归宿。”

玄乙不答，只掀开窗帘，任由风灌进来吹乱她精致的发髻。

“车里有些气闷。”她忽然开口，“停车，我想出去。”

浩浩荡荡的扈从长队骤然停了下来，侍立女仙还试图劝说这位任性的小公主：“公主！您身份高贵，如何能像那些寻常神族抛头露面……”

玄乙不等她说完，早已拉开车门，雾气瞬间笼罩了她纤细的身体，飓风将她华贵的衣裳吹得摇曳翻飞，看上去很有些超逸脱俗的姿态。

“我是钟山龙神烛阴氏后裔。”她望着坐立不安的侍立女仙，慢悠悠地说道。

侍立女仙急忙应道：“正因如此，所以公主您不可……”

“你见过龙有坐车的吗？”玄乙眨了眨眼睛，下一个瞬间便已御风而去，一眨眼就飞得看不见了。

当望舒神女驾车将月亮送到苍穹顶时，玄乙也不紧不慢地回到了钟山。

为夜色笼罩的钟山，雄伟而寂静，玄乙沿着漫长的台阶，一级一级攀爬。台阶上的薄霜在月光下泛出黯淡的青色，两旁的树木花草，都已被冻在晶莹剔透的寒冰之中。

或许再过段时间，连这条长长的台阶也要被冻住，玄乙想，那时候再来见父亲，只能用飞的了。

古老的长生殿矗立在台阶的尽头，历代只有成为钟山帝君的烛阴氏才能住在里面。此刻巨大的殿门微微敞开，幽寒的风从缝隙里钻出来，吹乱了玄乙刚刚整理好的头发，她方用手压了一下，殿门忽然大开，钟山帝君的声音传出来：“阿乙，你过来。”

玄乙微微垂首，恭敬地步入殿内。

偌大的长生殿被浓稠的黑暗笼罩，只有正中寒冰椅上一点幽幽烛光摇晃。钟山帝君静静望着悬浮在面前的那朵烛火，他的脸在黑暗中显得格外苍白枯槁。

玄乙躬身行礼，口中尊称：“玄乙见过父亲。”

钟山帝君默默颔首，片刻后，低声问道：“今日与扶苍神君初见，你觉得他如何？”

玄乙道：“女儿觉得扶苍神君容姿出众，气度非凡，果然是不负盛名。”

钟山帝君枯槁的面上难得露出一丝笑容：“哦？你喜欢他？”

玄乙淡道：“神君对女儿似乎未有青睐。”

钟山帝君有些意外：“莫非他已心有所属？怎会？”

玄乙垂首道：“我是您女儿，您自然觉得千好万好，外人未必如此。”

钟山帝君深深看了她一眼，她平静至极的表情，看不出一丝一毫真正的情绪。他想起阿翠还在的时候，儿子说说笑笑，成天胡闹，女儿虽然天生安静，肉嘟嘟的小脸上也是时常挂满娇憨笑容的。

现在什么都没了。九千年，玄乙再也没对他笑过，也再没哭过，在他面前，她什么错都没犯过，平静而且完美。

钟山帝君心头掠过一丝涩然，他勉强开口："无妨，这个不行再换个就是，我钟山烛阴氏的女儿，还怕找不到好夫婿不成。"

"父亲说得是。"玄乙答道。

烛火轻轻跳跃了数下，她的脸在光影变幻中显得很是诡异。钟山帝君想起阿翠陨灭时染满了血迹的脸，身体情不自禁地开始微微震颤，烛火跳得更厉害了。

当年翠河畔妖娆多姿的神女，情窦初开，与钟山龙神一脉的年轻帝君陷入炽热的爱恋，一心渴求天长地久的专一和忠诚。可他毁了她，也毁了自己，还有他们的儿女，纵然他再怎样后悔，也于事无补。

他不想阿乙也如此，神族们有着漫长近乎永恒的时光，爱与恨、暧昧与轻佻、造作与纠缠……无数神族沉迷其中借以打发时间，真挚而专一的心，在这里得到的大多是破碎。

他曾亲手毁掉一颗真心，所以，这一次他一定要将阿乙保护好，钟山烛阴氏的女儿，绝不能被旁人欺负。

"阿乙，四海八荒辽阔得很，什么神族都有，总有会叫你欢喜的，也总有会叫你难受的。你慢慢大了，不能一直留在钟山不出门，我想你多些见识，莫要像你阿娘那样死心眼。"

他喉头苦涩，烛火也越跳越激烈，最终"哧"的一声熄灭，长生殿陷入了彻底的黑暗中。

"你去吧，早些休息。"钟山帝君的声音听起来像是从极远的地方传来，"后面的事我交给齐南了。"

后面的事？什么事？玄乙心中有种不太妙的预感。

果然出了殿门，便见神官齐南远远地候在冰天雪地里。见着她，齐南的笑容就带了一丝戏谑，开口道："公主今日与扶苍神君初见，不知进展如何？"

这个问题被问了三遍了。

玄乙转着眼珠，答得简洁："神君没看上我。"

齐南只是笑，他显然没钟山帝君那么好敷衍："公主还是这样古灵精怪。"

小公主自小就古怪，从她嘴里几乎听不见"不要"之类的话，帝君什么吩咐她都可以笑眯眯地应下，乐意做的便去做，不乐意做的，就弄得乱七八糟，偏生谁都挑不出毛病。

知道要和扶苍神君相见，她倒也欢欢喜喜地答应下来，结果今早齐南听说她带了一百二十名扈从，便知不好。

"帝君倒不是急着将公主嫁出去。"齐南笑吟吟地望着她，戏谑之色更浓，"帝君只是担心公主太过顽劣，不早些介绍，怕是以后嫁不出去。"

玄乙索性上前挽住他的袖子，仰首笑得眼睛眯成月牙："我连一万岁都还没到，等我二十万岁的时候再考虑出嫁。"

齐南是钟山上资格最老的神官，阿娘出事后，父亲性子大变，她和清晏都是在齐南的关怀下长大的，比起长生殿里成日静坐的帝君，他们兄妹俩倒跟齐南亲近许多。

“二十万岁的老龙女，想嫁只怕也难了。”齐南还想逗她。

玄乙无辜地瞪圆了眼：“我真想嫁，五十万岁也能嫁出去。”

这点子狂妄不晓得是跟谁像……齐南无奈地摇头。

“齐南，有没有清晏的消息？”她像个小女孩，充满期待地望着他。

“小龙君最近三百年始终不曾传递只言片语，不过公主不必担心，玄冥帝君性子虽然古怪，待弟子却是极好的，小龙君师从他，必然不会有什么闪失。”

清晏在翠河神女陨灭后，和钟山帝君的关系变得十分恶劣，直到三千多年前，玄冥帝君来做客，相中了他，大约也是有心化解他们父子的龃龉，索性便收他为弟子，带去了天北。

不过，小龙君当真忍心三百年没消息，真是……齐南不由得感慨，见玄乙一副没心没肺乐呵呵的模样，他眉头微蹙，忽然道：“公主，小龙君三千年前师从玄冥帝君，在天北过得逍遥自在，你想不想也跟他一样出去开开眼界？”

本以为这小丫头一定欢欣雀跃，谁知她却微微一笑：“齐南，你跟父亲串通一气，又给我安排什么麻烦事？”

齐南愕然：“公主不想见见钟山外面有什么吗？何况，这是每个年轻神族的必经之路，等你到了五万岁，便不可成日游手好闲，须得在神界有个神职才行，不然可是流放凡间的罪。”

玄乙打了个哈欠，难得出趟远门，她困了。

“我要睡觉了。”她揉着眼睛朝台阶下面走，“齐南，有清晏的消息一定要立刻告诉我。”

齐南真是拿她这随心所欲的态度没辙，急道：“公主！拜先生是个正经事！你得挑个先生啊！册子我都带来了！”

玄乙只挥了挥手，淡道：“你们安排，我随便。”

你们安排，我随便。上回跟她说起扶苍神君，她也是这句话。

齐南有些头痛，他只怕永远也搞不懂这位小公主脑瓜里到底装着什么东西。

齐南打开食盒，朝里面看了一眼。

三桑树质地的食盒内，用金片隔开了一个个梅花状的小格子，每一个格子里都放了两枚精致无比的茶点，其中正有公主最爱的桃花百果糕与玛瑙白玉糕两样。

“沏一壶华光飞景茶。”他吩咐旁边的女仙。

小公主对茶点的品鉴可谓苛刻，什么茶点配什么茶都十分讲究，既然今天他要去找她出门，自然得先把她哄开心点。

踏入紫府的云境中时，齐南心中忽然有些感慨。

眼前的紫府种满了帝女桑，满目浓绿与浅红交织，和八千年前他看见的景象截然不同。那时的紫府被万丈冰层掩埋，正陷入伸手不见五指的黑暗中。

刚靠近公主的元詹殿，便觉寒意袭面，紫府内处处生机盎然，唯有元詹殿附近为冰雪覆盖。殿前无数白雪堆砌的物事，有的是人像，有的是花草，更多的是各种稀奇古怪的房屋。

小公主披着火红的狐皮披帛，正坐在水晶凳上，聚精会神地将手中的白雪捏成一朵雪牡丹。

这似曾相识的场景又让齐南想起了数千年前，他在漆黑的紫府内破冰前行，四处寻找小公主的踪影，最后在元詹殿前望见她，那时她也在捏花，而殿前只有一个雪人，栩栩如生，正是夫人陨灭时倒在地上的模样。

她捏了冰花就将它们轻轻抛在雪人身上，不一会儿就将整个雪人都盖住了。

他又是吃惊又是难过，于是柔声问她："公主在做什么？"

其时年方一千五百岁的小公主很平静："我送阿娘一些花，将她身上的血遮住。"

这些回忆并不怎么美好，齐南在心底暗叹一声。

"公主。"他唤她，举起手里的食盒，"茶点来了。"

聚精会神捏雪牡丹的公主突然开口了，带着三分慵懒、三分撒娇："齐南，你一定是有什么麻烦事来找我，这个茶点我才不吃。"

齐南笑着打开食盒："真的不吃？"

玄乙扭头，一眼望见桃花百果糕和玛瑙白玉糕，立即笑得春风满面："齐南你真好！茶是什么？"

"华光飞景茶。"齐南将蓝玉茶壶轻轻放在水晶桌上。

玄乙乐坏了，在盒中挑了半晌，先拈起一枚玛瑙白玉糕，小小咬上一口，那边齐南已经帮她倒好一杯茶，就着华光飞景茶的清雅香气，她一口气将半盒茶点都干掉了，这才满足地嘘了一口气，拿起桌边没捏完的牡丹，继续捏。

隔了一会儿，她忽然笑眯眯地举起手，一朵冰晶似的婆娑牡丹正在她掌中盛开，半透明的花瓣上密密麻麻碧玉似的脉络，幽丽至极。

"齐南，这朵婆娑牡丹给你戴在衣襟上好不好？"

不好，她吃完喝完就不认账了，齐南微微苦笑："我这样头发花白的老头，戴什么花？"

玄乙凑过来，轻轻将雪牡丹系在他的衣襟上，笑道："你才不老，看，多衬你呀！"

齐南摸了摸雪牡丹，冰冷的触感让他心中微微一软，声音也变得温和起来："公主，今日已约了白泽帝君，该起程了。"

玄乙露出满脸茫然神色："白泽帝君是谁？"

她惯会装傻，齐南无奈，只得再次解释："上回与公主说过拜先生的事，白泽帝君是万神殿内三十名首席之一，请他做先生，公主必能得益不少。”

“齐南你教我不就行了？”

齐南摇了摇头：“神界岂是人人可当先生？只有万神殿内有席位的天神方可担当此重任。待公主年满五万岁，若没有万神殿内先生的手函，便是流放凡间的大罪，即便是帝子帝女亦不可幸免。”

这是神界的死规矩，每一个未满五万岁的神族新丁，都须得拜一位万神殿内的先生，修习五行阴阳、神职总则、运数劫数等等之类的东西，以便他们可以获得神职，各司其职，不至于游手好闲寻花问柳，以致诸神堕落。

玄乙淡道：“我离五万岁还早着呢。”

齐南晓得跟她软绵绵讲道理行不通，索性笑道：“公主既然知道理由，又何须再问？”

她一天到晚就在紫府里面窝着，大门不出二门不迈，好容易找天帝牵线介绍扶苍神君，又叫她故意把事情搅黄了。帝君最怕的，就是公主这样养在深闺不知世事。

玄乙眨了眨眼睛：“可是，我今天不舒服。”

齐南戏谑地连连摇头：“怎么说也是个公主，不说一言九鼎，至少要说到做到。上回我和公主提起这事，公主是怎么说的？随我们安排。公主现在这样，叫随便吗？再说，公主真的身体不舒服？方才吃茶点的时候我可没看出来。”

玄乙终于放下手里的雪花，起身扶了扶狐皮披帛，叹道：“走吧，我去。”

万神殿坐落在中天万神山内，因为离着天宫不远，加上各神司核查校验都在此处，所以神族们熙来攘往，极是热闹。

长车落地后，齐南却不忙下车，先从袖中取出了一只玉匣，打开后只见里面铺着霞光丝与天河玉织就的锦垫，垫上是一片巴掌大小的漆黑鳞片，幽深无光，纹路繁复。

玄乙有些愕然：“这是父亲的鳞片？”

钟山龙神的鳞片无惧五行阴阳与神兵利器，堪称至宝，送给白泽帝君那老头儿，就为了求他收自己当弟子？

齐南笑了笑：“以白泽帝君之能，自然当得起烛阴氏的龙鳞。”

据说这位白泽帝君，在如今神界还在任职的天神中，是岁数最大的一位。他开辟天然之道，精通世间万物之理，万神殿内三万三千三百三十三座殿宇，正是由他的大神通所庇护。

想要成为他座下弟子的神族，多如过江之鲫，奈何他选徒极为严苛，往往还喜欢灵机一动出一些十分刁钻古怪的问题来考验慕名者，故而有传言，十万神族里也难出一个白泽帝君的座下弟子。

“白泽帝君原先听闻公主年岁尚小，便推辞不肯见，若非天帝劝说，帝君又送上豪礼，怕是这一面也难求。不过，见面是见面，此事能不能成，还得看公主是否得他慧眼青睐。

公主莫要胡来，枉费帝君这片龙鳞。”

齐南最晓得她的恶性，少不得苦口婆心一番。

玄乙一面点头，一面推开车门，谁晓得门才打开，外面漫天漫地的祥光扑面而来，险些把他俩的眼睛给闪瞎。

只见白泽帝君的明性殿前不知停了多少长车，年轻的天神们都眼巴巴地守在门口，等候帝君给一个考验的机会。

齐南不由得感慨：“竟然有这么多神族盼着拜入白泽帝君门下！”

他将公主扶下长车，一时间守在殿门前的天神们纷纷扭头，无数双眼睛齐刷刷地定在玄乙身上，情形看上去怪可怕的。

玄乙整了整身上火红的狐皮披帛，低头轻道：“他们怎么都在看我？”

齐南苦笑：“还不是公主自己做的好事？当日在花皇后花园摆出那么大的排场，把扶苍神君活生生气跑，公主已经是恶名在外了。”

哦，这样子啊。

玄乙了然颔首，从容自若地朝前走，目不斜视。

他们家公主只怕没有帝君以为的那么柔弱……齐南跟在她后面暗暗想。

钟山帝君年轻时性格温和多情，夫人更是文雅内向，公主却跟他们一点都不像。这种我行我素又目中无人的姿态，真不晓得是怎么来的。

她若一直这样，只怕当真到了五十万岁也嫁不出去。想到这里，齐南忍不住提前五十万年开始恨嫁起来。

扶苍神君多好啊！身份上彼此相配，年纪也相差不是很多，最关键的是他没有那些乱七八糟的情事谣言，这在年轻的神族中，十分难得。

公主竟然活活把他给气跑了——齐南觉得自己终有一天也会被她气死。

不远处的神族们忽然发出低微的喧嚣，齐南满腹心事，随意看了一眼，却见对面一个丰神俊朗的白衣神君，牵着青色九头狮越过人群朝明性殿走来，不是扶苍神君是哪个？他难道也是来拜白泽帝君当先生的？世上竟有这等巧合！

他心里没来由地一阵发慌，抬手想捉住玄乙，告诫她谨言慎行，谁知捞了个空，扭头一看，他家小公主远远站在一边，压根就不打算跟扶苍神君打招呼。

齐南急了，已有一面之缘，面对面居然装不认识，回头其他神族还不知怎么笑话烛阴氏不懂礼仪！

眼看扶苍神君越走越近，齐南只得上前一步，躬身行礼：“扶苍神君，我们公主有礼了。”

扶苍清冷的目光掠过他，落在后面的玄乙身上，只看了一眼便移开视线，微微颔首，淡道：“龙公主有礼了。”

……龙公主是什么意思？他竟连公主的名字都懒得记？

扶苍牵着九头狮，明显不打算停留，干脆利落地绕过她，正欲走到后面，忽然望见齐南衣襟上的婆娑牡丹，他的脚步骤然停住。

“……你还是摘了婆娑牡丹？”

扶苍魅惑的声线变得极低，隐隐含着某种危险的风暴。他转过身，双目沉如渊水，定定望着玄乙。

齐南下意识摸了摸衣襟上的雪牡丹，顾不得细想扶苍神君问这句话的意思，急急开口：“扶苍神君，这不过是……”

一只雪白的纤手挡在他身前，也将他的话挡了回去。

玄乙坦然与扶苍神君冷淡的目光对视，她慢而软的语调此刻听起来非但不能缓和气氛，反而更像是火上浇油：“一朵花，妾身喜欢，摘了便摘了，神君何故动怒？”

扶苍面无表情地瞪着她，只一个字一个字缓缓道：“婆娑牡丹乃天地灵根，三万年一开花，花皇更是爱护至极，每日里亲自为其浇水施肥。”

玄乙浅浅一笑：“正是如此珍稀名贵的牡丹，才配得上烛阴氏。”

扶苍看了她半晌，忽然将九头狮的缰绳放开，一步步朝她走过来。

齐南大惊，无论这位神君想做什么，此举都已算挑衅，若真因为冲动发生冲突，对青帝和钟山帝君来说，都不是什么好事。

他忽地抬手，将衣襟上的婆娑牡丹摘下，不由分说地丢在了地上，却见这晶莹剔透的牡丹无声无息地碎成几瓣，点点白雪晕染开，竟是白雪捏成。

齐南呵呵笑道：“扶苍神君，这不过是公主玩笑之作罢了。婆娑牡丹如此珍贵，公主又怎会轻易采撷？她年纪小，不会说话，还望神君包涵，莫要与她计较。”

扶苍神君眉头紧蹙，盯着地上粉碎的雪牡丹看了许久，再抬眼望向玄乙，她慢悠悠地摩挲袖口上的花纹，问道：“神君方才气势汹汹地过来，是想对我动手吗？”

他像是没听见，只朝齐南拱了拱手，淡道：“烛阴氏名不虚传。”

玄乙绵软轻柔的声音又一次响起：“华胥氏也让我大开眼界。”

齐南这会儿想钻地的心都有了，神君这话哪里是夸奖，根本是赤裸裸的讥讽啊！公主总是这么任性，他忙了半天到底是为谁！

扶苍依旧像是没听见，转身牵过九头狮，另寻了一块空地，等候明性殿开门。

玄乙优雅地退了数步，悠然道：“看样子扶苍神君也是来拜白泽帝君为先生的，我不愿与此等鲁莽狂妄之辈共为同窗。齐南，我们走。”

齐南登时傻眼了，千算万算也想不到小公主来这一招！连白泽帝君的面都还没见到就回去！来的路上他就一直把心提到嗓子眼，生怕她出什么鬼点子，这会儿她真有鬼点子了，可怕的是，他竟然想不出半点挽回的法子！

对面的扶苍神君面色铁青，齐南就没见过这清冷的神君有过如此难看的脸色，他的头发都已急白了几根，欲要赔礼道歉，却又不知如何开口。

眼看公主就要得偿所愿上车回钟山，齐南急得头发又白了几根，忍不住唤道："公主……"

一直紧闭的明性殿殿门忽然被打开，一个柔和却显得纤细的声音含笑响起："呵呵，既然来了，又何必要走？本座一直盼望得见龙鳞，还请公主成全此夙愿，莫要急着离开。"

守在周围看热闹的天神们震惊了，这是白泽帝君的声音！帝君居然也一直躲在门后看热闹吗？

玄乙只得走回去，从眉开眼笑的齐南手里接过玉匣，淡道："晚辈自当听从。"

片刻后，只见明性殿内施施然走出两个粉妆玉琢的小仙童，齐声道："请诸位神君进殿，帝君正在殿内等候诸位。"

早已等候多时的天神们满怀希望地纷纷跨进殿门，过了良久，却全然不见里面有人出来，玄乙不由得奇道："不是说白泽帝君的考验十分严苛？方才的神族都通过了？"

齐南心中没底，只道："公主且宽心，无须想太多。"

玄乙低头想了想，索性捧着玉匣也跨入殿门。

齐南似乎在身后说了句什么，她没能来得及听清，眼前光影突然飞速变幻，不过一眨眼的工夫，她竟从殿门处直接进入了一间不算大的书房。

书房内密密麻麻地立着无数书架，上面放了无数的书，却多而不乱，纤尘不染，书架前有一白髯老者正在细读竹卷。西角的花瓶下亦坐了一位年轻的神君，服饰甚是华贵，正聚精会神地看书。

月窗下一方西海沉香木的书桌，窗前坐着另一个老者，正执笔作画。一旁还有个着白衫的美貌神女，挽起丝袖，缓缓研墨，墨棒在砚台中发出柔和而轻微的摩擦声。桌边紫铜香炉中青烟袅袅，冷香四溢，一个粉妆玉琢的小小仙童正用铜拨子将雪白的香灰拨散。

五位天神，谁是白泽帝君？

玄乙目光在书房内扫视一周，忽然有些明白了，这是给她的考验？只要她选错一个，便意味着过不了考验，也意味着可以愉快地回钟山了。

她要不要故意选错呢？好烦恼哦……

捏着玉匣，她的目光再一次在书房内五位天神身上一一扫过，然后慢吞吞走向那位拨香灰的小仙童，恭敬地躬身行礼，开口道："晚辈烛阴氏玄乙，拜见白泽帝君。"

第二章

睚眦必报

小仙童拨香灰的动作停了下来，发出一个惊讶的笑声，抬头望向她。他的目光十分清亮柔和，仿佛里面有整片一望无际的海洋。

“你怎知我便是白泽帝君？”他有些不相信。

玄乙想了想：“我猜的。”

猜……白泽帝君忍俊不禁，真是个奇怪的孩子，竟不知她是聪明还是愚笨。

“本座极少露面，连你父亲也没见过本座，何况你？你能猜对，莫不是有天大的红运？”

他一面说，一面用铜拨子在香炉上轻轻一敲，书房内另外四位天神霎时间化作四道青烟，袅袅散开。

玄乙毕恭毕敬地将玉匣递上：“恭喜帝君夙愿得偿。”

白泽帝君又一次失笑，他也不客套，大大方方将玉匣接过来打开，匣内龙鳞与他的神力相触，竟泛起一阵若有若无的龙吟之声。

他不由得赞叹起来，满脸得到至宝的喜悦，看上去和众神印象里德高望重的模样相去甚远。

“好，好，好！”他连说三个好字，抬头目光灼灼地望向玄乙，笑道，“你很好，龙鳞也很好，本座夙愿得偿更是十分好！收你做弟子又有何妨？”

听起来他这个先生做得挺不情愿，正好，她这个弟子也不是特别情愿，相信以后师徒一定可以相处得轻松愉快。

“弟子玄乙拜见先生。”她借坡下驴，这个拜师礼行得又快又好看。

白泽帝君“嗯”了一声，万般不舍地将玉匣合上，抬眼看了看天色，道：“今日差不多了，到此为止吧。”

他轻轻一拍手，整座书房忽然似白雪般坍塌崩落，眼前光影急转，又是一个眨眼的工夫，玄乙发觉自己已是身在明性殿内，容貌稚嫩如仙童的白泽帝君正笑吟吟地支颐坐在帝君椅上，在他身旁恭敬地站着一男一女两位年轻的神族，面带微笑，友善地望着……嗯，不是望着她，而是望着她身旁的天神——扶苍神君。

他竟然也过了考验？玄乙不大愉快地撇了撇嘴。

白泽帝君笑道：“往常数千年也未必能收到一个弟子，想不到今日倒收进了两名，怪不得今早青鸟在枝头叫了三声，却是报吉来了。太尧，芷兮，你们看看，一个师弟一个师妹，如何？”

他左侧那位气度稳重的太尧神君温言道：“扶苍师弟与玄乙师妹方才的言行我已得见，扶苍师弟机警沉稳，玄乙师妹……也不错，弟子以为他二位被先生收入座下，十分合适。”

他口称师弟师妹，显然已是接纳了两个新弟子。

不料扶苍忽然侧跨一步，拱手行礼，低声道：“承蒙帝君青睐，晚辈愧不敢当。不过晚辈只怕不能够拜入帝君座下，还望宽宥。”

他语气恭敬而淡漠，再度礼毕，竟是转身便要走。

白泽帝君奇道：“你过了考验却要走？听说你与古庭自幼关系便极好，他身为本座弟子，你可知他成日在本座面前引荐你？你今日来，怕也是为了承他的情，如此说走便走，却要本座如何是好？”

扶苍默然不语，白泽帝君右首边站立的神女忽地盈盈上前，躬身道：“先生，弟子亦有一些见解。”

“芷兮，你说说看。”

芷兮神女应声转身，行动间飘然轻盈，容姿明艳，气质淡雅，见之忘俗。

她清澈如水的眼睛先看了一眼玄乙，方开口道：“先生，弟子以为您对玄乙公主的考验太过儿戏，弟子愚鲁，不敢信服。何况，弟子对玄乙公主拜入先生座下一事，亦有异见。”

她礼数十分周到，转过身先向玄乙行了礼，才道：“我有些话不吐不快，先请公主莫要见怪。先前公主与扶苍师弟在殿门前的冲突，我也见到了。然而事出有因，公主早在数日前花皇后花园内，对扶苍神君先以声势压人，后以言语中伤，令神君拂袖而去，此乃争端初始，公主莫非忘记了？先生挑选弟子更看重天分气度与品性，公主言辞犀利，毫不让人，我以为公主并不适合拜入先生座下。”

玄乙黑白分明的眼睛在她脸上凝视了片刻，突然问道：“请问，你是哪位？”

芷兮神女明艳的面上掠过一丝尴尬，很快答道：“我是中天轩辕有熊氏一族，我叫芷兮，九千年前拜入先生座下为弟子。”

玄乙和善一笑，柔声道："多谢芷兮师姐教诲，玄乙一定谨记在心。"

芷兮神女被她那声"师姐"叫得眉头紧蹙："我还没有承认你是师妹。我说你言辞犀利，毫不让人，可有说错？"

玄乙道："师姐妙语连珠，说得好有道理，我竟无言以对。"

芷兮神女沉下脸来，转身望向白泽帝君："方才先生对公主的考验，弟子实在不能苟同。误打误撞蒙对，先生问起时也说不出所以然，只说是猜的，与扶苍师弟的一剑斩天地相比，如同儿戏。与她同窗，弟子深觉不安，您这样收她入座下，如何服众？"

白泽帝君稚嫩的脸上始终挂着笑，一会儿看看她，一会儿再看看玄乙，倒有八成像是在看热闹。旁边的太尧神君看不下去了，忍不住轻轻咳了一声："先生，芷兮师妹说得或许也有道理，此事先生是否再细细思量？"

白泽帝君讲究"仁""雅""度"，所收弟子也大多是仁和大度温雅之辈，这位不知深浅的公主确实有点格格不入，何况倘若为了她丢掉扶苍，只怕古庭也会十分不开心。

白泽帝君皱起眉头："可本座收了钟山帝君的重礼，万万舍不得再退回去，怎么办？玄乙，给你的师兄师姐说一下，你到底是怎么猜到本座的，好叫本座保住这片龙鳞。"

又来了！这近乎赖皮的作风！说来说去就是舍不得烛阴氏的龙鳞！

芷兮神女素来刚正不阿，当即抱手沉声道："先生一向教导我等凡事有可为，有不可为。先生因为一件宝物罔顾规矩，岂不是令弟子们寒心？"

这话说得重了，太尧悄悄拽了拽她的袖子，芷兮只是不理。

玄乙突然笑了一声，很给面子地开口道："我一进书房，只有先生没拿眼看我，其余四位天神是先生神通所化，自然也反映了先生的本心，这是先生自己掌控不了的。我手里捧着玉匣，是先生期盼的宝物，就算他不看我，他的本心也忍不住要看上一眼，所以被我识破了。"

想不到她竟真能说出个子丑寅卯，还头头是道，连白泽帝君自己都惊讶了一瞬："真的？"

"还有个理由，先生想听吗？"

"继续说。"

玄乙淡道："我看先生将那些香灰拨来拨去，正经的香却一块没换，我猜先生是不会换，所以只能没事找事用铜拨子拨香灰了。"

白泽帝君哈哈大笑起来，笑完却看了她半晌，不知想起了谁，感慨："这股叫人爱恨皆不得的聪明狂妄，倒是很像。"

他起身振了振衣袖，唤道："太尧，将两个新晋师弟师妹的名字记录在册，明日送去文华殿。"

他全然不等扶苍再反对，强行把这件事定下了，一旁的太尧立即乖觉地答应，悄悄冲扶苍安抚地笑了笑。

“扶苍，玄乙，三日后辰时再来明性殿，届时作为同窗，要诚善共处。都去吧。”

弟子们纷纷行礼告退，白泽帝君突然又叫住玄乙：“你等一下。”

玄乙无辜地望了他一眼，难道是又要给她什么警告吗？

白泽帝君等明性殿彻底空下，方低声道：“你……这个性子……”

说到这里，却停住，不知又想起什么，面上满是感慨：“你的性子与你父亲倒是不同，看着更像你祖父，颇有历代烛阴氏帝君的风范。”

玄乙奇道：“先生见过我父亲与祖父？”

白泽帝君笑道：“本座与你祖父交情是有的，你父亲本座也曾远远见过一眼，他像你这么大年纪的时候，又腼腆，又多情，只忙着跟新认识的神女聊天，怕是压根没留意本座。倒也难怪你祖父不喜欢他，他实在是少有烛阴氏的风范。”

原来白泽帝君那么痛快就收她当弟子，还是靠着祖父的面子，玄乙不由得失笑：“先生，我可从不晓得烛阴氏风范该是什么样。”

白泽帝君悠然道：“也是个惯会装傻的小家伙，也罢，不说这些，本座有几句话赠予你。”

玄乙躬身行礼：“弟子洗耳恭听。”

“你心思剔透，聪慧外露，且狂妄自大，专断独行，前面两个是好处，后面两个却是坏处。百密终有一疏，叫有心者抓住了你的一丝疏忽，于你便是致命一击。”

玄乙转了转眼珠：“先生的话十分玄奥，弟子不大明白。”

白泽帝君微微一笑：“你记住就好，去吧。”

公主顺利被白泽帝君收为座下弟子的消息让齐南乐得胡子都快飞天了，一路笑得合不拢嘴。

玄乙倚着车窗，继续用白雪捏花儿，一面嘟着嘴咕哝：“你也是得偿所愿了，苦了我，以后要天天对着那个冷脸的扶苍。”

齐南使劲板下脸，嗔道：“扶苍神君是公主自己得罪的，公主跟他明明无冤无仇，却利用他给自己开脱，他见到你不生气才怪！”

玄乙的嘴又嘟起来了：“可是我才九千多岁，哪有这么早出嫁的。”

齐南瞪她：“公主难不成觉得不摆出那些可恶的姿态，扶苍神君就会对公主你一见钟情吗？”

玄乙歪着脑袋想了想，点头：“对啊。”

……帝君和夫人到底是怎么生出这么个狂妄丫头的？齐南气极反笑，越发确定自己终有一天要被她气死。

“公主多虑了。”他半天才憋出一句话，“俗话说冤家宜解不宜结，何况以后公主与扶苍神君是同窗，还请公主友爱同窗，诚心待人才是。”

玄乙用指甲把花瓣抠出形状来，淡道：“我讨厌那个扶苍。”

他相信扶苍神君应该更讨厌她……

齐南有些头痛，好心情已经全部变成了各种重新汹涌的烦恼。他觉得自己该再说点什么，可又不知道还能再说什么。

对面的小公主不知道又想起什么，一扫方才的阴霾，脸上露出天真并着得意的笑容来。

“我得写信给清晏！”她乐得两眼放光，“我拜了白泽帝君做先生的事肯定会把他吓一跳！”

齐南早已见惯她多变的情绪，无动于衷。

他当了十几万年的神官，见过无数神族，多情风流如钟山帝君，孤傲古怪如玄冥帝君，超凡脱俗如望舒神女……至少他们行事总有规律可循，可他到现在也没能摸索出小公主的风格。

往往他以为事情不会更坏，她便能叫他大开眼界；往往他以为走到死路，她又能千回百转把路给续上。

有时候他真觉得，可能将她一辈子关在钟山才是最省心的事情。

一回到钟山，忧心忡忡的齐南第一件事就是去长生殿找钟山帝君。

得知玄乙过了白泽帝君的考验，连钟山帝君都感到错愕：“阿乙真的拜在了白泽帝君座下？”

先前他跟齐南为玄乙选出许多先生，原本是做好了这个不要那个总会要的打算。白泽帝君虽是第一人选，但玄乙成为他座下弟子的可能性微乎其微，他并没有抱太大的期待，万万想不到竟一次成了。

齐南苦笑：“公主素来聪明，白泽帝君慧眼识珠，自然会选中她。帝君……属下另有要事烦恼。”

他将玄乙跟扶苍发生的种种冲突说了一遍，最后忧心忡忡地开口：“公主此番彻底与扶苍神君结下仇怨，他们又一同拜了白泽帝君为先生，难保以后不会继续加深芥蒂，这……白费了帝君与天帝的一番苦心不说，长此以往，于公主的名声也无益处，更何况，也影响青帝与帝君的关系。”

谁知钟山帝君听完竟哈哈大笑起来，自夫人陨灭后，他再也没这样笑过，齐南不由得呆住了。

“我总是怕她太过柔弱，想不到我的女儿竟有这样的本事！”帝君枯槁的面上焕发出一层惊喜的光彩来，掌中的烛火也骤然亮了无数，“好！这样才是我烛阴氏的后人！”

阿翠陨灭后，他心如死灰，不问外事，对一双儿女也疏于关照。清晏恨他，所以远远地离开了钟山；玄乙还小，又从未离过家，他一度非常担心女儿，想为她铺好所有的路，让她走得安稳妥当。

若不是齐南的话，他还一直不晓得，玄乙并不是印象里沉默寡言、百依百顺的小丫头。

喜悦与激昂的情绪让钟山帝君的背挺直了无数，他想起自己幼年时，父亲对他始终不满，若非烛阴氏子嗣单薄，父亲只有他一个孩子，只怕这钟山帝君之位根本落不到自己身上。父亲最常说的一句话是："你一点也不像烛阴氏的后裔。"

无与伦比的自信、冰雪剔透的聪明、不可一世的狂妄——这些特征他一个都没有，反而腼腆多情，引来父亲无数叹息。可父亲倘若见到清晏和玄乙，便绝不会叹息了，他们才是真正的烛阴氏后裔，一世平庸的自己，却生了一双好儿女。

"齐南，你不必太过操心，烛阴氏从无畏惧，就让玄乙做她自己喜欢的事吧。"

齐南没想到帝君竟然也这样说，他不能理解，却也不能再劝什么，只得无奈道："倘若放任，帝君不怕公主到了五十万岁也嫁不出去吗？"

钟山帝君笑着摇头："以后的事，以后再说，只要玄乙不被欺负，就算终身不嫁，又有何妨？"

齐南无话可说，索性拱手行礼告退，帝君忽又唤他："等一下，齐南，且让我看看白泽帝君座下究竟有多少弟子。"

上回他心思不在此，只是粗略一看，这次仔细翻阅名册，才发觉白泽帝君两万年来一共只收了十二名弟子，如今加上扶苍与玄乙，便是十四名。其中，大弟子是天帝的第九帝子，六弟子是花皇的三子，九弟子则是屠香山蛇皇的公主，十一弟子又是赤帝的小公主……一路看下来，他的弟子简直个个身世显赫，贵不可言。

钟山帝君的目光忽然停在了第十二名弟子的名字上，眉头皱起："青阳氏？是九天凤凰一脉的？"

他先前竟没发觉，有九天凤凰一脉的神族也拜在白泽帝君座下。

齐南沉吟道："属下先前见到也有过忧虑，但一来烛阴氏与青阳氏的龃龉乃是上上代帝君所为，年月太久，旧事重提无甚必要；二来，其时两位帝君究竟为何发生冲突，以至离恨海至今仍被圈为禁地，此乃一大谜团。何况两位帝君都已陨灭，时过境迁，故而属下以为，公主与青阳氏后裔一处拜师，并无甚不妥。"

钟山帝君思忖片刻，颔首道："不错，姑且先不去管他，缩头缩尾百般顾忌不是我烛阴氏的作风，难道还怕他们不成？"

他已经很久不曾这样耗费心神，方才情绪波动的大笑似乎都令他疲惫，掌心的烛火晃了晃，渐渐黯淡下去。

齐南心中暗叹，帝君当年狂怒之下冰封桐山一族，消耗了太多神力，到今日还没能够彻底恢复过来。

他收起名册，低声道："帝君请静心，属下先告退了。"

钟山帝君缓缓合上双目，轻道："去吧……清晏若是有消息传来，务必告诉我。"

齐南躬身倒退至殿门处，再向里望一眼，浓密的黑暗已将黯淡的烛光静静吞噬了。

天气阴沉沉的，蒙蒙细雨打湿了明性殿角上嘲风兽的鼻子，渐渐变成一粒晶莹的水滴滑落。

玄乙等在明性殿前，盯着嘲风兽发呆。

齐南一大早就把她送过来了，结果殿门到现在还没开，她等得怪无聊的。

明性殿地处万神群殿西南，和负责神职调迁校验的司部只隔了两个云头，辰时还未到，云海中已是诸神往来不绝，祥光闪得眼睛疼。

玄乙用袖子挡住上方刺目的祥光，每一个钟山烛阴氏都不喜欢太过明亮的东西，那些喜欢把自身祥光放到最大的神族优越感到底多强？那么亮，干脆去当太阳好了，正好后羿射日的影响还没过去，天帝一定很乐意有神族自告奋勇。

身后忽然传来一阵低低的狮吼声，她扭头，便见扶苍神君牵着九头狮缓缓走来。

每一粒微小的雨滴都在他头顶三寸处被静静隔开，蒙蒙细雨中，他看起来像是走在薄雾轻云里，白衣胜雪，干净利落的步伐，有种别于其他任何神君的高旷洗练。

大约是发现她站在殿前，扶苍头也不抬，遥遥停在殿门边上，斜倚九头狮，安静地闭目养神。

玄乙想起离开前齐南苦口婆心的叮嘱，他总是心怀各种担忧，怕她坏了名声，怕她和同窗没法友善共处，更怕她因为任性而被同窗欺负。

齐南最操心的一直是她，也只有他会为她这样絮叨琐碎。

她觉得自己不能老叫他心神不宁，嗯……她决定友好一下，趁着现在气氛不坏。

"扶苍师兄，有礼了。"玄乙优雅地朝对面的年轻神君行礼，现在他们是同窗，得改口叫他师兄。

对面一片沉默，扶苍像是没听见，连眉毛都没动弹一下。

"扶苍师兄？"她稍稍提高了一点声音。

他依旧不动，仿佛她根本不存在。

玄乙眨了眨眼睛："扶苍师兄，请问你是聋了吗？"

他长长的睫毛轻轻颤了一下，跟着扬起，漂亮而冷淡的眼睛就是不朝她这里望一眼，薄唇微启，魅惑的声音许是因为压抑厌恶，变得十分低沉："走开。"

走开？玄乙微微一笑，反而朝前走上一步，他身后的九头狮立即发出威胁的低吼，九双眼睛直直盯着她，好像随时打算冲上来一个脑袋咬她一口。

她瞥了它一眼，这只蓄势待发的九头狮顿时蔫了，把脑袋埋在扶苍背后，喉咙里的呜咽声听起来倒像一只猫。

玄乙"哧"一下轻轻笑出声，冷不丁眼前高傲的神君忽然扭头，漆黑的眼眸像冰一样，毫无善意地盯着她。

"钟山龙神一脉，都是你这样的吗？"他慢悠悠地开口问道。

玄乙笑吟吟地看着他："当然不，我是最好说话的那个。"

出乎意料，扶苍冷若冰霜的面上竟露出一丝笑，与他的眼神一样，毫无善意。

"那天你直接离开，才是更好的选择。"他一反常态，不再沉默，"既然留下来，就不要后悔。"

玄乙用袖子捂住嘴，轻道："师兄的话好玄妙，华胥氏的神君莫不是要排挤同窗，以言诛心？"

扶苍的视线从她脸上移开，冷道："华胥氏睚眦必报，公主谨记。"

玄乙再朝前一步，殿门不知什么时候无声无息地开了，守门仙童正瞪圆了眼睛好奇地看着他俩。

"烛阴氏的气量却十分宽宏。师兄，我们真是天生一对。"

玄乙送他一缕妩媚的秋波，抬脚跨入殿内。

或许是来得太早，引路仙童进去传话后好半天才出来，充满歉意地说道："扶苍神君，玄乙公主，帝君刚刚才起身，还未盥洗，怕二位久候，让在下替二位领路前往弟子庭院。"

睡到辰时还不起，这个帝君真悠闲。

玄乙正准备走，忽见前方数位天神有说有笑地走进殿内，刺目的祥光照亮了整座阴暗的明性殿，她眼睛又开始疼，只好用袖子挡住脸。

引路仙童见她这副模样，不由得轻声提醒她："公主，这样不合礼仪……"

话未说完，芷兮神女的声音便从身后传来："玄乙公主，今日起我等便是同窗，公主见了我们却以袖遮面，这是何意？"

玄乙放下袖子，优雅地行礼，柔声道："诸位师兄师姐神力充沛，祥光耀眼，令我不敢直视，还望师兄师姐们宽宥。"

抬起眼，正对上芷兮神女不怎么友善的眼神。哎呀，她有这么讨人嫌吗？

她想了想，忽又躬身行礼："熊师姐，有礼了。"

芷兮神女脸色登时一变："你叫我什么？"

玄乙满面歉然："抱歉，师姐的名字我没能记住。"

身旁的引路仙童急忙小声介绍："公主，这是您的二师姐，芷兮神女，她是有熊氏后裔。"

"有熊氏，对。"玄乙给了面色阴沉的芷兮一个诚挚而充满歉意的微笑，"芷兮师姐的名字真好听，人如其名。"

芷兮却已把身体转过去，仿佛没听见。

玄乙先不去理她，目光流转，将殿内的天神们一个个望过来。

仔细数数，她与扶苍不算，这里一共来了四名弟子，太尧与芷兮先前见过，剩下一男一女两位弟子很是眼生。最关键的是，这两人看上去与扶苍像是旧识，谈笑风生，很是亲热。

玄乙垂下头，细声问引路仙童："那个穿着青袍子正在跟扶苍神君说话的是谁？"

引路仙童立即大方地给她介绍："那是公主的六师兄，古庭神君，他是花皇的三子，听说跟扶苍神君打小就熟识了，这些年天天都在跟帝君念叨，要他将扶苍神君收入座下呢！"

竟然是花皇的三子。上回她跟扶苍在花皇后花园初见，险些摘了婆娑牡丹，此事让花皇直接兴师问罪到了钟山，好在后来被齐南摆平了。

怪不得扶苍先前那么趾高气扬地威胁她，原来这里他有熟人，还是同仇敌忾那一挂的。

"那个黑裙子的神女是谁？"

玄乙的目光落在古庭神君身侧的黑裙神女身上，她身量高挑而窈窕，只着一件式样简单的黑裙，越发衬得肤白如雪，气度高雅，明显比芷兮神女要美上一层，不过看起来她俩反而挺和睦的，不像芷兮看到自己，剑拔弩张。

"那是您的九师姐，屠香山蛇皇的女儿，夫萝公主。"引路仙童暧昧一笑，"她和古庭神君刚订了婚约，又一同拜在帝君座下，倒是一段佳话呢！"

似是见玄乙这边嘀嘀咕咕不停地小声说话，还时不时朝这边张望一眼，大师兄太尧到底还是摆出了师兄的模样，上前笑道："小师妹，怎么不过来见一见其他师兄师姐？"

玄乙含笑迎上去，声音甜美："我见师兄们相谈甚欢，便不敢打扰。古庭师兄，夫萝师姐，有礼了。"

这两位天神果然是扶苍那一挂的，爱理不理地点点头，看也没看她一眼。

太尧浅浅一笑："原来你认得？我正准备介绍。"

玄乙颔首："怎么说我也是先生的座下弟子了，师兄师姐们的身份自然要了解，毕竟日后大家皆为同窗，以诚相待才是。"

"公主此话，古庭不敢苟同。"

古庭神君忽然正了神色，转过身来。他身量中等，一袭简朴的青袍干净而利落。与时下兴起的随性风潮不同，他的长发一丝不苟地全部束起，显得略微死板了些，然而站姿挺拔轩昂，举手投足间自有一派儒雅中正之势，本是个让人一看就心生亲近之意的模样，可惜如今他面带排斥，颇有些严厉地望着玄乙。

“我花皇姚氏与烛阴氏素无恩怨，然而公主先将帕子丢入云池，后试图染指婆娑牡丹，如此玩笑倒也罢了，你为何又对扶苍出言不逊？狂言中伤在先，殿前挑衅在后，如此气势凌人，不见半点神族风范，今日你谈及以诚相待，不觉得惭愧吗？”

玄乙摇了摇头：“不觉得。”

“荒唐！”古庭眉头紧皱，“即便先生已收你为弟子，我还是以为烛阴氏公主只怕与明性殿脾性不投。公主说以诚相待，便不该以这般傲慢的旧面目对待同窗，若公主还是执意如此，大约要辜负钟山帝君的至宝龙鳞。”

意思是说如果大家都不喜欢她，她就待不了几天吗？

“我已帮你选好院落。”古庭神君领着扶苍转身离开，“是个清雅的地方，你必然喜欢。”

他一走，殿内其他天神立即跟上，唯有太尧温言询问：“小师妹一起走吗？”

玄乙含笑道：“师兄请先行，玄乙随后便到。”

据说因为白泽帝君信奉一生二、二生三、三生万物的天然之道，故而万神群殿三万三千三百三十三座殿宇正合了三之数。

更精妙的是，这三万多殿宇内，各自的小殿建筑也暗合三之数，譬如白泽帝君的明性殿，便有三百院。如此多的院落，座下弟子自然可以随意挑选喜爱的庭院使用。

玄乙一路跟着引路仙童走过了起码十座看起来相当不错的庭院，见仙童丝毫没有停下的打算，她便开口问道：“仙童，院落莫非不是弟子自己挑选？”

引路仙童有些为难：“公主，帝君前日特意交代了我等，公主的庭院由帝君指定，想来帝君是有他的安排的。”

只有她？

玄乙不再说话，安静地跟在他身后，沿着开满紫阳花的碎石路前行。

倒是引路仙童叽叽呱呱停不下来了：“公主的院落在西北的方向，叫桐景殿，是个清净的地方，公主待久了一定会喜欢的。”

桐景殿，被灭族的桐山一族曾经的主殿名。白泽帝君是故意的吗？玄乙的双眸微微眯起。

引路仙童浑然不觉，还在兴奋地说着：“昔年望舒神女还是帝君座下弟子时，便一直想要这座院落，就因为它特别清净，帝君却始终没舍得叫她住在这里呢！”

好吧，或许真是个好地方，桐景殿一听就是个气派的名字，怎么说也该有个真正的“宫殿”，配上花园、水池、梧树林才对。

所以，当引路仙童推开院门后，玄乙被里面的景象惊呆了。

这是一座小得不能再小的……瓦房？两间半旧不新的破瓦房，满地枯黄的干草，东边种了一株纤细的桐树，西边几畦垂头丧气的野花，她家最下等的神仆也没住过这种地方。

望舒神女想住这里？骗鬼吗？

引路仙童见她一言不发推开屋门，急忙迈开小短腿跟上，兴致勃勃地介绍：“公主，这间是书房，卧房是隔壁那间。每日的饭食由我等按时供应，公主不必担心。每日帝君自辰时开始授课，未时结束，在正西的合德殿，公主沿着紫阳花一直走，很快就可以看见。若是公主觉得疲惫想要散心，只要帝君不授课，您可以随意出入明性殿，也可以去南面的花园，帝君的弟子们都喜欢在那里休憩漫谈，公主也一定会喜欢的……”

话没说完，便见玄乙摸了摸半旧的桌椅，又摸了摸简陋的月窗，最后望向没放几本书的缺角书架，她的眼眶慢慢红了。

引路仙童顿时有些慌，急道：“公主？您莫不是想家了？这里……您住习惯了一定会喜欢的！”

玄乙含泪凝望他：“……有吃的吗？我想要新炒的九九归元茶，茶叶要一寸长的那种。还要玛瑙白玉糕，馅里面不要有豆皮那种。”

……原来是饿了！要求还这么高！

善良的仙童立即出去为高贵的烛阴氏公主觅食，好不容易凑齐了她要的吃食，回到院落，这回轮到他被惊呆了。

古朴简陋的院落整个儿被埋在极厚的冰雪下，丰姿绰约的烛阴氏公主在冰层上重新建了两间崭新气派的寒冰殿，正气定神闲地坐在冰椅上用白雪捏出一朵花。

见着仙童发绿的脸，她浅浅一笑，将那朵雪捏出的花轻轻放在他胸前的小口袋里：“谢谢，这个给你玩吧。”

公主吐气如兰。

仙童有些慌乱：“公主……你这样……这样可不行……”

她怎么能擅自把明性殿的三百院之一改成这种模样！

玄乙神色无辜：“我加了一点冰雪，不可以吗？”

这是加了“一点”冰雪吗？

“帝君见着了，怕是要怪罪公主。”仙童把白泽帝君搬出来吓唬她。

“等先生怪罪了，我再换回来。”

玄乙悠然倒了一杯茶，轻啜一口，好茶好茶，果然是一寸长新炒的九九归元茶。又咬一口玛瑙白玉糕，好香好软，确实是地道的没有豆皮的玛瑙白玉糕。

一口茶，一口糕，再环顾四周，漫天冰雪世界，玄乙忽然觉得出来拜个先生是件挺愉快的事。

“对了，桐景殿的名字我不喜欢。”她想起什么似的，望向挂在冰雪殿门上的匾额，“我换了个名字，今天起这座院落就叫冰雪殿了。”

仙童唉声叹气地跺脚，绞尽脑汁还想劝，忽觉脚下冰面一阵剧烈的震颤，晃得他险些摔个倒栽葱，紧跟着却见一道明亮的火光自冰层下激射而出，硬生生将极厚的冰层破开个巨大的洞。

火光拔高数丈后，又缓缓落回冰面，收拢成一个人影，一个轻轻的嘘气声响起，是个陌生男子的声音："谁将这里冰封了？险些闷坏我。"

这声音十分好听，柔软而且温暖，像天寒地冻时一碗热乎乎的甜蜜浓香的红豆桂花酒酿圆子。

说罢，火光化作的神君转过身来，好奇地望着周围的冰雪世界。

仙童不敢应声，只能使劲拿眼去瞟玄乙，嘴噘得快能挂油瓶了。

玄乙爽快地应声："是我。"

陌生的神君扭头望向她，他身量颇高，身上穿着一件浓紫色的长衫，上面绣满了金色的玄鸟，显得十分华丽，甚至花哨，然而穿在他身上，就是特别合适特别好看，挑不出半点错。

玄乙盯着他额上坠下的火红宝珠看了许久，宝珠色泽浓烈鲜艳，十分夺目，他的容貌在这璀璨宝珠的映衬下，非但不失色，反而更加浓烈俊美。除了清晏，她还是第一次见到可以称为"俊美"的神君。

"为什么？"

他的语气里有一种恰到好处的温柔亲和，乌黑的眼睛仿佛天生就带了三分笑意，令人不由自主地想亲近。

玄乙喝了一口九九归元茶，慢悠悠地说道："因为这里以后是我要住的地方。"

他一见冰桌上的茶与糕，便立即凑过来。

"九九归元茶和玛瑙白玉糕。"他的声音听起来有种一本正经的控诉，怪她居然这么会享受。

玄乙屈指一弹，一只晶莹剔透的冰椅落在对面，她客气地邀请："要不要来尝尝？"

他果然毫不客气地坐下，姿势隽雅地端起冰茶杯。

"九九归元茶单独喝味苦，玛瑙白玉糕单独吃却又太甜，这两样在一起品尝，滋味才最好，你真懂享受。"

他赞不绝口。

玄乙笑眯眯地看着他，他也笑眯眯地看着她，两人一面吃一面笑，这场景怎么看怎么透着一股诡异劲。

一旁的仙童终于忍不住，轻声道："公主，这位是九天凤凰青阳氏的少夷神君，是您的十二师兄。少夷神君，这位是刚被帝君收入座下的新弟子，钟山龙神烛阴氏……"

"烛阴氏的玄乙公主，今年九千七百岁。"少夷神君笑吟吟地打断，"我知道。"

玄乙奇道："少夷师兄连我的岁数都知道？"

少夷笑得更加亲切："当然，泥鳅小公主可是很有名。"

泥鳅小公主是怎么回事！仙童慌了，少夷神君怎么能跟公主这样开玩笑！她可是那个可怕的烛阴氏的公主啊！

孰料公主竟然一点儿也没生气，反而充满趣味地望着少夷神君："原来我这样有名？对了，少夷师兄为什么会在这里？"

少夷神君用袖子优雅地挡住一个脱口欲出的哈欠，声音里带了几丝慵懒："桐景殿最安静，离钟楼也近，点卯敲钟后我时常来这里睡回笼觉。"

哦，这样子啊。玄乙理解地点点头，替他续上一杯茶："少夷师兄请。"

仙童无奈地看着他俩谈笑风生，一派和谐，以后谁再说青阳氏跟烛阴氏关系不好，他就跟谁急！

像是终于发现引路仙童还在旁边戳着，玄乙好奇地问道："仙童你怎么还在？我已经没事了，你去忙你的吧。"

仙童绝望地看了看四周的冰天雪地，艰难地张开嘴："这……桐景殿……公主……"

她把桐景殿变成这样，他要怎么跟白泽帝君交代？

玄乙好心提醒他："这里不叫桐景殿了，以后叫冰雪殿。你去吧，先生若是问罪，责任都在我，不要站在这里了。"

仙童只好默默流下一行眼泪，啜泣着离开了。

少夷瞥见仙童胸前小口袋里的花，不由得笑道："这朵花倒是很别致，没在明性殿里见过，你从哪里采的？"

"少夷师兄喜欢吗？"玄乙放下茶杯，轻轻抓起一团白雪，"我也为你捏一朵吧。师兄喜欢什么花？"

少夷正要说话，忽听后方传来一个轻快的女子声音："少夷？"

玄乙扭过头，便见一个身着黄衫的神女，似蝴蝶般轻飘飘地落在了满地寒冰上，圆圆脸圆圆眼睛，容貌十分甜美。她一面疑惑地四处打量，一面走过来，飘忽的目光先落在了玄乙身上，很快又移开。

少夷神态慵懒地打了个招呼，一面道："小泥鳅，这是你十一师姐，赤帝最小的女儿，列山氏的延霞公主。小晚霞，这是烛阴氏的玄乙公主，今日新来的小师妹。"

小泥鳅，小晚霞……看样子这位神君很爱给神女取暧昧的昵称。

玄乙躬身行礼："延霞师姐，有礼了。"

延霞公主嗔怪地轻轻拍了少夷一下："你怎么这样叫小师妹？她那么漂亮，哪里像泥鳅？"

说完她上前亲热地挽住玄乙的胳膊，微微一笑，腮边浮现出两个讨喜的梨涡："芷兮师姐和夫萝师姐都是难得一见的美人，现在来一个小师妹都这么美，成天见着这样的美人，我可真越来越无地自容了。”

玄乙笑得谦和：“延霞师姐过奖了。”

她将手中的白雪轻快地捏出一朵清丽的芍药，含笑双手递给延霞公主，望着她有些错愕的眼睛，柔声道：“芍药清丽婉约，正配得上师姐的容姿，还望师姐不要嫌弃。”

一席话说得延霞公主目中流露出喜意，笑吟吟地将雪芍药系在了胸前：“谢谢小师妹，你真是心灵手巧！”

她转身又看向少夷，说话又快又清脆：“听说今天来了新弟子，夫萝师姐他们都在扶苍师弟院落里，可热闹了。我想着这会儿你该醒了，就过来桐景殿叫你一起去，谁知这里竟变成这样了，吓了我好大一跳。”

少夷懒洋洋地开口：“我不爱热闹，你去吧。”

延霞公主有些急：“是夫萝师姐让我来叫你，你也不去？”

少夷乌黑的眼眸戏谑又暧昧地睇她一眼：“她想叫我，就让她自己来。她不来，我为什么要去？还不如在这里与小师妹喝喝茶。”

延霞公主面上忽然微微一红：“那我叫你去，你去不去？”

少夷轻笑着作势在她圆圆的脸上伸指一刮：“是你想叫我陪你，还拖着夫萝当借口，小丫头。”

延霞公主娇嗔地翻他一个白眼：“哪有！你明明……好啦！快走！”

她不由分说地拽着袖子就扯人，少夷失笑：“慢来，衣服要被你撕坏了。怎么不问问小师妹去不去？”

延霞公主愣了一瞬，有些尴尬，她只顾着少夷，倒把新来的小师妹忘了，她赶紧笑道：“对啊，小师妹去不去？师兄师姐们都在，可热闹了，方才芷兮师姐和古庭师兄还提到师妹你，叫我若见着你将你叫了一同过去呢！”

玄乙含笑摇头：“多谢师姐相邀，我还有事，就不去了。”

冰雪殿重新陷入沉寂，玄乙慢悠悠地将杯中的九九归元茶喝完，捞起一把白雪，又开始悠哉地捏小雪人。

发系丝带的是扶苍，一丝不苟的是古庭，头戴玉冠的是太尧，额间坠宝珠的是少夷。身段高挑的是夫萝，耳畔戴红花的是芷兮，脸上有梨涡的是延霞。

第一天，她便见到了白泽帝君的七个弟子。

玄乙兴致勃勃地将古庭放在夫萝身边，想了想，再把少夷也放在夫萝身边。接着是延霞，把她放在少夷身边。扶苍和古庭是一挂的，他俩凑近点，芷兮和古庭关系好像不错，也放在古庭旁边好了。嗯，太尧是和事佬，放在最后。

她盯着七个雪人看了许久，再拈起一块白玉糕咬上一口。

这里面的关系真是错综复杂。

玄乙将这些小雪人排来排去，玩得不亦乐乎，忽然不小心将雪人扶苍的脑袋拨断，她忍不住轻轻笑出了声。

“何事发笑？”

白泽帝君的声音毫无征兆地出现在身后，玄乙微微一震，冰桌上的小雪人立即碎成了雪末。

玄乙可惜地望着一桌雪末：“哎呀，好不容易捏好的。”

白泽帝君咳了一声，淡道：“先生来了你不拜见，只可惜那几个雪人吗？”

玄乙盈盈下拜，声音恭敬：“弟子玄乙，拜见先生。”

白泽帝君微微颔首，目光环顾一周，脸上露出一丝笑来。

“你的胆子倒是不小。”他的话听不出是善意还是恶意。

玄乙无辜地望着他：“桐景殿这个名字弟子心中不喜，桐树也叫弟子心慌意乱，无奈之下只能用冰雪覆盖，还望先生宽宥。”

白泽帝君笑了一声：“宽不宽宥，你都已经做了，这胆大妄为的性子，跟你父亲倒不一样。”

他见那冰椅晶莹别致，忍不住坐了上去，顺手拿起冰桌上的茶壶晃了晃，里面的茶已经喝完了，他只好遗憾地放回去。

玄乙假装没注意他的动作，道：“记得先生说过见过我父亲？”

睚眦必报的小鬼头，白泽帝君暗暗摇头：“本座见过他，他却未见到本座。他像你这么大年纪的时候，本座远远见过一次，又腼腆，又多情，只忙着跟新认识的神女聊天。”

玄乙挑了挑眉毛，没有说话。

“你母亲的事，本座也有所耳闻。”

他忽然提起阿娘，玄乙面上的笑意便渐渐淡了下去。

“此等惨事与你父亲的多情性子脱不开干系，”白泽帝君用手指轻轻戳向桌上的雪末，“本座听说，桐山的神族将你母亲刺伤的时候，你就在一旁？”

玄乙静静望着他，声音冷淡：“先生有何用意，还请直说。”

白泽帝君安抚地笑了笑：“本座只是觉得此事颇为蹊跷。桐山一族不过是小神，如何有胆量与烛阴氏作对？你母亲无论如何也是钟山帝君的夫人，她出了事，帝君怎会放过？”

玄乙心不在焉：“或许鬼迷心窍了吧。”

见她不想谈这些，白泽帝君沉默了片刻，方又温言：“今日见了许多师兄师姐，你印象如何？”

玄乙歪头想了想：“师兄师姐都很和气，果然不愧是先生座下弟子。”

白泽帝君笑道：“既然都和气，为何你一个人待在这冰天雪地，不去与他们热热闹闹玩在一处？”

玄乙捂了捂脸，羞怯道："其实弟子也生性腼腆，不好意思和师兄师姐们说笑。"

白泽帝君大笑起来，起身朝外走了数步，忽然道："以前数千年都是少夷点卯去钟楼敲钟，如今你辈分最小，以后每日点卯便是你去钟楼敲钟，从明日开始。不许忘了，不然便要责罚你。"

"弟子谨遵先生之命。"她答得利落干脆。

白泽帝君停了片刻，低低叹息一声："真是个叫人头疼的小家伙，本座老了，本想过几天清静日子，不该收你啊……"

不等玄乙应答，他身形一晃便消失在冰天雪地中。

玄乙手指在冰桌上轻点，散乱的雪末霎时间聚拢在一处，她又开始慢悠悠地捏起花。

极远处偶有阵阵笑语声传来，只是听不真切，一段一段，最终一切都陷入沉寂。

好安静，连风的声音都那么清晰，她独自一人孤零零地坐在冰和雪的深处，用指甲细细雕琢一朵桔梗花，铃铛似的花苞，纤长的脉络。花捏好了，再将它轻轻抛下去，好像这样就可以挡住那些无处不在的猩红血色。

白泽帝君是故意的吧？让她住桐景殿，又跑来说一堆有的没的，考验她的反应？又或许只是满足他窥人隐私的欲望？

是什么理由已经不重要，他已经成功让她变得不那么开心了。

不知过了多久，雪白的冰桔梗花已经堆了半人高，玄乙轻轻吹了一口气，它们又重新化为雪末，散落一地。

远处有说笑声慢慢靠近，依稀是芷兮神女的声音："先生最喜紫阳花，明性殿三百院里种得最多的便是这花，长在道路两旁，连认路也方便得多。这里拐角处有两丛青竹，往东面去的路是通向钟楼的，那边是桐景殿……咦？"

伴随一声惊呼，一行祥光灼灼的天神们纷纷停在此时被厚厚冰雪覆盖的桐景殿外，惊疑地朝里面张望。

"桐景殿怎么变成这样了？"古庭神君极为错愕，"有弟子住在这里？"

延霞笑道："是啊，新来的小师妹被先生安排住在桐景殿，听说她是烛阴氏的后裔，这才把桐景殿铺满冰雪吧？看起来好漂亮！"

芷兮朝布满冰雪的桐景殿内静静看了片刻，见那烛阴氏的小公主独个儿坐在冰天雪地里好似在发愣，相比较下，他们这里却是笑语晏晏，热闹非凡。方才让延霞叫她，她也不来，芷兮心中忽然有点愧疚的不忍，这样搞得好像他们真的在排挤同窗一样。

她上前朗声道："玄乙公主，我们正领扶苍师弟游历明性殿三百院，你可愿同行？"

玄乙淡淡瞥了他们一眼，缓缓起身开口道："要我去也行，让他走我就一起。"

她的目光落在古庭旁边的扶苍身上，他眉梢微扬，面无表情地与她对望。

芷兮蹙眉道："这话是什么意思？大家都是同窗，哪里有厚此薄彼的道理？"

玄乙淡道："那就请师兄师姐们继续厚他而薄我吧，我要休憩了，请诸位师兄师姐慢走。"

她长袖一挥，两扇冰雪大门轰然合拢，将这帮乱放祥光的天神关在了外头。烦人，心情正不好，他们偏要来触霉头。

弟子们都被她的傲慢无礼惊呆了，过了半天古庭才怒道："这是什么态度！不必搭理她，我们走！"

他转身快步离开，弟子们议论了一阵，也只得跟着离去。

第三章

针锋相对

离卯时还差一刻，玄乙一面打哈欠一面朝钟楼走。

她从没起过这么早，怪不习惯的，加上这里和紫府不一样，一到夜里就风声呼啸，害她一夜都没怎么睡好。

对了，这里的饭食也不好吃……唉，齐南啊齐南，可知你家公主有多么辛苦。

玄乙又痛苦地打了一个哈欠。

天还没完全亮，薄雾弥漫三百院，好在路边的紫阳花开得甚是显眼，不至于叫她迷路。

眼看快到钟楼，忽闻前方薄雾中传来低低的说话声，玄乙停下脚步，侧耳去听，依稀是个低柔的女子声音。

“昨天一整天都和延霞待在一处，一句话也不和我说，你还在生我的气吗？”

很快，一个柔软慵懒的声音响起：“我什么时候生过你的气？你就爱胡思乱想。”

这是少夷的声音？玄乙揉了揉眼睛，视线穿透薄雾，准确地落在钟楼下的两道人影上。一个身段高挑窈窕，一个服饰华丽风骚，正是夫萝公主和少夷神君。

夫萝公主眼中带了一丝哀怨，定定地凝视着少夷，又低声道：“你总爱说这些话骗我安心，其实我知道，你心里是怪我的，不然不会昨天不理我。可是你到底要我怎么样？我和古庭是父母订下的婚约，他待我一直很好，我不能让他伤心。”

少夷笑了一声，抬手将她耳畔碎发拨开，柔声道：“傻孩子，我就说你的小心眼儿里总想太多事情，一夜没睡？眼睛红了。”

夫萝公主红着脸微垂粉颈，声音变得很小：“可是，你昨天一直和延霞说笑，一句话都不和我说。”

“小醋坛子。”少夷捏住她的下巴，戏谑地晃了两下，“你做个笼子将我拴里面吧，这样我睁开眼看到的只有你，想说话也只有你。”

夫萝公主咬住下唇，娇声道：“这可是你说的，以后我真给你做个笼子！”

他低低的轻笑听起来叫人心里面痒痒的：“你做啊，把我关起来，我就只是你的了。”

玄乙揉了揉干涩的眼睛，好困啊，她还想回去补个回笼觉呢。

她加重脚步，穿过薄雾，直直朝钟楼走去。

似是听见脚步声，夫萝公主骤然化作一股青烟，跑得飞快，只剩少夷一个人背手站在钟楼下，一派从容地笑望玄乙。

“小泥鳅，你偷看了多久？”他的声线始终温柔而慵懒。

玄乙淡道：“光天化日，谈何偷看？”

少夷有些意外地摸了摸下巴：“咦？你说得对，确实不算偷看。嗯……你不好好睡觉，天没亮跑来钟楼做什么？”

玄乙叹了口气：“先生昨日和我说，如今弟子里面我辈分最小，所以日后点卯敲钟的事便归我了。”

少夷忍俊不禁：“先生真是不会怜香惜玉，怎能叫小师妹点卯敲钟？你回去睡吧，以后敲钟还是由师兄来。”

真的？玄乙双目一亮。

他于是又笑了，缓缓凑近，将她歪掉的披帛轻轻扶正，指尖轻轻划过她的胳膊。

“除了这个，你没有什么想说的吗？”他满脸好奇。

玄乙想了想：“少夷师兄。”

“嗯？”

“今天若要补回笼觉，可别去冰雪殿了。”

他顿时失笑，作势在她脑门儿上弹一下：“快回去吧，小泥鳅。”

水晶罐子里装着鲜红芬芳的蔻丹膏，玄乙从里面小心取出浸泡过的纤薄丝绵，轻轻敷在指甲上，纤长透明的指甲很快便被染成了鲜艳的红色。

看看天色，辰时应当快到了，她低头在指甲上轻轻吹了几口气，盼着蔻丹膏快些干。

不管怎么说，这是她拜先生后的第一次课，可不能迟到。

不一会儿，忽闻窗外有仙童呼唤：“公主？玄乙公主？您起了没？”

玄乙嘘出一口气，雪白的冰窗“哗”的一下打开，她歪着脑袋朝外面望，便见昨天那个气鼓鼓的小仙童站在窗下。嗯，今天看上去还是气鼓鼓的。

“什么事？”她继续吹指甲，再看看天色，辰时还没到呀？

仙童道：“帝君方才交代了，今日他授课需要几样道具，但他忘了去取，便命公主与扶苍神君一同前往，务必在巳时前带回来。”

玄乙吹指甲的动作停了一下："为什么叫我和扶苍一起？"

"因为您二位是新来的弟子，往常这些杂事都是交给新弟子的。"

仙童恭敬地递上一张艾绿小笺，又道："所需物事帝君都已写在上面，请公主与神君速去速回。"

……还没授课，先开始支使弟子了。

玄乙打开艾绿小笺，便见上面写着："太阳之辉，三根；月华之精，三枚；飞廉神君的头发，三根。"

前面两样东西还算合理，飞廉神君的头发是什么意思？难道要她跑到飞廉神君面前，叫他拔下三根头发吗？早就听说白泽帝君喜欢搜集些稀奇古怪的宝贝，原来是叫弟子们当跑腿的。

她丢了小笺，道："我不想去。"

仙童吓了一跳："不去？这……帝君是先生，他的吩咐，公主怎能不去？"

"因为看上去好麻烦的样子。"玄乙一面吹指甲一面抱怨，"先生想要什么，不能自己去拿吗？"

仙童瞠目结舌地看着她，他在白泽帝君的明性殿做仙童也有上万年了，弟子们来来往往，从没有哪个像她这样大胆乱来，昨天把桐景殿铺满冰雪，今天又是罔顾先生指派的任务，她到底是来拜师还是来捣乱的？

"……扶苍神君与古庭神君已经出发，公主、公主也请快吧。"他假装没听到她刚才的话，继续催促。

玄乙奇道："为什么古庭师兄也去？"

"公主与扶苍神君是新弟子，帝君怕二位应付不来，所以吩咐古庭神君从旁协助。"

玄乙又想了想，忽然点头答应下来："好，我去。"

她披好披帛，慢悠悠赶到明性殿外时，扶苍与古庭早已到了，两位神君神情严肃地琢磨艾绿小笺上写的物事，看上去怪为难的。

"飞廉神君脾气阴沉暴躁，一言不合便爱大打出手，实是个刺猬般的神君，先生许多弟子都吃过他的苦头，却从未能带回他的头发，想不到先生到今天竟还垂涎他的头发。"

古庭一面说一面皱眉，眼角余光忽然瞥见玄乙，便回头淡道："玄乙公主，先生吩咐务必在巳时前将这些东西带回来，为了尽快完成任务，不如我们分开，你去取太阳之辉，我与扶苍前往望舒宫取月华之精与飞廉神君的头发，怎样？"

他还是只管她叫"玄乙公主"，显得十分生疏。

玄乙笑吟吟地望着他："古庭师兄的提议自然是好的，可是我自小没有离开过钟山，半点路也不认得，怕是反而耽误事情，不如我跟随师兄们，也叫我开开眼界。"

这个理由十分合情合理，古庭一时竟不知怎样反驳，只得默然腾云而起，扶苍神色冷淡地跟随其后，玄乙也笑眯眯地御风不远不近地跟在后面。

“古庭师兄，”飞了不到片刻，玄乙突然唤了他一声，“听说师兄与夫萝师姐有婚约，可是真的？”

古庭声音冷淡：“不错，你从何处听来？”

“我听夫萝师姐自己说的。”她眨了眨眼睛，“你们这样年轻便订了婚约，以后会后悔吗？”

古庭眉头紧皱：“说得不尽实，夫萝何时与你说过话？遇到情投意合的爱侣，早早订下婚约有何不好？”

“情投意合。”她跟着重复了一遍，轻轻笑了。

古庭对她印象极为不好，立即冷道：“你笑什么？”

玄乙噘唇吹开黏在睫毛上的长发：“师兄与师姐佳偶天成，我好羡慕。”

她慢而且绵软的声线里仿佛总带着一丝冰冷的讥诮，古庭不由得火冒三丈，欲要与她真的争辩起来，却又觉得实在难看，只得强忍一口气。

一路无话——玄乙虽挺想说话，但古庭板着脸一声不吭，扶苍更是习惯性装哑巴，她只好一面飞一面随意欣赏风景。

古庭忽然开口道：“扶苍，你们往羲和宫去，我去望舒宫探探飞廉神君的口风。”

一直装哑巴的扶苍神君终于说话了，只有简单的五个字：“我去望舒宫。”

古庭摇了摇头，神色凝重：“你没和飞廉神君打过交道，他……不可以常理度之，还是我去稳妥点。”说完忽然微微一笑，又道，“何况，你去拿太阳之辉自然万无一失。”

先前帝女婚宴上，羲和神女击鼓，扶苍舞剑，自那之后羲和神女便对扶苍甚是挂怀，她素来直爽且果敢，无论被他冷面无视多少次，依旧不气馁，全然不在乎她与他相差十几万岁的差距。

“仔细别被羲和神女抓住哭诉。”古庭说笑一句，转身朝望舒宫飞去。

玄乙看看他，再回头看看扶苍，她跟谁走呢？

不过显然这两位神君都没有搭理她的打算，眼看古庭飞得都看不见了，扶苍也变成了一个小黑点，她赶紧追上去。

今天她心情又好了，笑眯眯地开口：“扶苍师兄，羲和宫什么样？羲和神女长得美吗？”

扶苍默不作声，她却锲而不舍地连问十几遍，扶苍垂头看了她一眼，魅惑的声线低低响起：“你很好奇？”

哎呀，他终于说话了。玄乙点头：“当然，我见识少得很，还请扶苍师兄指教。”

他淡道：“那你等下要仔细看，别眨眼，我一处一处讲解给你听。”

玄乙笑得春风扑面：“这样会不会太麻烦师兄？”

扶苍定定望着远处起伏的云海，缓缓道：“不麻烦，你喜欢就好。”

总觉得这家伙话里有话，跟着他飞了片刻，只觉眼前光线越来越亮，渐渐不可逼视，玄乙心里就有了不大好的预感。

只听扶苍开口道：“下去吧，羲和宫到了。”

玄乙随着他落地，果然对面正是羲和宫，殿前的台阶皆为赤金色，两旁沟壑中是汹涌的火海，时不时溅射数丈高，声势惊人，整座大殿光芒万丈，她立即觉得自己要瞎了，急忙用袖子捂住脸。

扶苍上了台阶，回头用一种公事公办的语气说道：“这里是台阶，所用材质乃是穷桑一地火海中产出的万年火岩，沟壑中的火焰乃是甘渊之火。”

刺眼的光芒让这可怜的、受不得光亮的烛阴氏公主，恨不得用袖子把自己整个儿裹起来。扶苍看了她一眼：“不是要我讲解吗？还没进羲和宫，羲和神女也没见到，把袖子放下来。”

玄乙的声音听起来怪可怜的：“可是我睁不开眼，师兄你去取太阳之辉吧。”

扶苍还是一副公事公办的态度：“先生布置的功课怎能半途而废？”

玄乙不说话，转身便要飞走，谁知后领被他提住，他的声音不喜不怒，十分平淡：“我说了，不可半途而废。”

她猛然回头，长袖下的唇角一翘，正要说话，却听羲和神女爽朗的声音自殿内骤然响起：“是谁在殿门前徘徊？”

扶苍拱手行礼，开口道：“白泽帝君座下弟子，华胥氏扶苍，烛阴氏玄乙，奉先生之命，特来向神女讨要三根太阳之辉，还望神女不吝成全。”

话音未落，但觉香风扑来，羲和神女春风满面地奔至殿门处。她身披赤金色长衣，耳上挂着火焰般的耳珰，容色艳丽无比，见着扶苍，霎时间满眼泪花，使劲挽住他的袖子，连声道：“扶苍神君！快！进去坐！今日恰逢阴云密布，金乌便留在了殿内，我正帮它沐浴，这可不是缘分？”

她连拽带拉，把他俩强行推进羲和宫。玄乙只觉殿内满眼生辉，处处刺眼，什么都看不见，正愣在原处，羲和神女奇道：“你怎么一直捂着脸？过来呀。”

玄乙沿着声音的方向缓缓走过去，忽听羲和神女惊呼：“小心！”

她急退一步，这才发觉裙摆竟被点燃，火苗已经蹿到腰间。这是她最喜欢的一条裙子！玄乙气得呆住了。

巨大的黑幕罩住了整座殿宇，刺目的亮光终于被遮挡住，羲和神女手指一勾，玄乙裙子上的火焰顷刻间像一只柔顺的猫，扑簌簌飞起，盘旋在她指间。

“别乱走，”羲和神女嗔怪地望着她，“受伤了怎么办？”

玄乙默然望着自己焦黑的裙摆，好半天才嘘出一口气，抬头含笑道：“多谢羲和神女。”

金乌的太阳之火竟然只将她的裙摆烧黑一块，羲和神女的神色瞬间有了一丝微妙的变化，美艳双眸盯着她看了片刻，最后勉强一笑：“原来你就是那位烛阴氏的小公主，果然一如传闻中所说，真是个难得一见的美人。我先前听闻天帝牵线你与扶苍神君，结果却没能成，倒不知你又与扶苍神君一同拜在了白泽帝君座下。”

她方才喜不自禁的神情已变得哀怨，幽幽看了扶苍一眼，从袖中取出一柄金色小剪刀，转身走回殿内的一座高台，双手一抬，巨大的黑幕掀开一个角，那高台后居然是一方巨大的火池。天地间最后一只太阳金乌正泡在里面，上下摇曳，总显得有些颓然。

羲和神女揽住金乌，爱怜地抚摸了数下，接着便用剪刀细细剪了三截日光。

“可恨后羿那个家伙，将其余九个金乌全杀了！以前在甘渊里沐浴多热闹！”她一面剪，一面抱怨，“现在只剩它一个小家伙，形单影只，成日没精打采的……唉，我也是孤身一人，如今只有我俩做伴了……”

她似是想起什么伤心事，竟嘤嘤哽咽起来，泪水一串串变成火珠子，掉落在火池里。

玄乙默然听她哭了一会儿，低头看看自己焦黑的裙摆，怎么看怎么不顺眼，她放出白雪将那些焦黑的地方填补完整，忽觉羲和神女哀怨的目光又落在自己身上。

“你真好。”她把三根太阳之辉揉来揉去，“这么年轻，这么好看，又跟他在一处拜了先生，朝夕相对。哪里像我，十个金乌被杀得只剩下一个，永远孤零零的，天帝对这等罪行竟然不闻不问！”

玄乙扭头看了看扶苍，他又开始装聋作哑，长睫低垂做走神状。她想了想，笑道：“羲和神女，其实扶苍师兄才没有把我放心上，他心里只有你，还为你写了一首诗，叫‘云谁之思？羲和美人’。”

羲和神女猛地一愣，霎时间又春上眉梢：“真的？”

玄乙温柔地点了点头，这单纯的神女立即奔向扶苍，再次挽住了他的袖子。

扶苍转头望了她一眼，她却朝他甜甜一笑：“师兄与羲和神女慢慢谈情吧，我不打扰了。”

她说走就走，御风一眨眼便飞得再也看不见。

玄乙凭着以前从书上得来的知识，一路向东飞，在云海中飞了二刻，只觉越来越暗，幽凉冰寒的风吹拂脸庞，很显然，望舒宫应当就在附近了。

她降下云头，果然前方有一座巨大的宫殿，夜空般的苍蓝色，高耸入云的殿门上，赫然雕琢了一只三足银蟾。

此刻殿门前站了个年轻的神君，玄乙定睛一看，正是古庭，他捂着半边脸，看上去蔫蔫的。

“古庭师兄。”她唤了一声，落在他身旁。

他微微一惊，见只有她过来，不由得皱眉："扶苍呢？"

玄乙捂嘴暧昧一笑："扶苍师兄与羲和神女感情真好。"

坏了，扶苍肯定是被羲和神女拽住倾诉衷肠，不知何时才能脱身。古庭阴郁地望向望舒宫，半天说不出话。

玄乙歪着脑袋打量他捂住的半边脸，看起来好像是被谁砸肿了，衣服上也是挂满尘土，看上去极为狼狈。她忍俊不禁："古庭师兄，你怎么啦？"

古庭见她满脸笑意，心中更为不喜，正欲开口，却听头顶风声响动，白衣胜雪的扶苍轻飘飘落在了身侧，他惊喜道："羲和神女没有为难你？"

扶苍面沉如水，避而不答，只问："你的脸怎么了？"

古庭尴尬地摸了摸伤处："今日望舒神女不在，只飞廉神君留在望舒宫中，怕是连月华之精都取不到。"

飞廉神君虽然只是望舒神女的引路使，然而此刻望舒不在，望舒宫一切事宜便由他定夺。这位神君脾气暴躁，十分不随和，又因为白泽帝君时常派遣弟子前来索取头发，导致对他们印象极差，一言不合便立即动手。他年纪比他们大几十万岁，谁能打得过？连九帝子太尧都被他揍过。今天古庭更是连飞廉神君的面都没见到，门一开就被月砂给扑了个狗吃屎，脸都撞肿了。

"那便回去吧。"扶苍转过身，始终不朝玄乙看一眼。

玄乙上下打量扶苍，突然歪着脑袋指了指自己的袖口，悠然开口："扶苍师兄艳福不浅。"

扶苍低下头，便见自己雪白的长袖上留了一抹淡淡的胭脂色，想必是离开羲和宫时，羲和神女拽着他的袖子哭泣而留下的。

他的双眼微微眯起，瞥了一眼玄乙用白雪掩盖的裙摆，淡道："不错，你的裙角形状也被烧得挺别致。"

玄乙吸了口气，霎时间新仇旧恨一并涌上心头，她上前一步，还未说话，却见那雕有三足银蟾的巨大宫门缓缓开启，幽冷的风呼啸蹿出，拂动三位天神的衣袖长发。

殿内忽然传来一个冷冷的"哼"声："又有杂碎过来了！既然你们不走，那就别走了！"

玄乙只觉一股巨大的吸力将自己拽着，不由自主地被扯进大殿，跟着又被毫不客气地朝地上使劲一摁，她急忙稳住身体。下一刻，狂风忽然大作，四角巨大花盆内的月砂飞腾而起，不但眯眼，打在脸上还跟刀割一样疼，它们翻腾汹涌，毫不留情地纠缠过来，牢牢地盘住他们的身体，像是要将他们撕碎。

古庭急得大叫："请飞廉神君息怒！我等并非有意为之！实乃师命难违！否则绝不会来打扰神君！"

飞廉神君冷硬干涩的声音自月砂后轰然炸开："就算白泽老儿贵为帝君，岂有三番五次前来索要头发的荒唐事！我不管他要头发是什么下三烂的趣味！今日我卸了你们的手脚，叫他尝尝我的厉害！”

月砂骤然收紧，玄乙慢慢挥了挥手，殿内纷纷扬扬竟开始下起大雪，白雪飘在月砂之上，这些金灿灿的砂粒顿时下雨般坠落——化为虚无。

她缓缓落地，整了整衣服，淡道：“你火气可真大。”

对面沉默了片刻，忽然，一个高大异常的身影自殿后现身。来者身披一件紫檀色长袍，虽算得上相貌堂堂，然而鹰钩般的鼻子却增添了一股阴鸷之气。最为奇特的是，他那一头倾泻而下的长发，竟如月色般银白，流光溢彩，无风自舞，极为奇异。

怪不得白泽帝君垂涎他的头发……玄乙顿时明白了。

“看什么？！”飞廉神君冷喝一声，恶狠狠地盯着她，满头银发飞扬而起，“原来是烛阴氏的后裔！哼！你才多大点，也想吓唬我？！你不惧五行阴阳又如何，难道我会怕你？！看你年幼，我让你先出手！来！”

玄乙摇了摇头：“成日喊打喊杀是莽夫所为。虽然神君不愿将头发相赠，但我们也是师命难违。这样吧，飞廉神君，我们打个赌，我赢了，你便给我三根头发外加三枚月华之精。若是你赢了，我的两位师兄随你处罚，爱怎么揍就怎么揍。”

这心狠手辣的魔女！古庭大怒：“你说什……”

玄乙不等他说完，便安抚一笑：“古庭师兄，我们是一条船上的。”

一条船才有鬼啊！她又在这边耍鬼点子！这赌局听起来公平，其实赢了功劳归她，输了他们俩倒霉！

飞廉神君果然不是吃素的，当下白眼一翻：“你年纪小，心眼倒多！我干吗要陪你打劳什子赌？”

玄乙定定望着他满头无风自舞的银发，飞廉神君体内神力鼓荡时，长发便会扭曲如蛇，这模样，自然谈不上什么玉树临风。

她想了想，道：“神君言之有理，倘若我有法子叫神君的头发安静下来，并且变回乌黑，神君可愿随我赌这一把？”

呼啸的狂风骤然停了一瞬，他狐疑阴沉地打量她：“当真？你应该知道骗我的后果，我不管你是什么烛阴氏后裔，就算钟山帝君来了，我也不怕！”

玄乙淡道：“既然神君心中有数，又何必怕我骗你？赌不赌？一句话。”

飞廉神君狠狠瞪了她半晌，他试过无数法子，始终不能变回少年时期正常的模样，以至于到今天，眼看都快成老头子了，还没能娶到妻子繁衍后代，头发实在是他心中一块痛，带给他无数麻烦与烦恼，他脾气暴躁，倒有大半是源自它们。

“口说无凭。”他朝前走了一步，“你先证明给我看。”

玄乙笑道：“好，神君莫眨眼。”

她纤细洁白的指尖涌出一团团黑雾，被她像捏棉花似的轻轻捏出，再一口气吹出去，它们团团絮絮地落在飞廉神君舞动的银发上，像雪花般消失不见。

奇异的是，每多落下一团黑雾，他的银发便灰上一层，也低垂一寸。直到黑雾尽数消失在发间，飞廉神君似喜似悲地捞起一绺长发，几十万年不见这漆黑柔顺的头发，仿佛是一场梦。

他怔怔发了许久的呆，忽然抬起头来，目光灼灼直视玄乙。

“你这是什么法子？”他的声音竟然温和了许多。

玄乙一本正经：“此乃烛阴之暗，四海八荒最沉最暗之物，好在神君神力充沛，倒也能支撑得住。现在神君可信我了？”

飞廉神君摸向另一边的头发，突地脸色乍变，怒气冲冲地吼道：“你这狡诈的小鬼头！只弄了一半的头发！”

他这会儿看上去肯定滑稽极了，一边头发黑黝黝地垂在背后，另一边的头发却银白发亮，蛇一般舞在空中。她是故意的！

玄乙优雅一笑：“神君，现在可以开始了吗？”

飞廉神君哪里还有心思与她做什么赌局，揪着自己另一边乱舞的头发，快要疯了。

“快把这边也弄黑！快！”他怒吼。

玄乙收敛了笑容，慢悠悠地开口：“莫非神君是又想得偿所愿，又不愿付出分毫？”

飞廉神君登时大怒，奈何他的头发一边白一边黑，比以前还可笑千万倍，若不弄好，他连房门都出不得，此时少不得强忍怒意，沉声道：“好！我答应你！不过无论输赢，你都必须替我弄好头发！”

玄乙朝他伸出一只手：“我已证明我说的不是谎话，神君也应当表现诚意。三枚月华之精先给我，倘若我输了，再原数奉还。”

飞廉神君气得浑身发抖，他竟然被这种小鬼头要得团团转！

三枚泪水般的月华之精被恶狠狠地抛过来，玄乙稳稳捞在掌中，还没仔细看一眼，飞廉神君早已不耐烦：“说！赌什么？”

玄乙沉思片刻，道：“打打杀杀的事我不喜欢，我们玩个最简单的问答游戏，我问你答，比一比谁的见识更广博。你答对了，就算我输，若是答错，便算我赢，神君觉得如何？”

飞廉神君冷笑一声：“当真？你才多大点，不过仗着几分小聪明，就以为自己见识广博？”

“这些不劳神君挂心，行，还是不行？”

飞廉神君转了转眼珠：“我若答错，不能算你赢，你也答对才算赢，否则还是你输！”

玄乙瞥了他一眼：“神君竟然斤斤计较至此。”

“少说废话！你只管问！”他像是怕她要赖，又道，“不许问那些谁也答不上来的古怪问题！”

玄乙偏头做苦思状，良久，像是突然想到了什么好点子，笑道：“神君，我听说望舒宫内四角花盆中的月砂，都是神君你神力凝练而出，那我问问你，方才被我化为虚无的月砂一共有多少枚？”

飞廉神君满脸狐疑，不知她又想要什么鬼点子！这问题连守门女仙都能毫不犹豫地回答上来！望舒宫所有的天神都知道，飞廉神君自诞生后，一年凝练一粒月砂，今年他三十二万岁，所以共有三十二万粒月砂。

肯定是小鬼头又使诈！

他扬手一招，方才被化为虚无的月砂顷刻间聚拢在他掌中。他上下左右仔细看了无数遍，还不放心，瞪着玄乙：“你们三个都把手伸出来！摊开！脚也抬起来！”

玄乙“哎呀”一声，满面懊悔，噘着嘴摊开手，只见她雪白的掌心中留了一枚金灿灿的月砂。

飞廉神君哈哈大笑，抬手将那枚月砂收回，得意至极：“我就知道你会耍赖！”

玄乙噘着嘴不说话。

他笑道：“不错，就是这样，方才被你化为虚无的月砂，一共是三十二万缺一粒！我赢了！快把我头发弄好！”

玄乙目光流转，轻道：“神君分明错了，怎会是赢了？”

飞廉神君勃然大怒，狂风卷着月砂再一次肆虐在殿内：“不要以为你年纪小又是个丫头，我就真的不揍你！铁证如山摆在面前，你这两个师兄都可做证！你还想耍赖？！”

玄乙淡道：“我说你错，就是错了。不信你在左耳下方两寸处的头发上仔细摸一摸。”

飞廉神君将信将疑，果然伸手在头发上细细摸了几遍。突地，像是摸到了什么，他脸色骤然巨变，猛然将手抽回，却见他指间捏着一粒为漆黑雾气包裹的月砂——她竟然藏了两枚！一枚故意留在手里引他上钩，另一枚却用烛阴之暗藏在他头发里！

“所以，被我化为虚无的月砂应该是三十二万缺两粒。飞廉神君，我赢了。”玄乙笑眯眯地伸出手，“愿赌服输，给我三根头发吧。”

飞廉神君的脸色从没这么难看过，睁大了双眼死死盯着她。他本来就神情阴鸷，如此一来更显得十分可怖。

玄乙像是没看见一样，慢悠悠地催他：“神君，头发。”

古庭原以为飞廉神君至少要大发一场雷霆之怒，最不济也会狂吼两声，谁知他竟什么也没说，安安静静拔了三根头发递给玄乙。

玄乙只抽出一根递给古庭，将剩下两根无风自舞的银发绕在指间，笑道：“神君果然有气度，多谢了。”

她又朝宫外看了一眼：“古庭师兄，时候不早了，请你先回复师命，我替神君把头发弄好便也跟上。”

可是，她只给了一根头发啊？先生要的是三根。

古庭百思不得其解，然而先生要的三样东西算是勉强到手了，这飞廉神君又暴躁古怪，还是回复师命更重要。他朝飞廉神君拱手行礼，又看了扶苍一眼，示意他随自己一起走。

自进了望舒宫便安静如木头人的扶苍终于动了动，但他还未迈步，袖子便被玄乙紧紧攥住。

“扶苍师兄留下陪我。”她浅浅一笑，“我很快的。”

古庭一头雾水地独自走了，扶苍低头看看她拽着自己袖子的手。她拽得可真紧，吃奶的力气大概都用上了。

她声音很低：“别想溜，我们有难同当。”

静默了很久的飞廉神君终于开口了，声音出乎意料的平静：“小丫头，弄好我的头发。”

玄乙利落干脆地放出烛阴之暗，一寸寸替他将右边飞舞的银发染黑归顺，直到最后一根银发也变成了黑色，顺从地垂在肩后。

玄乙后退两步，拱手行礼：“此间事了，告辞了，神君。”

飞廉神君的目光始终胶着在她身上，突然，他低声道：“你很好，第一次有天神能让我拔下头发……你叫什么名字？”

玄乙面无表情：“我叫叽里咕噜龙。”

下一刻，狂风便似刀一般切割上来，飞廉神君阴冷的声音自风中炸开：“我本不打无名之辈！烛阴氏的小奶娃！谁给你的底气在我面前猖狂！今日留你一只手，一洗耻辱！”

玄乙急急避开风刃，忽觉手上一轻，该死的扶苍竟然挣脱开了！

他敢一个人跑！

风沙中，她瞅准了那道雪白的身影，不顾形象地饿虎般扑上，手脚并用，死死抱住他。

烛阴氏神勇无敌，无惧术法，这奇葩的龙公主竟然还要拿他做挡箭牌！

扶苍面罩寒霜，低声道：“撒手！”

想都别想！说了有难同当，就是被揍，她也要拿他当垫背的！

玄乙用力，一口咬住他的衣服。

华胥氏以清雅高贵出名，自懂事以来，扶苍见过的所有神君神女无一不是温文尔雅、恬静淡泊的，可神界中竟然还有烛阴氏公主这种存在，每一次都活生生把他充满恶意的一面撕扯出来。

他想也不想，伸手便要将她丢出去。谁知这看着纤弱优雅的公主，到了关键时刻，动作跟老鼠一样又猥琐又灵活，手脚嘴并用，连下巴都能派上用场，刺溜一下就滑到他腋窝下面躲好了。

扶苍气极反笑："烛阴氏今天又让我开了眼界。"

快跑！玄乙用眼神催促他。

巨大而交错的风刃近在咫尺，扶苍一时顾不得再跟她纠缠，眼角瞥见四面八方都是狂风飞沙，无处可躲，硬吃一下风刃，必然要受重伤，飞廉神君发起火来岂是小事。

殿南上方有个空隙！他反应奇快，当即御风试图冲破望舒宫逃离，却听飞廉神君冷笑一声，月砂早已如蛇般蹿出，扶苍只觉脚踝像是被巨蟒用力缠紧，再也飞高不得。

眼看风刃又要从飞廉神君掌中射出，扶苍被缠住躲不开——没用的华胥氏！

玄乙一骨碌从他腋窝下面钻出来，瞅准时机便打算先跑，冷不丁手腕被狠狠捏住，她百般挣扎，两只脚用力踩在他胸口上，扶苍雪白的衣裳顿时多了无数黑脚印。

"不是说有难同当吗？"扶苍似笑非笑，天生魅惑的声线犹如在调情，目光中却寒意闪烁，"给我留下！"

他屈指在她膝盖上一弹，她便毫无反抗能力地栽下去，一头撞上他的下巴。像是怕她再跑，他毫不留情地把她拖在脑后的长辫子攥在手里，还绕了好几圈。

玄乙疼得泪光闪闪，这狠毒的莽夫！什么清冷似月的神君，明明是个没神性的混账东西！他的下巴近在眼前，她张嘴便狠狠咬了上去。

仿佛被她无耻的行径震撼，扶苍又把手里的辫子继续绕了两圈，疼得她抬手就打，两只脚毫无章法地用力踹他的腿和腰。

两位如此优雅高贵的天神，发生了这般野蛮粗暴的行径，连飞廉神君也有些怔忡，风刃捏在手里忘了丢出，不知不觉散开了。

上面的两个年轻天神已经发展到破口大骂，大概是因为疼，玄乙绵软的声音听起来在发抖："华胥氏看来最擅长扯头发！"

扶苍的声音阴森森的："烛阴氏也不赖，尤擅坑蒙拐骗，过河拆桥。"

"是你先使诈烧坏了我的衣服！"

"我以为是你之前先挑衅我。"

"是你自己蠢！"

"是吗？我说过，华胥氏睚眦必报。"

眼看他们又要进展到新一轮的近身肉搏战，飞廉神君觉得自己实在看不下去了，世风日下，神心不古，现在的年轻神族简直恬不知耻，毫无形象！一个神君一个神女，一言不合大打出手，连扯辫子咬下巴的事情都能做出来，真叫他大开眼界。

"你们成什么样子！"毫无自知之明的老古板飞廉神君厉声斥责，"神君不知宽宏大度，神女不知温文尔雅！白泽帝君的弟子真是一代不如一代！"

话未说完，却见扶苍动如脱兔，一掌劈断有些松懈的月砂，玄乙嘘出一口气，整个望舒宫霎时间陷入一片伸手不见五指的黑暗中。

突如其来的变故让飞廉神君愣神片刻，待黑暗退去，殿内空空如也，方才还闹得不可开交的两个天神早就跑得没影了，他才发觉自己又被耍了一遭，当下怒发如狂，然而想起多年的头发心结已解，最后还是勉强收敛了怒气，爱不释手地把玩起漆黑柔顺的长发。

第四章

群犬狺狺

御风踏云，不及回顾，待前方终于能隐隐见到天宫巍峨的轮廓时，扶苍才骤然停下。

一只微凉的玉手还搭在他额头上，手指贴着他的眼眶，鲜红的指甲只差一丝丝就要触到眼珠，无声地表示威胁。

“放手。”他冷冷开口。

玄乙猴在他背上，她脑后的辫子还在他手里绕成了许多圈，脖子生硬地梗着。

“你先放手。”她毫不示弱。

那就耗着吧。

扶苍低头看了看胸前的黑脚印，试着掸了几下但好像没什么效果，他索性放弃了。

“你不是擅长舞刀弄枪吗？”玄乙冷笑，“关键时刻一点用都没有。”

扶苍面无表情：“你却正好相反，关键时刻太有用了，我竟不知你为了替先生拿到飞廉神君的头发，什么损招都敢用。”

所谓头发，本来就只是白泽帝君的古怪趣味，扶苍根本就没打算听从，飞廉神君恶名昭著，但凡有理智的神族都不会招惹一只疯狗。

玄乙悠然道：“这些自以为有点身手的神族，会舞刀弄枪就觉得好像道理都在他那边了，我偏要叫他吃苦头。”

扶苍淡道：“会舞刀弄枪的神族都心眼小，有仇必报，龙公主小心了。”

玄乙本想跟他继续针锋相对几句，缠在手指上的银发忽然扭动了数下，哦，她差点忘了，这里还有两根飞廉神君的头发。

她搓了搓银发，张嘴轻轻一吸，两团烛阴之暗顷刻间沿着两根头发的脉络泉涌而出，不到一炷香的工夫便回到了她体内。

想必这会儿头发恢复原状的飞廉神君又是气得发疯吧？那场景肯定有趣得紧。

“扶苍师弟！玄乙师妹！”

远处传来太尧的呼喊声，听到这声音，两位天神反应奇快，扶苍一把丢开玄乙的辫子，玄乙也一骨碌从他背上滚下来，霎时间互相离开足有一丈远。

没一会儿就见呼啦啦来了一堆师兄师姐，古庭、太尧都在，连芷兮都跟着。因见扶苍胸前有黑漆漆数个脚印，下巴上还有一行牙印，古庭的脸色顿时变了，声音也变了：“飞廉神君竟真的对你大打出手？这位神君未免太过荒唐！你怎么样？受伤了没？”

扶苍摸了摸下巴上的牙印，迎着一众师兄师姐关切的目光，神色自然：“没事，抓了个空隙逃出来了。”

看不出来，他也会说谎，而且说得挺顺溜，她就知道他不是个好东西。

“怎么会没事！”芷兮看上去比古庭还紧张，凑过去仔细看他胸口上的脚印，脸色泛白，“胸口是要害！我听闻那个飞廉神君下手从不分轻重，四万年前他曾与南海龙神的太子一言不合大打出手，将南海龙太子打得吐血三日！你如何能吃得住他这么多脚！快回去！叫先生替你看伤！”

一声闷笑从旁边传来，芷兮咬牙回头，便见玄乙搓着手里两根舞动的银发，悠哉地看着风景。

“同窗受创，你竟然还笑得出！”芷兮气坏了，“要不是你执意跟飞廉神君纠缠，怎会逼得他对扶苍师弟出手？你还能笑！”

玄乙摸了摸鼻子，柔声道：“师姐见谅，先生既然吩咐叫弟子去取物事，弟子当然要尽心办事，好在不辱使命。”

她抚着手里的银发，十分正气凛然。

太尧出来打圆场：“方才古庭师弟急匆匆地赶回明性殿，只说你们俩被飞廉神君缠住，怕是脱不了身，我们便赶来相助，既是无事便为最好，都回去吧，先生还等着呢。”

话音刚落，便闻后方风声雷动，只见飞廉神君满头银发乱舞，状若疯狂地追了过来。

因为白泽帝君这些年始终垂涎飞廉神君的头发，以至于每来一个新弟子就叫他去找神君要头发，这里每个天神都吃过苦头，此刻见着这魔头大呼小叫地出现，谁还顾得上什么仪态，一个个逃得飞快，只恨自己肋下不生翅膀不能飞得更快。

玄乙御风不紧不慢地跟在后面，遥遥听见飞廉神君在后面破口大骂：“烛阴氏的小浑蛋！给我停下！你敢耍老子！老子要把你撕成一片一片的！”

他发怒的时候头发更像一团团舞动的银蛇，那模样滑稽极了，玄乙忍不住笑出声。

芷兮见她眉开眼笑，不由得更是怒气上冲：“都是你招来的霉星！让他这样大呼小叫地追着，有什么可笑的？”

玄乙笑眯眯地看了她一眼：“他追的是我，师兄师姐们跑什么？”

太尧摇了摇头："都吃过他的苦头……此事先不说，他为何又追了上来？你究竟用了什么法子拿到头发的？"

大家都知道飞廉神君脾气暴躁，但他这样发疯的模样还是头一次见，不知道这古灵精怪的烛阴氏公主到底对他做了什么。

玄乙搓着指间的银发，分外淡定："我用的是最正当的法子。"

明明用的是歪门邪道！古庭嗤之以鼻，他素来正派，最看不得她这种滑头手段，待回头发现飞廉神君原本变黑的头发又重新变回了银色，正朝天乱舞，他不由得失声："你怎么又将他头发弄回原样了？"

怪不得飞廉神君跟个疯子一样追在后头！她根本是玩了个骗局！

玄乙嘻嘻一笑："我可舍不得把烛阴之暗用在他身上，多浪费。"

古庭严厉地瞪着她："此等行径实在可耻！快停下，向飞廉神君好生道歉！"

玄乙只回了他一个甜笑，一下也不动弹。

古庭气得只是跺脚，忽地咬牙转身折回去，孤零零地迎向气势汹汹的飞廉神君。

一旁的扶苍忽然朝太尧开口道："太尧师兄，不知可否将腰上佩剑借我一用？"

太尧有些犹豫，到底还是将佩剑摘下，低声道："扶苍师弟，飞廉神君成名已久，做事前还是思量三分。"

扶苍没有说话，将剑轻轻拔出剑鞘，伸指在秋水碧蓝的剑身上轻轻弹了一下，宝剑发出细微的嗡鸣，仿佛有了灵性一般。

那边厢古庭已经停在了飞廉神君身前，急急拱手行礼，道："飞廉神君请息怒！在下替不懂事的师妹给您赔罪！她年纪幼小，不通道理，还望神君宽宏大量，莫要与她计较！"

"滚开！"飞廉神君哪里能听他叽里咕噜说废话，他眼里只有烛阴氏那个小浑蛋，不把她捉住撕烂他绝不甘心！

恼人的苍蝇还在身前嗡嗡嗡，他怒火攻心，巨大的风剑毫不留情地刺向古庭。古庭料不到他竟会突然下杀手，一时僵在当场，慌得众弟子纷纷惊叫。

忽然之间，方圆数里陷入了一片浓厚的黑暗中，这片黑暗来得如此突然，以至吃过一次亏的飞廉神君情不自禁又吃了一次亏，手上的动作停了一瞬。只这一瞬，耳畔划过锐利的风声，宝剑的寒气令他浑身寒毛倒立，头顶突然轻了几分。

黑暗来得快，去得更快，不过眨眼工夫，又恢复了明亮。

只见扶苍拽着古庭退了数丈，他手中执着一柄泓如秋水的宝剑，轻轻画出一个漂亮的直线，一绺绺扭动不休的银发随风飞扬，缓缓散开。

飞廉神君错愕地摸了摸头顶，他一小半的头发竟然被宝剑削断。

扶苍将古庭推去后面，执剑漠然凝视飞廉神君，不发一言。

"你……你竟敢……"飞廉神君狂怒之下连话也说不好了，一个小辈神君，竟然用剑削断他的头发！而且竟然真的削断了！

“你不过倚老卖老。”扶苍语调冰冷，“一言不合便大打出手的对象从来都是小辈。今天给你一个教训，你再向前一步，以后便做个秃子吧，正好解了你的苦恼。”

飞廉神君哪里忍得，大吼一声，月砂夹杂风剑与风刃，胡乱地朝他砸过来。

这会儿没玄乙碍事，又有宝剑在手，扶苍全然不避，横起长剑，当胸画一个圈，两仪八卦的光辉犹如铜墙铁壁般，将飞廉神君的杀招尽数挡在外面。他御风而起，不过眨眼的工夫，又猛然落在云海中，宝剑再次轻甩，又是一把银发落下。

对面的飞廉神君连着被削了两次头发，满头乱舞的银发犹如狗啃般参差不齐，看起来越发滑稽，在一旁看热闹的玄乙忍不住哈哈大笑。

“都是你这小浑蛋！”

飞廉神君扭头，张牙舞爪地朝她扑过去，此仇不报，他颜面何存！

玄乙却动也不动，笑吟吟地看着他扑上来，悠然道：“你还真是只拣软柿子捏呀。”

飞廉神君的手在她身前三尺处仿佛触到了无形的墙壁，无论如何也碰不到她，他气得又是一声大吼。忽听前方不远处传来白泽帝君的声音：“飞廉神君且息怒，本座弟子年纪尚幼，怕是吃不得神君的怒气。”

玄乙身前三尺的无形屏障发出一股柔和却不容抗拒的力道，飞廉神君被推得倒飞数丈，神色阴晴不定地落在云海中。

众弟子这才发觉，太尧不知何时回明性殿把白泽帝君叫出来了。这孩童般的先生只穿了一只鞋，另一只脚还光着，想来一定是被太尧强行逼出来的，果然大师兄在关键时刻比先生要靠谱多了。

显然白泽帝君还没搞清楚状况，前后左右看了看，又望见飞廉神君狗啃般的头发，不由得微微一惊：“本座只叫你们借三根头发，怎的却把神君的头发削了大半？”

玄乙把绕在手指上的两根银发取下，连同太阳之辉与月华之精一起，送到他面前，笑道：“先生，幸不辱命。第三根头发在古庭师兄那边，您别忘了找他要。”

白泽帝君又惊又喜，小丫头果然有本事，竟然真能取到飞廉神君的头发！

他忙不迭将那两根银发接在手中，但见从发根至发梢足有三尺多长，齐齐整整，绝非利器切断而得。飞廉神君的神力还有些许残留其上，银发犹在款款扭动。

帝君眉开眼笑：“好好好！好头发！好弟子！”

玄乙提醒他：“先生，神君还在发火呢。”

白泽帝君先将银发小心翼翼地放入袖中，这才正了神色，遥遥向飞廉神君作揖：“神君大方，白泽多谢，来日定然给神君一个满意的赔礼。”

飞廉神君见着这种老辈的帝君便有点发怵，扶苍说得倒也不错，他确实只敢在小辈面前张牙舞爪，纵然心里深恨白泽帝君常年觊觎自己的头发，当着他的面却不敢说，只梗着脖子哼了一声："白泽帝君，我不要什么赔礼，你将这小浑蛋交给我就行了。"

白泽帝君笑了笑，温言道："小徒顽劣，本座替她向神君赔个不是。正巧数百年前素女送了本座一盒融雪膏，神君拿去，将此膏抹在发上，不出三日便可恢复如常。过后本座还有赔礼奉上，还望神君莫要与小徒计较。"

飞廉神君又哼了一声："我说了，什么膏啊礼啊，我不要！我只要这小浑蛋！"

她到底做了什么，把飞廉神君气成这德行，连帝君的面子都不好使了？白泽帝君朝玄乙抛去个疑问的眼神。

一旁的太尧小声将经过说了一遍，说到她坑蒙拐骗弄到了飞廉神君的三根头发时，白泽帝君不由得失笑："你为何又将他头发弄回原样？这不是使诈是什么？"

玄乙慢吞吞说道："先生，要飞廉神君头发的不是我，我只是替您取过来，烛阴之暗我可舍不得给。现在正好神君来了，先生也在，就由您二位亲自交涉，与我还有什么干系？"

白泽帝君被她说得哑口无言，憋了好半天，才凑过去小声道："好孩子，能不能就帮先生这个忙，替他把头发弄好，皆大欢喜？"

玄乙面上露出一丝为难的神情，想了片刻，终于艰难地点点头："既然先生这样说，我自然尽力而为，可是我年纪还小，神力不足，烛阴之暗即便给了神君，也维持不了多久。不如神君与先生耐心等候数万年，待我再大一些，神力充沛了，到时候一定帮神君把头发弄好。"

数万年！她又在一本正经地胡说八道了！

白泽帝君扭头看看飞廉神君，他还在吹胡子瞪眼睛，再看看玄乙，她还是一贯无辜又明媚的笑，最后看看周围一干弟子，大家都挺无奈的。

他觉得自己也很无奈，好后悔啊……当初他怎么就为了一块龙鳞收了这么个麻烦货色？

"神君，依本座看，神君的头发并非完全无解。"白泽帝君笑着走过去，仰头望着飞廉神君满头银蛇般扭动的长发，"神君神力中有风之力，所以头发才会因为神力鼓动而扭曲。假如神君不怕麻烦，将头发分成无数细绺，每一绺系上一个极重的饰物，从此神力激荡，头发为饰物牵制，便不会乱动了。"

飞廉神君冷道："话说得容易，我到哪里去找几万个宝珠饰物！"

望舒宫根本是个清水司，望舒餐风饮露，连饭都不吃了，他一个引路使，能有多少宝贝挥霍？

白泽帝君有些肉痛地挠了挠圆乎乎的脸颊，干笑道："此事终究是本座有错在先，自然应当赔礼。这样，本座幼年时恰逢凶煞魔族作乱，曾以神力凝练出赤金天音铃九万九千九百九十九枚，神君若不嫌弃，尽可拿去。"

他遣了太尧回去拿金铃，一行天神在云海里足足等了一顿饭工夫，太尧才一步三颤地回来了。他怀中抱着一只巨大的木箱，累得脸都白了，好容易放下木箱，只顾得上躲一旁喘气。

白泽帝君手指轻弹，木箱立即打开，霎时间金光闪耀天地，光华万丈不可逼视。

“神君请看，这里是九万九千九百九十九枚赤金天音铃。”帝君看着这些玲珑精致的小金铃，又肉痛地眨了眨眼，“此铃每一枚重三分三厘，这里便是三千三百斤，不过以神君之能，这点重量自然是轻若羽毛。”

飞廉神君面沉如水，先拈了一枚金铃放在掌中看了半晌，随后搓了一绺长发，将金铃系上，神力激荡下，这绺长发果然不再朝天而去，而是安安稳稳地坠在身后。

他终于动容，抬手将木箱一抱而起，轻松得好像它真的只是一片羽毛。

“多谢白泽帝君，告辞。”

他毫不拖泥带水，说走就走，恶狠狠地白了玄乙一眼后，眨眼不见了。

诸神直到此时才齐齐松了口气，总算把这煞星打发了。

白泽帝君肉痛得无法安生，颤巍巍地看着玄乙，气若游丝：“你……你要不到回来就是了，你招惹他做什么？害本座赔了金铃不说，你自己也麻烦，这是何苦！”

玄乙没有回答，笑得像一朵花。

“回去吧……”白泽帝君摇着头先走了。

为三根头发折腾一上午，课是没法上了，白泽帝君只想回去再睡一会儿，再心疼心疼那十万缺一枚金铃。甫一进殿，他便要开溜，冷不丁芷兮和古庭同时在后面叫他：“先生。”

“何事？”他有气无力。

芷兮先上前一步，急道：“先生，扶苍师弟被飞廉神君伤在要害处，还请您替他查看一下！”

伤在要害处，他哪里还来的力气把飞廉神君的头发削掉大半？白泽帝君满心不解，朝扶苍胸口上的黑脚印看了看，淡道：“飞廉神君的脚怎会这样小？何况神君怎会用脚和牙伤人？他没事，不必惊慌。”

芷兮顿时明白那脚印和牙印是谁做的好事，当下将脚狠狠一跺，声音幽怨：“原来你没事……又是那个烛阴氏公主弄的吧？明明才来一天，就惹这么多麻烦！”

扶苍回头看了芷兮一眼，她对玄乙的责备听起来就像是责备了他，他惹的麻烦一点也不比那龙公主小。

“怎么了？”他的目光令芷兮有些不安。

“师姐说得对，我错了。”扶苍坦然道。

芷兮茫然地微启朱唇——他的话是什么意思？她不是在责备他呀……

“先生，有关玄乙公主，弟子有话想说。”古庭神色肃然，沉声开口。

此话一出，周围的弟子纷纷竖起了耳朵。白泽帝君颇有趣味地看了看玄乙，她像猫一样瞪圆了眼睛，满面无辜。

“弟子以为，玄乙公主的行事之道与脾性，皆与先生的‘仁’‘雅’‘度’相背，并不适合拜入先生座下。婆娑牡丹一事乃为其一，可以看出公主盛气凌人，毫无仁之意；飞廉神君一事乃为其二，公主言辞诡诈，机心颇深，诱使神君入套，令弟子不寒而栗，可见她毫无度量；方才与先生对答，公主又十分随性散漫，处事无礼任性，不见雅之仪。弟子愚鲁，不敢与玄乙公主列为同窗，还望先生三思。”

古庭一气说完，众弟子霎时间议论纷纷。

白泽帝君笑了笑：“玄乙年方九千七百岁，既然不懂事，你们这些做师兄师姐的自然要教导帮衬，怎的反而出了排挤之态？本座的弟子何时变得这般没有度量了？”

古庭低声道：“先生，并非我等排挤，只是先生座下弟子久负盛名，玄乙公主恐与盛名不符，反而丢了您的脸面。”

“若是虚名，不要也罢。”白泽帝君摆了摆手，“玉不琢不成器，不去雕琢，还指望天上掉下美玉吗？好了，此事暂且休提，本座去了。”

像是怕他们再纠缠，他溜得飞快，一倏忽就没影了，只留下一众弟子依旧议论纷纷。

古庭摇头叹息，先生就是舍不得那块烛阴氏龙鳞，这贪财爱宝的行径真叫他无话可说。

一直默不作声的玄乙突然轻笑一声，盯着古庭目光流转：“我倒有个问题想问问各位师兄师姐，莫非先生无论吩咐什么，你们都毫不犹豫照做，不问对错，不问安危，不问可能与否？”

古庭沉声道：“此话又是机心颇深！先生怎会叫我等去做那些罔顾性命的事？”

“每一个弟子都被先生派去找飞廉神君要过头发，每一个也都被神君揍过，此话是你说的吧？”玄乙神色平静地看着他，“既然明知飞廉神君脾气暴躁，先生怎么还会一次又一次派弟子去挨揍？先生想要飞廉神君的头发，一开始便可以以物易物，为何他总是派遣弟子死乞白赖地白要？这个道理我不明白，请师兄讲解。”

“这……”古庭一时被问住，额上出了一片汗。

玄乙扫视一圈，微微一笑：“你只有一句话说对了，弟子愚鲁。不问缘由，只知盲从，这个若叫仁雅度，我可不敢苟同。毕竟，我不想当先生的狗。”

“你说谁是狗？！”弟子们火了。

她得意扬扬地转身离开，一面道：“谁叫得凶谁就是狗，我回去了。古庭师兄，还是先关心你自己的事吧，满口仁义雅度，听得我耳朵疼。”

“这个烛阴氏太过嚣张！”众弟子气得浑身发抖，“干脆我们联名上书先生，务必让他将这公主赶出去！”

古庭不由得苦笑：“先生若要赶，早在当初便不会收她当弟子。罢了，此事不要再提，或许……她说得也有道理。”

白泽帝君收过无数弟子，每个弟子都在飞廉神君处碰壁，只有她轻松取到了头发，还迫使先生拿金铃作为交换，光凭这一点，也比他们强了许多。

他摇头叹息而去。

芷兮也忍不住想要叹气。这个烛阴氏公主没来之前，什么都好好的，同窗友爱，师徒和睦，她一来，就把这里弄得乌烟瘴气，还对扶苍做了那么过分的事……

想起扶苍，她急忙寻找他的身影，视线越过庭中一干神君，落在一袭雪色人影上。

先生座下弟子个个出身高贵，端庄典雅，随便挑一个出去，在神界年轻一代的神族中都是出类拔萃的，可她就是觉得，他们加在一块儿，都不如扶苍那一抹雪色的模糊身影来得惊心动魄。

他低着头，正凝视手中的宝剑，侧面轮廓隽朗，蝶翼般的长睫如蝶翼，目光清冷又专注。

芷兮想起昔年帝女婚宴上的惊鸿一瞥，她跟随父亲参加那冗长而喧闹的宴会，心中各种不耐，直到望见扶苍执剑而舞，风姿清逸，翩然若鸿。

从此她就再也忘不掉他最后收剑的那一瞬侧影。

得知天帝竟替扶苍与烛阴氏公主牵线，她只觉天昏地暗，那天花皇后花园里无数围观的天神，她也是其中之一。

不过，扶苍与那些看重皮相的浅薄神君不一样，不知道为什么，芷兮就是从心底这样肯定，他不一样，没错，他需要的是知己，一个懂他敬他的伴侣。

芷兮只觉脸上有些发烫，急忙捂住脸。

她狂妄了，竟然认定自己才是那个“知己”。可不知为什么，她却一点也不反感自己此刻的狂妄，一定是跟那个玄乙公主待久了，染上了这股狂劲。

芷兮勉强镇定心神，低头匆匆离开了明性殿。

扶苍在殿后找到太尧时，这位大师兄正扶着柱子，脸色发白，看样子方才那三千三百斤的金铃对他来说是个大负担，到这会儿还累得说不出话。

扶苍上前将宝剑双手递上：“太尧师兄，多谢宝剑。”

太尧重重喘了几口气，这才接过宝剑，却没有放回腰间，反而抽出细细看了几眼，忽而抬头笑道：“此剑名为纯钧，乃是尊贵无双之宝剑，上父幼年时，亲自捧炭铸造而成。昔年我体弱多病，上父将此剑赠我，只可惜至今我依旧不通剑之道，浪费了它的无双勇决。我见扶苍师弟神勇果敢，乃是用剑的圣者，此剑在你手中也是喜悦无限，我便将它正式赠予你吧。”

扶苍不由得愕然：“既然是天帝赠予太尧师兄的，我又怎可接受？何况我从不佩剑，于剑道也只知皮毛，太尧师兄谬赞了。”

太尧干咳两声："这个嘛……你已经用它削了飞廉神君的头发……"

扶苍思忖片刻才回过味来，登时啼笑皆非。这位大师兄明摆着是个不想惹丝毫麻烦的天神，他身份特殊，更是不能与诸神起一丁点儿纠纷，自己拿纯钧削了飞廉神君的头发，便是与飞廉结下仇怨，他若是再把纯钧收回，保不准哪天就被飞廉神君看到了，到时他必然难做。

扶苍接过纯钧，低声道："太尧师兄与先生颇有几分相似。"

太尧却摇了摇头："非也，我只是跟随先生时日长一些。其实，莫看先生对小师妹唉声叹气，他心里必然有十分欢喜，小师妹与先生才真正是一路。"

扶苍长眉微挑："何以见得？"

太尧说道："但凡这些绝顶聪明的，都不怎么听话，我看扶苍师弟你也是其中之一。"

扶苍垂头淡道："我不过是'弟子愚鲁'中的之一而已。"

太尧摇了摇头，叹道："这里可没有弟子敢去削飞廉神君的头发，也没有法子护得小师妹在飞廉神君追击之下的周全。"

扶苍默然不语，方才飞廉神君气势汹汹地朝那个不知天高地厚的龙公主扑过去，他本不想出手相帮，但见她既不躲也没有任何架势摆出来，他竟还是下意识地替她架了一层华胥氏屏障，现在想来只觉有些荒谬。

太尧捶着腰还在叹气："唉，以后还不知要闹成什么样，古庭他们都是些死脑筋，哪里是小师妹的对手……罢了，你去吧，我须得好好歇息一会儿。"

往常白泽帝君收了新弟子，三百院里总会有持续数天的欢声笑语，讲究仁雅度的弟子们绝不会让新来的同窗感到孤单与不适应。

这次帝君连着收了两名弟子，头一天来就出了大事，一个胆大包天惹怒飞廉神君，让他一路从望舒宫追到明性殿；另一个更是无视礼法，当众将飞廉神君的头发削了大半。

此等叛逆乱来的行径，诸弟子闻所未闻，故而三百院静悄悄地度过了这乌烟瘴气的第一天。

玄乙这一夜却睡得极好，殿外恼人的风声似乎也再没有干扰到她，一觉醒来，天还未亮，正快到点卯敲钟时。

她躺在冰床上凝神想了一会儿，才慢悠悠地起身，披衣推开了殿门。

沿着开满紫阳花的小路，走不到一刻，便是钟楼。清晨的凉风吹得玄乙很是惬意，抬袖捂住嘴，打了一个大大的哈欠——然后她就看见钟楼下又站了个人影。

难不成那青阳氏的少夷师兄还真的愿意替她每日敲钟？

玄乙踱过薄雾，却见钟楼下开满鲜花的草地上安置了一方纤云华毯，毯上放了一只精美的茶盘，青玉的茶壶内一定是海沙茶，她都闻到香气了。另有小巧而华贵的食盒数枚，一一排开，像花瓣似的堆在纤云华毯上，里面五颜六色的，全是十分精致的点心。

她突然感到一阵气愤，什么家伙，天还没亮就吃得这么好！

“小师妹？怎么是你？”

纤云毯上传来一个诧异的女声。玄乙万分不舍地把目光从点心上撤回来，便见毯上端立一个圆脸美人，好像是刻意打扮过，身上的天衣缀满了星屑，鬓旁簪了一朵新鲜的芍药，正是赤帝的小公主延霞。

因见来的人不是少夷而是玄乙，延霞的脸色看起来便不大好，她勉强行了问候，四处看了看，又问：“小师妹来这里做什么？难道……难道你也是来找少夷……”

“点卯敲钟。”玄乙简洁明了地解释自己的目的。

延霞不禁变色：“可敲钟一直是少夷的差事，谁叫你来的？”

“先生。”玄乙继续简洁。

延霞跺了跺脚：“你回去吧，少夷会来的！敲钟一直是他的事！”

玄乙抬头看了看天色：“我猜他今天是不会来了。”

延霞还在死撑：“他一定会来的。”

玄乙奇道：“莫非师姐和少夷师兄约好了在这里见面？”

延霞面上一红，可是很快又一黯，低声道：“没约好，昨天夫萝师姐和他被先生遣出门办事，很晚才回来，我去丹凤院找他，可看到夫萝师姐还在……我就在这里等他好了。”

玄乙点点头：“好，你等吧。”

她施施然上了钟楼，待卯时正点将钟敲响，再施施然下了钟楼。果然延霞呆若木鸡地还站在那边。

“师姐，我先告辞了。”

玄乙最后再用眼“品尝”了一下茶点，正欲离开，忽听延霞在后面嘤嘤地哭了起来。

她只得停下脚步，有些为难地看着面前哭得一发不可收的美人儿，她要安慰延霞吗？如果安慰了，延霞会请她吃茶点喝海沙茶吗？

“让你看笑话了……”延霞使劲用袖子擦泪，却越擦越多。

玄乙摇了摇头：“爱哭就哭，想笑就笑，我有什么可笑话师姐的？”

说着她慢悠悠跨上纤云毯，端庄地在茶盘前坐了下来，倒了两杯茶，端起一杯，恭敬地递到延霞面前：“师姐喝杯茶，吃些茶点，静静心。”

延霞只顾着拭泪：“我不想吃，没胃口，你吃吧。”

恭敬不如从命。

玄乙先把桃花百果糕小心翼翼地拈起，细细欣赏一番，这才放入口中——香而不涩，甜而不腻，好糕好糕。就是这海沙茶配得不大对，太厚重了，须得西海的华光飞景茶才好。

延霞孤零零地大哭半晌，没等到她的安慰，也终于有点哭不下去，抹着眼泪犹带鼻音地开口："小师妹，你……你觉得少夷怎么样？他是不是一点都没把我放心上？"

玄乙想了想："少夷师兄不知道你在这里等他，敲钟也不再是他的差事，师姐的说法有些偏颇。"

延霞的面色终于好看了一些，低头思忖半日，又道："那你觉得古庭师兄怎么样？"

玄乙有些奇怪："你问我这些做什么？"

延霞咬着嘴唇，低声道："我问你，如果一个神女已经订了婚约，却又总是和别的神君言谈暧昧，霸占他，不给旁人接近，你觉得这种人如何？"

玄乙悟了："哦，你是说夫萝师姐？"

延霞吃了一惊："你也知道？你竟然看出来了？"

玄乙笑了笑："你说订了婚约，先生座下弟子有婚约的神女只有夫萝师姐，莫非你是说其他神女？那我可不认识了。"

延霞又开始咬嘴唇，半晌方道："不……不错！我说的就是她！她明明和古庭师兄有婚约在身，却还总是霸占少夷，不让他跟其他神女说话亲近！你不觉得这很过分吗？"

玄乙奇道："你们相处的时日可比我长多了，她是怎样的性子，你应当早就知道，为何今天要来找我说？"

延霞目中泪光盈盈，轻声说："少夷喜欢的人是她，我就想着，反正夫萝师姐总要嫁给古庭师兄的，我一直留在少夷身边，他终有一天会觉得我好。可前天少夷才跟我亲近了一会儿，夫萝师姐就生气了，昨天晚上我去丹凤院找少夷，她一直留着不肯走，还摆冷脸给我看。小师妹，你不觉得她这样太过分吗？"

玄乙咽下最后一粒茶点，再痛喝一口海沙茶，心满意足地嘘了口气，这才开口："不觉得。"

延霞急了："你的身世我也听说过，你不是应当对这种事最厌恶的吗？"

玄乙淡道："不知我的身世为何让延霞师姐产生了误会，男欢女爱，各施手段，再正常不过。夫萝师姐手段高明，有婚约在身都可以让少夷师兄欲罢不能，你因为自己手段不如她厉害，便在背后说她坏话，这样又有何用？"

延霞万万料不到她竟说出如此诛心之语，哽了半日，终于忍不住又嘤一声大哭起来。

玄乙起身优雅行礼："多谢师姐的好茶与好点心，来日我一定还礼。告辞。"

延霞哭得哽咽难言："你们都向着她！"

玄乙叹了一声："师姐，你不觉得少夷师兄想什么才是最重要的吗？"

"少夷喜欢的是夫萝师姐……"延霞断断续续地说，"可夫萝师姐和他不可能啊！"

是吗？她怎么不觉得那青阳氏的神君是如此痴情之人？

玄乙看着她珠泪满面的模样，柔声道："师姐在这里哭也是于事无补，我听说男女之情犹如战场，各施本领相互交锋才对。师姐如此美貌，又无婚约束缚，何必顾影自怜？"

延霞呆了半晌，目中忽然射出奇异的光彩来，低声道："不错，你说得对！我怎会输给她！我当然有法子治她！"

好像会发生什么不得了的事情……

玄乙看着她决绝的背影，用袖子捂着嘴打出一个优雅的饱嗝。

第五章

石破天惊

辰时整，弟子们纷纷集中在合德殿前。玄乙心中有些记挂延霞，在人群中张望了片刻，忽觉有个人影靠近自己，跟着，甜蜜而温柔的声音响起：“小泥鳅，今日我起迟了，没顾得上敲钟，你莫要怪我。”

玄乙有些好笑，扭头看着对面服饰风骚华贵的青阳氏少夷神君，他满脸歉意，看上去无比真切。

“少夷师兄多虑了。”她悠然开口，“我听说师兄昨日也是出门替先生办事，回来极晚，故而决定不麻烦师兄。以后每日敲钟，还是让我来吧。”

少夷顿了顿，笑道：“你听谁说的？”

玄乙道：“今早我在钟楼下遇到了延霞师姐，她告诉我的。”

少夷眨眨眼睛，笑得甜丝丝地问：“她一定很伤心？”

玄乙叹道：“是啊，她哭了好久，好在海沙茶和那些茶点没浪费。”

少夷懊恼道：“哎呀，她还准备了海沙茶和茶点？可惜可惜，竟便宜了你这小泥鳅！快告诉我，延霞准备了什么茶点？可有桃花百果糕？”

“有。”玄乙掰着手指如数家珍，“还有凉玉青果蜜糕、桂花千页糕、十景藤萝饼……”

少夷气得再也听不下去，怒道：“不许再炫耀了！延霞小丫头在哪里？我得找她好好算账！”

他四处张望一圈，合德殿前只有十三名弟子，延霞竟不在，他不由得奇道：“她还没起吗？”

大概在策划什么惊天动地的大事吧？玄乙充满期待。

“小泥鳅，”少夷慢悠悠唤她，狭长的凤目似笑非笑地凝视她，“你早上跟延霞说了什么？”

玄乙道：“我鼓励师姐勇敢追求少夷师兄。”

少夷扶了扶她的披帛，柔声道：“难为你，这样想着师兄。”

玄乙握住他的袖子，仰头轻笑：“少夷师兄要怎么感谢我？”

他不说话，只是笑，她也笑吟吟地望着他。今日她穿了一件珊瑚色的长裙，挂着新雪白的丝质披帛，长发依旧只用金环点缀，身上亦无别的饰物，细碎的阳光点点洒下，更显得玄乙亭亭玉立、容色纤嫩。

少夷笑意更深：“等你再长大些，说不定比夫萝还美。”

玄乙秋波流转，缓缓道：“现在难道就不美？”

他忍俊不禁：“狂妄自大，现在还差得远。”

玄乙悠然道：“少夷师兄的眼光太古旧，须得改改啦。”

他又是啼笑皆非：“我真说不过你，罢了，我去找延霞。先生来了若问，便告诉他我们马上到。”

玄乙摇着手亲切地目送他离开，一转身，却觉有一双眼盯着自己。她回望，便对上夫萝公主淡漠的视线。上回见她是在明性殿，祥光刺眼，没怎么看仔细，如今青天白日再见，果然是个绝代美人，身高腿长，肤色如雪。

她正立在古庭身边，玄乙眯着眼看了一会儿，难免有点感慨，怎么看那死板的古庭师兄都配不上她，倘若旁边的人换成少夷或者扶苍，就顺眼多了。

因见夫萝公主的视线始终停在自己身上，玄乙友好地朝她笑了笑，她却只微微颔首，跟着便移开了视线。

这样冷若冰霜，可跟昨天清晨她见着的那妖娆风情的神女不大像啊。对了，她是屠香山蛇皇的公主，说起来，齐南好像以前有次闲谈说起过，屠香山的蛇皇美艳无匹，裙下之臣数不胜数，光服侍她的面首便有近百，在神界可谓鼎鼎大名。

如此一想，夫萝公主风流多情，好像也是非常正常的事。

眼看辰时过了一盏茶的工夫，白泽帝君还没有来的迹象，这种情况十分少见，弟子们不由得议论纷纷。没一会儿，太尧和古庭两位最得意的弟子便决定前往芳馨院找人。

玄乙正站在路边盯着自己袖口上的花纹发呆，一个人影忽地笼罩住自己，抬头一看，果然是夫萝公主。古庭一走，她就来找自己了。这位蛇皇的公主身量修长，足足比玄乙高了一头，往对面一站，就把阳光挡了个严严实实。

“夫萝师姐。”玄乙站直了，优雅行礼。

夫萝盯着她看了半日，缓缓开口：“玄乙公主，我有一些话，不知当不当说。”

“师姐请说。”

夫萝淡道："公主年纪还小，素日又听闻公主从未离开过钟山，只怕于外事所知甚少。那些神君与公主说笑，却未必便是喜欢公主。我等做弟子的，跟随先生修习天然之道才是正道，公主初来乍到，还请谨言慎行。"

玄乙愕然："夫萝师姐的话很是深奥，我不大明白。"

夫萝又看了她一会儿，方道："少夷脾气温和，与谁都可以说说笑笑。扶苍寡言，更是个重礼之神，忍让你不过因为同窗一场，你莫要误会。"

玄乙偏头想了想，了然道："师姐的意思是，怕我像师姐你一样，同时与古庭师兄和少夷师兄纠缠不清吗？"

夫萝遽然变色："你说什么？"

"说真的，"玄乙微微一笑，"我对师姐从心底感到钦佩，不知何时我才能像夫萝师姐这样厉害，少夷师兄和扶苍师兄怎么都不肯上钩，我还想找师姐讨教秘诀呢。"

"你——"

夫萝正欲发作，身后突然传来一阵急促的脚步声，正是延霞拽着少夷的袖子，一路急急跑了回来。不知是跑得太急还是什么别的缘故，延霞脸上布满红晕，唇角有掩饰不住的笑意。

"我来迟了。"她小声说着，一面四处张望，"先生还没来吗？"

夫萝忍气开口："延霞昨晚没睡好吗？眼睛红红的。"

延霞不说话，低头朝少夷身上靠了靠。

夫萝面色更加难看，冷冷瞥了一眼少夷，转身便走。

少夷苦笑了起来："夫萝师姐竟然瞪我。"

延霞垂头轻声道："你……你叫她什么？师姐？你……该不会也要叫我师姐吧？"

少夷将她被风吹得翘起的额发抚平，却没有回答，只浅浅一笑。

延霞痴痴看着他，目中隐隐有泪水泛起，她极轻地唤他一声："少夷，我……"

便在此时，小路上气喘吁吁地跑来三四个引路仙童，个个手里捧着许多厚厚的册子，太尧和古庭跟在后面，脸色都不怎么好看。

"先生说……喀，先生最近身体违和，三个月之后再开始授课，这些册子叫我们拿回去自己看。"

太尧一面说，一面将仙童们手里的册子一一分发。玄乙接在手里随意翻了翻，里面写的都是些五行阴阳总论、神职分布之类的枯燥玩意。

看样子白泽帝君还在心疼那十万缺一枚金铃，显然他从没吃过这种亏，连课都没心思上了，一下就放三个月的假，果然大手笔。

无论如何，不听课总是叫这些年轻的神族兴奋的，立即有神君提议："南花园里的芍药花前日出了花苞，这两日想必应当长开了，不如带上几坛罗浮春美酒赏花去？"

马上便有无数声音附和："好主意！不过罗浮春太淡，南花园春景浓丽，应当配无上常融酒！"

延霞兴致勃勃地拽着少夷的袖子，连声道："好啊好啊！我负责茶点！少夷，我们一起！玄乙师妹，你也一起吧！"

那个烛阴氏公主也要来？众弟子纷纷怒视，他们可没忘记，这公主上回讥讽他们是先生的狗。

玄乙在一片怒意滔天的视线中平静点头："好啊。"

结果喊人的延霞一进南花园就不见人影了，说好的茶点更是全然没看见。

玄乙沿着和歌湖畔的碧玉回廊慢悠悠走了一圈，弟子们三五成群地聚集在湖畔周围，有的饮酒，有的弹琴吹箫，有的高谈阔论、笑声冲天——就是没见到延霞。

好奇怪，不但没见到延霞，连少夷和夫萝都不见了踪影。

玄乙沿着狭窄的碎石小路漫无目的地走着。南花园她是第一次来，虽然比不上自家紫府里的奢侈广阔，倒也精致小巧，小路曲曲折折，时而看到道旁的紫阳花，时而是姹紫嫣红的各种花树，花枝缭乱横斜，花朵缀满枝头，别有一番风情。

玄乙摘了一枝梨花，一面把玩，一面继续沿着碎石小路慢悠悠地前行。不知走了多久，忽见前面一座小凉亭中，一直没找到的延霞正倚在柱子上抹眼泪。

她又在哭，她怎么就有那么多眼泪呢？要不要安慰她？玄乙朝她身后仔细看了看，凉亭内空荡荡的，没见茶点。

她失望地叹了口气，算了，还是装没看见吧。

玄乙把脸别到一旁，欣赏路边绽放似火的桃花，谁知延霞远远望见她，竟一声不吭地跑了。

也不知这位小师姐究竟想出什么不得了的报复法子没有。

玄乙拈着梨花一路出了碎石小道，回到和歌湖畔，弟子们还一个没走，不知谁带了无上常融酒，弄得整个和歌湖上都泛滥着一股极烈的酒香。

她自小就不喜欢酒味，当下寻了个上风处，却见太尧、扶苍、古庭、芷兮四个围着石桌正在聊天，桌上放了一壶茶、几盒点心，风一吹，香气怪诱人的。

清晨延霞给她吃的那些糕点不知跑去了什么地方，她情不自禁地凑过去，直直盯着那几盒点心，眼睛眨也不眨一下。

芷兮正说着往昔先生授课的趣事，才说到兴头上，这小魔头就来了，她不高兴地沉下脸，闭嘴不语。

太尧见玄乙两眼直冒绿光，只得客气询问："小师妹，要不要坐下喝杯茶吃些点心？"

"好。"

玄乙答应得无比干脆，袖子一挥，一只冰凳便落在了草地上，硬生生插入古庭和扶苍之间，再捏出一枚冰茶杯，优雅地倒上七分满，轻啜一口，缓缓嘘了口气："有点苦。"

白吃白喝还挑三拣四！古庭和芷兮朝她怒目而视。

玄乙仔细打量着石桌上的点心，唉，和早上延霞准备的那些差远了。她勉为其难挑了块绿豆凉糕，轻轻咬一口，忽然问道："古庭师兄，夫萝师姐怎么不在了？"

古庭没半分好脸色："你问她做什么？"

玄乙随意道："是延霞师姐叫我来的，可我找不到她，少夷师兄也不见了。"

古庭越发没好气："这和夫萝有什么关系？"

玄乙吞下绿豆凉糕，又喝了一口茶："没什么关系呀，你们刚才在说什么？好热闹的样子，继续说，别在意我。"

你在这里戳着谁还愿意闲聊！芷兮十分傲气地把头扭过去装没听见。

太尧左右看看，他们一个都不肯说话。没办法，玄乙是他叫过来的，他不得不打这个圆场，笑道："我倒是有个有关先生的趣事，昔年他微醺时说给我听，怕是你们都不知道。"

他故意停了一下，打量他们几个的脸色，果然古庭和芷兮已经把耳朵竖起来，玄乙和扶苍，一个到处乱看，一个心不在焉……唉，不管他们俩了。

"你们知道极西之地有离恨海，当年因为两位帝君在那里一战，如今已成禁地。其实原本那地方据说风景秀美，同三生石畔一样，曾是爱侣们最常去的胜地。先生年轻时曾发下宏愿，誓要将离恨海恢复原状……"

玄乙低头苛刻地挑选石桌上的茶点，总没一个能看上眼，忽然瞥见扶苍面前的食盒中有一粒黄金栗蓉糕，她便伸手去拿，冷不丁一只修长的手比她更快，将食盒拉远了些。

"先生在离恨海附近耗了一万年，其内幽深冰寒，漆黑不能视物，更因此滋生了无数魔物。他待了一万年，便杀了一万年的魔物，却发现无论如何也杀不尽，最后只能黯然离开……"

玄乙把冰凳朝扶苍那边挪了挪，再伸手去拿，食盒又被他拽远了。她极其不满地抬头瞪他，扶苍却慢慢抓起盖子，将食盒盖住。

"先生不得不放弃宏愿，同时也放弃向当时的飞廉神君讨要头发的行径。原来当年他与上一代飞廉神君打了个赌，他若能将离恨海恢复原状，飞廉神君便将头发全削下送他，可惜宏愿难圆，头发自然也没戏了。先生到今日还对飞廉神君的头发念念不忘，便是因为昔年的这场打赌……"

太尧假装没见到旁边争夺茶点的明争暗斗，正准备继续说，忽听玄乙气极控诉："你连茶水也要独吞！"

太尧别过脑袋长叹一声，不要理她，他现在只想安静一下……

芷兮眉头紧皱，这玄乙公主真是个毒瘤，跟她凑近了，连扶苍都变得这么荒唐。

她低咳一声，起身冷冷望着玄乙，道："玄乙公主，请你不要破坏我们饮茶赏景的雅兴。"

玄乙用大受打击的眼神望着她："扶苍师兄把点心和茶水都霸占了，芷兮师姐怎么不说他？"

芷兮深深吸了一口气，若论公正严明，众弟子中她拔得头筹，这一点她一向引以为傲，并且严于律己，不过这个优点自从遇到玄乙公主，就像碰见烈日的雪花，消失得无影无踪。

冷静，冷静，她绝不可乱发脾气。

"扶苍师弟是我们的同窗，而我还没有认同玄乙公主是同窗。"芷兮严肃地开口，"道不同不相为谋，我对公主的言行举止不敢苟同，为免两边都不愉快，公主何不移步他处？"

玄乙粲然一笑："没关系，我不介意。"

芷兮简直拿她这忽冷忽热的性子毫无办法，愣了半日，只得又坐回去。

回廊周围的弟子们突然传来阵阵喧嚣，原来是和歌湖上不知何时弥漫起一片朦胧的薄雾，而薄雾中此刻正有两个十分熟悉的身影缓缓浮现。

"那是夫萝和少夷？"

"他们怎么在湖里？"

"不……这似乎是个幻象术法……谁弄的？"

围观弟子们议论纷纷，更有好事者频频回头偷窥古庭——湖中呈现的两个人影靠得未免近了些，姿态未免暧昧了些，总觉得十分可疑。

……这就是延霞想出来的法子？玄乙被茶水呛了一下，急忙用袖子捂住嘴。

古庭回头看了一眼，脸色顿时大变，急急起身走向湖畔，声音从没这么严厉过："谁弄的云雾幻象术法？如此毁坏神女的名誉，其心可诛！"

弟子们纷纷摇头以示清白。古庭面色铁青，扬手便要将这道术法撤去，冷不防湖中的人影动了一下，夫萝挽住少夷的袖子，目光盈盈如水，低声道："你心里到底有没有我？"

还有声音的！弟子们"嗡"的一声又开始沸腾了。

少夷神色从容而温和，柔声道："夫萝师姐此话何解？"

夫萝的眼神更加幽怨："你叫我师姐？你什么时候这样叫过我？是不是延霞和你埋怨了什么，你竟偏着她？"

少夷微微一笑："怎么又和延霞扯上关系了？"

"那我问你，今天早上你和延霞做了什么？你昨天夜里又答应过我什么？你……你只是说好听话骗我吗？还有那个烛阴氏的公主，你往日在我与延霞之间徘徊也罢，如今新来一个，你又要故技重施，去招惹她吗？"

玄乙正偷偷从扶苍面前的食盒里抢糕点，忽然听见提到自己的名字，不由得愣住，伸出去的手被扶苍不轻不重地在手背上弹了一下，她"哎哟"一声，抬头怒视。

扶苍却没有搭理她，只偏过身体，静静望着湖面上的幻象。

玄乙到底抢过了茶壶，将杯中茶添满，轻啜一小口，低声道："古庭师兄看着好生气的样子，你不是他的好友吗？不去劝劝他？"

扶苍没回头："你凑过来赖着不走，不正是为了看戏，正如你期盼的？"

要不她怎么就讨厌这个神君，老把她往坏了想。

"是我叫夫萝师姐三心二意的吗？"

"你在钟楼下吃了延霞那么多茶点，这就是你的回报？"

玄乙着实吃了一惊："你怎么知道？"

扶苍的声音听不出喜怒："被先生吩咐敲钟的，并不是你一个。"

"你躲在暗处偷窥？"玄乙嫌弃地皱起眉头，"阴险狡诈。"

他回头看了她一眼，出乎意料，他面上并没有冰冷的怒意，反倒若有所思般打量她。她漆黑蓬松的发上，点缀的金环闪闪发光，苍白犹如玉瓷的脸颊，永远平静的眼神，谁也不知道下一刻从那双眼里迸发出来的，是嘲讽还是善意。

扶苍微微眯起双眼："这四个字更适合你。"

玄乙微微一笑："正巧我最近变了，正喜欢阴险狡诈的莽夫。扶苍师兄，我没看错，我们果然是天生一对。"

她朝他丢秋波媚眼，他立即扭过头无视之。

湖面上的对话仍在继续，现在已经进行到夫萝进一步、少夷退一步的情况了。

"你为什么不说话？为什么要躲着我？昨天还好好的，为什么今天全变了？！"

夫萝失控地拽住他的袖子，整个身体几乎要贴在他身上。

少夷轻轻叹了一口气，为难又怜爱地望着她，白皙的指尖轻轻滑过她美艳的脸庞，托起她的下巴："师姐，你太霸道了，真叫我吃不消。"

夫萝双目含泪，咬着唇道："你认识我又不是第一天，你早知我如此霸道，我就是不喜欢看着你和其他神女亲近说笑！你难道不喜欢我了吗？"

少夷浅浅笑道："师姐姿容娇媚，我很喜欢，不过师姐的霸道，却叫我有些不敢喜欢。师姐偶尔在我面前哭一哭，我喜欢得紧，天天哭，我便不喜欢了；师姐偶尔吃点小醋，我也喜欢，天天吃，我便厌了。"

他温柔地替她拭去腮边泪珠，甜蜜的声音里满是体贴柔情："咱们两个在一处，还是快活过的，只是这些天我给你的，你再不能满足，我也给不了更多。师姐何须烦恼，你与古庭师兄有婚约在身，古庭师兄一派浩然正气，光明磊落，正是绝佳的良配。"

夫萝目中满是泪水，凄声道："我早和你说过，我与古庭的婚约身不由己，我虽然敬他重他，却并无情爱，我……我的心一直在你这里！你是知道的！你怎么忍心这样对我？"

哇……说得好直白……弟子们雪亮的目光再一次汇聚在古庭身上，总感觉他头顶的金冠看上去绿油油的。

少夷说了什么，再也没人能听见，云雾幻象被古庭一把打散，他的脸色一会儿发白，一会儿发绿，一会儿又涨红，身体也渐渐开始剧烈颤抖，他忽地大吼一声，厉声道："是谁？我不信！是谁？谁这样狠毒？"

芷兮终于回过神来，急忙上前安抚："古庭师弟，你冷静些！我们都知道是假的！夫萝怎可能做这种事？"

一面安抚一面回头急叫："太尧师兄！扶苍师弟！快来扶住古庭师弟！叫他冷静一下！"

太尧和扶苍早已上前将古庭架住，他已然抖得无法站立，面色如雪，颤抖的嘴唇里只是重复："我不信！我不信！是假的！"

诸弟子与他相处多年，知道他对夫萝的深情与专注，此番湖面幻象，无论是真是假，给他的打击都是灭顶的。更何况，花皇姚氏是如此在乎脸面与尊严的神族。

太尧只得叹息道："这不过是个充满恶意的恶作剧，古庭，你何必当真？"

芷兮怒道："是谁这样心肠毒辣，竟连古庭师弟这般的君子也要陷害！"

这个嘛……和古庭闹别扭的，好像只有那位烛阴氏公主了吧？诸弟子的目光有意无意往玄乙身上凑。说起来，这位公主正是大大的狡猾阴险，能做出这种事倒也不足为奇。

面对众多质疑的目光，烛阴氏的小公主像是完全没注意，两只眼盯着和歌湖，一副意犹未尽的模样。

这样看，要说事情不是她做的，大家都不信。

后方突然响起延霞清脆却令人心碎的声音："……这是真的吗？少夷和夫萝师姐？"

哎呀，延霞出现了。

玄乙扭过头看她，这圆脸的姣美小公主此刻又是满面珠泪，悲恸欲绝，低声道："我刚知道……怪不得少夷他……夫萝师姐怎能这样？"

芷兮急道："延霞！这是假的！不知是谁存心恶作剧！你怎么能相信？"

延霞缓缓拭泪，轻道："昨天晚上我去找少夷，却碰见了夫萝师姐，她还怪我那么晚了不懂避嫌……我本以为她是因为先生交代的事才去找他，没想到……"

她这番话说得轻巧却狠毒，与印象中直率单纯的赤帝小公主大相径庭。芷兮再也听不下去，皱眉道："延霞！你说的是什么话！"

一旁为太尧和扶苍搀扶的古庭忽然动了，甩开他二人的手，在众弟子的惊呼声中，一步步走向石桌，血红的双眼恶狠狠地盯着玄乙，半晌方开口，声音沙哑："为什么要这么做？"

玄乙神色平静，坦然回望，轻声道："古庭师兄为什么认定是我做的？"

"只有你会做这种事！"古庭第一次有种恨之入骨的暴烈情绪，他没有忘记因为飞廉神君，她甚至讥讽弟子们是狗的事，“你只是想破坏这里的一切！”

看到弟子们变得互相不信任，甚至背地里滋生出各种阴暗的坏心眼，她才会开心！这狠毒的烛阴氏公主，就是见不得世间的秩序和光明，把他视为美好的一切都砸碎在他眼前！

“古庭师弟！”芷兮忍不住提高了音量，“尚未有证据说明此乃玄乙公主所为，此话甚是偏颇！”

古庭血红的双眼落在芷兮身上。

“你帮谁说话？”他冷冰冰地问，“你成了她那边的？”

芷兮不由得一怔，粉面涨得通红：“我只站在道义这边！玄乙公主我虽然不喜，但我也绝不会无缘无故诬陷她！你现在情绪激动，说话有失公允。倘若最后证明此事非她所为，你要如何？”

话未说完，古庭便狠狠将她推开，嘶声道：“只有她会做这种事！”

“古庭师兄，”玄乙缓缓开口，“你觉得先生座下，除了我之外的弟子，都是光明磊落、讲究仁雅度的君子，所以你认为，如果这件事是我做的才合理，对不对？”

“我说了，你就是想破坏这一切！”古庭怒吼，“你这样狠毒，不怕遭天谴吗？！”

“不怕。”玄乙轻轻一笑，“因为不是我做的。古庭师兄，这样就不好了，你们都比我大那么多，在先生座下聆听教诲的时间也比我长那么多，冤有头债有主，不知道吗？迁怒旁人可有负先生的教导，你的仁雅度呢？”

“你……”古庭按捺不住，神力激荡，几乎要将她那片隐含讥诮的冰冷目光用术法打穿。

不行，这样下去迟早出大事。

太尧皱眉低声吩咐：“芷兮你去把小师妹带走，扶苍，古庭若是动手你马上阻止。”

芷兮立即上前，将玄乙挡在身后，皱眉盯着古庭，沉声道：“古庭师弟，请冷静点！下界凡人都知道空口白牙说人犯罪乃是毁谤，何况你我上界之神。”

她扶握玄乙的肩膀，便要将她带离南花园，谁知这烛阴氏的公主抓住她的手，娇声软语：“师姐，我还没看完呢。”

芷兮气坏了，她脑子里成天到底想的是什么东西？！

“古庭？”

夫萝的声音骤然从湖畔响起，诸神的目光齐齐落在她身上。她显然毫不知情，一面茫然四顾，一面款款而来，惊疑不定地打量眼前剑拔弩张的局面，又对上古庭血红的双眼，低声道：“……你怎么了？”

古庭怔怔地看着她，她腰带上系的白色君影草饰物，是他之前亲手做了送她的，共有十八朵，现在只剩不到一半了。

对了，他亲眼看到的，她和少夷争执哀求，那些白色的花朵碎成一片片，从她裙摆上滑落下来，就像下雪一样。

他忽地惨然一笑，退了两步："你方才去哪儿了？"

夫萝愣了一下："我……我找少夷聊了一下昨天先生交代的事。"

"少夷？"古庭的笑声越来越大，"你方才和少夷在一起？"

夫萝抿起嘴唇，警惕又不安地望着四周。先望见延霞满面珠泪，她心里就沉了沉，再望见芷兮、太尧他们回避的目光，众弟子看好戏的目光，还有玄乙近乎嘲笑的目光，她的一颗心顿时落了下去。

"是玄乙公主和你说了什么？"夫萝竭力维持平静，"古庭，我们订下婚约的时间都比认识这公主的时间要长，你信她的挑拨离间，却不信我？我与少夷清清白白，光明磊落，我问心无愧。"

古庭直勾勾地盯着她，像是不认识一般。

"没有人说你与少夷如何。"他声音极低，"不要告诉我，是你猜中的。"

夫萝愣了一瞬，眼眶中泪水翻涌，委屈至极："你这话是什么意思？你真的对我有疑心？我们自订下婚约后便一直在一处，我是什么样的性子，你难道不知道？"

古庭凄然点头："不错，我太过信任这里，先生教导我们仁雅度，我便一厢情愿把这里每个弟子都当成君子，把你当作知己至诚佳偶，想不到最蠢的是我……夫萝，我只问你一句话，你和他，什么时候开始的？"

"我不想再和你解释，清者自清！"

古庭面色苍白，缓缓摇头："……看在我待你不薄的分上，告诉我实话。"

夫萝以袖覆面，一字不答，转身便要走。在后面一直没出声的延霞突然说道："夫萝师姐，方才你和少夷的一言一行，都被玄乙师妹用云雾幻象术法投递到了和歌湖，你……你看在古庭师兄如此伤心的分上，就不能正面回答他吗？"

夫萝放下袖子，面色铁青地盯着玄乙。

玄乙低头笑了笑，不慌不忙地开口："慢来，不要说得好像真是我做的一样。这样吧，把先生叫来，让他老人家看看，到底是谁做的。"

此话一出，延霞"啊"了一声，随后又觉失态，急忙垂下头，轻道："这种事……何必惊动先生？又不是什么体面事……何况他老人家身体违和。"

玄乙回头看看她："背这黑锅我可不乐意，再好吃的茶点也不能够。"

延霞面色苍白，紧紧咬住下唇，断断续续地说道："你……你这是什么意思？何必非要惊动先生？古庭师兄受的刺激还不够吗？你一定要再往他的伤口上撒一把盐？"

"说得没错。"玄乙笑吟吟道，"伤口撒盐这种事，我最爱做了。"

延霞急得跺脚："别去！不许去找先生！"

“为什么？”玄乙问。

延霞额上满是汗珠，却编不出一个合理的理由。一旁的夫萝终于看出端倪，厉声道：“延霞！是你在这里妖言惑众？我与你无冤无仇，为什么要陷害我？”

延霞咬了咬牙，索性把心一横，冷道：“你做了什么你自己清楚。”

夫萝快步走到她面前，声音沙哑：“我知道你一心恋慕少夷，他对谁都是这样，你心里不痛快，却要来陷害我。你我共为弟子数千年，你竟丝毫不顾情谊，罔顾先生教诲，做出这种丧尽天良的事！”

延霞急道：“你胡说！你明明和古庭师兄有婚约，却又勾引少夷！我是喜欢少夷，我和他男未婚女未嫁，我行得正站得直！你呢？你把古庭师兄置于何地？”

看起来她俩要大闹一场了，玄乙再添上茶，坐回去继续看热闹。

对面的古庭面如死灰，怔忡良久，四处扫视一圈，延霞与夫萝正吵得不可开交，除了太尧、芷兮和扶苍，其他那些他视为至交的同窗，正个个用看好戏的眼神看着这一切。

他忽然长叹一声，回身朝玄乙深深一揖。

“我确实是迁怒，一为背叛，二为美梦破碎。玄乙公主，我竟还要多谢你，让我看清这一切。”

语毕，他转身毫不犹豫地离开了南花园。

弟子们闹哄哄乱成一团，太尧无奈地望着玄乙，压低声音：“小师妹，何必一定弄到这步田地？”

“什么意思？”玄乙喝茶反问。

“我们拜入先生座下，信奉天然之道，恪守教诲，近万年来同窗情谊深重。你打破这种信任，未免太过残忍。”

玄乙错愕：“这和我有什么关系？他们不恪守先生教诲，难道这也赖我？我才来了两天。”

太尧哑口无言，其实她说得没错，本来这明性殿内就是各种暗潮汹涌，如一锅快烧干的汤，玄乙的到来不过是加了一把盐，他没有任何理由去怪罪她。

他想过以后明性殿会不安生一阵子，却没想到这么快，情况还这么坏。

他回身去看延霞和夫萝，这两位平日里典雅端庄的神女，已经快开始扯头发撕脸皮了。太尧摇了摇头，高声道：“都住手！太难看了！闹成这般模样，成何体统！此事我会禀告先生，由他决断如何处理，都先散了！”

没热闹看了。

玄乙觉得甚是可惜，依依不舍地赖了一会儿，等那两个差点打起来的神女都默默离开后，她才起身慢悠悠往回走。

刚回到冰雪殿，却见殿前冰椅上坐了一个服饰风骚的神君，正支着下巴百无聊赖地打量周围无数白雪堆砌的宫殿与花草树木。

似是听见玄乙回来了，他转过头，似笑非笑地望着她。

“小泥鳅，这件事你做得可真不漂亮。”

看样子所有人都已经认定是她策划的了。

玄乙懒得解释，走过去坐在对面，手腕一转，又开始专心用白雪捏花儿。

“这件事少夷师兄做得倒是很漂亮。”夸得她都觉得肉麻。

少夷笑了，长长的睫毛交错，随后一本正经地提醒她：“我说的都是肺腑之言。”

这和她有什么关系？玄乙漫不经心地用指甲勾勒花瓣上的纹路。

她不说话，少夷也不说话了，懒懒伏在冰桌上，看她慢悠悠将白雪捏成一朵茶花，纤细手指，骨肉停匀的手掌与手腕，指甲上蔻丹涂得特别清爽漂亮，似火的颜色，衬着白腻肤色，有种说不清道不明的诱惑。

“小泥鳅，”他突然近乎魅惑地轻唤她，“为什么要这么做？”

玄乙盯着手里的雪茶花，淡道：“少夷师兄，你们的年岁都比我大一倍不止，又是年轻神族里面出类拔萃的，难道还不能为自己做的事负责吗？一定要找旁人来怪罪，这个道理我却不明白了。”

少夷笑眯眯地看着她：“我不信。”

她将多余的残雪抹去：“两位师姐为了少夷师兄又哭又闹，头上的珠花都掉了，师兄却来这里找我问罪，你一点也不内疚吗？”

他满面迷惘：“为什么要内疚？”

玄乙想了想：“她们都是真心喜欢你，不是有句俗话说，真情最难得吗？”

少夷叹了口气，神色变得温柔，低声道：“我也真心喜欢她们，年轻貌美又多情的神女，我最喜欢了。”

听起来好像他喜欢的还不止夫萝和延霞这两个。

“可爱的神女那么多，我怎么忍心叫其中任何一个失望难过？”少夷支颐浅笑，“时间那么漫长，总得找些事情叫日子不那么无聊。我开心，她们也开心，何乐而不为？而倘若在一起不能开心，相见如仇敌，倒不如痛痛快快分开为好。”

玄乙了然：“少夷师兄说得好有道理，原来如此。”

少夷柔声道：“你聪明伶俐，我也很喜欢的。”

玄乙将已有雏形的雪茶花托在掌中举高细看，一面道：“多谢少夷师兄厚爱。”

说罢含笑瞥了他一眼，秋波流媚。

少夷不禁缓缓叹了口气：“先生难得放上三个月的长假，一时闲了倒无聊得很。对了，东海龙神的大公主即将五万岁寿辰，已下了帖子广邀神族。小泥鳅要不要随我去东海玩几天？那里一定热闹有趣得紧。”

“是那个传说艳冠群芳的东海龙神大公主？”

少夷凝望她：“是否艳冠群芳我不知，但她一定比不上万龙之尊的烛阴氏公主。”

玄乙双眉一挑：“比不上我，我何必要去看？少夷师兄去吧，有什么有意思的事，回头别忘了告诉我。”

少夷终于愣了一下，她居然给他下套。他苦笑起来：“我若是说，比你美貌呢？”

“那我更不去了。”玄乙嫌雪茶花做得不精致，索性轻轻捏碎，“比我漂亮，我看到会生气的，不能给自己找不痛快。”

一肚子坏水的小家伙。

少夷也不生气，起身道：“都依你，什么时候无聊了，什么时候来找我，师兄替你打发空闲。”

玄乙摇着手目送他离开，回殿内睡了片刻，才将白泽帝君给的厚册子翻开，一页页读起来。

第六章

太阳西出

却说夫萝与延霞为了少夷大掐一架，古庭头顶金冠绿油油一片的事情，太尧他们原本是打算压下去，假作没发生过的。谁知仙童们多嘴，终究纸里包不住火，被白泽帝君知道了。

夫萝、延霞二人被帝君责罚一番后，各自遣回家中思过三个月。

然而，雪上加霜的是，古庭回到花皇仙岛沉寂了五六日后，神界突然爆出一个消息：花皇姚氏与屠香山蛇皇一族解除婚约。

一时间，诸神哗然，各种小道八卦消息满天飞。

解除婚约这种事虽然并不算罕见，但总能从里面挖出些艳闻来，总归是男方或者女方出了什么差池，才会被解除婚约。

花皇姚氏素来有着清素正直的好名声，相比之下，屠香山的名声则不怎么好听了。蛇皇自己年轻时的情债都是一把把，如今更有无数面首侍奉的传闻，女儿夫萝公主有所承袭，似乎也并不令诸神意外。

无论如何，这桩婚事算是毁了。有小道消息称，夫萝公主连夜赶去花皇仙岛，在门外徘徊了一天一夜，花皇之子古庭竟也能硬下心肠不予理睬，最终令夫萝公主黯然离去。

婚事既毁，屠香山大大丢了面子，连白泽帝君那边都有些脸上无光。蛇皇写了一封手函交给帝君，大意是夫萝资质愚鲁，学艺不精云云，把女儿召回屠香山，另寻名师，也免她留在伤心地继续伤心。

白泽帝君默默地允了。

相比较古庭与夫萝的大动静，延霞这边则显得悄无声息。

赤帝严苛而护短，女儿哭哭啼啼回到家里，他将情况弄清楚后，思及曾经是念着白泽帝君的鼎鼎大名才将女儿送去，谁知几千年下来，未见她有什么长足进步，反倒和师兄弟腻腻乎乎，更与同窗闹出这样荒唐可笑的事情，一时深觉丢脸，一时又难免怀疑白泽帝君年事已高，不认真授课。

待得知女儿爱慕的对象是九天凤凰一族青阳氏的少夷神君后，赤帝更为不喜了。这位少夷神君年纪轻轻，本事却不小，尤其喜欢嬉戏花丛，出了名的风流薄情。

赤帝对这种行径深恶痛绝，何况如此狡童竟然与女儿列为同窗。他立即严令女儿留在家中不得出门，给白泽帝君写了封轻描淡写的辞学信。

白泽帝君又默默允了。

这些消息传到玄乙耳中的时候，已过了一个多月，还是齐南闲得无聊告诉她的，他老觉得她会闯祸，说的时候难免要试探她。

“夫萝公主与延霞公主听说是为了青阳氏的少夷神君闹得不可开交……公主也与少夷神君是同窗，相处如何？”

齐南觉得自己的意思已经表达得十分明显了，不管他怎么恨嫁，少夷神君都绝对不可能！

玄乙正在一面吃乌梅一面翻先生留给他们的册子，虽说内容很枯燥，但一旦看进去了，反而丢不开手。

“还行吧。”她敷衍了事。

“那……扶苍神君呢？”齐南的心提了老高。

玄乙听见这名字就把眉头皱起来了：“干吗提这个讨厌的东西？”

齐南长吁短叹：“没……没什么。”

看样子，扶苍神君是彻底没指望了。他还是第一次见公主对谁有这么强烈的反感情绪。可他们又一同拜在白泽帝君座下，抬头不见低头见的，积怨若是越来越深，那可如何是好？

说到白泽帝君，齐南又想叹气了。

白泽帝君是多少神族的憧憬，望舒、玄冥帝君、花皇，甚至天帝太子，都师从于他。被他教导过的弟子，几乎个个都是在神界数得上名号的厉害神族，不但出身高贵，诸般作为与事迹更是璀璨光华。

公主能成为他的弟子，简直让齐南骄傲至极。

可这些日子看下来，与想象中似乎略有不同，他现在的弟子都是什么乱七八糟的作风？公主已经够坏了，万一被带得更坏怎么办？

齐南有些不甘心，他总觉得白泽帝君应当还不至于老到昏庸的地步，爱使唤弟子当跑腿，大概也是想叫他们开开眼界，必有其深意。

忽然瞥见公主手中册子内夹了一封信，他不由得奇道：“这是什么？”

“先生布置的功课。”玄乙将信封推给他。

齐南仔细看了一遍，惊道：“公主！这功课只剩下不到十天的时间了！你怎么不去做？”

公主心不在焉：“因为看上去很麻烦。”

白泽帝君不小心在下界乌江边丢了珍珠串，他自己不找就算了，直拖了两万年才叫他们这些弟子下界去找。上回朝飞廉神君要头发，好歹是在神界，这次居然叫他们跑去下界，他真把他们当仆从啊？

齐南急道：“可……这是功课啊！公主怎能不做？上面不是还写了，要从苍生镜台下界吗？公主此去刚好能开开眼界，体验下界众生之态，总好过你天天赖在紫府吧？”

玄乙索性合上册子：“齐南，我还能不能愉快地在自己的紫府里看书了？”

齐南寸步不让：“公主既然已经做了白泽帝君的弟子，便该恪守弟子规矩，先生的功课怎可懈怠？”

她都已经恶名在外了，还不做点什么挽回一下，难道真要一直顶着傲慢无礼的帽子过下去吗？

这回轮到玄乙叹气了，她知道，如果自己执意不去，他也拿她没办法，但齐南以后会为这事絮叨几十年。

她将嘴里的梅核儿使劲咬碎，带了满嘴苦味起身长叹：“好，我去。”

谁叫他是齐南呢？

因着先生交代须得从苍生镜台下界，齐南恪守规矩，将小公主送到苍生殿，临走还塞了一张地图给她，仔细交代：“苍生殿内里道路十分复杂，公主一定要着地图走，切记切记。”

与万神殿这样宏伟的群殿不同，两位司命掌管的苍生殿，从外面看像一只巨大的蚕茧，内里满是纤细而错综复杂的小路。即便一抬头就能见到那座巨大奇妙的苍生镜，却无论如何也到不了那里。

没长记性的小公主在苍生殿痛苦地迷路了两个时辰后，终于泪流满面地想起了齐南给自己的地图。

好不容易登上苍生镜台，从这里看，苍生镜更是大得无与伦比，几乎比一座山还要高。其上诸般色彩浮动，光华潋滟，下界众生一切轮回因缘，都在这面镜子中，由两位司命看护掌管。

玄乙正要上前，忽闻身后传来一阵脚步声，一行神官施施然上了水晶台阶。见到她，神官们纷纷躬身行礼，一面避让，一面尽数上了镜台。

为首须发皆白的老神官朗声道：“二位司命何在？吾等乃是赤帝座下神官，今日送小公主下界了却因缘。”

赤帝？小公主？玄乙忍不住扭头多看了几眼，果然望见为神官们簇拥其中的延霞。她垂着头，看上去不大好，面色颓然苍白，曾经姣美的圆脸瘦得颧骨都凸出来，两只眼更是哭得红肿不堪，还不停有泪水滑落。

玄乙心中忽然有种说不上来的滋味，低低唤了一声："延霞师姐。"

延霞猛地抬头，一望见她，红肿的眼睛竟是一亮。

"是你！"她也不知是怨还是恨，"你怎么在这里？是来看我的笑话吗？"

玄乙停了一会儿，低声道："先生布置了功课，须得下界办成。"

延霞奇异地笑了笑："我要下界了却因缘，你高兴了吗？"

玄乙背过手，淡道："你们一旦犯了错，便要将罪过推在旁人身上，这样才会好过？师姐自己做下什么事，难道是我决定的吗？"

"我不想听你说这些！"延霞打断她的话，"没错，是我蠢！可我对少夷是真心实意的！"

因为用情太专，所以想不出那些花样百出的手段，她的做法简直可谓粗暴。

玄乙看了她半晌，忽然轻声道："少夷师兄如今应当在东海逍遥快活。"

延霞双眉紧蹙，狠狠扭过头去："我不懂你在说什么！少夷只是不知道罢了！"

玄乙笑了笑，不再说话。

延霞隔了一会儿，却低声啜泣起来。她这些日子一定每天都在以泪洗面，手绢上泪痕斑斑，早已湿透。

玄乙叹了一口气，从怀中取出自己的手绢，走过去递给她："延霞师姐，不要哭了。"

延霞没有反抗，顺从地接过她的手绢，颤声道："我……之前鬼迷心窍，想把过错推在你身上……你别怪我……"

"我没有怪你。"

"我听说了，夫萝师姐和古庭师兄解除婚约后，她便去东海找少夷，想与他再续前缘，可是……可是少夷没有答应……他们说，少夷身边有很多神女……我给他写了许多信，他一封也没有回……"

延霞说到这里，已是哽咽难言。

"我真的以为他喜欢的是夫萝师姐……我一直以为……他不是……"她泪如雨下，玄乙的手绢很快也被打湿，"其实，我那天并不想这样做的……我只是喜欢少夷，我想和他好好在一块儿，就我们两个。他也答应我了……可是后来夫萝师姐追到南花园，又把少夷叫走了……我一生气就……我……我都做了什么……古庭师兄一定不会原谅我……"

玄乙低头看着她，默然无语。

很快，两位司命从苍生镜下现身，大司命切下延霞的一绺长发，少司命自镜中拈出一截流光溢彩的线，将它与延霞的长发编织在一起。

"延霞公主，请。"大司命的面容藏在深深的阴影中，声音低沉，有种全无感情的冰冷。

延霞将泪拭干，向前走了几步，到底还是忍不住回头，眼底带了一星最微薄的希望，颤声道：“少夷他……有没有问过我？”

玄乙低声道：“师姐想多了。”

延霞眼底那一星脆弱的希望，像火花一样熄灭了，可是很快，她的神情变得无喜无悲，转身跨入苍生镜，淡道：“不错，果然是我想多了。”

她纤细的身影在光华潋滟中轻轻一晃，便再也看不见。

玄乙盯着那些流动的色彩，看了很久很久，她想起很久之前的一些事，想起阿娘滚烫的眼泪一颗颗落在她脸上，一遍遍告诉她：“阿乙，以后千万不要轻易爱上谁，前一刻你会觉得甜美无限，但随后就是连绵不尽的痛苦。唉……士之耽兮，犹可说也；女之耽兮，不可说也。你记着阿娘的话，一生也不要忘记！”

她还想起那些蜿蜒曲折猩红的血，她捏了无数的花，却怎么也盖不住它们。

真是不愉快的一天。

扶苍骑在九头狮背上，将身形藏在云中，来来回回在乌江上方飞了已有整整一个时辰。

乌江沿岸数千里，从高山到滩地，甚至连一块颜色奇怪的礁石他都没放过，可无论他怎样仔细查找，却也找不到一丁点古庭失踪的蛛丝马迹。

而一个时辰前，他们还在乌江沿岸寻找先生在两万年前丢失的珍珠串。

这次先生布置的任务，与其说是功课，不如说是和以前一样对弟子们的强求，就像讨要飞廉神君的头发一样，美其名曰试炼，其实就是给他当跑腿苦力。

若非古庭因为退婚之事心情不畅，想要下界散心，他根本不会自寻麻烦。

一个月前他们便从苍生镜台下到了凡间，两个天神，连着寻找一个月，要把乌江翻过来都不是什么难事。古庭甚至将深深埋在河底的极细小的骨针都拉出来了，却无论如何也没找到珍珠串的踪影。

还记得当时古庭抱怨了一句，兴许是先生记错了地方，害他们白白做苦力。扶苍只不过往岸边的青山飞了一段，再转过身，古庭已不在原地，彻底消失。

难道是乌江附近的妖族作祟？这附近应当没有厉害的上古妖族，零散的小妖谁敢朝神族出手？更奇怪的是，他们两个天神，一个月来把乌江翻了个个儿，竟然也没把江神惊动，实在太不寻常。

凡间的七月燥热难耐，扶苍心中烦躁，跨下九头狮背，落在乌江之上，放了它去喝水。忽闻远处一阵袅袅的歌声顺风而来，其声清婉缠绵，似是一个女子无意吟唱的小曲。

他抬眼望去，但见四周烟水茫茫，远处缓缓顺着江流漂来一叶兰舟。舟上坐了一名白衣少女，乌发如瀑，垂于背后，容姿婉妙，清丽难言。她手中执了一朵红花，裙摆撩起，露出白玉似的双足戏水玩耍，又漫启朱唇，清歌阵阵：“青青子佩，悠悠我思。纵我不往，子宁不来？”

扶苍静静看着兰舟漂至近前，那白衣少女仰头发现了他，轻轻一笑，兰舟稳稳地停在了湍急的江水中。

“扶苍神君，有礼了。”她盈盈下拜。

扶苍缓缓摩挲九头狮柔软的毛发，淡道：“你认得我？”

白衣少女娇声道：“昔年帝女婚宴，扶苍神君做剑舞一曲，名震八方，即便是下界小神，乃至无数妖族，亦为君倾心，妾身自然是认得的。”

说罢她收拾裙摆，赤足在舟上走了一步，又拜下身去，道：“乌江江神见过扶苍神君。日头毒辣，凡间浊气翻滚，不知神君可愿前往江神府邸休憩片刻，容妾身奉上香茶一盏？”

扶苍垂眼细细打量她，果然见她身上白衣乃是江神冕服，手腕上亦系着玲珑剔透的江神印章，清越纤弱的江神神力自印章内缓缓流动而出。

“乌江江神，我记得乃是一位苍髯老者。”他声音平静。

乌江仙子声音婉转：“回扶苍神君的话，祖父年迈，已不堪承担江神一职，因着上界还未曾下达新的任命书，妾身便斗胆擅自僭越，暂且替代祖父。”

下界山河土地之神怎有“替代”一说？若无上界神力灌顶，根本无法承受凡人的祈愿。扶苍不去戳破，四顾一周，问道：“与我一同下界的还有一位神族，你沿江而下，可有见到他？”

乌江仙子轻声道：“那位上神可是忽然失踪了？”

扶苍看了她一眼：“不错，你知道些什么？”

乌江仙子嫣然一笑：“回扶苍神君的话，妾身只知这乌江山水秀美，常常引得过往神明流连忘返，兴许那位上神误入了山路幽深处也未可知。”

她见扶苍沉默不语，那双漆黑清冷的眼睛只胶着在自己面上，不由得垂首含羞道：“此处燥热浑浊，扶苍神君何不与我前往江神府邸一叙？神君但有何疑，我定然知无不言、言无不尽。”

扶苍唇角慢慢勾起，缓缓道：“有何不可？请仙子带路。”

乌江仙子笑靥如花，赤足在兰舟上轻轻一踏，轻巧的兰舟继续顺流而下。扶苍放开九头狮，纵身落在她身侧，却听她又悠悠唱道：“青青子衿，悠悠我心。纵我不往，子宁不嗣音？”

兰舟迅速穿过急流，忽然，巨大的石山后慢悠悠地御风飞来一个神女，浅翡翠色的长裙摇曳款款，丝白的披帛像一双半透明的翅膀，随风舞动，乌黑长发间，点缀的金环熠熠生辉。

她显然没注意前方，满脸百无聊赖，一面慢吞吞地飞，一面漫不经心地四处张望。忽地望见扶苍和乌江仙子，她愣了一下，紧跟着立即移开视线，像没看到似的，稍稍离远些，继续往前飞。

运气真差，怎么才下界就遇到这讨厌的扶苍了，难不成他的功课也是来找珠串？早知如此，她宁可听齐南絮叨一百年也绝不下界。

玄乙赶紧把脑袋扭过去，她就知道他不是什么好东西，这下可不被她撞个正着？跟下界美女在这边卿卿我我，假正经，伪君子。

扶苍突然冷不丁朗声叫她："玄乙师妹，你来了。"

……他这是什么意思？

玄乙眯起眼睛细细打量他，他竟然会叫她"玄乙师妹"，今天羲和神女是把太阳从西边拉出来的吗？

她不说话，扶苍朝她含笑道："江神仙子邀我前往江神府邸，师妹不如同去？"

玄乙看看他，再看看他身边那个漂亮得像从画里走出来的仙子，忽然有种搭话了一定会遇到大麻烦的直觉。嗯，还是装作路过比较好。

她又一次把脑袋扭过去，继续离远点，埋头朝前飞。

冷不丁扶苍从后面追上来，掐住她的膀子，面上挂着笑，目光却寒意涌动："师妹怎么不理我？"

玄乙暗暗挣了几下，发现实在没法挣开，他眼神里只写了一句话：我是不会放手的。

真倒霉，她就知道遇见他准没好事。

她唇角一弯，露出个讥诮的笑："扶苍师兄，我不过迟来一会儿，师兄就勾搭上这么漂亮的仙子，你心里是不是没我了？我才不要理你！"

扶苍顿了一下："师妹莫闹，说正事，古庭忽然失踪，师妹与我一起，我才能放心。"

她娇滴滴地扭来扭去："我不要听！你心里一定没我了！"

扶苍默然摘下腰上的纯钧剑递过去，淡道："怎么会？我对师妹至死不渝，纯钧为证。"

大概他俩的对话太肉麻，乌江仙子脸皮抖了两下，苦笑道："神君……神女……江神府邸在乌江之底，你们看……何时能走？"

"这便可以。"

扶苍见玄乙将纯钧拿在手里当树枝乱晃，当即冷道："拿好。"

玄乙声若蚊蚋："要么给我玩，要么你拿回去。"

扶苍扭头看她一眼，眼神怪可怕的。玄乙回他一个甜蜜的笑，又抱住他的胳膊，娇声道："走吧，扶苍师兄。"

一叶兰舟继续顺流而下，乌江仙子却再也不唱歌，一双眼睛只是盯着玄乙。

玄乙反手把扶苍的胳膊抱得更紧，朝他笑得灿烂无比。

乌江仙子轻道："神女丰姿绰约，与扶苍神君真是天生一对，这下不知有多少神女与女妖要心碎了。”

“女妖？”玄乙愕然，神女她可以理解，女妖是什么意思？

“上界天神尊贵清灵，举世无双，又有哪个女妖不想着找一位尊贵的神君，痴恋一场呢？”乌江仙子掩唇而笑，“当年天帝三帝子下界历轮回劫，被锦鲤妖痴缠，听说至今三帝子依旧难忘。有此先例，也不能怪女妖们心驰神往了。”

话说到此，轻叶兰舟已沉入江底，分水而行。江底沟壑遍地，密密麻麻的漆黑水草似乱发般飘舞，不见一条鱼虾。

玄乙四周望了一遍，正要说话，却见乌江仙子将身体一纵，跃入江底漆黑的沟壑之内，眨眼就不见了。

……明摆着前面有陷阱要给他们跳啊，玄乙叹了一口气。

扶苍忽然开口：“等下看你的了。”

古庭失踪得蹊跷，背后操纵的十有八九是厉害妖族，能这样快摄走一个神族，必有迷魂妖毒之类的术法。他虽然会一些剑道，毕竟年纪所限，没有多大的自信能单独将古庭救出。幸好遇到这个烛阴氏的公主，这一族向来骁勇善战、无惧万法。他将纯钧交给玄乙，以烛阴氏之能，加上纯钧的威力，即便有什么厉害的妖族，在她手下也讨不了便宜。

看她的？看她什么？玄乙愕然扭头，却见他已跳入沟壑，伸手拨开了密密麻麻的漆黑水草。

“扶苍师兄，”她神秘兮兮地叫他，难得诚恳一番，“我不是你想的那种烛阴氏。”

打打杀杀她可是完全不会，他该不会以为她神勇无敌吧？

扶苍眉头皱起，忽见四周的水草如癫似狂地颤抖起来，仿佛吃不消他的神力，漆黑的水草一寸寸似雪消融，从断裂处弥漫出鲜红如血水般的物事。他急退数丈，谁知这江底遍布水草，每一根被他一碰即碎，江底瞬间被染红大片。好在他周身有无形屏障，血水近不得身。

方要回头提醒龙公主警惕，孰料一张口，一股极香甜的味道便钻入口鼻，眼前的景致瞬间变得模糊起来。

不好！那血水有妖毒的气味！他双腿渐渐软下去，强行忍住眩晕，急道：“小心戒备！”

却见那奇葩的龙公主拔腿便逃，一溜烟蹿了好远。扶苍一口气横在喉咙里，只觉眼前金星乱蹦。

没一会儿，玄乙又呼啦啦使劲往回飞，在她身后，声势浩大、无数乱发般的水草好似狂舞的手臂，紧紧追着。

“扶苍师兄！我来救你！”她急急大叫，毫不犹豫地扑进妖毒中，朝他身上重重一倒，动也不动了。

说好的烛阴氏不惧万法呢？扶苍只想破口大骂。

纯钧剑柄上的明珠微微闪烁了数下，扶苍咬牙，拼着最后一丝气力，想要将剑拿在手中。然而连拔两次，都没能抽回来，这已经晕倒的公主力气出奇地大，把剑攥得死紧。

他拽得急了，她紧闭的眼睛突然撑开一道缝，极其不友善地瞪他一眼。

她是假装的。

最后一个念头掠过脑海，扶苍不知是怒是喜地陷入彻底的昏睡黑暗。

玄乙双目紧闭，细细聆听周围的动静，没一会儿，无数水草从头到脚把他们卷起来，一倏忽间，光影明暗，他们被拉扯进江神府邸中，落在冰冷潮湿的地砖上。

哦？能操控江神府邸？下界山河土地之神，府邸都建在芥子般大小的地方，所谓一沙一世界，他们这些年轻的神族还远没有到这种境界，乌江仙子到底是何方神圣？

一阵环佩叮当，乌江仙子停在他们身侧看了许久，伸手想去抓扶苍，奈何玄乙手里握着纯钧，整个身体倒在他身上。她似是对纯钧极为忌讳，踯躅半晌，最后恨恨一叹："哼！天之宝剑！"

说罢竟转身走了。

玄乙睁开眼，四下里先望了一圈。

这里果然是江神府邸，只是本应清辉洁净的神明府邸，如今遍布灰雾，漆黑的地砖上，猩红色的大阵犹如吐息般缓缓闪烁。她正要仔细查看这是什么阵，却听乌江仙子的声音幽幽自江神殿内传来——

"想不到你这个小神君还挺倔强，你一直闭着眼睛是做什么？怕看到我的脸？我的脸不美吗？我知道了，你怕看着我就会心动。你的年纪一定不大吧？要不要姐姐教你一些好玩的？"

紧跟着一个挺熟悉的声音骤然响起："你杀了乌江江神，取而代之，还擅自夺取神力，嚼食神族，罪大恶极！"

哎呀，是古庭师兄的声音，他也被抓来了？好像他们正发生些什么不得了的事情。

乌江仙子细声道："在这里你用不出神力，别挣扎啦……对了，好叫你这个尊师重道的小古板知道，你不是想找你们先生的珠串吗？它好好的，在阵眼里面被你们的神力养护着呢。如何？安心了没？来，别躲了。"

古庭闷哼一声，紧跟着，殿内传出乒乒乓乓乱砸东西的声音，闹得声势还挺大。

玄乙也不去管，扭头寻找乌江仙子说的"阵眼"，果然见不远处有几根巨大的断裂石柱，猩红色的大阵之光从那里源源不断地涌出，遍布全府。从阵法效力来看，应当是传说中专门用来对付天神的七煞大阵，可以夺取神力。

不过不管多厉害的大阵，总归都要遵循五行阴阳的规则，那便对她无用。

玄乙慢悠悠跨过扶苍，朝那几根断裂的石柱走去，阵眼中心放了一座石台，其上有一只张开的巨蚌，淡金色的液体在里面缓缓流淌，一串莹白的珍珠串泡在液体中。

看样子这个就是先生的珠串了。

她伸手，轻而易举穿过那些闪烁的大阵红光，将泡在巨蚌内的珠串捞了出来。还未来得及细看，却见石柱下横七竖八放了满地的枯骨，都碎得不成形状，上面犹有齿痕。

这些碎骨莹润洁白，犹如美玉，正是神族的骨头。玄乙不由得皱了皱眉头——怪不得珍珠串看上去亮晶晶的，乌江仙子一定是将过往神明摄来，以七煞大阵剥夺神力养护珠串，待神力剥夺干净后便把他们吃了。

会吃人的妖很常见，敢吃神族的妖，这乌江仙子只怕是古往今来第一个。她一定是疯了，这是毫无回旋余地的死罪，她是笃定上界没有神族能杀了她，还是一心求死？

闹哄哄的殿内，古庭已经开始惊叫，夹杂着乌江仙子逗趣的笑声，看样子她不光会吃神族，还是个风流女妖。

玄乙自顾自沿着府邸的边缘走了小半圈，试着推了推殿门，纹丝不动。然后她确定，单凭自己独个儿，是绝对没法出去的。

她幽幽一叹，转身走回去，将手绢铺在地上，慢慢坐了下去。

无数雪花自半空幽幽坠下，很快便染白了扶苍的头发与肩膀。不出一刻，白雪已然淹没了他的膝盖。大概因为突如其来的冰寒刺骨，扶苍忽然动了一下，慢慢睁开双眼。

映入他眼帘的第一幕景象，便是悠然坐在对面的玄乙公主。

她怀里抱着纯钧剑坐在手绢上，浑身上下干干净净清清爽爽，脸上挂着一丝戏谑的笑，正毫不客气地打量他。而他们找了一个多月的珠串，此刻正挂在她纤细皓白的手腕上，闪闪发光。

扶苍看了她一会儿，淡道："坐着舒服吗？"

玄乙优雅点头："挺舒服的。"

"能劳烦你把纯钧剑挪一下，放我手上吗？"

玄乙望着细细碎碎的雪花，心不在焉："不是已经将这把剑送给我当定情信物了吗？过河拆桥怎么行？"

扶苍不说话了，蹙眉盯着她。

玄乙只是朝他微笑，忽见他动了动，一撑而起，不等他过来抢，她立即乖乖双手奉上纯钧剑。这位混账神君乃莽夫一枚，她好女不吃眼前亏。

扶苍瞥了她一眼："刚才为什么要逃？"

叫住她，正是因为烛阴氏所向披靡，谁知她竟然这般无用。上次遇到飞廉神君也是，还以为她故意隐瞒本事，原来果然是废材一根。

玄乙毫不心虚："我不会打架。"

烛阴神龙骁勇善战，在她嘴里就是"打架"。

"那为什么又回来？"

玄乙像看白痴一样看着他："有水草在追我，我跑不掉。"

扶苍觉得又有一口气横在喉咙里，吐不出来，咽不下去，他简直不想再搭理她。侧耳听了听附近的动静，江神殿内，古庭中气十足地叫骂，听起来应该暂时还不会有事。

再看看断裂石柱处红光闪烁的七煞大阵阵眼，从阵眼的规模看，整座江神府邸都已被大阵包围，他却没有神力被剥夺之感，甚至方才所中的妖毒也消退得十分迅速。

扶苍蹲下身，抓起一把白雪，任由它们从指缝中滑下去——烛阴白雪，怪不得，她总归还是派上了点用场。

"我有一个问题。"玄乙绵软的声音在后面轻轻响起，"我们什么时候能离开？"

扶苍握住纯钧，低头看了看地上流窜的七煞大阵之光，淡道："再撑一会儿。"

玄乙低声道："你最好快点，我神力微薄，撑不了多久。"

说完她丢了一颗拳头大小的雪球过来，又道："雪球要是融化了，大家就留下来给她当晚膳吧。"

扶苍默然将雪球放入怀中，突然一把握紧她的手腕，五根手指如铁钳般箍住她，刚好叫她挣脱不开的力度。

玄乙皱眉看他："什么意思？"

他神色平静："别拖后腿的意思。"

她？拖后腿？玄乙正要反唇相讥，孰料扶苍一把抽出纯钧，寒光乍现，地上的七煞大阵瞬间被劈开，贮存在其中的神力与妖力似气泡般密密麻麻地蒸腾上升。紧跟着一股大力拽着她，脚不沾地飞了出去，疾若闪电——好吧，看起来她还真的会拖后腿。

江神殿内争执的声音骤然停了，乌江仙子窈窕的身影方出现在门前，扶苍凝神念动真言，一指点在她肩上。她惊呼一声，身体不由自主朝后飞去，足飞了十几丈才跌落在地，被数道金光真言拴在地上，动弹不得。

"扶苍！玄乙公主？"

屋内的古庭衣冠略散乱，脸上也不知被亲出多少胭脂印，全无平时古板严肃的模样，此刻被他这样充满惊喜地凝望，玄乙撑不住"哧"一声笑出来了。

"快走。"扶苍继续念动真言，令那些捆住乌江仙子的金光真言又多了数道，这才拽着玄乙冲至府邸大门前。一剑削开大门，一瞬间光影转换，四下里变成了阴暗无光的江底。他身上神力震荡，祥光也亮到了极致，霎时间照亮了方圆十里的江底。

玄乙只觉眼睛要瞎了，急忙用另一只手使劲捂住，听古庭在后面恨恨地连声道："这个妖简直胆大包天！不但杀了江神一家，冒充江神，还时常挟持过往神明，食肉啖骨！如此罪行累累，附近的山神土地竟然不向上界汇报！"

虽然不乐意，但他也不得不承认，这个乌江仙子的修为根本是深不可测，大约飞廉神君都难以与之抗衡。飞廉神君今年三十二万岁，比他还要厉害的妖，都是那些庞大而古老的有名妖族，绝不可能在神界没有记录。事实上，下界如有妖族超过十万岁，附近的山神土地便立即汇报给纠察灵官，由纠察灵官记录在册，绝无遗漏。

更何况她还会嚼食神族，简直闻所未闻！神界居然毫不知情，以至于他们三个懵懵懂懂跑来这里，差点丢了小命。

忽听身后一个轻柔的女声响起："原来有个烛阴氏，怪不得跑得这么快，还顺走了我的珠串，我竟看走眼了。只是，这么微薄的神力，这么幼小的年纪，你家长辈怎么放心你出来的？"

他们都吃了一惊，急忙回头，却见那美貌的乌江仙子一步步踏着虚空白莲，不紧不慢地跟在后面。无论他们怎么拼命飞，却始终甩不开她。

古庭怒道："你已是负罪累累，竟然还敢再犯！"

乌江仙子微微一笑："听说你们的先生是白泽帝君，我好久没见白泽帝君了，怪想他的，他是不是依旧一副长不大的滑稽模样呀？"

大言不惭！古庭那颗尊师重道的心被点燃了，忍不住打算为了先生的名誉继续跟她严厉地争辩几句，却听她又娇声道："扶苍神君，你方才那一招戳得我好痛，你可得赔我。"

乌江仙子摘下身上的披帛，语笑嫣然："罚你留下陪我说说话。"

她将披帛轻轻抛出，迎风瞬间长了十几丈，直把天空都遮挡住。玄乙登时急了，使劲把胳膊扭来扭去，想要甩开扶苍的手——他自己去送命吧！让她走！

冷不丁眼前一白，密密麻麻犹如流云般的柔软披帛竟不知何时已包裹住他们，眨眼就把她和扶苍捆了个结结实实，一股巨大的力道将他们一扯，玄乙只觉天旋地转，身体被扯得倒飞回去。

说时迟那时快，扶苍倏地吹了长长一声口哨，先前躲在云海中的九头狮一扑而下，张口咬住正准备出手相助的古庭，也不管他如何乱喊乱叫，拔腿便逃，"嗖"一下就变成了小黑点。

怀里有个身体在使劲挣扎，那倒霉的龙公主和他一起被披帛裹住了。扶苍轻轻呼出一口气，将披帛吹裂，揪住她的后领，像扔袋子似的，毫不留情地往背上一丢。

好疼好疼！玄乙疼得两只手乱抓，却又被他牢牢钳住手腕，动弹不得。

乌江仙子停下了追逐的脚步，定睛看看扶苍腰上的纯钧剑，再看看他冷若冰霜的容貌，她轻轻一笑，好整以暇地整了整袖子，道："扶苍神君，你这样俊雅的容貌，一定比方才那个小神君知情知趣，乖乖陪我回去好不好？当然，你若是觉得我的姿色还可入眼，我们也可以做一些更快活的事。"

说到最后，她声音变得娇媚至极，双目盈盈含水。

玄乙原本疼得脸色发白，听见这话，便正色道："扶苍师兄，乌江仙子这般邀请你，你就去吧，我绝不打扰。"

快把她放下来让她走！

乌江仙子笑吟吟地望向她，目中流露出一丝贪婪之色："这位烛阴氏的小公主闻起来真香，吃起来一定特别鲜嫩美味，我可舍不得放你走。再说，珠串你还没还我呢。"

玄乙笑了两声："哪里哪里，烛阴氏肉糙骨硬，必然不合仙子的口味。其实以仙子这样的本领，何须冒充江神？你早已比江神厉害得多。"

乌江仙子忍俊不禁："你真会说话，我厉害吗？可惜呀，我再厉害也还是妖，做不得神。"

玄乙若有所思地看了她几眼，从腕上褪下珠串放在扶苍手中，指尖在他掌心轻轻挠了一下，道："扶苍师兄，麻烦你将珠串还给仙子。"

珠串一入手，扶苍神色不变，忽然扬手将它远远抛了出去。神力一掷便是九万里，珠串眨眼就不见了。

乌江仙子的面色终于阴沉了下去，冷冷盯着他。

扶苍不理会她的无声威胁，淡声道："你不去追，珠串便要被其他妖族捡走，你自然清楚萦绕神力的珠串有多少妖族眼红，那些藏在暗处的上古妖族亦然。"

乌江仙子似怨似怒地哼了一声："谁叫我还舍不得吃掉你，好吧，我就陪你们玩玩。"

她转身踏莲而去，步子轻巧，却走得极快，不过一晃眼，已在百里之外。

"快走！"玄乙低头催促，恨不得一口把他咬死，"先把我放下来！"

扶苍像没听见似的，紧紧箍住她的两只手，御风往南天门方向疾驰。

玄乙只觉指骨都快被他捏碎了，疼得在他身上一顿乱踢，齐南要是看到他家平日里端庄无比的小公主如此泼妇样，怕是眼珠子都要掉出来。

"南天门离这里还远，而你飞得太慢。"扶苍任由她踢了无数下，"以她的本事，要追上我们不必费多少工夫。你再踢一下，我便把你捆住投进江里，看她是要珠串还是追我。"

玄乙高高扬起的脚只得再慢慢缩回去，她是不怕五行阴阳术法，但那个乌江仙子要是打她，还是很疼的，她不像清晏，她可是一点架都不会打。

"飞快点！"她憋了一肚子火，那个乌江仙子要是发现丢出去的珠串是她用白雪捏出来的赝品，肯定会怒火滔天地杀回来，不管怎么说，先赶回南天门是正经。

可恨这南天门建得那么远，可恨凡间时间流逝那么快，眼看天边晚霞灿烂，南天门还是连个影子都没看到。玄乙心中渐渐有种不好的预感，正欲开口催促，忽闻乌江仙子冷冽的声音在身后响起："你们竟敢骗我！"

她来得好快！两位天神心中都是一凛。

扶苍抽出纯钧，急退数丈，便见乌江仙子远远地踏莲而来，面色铁青。

她冷笑着在他俩脸上看了片刻，说道："扶苍神君，我本舍不得找你的麻烦，可你们不该戏耍我！不要以为我不会动手！"

她将脚一跺，身上素白的冕服忽然裂成碎片，清越的江神神力瞬间化为磅礴的妖力震荡开，连天上的云都被震散。扶苍没料到她竟有如此妖力，不自觉退了数步。

天色骤然一暗，狂风大作，妖云密布，层层叠叠将他俩困住。乌江仙子的妖娆身段被包裹在一层极薄的赭色长裙中，她瞥向扶苍背上趴着的烛阴氏公主，小丫头手脚并用死死抱着他，脸色发白，看起来好像与传闻中的烛阴氏不太像。

她忽地从肋下抽出两根长长的软鞭，快若疾电，一左一右刺向扶苍的双目。

扶苍将纯钧当胸画了个圈，两仪八卦的清光乍现，谁知两根软鞭中途竟然转向，一鞭击碎两仪八卦的清光，另一鞭以迅雷不及掩耳之势，卷向玄乙。

扶苍凝神念动真言，一层无形屏障罩在玄乙身周三尺处，只听"啪"的一声，那屏障竟毫无作用，瞬间被打个粉碎，长鞭飞快绕住玄乙的腿，用力一扯。

玄乙大吃一惊，又来这招！腿上拉扯的巨力让她全然无法抵抗，惊呼着被拉下去，她慌乱中两手乱挥，一把抓住了扶苍的头发。

他的头皮被扯得剧痛无比，不得不弯下身体，两手托在她腋下，紧紧箍住她，一面急道："松手！"

"我不松！"玄乙气急败坏，"拽不住我你就做秃子吧！"

只会捣乱的龙公主！扶苍一口气吹出，利风切断了头发，双手箍着她的姿势变成一只手紧紧拽住她的一条胳膊，另一只手挥舞纯钧，劈向软鞭。

谁知那软鞭看着细而长，竟坚韧无比，以纯钧之威，竟只削了一道小小的裂口。

乌江仙子呵呵笑道："以你的本事，砍上一千年也砍不断我的软鞭！你家先生来了或许还可一试！放手吧，待我吃了这烛阴氏，再来和你耍耍！"

扶苍眉头紧蹙，只觉对面的拉力越来越大，他不肯放弃，用上十成气力，将玄乙拽紧。

要断了！她要断了！玄乙疼得差点尖叫。

她忽地面露惊喜，望向乌江仙子身后，急道："爹爹！快杀了这妖！"

钟山帝君来了？

乌江仙子心中一惊，手上的力道不禁放松了几分，尚未来得及回头，只觉身后风声锐利，她对"烛阴氏"三个字极为忌惮，不敢硬扛，当下将软鞭一丢，滴溜溜转了无数圈，急急避开。

谁知身后半个人影也没有，只有几道苍蓝的剑光稀稀疏疏地划过方才她站立的位置，想来方才的风声只是术法的剑气声。

她被耍了！

说时迟那时快，令她毛骨悚然的纯钧剑又到眼前，秋水寒光似一张密网，将她牢牢锁在里面，霎时间血光四溅，她身上纵横交错也不知被削了多少剑，那件薄薄的赭色长裙几乎成了块破抹布。

想不到这年纪不大的神君身手如此敏捷，加上纯钧乃天之宝剑，为其所伤之处痛彻心扉。乌江仙子怒吼一声，身体忽地蜷成一团，赫然现出原身，竟是一条几十丈长的鲇鱼巨妖。她无声地朝扶苍嘶吼，鱼尾以雷霆万钧之势拍下。

玄乙低呼道："快回南天门！"

话音一落，一片伸手不见五指的黑暗骤然降落，乌江仙子一时没反应过来，愣了片刻。这片黑暗来得快，去得也极快，待眼睛能看见东西后，她立即朝南天门方向追去，足飞了数千里，才突然醒悟：她又被骗了！

这狡猾的烛阴氏公主！

她恨得咬碎银牙，鱼尾一甩便飞出数百里，再甩又是数百里——她非得把她找出来生吞活剥！

第七章

乱我心曲

扶苍屏息静气躲在岩石的阴影下，只露出一双眼，警惕地四处打量。

现在他们身处一处深谷之中，借着夜色与复杂的地形，藏在最深处，一动也不敢动。那只鲇鱼妖出乎意料的强横，以纯钧这样的天之宝剑，都只能砍伤她的外皮，真跟她耗下去，迟早没命。

只能暂时在这边躲着，随机应变了。

凡间七月的夏夜本该闷热潮湿，扶苍却觉周围越来越冷，俯首一看，地上不知何时竟已结了薄薄一层冰霜。

他回过头，便见玄乙抱膝坐在阴影里，既不动，也不说话，有些反常。

他想起方才她被鲇鱼妖用软鞭绕住了腿，那两根软鞭生得奇形怪状，又坚韧无比，十有八九是鲇鱼的长须化成，这位龙公主年齿尚幼，怕是不经意间受了伤。

“你怎样？”扶苍立即俯身，飞快将她周身打量一遍。

玄乙朝后缩了缩，声音冷漠：“还没死，叫你失望了。”

扶苍毫不留情地拉开她抱住膝盖的手，淡道：“凡人才称死，神族只有陨灭，先生的册子你没看吗？”

她右边的小腿上涅红一片，果然是受伤了，怪不得神力外溢，不受控制，将这谷底铺上冰霜。

“华胥氏真是刻苦用功，佩服佩服。”玄乙随口嘲讽，将被他撩开的裙摆重新按回去，“别碰我。”

要不是他，她能卷入这场麻烦里吗？

扶苍慢慢解开衣带，将外衣脱下，将她从头罩到脚：“你的神力在外溢，披好，这衣裳可以收敛神力，别叫那只鱼妖发觉。”

玄乙并不反抗，整个身体藏在他外衣里。他忽又抬手扯下她的丝白披帛，她立即攥住，冷冷瞪他：“干什么？”

“你说呢？”他毫不费力地便将披帛撕成两半，紧跟着一把抓住她乱踢的腿，飞快将她受伤的右腿用披帛绕了好几圈。神血有浓郁的香气，若不将伤口裹住，只怕瞒不过鱼妖的鼻子。

趁他裹好伤口，玄乙使劲挪开身体，她已经没心情跟他打哈哈，她讨厌死他了，蛮横莽夫！鼻孔朝天！每次遇到他都没好事！

谁知他忽然又把她像提袋子似的一提，她奋力挣扎：“别碰我！”

剧烈的动作让右腿上的伤口又开始流血。扶苍紧紧皱眉，一把抓住她的脚踝，用剩下的披帛一道道把她两条腿捆在一处。

因怕被鱼妖发觉，玄乙既不敢破口大骂，也不敢剧烈挣扎，只能伸手扯他头发，没头没脑地乱扇巴掌。

这样做的下场是，她的两只手腕也被捆了起来。

“华胥氏清雅重礼，果然名不虚传！”玄乙气得声音都在发抖。

扶苍将她身上那件松垮的外衣再一次裹紧，直将她裹成一条肉虫，只能无力蠕动，这才嘘出一口气：“烛阴氏骁勇善战，也是厉害得很。”

“你给我等着！”活了九千七百年，她何尝踢过这样的铁板，这个扶苍简直专门是生出来跟她作对的，软硬不吃，花样百出。

扶苍将被裹成肉虫的她紧紧与腰带系在一处，一手执了纯钧剑，一手托抱着她，起身小心看了看周围，这才一步步往谷底深处走去，说道：“现在开始，再说一个字，就把你丢在这里。”

素来趾高气扬的烛阴氏公主，终于憋气又沉默地缩着不动弹了。

她想踩死这个扶苍，踩成碎渣才好，可她又做不到。腿上的伤好疼，肚子也饿了，手脚被捆住动不了，外面还有个厉害无比的鱼妖在追杀他们，今天真是倒霉透顶，都是这个浑蛋非把她扯进来。

扶苍沿着细软的泥土小道走了片刻，忽觉四周安静得十分诡异，虫鸣夜枭一概不闻，在下界来说，这种情况很有些不对劲。他微微眯起眼，仰头将四面高山峭壁细细打量一番，凡间的高山地形他并不熟悉，此地山崖陡峭，石壁林立，常年见不到阳光的谷底阴气浓郁，正是滋生魔物的好地方。

想到此处，他的脚步停了下来，不再往深处走。寻了一块数枚巨岩拼成的空地，倚着山岩缓缓坐下去，反手将玄乙抱在身前，往腿上一放。

这烛阴氏的小公主面无表情地望着他，果然乖乖的，一个字都不说。

扶苍对她这种识时务怪欣赏的，总能把事情弄坏到不可开交的前一步，也是个本事。

他从怀中取出先生发的那本厚册子，默默翻看起来。

这种情况他还故作镇定地看书，肯定脑子坏掉了……玄乙恶毒地在肚子里凌迟他。

幽谷深夜，寂静无比。不知过了多久，扶苍只觉这小公主困得脑袋一会儿点一下，她倒真有骨气，即便坐他腿上，还是挺直了腰背，一副宁死也不屈服的模样。

他开口，只说了一个字："睡。"

本以为这小公主又要出言嘲讽，谁知她忽然轻轻叹了口气，声音变得柔软："我饿了。"

扶苍的视线停留在册子上，长长的睫毛在脸颊上留下两排阴影，淡道："忍着。"

玄乙把脑袋靠在他肩上，悄悄凑近一些，额头几乎贴上他下巴："我又不是你这样的莽夫，我才九千多岁，还受了伤，你叫我忍？"

他不说话，像没听见似的，专注地看书。过了片刻，忽觉耳上一凉，这胆大包天的龙公主竟然张嘴用牙轻轻咬住了他的耳朵，他不由得打了个激灵，一时竟僵在原地。

"扶苍师兄，你再不放开我，我就把你耳朵咬下来。"她的声音软绵绵的，却暗藏杀气。

他浓密的睫毛扬了两下："哦？你试试？"

玄乙还未来得及说话，只觉下巴被他的手一把掐住，他五根手指刚刚好掐在痛点，疼得她"啊"一声，下一刻她就被揪着领口提到了他面前。

扶苍神色平静无波地盯着她看了很久很久，久到玄乙都觉得毛骨悚然，他才突然开口："还是想自个儿跑掉，嗯？"

玄乙默不作声。

被咬过的耳朵留下的感觉十分诡异，扶苍静静看着月色下她玉瓷般剔透的脸庞和丰润漂亮的唇。

不知为何，他越是讨厌她，反而越是要气她，越是气她到抓狂，他反而越是心情舒畅。对着她，简直是一种又厌恶又上瘾、自我折磨偏又带着愉悦的恶习。

每次和她待久了，他就有一种前所未有的古怪冲动，所有隐藏在最深处的恶意都会倾巢而出。他自己都说不清，到底是因为厌恶而想要远离她，还是盼着和她在一起时那种诡异的愉悦。

想把这可恶的公主揉成碎片，想把她气得叫天不应叫地不灵，还想……还想……

他面色忽然一变，抬手捂住玄乙的嘴，只听那只鲇鱼巨妖冷冽含恨的声音自不知名的地方响起："烛阴氏的小公主，你躲去哪里啦？你可要仔细躲好，别叫我找到你。不然我会一点点把你吃掉，从脚开始吃，叫你慢慢看着自己的身体变成白骨！"

看样子她应该并没有找到他们，只是放出声音恐吓。

扶苍慢慢动了一下，抬头望了望暗沉的天色。凡间的时光流逝要比神界快上许多，眼看一夜将尽，古庭大概才刚刚飞到南天门，只怕还要再在这里耗上一天一夜，才能等来救援。

扶苍将手掌放在柔软潮湿的泥地上，整个身体缓缓陷进去，足足潜了近百丈才停下。

被他按住的玄乙剧烈地蠕动着，他把她提起来，立即嗅到一股淡淡的神血香气。扶苍心中微微一惊，一把握住她的小腿，触手只觉湿漉漉一片，她的伤口竟然崩裂了。

他扯下袖子用力缠绕在伤处，黑暗里只听得见玄乙细微的喘息声，近在咫尺，她的身体在微微发抖。

想不到这一趟竟叫她吃了这些苦头，扶苍用手指慢慢摸索她的脸，她冰凉柔软的皮肤上满是冷汗。本以为烛阴氏的公主即便不是骁勇善战，起码也该有一些身手，谁知她竟真的半点动手本事都没有。

他心底忽然生出一丝悔意。

“忍一下。”

他勾住她的膝弯，让她蜷缩得稍微舒服些。冷不丁她张开嘴，狠狠咬住他的手指——真真是毫不留情，再用力点，他的拇指就要断了。

她受伤，他也别想好过！玄乙恶狠狠地用大牙在他手指上碾磨。

他倒也真是硬气，一声不吭任由她咬，只是将裹住她的外套再裹紧一些，另一只手按住了她的脑袋，过了好久，才低声道：“解气了没？”

等了半天她还在用力啃他可怜的拇指，扶苍终于不耐烦，屈指在她门牙上轻轻一弹，迫得她张开嘴，把拇指吐了出来。

可恨的莽夫！玄乙强行把怒气压下去，把脑袋别到一边，继续保持沉默。

鲇鱼妖的声音忽远忽近，以她的本事，应当不出一刻便能发觉方才他们的藏身之处。扶苍运起土行之术，一气遁了数千里，终于再也听不见她的叫声。

地底偶有零散的小妖族与地底游龙路过，撞见这两个神族都吓得纷纷逃窜。扶苍不欲久留，又遁了数千里，忽觉上方有清气横流。他自地下一跃而出，举目四望，却见这里似乎是个凡间的都城，格局四方而齐整，因着天色尚早，街上行人稀少，风过处，从东面带来香火的味道，而横流盘踞的清气，也自东面隐隐而来。

会有香火，想必是什么地仙观或者庙宇。龙公主受创神力外溢，有清气掩饰那便再好不过，也省得受了伤还四处奔逃。

扶苍向东疾驰而去，只见那里竟建了一座青帝庙，金碧辉煌，香火阵阵，天还没亮就有无数凡人进庙烧香，祈愿还愿络绎不绝。想不到逃了半天，还是逃入自家的地盘……他有种啼笑皆非的感觉，急急穿过密密麻麻的人群，落在青帝庙后清气最磅礴的地方。

这里种了一株足有十人合抱粗的老桃树，清气自其上漫溢而发，假以时日，便可成就地仙。凡人似乎也察觉出这棵桃树的神异，用白玉栏圈起，系起红绸，派了四个人端立四角守护。

看起来，这座青帝庙与其说供奉的是他父亲，倒不如说祷念之力全被这株神异的桃树借走了，怪不得香火如此旺盛。

扶苍抱着玄乙飘然落在树下。她自方才便安静得像块木头，一声不吭，一动不动，他有些担心，扒拉开包裹住她的外衣，却见她双目紧闭，一张脸陷在衣服里，竟好似睡着了。

被鱼妖追杀，还受了这么重的伤，她竟能睡着？

扶苍心中忽有一股不好的预感，慢慢撩开她的衣衫下摆。果然裙摆和他的外套已经被神血浸透，那鲇鱼妖一扯之力竟有如此威力？

他放出神力试探伤口，谁知术法一触到她皮肤上便化为虚无——不好，烛阴氏万法无用，术法伤不到他们，自然也救不到他们。

白霜开始在草地上凝结，烛阴氏一受伤便控制不住神力外溢，他的外衣已经容不下她倾泻而出的神力了。为阴寒之力所感，桃树上落叶纷纷，守在白玉栏外的四个凡人不由得打起了寒战。

似是为了壮胆，守卫之一厉声喝道："什么东西！"

这一声甚是响亮，沉睡中的玄乙不由得皱了皱眉头。扶苍一口气吹出去，掀翻了四人的长戟，慌得他们连连喊叫，一股脑跑远了。

如今怎么是好？扶苍抱着她静坐在桃树下，听见她细细的喘息声，看着半空坠落的桃叶与冰霜，心里也不知是什么滋味。

怀里的龙公主越来越沉，也越来越冷，简直像抱了一块万年寒冰。他朝上托了托，只听"噗"一声，他的外衣骤然扬起，紧跟着双手又是一沉，一条漆黑巨大足有数丈长的龙落在他身上。

扶苍吃了一惊，还未来得及细看，只觉怀里这条龙用力挣扎了数下，接着便泄了气似的越来越小，最后变成一尾半尺来长的漆黑"小泥鳅"，在他掌中蜷成一团。

这是……烛阴龙神？扶苍万分错愕，她竟然现出了龙身！

传说中烛阴龙神个个能吞月驱日，神勇无双，谁知她竟生得如此细小孱弱，身上的鳞片还没长齐，背上鳞片倒是密密麻麻整整齐齐，肚皮上却东一块西一块，四只脚更是光秃秃的，一块鳞片也没长，右边的后腿上鲜血淋漓，伤口相当深。

怪不得她受创如此重，原来鳞片还没长到腿上。扶苍扯下另一条袖子，撕成碎片，将她的右腿紧紧裹住。

掌中的"小泥鳅"突然恹恹抬头瞥了他一眼，小眼睛掠过一丝高傲的不屑和愤怒，猛地张开嘴，一口咬在他中指上，放在细牙里恶狠狠啃了半天。

扶苍一根手指轻轻按住她的小脑袋，低声道："别闹，你伤得很重。"

她兀自不甘心地啃了许久，渐渐地又软下去沉沉睡着，细牙还扣在他手指头上，咬出几个小血洞。

扶苍捏住她的脑袋，替她把嘴合上。指尖触在光溜溜的脑壳上，只觉有两个小如米粒般的凸起，他不禁用手掌托住，仔细打量，原来她脑袋上长了两颗米粒大小的龙角，不十分仔细看根本看不出来。

他忍不住又用拇指轻轻去摩挲那两粒娇小的龙角，手感很好。

她在睡梦中“吱”地轻叫一声——烛阴龙神叫起来倒像一只老鼠。

扶苍一时觉得无措，一时又有点好笑。

因受创而外溢的神力停了，龙之身比人身要强壮许多，地面上的冰霜渐渐化开，桃叶也不再坠落。晨曦的微光落在她漆黑的鳞片上，反射出一种温润冰凉的色彩，他轻轻摸了摸，果然冷冰冰，却又软绵绵。

这个龙公主，做“泥鳅”反倒比做神女的时候要讨喜得多。

天边的云卷云舒像是被一双巨手迅速地拉扯合拢，青帝庙中人来人往的喧嚣渐渐淡了下去，掌心的“小泥鳅”睡得很沉，把肚皮也亮了出来。

扶苍用外衣盖住她，遮蔽毒辣的日头。忽闻一阵嘈杂的人声由远至近，有个人急急地不停重复:“是真的！方才我们真的察觉到那株神桃树下有不干净的东西！地上都结霜了！还有怪风！诛邪国师，请您一定仔细！”

说话间，但见呼啦啦来了一大群凡人，簇拥着一个身穿红袍、头戴细长乌纱冠的男子。因见桃树下白霜都已化完，那四个守卫只得指着满地桃叶连声道：“国师请看！桃叶无缘无故凋落！方才真的有异象！”

扶苍倚在桃树上静静看着这个“国师”，这哪是什么国师，分明是个妖。一眼望见坐在桃树下的神族，国师脸都绿了，寻了个借口将其他人都赶跑，这才小心翼翼拱手行礼，斟酌道：“不知……上神莅临下界，这个……有何……”

话没说完，又见到扶苍掌中的长脚“小泥鳅”，他的脸又白了，骇然道：“这……莫非是烛阴龙神？”

话音一落，冰冷的纯钧已抵在他喉头。国师浑身僵住，颤声道：“我没有害人！我是家住太行山的一只山魈！只是贪恋凡间荣华，过来当了个国师！上神饶命！”

他求饶的声音太过响亮，掌中“泥鳅”十分不友善地“吱”了一声，翻了个个儿，肚子里也跟着发出个巨大的响声——这条龙公主，用场派不上多少，麻烦倒是挺多，受伤了还饿得这么快。

扶苍淡声道：“送点吃的过来。”

国师连连点头：“是！是！”

他使劲用眼睛去瞟抵在脖子上的纯钧剑，这柄天之宝剑让他浑身上下汗出如浆、软如棉花，可它偏偏好像还没离开自己喉咙的意思。

扶苍看了他一会儿，又道：“这里的事，你若说出去半个字……”

后面的话他没说，国师急忙应道："我……我什么也没看见！这便告辞了！"

他一路躬身倒退，撞翻了池塘边的假山却也顾不得去扶。这些声响又惊动了掌心里的"小泥鳅"，她不满地动了动，忽然一头钻进扶苍的领口，冷冰冰一团蜷缩在他胸前，嘴巴张开，又打了个哈欠，这才把脑袋塞进领口，阻绝噪音。

扶苍下意识按住胸口那团冰凉，面上罕见地掠过一丝窘迫。他打开衣领，有些无奈地低头看了一眼盘踞怀中的"泥鳅"，她虽是沉睡，却并不老实，脑袋不停地动，贴着皮肤，又凉又痒。

扶苍试着揪了揪这条"泥鳅"，想把她从胸口揪出来。她不满地扭动，脑袋挂在领口上，无力地耷拉着。

他更加无奈，欲要把她强行拎出，却又怕触及伤口，愣了半日，最后只得罢了。

四下里又变得寂静，只有怀中"泥鳅"低低的呼噜声回荡。翠绿的桃叶落如疏雨，有一片掉在她的小脑袋上，扶苍用指尖细细替她捏下来，一时没忍住，又去摸她那两粒小小的龙角。

手感真的很好。

国师很快便回来，还用袖里乾坤装了满满三桌佳肴，毕恭毕敬地放在桃树下，一面道："启禀上神，这些吃食都经过小的精挑细选，绝对洁净，希望能合上神的口味。小的什么都没看见，这便告退，请上神自便。"

扶苍起身朝那些佳肴看了看，凡间吃食大多粗糙，这位国师能带来这些，已是十分不容易了。他挑了好一会儿，没几个能吃的，只得选了一粒颜色好看些的茶点，放在"泥鳅"嘴边。

她的鼻子皱了皱，忽地张开嘴，一口就把茶点吞了下去。

看她这细小的身子，一粒点心也差不多了，他们行踪暴露，此地不宜久留。扶苍按住胸口，正欲离开，这条"泥鳅"又"吱"地叫一声，十分不满。

扶苍无奈之下只得抓起一把点心，眼睁睁看着她一粒粒全塞嘴里，撑得身子圆起来，才心满意足地又缩回领口，躲里面打饱嗝。

他现在简直有种她根本没睡着的感觉，撩开领口看看，她的小眼睛还是紧紧闭着，寻了个舒服的姿势睡得口水横流。

钟山帝君养她那么大，一定不太容易。

扶苍潜入土中，一气再遁数千里，曲曲折折朝南天门的方向疾驰。那只鲇鱼妖找不到他们，必然会在南天门附近徘徊等候，不过无论如何，离南天门近一分，脱身的希望便也大一分。

忽见前面影影绰绰，似有大片漆黑楼宇，只怕是什么上古妖族的地宫，倘若从中穿过，必然会受到盘问。扶苍不欲惹麻烦，当即跃上地面，但见明月当空而照，四下里枝横石乱，也不知是何处的荒郊野岭。

凡间又已到深夜，古庭倘若顺利，此刻应该快有救援赶到了。

扶苍不敢大意，将纯钧握在手中，御风曲折前行。方绕过一座孤崖，却听崖顶有人“咦”了一声，声音温柔而甜蜜，甚至有些耳熟。

他用眼角余光望去，只见那孤崖上建了一座玲珑竹亭，本应在东海逍遥快活的少夷神君，此时此刻左手端着蓝玉酒杯，右手揽着一位美貌女妖，斜斜倚在凉亭里，带着一分笑意、三分惊讶，愕然地看着他。

“扶苍师弟？”少夷讶然轻呼，“你怎会在此？”

他身边那美貌女妖一听“扶苍”二字，竟蹦了起来，捂着胸口惊道：“天啊！他就是扶苍神君！”

扶苍不禁默然，扭头看看少夷，他有些无奈地摊开手，轻笑：“不错，他就是那个扶苍神君。宁婴你且淡定些，莫要太激动。扶苍师弟，请过来一叙。”

扶苍眉梢轻扬，微一思索，开口道：“……那就叨扰少夷师兄了。”

他轻轻一跃，纵身落至竹亭中。少夷身边那位女妖又是一声惊叫，粉面通红，捂住脸只管盯着他使劲看。

少夷笑着将酒壶朝她手里一塞，悠然道：“宁婴，不如你来斟酒？”

扶苍掩住蓝玉杯，淡道：“我不擅饮酒，不劳公主操持。”

少夷支颐浅笑：“看不出扶苍师弟的眼力竟如此犀利。宁婴，你看看，他已经看出你是上古十八族之一的公主啦，这下你开心了吧？”

被称作宁婴的女妖粉面嫣红，上前一步盈盈下拜，腻声道：“扶苍神君，我是玉鼠大君的四女，我叫宁婴。早就听闻神君典则俊雅，芳兰竟体，今日一见，果然名不虚传。”

原来方才所见的地宫是玉鼠大君的住处，有上古妖族在此处盘踞，那只鲇鱼妖只怕不敢轻举妄动。

扶苍颔首回礼，问道：“少夷师兄为何在此？”

少夷就着宁婴送到唇边的蓝玉杯喝了一口酒，笑道：“东海我有些腻了，便来下界看看宁婴，想不到竟与扶苍师弟偶遇。”

都说青阳氏的少夷神君风流倜傥，看样子他不单风流，胆子更有十分大，连上古妖族的公主也染指，还堂而皇之在别人家的头顶饮酒调情。

那叫宁婴的玉鼠公主坐在少夷怀中，一双妙目却死死盯着扶苍，因见他领口敞开，露出一半锁骨，她的目光又变得炽热，低低一笑。

扶苍面不改色收了收领口：“少夷师兄好雅兴。”

少夷看看他蓬乱的头发，还有衣服上乱七八糟的裂痕，不禁失笑：“扶苍师弟怎么如此狼狈？可是遇到了什么麻烦？”

扶苍正要说话，怀中的“泥鳅”大约是不喜欢亭中酒气，重重地打了个喷嚏，在衣服里面使劲挣扎，他怎么拦都没用，她硬是用力钻进他袖管，一阵乱爬，终于把脑袋从袖口里面探出来，又打了个大喷嚏。

少夷手里的蓝玉杯掉了下去，惊道：“小泥鳅？”

一旁的宁婴公主却遽然变色，急急退了好几步，面露惧意：“烛阴龙神！”

她是玉鼠一族的妖，见到上界之龙便有本能的恐惧，更何况万龙之尊的烛阴龙神，当即化作一团阴风，呼啸着出了竹亭，幽幽开口：“少夷，我陪不得你了，你要记着常来看我。扶苍神君，下回再见，我愿与神君一同双修阴阳，任君采撷。”

下界女妖素来大胆直接，她甜甜一笑，阴风消散在半空。

少夷捡起蓝玉杯，拭去袖子上的酒痕，似笑非笑瞥了一眼扶苍：“你啊，一来便抢我风头。以后你得小心些，女妖可是很会痴缠的。”

说着他凑到近前，去看那只没精打采的“小泥鳅”。因见她脑袋上那两粒小龙角怪可爱的，他忍不住也要伸手去摸，扶苍轻轻拦住，低声道：“少夷师兄，她受伤了。”

“我知道她受伤了。”少夷只是笑，“不然怎么会现出龙身？看样子伤得不轻。你们到底遇到了什么事？”

扶苍将经历简单说了一遍，少夷不禁吸了一口气：“意思是——那个会吃神族的鲇鱼妖……十分美貌？”

扶苍淡道：“不错，十分厉害。”

“比许多神女都好看？”

“比许多神族都厉害。”

“吃神族之前，还要先风流快活一番？”

“吃之前先用七煞大阵将神力夺取一空。”

少夷连连叹息：“为何我的功课不是这个？先生如此偏心！”

扶苍看了他几眼，道：“少夷师兄不必嗟叹，以师兄之诚心，何愁见不到她？”

“那再好不过。”少夷微微一笑，忽地出手如电，从扶苍袖中将那只“小泥鳅”揪了出来，扯掉她右腿上的包扎，夹在两指间细细打量，一面笑道，“哎呀，伤在没长鳞片的地方，怪不得，可怜的小泥鳅，我看着都有些心疼了，帮你一把吧。”

他轻轻朝这只沉睡的“小泥鳅”吹了一口气，霎时间泥鳅的肚皮上泛起一片金光，很快，金光又隐没入心口，她右腿之上原本深可见骨的伤口竟瞬间愈合了一些。

不是说烛阴氏万法无用？扶苍心中暗惊，这是什么法子？

少夷将“泥鳅”放在掌中细看，方欲去摩挲她那两颗米粒般的龙角，却听“噗”一声，这条“泥鳅”瞬间又变成了人身。他一手接住，毫不客气地便去解她腰带，指尖方触到她的衣服，对面的扶苍忽然又拦住了。

“少夷师兄，”他慢慢唤他一声，“看伤口不必解衣。”

少夷笑得无辜：“你说得是。”

他弯腰撩起玄乙的裙摆，很有分寸地只撩到膝盖位置，果然她右腿上三道深邃的拉伤已不再流血，外卷的皮肉甚至微微合拢起来。

素来听闻青阳氏与烛阴氏龃龉难解，想不到万法无用的烛阴氏在青阳氏的手上竟然颇为不同，扶苍百思不得其解，问道：“少夷师兄用的什么法子？”

少夷笑眯眯地放下裙摆：“你还是不知道为好。”

他把怀里的玄乙颠了一下，长叹：“这小泥鳅真沉，还冷冰冰的，给你抱吧。”

见他冷不丁把玄乙塞过来，扶苍急忙用手托住，重新替她将右腿包扎好。这龙公主还在沉睡，整张脸埋在他的外衣里，也不知何时能醒。

崖顶的风忽然大了起来，两位神君的衣摆被吹得飒飒作响。少夷独自喝完杯中酒，方欲再斟，壶内却已空了。他晃了晃酒壶，带了一丝微醺醉意，开口道：“那么，走吧？”

这才真真是色胆包天。

扶苍定睛望向夜色深处，他已经察觉到那只鲇鱼妖的妖气。因着这里是玉鼠大君的地宫之上，她也有所顾忌，不敢出手，若是离开这里，后果不堪设想。

他瞥了一眼少夷：“师兄怕是醉了。”

少夷笑道：“所谓牡丹花下死，做鬼也风流，若能得见乌江仙子玉容，即便把我吃了，那又如何？”

话音一落，乌江仙子甜腻婉转的声音便在亭内响起：“这位小神君才是真正知情知趣者，哪里像这个扶苍神君，把人家打伤了，到现在还疼得厉害。”

说罢，她清丽的身影似倾入清水中的墨，渐渐变得清晰，慵懒地斜倚在少夷身旁，含笑打量他。见他容貌俊美不输扶苍，她便伸出手去摸他的脸，柔声道：“你是谁？”

少夷伸手毫不客气揽住她的肩膀，另一手将她的下巴一抬，笑眯眯地低头端详片刻，反问：“你又是谁？”

乌江仙子嫣然一笑：“我知道了，你一定是少夷神君。你晓不晓得，下界有多少女妖为你相思刻骨呀？”

少夷声音温柔甜蜜：“原来我这样有名，那你愿不愿意做她们之一？”

乌江仙子嘻嘻一笑：“你们两个我都喜欢，那个烛阴氏的小公主我也喜欢得紧。怎么办？我一个都舍不得丢掉，不如你们一起随我来吧？”

她的双手骤然合拢在一处，两位神君只觉眼前光景瞬间变幻，竟一下又回到了江神府邸。

少夷也不禁微微变色，这只鲇鱼妖的修为居然如此深不可测，在玉鼠大君的地宫之上，她还真敢动手。

“扶苍神君离开时下了好重的手，把人家辛辛苦苦建好的七煞大阵都弄坏了。”乌江仙子幽幽叹息，飘然落在漆黑的地砖上，又指了指自己身上，她赭色而贴身的长裙上有许多细小的裂口，也染了几滴血，“还打伤人家，真是好狠的心。”

她的目光流连在扶苍如冰似雪的面上，他恍若未闻，只用外衣将怀中熟睡的玄乙重新裹成肉虫，一只手抱着，另一手摘下了腰间的纯钧剑。

乌江仙子娇声道：“这样吧，扶苍神君，你把烛阴氏小公主交给我，你们两位小神君再陪我说说话、喝喝茶，我开心了便放你俩走，怎样？”

他还是不说话，倒是一旁的少夷沿着荒烟蔓草、布满灰雾的江神府邸绕了一圈，背着手啧啧感慨：“仙子花容月貌，这江神府邸却打理得不甚好，荒芜萧索，仙子如何住得？”

他这样情真意切地抱怨，连乌江仙子一瞬间都感到一丝惭愧，低声道：“是我疏忽了……”

少夷慢悠悠地盘腿坐下去，指尖在冰冷的地砖上轻弹：“我帮仙子种些花草吧，看着也欢喜。”

他长袖一扫，霎时间满地葱郁，无数绵软青草自漆黑地砖下奋力钻出，不一会儿工夫便没至小腿。

乌江仙子还没来得及赞叹，却见他食指与拇指圈起放在唇边，轻轻呼出一口气，一股和暖的风拂遍江神府邸，那些青草仿佛受到鼓舞般，摇晃着身体，一朵朵艳丽的花苞自顶端现出，顷刻间，春蕾初盛，锦绣遍地。

“好漂亮……”乌江仙子喃喃，转头去看他，满面不可思议，“不愧是叫万千红颜魂牵梦萦的少夷神君。”

少夷微微一笑，将手指一弹，下一刻无数花苞同时盛开，阴冷的江神府邸忽然之间变得炽热无比，每一朵花的花蕊竟都是一团鲜艳的凤凰涅槃之火。

乌江仙子的神色微妙地变了，他却伸个懒腰，闲闲支颐半卧于花丛，大剌剌地吩咐她：“美酒何在？愿与仙子共醉。”

乌江仙子眯起美目，柔声道：“请少夷神君稍候，这便来了。”

她莲足一动，轻轻踩在一团凤凰涅槃火上，那团火无声无息便灭了，她每走一步便踏灭一团火，不紧不慢，款款走进不远的江神殿内。

少夷嘘了一口气，蹙眉望向扶苍：“她这么厉害的？我打不过她，怎么办？”

扶苍盘腿坐下去，把玄乙往腿上一放，语气冷淡：“少夷师兄得偿所愿，何以愁眉苦脸？”

他实在懒得责怪这位风流师兄自找麻烦，看这师兄那么笃定，还以为有什么不得了的手段，他真是想太多了。

少夷长叹一声：“我不过入门早些，论年纪还不如你大，莫要再叫我师兄，我晓得你精通剑道，身手一流，想个法子怎么脱身才是。”

要是能脱身他们早就跑了，扶苍缓缓摇头，不知这乌江仙子究竟用了什么法子，不管他们跑多远，她总能不远不近地追在后面。

少夷盯着他怀里的玄乙："快把小泥鳅叫醒，论鬼点子她最多。"

扶苍索性用外衣把她的脑袋盖住，提醒他："她受伤了。"

"这会儿该醒了。"少夷看着乌江仙子端了酒案又从江神殿内出来，不禁又叹了口气，"美则美矣，却叫我胆战心寒。"

乌江仙子款款踏火走至近前，躬身放下酒案，缓缓笑道："少夷神君在背后偷偷说人家坏话，这样可不好。"

说罢她翻过倒扣的四只水晶杯，满满斟了四杯酒。在凤凰涅槃火的炽热烘烤下，酒气发散极快，浓烈甘醇，竟是神界有名的烈酒无上常融。

少夷两指拈起水晶杯，凝望其中清澈而碧绿的酒液，喃喃道："仙子未免太过厉害，叫我不敢放肆。"

乌江仙子掩唇偷笑："天底下的男人，无论人神妖魔，看起来都不大喜欢女子太过厉害，少夷神君这话，我早已听得耳痒。"

"哦？曾经也有上界神君与仙子这般饮酒笑谈过？"

乌江仙子以袖覆去半张脸，一口喝干杯中酒，方才道："愿意与我这般说笑的，少夷神君是第二个。"

少夷只用指尖轻轻转动水晶杯，却不去饮，似闲话家常般笑道："愿闻其详。"

她仿佛触动了什么心事，幽幽说道："我已有许多年不曾与谁这样说过话，你这小神君倒很会讨人欢喜。我问你，我长得如何？修为如何？比之上界神女，又是如何？"

少夷一本正经地端详着她，赞道："仙子器彩韶澈，长得比你美的神女，修为不如你；修为比你强的，长得又不如你。"

乌江仙子微微一笑："可你们这些神君，最后还是会喜欢一个长相不如我、修为也不如我的神女。"

少夷愕然道："是哪位神君这般没眼光？仙子莫恼，回头我替你出这口恶气。"

乌江仙子目光流转，细声道："这负心汉早已被我撕成碎片拆解下肚了。我头天吃他一部分，隔日再吃她一部分，叫他们互相看着，那场景倒是有趣得紧。"

少夷更加愕然："不知他们究竟对仙子做了什么，竟叫仙子这般高洁的女妖使出如此酷烈手段？"

乌江仙子"咯咯"笑出声，面上酡红，轻轻推了他一把："你的嘴真甜。好吧，我晓得你们在拖时间，想等上界救援，可惜除非你们先生这般的帝君下界，否则那些天兵天将我有何惧？我告诉你，有一天我救了一位上界的神君，他很感激我，陪我留在下界，成天说要报恩，可惜这知情知趣的神君见着一位神女就变心了，要和她成婚，还想回神界。我一气之下就把他们都捉来吃掉，神族的味道果然不错，比凡人好吃多了，从此我只爱吃神族，再也不想吃人了。”

扶苍见她这样笑语晏晏地说起这些残忍往事，不由得皱起眉头。

细细回想她的言辞，她好似与白泽帝君有过一面之缘，对珠串的态度也十分执着……珠串？

扶苍忽然灵机一动，他自信逃跑过程中绝没有遗留半点蛛丝马迹，而这乌江仙子却始终阴魂不散，莫非，她在珠串上动了什么手脚？

他低头在玄乙怀中摸索，想要把珠串找出来细细查看，谁知手腕突然被玄乙使劲抓住，她的脸从层层叠叠的外衣里面扭过来，极其不友善地瞪了他一眼。

别碰我。她动了动嘴皮子，无声地警告他。

扶苍只觉消失已久的那股气又开始横在胸口，他面无表情地看着她，声音淡漠：“你醒了。”

不知何时醒的，看上去她似乎还打算继续装睡。

玄乙正要警告他别发声，谁知那凤凰涅槃火把无上常融酒的酒气烤得四处泛滥，她猛然吸上一口气，立即打了几十个喷嚏，不得不懊丧地坐了起来。

方才乌江仙子妖力震荡，将他们拖进江神府邸，她就已经醒了。看着情况不对，她原本想装睡到底的，可恨这鱼妖居然准备什么无上常融酒，真是的！

乌江仙子朝她讥诮地瞥了一眼：“小公主既然醒了，何苦憋着气儿装睡？酒我已经替你斟好，公主还请给几分薄面饮了它。”

玄乙冷冷“嗯”了一声，翻身从扶苍腿上下来，足离了数尺远，这才整理衣裳头发，优雅地端坐火焰花丛中，开口道：“多谢仙子盛情，不过我素来喝不得酒。我倒是对那位容貌不如仙子，修为也不如仙子的神女颇为好奇。左右无事，我们都已是仙子盘中餐，仙子何不解我心中疑惑呢？我洗耳恭听。”

第八章

其毒大苦

乌江仙子自斟自饮，又喝了一杯酒，方才冷笑："本来看你是烛阴氏，倒要礼让三分，谁知你这般无用。小公主，腿疼不疼？好叫你知道，就算你不惧五行阴阳，也躲不过我的十万妖毒软刺，它们只要沾了你的血肉，你一辈子也别想把它们弄出来。只要我想，你这条右腿便废了。哼！什么烛阴氏！什么神女！不过如此！"

她将水晶杯重重放回案上，玄乙的身体忽然微微抖了一下，面无表情地揭开裙摆，却见已不再流血的伤处竟再一次崩裂开，剧痛让她额上满是冷汗。

玄乙看了一会儿伤，又把裙子盖回去，神色柔倦，缓缓道："仙子果然手段了得，不过我还在洗耳恭听，请仙子解惑，那个神女是谁？"

乌江仙子冷冷盯着她："你似乎对自己的聪明非常有自信，既然你要拖时间，我陪你拖。你小小年纪，有什么资格向我问话？应当我问你才对！"

玄乙笑了笑，不以为意："也好，仙子有何疑问？"

乌江仙子犹如猫戏耗子般打量她："你猜猜看，这一路你们明明逃得很快、躲得很远，我是怎么追上你们的？猜不出的话，我便要吃掉你的右腿。"

玄乙从怀中取出珍珠串，淡声道："问题怕是在这珠串上。方才我仔细看了一下，先生开辟天然之道，讲究三生万物，故而身边诸般物品都是以三为倍。我数了数珠串，却有三十四粒，只怕里面有一粒是仙子造的赝品。不过我神力微薄，却看不出哪一粒是假的。"

乌江仙子万万想不到她竟真说对了，一时反倒无话。

玄乙道："现在我可以洗耳恭听了吗，仙子？"

乌江仙子看着她平静无波的双眼，即便她右腿鲜血淋漓，她还是维持了烛阴氏的优雅，坐得端正，丝毫不受伤势的影响。

乌江仙子猫戏耗子般的神色渐渐收敛，正色道："小公主确实冰雪聪明，叫我很是佩服。好，我告诉你。我曾有一个亲妹妹，两万年前我和她不过是乌江中两条小小的鱼妖，那天你们先生路过乌江，遗落了珠串，将妹妹砸死。他告诉我，妹妹本应投生为乌江江神之女，不过错投了妖胎，所以他赶在妹妹五千岁时遗落珠串将她摄走，重新投了神胎，并将珠串留给我作为标记，将来妹妹长大知事，我与她还可相认。"

两万年前？三位天神心底都是暗暗吃惊。从她所言，妖族修得人身花费数千年，再加上两万年修行，怪不得神界没有她的记录，她离十万岁还差了太多。

玄乙愕然用袖子捂住唇，佩服地上下打量她："做妖族竟这般轻松？两万年就比我们几十万岁的神君还厉害，我竟有些羡慕了。"

乌江仙子娇笑起来："你这狡猾的小公主，想套我的话？你年纪这么小，却生得太过聪明，这可不是什么好事。我既已得罪烛阴氏，索性就得罪个彻底吧！"

她的指甲忽然长了数寸，根根尖利似刀，竟是说动手就动手，毫无预警地便朝玄乙的心口挖去。"叮"一声脆响，刀一般的指甲撞在突然阻挡的纯钧剑上，她的指甲瞬间断了数根，而扶苍也被她的大力撞得倒退数步，指骨剧痛无比，险些握不住纯钧。

乌江仙子冷笑一声："扶苍神君，你再护着她，我连你一起杀。"

她化作一股阴风，直扑过来，又抓向玄乙。谁知身后忽然一热，少夷长臂将她抱住，指尖托了一朵凤凰涅槃火焰花送到她面前，柔声道："仙子，我不爱看美貌女子打打杀杀，咱们好好喝酒聊天，莫要动手。"

乌江仙子徒手捏住那团凤凰涅槃火，一下就掐灭了，她似笑非笑："你们二位神君为了小公主花招百出，真是煞费苦心，可惜，我偏要杀她！"

少夷叹了口气，他今天叹气的次数比往常一年叹气的次数还多："小泥鳅，师兄若是自己跑掉，你不会怪我吧？"

玄乙一本正经地看着他："会，少夷师兄若跑了，我在仙子的肚子里也要诅咒你这辈子再也碰不到一个神女。"

少夷苦笑："你好可怕。"

怀里的乌江仙子把身子一扭，又要去捉玄乙。他只得把胳膊一弯，重新抱住，下巴贴在她肩窝上，低声道："仙子就当为了我，且歇歇。"

乌江仙子不答，两指朝他眼睛戳去。少夷偏头让过，只觉怀中的身体妖力震荡，强横无比，他的胳膊再也抱不住她，被震了开来。好在对面的玄乙已经被扶苍像提米袋似的提在手上，避过了乌江仙子的一击。

"你……"扶苍看了看面色铁青的乌江仙子，想了想，还有点犹豫，"你嚼食天神，莫非是为了逼迫白泽帝君下界看你？"

这是什么莫名其妙的问题！玄乙和少夷面色瞬间变得十分古怪。

乌江仙子显然也大受打击，露出满脸嫌弃的神情：“白泽帝君？一副长不大的怪样，我怎会看上他！”

话音未落，却见寒光一闪，纯钧犹如银龙般朝自己刺来。被这天之宝剑近身，她感到本能的惊悚，急急退了数丈。扶苍又像扔米袋似的把玄乙朝少夷身上一扔，握紧纯钧追上，没有碍事的龙公主在旁边，他百无禁忌，念动真言，点在乌江仙子肩头。她方才被他的话大大刺激了一下，妖力竟有些涣散，身体不由自主朝右倒下，只听他似松了口气似的说道：“那就好。”

纯钧的寒光朝她面上刺来，快到极致。她被真言束缚，只得偏头闪避，下一刻便觉左眼中一凉，以她这般妖力横贯、刀枪不入的身躯，竟被纯钧刺伤了左眼。

她痛得厉吼一声，身上的赭色衣裙立时化为碎片，巨大的风和妖云在这小小的江神府邸内呼啸肆卷。她现出庞大的妖身，无声地向地下三个神族嘶吼，巨口内密密麻麻的钢牙，比他们大腿还粗。

少夷抱着玄乙退了数步，失笑道：“原来是这般模样，看着怪吓人的。”

眼看那条巨大的鱼尾要拍下来，这一拍之力，加上她磅礴可怕的妖力，只怕整个江神府邸都会化为齑粉，更遑论他们三个小神族。

扶苍疾退去大门边，方欲将大门再次劈开，却听玄乙笑道：“仙子，看这里。”

她抬起手，指尖捏着那串珍珠晃了晃，乌江仙子登时明白珠串还在这小公主的手里，恨得厉声道：“还给我！”

玄乙悠然道：“这珠串仙子留了这么多年，还特意摄来无数神明养护，应该对你很重要吧？唉，都是为了这破珠串，看着就来气，且看我把它冻成冰捏碎。”

乌江仙子登时大怒：“你敢！”

玄乙讥诮道：“我都要被你杀了，还有什么不敢的？”

她掌中团团寒气涌现，顷刻间便将三十四粒珍珠冻成了冰坨，五根纤细的手指微微合拢，似乎马上就要把它们捏碎。

乌江仙子怎么也想不到她会出这种花招，心神激荡下，妖力再也无法凝聚，散去妖相现出人身，只怒吼：“你好大的胆子！”

却听头顶传来一个陌生而浑厚的天神之声：“不错，你好大的胆子！”

紧跟着巨大的雷光劈落，瞬间将这座砂粒中的江神府邸劈开。满地火焰之花翻滚残乱，这布满迷雾的虚空世界犹如蛋壳般碎裂，光影瞬息万变，一眨眼他们便回到了乌江之底。

乌江仙子动如脱兔，迅速闪过两道劈下的雷光，下一刻万道雷光倾泻而来，似鸟笼般将她锁在其中。夜游神与纠察灵官们不知何时也已现出身形，无数根捆妖索如箭一般射出，把她从头到脚捆了个结结实实。

那陌生而浑厚的天神之声又一次炸开：“被困的几位还不快快远离！”

说罢，一个金甲天神自云端现身，正是神界战将之一雷泽神君。他放出万道雷光将乌江仙子困住，然而她竟好似全然不惧，身上缠绕着捆妖索，却仍在雷光笼中左冲右突，雷泽神君面色显得十分凝重。

“走！”扶苍御风疾飞而起，一回头却发现少夷抱着玄乙正愣在原地，他只得落回去，问道，“怎么了？”

少夷苦笑道：“这小泥鳅好沉，我飞不动，你来吧。”

沉？扶苍将玄乙一把拽入怀中，神力提拽千万斤都不在话下，何况她的人身比一片羽毛也重不到哪里去，他为何觉得沉？

眼看这江神府邸将成齑粉，两位神君急忙御风远离。没飞一会儿，玄乙把脑袋从扶苍的肩膀上面伸出来，不大愉快地瞪着少夷：“少夷师兄，你未免太柔弱了些，我哪里沉？”

这种时候她还纠结这些乱七八糟的事！扶苍把她脑袋一推，冷道：“别乱动。”

玄乙板下脸，不搭理他。

她的伤口方才又崩裂了。扶苍正要说话，却听后面乌江仙子长声高叫，一股毛骨悚然的妖力似海潮般震荡开。三位小天神骇然扭头，便见那妙龄少女般的乌江仙子又一次现出鱼妖原身，与雷泽神君鏖战不止。先前用捆妖索捆住鱼妖的夜游神和纠察灵官们都已被甩得老远，捆妖索裂成了碎片，而雷泽神君的电光似乎对她的影响并不如想象中那般巨大。不知为何，她竟是越战越勇，雷泽神君被她逼得连连后退，身上也不知挂了多少伤。

突然间，鲇鱼巨妖的长须无声无息地朝他们这里刷了过来，她的怒吼声也响起：“珠串还我！”

竟连神界战将也对付不了她！三位小天神面色巨变，扶苍与少夷将神力震荡到极致，朝南天门方向疾驰而去，鲇鱼妖紧紧追在后面，寸步不让。

“珠串给她！”扶苍急急开口，一把从玄乙手里抢过珠串，反手用力抛出，刚好落在鲇鱼巨妖的脊背上，她追逐的势头终于缓了一缓。

便在此时，扶苍的坐骑九头狮自云层后一跃而出。狮背上坐了两个天神，正是古庭与芷兮，看样子他们是刚刚才从南天门赶来。见着三个狼狈逃窜的同窗，少夷也在其中，古庭不由得愣了一下，跟着急忙伸手将他们拽上狮背，一面急道：“你们没事吧？好在我赶回南天门刚巧遇到雷泽神君带着部下在交接……”

话音未落，却见那只巨大的鲇鱼妖长尾一甩，眨眼就近在咫尺，对着九头狮张开血盆大口咬下来。只听“咔”一声巨响，鲇鱼妖密密麻麻的利齿咬在一块凭空出现的巨大玉石镇纸上，霎时间崩断无数根牙，痛得她嘶声大吼。

随后数道寒光袭来，势如破竹般刺入鱼妖的脊背，根根交错，将其背骨卡住。她又是一声大叫，巨大的鱼身顷刻间散去，现出人身，狼狈地伏在玉石镇纸上，背上不多不少，插了四根碧玉发簪，卡在脊椎之内，令她无法动作。

早已吓僵的九头狮当即软了下去，无论扶苍怎么呼喝，它的十八只眼睛只管默默流泪，一动也不敢动了。

自后面辛苦追上的雷泽神君见到这一幕，到底松了口气，抱拳遥向高空行礼，恭敬称道："原来是白泽帝君驾到，若非帝君出手，后果不堪设想。"

罪魁祸首来了！小天神们含怒带怨地抬头，连古庭都没什么好脸色，方才那阵势，足够他几百年睡不好觉。

很快，白泽帝君小小的身影出现在视界里。这次他是单独来的，服饰齐整，神情肃然，与上回打发飞廉神君时的随意可谓天差地别。

他先停在九头狮附近，眼见古庭他们无恙，微微松了口气。再见弟子们都瞪着自己，既不行礼也不请安，素来喜欢把弟子当仆从使唤的白泽帝君难免有点心虚。

他厚着脸皮先不去理弟子们，将手一抬，莹白的珠串便款款飞至他掌心。他垂头看了半日，喟然道："想不到啊，本是一桩美事，却弄到如今这步田地。"

他缓缓飞去乌江仙子对面，她一言不发，只是用尽全力仰头，左眼中鲜血汩汩而下，她便用右眼死死盯着他，眼中满是不屑。

白泽帝君神情似悲悯，似冷酷，隔了片刻，低声道："当年本座窥得天机，乌江江神将有一女出世，却错投了妖胎，成了你妹妹。令妹不过是个假躯壳，五千岁时注定殒命，是以本座在她五千岁时遗落珠串毁去她的妖身，令她重新结成神胎，更留下珠串为证，待江神之女知事后，你姐妹尚有重逢之日。可惜……江神一家都已命丧你手。"

乌江仙子经过一场鏖战，发髻凌乱，清丽的面上满是血迹。她笑了两声，道："妹子孱弱，连独自捕食都做不到，修行全靠我相帮，论天分论素质，我比妹妹强了无数，凭什么你一句话她却成了神女，而我继续缩在江底泥沙里做见不得光的妖族？白泽老儿，你莫非有眼无珠，看不出我比妹妹厉害无数吗？"

白泽帝君淡道："厉不厉害，你都是妖，擅自干涉神之道便是重罪，何况你嚼食神族，更是罪不可赦。"

她森然道："你说这么多，不过是想杀我！你杀吧！我早就不想活了！死之前吃了那么多神族，我也值了！"

白泽帝君若有所思地看着她，两只手背过去，说道："这些年你挟持过往神明，山神土地也为你所迫不敢出声，乌江年年泛滥，淹死无数凡人，你——现在和本座说早就不想活？"

乌江仙子面上露出一丝鄙夷之色，冷笑一声："从你说妹妹本应是神女那一刻起，我便不想活了。天下神职本该能者胜任，她孱弱而无能，何以胜任江神？！世间竟有这样的道理！你分明是弄错了人，却不肯承认！"

白泽帝君低低笑了两声："数千年前乌江江神曾寄了张喜帖给本座，应当是江神之女与西海龙神八龙子的婚宴，可惜本座当年有事在身，未能前往。今次派遣弟子下界取回珠串，一则令他们体会下界众生之态，二则也有探望你们姐妹的意思。想不到婚宴最终没办成，弄到如今这般局面。西海龙神子女众多，八龙子数千年不归倒也没掀起什么风浪，才叫你得意了这许久。”

乌江仙子左眼内的鲜血缓缓流下，好似流了一行血泪，她先前近乎疯狂的语气忽然变得低沉阴冷：“八龙子有眼无珠，我不怪他，只是我对他很失望，他配不上我的喜欢。”

她原本多么骄傲而天才，容姿艳丽，修为高强，裙下之臣无数。只是两万年前坠落的一串珍珠，将她的前尘过往都砸了个粉碎。她的美与强，什么都不是，只要上界青睐，孱弱到连人身都维持不了多久的妹子，却可以跃过龙门成为神祇。

不过，那也不算什么，世间众生万态，做妖自有做妖的好处，妹子投生成了江神之女，还是孱弱依旧，往往还要她带上珠串相助，与往常有何分别？

可是啊，八龙子……八龙子啊……

他选了妹子，那还是不算什么，只不过又一次让她心冷。她所有向往的、期盼的，在自己搏命以求都得不到的时候，那个什么都不如她的妹妹却轻而易举得到了。

她时常想起幼年的时候，母亲督促她们修行：要变得又厉害又漂亮才行。

她问为什么，母亲说：这样才不会被欺负，这样才能得到更多。

这是个弥天大谎，她被骗了那么多年。江神府邸因为她的数场哭闹，已不许她进去，大婚的那天，她窝在冰冷的河沙里面，听见那虚空世界中的丝竹乐声，她想了很多，终于想到心底一点声音都没有，化为彻底的死寂。

“他配不上我。”乌江仙子缓缓重复，“而这江神，我也不稀罕！”

白泽帝君掌心托着珠串，垂睫又看了一眼，淡道：“既然如此，为何将八龙子与令妹的尸骨合在一处，放在珠串内，以神力养护？本座的珠串原本只有三十三粒。”

她恨恨地想要起身，奈何脊椎为碧玉簪卡住，动也不能动，浑身一阵乱颤，又颓然倒了回去。

“珠串还我！”她恨恨地嘶吼。

白泽帝君道：“你太过偏执，因为你比令妹美貌而强，八龙子就该喜欢你？江神便该给你做？世间竟有这样的道理？”

“白泽老儿，你未免把我看得太轻！”她目光阴森，“两万年前我问过你，今天我还是要问你——我的天赋究竟比妹妹如何？”

白泽帝君思索半日，淡道：“你确实天赋上乘。”

“那为什么？”她右眼血红，几乎也要滴出血来。

白泽帝君缓缓道：“这世间有太多为什么，都没有答案。为何你是鲇鱼妖，而不是鲤鱼妖？为何本座是白泽帝君，而不是钟山帝君？万千神职自然是能者胜任，令妹一万岁便陨灭在你手上，倘若活着，你怎知她做不好这江神？你杀了江神一家，令乌江江水泛滥，淹死上千凡人，他们的为什么，你如何回答？”

鲇鱼妖冷笑数声：“蝼蚁般的凡人，就当是我的陪葬好了！就像你把我们当作蝼蚁一样！”

白泽帝君冷道：“既然你说本座视你如蝼蚁，那么你可曾见过苍天对蝼蚁有过回应？看来本座不该回你，直接踩死就是。”

他伸出两根手指，做出捏死虫子的姿势，便听乌江仙子惨叫一声，又是一阵乱颤。

他神色淡漠，又道：“即便你天赋上乘，两万年修到如今这般本领，还是太过异常，依本座看，你只怕是堕了魔道。你犯下的大罪有三，一为杀害天神，二为篡夺神职，三为吸食魔煞之气以致修为大增。其余小罪，便由刑部诸神替你撰写吧。”

雷泽神君吩咐部下将乌江仙子架起送往南天门，又犹豫道：“白泽帝君，莫非她真的堕入魔道？”

妖族修行自有门道，然而以她这般突飞猛进的修为，大约也只有堕入魔道的一种解释。距离上次共工大君撞破天柱已有许多年，下界极少再现魔族，不知这鲇鱼妖从哪里能够吸食魔煞之气。

白泽帝君沉吟片刻：“将她关入第十六层天牢，请刑部诸神审问，此事蹊跷，暂时不要传出去。”

雷泽神君神色肃然，躬身正欲告退，却听乌江仙子沉沉笑了两声，幽幽开口：“你们想拷打我，撬出我的话？想都别想！”

她的嘴忽然张开，一团赤红跳动的妖族内丹被吐出来，悬在半空不停打转。她用牙咬住内丹，狠狠一口将其咬碎，霎时间飓风肆卷，如无形海潮般的破碎妖力汹涌而至，吹起了诸神的长衣。

白泽帝君面沉如水，双手一抬，放出一道无形屏障，将内丹破碎的一切波动挡在外面。

乌江仙子的身体渐渐缩成一只小小的光团，她似笑似叹：“白泽帝君，你说得对，世间有太多的为什么都没有答案。今日死在这里，是我命里该绝，无可奈何！上界一群碌碌之辈，不过好运投了个神胎成了天神，便要风得风要雨得雨，正如你现在站着，我却要死了，并非我不如你，只是这天道太不公！可惜，最终也没尝到烛阴氏血肉的滋味……”

她还想着要吃烛阴氏。玄乙把受伤的右腿缩了缩，经此一事，她决定鳞片不长满再也不下界了，谁说都没用！

芷兮在后面轻声道：“她……她好可怜……”

古庭亦叹息不止：“她说得或许也有道理，我等碌碌无为，实在是枉为神族。”

少夷柔声道：“我怎么不觉得自己碌碌无为？她不过是个因爱生恨的鲇鱼妖罢了，似这样的愚蠢偏执，如何做兢兢业业掌管天地规则的天神？古庭师兄，芷兮师姐，何必妄自非薄？”

古庭看了他一眼，默然不语，自南花园那件事之后，他与少夷再也没说过一句话。

芷兮皱眉道：“你这话说得太刻薄，她都死了，何必这样？”

少夷微微一笑，不与她争辩，只回头轻轻掐了掐玄乙的脸颊，微有嗔意：“小泥鳅，下回不许说那么狠毒的诅咒，不然我可生气了。”

玄乙奇道：“哦？是说一辈子都碰不到神女……”

她还没说完，少夷便气得又掐一把：“闭嘴吧！你这张嘴，生得真坏！”

他回头看了看白泽帝君，帝君正弯腰将乌江仙子的尸身捡起，她内丹破裂，妖力散尽，尸体只是一尾一尺来长的灰色鲇鱼。

“我先走了。”少夷在玄乙的脑袋上摸了摸，“小泥鳅，今天我救了你一回，以后可别忘了报恩。”

不等她应声，他的长袖似一双翅膀扬起，纵身跳下狮背，眨眼便飞了老远。

救她？他那半开玩笑胡闹似的行径，也叫救？

玄乙用袖子拭去额上冷汗，右腿上的伤口真是疼死她了，她活了这么大，还没吃过这种苦头，此刻憋了一肚子怨气，一会儿气扶苍拉自己下水，一会儿气齐南和白泽帝君逼自己下界，一会儿又气那只鲇鱼妖太凶残，不过鲇鱼妖已经死了，再气也没什么意义。

鲇鱼妖灰色的尸体被白泽帝君交给雷泽神君，芷兮心中不忍，不想再看下去。她本想问少夷为何也会在此，可是回头一看，古庭脸色难看，玄乙闭眼装睡，扶苍头发凌乱浑身是血，她只得把少夷的事丢在脑后。

“我今日刚巧前往南天门，见着古庭师弟骑了九头狮惊慌失措地闯进来，听说你们在下界遇到厉害的妖族，真是吃惊不小。想不到乌江里竟有这么厉害的妖，你们没事真是太好了……扶苍师弟，你的头发，你身上这些血……”

芷兮有心关怀，奈何这位扶苍神君素日里寡言少语，即便在古庭面前也极少高谈阔论，与她更是只言片语。上回因为飞廉神君的事，她情急之下关心太过，反倒碰了一鼻子灰，如今便只能竭力让自己看上去显得不那么过于关切。

扶苍缓缓摇头：“我没有受伤，不劳烦师姐。”

他转过身去，扯下了束发的丝带，将参差不齐的头发重新绾好，随后却毫不客气地撩起玄乙的裙摆——撩裙摆！

芷兮惊呆了，待见到玄乙鲜血淋漓的右腿，她更是惊得差点跳起来。

“你流了这么多血！”

她扑过来便要查看伤口，玄乙将腿一缩：“不用管我。”

“什么叫不用管！”

芷兮皱眉看着扶苍不大优雅地把她的裙摆掀起，解开缠绕在伤处的袖子，再将玄乙的衬裤一点一点卷起，她右边小腿上狰狞的伤口立即暴露出来。

芷兮面色发白，一面放出术法替她治愈，一面急道："不是说烛阴氏全身上下遍布龙鳞，非但不惧五行术法，也不惧神兵利器吗？你……你怎么伤成这样！"

她才九千多岁，龙鳞哪里就长到腿上了？玄乙叹了口气，按住芷兮施法的手，淡道："不用再试，芷兮师姐，把你的披帛借我用用倒是很好的。"

……她忘了烛阴氏万法无用，术法伤不到他们，自然也救不了他们。芷兮默然拉下披帛递给扶苍，他接过来，却先不用，念动真言唤来些微雨露，将玄乙血淋淋的右腿细细清洗了一下，又低头仔细查看。

之前在玉鼠大君的地宫之上，少夷不知用了什么法子，已让伤口稍稍痊愈，可如今伤口不但再度崩裂，比之前受创更重了许多。乌江仙子说的十万妖毒软刺只怕不是双眼能见到的东西，只能以神力试探取出，奈何烛阴氏又万法无用……

扶苍沉吟良久，久到玄乙又要绷不住打算出手肉搏，他方才用披帛紧紧缠好伤处。抬头见她不友善的目光与欲举起的手，他把裙摆一放，回给她一个同样不友善的眼神。这个龙公主，做神女的时候怎么就这么可恶？

芷兮在一旁急得团团转，连声道："这可怎么办？放着不管吗？疼吗？"

玄乙笑眯眯地看着她："师姐心疼啦？"

芷兮狠狠瞪她一眼："受了伤还这样顽劣！我不是心疼，我是内疚！谁心疼你！"

玄乙娇声道："内疚的话，帮我把那个叫扶苍的浑蛋揍一顿。"

芷兮无奈地絮叨："什么时候了还斗这些气，都消停些吧！"

扶苍的目光从玄乙身上收回，她半张脸埋在柔软的狮毛里面，一双眼睛露出来，一直杀气腾腾地怒视自己。

果然还是"泥鳅"更讨喜点。

对面的雷泽神君及其部下已将鲇鱼妖的尸首带回神界交差，白泽帝君将碧玉簪放在手中看了片刻，长长出了口气，这才扭头望向自己狼狈的弟子们。

本以为这趟下界取珠串是个最悠闲轻松的功课，想不到出了这么大差池，最糟糕的偏偏是那个烛阴氏的小鬼头受了伤。他们这一族体质诡异，一旦受伤则万法无用，只能等着自己痊愈，这要怎么跟钟山帝君交代？小丫头来拜师，没几个月就伤得鲜血淋漓——他觉得那块宝贝龙鳞快要保不住了。

跟了他多年的古庭和芷兮一眼就看穿了他那点小心思，芷兮撇嘴低声道："先生这会儿肯定想着龙鳞，也不说来看看公主的伤势！真是……"

她素来对白泽帝君敬重无比，即便他有那些微不足道的小缺陷，也是白璧微瑕，无伤大雅，结果这次派扶苍他们出来做苦力，他们差点命都没了，这节骨眼上他居然还念着龙鳞，实在太过分。

白泽帝君带着一丝心虚的笑凑过来，干咳一声：“玄乙，你的伤……”

玄乙的声音很平淡：“我没事，先生不必担心。”

他只得转向扶苍：“扶苍，你的伤……”

扶苍也十分平静——平静地摇头，一个字都不说。

帝君只好继续转向古庭和芷兮，见这两个素日里最听话的弟子都不搭理自己，他唯有叹息着摸了摸九头狮最大的那颗脑袋，充满怜爱：“这九头狮吓得不轻，可怜见的。”

狮背上的弟子们依旧毫无反应，古庭倒是突然灵机一动似的，道：“我家中有三十三天之上青玄大帝炼制的一粒丹药，凡人吃了长生不老，白骨生肉，想来对公主的伤势亦有帮助。”

芷兮摇头：“丹药都须借助五行之力炼制，怕是无用。不管怎么说，先把玄乙公主送回钟山吧，她的伤太亘，不好在下界多停留。”

古庭恍然大悟：“不错！走吧，赶紧送公主回去！”

说罢他们起身朝白泽帝君没什么诚意地行礼，一面道：“弟子告退。”

玄乙还来不及反对，就被按着强行带回南天门。

白泽帝君缓缓收回手，落寞地垂下了脑袋。这偌大的苍穹，刚才还热热闹闹，眨眼就剩他独个儿在这里发愣，他可是连饭都没来得及吃就赶来救他们啊，怎么忍心将他丢在这里“茕茕孑立”？

九头狮在云海中穿梭，神界清朗的风拂面而过，从浊气翻滚的下界回到神界，让几位小天神都感到精神一振。

“玄乙公主。”古庭突然低低唤了一声。

什么？玄乙把脸从柔软的狮毛里抬起来。

古庭犹豫了一下，正色道：“我……要向你道歉。我被偏见蒙蔽，证明我修行不足，先生的仁雅度并不是我昔日追求的那些表面，是我浅薄了。当日在南花园中说的都是气话，请你莫要介怀。”

还有这次下界，他身为师兄，本该护在师弟师妹身前，谁知到最后逃命的是自己，反而叫扶苍跟玄乙受了那么大的罪，他又是惭愧又是难过，正欲斟酌言辞继续道歉，却听玄乙轻轻笑了一声。

“帮我把扶苍揍一顿就行了。”她慢悠悠地回答。

……她对扶苍到底有多大的怨气？

古庭无奈地望向芷兮和扶苍，他俩一个苦笑，一个像是根本没注意这边。

唉，这两个莫名其妙的冤家，随他俩去吧，随便斗得你死我活，他再也不管了。

天色渐渐暗沉，不一会儿，细细碎碎的雪花飘落在狮背上。芷兮愕然抬头，这会儿才午时不到吧？为何天就黑了？

而且为什么这么冷？即便如今是暮冬时节，可越往前飞越觉阴寒彻骨，绝非时气所致。九头狮面上已结了厚厚一层冰霜，芷兮也不禁打了个寒战，一旁的古庭面色同样不怎么好看。

再过片刻，九头狮终于打了个哆嗦，再也不敢往前飞。芷兮用袖子捂住头脸，前方是浓黑不见五指的深邃黑暗，碗大的雪花密密麻麻地砸下来，几乎睁不开眼。以他们的天神之躯，也吃不消这种刺骨阴寒——这就是玄乙公主的家？还没到钟山就这样？

古庭在巨大的风雪中高声道："没法再往前了！不然都要受伤！怎么办？"

扶苍垂头望向玄乙，她又陷入了沉睡，身下的狮毛已被神血打湿，结成一片片赤色寒冰。

烛阴氏一受伤就无法控制神力外溢，受伤越重，神力外溢也越重。看着远处狂风暴雪、万里冰封的景象，扶苍想起数千年前有传言是钟山帝君灭了桐山一族，而自那之后，帝君便再也没离开过钟山长生殿——只怕这位帝君受创不轻。

他俯身将玄乙抱起，开口道："我让小九送你们回去。"

说罢他纵身一跃，消失在漆黑而狂虐的风雪中。

小九？那是谁？芷兮茫然，却听身下的九头狮"嗷"的一叫，她方惊道："这坐骑叫小九？"

这么……没气质的名字。

古庭牵着缰绳往回飞："他自小就养了小九，小毛孩能想出什么好名字？他是华胥氏后裔，严寒酷暑天生奈何不得他，叫他送公主吧，这钟山我们怕是去不得。"

芷兮怔怔地望着翻滚的雪花，古庭的话她没听清。

在她心里迷恋了近万年的那个舞剑神君，清绝高旷，天下无双，而这位真正的扶苍神君，和她心里想的那个，似乎完全不同。

他惜字如金，却不是她想的那种原因，他还会使各种阴坏，莫名其妙和玄乙斗气，无视礼仪直接去掀神女的裙摆。

她已经有点分不清，自己魂牵梦萦的，到底是那舞剑神君回雪长袖的清绝，还是已和自己做了同窗的扶苍神君。

扶苍迎着风雪疾驰，怀里的龙公主开始渐渐变得沉重而冰冷。

在他以为她又要现出龙身时，她忽然动了动，睁开眼，带着一种疏离的锐利，静静看着他。没一会儿，她高傲地仰起苍白的下巴，软绵绵地开口："扶苍师兄，我在等你的赔罪。"

他眯起眼："为何？"

"你对我做了许多无礼之事，华胥氏重礼清贵的名声被一介莽夫败光了。"

扶苍淡道："烛阴氏骁勇善战的名声也被手无缚鸡之力者败光了。"

玄乙柔声道："扶苍师兄，我现在只想叫你帮一个忙。"

"说。"

"可否将我放下，然后圆润地离开这里？"

扶苍低头瞥她一眼，这龙公主虚弱到面色苍白，声音低哑，还仰着头摆出不可一世的模样来。每一个靠近她的人内心都要惶惶，不知她给的是锋利如刀的讥讽，还是温柔似水的笑谈。

他用手把她仰起的脑袋毫不客气地按回去，仿佛没听见她鼻梁撞在自己胸口上的痛叫，缓缓说道："再说一个字，就把你扔回下界。"

她气得浑身发抖，却又拿他没有办法。这情状着实令他感到一种诡异而不可言说的愉悦，唯有"痛快"二字可以形容。

著名的烛阴龙神一脉，他们的小公主该是什么样，他并没有深想过。天帝牵线，他似听差办事地去见了，三万多年来所来往者大多是身份高贵的神族，那个公主应当也是类似的温文尔雅，心地纯良，和气地聊几句便可以交差。

他是这样想的，所以他大大地错了。

顺遂的轨迹从花皇仙岛便开始歪曲，到现在一发不可收，藏在内心深处的恶意连他自己都有些吃惊，有时候真想把她掐碎，不过她变成"泥鳅"时却又讨喜得紧。

扶苍突然想叹气，拇指下意识地在她头顶上摩挲了两下，现在那里没有细小的龙角。她气得磨牙，也没发出吱吱的老鼠叫，他竟然有些想念那团冷冰冰又软绵绵的"小泥鳅"。

风雪越来越剧烈，忽然之间，一座巍峨雄伟的高山出现在眼前，横贯天地，幽深寂静。钟山到了。

山门前的神仆守卫远远望见自家小公主满身是血地被一个年轻神君抱过来，吓得登时乱成一团。待齐南急匆匆带了一大帮仆从女仙赶来时，山门前只站了一位白衣神君，衣服乱七八糟，身上东一块西一块染了许多血迹，他的领口敞开，大半的锁骨都露出来，看上去很不大像样子。

见到齐南，这位俊雅的神君面上掠过一丝隐晦的窘迫，捂着敞开的领口，声音魅惑而低柔："齐南神官，华胥氏扶苍有礼了，我将贵公主送回。"

齐南已经震惊得呆愣在原地——扶苍神君？公主在哪里？

然后，他眼睁睁看着扶苍神君从衣服里面揪出一条漆黑细小的"泥鳅"，齐南眼前一黑，差点受不了刺激晕过去。

他家的小公主！竟然现出了龙身！

后面的情况简直是一团乱，仆从们小心翼翼用藤床把公主抬回紫府，齐南才想起应当招呼一下扶苍神君，再急急赶到山门前时，这位神君已经走了。他又是一顿捶胸顿足，然而到底还是更心忧公主的重伤，他吩咐守卫封闭山门，这才面色铁青地往长生殿匆匆行去。

第九章

天真罪孽

玄乙在一片深邃的黑暗中醒来，令她安心的昏暗环绕四周，只有一点幽幽烛光在不远处轻轻跳动。

她缓缓出了口气，伤太重，她直接睡了过去，没来得及嘱咐齐南莫要惊动父亲。

果然，钟山帝君沙哑的声音很快响起："阿乙，你伤得很重，伤处还残留了妖毒软刺无法取出……你现在觉得如何？"

她想翻身坐起，可受创的身体并不允许她做这最平常的动作，她低声道："父亲，我没事。"

钟山帝君定定地看着女儿纤细的身体，因为受创过重，她先前甚至连龙身都现出。这是她第二次伤成这般模样，可恨下界那只鲇鱼妖已死，不然他有无数手段，可以叫她求生不得求死不能。

更无奈的是，玄乙伤口内的妖毒软刺，唯有望舒神女的月华之精可以取出。可这位神女曾是太阴山龙神一脉，无数代下来始终被烛阴氏压了一头，他发出的邀帖犹如泥牛入海，她半点回音也不给。

他少不得要用点手段。

思及此，钟山帝君又道："听说飞廉神君与你有过龃龉，阿乙，你想叫他怎样给你赔罪？"

烛阴氏从不求人，自有各种雷霆手段叫旁人屈服。

玄乙摇了摇头："我不需要赔罪……父亲，这件事请不要告诉清晏。"

钟山帝君轻轻苦笑："你怕影响他？"

玄乙合上眼，低声道："烛阴之暗太过耗费神力，父亲收回吧，这点小伤，不必大动干戈。”

他不由得一怔，心中也不知是苦涩还是喜悦，与他虚与委蛇这么多年的女儿，还是知道心疼他的。他心底有无数感慨，这么多年，阿翠的陨灭，他狂怒之下耗尽的神力，清晏的愤恨，玄乙的漠然……他每天都在想着这些，却已很久没有像现在这样让他眼眶剧烈刺痛。

这漫无边际、毁天灭地的后悔，都因她的一句话，得到了些许的救赎。

玄乙半卧在柔软舒适的藤床上，左边放了一白玉盒的蜜饯，右边放着先生给的册子，吃一颗蜜饯看几页册子，厚厚的册子已经快被她翻完了。

抬着藤床的神仆们忽然停下脚步，女仙提醒她：“公主，龙眠谷到了。”

她合上册子，将嘴里的梅核儿优雅吐出，抬眼朝前望去——他们正立在一座峭壁之上。所谓龙眠谷，是钟山一处凹陷的深渊，其下地火喷涌，炽热惊人。当然，这对无惧五行阴阳的真正烛阴氏来说毫无作用，所以龙眠谷一般是用来责罚犯错神官的。

玄乙提了一口气，把手拢在唇边，高声叫道：“齐南！快上来！齐南！”

连叫了五六声，崖底终于飞上来一个身影。正是齐南，他满头大汗，面色如雪，见着公主便露出自惭后悔的神情，眼眶一红。

玄乙不等他说话，便笑道：“齐南，你要是敢哭，我就把你胡子揪下来。”

她摆摆手，令神仆与女仙都退开，这才笑眯眯地朝他伸手：“齐南快过来，你一声不吭跑来这鬼地方待了三天，我的伤也没好上半点，你就别做这没意义的事了。”

她不提伤还好，一提起，齐南又要老泪纵横：“我不该逼着公主下界。”

公主自小到大，都是被捧在手心里呵护，谁知这次下界被一个不知名的小妖伤成这样。早知如此，他宁可让公主骑自己脖子上拔胡须，也不会叫她下界做那什么鬼功课。

“下都下了，说这些好烦。”玄乙揭开裙摆，摸了摸包裹白布的右腿，半个时辰前才换的新白布，又已经被神血染上一块块血迹，“为什么这伤口总好不了？是那个妖毒软刺的缘故吗？”

齐南急忙把她的裙子按好，叹道：“莫要碰它，与软刺无关，烛阴氏便是如此。”

万法无用的体质，五万岁后鳞片长齐，更是神兵利器难入，近乎无敌的烛阴氏因此便有个极大的弱点，伤势痊愈得比寻常神族要慢上数十倍，甚至数百倍，否则以钟山帝君之能，她何至于到今日还伤势缠绵，神力难恢复？

“公主这伤，要彻底长好，须得三十年。”

玄乙大吃一惊：“三十年！”

这就是普通的被倒钩拉伤，伤口是深了点，但长好要三十年！

齐南轻声道：“这是烛阴氏的命运，帝君的伤更是缠绵数千年之久，公主幼年那次不也是……”

玄乙愕然：“我幼年受过伤？”

齐南自悔失言，便微微一笑：“公主忘了？也难怪，那时候公主还小，还不大会腾云御风，便从树上摔了下来，在床上躺了一百年呢。”

有过这回事？玄乙歪着脑袋仔细去想，却全然没印象，神族从出生便可记事，不应该啊，她怎会忘掉？

齐南开始转移话题：“公主，我以为白泽帝君或许年事已高，行事颇昏庸，不好好传道授业，却将弟子们弄来当仆从。此次下界遇到如此强横的妖族，若再这样下去，恐怕将来会有性命之忧，公主可愿另寻名师？”

玄乙淡道：“当初不是你和父亲商量好了，白泽帝君是最好的人选？”

“此事是我疏忽，盛名之下其实难副。公主若不愿，那么拜师一事暂且先放一放，正如公主所说，离五万岁还早，不急这些，也省得我成日替你担惊受怕。”

本以为公主必然欢欣喜悦地答应，谁知她嘴角一撇，反倒露出个讥诮的笑：“你们要替我辞学？”

齐南登时一怔，他想起当日安排她与扶苍神君在花皇仙岛初见，她回的第一句话也是：你们想把我嫁出去？

他早已摸透公主的性子，晓得这绝不是柔顺的服从，她绝不喜欢自己的生活被随意安排，任何人都不行。也不禁垂下脑袋，不发一言。

等了一会儿，却听这几乎从不说“想”与“不想”的小公主缓缓说道：“我不会先离开明性殿，那个扶苍……哼。”

她“哼”得甚是恼火，齐南不由得万分错愕：“今次公主受伤，乃是扶苍神君一路送回来的，听闻神君在下界遭遇妖族也对公主诸般回护，公主何以对他有这般大的怨气？”

齐南觉得自己已经不能无视公主对扶苍神君这种异样的厌恶了，她自小到大从来没有这样执着地讨厌过谁。一般情况下，公主的心里是只有她自己的，四海八荒唯她独尊，如今却变成四海八荒唯有扶苍可厌，总觉得十分可疑。

“扶苍神君究竟哪里得罪了公主？”齐南问得小心。

他得罪她的地方多了去了！这浑蛋从来都不惮用最大的恶意来揣测她的所有行为，也不惮用任何粗暴的手段从言语到举动来打击她，假使咬他一口，下一刻他必然会更重地咬回来，睚眦必报，粗野莽夫！

谁能替她尝尝三十年伤势不能痊愈的感觉？不能走路，不能御风，翻个身都吃力，要不是扶苍非拽着她，她何至于此？

不在乎这是不是讲道理，她从来就不和谁讲道理，她就是讨厌这家伙。

齐南见她冷着脸不说话，便继续试探着问：“那……公主究竟要拿扶苍神君怎样？”

她低头去抠藤床上的雕花，一面道："我要把他踩烂。"

凭借一贯对她的了解，齐南终于恍然大悟："……公主的意思是，只许你欺负他、打压他，不许他报复回来，对吗？"

玄乙回答得理直气壮，毫不心虚："对。"

齐南崩溃地长长吸了一口气，他得静静，不然他真要被她气死。

谁知这小公主的声音又放软，娇滴滴地叫他："走吧，齐南，别待在这鬼地方了。"

齐南严肃地看着她，摇了摇头，这小公主可以任性妄为，他身为神官与长辈，决不能任性："终究是我逼迫公主下界才致使这般后果，帝君罚我在此地面壁十日，如今方过三日，我不能走。"

玄乙眨了眨眼睛，慢悠悠地说道："父亲将飞廉神君捉来也有三日，一直关在地牢内，每日送一把染血的月砂去望舒宫。"

齐南只觉头发都要竖起来，他就在龙眠谷待了三天，帝君能做出这种荒唐事！

怪不得烛阴氏在外面名声那么坏，这一家子从上到下行事都邪里邪气的！就算望舒神女不愿替公主取出软刺，帝君又怎能使出这种手段？旁人都是大事化小小事化了，偏他们，恨不得把事情往死里闹大。

齐南拔腿便跑，冷不丁听玄乙在后面轻声道："齐南，清晏他……还是没任何消息吗？"

从她离开钟山前往明性殿拜先生，到如今也过了几个月，不管她给清晏写多少信，都杳无回音，这个死清晏，该不会是出了什么事吧？

齐南长叹道："小龙君连公主的信也不回，何况帝君……公主且宽心，兴许小龙君已到了闭关休眠的境界，一梦千年也是常事。且等今年暮冬过去，倘若小龙君还无音信，我自当前往天北去寻玄冥帝君。"

从帝君到公主都不靠谱的烛阴氏，只有辛苦他忙成陀螺了。

暮色时分，太山顶细细下了一场雨，半座青帝宫都陷在云中，楠木回廊上一片湿润，玛瑙棋子触手微凉。

扶苍缓缓将棋子放在棋盘上，对面的青帝便吸了口气，苦笑："这段时间你的棋路杀伐之心很重。"

扶苍默然不答，一枚枚将玛瑙棋子纳入盒中，方问："还来吗？"

青帝摇头叹息："不来了。这可不像你平时，还在气我答应牵线烛阴氏的事？"

扶苍倒了一杯九九归元茶，推去他面前："父亲，我已说过暂时无心此事。"

"哦？"青帝目中带了一丝笑意，"那就是剑道上又遇到难处了？"

"不，倒是近期似有所悟，须得静心一段时间来突破境界。"

"难道是心里有另外喜欢的神女？"

"……不是。"

"下雨心情不好？"

扶苍无奈地抬头："父亲，输了棋不必找这么多借口。"

青帝吹了吹茶面上的碧叶，悠然开口："你自小就喜欢摆一张爹不疼娘不爱的冷脸，不知道的还当我严苛似鬼。上回遇到赤帝，他说我管教太严，弄得你寡言少语，我竟不知何日才得洗清这番冤情。"

扶苍垂首微微一笑："与言语无味者，自然惜字如金。"

"看来，言语无味者也太多了些。"青帝拭去棋盘上的湿痕，忽然想起什么似的，又道，"说起烛阴氏，那位钟山帝君果然手段了得，听闻望舒神女拒绝替烛阴公主疗伤，他竟扣了飞廉神君不放，每日送一把染血的月砂去望舒宫，把望舒气得不轻。"

说到此处，青帝又有些失笑："这烛阴氏一族，还真是邪气霸道得很。依我看，倘若再扣留多一些时日，望舒大约也不得不屈服，这小丫头哪是烛阴氏的对手，可惜后来竟又把飞廉放了。"

扶苍扭头饮茶，一言不发。

青帝饶有趣味地打量他："上回从花皇仙岛回来，你还跟我抱怨了几句，怎的如今我一提烛阴氏你便不说话？对了，我还没见过烛阴氏那小公主，听说她容貌清艳，举止高贵，可是真的？"

扶苍勾出一个近乎讥讽的笑，举止高贵？

他忽然将盒内的玛瑙棋子重新取出，一粒粒放在盒盖上，淡道："父亲何必总提烛阴氏，不如再与我下三盘，三局两胜，倘若我赢了，却有一事要求父亲。"

"三局两胜？"

青帝愕然，他这个儿子从哪里学会的这套？

扶苍一直平淡而清雅地维持华胥氏的礼仪尊贵，几乎对所有事都冷眼旁观，从不身陷任何纠葛。该见客，便客客气气地见客；该拜先生，便不假思索地去拜师；天帝牵线烛阴氏公主，他也并不推辞地去了。

他素来都只行顺其自然之事，然而——三局两胜？这带着争胜意味的赌局是怎么回事？

青帝只觉趣味更浓，不由得笑道："你要求我何事？"

扶苍从小就是自己的事自己拿主意，青帝几乎不做干涉，他这个做父亲的对儿子素来很放心，今日忽然提出有事求他，他反而好奇万分。说起来，自拜了白泽帝君做先生后，扶苍便隐隐有些说不出的变化，像是瓷器有了一口活气似的，也不知这是好还是坏。

扶苍目光流转，浅浅而笑，将一枚玛瑙棋子轻轻放在棋盘上，缓缓道："无论输赢，父亲与我下完棋，自然便知道了。"

缓缓拆下包裹住指甲的细白布，再将贴在指甲上的蔻丹丝绵一点点撕开，玄乙举起手，放在眼前满意地看了片刻。

五片指甲在阳光下是一种近乎透明的淡粉桃色，比起曾经鲜红的蔻丹，这颜色更显娇嫩，大半年的工夫没白花。

腿伤不能走路的日子如此无聊，唯有梳妆打扮能叫她兴致勃勃。

长袖一挥，霎时间满屋子飘的都是衣服，从淡雅霜色到浓丽绛紫，各种颜色应有尽有。当日去来明性殿，光是为了替她装衣裳，便用了足足二十只大箱子，可惜，她总觉着还是少了几件。

玄乙为难地挑选半天，勉强选了一件与指甲同色的裙子，裙摆浸染了晚霞色的茶花，配上流云薄纱披帛，还算能看吧……唉，该做点新衣裳了。

对着梳妆镜穿戴齐整，刚把点缀的金环插进发髻，便听仙童在殿外叫唤："玄乙公主，早膳来了。"

她的脸顿时垮了下去，推开窗看看仙童手里的食盒，缓缓叹了口气："……还是十全大补汤吗？"

仙童脸上怎么看都带着一股子幸灾乐祸的笑容："不错，这是古庭神君和芷兮神女的一片心意。公主受了伤不能走路，什么时候伤好了，才不用喝十全大补汤呢。"

哼，这个趾高气扬的公主也终于有被折磨的一天！仙童看着她的苦瓜脸，觉得蛮开心的。

玄乙接过食盒，慢慢打开，毫无意外，里面只有一碗浓稠的鲇鱼药草汤。

却说她因为腿伤不能动，在紫府里睡了两个月。以前她成天待在紫府也没觉得无聊，如今不知怎么搞的，大概看热闹看上了瘾，竟很是怀念明性殿，待伤口不流血了，便回来继续听课。

谁知噩梦也就这么来了，回到明性殿一个多月，古庭和芷兮也不知从哪里找来的什么上古偏方，采了一堆药草，天天叫仙童给她用天河里的鲇鱼炖十全大补汤，据说因为是被鲇鱼妖的长须所伤，所以鲇鱼汤最有效。

有没有效她是没看出来，她只有种这辈子再也不想见到鲇鱼的感觉。

玄乙沉默了片刻，眼眶慢慢红了。

"我想吃玛瑙白玉糕，桃花百果糕。"她泪光盈盈地看着仙童。

又哭了！他才不上当！仙童坚强地撑起胸膛："那些茶点对公主的伤无甚益处，还请公主忍耐。"

"那绿豆凉糕也可以。"她十分勉强地换了一种。

"公主，你受伤了……"

“黄金栗蓉糕也不错。”

“公主……”

“你连百草薄荷糕也不能带吗？”她泫然欲泣。

“好……吧。”仙童挺起的胸膛毫无骨气地又缩了回去，灰溜溜地替她去找糕点。

等他端了一碟子茶点气喘吁吁跑回来的时候，碗里的十全大补汤已经空空如也，丰姿绰约的烛阴氏公主安静地坐在冰凳上欣赏自己的指甲。

“……公主，十全大补汤你喝完了？”仙童十分怀疑地望着她。

玄乙小小咬了一口糕点，笑得犹如春风扑面：“是啊，喝完了。”

“真的？”

“真的。”

他怎么就那么没法相信她呢！仙童警惕地将整个庭院扫视一圈，肯定有什么蛛丝马迹留下，他才不会相信这个阴坏阴坏的公主！

“咦？一大早就有茶点吃？”一个甜蜜温柔的声音自殿门前传来。

玄乙愉快地朝他招手：“少夷师兄，你回来啦。”

她回到明性殿也有一个多月了，而这位青阳氏的神君却不知在什么地方逍遥快活，竟不回来听课，奇怪的是白泽帝君居然不管他。

“是啊，想我了没？”少夷慢悠悠走近，先挑了一粒茶点丢嘴里。

玄乙笑眯眯地倒一杯茶递过去：“想。”

他笑了：“乖，不枉我一回来就先赶着来接你听课。”

自玄乙受伤不能走路，白泽帝君便吩咐了弟子们每日轮流接送她上下课。比起成天说教的古庭，只会微笑寒暄的太尧，还有那些言语乏味的师兄，果然还是少夷更叫她愉快点。

少夷慢悠悠喝了一口茶，忽然发觉了什么似的，朝冰桌下一看，却见一坨十全大补汤冻成了冰块黏在桌面下。

“这是？”他抬头看看她。

玄乙面不改色：“是古庭师兄和芷兮师姐的心意，少夷师兄小心点，莫要弄坏了。”

少夷哑然失笑：“你将他们的心意冻成冰坨？”

小心翼翼守在一旁的仙童像发现了什么巨大秘密一般，大叫一声：“啊！十全大补汤！”

玄乙朝他笑了笑，目光有些阴森：“仙童，怎么办，我的秘密被你看到了。”

小仙童骇然连退数步，结结巴巴：“你……你……你要怎么样？”

玄乙细细打量他的眉毛鼻子眼睛，看得特别认真，还杀气腾腾的：“我数三下，你还不走，我便要把你舌头割了，省得你到处乱说。一、二……”

小仙童“哇”一声大哭起来，扭头便跑，一路哭喊着跑出了冰雪殿。

玄乙笑得发上金环都松了，一面用手扶好，一面转过身，却见少夷轻轻在冰块上抚了一把，不过眨眼工夫，十全大补汤的冰坨被烧成了黑灰，一片片落在雪地上。

“我帮你消灭罪证。”他朝她俏皮地挤眼。

玄乙托了一粒自己不爱吃的百草薄荷糕，恭敬地递给他：“多谢少夷师兄。”

他似乎全然没发现，接过来塞嘴里，一面随意问：“你的伤如何了？还在流血吗？”

“好多了。”她答得十分敷衍，将手上的碎屑轻轻掸掉。

少夷笑着起身将她打横抱起，慢吞吞朝合德殿走去，悠然道：“应当好得更快才对。”

玄乙不禁愣了一瞬，老实说，她的伤势确实愈合得比想象中快许多，齐南说要三十年才能痊愈，可现在才过了三个月，伤口已经开始长出新皮肉，隐隐有彻底痊愈的趋势。这几乎是个不可能的奇迹。

“为什么？”她望了他一眼，问道。

少夷偏头想了想：“因为古庭师兄和芷兮师姐那么多心意被你吃下去了呀。”

那个汤有用才见鬼了。玄乙倚在他胸前，又开始用白雪捏花儿。

和太尧身上的墨香不同，和古庭身上的青草花香气也不同，少夷身上带着一股香甜美味的气息，以至于她怀疑他往袖子里装了糕点。

玄乙抓起他的袖子往里面瞄了瞄，空空如也，登时大为失望。

“你这个小泥鳅，真重，还喜欢乱动。”少夷一面走一面轻轻抱怨，将她朝上托了托。

又说她重，这次玄乙眼皮也不抬，淡道：“少夷师兄柔弱了些，须得考虑强身健体了。”

少夷第二次被她指责“柔弱”，顿时啼笑皆非：“你这张嘴啊，真是。”

玄乙还是不理他，低头捏着花儿。

她两只脚挂在他胳膊旁，纤细而小巧，裙摆上晚霞色的茶花摇曳款摆，蓬松长发间点缀的金环闪闪发光，莹润似玉瓷的脸颊，不需施一丝粉黛，自有一段鲜艳颜色。

真是赏心悦目，可惜他无心去钓这尾烛阴氏的“小泥鳅”。

少夷惋惜地嘘了口气，忽闻远处传来一阵清脆的啼鸣声，很快一只通体碧蓝的小巧翠鸟扑簌簌飞过来，轻盈柔顺地绕着他唱歌。它细瘦的腿上拴了一枚铜圈，里面是一张折了不知多少层的薄软白绸。

刚把它抽出，白绸便像流水般展开，其上色彩绚丽，竟画了一个鸿衣羽裳的神女，云鬟雾鬓，极尽妖娆。

画下还有一行字迹优美的小诗：“彼狡童兮，不与我言兮。维子之故，使我不能餐兮。”

少夷盯着画中神女看了许久，幽幽叹道：“可惜东海太远了，还有些腻味。”

“是那个艳冠群芳的东海龙神大公主吗？”玄乙好奇地问。

少夷促狭一笑，将白绸收进怀内：“上回叫你去看，你不看，这会儿可不能给你看了。”

想不到他居然真拿下了东海龙神的大公主。

玄乙难得露出敬佩的神情，诚心诚意地开口："少夷师兄，你真厉害。"

夫萝和延霞为了他闹得一塌糊涂，一个被退了婚约，一个黯然下界了却因缘，他却在下界找女妖风流快活。不但如此，连东海的大公主都为他神魂颠倒。

三个字：了不得。

少夷笑得双眼眯起，柔声道："我就当你在夸我，小泥鳅谬赞。"

说罢他将她轻轻放在蒲团上，合德殿到了，他四处看了一圈，忽然奇道："扶苍师弟怎的不在？"

玄乙茫然摇头，自顾自翻开册子。

她不知道扶苍具体在做什么，一直不来听课，听古庭他们说，好像是这次下界让他剑道上有什么突破，所以申请了休假一段时间。他不在那真是太好了，这一个多月她不晓得有多快活。

很快白泽帝君便来了，之前没听他讲课，玄乙还有点期待，自听了他的课之后，她只觉昏昏欲睡。

自始至终他就是把那本册子上的东西翻过来倒过去地念，简直枯燥至极。不用说，他肯定是故意的，等弟子们的忍耐到了极限，他再抛出"完成功课"的美名，叫他们心甘情愿替他跑腿当苦力。

她现在就觉得宁可当苦力，那还比较有意思点。

玄乙用袖子压下一个哈欠，百无聊赖地四处张望，合德殿里的弟子们显然大多数都和她一样昏昏欲睡，只有太尧、芷兮、古庭几个一如既往地认真听课，少夷……少夷低头不停地写着什么。

他会这么用功？

玄乙悄悄伸长脖子，朝他的矮几上瞄了一眼——他竟然是在画画，白纸上的白描美人已经轮廓分明，额间坠宝珠，广袖长衣，正倚在高楼上手拈桃花做惆怅状。

原来他画的是他自己。

少夷缓缓勾勒出最后一片桃花花瓣，将毛笔放下，并不抬头，轻声道："小泥鳅，画得像吗？"

何止是像，简直把他那股伤春悲秋的做作风情彰显得惟妙惟肖。

玄乙颔首："像。"

少夷苦恼地蹙起眉头："写什么好呢？蒹葭苍苍，白露为霜？有美一人，清扬婉兮？"

玄乙忍不住"哧"一声笑出来。

少夷一面写字，一面慢悠悠地说道："莫笑，你也有这一天。天地分阴阳，丝萝附乔木，大好时光那么长，谁会真喜欢孤零零的？指不定你到时候还要肉麻一万倍。嗯，以小泥鳅的美貌，再长大些，裙下之臣怕是如过江之鲫，到了那会儿，看你还笑不笑。"

玄乙将毛笔在手里转来转去，情不自禁想象无数神君拜在自己脚下的模样，什么古庭啊太尧啊扶苍啊少夷啊都跪在腿旁，抱着大腿求她笑上一笑。

结果她笑得更响了。

白泽帝君念书的声音骤然停下，此举惊动了昏昏欲睡的弟子们，大家都把目光投向玄乙。

“何故发笑？”白泽帝君问。

玄乙神态恭敬：“先生讲解精妙，弟子听到妙处，自然而笑。”

白泽帝君戏谑道：“哦？本座方才说到了哪里？”

这个嘛……玄乙转着眼珠，忽见前面的芷兮悄悄举起册子，比着手势提醒她在第五十四章。

她便拱手道：“先生方才说到‘企者不立，跨者不行，自见者不明，自是者不彰’，弟子心有所悟，很是感触。”

白泽帝君饶有趣味地望着她：“第十章说的什么？”

“第十章说了‘阴阳者，天地之道也，万物之纲纪，变化之父母，生杀之本始，神明之府也’。”

白泽帝君微微讶然：“你已经全背下来了？”

玄乙一本正经：“弟子无须去背，大道至简，先生的道理自然是过目不忘，师兄师姐们当然更是如此。”

这册子发下来都快有一年了，她没事看几页，一年下来也看了无数遍，就写了这点破东西，还用得着背？

她是在提醒他弄点更有趣的事情吗？白泽帝君不禁失笑：“连最小的弟子都倒背如流，你们这些做师兄师姐的，想必也都已融会贯通，本座很是欣慰。你们拜入本座门下，辈分最长者也有近万年，本座倒从未亲身带你们出去开开眼界。刚巧前几日朱宣帝君广发邀帖，相邀暮冬时节前往朱宣玉阳府，他养了十万年的一尊灵石内有胎动，似是有什么天地灵物要生出，你们可愿随本座同去？”

先生居然会带他们出门！这简直是破天荒头一回！连跟了他最久的太尧都有点反应不过来。

白泽帝君忽又叹道：“素日听闻朱宣玉阳府的碧琉璃塔内镇了一枚蚩尤大君的指甲，本座一直无缘得见，此次若有幸近处观摩，便是了却本座一大夙愿。”

怪不得……弟子们顿时心领神会，蚩尤大君的指甲他要不来，只得亲自出门去看了，又怕自己独个儿去太难看，便捎上弟子们给自己撑腰。

殿门被打开，一排仙童各自捧着厚厚的新册子鱼贯而入，每位弟子的矮几上又多了一本册子。

“三日后便开始讲这本册子里的东西，都提前背一下，本座随时抽查。”白泽帝君笑吟吟地看着弟子们哀号抱怨，又道，“另外，此次去朱宣玉阳府，回来后每个弟子交三千字见闻录。”

三千字见闻录！还要背书！都是那个玄乙，没事背什么书？害他们也跟着倒霉！在明性殿当个弟子怎么就那么辛苦呢？

弟子们气得纷纷告退出了合德殿。

古庭过来的时候满脸佩服，开口就是：“你真的背下了整本册子？好家伙，你才是真神不露相！”

玄乙咳了一声：“古庭师兄要是佩服我的话，能不能别给我做那个十全大补汤了……”

“说不定就是十全大补汤的功效。”芷兮笑吟吟地接口，凑过来看了看她包着白布的右腿，“这段时间都没有血水渗出来，可见那个偏方果然有用。”

玄乙幽幽叹了口气，他们俩态度变得和蔼当然是个好事，可那个十全大补汤实在是坏得不能再坏了，再喝下去她都不知道自己还能做出什么坏事来。

清脆的鸟叫声回荡在合德殿内，先前给少夷送信的小翠鸟欢快地又飞了过来，蹦蹦跳跳着等待少夷将那张画并着情诗折好塞进铜环里。

“好了，小泥鳅。”少夷送走翠鸟，扭头微微一笑，“是要师兄送你回冰雪殿，还是去南花园散散心？”

古庭见着少夷，脸上的笑容立即淡了下去，转身便走。

看样子他跟少夷之间的隔阂怕是极难消除了。

芷兮低头看着少夷，他一点尴尬的神情都没有，正笑眯眯地给玄乙讲自己方才写了什么情诗。上次在下界也是，莫名其妙出现，莫名其妙又走掉，随后便是连着三个多月不来听课，也不知他到底搞什么东西。

芷兮突然开口道：“少夷师弟，延霞下界了却因缘的事，你知道吗？”

他答得巧妙：“现在知道了。”

芷兮眉头皱起：“她是因为你，才不得不去下界了却因缘，你不觉得愧疚吗？倘若喜欢她，为何要折磨她？倘若不喜欢，又何必招惹她？”

少夷摸着袖口的花纹，轻声道：“师姐希望我怎样做？”

“和我希不希望没关系。”芷兮有些来火，“我还要问你，和夫萝是怎么回事？你早知她与古庭师弟有婚约，为何不避嫌？即使不为夫萝的名声考虑，也该顾虑同窗之情！两个神女为你闹成这样，退婚的退婚，下界的下界，你难道不觉得自己有错吗？”

少夷柔声道：“好像是有点错。”

“不知所谓！”芷兮被他气得拂袖而去。

少夷看着她的背影笑叹：“我就怕这样的神女，一本正经，凛然不可侵犯，一肚子天真论调。”

“我倒挺喜欢她。”玄乙摸了摸右腿，就是不大喜欢她的十全大补汤。

他忍俊不禁：“小泥鳅啊，和这样的神女谈情说爱最累了。该风情万种的时候她放不下面子，该要面子的时候她又能做出叫你吓一跳的事情来，苛求自己也苛求别人，受不得一点瑕疵，你以后可千万别长成这样。”

怪不得他从来不招惹芷兮师姐。

“好了，给她弄得我也没心情了。”少夷弯腰将玄乙一把抱起，“走吧，送你回冰雪殿。”

玄乙低头欣赏了一阵指甲，忽然想起什么似的，问道：“少夷师兄，你不打算向古庭师兄道歉吗？”

少夷奇道：“为什么要道歉？”

“你毁了他的至爱。”

少夷骇然笑了：“至爱？这天上地下，从神界到九幽黄泉，从来就没有至爱，只有更爱。你喜欢一件衣裳，一辈子就只穿着它了？天真是一种罪过，天真的神族总会为罪过付出代价，今日不是我，也是其他神族，他总要被毁。他和夫萝本就不是一路。小泥鳅，我一直以为你讨厌他们，原来并不是？”

玄乙认真想了想：“不讨厌。”

少夷悠然道：“那你就是讨厌我了。嗯……你父母的事我也知道一些，也难怪。”

“少夷师兄多虑了。”她向他微微笑了笑，“我很喜欢你的。”

少夷眉梢轻扬，笑得魅惑：“你对我这么坏，还说喜欢我？”

玄乙点头：“我当然喜欢你，没有了少夷师兄，这明性殿不知变得多无趣，有你在才好玩。”

他的声音甜若蜜糖：“你这小泥鳅，甜言蜜语，真会哄我开心。”

“你开心就好。”玄乙把脑袋靠在他胸前，“真开心的话，师兄以后能帮我带些好吃的茶点吗？那个十全大补汤我实在喝不下。”

少夷啼笑皆非：“好啊，你哄我就是叫我帮你带好吃的？”

她不说话，抓着他的袖子轻轻摇了两下，像小猫在嬉闹。

这孩子以后绝对了不得。

“好好，我知道了。”少夷摇了摇头，算她厉害。

第十章

公主顽劣

暮冬时节，明性殿下了第一场雪，搓绵扯絮般直落了三四日，到今晨方雪霁初晴。明性殿白雪皑皑，被日光一照更是刺眼至极，玄乙左腿单立，在冰雪殿内蹦来蹦去，忙着拉上厚厚的窗帘。

距离下界受伤，已经过去半年，当初被齐南说三十年才能痊愈的伤口，在这短短的半年里，已经痊愈了大半，如此堪称奇迹的情况反而叫她十分谨慎，每日都要仔细检查伤处，不过暂时没看出什么异样。只是伤口初愈，难免痒得厉害，玄乙拆开白布，不敢大力抓挠，只用指尖轻轻按几下。

殿门处传来轻微的开启声响，有人踏雪而来，应该是少夷给她送茶点来了。

玄乙又使劲蹦到月窗前，一把拉开月窗，笑道："少夷师兄，茶点……"

窗外亮得刺眼，来者白衣乌发，更是耀眼生花，看起来他正欲抬手敲门，她猛然开窗的举动令他微微一惊，转过脸来。

玄乙立即便想捂住眼睛，晦气，怪不得昨天晚上她就觉得老有说笑声从远处传来，原来是这家伙回来了。半年不见，这家伙还是老样子，下雪天还装模作样地穿白衣，简直是对她脆弱眼睛的二次伤害。

她正准备用力把月窗合上，却听他那久违的魅惑声音在身前响起，语调冰冷："今日去朱宣玉阳府，轮到我接送。"

玄乙轻轻一笑，俯在窗棂上，埋在脑后的所有新仇旧恨又一股脑全冒了出来，细声道："扶苍师兄，我好想你呀。听说你突破了什么境界，是不是以后舞刀弄枪更利索了？"

扶苍的目光下意识落在她骨肉停匀的脚上，似是觉得不妥，立即上移，奈何这位龙公主全身上下都衣冠不整，头发散开，没穿外衣，赤足赤臂，细若美玉。

半年不见，她依旧能叫他震惊一下。

他的视线只得停在她满是讥诮表情的脸上，语气又冷了几分："把衣服和鞋子穿好。"

他又不是她爹。玄乙毫不在意，还专注于跟他磨牙："可我还没吃东西。"

扶苍不说话，只回头看了看冻在桌下成冰坨的十全大补汤。昨天回来，古庭提起玄乙，说到给她寻了个古方，天天进补十全大补汤——显然这个汤并不怎么受这位龙公主的欢迎。

哎呀，她早上忙着看伤口，忘记把那坨冻成冰的十全大补汤处理掉，居然被他看到了。

玄乙仰起下巴："我不爱吃十全大补汤。"

扶苍静静看了她片刻，淡道："现在是辰时差一刻，辰时整便走，你还有一刻的时间弄好仪表。或者你就这样拖着，或者你马上更衣。时间一到，我直接抓人。"

玄乙咬着嘴唇，似笑非笑："我衣冠不整，扶苍师兄也要抓人？"

扶苍长眉微扬："你可以试试。"

月窗轰然合拢，这趾高气扬的公主显然又憋了气。

扶苍背靠着窗静静等待。他和龙公主似乎总也不能和气地说话，从最初认识到现在，隔了半年再见，她依旧语带挑衅，他也不由自主地要冷嘲热讽，彼此一见面便要竖起身上所有的刺。

月窗忽然又被打开，玄乙隐含怨气的声音响起："我饿了。"

他回头，这位素来喜爱打扮的小公主已经迅速焕然一新，绛紫色的长衣上绣满了浅金色的闭目之龙，月白的披帛挂在胳膊上，浓密的长发绾了一个斜斜环髻，金环点缀其间，熠熠生辉。

烛阴氏独有的幽冷暗雅的熏香气息扑面而来，他下意识朝下望去，她脚上已经穿好了鞋，雪白的小腿被埋在重叠的裙摆下，见不到如今的伤势，也见不到那双玉似的脚。

他迅速将视线收回，淡道："忍着。"

又是忍着？玄乙高高在上朝他伸出双手，语气傲慢："那就抱我走吧。"

扶苍毫无反应，忽地伸出手，她只觉腰和肩一紧，一阵天旋地转，他竟然像拎袋子似的把她从窗户里拎出来，朝背上一丢，转身就走。

她的脑袋撞在他身上，疼得暗暗咬牙。

雪收云散，点点金灿的日光洒在道旁积雪的青竹上。扶苍走得不快，胳膊搭在她膝弯处，她的小腿随着步伐晃晃悠悠。

不知她的伤如何了，烛阴氏受创后痊愈比寻常神族要慢得多，何况她体内的妖毒软刺还没取出。扶苍忽然握住她右边的小腿，白布触手干燥，没有血迹。他心中有些讶然，望舒应当还没时间替她疗伤，她的伤好得倒是出乎意料地快。

脖子上一痛，背上的龙公主一言不发，把几根指甲抠在他皮肤上，充满威胁。

扶苍觉得自己都可以听见她心里冷冰冰的几个字：别碰我。

突如其来横在喉咙的那口气让他眯起眼，原本微微松开的手似挑衅一般再度缓缓握紧。不等她的指甲扎进皮肤里，他出手如电，将她的两只爪子一把攥住，疼得她“哎呀”叫了一声，又跟上回在下界一样，整个身体挂在他背后，乱挣乱动。

粗鄙莽夫！

“扶苍师兄，”她的声音软绵绵而娇滴滴，却又有十足的嘲讽，“你真是一点都不知道什么叫怜香惜玉。”

见他没反应，玄乙把下巴放在他肩膀上，吐气如兰：“不过，其实像你这样厉害的粗野莽夫，我特别喜欢。”

扶苍魅惑低沉的声音里带了一丝淡淡的嫌弃：“正巧，像你这样越来越傲慢无礼的神女，我特别讨厌。”

“讨厌啦，说人家傲慢无礼。”玄乙恶狠狠地对着他的耳朵吹了口气，“你想要温柔似水，我也可以啊。”

他反应极大，立即将她抓到身前，冷冷看着。

玄乙顺了顺袖子，即便被提着，她的姿态依旧维持优雅：“扶苍师兄，你弄乱我的衣服了。”

扶苍面沉如水，漆黑的眼睛盯了她良久，声音又变得冷漠：“到殿门之前这条路，再说一个字，再动一下，我便把你捆起来。”

他顿了一下，到底还是将她打横抱起。

玄乙使劲把脸别过去，她终于有那么一丝丝后悔，为什么不学打架？这样她至少还能把这浑蛋揍成破抹布。

冷风缓缓流窜在三百院中，神族踏雪无痕，扶苍雪白的衣摆拂过积雪，雪粒随着风细细翻滚。

怀里的龙公主安静得像块木头，他却不能真把她当木头。上回她受创极重，情况特殊，他或抱或背或提，全然没多想，如今她盛装娇艳，幽香四溢，他这样打横抱着，感觉便十分诡异。

不知为何，扶苍忽然想起那爱钻领口的“小泥鳅”，冰冷的一团，蜷缩在胸前。

可是很快，“小泥鳅”又变成了龙公主的模样，下界迷蒙月光下，她的脸如玉如瓷，嘴唇丰润，还有方才裙摆下惊现的裸足……

他皱起眉头，想要驱赶这个莫名其妙的念头，却发觉自己无能为力。

辰时整，明性殿前热闹无比，这是白泽帝君头一次带着弟子们出门，去的还是以华美奢侈著称的朱宣玉阳府。弟子们难掩兴奋，个个都将最正式隆重的天衣拿出来穿，将最好的坐骑唤出来打理，一时间明性殿前祥光万里，瑞兽灵禽争奇斗艳。

芷兮扶了扶耳畔的玉茶花，有点焦急又有点期待地盯着殿门看，她今天也刻意装扮过，甚至薄施粉黛，前几日更问玄乙借了蔻丹膏来贴。

她素日里极少在妆容上下功夫，今日难得盛装，只隐隐期盼叫扶苍看一眼。

“芷兮师姐。”

殿门处传来古庭的声音，她一回身，便见古庭和扶苍他们从明性殿内走了出来。扶苍牵着九头狮，古庭牵了一头通体雪白的老牛，玄乙正坐在牛背上捧着一只食盒，嘴里不知吃着什么。

芷兮心内一阵紧张，竭力克制自己的局促，快步迎上去，笑问：“今天不是应当扶苍师弟接送玄乙吗？怎的坐在古庭师弟的牛背上？”

古庭唯有苦笑，路上遇到扶苍他们，玄乙开口要骑白牛，他总不能说不给吧？结果她不但赖在牛背上不肯走，连预备去朱宣玉阳府吃的茶点她都给吃了。

因见芷兮牵着一头神气活现的獬豸，玄乙便将食盒放下，笑眯眯地问：“师姐，你的獬豸好神气，可以让我骑一下吗？”

他们个个都有坐骑，就她没有，虽说龙神从来不用坐骑，但骑骑别人家的坐骑倒也有趣。

芷兮叹着气将她抱上自己的獬豸：“茶点就这么被你吃了一半，你看着纤瘦，胃口真不坏，一碗十全大补汤喝完还吃这么多茶点。”

玄乙假装没听见，把脑袋扭过去继续吃点心。芷兮有心去寻扶苍，却见他目不斜视，面上好似罩了一层寒霜，牵了小九去一旁，用手指替它梳毛。她羞于主动搭话，不由得懊丧地咬了咬唇。

身后不远处，少夷柔和的声音忽然响起：“咦，师姐这只獬豸好漂亮。”

玄乙转过头，见到少夷手里牵了一只巨大的丹凤，两只眼登时放出光来：“少夷师兄，我能坐一下你的丹凤吗？”

她对骑不同的坐骑到底有多大的趣味？芷兮简直无奈。

少夷微微一笑，戏谑道：“当然可以啊，你亲我一下，丹凤就给你骑。”

芷兮怒道：“言辞放荡，成何体统！”

少夷叹了口气，抬手将玄乙抱起，摇头道：“是是，师姐，我错了。走吧，骑丹凤去。”

他把玄乙往丹凤背上轻轻一放，却不丢手，用手臂托着她的身体，轻声道：“我竟不知你这小泥鳅成了师姐的掌上明珠。”

玄乙动了动，目光流转，一会儿看看他的胳膊，一会儿再看看丹凤，他不放下去她怎么骑丹凤？

少夷柔声道：“小泥鳅，我的丹凤可载不动你，你不想把它压死吧？”

玄乙觉得自己再也不能无视他说自己沉的事实了，上下打量他，极为怀疑道：“为何少夷师兄总说我重？”

少夷仔细想了想：“或许这就是青阳氏和烛阴氏的孽缘？”

这算劳什子的孽缘，他不放手，她骑不得丹凤，便意兴阑珊起来：“那我还是骑貔貅，少夷师兄送我过去吧。”

少夷垂睫端详她今日的娇艳装扮，笑得更深：“你亲我一下，我再把你送回去。”

玄乙应得极快：“你把眼睛闭上。”

他依言合眼，长睫在面上轻轻颤抖。玄乙从食盒内挑了一粒自己最讨厌的千草长生糕，往他嘴里一塞，少夷的眉头立马皱起来了。

“好难吃……”他软软地抱怨，睁眼埋怨地盯着她。

玄乙不由得笑出声，抬手轻轻拨了拨他额前的火红宝珠。这粒宝珠不知为何，颜色似乎比曾经艳丽许多。

她细细的吐息喷在面上，如兰似馥，指尖玉凉柔软，触在额上说不出的舒服，少夷的声音情不自禁压低：“烛阴氏都是你这样坏心眼的？”

“当然不。”她巧笑倩兮，“我是最好心的那个。”

少夷侧头沉思片刻：“我看不像。”

他这样说，好像真的见过别的烛阴氏一样，玄乙不禁讶然，正欲询问，冷不丁少夷朝后面殷切地招呼：“扶苍师弟，能麻烦你将这小泥鳅抱走吗？”

玄乙登时不愉快地沉下脸，少夷微微苦笑：“师兄抱了你太长时间，胳膊要断了。”

他到底有多柔弱！玄乙索性直截了当发问：“少夷师兄除了我以外，见过其他的烛阴氏吗？”

少夷“唔”了一声，不等他说话，只听扶苍冷冰冰的声音在身后响起：“要走了，过来。”

她只觉一阵天旋地转，下一刻便落在了九头狮背上。

“……我还有话没说完。”玄乙瞪他。

扶苍跨上狮背，坐在她身后不远处，清叱一声，九头狮立即御风而起，他的声音没什么感情：“嗯。”

“还有，我不要你接送！”她有一万分嫌弃。

“哦。”

玄乙被他彻底敷衍的态度气坏了，他不跟她斗嘴，她就成了对着墙狂叫的傻子，她索性也闭上嘴，坐得好似一尊雕塑。

扶苍静静望着身周流云肆卷，他想起临走时，父亲的话：“我华胥氏素来重礼平和，即便是这邪里邪气的烛阴氏，也要以礼叫他们心悦诚服，何况她是公主，天帝也得礼让三分。”

是的，再怎么说她也是个身份高贵的公主，和颜悦色，举止高雅，她自然是擅长的，只不过到了他面前就成了张牙舞爪、傲慢刻薄。

他停了半年多没来明性殿，一为剑道突破，二来，也有想控制局面的意图。放纵自己的恶意虽然愉悦，却并非他的秉性，何况龙公主对他的怨气只怕有大半是源自她的伤，等她伤势痊愈，他们便可如往日般形同陌路，那便再好不过。

然而，他觉得自己又想多了，他即便是一座山，遇到龙公主，也立马会变成火山。

半年不见，如今才过了一会儿，他们便从言语攻击到近身肉搏都来了一遍。扶苍一时为了自己压抑不住的暴躁而愕然，一时又为这龙公主滔滔不绝的恶意而恼火。

太尧骑着朝天犼缓缓靠近，因见玄乙和扶苍都黑着脸一言不发，他便笑道："难得出门玩一次，你们怎么还不开心？"

玄乙兀自有些恼火："朱宣玉阳府有什么好玩的？"

太尧沉吟道："除了上古九黎族蚩尤大君的指甲，听说朱宣帝君还藏了昔年撞破天柱的共工大君的一片头骨，那也是十分难得的。"

玄乙不禁多看了他一眼，看样子跟白泽帝君待久了，这位大师兄也沾染上了此等怪癖，专门对别人的指甲骨头感兴趣。

太尧似是看出她的念头，失笑道："好吧，其实还有一样好玩的。我听说朱宣帝君这次请了专为西王母奏乐的乐官们，太子长琴也来，说不准又要叫扶苍来一曲剑舞，你也可以看看当年叫神女们魂牵梦萦的剑舞是何等模样。"

玄乙暗暗撇嘴，她对这莽夫舞刀弄枪的动作毫无兴趣。

坐在后面的扶苍忍不住开口："太尧师兄，慎言。"

太尧打趣道："我可没有乱说，不信去问问古庭和芷兮，当年帝女婚宴上的一曲剑舞是何等潇洒？哦，我记得羲和神女当日击鼓相奏，那之后她到今天还对你念念不忘。"

玄乙想起上回去羲和神殿，扶苍被蹭了半袖子的胭脂，终于"哧"一下笑了。

"羲和神女如此痴情，真叫人感动。"她悠然说道，"以她这般美貌直率，配扶苍师兄正是刚好。"

太尧勉强笑道："这……只怕不大合适……"

他俩之间气氛好像不对劲，看样子这个圆场打不得，他素来不爱惹麻烦，当下悄悄避远。

两道冷冷的视线定在她脸上，玄乙扭头，便撞上扶苍不那么友善的眼神，她报以更不友善的笑容："扶苍师兄，真心难得，你莫要辜负。"

他一言不发朝她伸出手，玄乙急忙要躲，谁知他只抓住了她的裙摆，撩上膝盖，将包裹伤处的白布一点点解开，低头看了看伤处。

半年前皮开肉绽的狰狞伤口如今几乎彻底长好了，怪不得不再渗出血水，只是好得如此迅速，反而显得怪异。

扶苍忽然想起那天在玉鼠大君的地宫之上，少夷呼出的那口气，还有渗透进“泥鳅”肚皮的金光，是青阳氏的手段吗？

掌中的脚踝在用力扭动，对面的龙公主扬起另一只脚，打算照他脸上来一下。扶苍朝她蠢蠢欲动的左脚瞥了一眼：“再动就把你丢下去。”

玄乙气极反笑：“只许你摸我的腿，不许我踹你？谁准你碰我！”

扶苍不理她，将白布重新缠好，一把放开她。

可恨的混账，他不碰还好，一碰伤口就开始痒。玄乙板着脸，隔着裙子用手指按了按，效果不大，她索性用力抓了数下，他的手就又挡在了裙子上。

“别抓。”扶苍把她的手拨开。

玄乙微笑：“不然扶苍师兄要把我丢下去？”

他懒得和她做口舌之争，好似一堵沉默的墙，把她想要抓痒的动作全部反弹回去。玄乙又痒又气，百爪挠心一般，可青天白日众目睽睽，她到底还是做不出打滚无赖的行径，直憋得眼泪汪汪，在心里把扶苍凌迟了一万遍。

朱宣玉阳府位于极西之地的中曲山脚下，与传说中的离恨海相隔不到百里。

历代朱宣帝君都喜好讲究排场，当年离恨海尚未成为禁地时，多少神族对玉阳府的好地段艳羡眼红，谁知变故陡生，好地段一夜之间变成了禁地，爱面子的朱宣帝君们又不肯搬家，离恨海年年扩张，他们也只得把玉阳府往后面迁移，直到如今已迁了千里。中曲山脚下往西延伸处，依稀犹可见曾经朱宣玉阳府的辉煌痕迹。

午时差二刻，朱宣玉阳府前已是热闹非凡，宾客往来不绝，无数朵碗大金花坠个不停。玉阳府格局开阔，朱宣帝君更喜朱砂涂墙、彩瓦为顶，高楼万丈拔地而起，另有一番华美繁荣的景象。

沿途从正门走白玉大道，两旁无数妖娆女仙婆娑起舞，流云星沙乱滚，更兼五步一楼、十步一阁，每一座高楼顶都以斗大的至阳明珠点缀，或雕成莲花状，或刻成诸般花鸟鱼虫，青天白日下，明珠光辉幽蓝，极尽奢华之能事。

白泽帝君的弟子们几乎个个都是身份高贵，却也极少见到这般景象，除了古庭与扶苍曾来过，显得淡定些，其他弟子几乎都目瞪口呆，连玄乙都看得有些发怔——比起朱宣玉阳府，明性殿三百院根本就是个破烂。

绕过一幢水晶阁，眼前豁然开朗，一方巨大的青玉堆砌成的高台横在对面，其上宝光流肆，祥云万朵，无数水晶架整齐排列。架上所封多是历代朱宣帝君搜集的各种宝贝，从三十三天之上的珍稀丹药，到上古诸神遗留的法宝，甚至昔年素女遗落三生石畔的绾发玉珠，玄女当日见上古天帝时披的玄狐之裘之类，层出不穷，看得诸弟子眼花缭乱，同时也暗暗松了口气：还好，本来以为这位朱宣帝君搜集的宝贝都是什么头发指甲，看样子他比自家先生还是要正常许多。

青玉台下有许多神官随侍递送茶水。见玄乙腿脚不便，被扶苍背在背上，早有神官送上一张腾空软椅，言道："此椅可以神力驱使，公主行动更方便。"

随后又有女仙上前用黑纱替玄乙蒙上双眼，恭声道："公主双目受不得光亮，以此纱遮眼便无事。"

连她是烛阴氏的公主、双眼不喜强光的习性都知道，这位朱宣帝君好生细心周到。

玄乙坐上软椅，昂着头从扶苍面前刺溜飞了过去，随心所欲地转了个圈。再把折磨多时的伤口痒处大抓特抓一通，霎时间神清气爽、通体愉悦——看看人家朱宣帝君出手多大方！白泽帝君枉负盛名，小气得要命。

天神府内都有限制，不允许腾云御风乃至坐骑飞行，弟子们用两条腿走，她用软椅飞，反倒比他们快上许多，一下便飞过了青玉台。

她对青玉台上陈列的各种宝贝兴趣不大，因见东边不远处有一座通体用碧琉璃打造的八角玲珑塔，看起来十分别致巧妙，她不由得凑到近前，仰头细细观摩。

来之前便听说有一枚蚩尤大君的指甲被镇在碧琉璃塔内，看这座塔以两仪八卦为形，内里隐隐有磅礴神力流动，一定就是这座塔了。

玄乙手腕一转，一团白雪出现在掌心，细细按照碧琉璃塔的模样开始揉捏。方捏了个雏形，肩上忽然被轻轻一拍，古庭笑道："你这小鬼可别乱跑，小心迷路。"

玄乙四处看了看，却见他孤零零的，不由得奇道："芷兮师姐和扶苍师兄呢？你们不是时常厮混一处吗？"

厮混？古庭不知好气还是好笑："芷兮师姐正给三千字见闻录打腹稿，扶苍被太子长琴拉着说话，我随处逛逛。"

独自随处逛逛不大像这位古庭神君的习性，他看着古板，其实最喜欢呼朋唤友。玄乙扭头朝后张望，果然见弟子们都闹哄哄跟少夷在一处，因为他身边总有年轻貌美的神女围绕，这才来了一会儿，就有四五个小神女和他坐在一块儿有说有笑了。

她心下了然，也不点破，继续捏手里的白雪琉璃塔。

"古庭师弟！"芷兮从青玉台上跑了下来，急急唤他，这位标准好弟子正一脸苦思，"那三千字见闻录你可有构思好？是着重写宝物还是写玉阳府之景？"

古庭似是对她这般用功也有些无奈，正欲应声，却见一旁路过的几位神君频频回头朝这里张望，目光并不怎么客气，好像带了些嘲讽，甚至还有点同情。

古庭忍不住开口："诸位，请问有什么事？"

那几位神君只是笑，其中一位揶揄道："没什么，得罪了。"

说罢他们转身离去，一面走一面还在低语，古庭隐约听见"婚约取消""这个就是古庭”“未婚妻和其他神君跑了”之类的话，只觉心里一沉，藏在袖中的手开始止不住地发抖。

芷兮紧紧皱眉：“你们几个，背后说闲话，实在太难看！”

几位天神不由得停下脚步，互相看了一眼，跟着笑道：“那就抱歉了。听说诸位是白泽帝君的弟子，白泽帝君久负盛名，弟子果然个个出类拔萃，我等不敢望其项背，惭愧惭愧。”

虽是道歉，可话里的嘲讽之意任谁都能听出来，芷兮目中闪过一丝怒意，冷道：“我看诸位的模样，想必也是某位帝君的弟子。承蒙诸位谬赞，出类拔萃不敢说，我等比诸位更懂礼仪之道，倒是可以断言！”

几位年轻的神君登时恼了，其中一位冷笑起来：“你还真是大言不惭，礼仪之道？给古庭神君戴了绿帽的神君是你们的同窗，他那个跟其他神君偷情的未婚妻也是你们的同窗，怎么，许你们做，不许我们说？白泽帝君收弟子如此严苛，依我看，收来的弟子倒也不怎么样！少把架子端那么高！”

芷兮怒不可遏，偏又想不出什么犀利的言辞回击，急得珠泪在眼眶中打转，她不肯在这些家伙面前示弱，只咬牙死死忍住。

玄乙绵软轻柔的声音忽然响起：“诸位对白泽帝君弟子的事如此了如指掌，莫非是因妒生恨？”

那言辞十分犀利的神君冷道：“因妒生恨？可笑！我们的先生既没像白泽帝君那样怪癖众多，我们的同窗也没你们那些乱七八糟的事，有什么可妒恨的？”

玄乙上下打量他们一番，面上现出一丝笑：“怕是你们想，也找不到这么没眼光的神女。”

“你！”几位神君立时大怒。

玄乙驱使软椅朝后飘了几尺，用长袖捂住鼻子，轻道：“别靠过来，就站在那边，咱们慢慢说话。”

她高高在上的傲慢与刻薄激怒了他们几位，一位神君怒道：“我只问你，我方才所言可有一句谬误？你有本事能说出我们的不是，也算你厉害！”

玄乙把手中的八角塔雏形转来转去，道：“天上地下从来也不缺各种传闻，而能叫你们津津乐道、吐沫横飞的，都是些著名神族。我确实不知道你们这些小神有什么不是，即便有，我也不大感兴趣。”

年轻的神君们气得浑身发抖。玄乙友好地笑了笑，慢悠悠开口：“或者你们说一说，我看能不能解闷？”

这不知从哪里冒出来的小神女，说话如此诛心，态度如此傲慢，非得叫她丢个脸才行！

一位神君动作奇快，在芷兮的惊叫声中，上前便要将玄乙从软椅上掀翻下去。

谁知喉头忽然一凉，一根嵌了碧蓝宝石的剑柄不知何时竟轻轻抵在了他喉咙上，剑柄被一只修长的手握着，顺着雪白的袖子往上看，是一双清冷黝黑的眼。剑并没有出鞘，却比出鞘更让他心惊胆战。

“你长了这样长的舌头，想必碍事得很。”

扶苍用剑柄轻轻抵在那位神君的喉头，垂睫定定地看着他。

“扶苍师弟！”芷兮松了口气，幸好他赶到了！

她恨恨地看着那几位神君，怒道：“他们太过分了！不但出口中伤古庭师弟，竟然还想对玄乙动手！”

古庭神色复杂地长叹一声：“罢了……这里是朱宣帝君的府邸，闹大了不好看。”

扶苍将纯钧飞快收回，那几位神君立时如鸟兽散。他扭头瞥了一眼玄乙，她正支颐摆出看好戏的模样，动也没动，真是胆大包天。

眼看他们跑远，芷兮还有些不甘心：“真是便宜他们了！”

古庭低声道：“和他们计较这些，岂不是沦落到与他们一样，算了吧。”

他望向玄乙，面上露出一丝笑：“多谢你，替我出了一口气。”

玄乙优雅还礼：“古庭师兄不必太客气，倘若一定要谢我，我只有一事相求。”

古庭奇道：“什么事？”

“回到明性殿后，请师兄不要再吩咐仙童给我送十全大补汤了。”

看她严肃认真、姿态端庄，还以为要说什么正经事，古庭又好气又好笑：“说你胡闹，你偏又亲切得很。说你懂事，偏又这么狂妄！方才要不是扶苍出手，你岂不是遭遇飞来横祸？”

玄乙缓缓说道：“一言不合就刀剑相向是莽夫之行，我向来不屑为之。连凡人都晓得，上士杀人用笔端，中士杀人用舌端，唯有下士才会端个石盘打打杀杀。”

一肚子歪理。扶苍盯着她，毫不客气地评价：“毫无身手，偏又口出狂言。”

玄乙抬头朝他笑了笑，笑得怪甜的。

“我不是还有扶苍师兄你这样的英雄相救吗？师兄救了我，我感激不尽，来日一定报答此番恩情。”

看似真诚的道谢从她嘴里说出来，怎么就那么没有诚意？古庭急忙将话题岔开：“好了，我们回去吧。”

他把扶苍拉到一边，省得他俩又斗起来。

青玉台上已有无数神族驻足观赏，台下更是已经铺满礼桌，其上美酒佳肴琳琅满目。玄乙见桌上糕点甚多，忙不迭凑上前挑选，一面挑一面暗暗摇头，奢侈铺张的朱宣帝君也有弱项，这些茶点哪里能待客？无非是些绿豆凉糕、红豆软糕之类的平庸货色，好一点的也不过是五景藤萝饼，比当日延霞准备的十景藤萝饼差了太多。

正准备要杯茶喝喝，忽听礼唱神官绵长响亮地唱道：“传，望舒神女到，飞廉神君到。”

“嗡”的一下，诸神纷纷转身张望。

朱宣帝君能请动望舒神女，面子实在不小，当年帝女婚宴，天帝也没能请动她。这位望舒神女比白泽帝君还要神出鬼没，即便是许多老一辈的神君、帝君都没见过她的模样，传闻她冰姿超逸、纤尘不染，惹得无数天神为之魂牵梦萦，却不知传闻是否属实。

很快，满头银发的飞廉神君神色肃然地出现在白玉大道上，举止间系在发梢的赤金铃发出清脆的响声。

在他身后，传说中的望舒神女似飘似幻，她只裹了一袭式样极简单的青纱，然而周身都笼罩在清幽的月华之中，显出一种异样的洁净与寂静。谁也看不清她何等容貌，她头顶坠了一面细银流苏，将眉眼挡得严严实实，只露出淡色的薄唇与白皙的下颌。

玄乙清楚地听见身后有几个神女小声讨论：“好看吗？脸都看不到，什么冰姿超逸？我听说她比羲和神女还要大上十几万岁……”

“你不懂，就是这种云里雾里、缥缈虚幻的模样才勾人。”

“哈哈，你看前面这个坐软椅上的小神女，也学得有模有样，用块黑纱蒙眼。”

“哼！”飞廉神君似是听见这些细碎窃语，忽地冷哼了一声，发上的赤金铃响得越发清脆。

玄乙赶紧朝后面缩了缩，不叫他看到自己。

谁知望舒神女似是察觉到什么，慢慢把头转向她这个方向。即便有银流苏遮眼，玄乙还是觉得她无形的目光落在了自己脸上，停留了一瞬后又迅速撤离。

不像是有敌意的目光，反而是带着一些探究与研判，玄乙不由得微微讶然。

不远处正与其他天神说笑的朱宣帝君见望舒与飞廉到了，立即含笑迎上，拱手道：“望舒今日可算给足本座面子，本座这朱宣玉阳府可谓蓬荜生辉啊！”

望舒神女盈盈下拜，她的声音竟意外有些沙哑，说话间细碎的银流苏在面上摇晃不止：“朱宣帝君客气了。”

朱宣帝君又转身朝飞廉神君笑道：“神君发上所系，可是白泽帝君的天音赤金铃？”

飞廉神君素来最不喜欢被问到“头发”之类的事，当即白眼一翻，怪声怪气：“不错，他全送我了。”

朱宣帝君十分意外，他对白泽帝君废弃不用的天音赤金铃垂涎已久，无数次开口讨要交换都未曾达成心愿，想不到他居然白送给飞廉神君。

他下意识在青王台上寻找白泽帝君的身影，谁知这帝君早躲得看不见，连他的弟子们都纷纷背过身假装没注意这里。他心中惊讶，一时猜不透其中缘由。

望舒神女上了青玉台，她清淡的身影很快便被诸般宝光与祥云吞噬，忽然绕过一尊水晶架，她款款下拜行礼：“先生，弟子望舒有礼了。”

水晶架后很快闪出一个娇小身影，果然是白泽帝君，他笑吟吟地望着她，道：“望舒，你果然来了。”

望舒淡道：“弟子今日来，一为报恩，二为结下一桩缘分。”

白泽帝君愕然：“报恩？缘分？你不是因为本座给你写信才来的吗？”

望舒低低笑了一声：“多年不见，先生还是这般风趣。我生平最痛恨者，一为风流滥情，二为暴力相迫，钟山帝君两样都已占全，不要说先生写信，即便天帝出动，我也绝不会屈服。”

白泽帝君更加错愕：“那你为何又来了？”

他倒有些吃不准她的心思。月华之精唯有望舒可以操控，玄乙受伤后他便写信给她，望她看在有同窗之谊的分上出手相助，谁知发了三四封信她也不回。他本以为没希望了，不想过了数月她忽然回信，不提疗伤，只说带上玄乙在朱宣玉阳府见，否则他何必劳师动众带上一堆弟子过来？

望舒低声道：“弟子方才说了，为了报恩，那位有恩于我的帝君托我出手，我不好推托。何况玄乙公主与我，尚有一桩缘分。”

白泽帝君被她弄得一头雾水，还盼着她多解释两句，可这位昔日的得意弟子再次行礼后便转身离开了。

第十一章

地火明夷

眼看宾客来得差不多了，朱宣帝君笑吟吟地搬出了今天压箱底的宝贝——一枚在下界寻到的据说孕育了灵胎的灵石。

可惜诸神对此兴趣似乎并不大，谁能看出一块长满青苔的石头里有没有灵胎？至于朱宣帝君说的青苔呼吸、胎动细节诸般，他们谁也没看出什么端倪，在青石旁围了一会儿便各自散了。

想不到压轴就要变成败笔，朱宣帝君只得转头朝神官们低声吩咐了些什么。过得片刻，忽闻后方一阵喧嚣，又有十几名神官推着一辆巨大的独轮车款款而来。车上似是放了一尊大纸箱，凑近了看才发现那上面是贴满了白纸，每张白纸上都用朱砂画了真言，将箱子封得密不透风。

不明真相的众神议论纷纷，素闻朱宣帝君收藏了蚩尤大君的指甲与共工大君的头骨，莫不是大家对灵石反应太淡漠，他特意把这两样东西拿出来供诸神欣赏？

朱宣帝君微微颔首示意，神官们立即手脚麻利地将箱子上封印的朱砂真言一根根撕开剥下，露出下面漆黑的金属大箱，其后便有所畏惧般，纷纷离远。

朱宣帝君不由得笑道：“此物已被大神通封印，怕什么？诸位，下界后羿射日后，本座费尽千辛万苦，终于在下界极北之渊将后羿当日所射空的最后一支箭矢寻了回来，便是此物了。年代虽然久远，箭矢依旧凶狠异常，乃是集合了凡人怨念的弑神之物，本座以清气养了许多年，直至今日才敢取出以供玩赏。各位小辈倒要小心些，莫靠得太近。”

他长袖一挥，漆黑的金属巨箱无声无息开启，正中以天金之锁捆住一根手指般粗细的赤色箭矢。许多年过去了，这下界凡人打造的弑神之物依旧锐利如新，望一眼便胆战心寒。

诸神终于发出惊愕的低呼声，这件东西果然比那莫名其妙的青石要有趣得多。

古庭四处看了看，忍不住拽拽扶苍的袖子，低笑：“幸好今日羲和神女没来。”

不然只怕不单扶苍要为难，整个朱宣玉阳府的来宾都要为难——羲和神女若见到后羿的箭矢，眼泪珠子能把这玉阳府给淹没。

至宝都已列出，诸神个个兴味盎然地观赏起来。一面巨大的山水屏风落在青玉台下，西王母的乐官们飘然而至，隐在屏风后，丝竹笙簧悠扬而起，奏的正是九韶。

此时天乐阵阵，天香幽幽，诸神观宝的观宝，闲聊的闲聊，吃喝的吃喝，一派悠闲景象，唯有白泽帝君扯着朱宣帝君的袖子不放：“朱宣小鬼，你那片蚩尤大君的指甲和共工大君的头骨放在哪里？为何不拿出来？”

朱宣帝君晓得他的怪癖，当即苦笑：“白泽帝君，那两样东西是上古魔族遗物，只能放在碧琉璃塔里镇住，不好示众。您老若想看，本座亲自领您去一趟碧琉璃塔，如何？”

白泽帝君怎么说也是个老辈神族，陪他看一会儿应该就可脱身——可怜的朱宣帝君带着这样天真的想法，陪他进了碧琉璃塔。其叫苦不迭、泪流满面在里面耗了几个时辰，白泽帝君还是没有出来的意思，那已是后话了。

古庭挑了两坛太清酒，一碟碧藕，今日玄乙替他出了长久以来横贯心头的一口恶气，他说不出的痛快，只想与他们痛饮三百杯，大醉一场。四处张望一番，没见到玄乙，却见扶苍远远站在一边，对面有一位面生的长须神君正热切地与他说着什么。长须神君身后又有一个小神女，面颊通红，一会儿拿眼偷瞟扶苍一下。

芷兮一见这景象，心里就是咯噔一声，忍不住开口：“扶苍师弟这是在做什么？”

古庭却习以为常地笑道：“又有神族朝他引荐自家的女儿了，此事常见，你看他不停摸袖子，心里必然不耐烦得很。”

从帝女婚宴剑舞之后，扶苍忽然就有了极大的名气，一来他身份高贵，乃是青帝的独子；二来他不染神界放浪形骸的风气，没什么不好的传闻，单这一点便叫无数有女儿的神族爱不释手。上回天帝牵线烛阴氏公主竟没能成，更让诸神蠢蠢欲动，先前他一直待在明性殿倒也罢了，如今出来参加这样的盛宴，自然被有心者抓住机会。

古庭有心替他解围，当即高声叫道：“扶苍！过来一下！”

扶苍点了点头，朝那位长须神君拱手行礼，施施然走过来，微微松了口气：“多谢。”

古庭笑着揽住他的肩膀：“来，陪我喝酒，可惜玄乙那小魔头不知躲哪里去了，不然今天说什么也得灌她几杯。”

找不到玄乙？扶苍方将蓝玉杯抵在唇边，听见古庭这话，不由得扫视一圈，下意识朝远处一株巨大的帝女桑望去。她不是正在那里吗？低着头专心致志地捏手中的白雪琉璃塔，身体有大半被阴影覆盖，显出一种异样的安静。

他忽然发现，要找龙公主并不难，比起热闹的说笑畅谈，她似乎更爱独个儿待着，藏在深幽的阴影里，幺弦孤韵一般，日复一日地捏着那些稀奇古怪的白雪。

古庭似乎和他说了什么，他便收回视线，心不在焉地应和几句，很快又会不受控制地把目光停留在帝女桑下。

浓绿与浅红的交织，光与影互相吞噬，像一幅孤单的画。

扶苍不自觉地放下酒杯，竟生出一股想过去的冲动。

身体方动一下，却听铜钟忽然被敲响，柔和中正的丝竹笙簧猛地一转，变作了激昂刚烈。扶苍猛然回神，心中暗道不好——此刻演奏的正是九歌一曲。

果然下一刻太子长琴远远地唤他："扶苍！来舞剑助兴否？"

此言一出，诸神皆喜，当年帝女婚宴上扶苍神君的一曲剑舞可是名震八方，想不到今天又有幸得见！芷兮更是兴奋得粉面通红，自觉不好意思，不想叫旁人看出来，却又压不下脸上的潮热。

扶苍转过身，太子长琴正怀抱五十弦瑟，笑吟吟地冲他招手。他慢慢摇头，示意并不想上场。太子长琴哪里理他，五十弦的瑟铮铮响起，音色如裂金石，声声催他过去。

扶苍眉头微蹙，无奈之下只得手执纯钧，一剑指东，翩若惊鸿般落入场内。

九歌一曲本就振聋发聩，太子长琴怀里的五十弦瑟弹奏起来更是音色极烈，扶苍手执天之宝剑纯钧做剑舞，四方风起云涌，声势浩大，玄乙离了那么远都被吵得脑壳疼。

她对这家伙的剑舞一点兴趣也没有，舞刀弄枪还吵得要命，只得四处张望想找个安静的地方继续把琉璃塔捏好。

忽听身后一个声音恶狠狠说道："原来你躲在这里！哼！这下看谁来帮你！"

玄乙微微一惊，下一刻便被一把从软椅上粗鲁地抓了起来。

抓她的神君似是也没想到她竟全无反抗之力，这么容易就被捉住，反倒愣了一瞬，紧跟着便将玄乙挟在腋下，一手捂住她的口鼻以防叫嚷。

"快走，别叫他们看见！"他身侧其他几个神君紧张地四处打量，生怕被发现。

动手的那位神君左右看了看，见远处有一座仙梅林，为诸般华美奢侈的楼阁挡住，他丢了个眼色，诸神君立即往仙梅林而去。

一进仙梅林，她就被丢在了地上，那挟住她的神君厉声道："看你还怎么猖狂！哼！一个乳臭未干的小神女也敢口出狂言！今日替你家长辈教训教训你！你记好了，我叫墨招！有虞氏墨招！我倒要看看，你敢不敢惹有虞氏！"

玄乙一声不吭，目光流转，在他们面上打量了一圈，原来正是方才碧琉璃塔前的几位神君，想必找她报复来了。

"怎么，吓得不敢说话了？"墨招神君冷笑，"刚才在琉璃塔附近，你不是言辞很犀利吗？你再说啊！"

他本想吓唬一下这小神女，听她哭喊几声，再道个歉也就罢了，谁知她慢慢把头抬起来，从鼻子里发出一声轻微的冷笑，带着近乎冷酷的高高在上，比什么傲慢的神情都更令他们恼火。

墨招神君怒吼："哼什么？！快道歉！不然就把你衣裳剥了！"

她缓缓屈膝坐起，将裙子上的灰掸掉，捡起捏了一半的白雪琉璃塔，仔细放进袖子里。

看样子对付下士，也只能用下士的法子了。

柔软碧绿的草地上不知何时结起了厚厚的一层白霜，半空中竟开始细细落下密密麻麻的白雪。诸神只觉一阵诡异的奇寒彻骨，竟好似连骨头也冻住，更诡异的是，原本还阳光明媚的仙梅林，竟忽然变得阴暗昏沉。

这一下诸神君终于醒悟过来，纷纷惊骇万分："烛阴氏！她是那个烛阴氏的小公主！"

"烛阴氏又怎么了！"墨招暗自心惊，还在嘴硬，"烛阴氏就可以随便口出狂言？！我倒要跟钟山帝君理论一下！"

其他神君却不敢再强撑，一个个缓缓朝后撤。墨招一定是得了失心疯，被黑暗封冻的离恨海就在百里之外，无论是谁经过此地都会恐惧烛阴氏的手段，他还敢挑衅，简直不知死活。

诸神君拱手行礼，毕恭毕敬："公主殿下，此事前后皆是有虞氏墨招神君挑起，冤有头债有主，公主如要怪罪，恳请莫要牵连我等。"

墨招神君想不到同窗翻脸如翻书，大怒之下厉声道："一帮懦弱之辈！我倒不信她在朱宣玉阳府敢把我如何！来啊！你有种让我当场陨灭！"

话音一落，却听一个魅惑而冰冷的声音骤然响起："如你所愿。"

诸神君只觉胸口一痛，瞬间一个个倒飞出去。墨招神君方欲惊叫，但见眼前寒光一闪，他耳上一凉，头顶也是一凉，紧跟着胸口如被巨石击中，他那声惊叫没能叫出来，即仆倒在地，当场昏死过去。

一双手把玄乙抓起，她有些错愕地抬头，便见着本应在前面风骚舞剑的扶苍立在身前，出鞘的纯钧丢在地上，剑身上有一道细细血痕。

墨招神君俯面朝下，被削断的长发满地凌乱，猩红的血迹正在晕染他月白色的天衣。

玄乙低声道："……他死了？"

扶苍上下打量她，似是没见受伤，便道："凡人才称死，神族只有陨灭。"

现在是说这些的时候吗？玄乙更加错愕，她少见地有些反应不过来，等等，让她理一理这个情况：扶苍刚才在舞剑，她被墨招神君他们掳来仙梅林，扶苍出现在仙梅林，墨招神君死了。

她忽地骇笑，这家伙居然在朱宣玉阳府动手杀了神族！她伸手在扶苍额上摸了摸，难道他疯了？

扶苍侧头避开她的手，捡起纯钧，在墨招神君的衣服上擦干净血迹，淡道："只是给他们一个小教训。"

一扭头见玄乙唤出烛阴白雪，居然打算把这几个神君埋了，他只觉才吞下去的满肚子邪火又冲上头顶："做什么？"

"消灭罪证。"玄乙特意把埋好的神君们往仙梅林的普通积雪那边推了推，防止被有心者发现。

被她这样消灭罪证，他们不陨灭也得陨灭了！扶苍额上青筋乱蹦，再把这几个可怜的神君从烛阴白雪里面拉出来。

"不许再动。"他将这莫名其妙的龙公主一把提起，转身便走。

玄乙仰高脖子定定望着他，他的下巴犹如美玉，两片薄唇犹带怒意地微抿。似是察觉到她的目光，他便低下头来，黝黑的眸子冷冰冰地与她对视。

她眨了眨眼睛："扶苍师兄的剑舞跳完了？"

他声音极淡："嗯。"

她娇声软语："一跳完就来救我，扶苍师兄真关心我。"

扶苍像没听见，龙公主一句半开玩笑半带讽刺的话，好像突然戳中他某个软肋，潜藏在内心的无数恶意毫无道理地钻出来，他急不可待地要反击，却发现无话可说。

踏出仙梅林，忽听不远处传来一阵清脆的赤金铃声，玄乙转头一看，果然见满头叮当响的飞廉神君与望舒神女朝这里行来。

见着他俩，飞廉与望舒似乎一点都没有意外，飞廉神君还满脸冷笑地打量玄乙，目光特别在她右腿上转了半日。

玄乙笑吟吟地开口："看着神君的头发十分柔顺光滑，我便放心了。"

飞廉神君登时沉下脸："胆大包天的小鬼！我还有账没和你们算清！今日你们自己掉在我手上，我废了你一条胳膊，再打断他一条腿！看你们以后还嚣张不！"

身后的望舒神女突然开口："飞廉神使，莫要冲动，我等今日前来另有要务。"

飞廉神君冷道："神女，这小浑蛋十分诡诈凶险！当日将我狠狠戏耍一番，她那该死的爹又对我百般侮辱拷打，我如何咽得下这口气！"

"还望神使看在烛阴氏公主与我有同窗之谊的分上，莫要将怨恨挂怀。"

这话一出，飞廉神君瞬间变得平和，颔首道："神女如此说，我便不气了。"

咦？这狂暴的飞廉神君这么听望舒神女的话？玄乙忍不住多看了他一眼。

望舒神女款款走至玄乙身前，那道无形的目光又一次缠绕在自己面上，带了一丝研判。玄乙不知她究竟何意，索性一言不发缩在扶苍怀中，歪着脑袋朝她微笑。

扶苍突然开口："望舒神女，有劳了，不知神女欲在何处施法？"

望舒道："我方才与飞廉神使在整个朱宣玉阳府内寻了一遍，清气最浓郁的地方正是这座仙梅林，烦请神君与公主移步林中。"

哎呀，那几桩罪证还在仙梅林中躺着……玄乙默不作声地被抱进去，果然飞廉神君望见地上昏死的几个神君，又开始冷笑："两个心狠手辣的小魔头！"

他散开月砂将他们抓住，问道："神女，他们几个怎么办？"

"他们挟持公主，须得管教一番。有劳神使跑一趟，送还给离朱帝君，是他的弟子。"

飞廉将墨招神君翻过来，他左边的耳朵被切开了一道口子，头顶的长发也尽数被削去，露出发亮的头皮，看着反倒有些滑稽。

那个叫扶苍的小鬼，剑道是不是又精进了？飞廉神君心中暗自嘀咕，用月砂拖拽那几个神君，离开了仙梅林。

"扶苍神君，可否让我看看公主的伤处？"望舒神女指尖轻弹，空荡荡的仙梅林中忽然便多了一张水晶桌、三副水晶椅。玄乙心中讶然，这一手她也会？

扶苍将她放在水晶椅上，撩起裙摆将衬裤卷起、白布拆开："有劳神女。"

望舒神女用手轻轻摸了摸近乎痊愈的伤处，见玄乙的目光总是落在水晶桌上，她便轻道："玄乙公主，我本是太阴山龙神后裔，而太阴山一脉在上古曾隶属烛阴氏，点水成冰我自然也是会的。"

哦，这样子啊……玄乙不以为意地笑了笑。

谁知望舒忽然又道："待公主年满五万岁时，可愿接替我做这望舒一职？"

玄乙千算万算，怎么也没算到这位神女一开口竟然是邀她做月神望舒，当即愣住了。

"太阴山一脉早已凋零，我也不再年轻，更无婚嫁生育的念头，望舒一职须得神力阴寒者，我思前想后，唯有玄乙公主最为合适。何况烛阴氏天生强横，公主若做这望舒，必然比我要强上许多，请公主考虑一下。"

这高帽子一顶顶地砸过来，砸得玄乙有些头晕，她愣了半日，奇道："神女特意前来朱宣玉阳府，莫非就是为了邀我将来做望舒一职？"

望舒缓缓道："坦白说，我十分不喜烛阴氏一贯的行事风格，然而一位于我有恩的帝君开导了我。与这些私下里的恩怨比起来，天地规则更为重要，望舒一职说重不重、说轻不轻，还是要最为合适者方能担当。公主不必急着今天便给我答复，我期盼今日的一场善缘，可以让公主在五万岁时多一个选择。"

她从怀中取出一只青色丝囊，内里幽光冷辉，正是一粒粒月华之精。玄乙眼睁睁看着她将它们倾倒在自己右腿上，一阵清凉舒缓之意瞬间漫溢开。这些泪珠般的月华之精竟穿透伤口，毫无阻碍地进入了烛阴氏的体内。

很快，被染黑的月华之精又一粒粒从她右腿上渗透出。望舒神女临空一抓，其内的软刺便被拉扯出来，拳头般大小的一团黑气，细细密密一根根犹如牛毫，在她掌心缓缓旋转。

"十万妖毒软刺，都在这里了。"

望舒神女指尖轻弹，牛毫般的软刺霎时间化作冰屑，一寸寸碎裂开，再也不留一丝痕迹。

玄乙沉吟道："望舒神女，谢谢你。那位有恩于你的帝君，不知是哪一位？我应当登门拜谢。”

望舒神女把月华之精装回丝囊，却不答她的问题，只起身朝扶苍再一次行礼：“此间事了，烦请扶苍神君转告青帝陛下，先前的恩情虽然还清，但我又欠下帝君一件开导之恩。”

她说完，转身便飘然而去，竟丝毫不拖泥带水。

扶苍弯腰捉住脚踝重新缠好白布，将裙摆抚平，对面的龙公主居然一反常态，一声不吭。

他抬头瞥了她一眼，她也正垂睫看他，隔着黑纱，她的神情幽静而平和，这片目光竟让他想起花皇仙岛初见时，她优雅外表下藏着的深深疏离。

扶苍避开她的视线，再度将她打横抱起，冷不防她开口，声音绵软：“原来是青帝陛下出面，扶苍师兄，你……”

方才被他压下的那些恶意在蠢蠢欲动，他现在一点也不想听她说话。

“闭嘴。”他快步往仙梅林外走。

玄乙哪里理他：“都是因为扶苍师兄你，我才受了伤，你这个赔罪，我接受了。”

赔罪？扶苍吸了一口气，脚步猛然停下。

他拜托父亲去找望舒神女，本意十分简单——玄乙受伤毕竟与他有关，于情于理他都不可能毫不过问。他的骨子里终究还是重礼平和的华胥氏，若能因此消解一桩莫名其妙的斗气，那便最好。

他没有想过她的反应，其实他寻了望舒替她疗伤，何尝没有了结孽缘、从此形同陌路的念头？

可她此刻给予的回应，让他浑身上下的刺都开始疯狂生长。

赔罪？他？给她赔罪？

扶苍冷笑一声，抬手将她歪过来看自己的脑袋重重按回去，疼得她大叫，狂涌而来的敌意令他语气阴森而犀利：“给你赔罪？做梦！”

青玉台依旧是载歌载舞，一派热闹景象，玄乙的短暂失踪显然没什么弟子发现，倒是古庭看见扶苍将她带回来，不由得奇道：“咦，你方才躲哪儿去了？扶苍的剑舞你都没看到。”

玄乙板着脸，使劲挣开扶苍的桎梏，落在腾空软椅上，才怨气冲天地开口：“我没兴趣！”

他俩好好的怎么又斗气了？古庭懒得自找麻烦，只笑道：“扶苍，方才那剑舞为何只跳了半阕？”

扶苍自斟了一杯酒，一气饮干：“我练剑并非为了剑舞取乐。”

坏了，看样子他俩这次斗气不小，扶苍居然气成这样。

古庭索性不再找话，倒了一杯酒准备敬芷兮，谁知芷兮方才还在的，这会儿却不知去了哪里。古庭满心疑惑，今天他们几个怎么一会儿在一会儿不在的？搞什么？

芷兮一步步漫无目的地在玉阳府中闲逛，她已经逛了很久，刻意避开青玉台附近的热闹。

这会儿她没有心情饮酒说笑。

她出身神界战将之家，父亲掌管南天门一带守卫兵将，族中神君众多、神女极少，风气粗犷而不失严明，柔媚婉转之道素来不通，自小处事都秉持公正、不偏不倚。后来拜入白泽帝君座下，先生教导仁雅度，她认真地遵从着，只是天性眼里容不得沙，与同窗相处时，师兄弟们倒是敬畏她居多。

玄乙曾经就是那粒沙。

其后南花园一事，下界乌江一事，在她眼里成日只会胡闹的龙公主忽然生出了十分的可爱，玄乙的调皮捣蛋也跟白泽帝君那些怪癖一样，成了无伤大雅的东西。

所以扶苍待玄乙特别不同，应该也是情有可原。

芷兮叹了口气，想起之前自己万分期待的剑舞，其时九歌一曲方演了半阕，五十弦瑟做裂天之音，汹涌的风云与白雪缠绕纯钧四周，正中的扶苍却忽然收势，霎时间，云散、雪落，纯钧画了一个清绝的弧线，稳稳地收入鞘内。

不只是她，诸神都有些茫然，连太子长琴也满面愕然：剑舞这就跳完了？

扶苍四方拱手，跟着转身便走，竟走得极快，与她擦肩而过时，她细细唤了声："扶苍师弟……"

他却不答，或许是没听见，一眨眼便不见人影了。

后来……后来他便抱着玄乙回来了。芷兮心里像是拨云见日般，突然醒悟了什么。

她早已隐约看出扶苍待玄乙的不同，无论他对玄乙是什么样的感情，讨厌也好，不服也好，孩童一样的斗气也好，这古灵精怪的龙公主在他心中必然与其他神族有极大的分别。

她只是一直没有往深处去想，或许也是克制自己不去想。

昔年帝女婚宴上惊鸿一剑，年少的神君高旷清净，像一抹幽冷的月光，在她心中照了万年。她再怎样不懂柔媚婉转，终究是个年轻神女，心怀恋慕，战战兢兢，对他有无数稀奇古怪的期盼，又自诩为他的知己。

此刻回想，只觉可笑而可悲。

芷兮无神地扫视周围的华美楼阁，忽然瞥见一个人影孤零零地坐在青玉栏杆上，背影看着有些眼熟。

她下意识凑近了一些，却听见他断断续续用叶子吹着一首古怪的小调儿。可能连他自己也忘了具体的调子，简陋的叶片音显得短促而粗糙，却别具一股奇异的缠绵意味。

风把他玄黑的长衣吹得款款摇曳，落日暖色的余晖勾勒出一层金边，芷兮忽然觉得叶片吹出的这首断断续续小调儿分外悦耳起来，兴许触动了心事，她竟听得出了神。

"师姐……你吓坏我了。"栏杆上的神君放下叶片，突然发现了她，吃惊地瞪圆了双眼。

芷兮看着他额头上摇晃的火红宝珠，若在平时，她兴许早已转身离开，此时此刻她忽又不在乎起来。她都已经在一场莫名其妙的单恋里输得一败涂地了，干吗还要循规蹈矩、恪守认真？

“这是什么曲子？”她扶着栏杆，仰头低声问。

少夷似是有些意外她的和颜悦色：“我也记不得了，很早以前下界游玩，在凡间乐坊里听见的。”

芷兮点了点头，淡淡出了一会儿神，又道：“你怎么不在前面跟神女们说笑，却跑来这里独个儿待着？”

少夷更加意外：“师姐竟这样关心我。”

芷兮定定地望着他手里的叶片，鬼使神差一般，低声道：“我问你，倘若你喜欢一个神女喜欢了很久，可她又喜欢了别的神君，你要怎么办？”

少夷若有所思地看着她，忽然微微一笑：“当然是用尽手段抢回来。”

“可她心里没有你，而她喜欢的那位神君你也心中欢喜，并不愿叫他难过。”

“师姐心地高洁质朴，是我的话，绝不叫自己难过，宁可看着他们流眼泪，那也很有意思的。”

芷兮秀眉紧紧皱了起来，不敢苟同地斜睇他：“这四海八荒的风气已经够坏了，个个都似你这样只顾自己快活，岂不是诸神堕落？”

少夷半个身子都俯在青玉栏杆上，笑得更欢：“所以师姐问错了人，我喜欢的神女太多，若个个都去抢，岂不是累坏我？”

芷兮不由得哑口无言，愣了半日，又意兴阑珊地放下双手。好荒唐，她怎会与这个堕落的家伙聊起来？在他眼里的喜欢，大约是那些放浪形骸的风花雪月，玩够了直接抽身便走。

她转身就要离开，忽听少夷在后面柔声道：“你心里不痛快，他们不知道，即便知道，也不会在意。师姐是喜欢自己折磨自己，还是喜欢自己快活些？”

芷兮默然片刻，缓缓转过身，淡道：“你这番挑拨离间的话反倒让我清醒过来，即便我这一生都不能与喜欢的神君厮守一处，我也不会变成你这般堕落。”

少夷还是笑：“我这样堕落的家伙也有在意的东西，师姐，我有个忙要请你帮呢。”

芷兮错愕：“什么？”

少夷摸了摸唇，似是有些为难：“我想下界看看延霞，听说师姐的父亲掌管南天门一带，有师姐作陪，下界定然方便许多。”

芷兮更加错愕：“你……看延霞？你……”

他终于知道良心啦？

“神族下界并无限制，为何还要我帮忙？你自走你的，没人会拦你。”

少夷笑而不答，只轻声道：“师姐答应我便是了。”

芷兮一头雾水地应下，便见他温柔含笑："芷兮师姐今日这番妆容，实在是十分秀美，师姐应当时常打扮才是。"

她恍若未闻，快步离开这座青玉小楼。她对少夷轻佻暧昧的言行素来看不上眼，可不知为何，方才被他赞赏，自己好像又没那么生气。

从清早明性殿门口，到如今这余晖满地的青玉小楼，整整一天，只有他赞美了她细心的妆容。

她的努力，竟然只有他注意到了。

芷兮心里掠过一丝说不清道不明的酸楚与委屈，长长叹息了一声。

月上中天，玉阳府内所有楼阁顶上的明珠将四下里照得亮若白昼，屏风后丝竹笙簧还在继续，天舞女仙们也依旧在妖娆舞动着，美酒与佳肴换了一批又一批——不过这些好像都跟朱宣帝君没什么关系。

他面色如土，傻傻地坐在碧琉璃塔第七层冰冷的地板上，失神地看着对面的白泽帝君，这位帝君还在两眼放绿光地守着天神封印内的指甲跟头骨。

五个时辰，白泽帝君在这里不吃不喝不动看了五个时辰，朱宣帝君觉得自己快疯了。

不能再这样下去！朱宣帝君清了清嗓子，第一百零八遍试探着问道："白泽帝君……您在这碧琉璃塔内待了五个时辰，可会气闷？不如一同去下面喝些茶吃些东西？"

白泽帝君头也不回："你这小鬼自己下去就是了，难道还怕本座偷你的宝贝吗？！"

没错！以白泽帝君的德行，他真能做出偷走蚩尤大君指甲跟共工大君头骨的事！头可断，血可流，宝贝绝对不能丢！朱宣帝君正襟危坐："既然如此，那本座还是陪着帝君吧。"

话音一落，忽觉脚下猛然一震，封印指甲与头骨的两尊珊瑚架也晃了数下，他习以为常，倒是对面的白泽帝君奇道："为何地颤？"

"想是离恨海又在扩张。"朱宣帝君不以为意，扭头看看天色，"快子时了，这些年天天一到子时便地颤，帝君不必在意，无甚影响。"

无甚影响？神界土地乃是构造五行阴阳规则之根本，地颤怎会无事？

白泽帝君走至窗边，仰头望着外面至阳明珠散发出的明亮光芒，一股寒意忽然自脚底传至后背心，他生出一股不好的预感，而他的预感素来很准。

他沉吟半晌，从怀中摸出一把细细的竹签，随手一掷，竹签似有灵性一般贴在琉璃墙上，款款挪动，最终拼成一副卦象——咦？坤上离下，地火明夷，好凶险的卦。

白泽帝君怔了片刻，扭过头望向朱宣帝君："你有没有派神官去看过离恨海的情况？"

"五十日前才看过。"朱宣帝君见他谨慎，便不敢怠慢，"比之十年前暮冬，扩了不到半里，除此之外，别无异样。"

白泽帝君收回竹签，一直凝固不动的脚步终于迈开，转身下塔："现在再派神官去看一下。朱宣小鬼，下去送客吧，盛宴不要办了。”

诸神的盛宴还在继续，巨大山水屏风后传来的曲调柔靡万端，琴弦拨得一颗心也要掉下去，裹轻纱的天舞女仙玉腰如束，如蛇一般舞动着，极尽狂放媚态。

此类妩媚天舞往常只在小宴中，由三五成群的天神欣赏一番，今日朱宣帝君却在如此盛宴上唤出，足见其奢靡大胆。

气氛骤然变得热烈起来，那魅惑妖娆的乐声和着芬芳浓烈的酒气，似是要飘散到古寂清寒的三十三天之上。

酒气、噪音、乱舞，这些统统是玄乙讨厌的东西，她现在只想找一间宽敞又安静的房间，仔细沐浴一番，把头发和衣服上的酒味洗个干干净净，然后躺在柔软的被褥里美美睡一觉。

可惜这些愿望一个也无法达成，她恨恨地看了一眼卡在软椅上的纯钧剑。

扶苍席地而坐，抓了酒坛在一口一口慢慢喝酒，眼看这坛酒被他喝完，“砰”一声，他又拆了一坛。

玄乙低头看了看地下，他已经喝了十五坛太清酒，却一丝儿酒气都没发，手不抖眼不斜，纯钧稳当当地扣在软椅上，阻止她去任何地方。

这里到处都是欢声笑语，只有他们这块的帝女桑下，死气沉沉。师兄们都晓得他俩在斗气，一下午个个都碰了一鼻子灰，谁也不过来叨扰，连古庭和芷兮都避得远远的，以免被无辜波及。

又因为之前她被掳去仙梅林，飞廉神君将墨招他们送过去的时候，离朱帝君脸都是绿的，声势浩大地捉了几个作恶弟子当众给玄乙赔罪。现在搞得这里每个神族都晓得她是那个可怕的烛阴氏公主，大家躲她躲得远远的，偌大的朱宣玉阳府，她竟找不到谁可以帮自己。

不远处传来神女们银铃般的欢笑，果然是少夷被簇拥在其中，他就着一位神女的纤纤玉手喝了一口酒，忽然似是察觉到玄乙的视线，他便笑吟吟地朝她招了招手，额上的宝珠一阵乱颤。

她顿时像找到救星似的，刚一动，纯钧又把软椅拦住了。

“我要去找少夷师兄。”玄乙已经没力气生气了，“放手。”

扶苍一言不发喝了十五坛太清酒，其实早已有七八分醉意，心底犹如浮絮摇摆，不大清明。

他也不晓得自己明明这样讨厌她，为何还要一整天把她拴在身边。可是想到这邪里邪气的龙公主在外面到处捅娄子，竟还是这样困着她更好些。

“离子时中还有一会儿。”他冷道，“今天既然轮到我接送，便不许你乱跑。”

他的意思是接送等于软禁加欺辱？时辰还卡得这么准？玄乙突然发现，这个华胥氏扶苍才是真正的万法无用。

小案上残旧的美酒佳肴又被撤去，换上了崭新的美食，熊掌猩唇，豹胎鲤尾，全是极精美的珍馐。

玄乙见扶苍不再干喝酒，用筷子去夹盘中的虾仁，便轻轻拽了拽他的袖子，绵软的声音里带了一丝求饶似的祈求："扶苍师兄，我想吃虾仁，能给我尝一口吗？"

扶苍不说话，端起那盘芙蓉虾仁反手大方地递给她。玄乙只夹了一粒莹润的虾仁，重新把盘子推给他："多谢扶苍师兄。"

他一无所觉，继续夹虾仁送入口中，脸色忽然一变，迅速吐出来——这盘芙蓉虾仁竟是冰雪所变！而且苦得要命，即便马上吐出来，嘴里还是苦得难受至极。

玄乙笑得前俯后仰，活该！叫他总摆出"我会剑道我就是如此拽"的模样！动不动就言语藐视她、动手摧残她，她请他吃天下第一苦的烛阴白雪虾仁，算是最温和的回礼了。

扶苍捂着唇，忽地出手如电，一把将到处躲闪的她抓住，紧紧掐着胳膊。

要怎样报复才解气？真想现在就把她揉碎在手里，想她遇到自己便像耗子遇到猫，再也不敢那样嚣张狂妄。

他想……

酒意上头，有一种令他发疯的情绪在迅速滋生，眼前一切都模糊而混乱，只有她的脸无比清晰，玉瓷般苍白，两片漂亮的嘴唇得意地翘起，还有那双幽静却又时常隐含嘲讽的眼睛。

扶苍的双眸骤然变得暗沉，猛然俯首，张口便要咬住她可恶至极又可爱至极的唇。

冷不丁脚下的土地忽然剧烈震颤了数下，玄乙登时坐不稳，一晃之下，被他那一口重重磕在脑门上，疼得捂着脑袋半天不能动。

"你居然用这种卑鄙招数！"玄乙惊怒交加，他用牙啃她的脑门！这是什么闻所未闻的邪恶手段！这是什么华胥氏！

对面的扶苍似乎也僵住了，雕塑一般半天不动弹，最后慢慢朝她伸手，声音听起来特别艰涩而为难："……手拿开，我看看。"

玄乙哪里让他碰，侧过身体一溜烟逃得飞快："你给我等着！"

扶苍再也没心情去拦她，先冲了一杯茶洗去口中苦味，最后将没喝完的酒坛丢老远——酒果然不是好东西，他简直不敢相信自己刚才要做什么，一时觉得荒谬透顶，一时还觉得又羞又恼，耳朵与脖子一阵阵发烫，好在帝女桑的阴影挡住了他的尴尬。

第十二章

离恨海落

因着方才毫无预兆的地颤，周围满是抱怨声与惊诧声，被酒液污了天衣的神女们不满地抱怨着，美食掉在地上没来得及吃的吃货们抱怨着，难道神界也会像下界一样山崩地裂不成？

朱宣帝君的神官们连连行礼安抚："抱歉，没有提前告知诸位上神，离恨海年年扩张，这些年每到子时便会地颤，其实无妨，无妨……"

玄乙沉着脸飞过一地狼藉，旁边突然伸出一只手拽住软椅，少夷柔和甜蜜的声音唤她："小泥鳅……"

话还没说完，他便被她带得险些飞出去，连连踉跄。

玄乙停下软椅，皱眉盯着他，这会儿她终于相信他说她沉是真的了，抓个软椅还踉跄，不像是装的。

"险些把我骨头摔坏。"少夷松了口气，朝她苦笑，"你也飞慢些。"

说罢他蹲下来，见她脑门儿上肿了一小块，便伸手去摸："这是怎么了？长龙角吗？"

玄乙缓缓挡住他的手："少夷师兄，我困得很，去找个客房休息，就不陪你了。"

少夷失笑："方才地颤，你还能睡得着？看你这气鼓鼓的模样，好好地出来玩，坏了心情岂不无趣？来和师兄坐一会儿，有好茶点。"

她一听"茶点"二字，眉宇便舒展开，一路跟他来到纤云华毯上。先前绕着他的神女们早已如鸟兽散，毕竟不晓得她跟少夷的关系，谁也不愿叫这位烛阴氏的公主不高兴。数张案上珍馐佳肴都没动几筷子，倒是一地酒壶，看样子他们也喝了不少酒。

少夷找了半日也没找到什么好茶点，干脆取了一枚仙桃塞给她："先吃这个吧，这些茶点旧了，回头换新的再吃。"

玄乙嫌弃地还回去："皮没剥。"

这娇生惯养的公主……少夷叹着气替她撕桃子皮，一面慢悠悠地说道："你这小泥鳅，脾气坏，心眼坏，好在小龙君跟你不大像，不然将来还不知得罪多少神族。"

玄乙都快把早上的事忘掉了，不想他突然炸给她如此匪夷所思的消息：他认识清晏？她怎么从来没听清晏提起过？

她不动声色："少夷师兄认识我哥哥？什么时候的事？"

少夷仔细想了想："那会儿他大概才六千来岁吧，倒是一副好风骨，不愧是烛阴氏。"

六千来岁？玄乙努力回想，却也想不出个所以然。少夷将桃子皮剥好，还细心地切成几片，放碟子里送给她，然后微微一笑："你那时候更小，还受了重伤，命在旦夕，怕是记不得了。听说小龙君师从玄冥帝君时，年纪比你这小泥鳅还小上一些，真是个好哥哥，为了小妹这般拼命修行，一定是想好好保护你吧。"

玄乙想起齐南也说过自己小时候受伤，想不到连这位青阳氏的师兄都知道此事，而且，命在旦夕是怎么回事？她怎么毫无印象？

她正欲询问，朱宣帝君的声音却突然自青玉台上传来："诸位，只怕……只怕今日这场盛宴不得不停了。"

台下诸神喧嚣阵阵，朱宣帝君苦笑道："方才白泽帝君为地颤算了一卦，出的是地火明夷，只怕是大凶之兆。此事蹊跷难解，白泽帝君既然有此警示，本座便不敢擅自冒险。如今夜寒露重，本不该逐客……"

他的话还没说完，但觉地面再度剧烈震荡起来。这一次却比方才那下要猛烈无数，青玉台上的水晶架都被震翻许多，其上的宝物"哗啦啦"掉了满地，远处更有一阵阵可怕的轰鸣声传来，诸神不禁骇然，四下里忽然变得死寂。

"报——"

惊慌失措的喊叫声刺破了此刻的异样寂静，紧跟着两个神官连滚带爬疾驰而来，声音好似在尖叫："离恨海偏南二百里有一块地掉去下界了！"

众神哗然，朱宣帝君当机立断，立即厉声吩咐神官们："速速撤去神府限制！将坐骑全部牵来！"

一时间台下乱成一团，有些胆小的神女竟已抽抽搭搭地哭了起来。

神界有此异样变故还是上回共工大君撞破天柱，那是多少年前的事了？不要说年轻一辈，便是许多年长者也不曾经历过。这么长久的平稳岁月，如今突然弄出个神界土地掉落的事情，倒把他们一个个吓得不敢动弹。

少夷用小叉子戳了一片仙桃，体贴地送去玄乙唇边："快吃吧，不然等下回去明性殿，要到明早才有东西吃了。"

玄乙皱眉摇了摇头，她素来挑食，瓜果珍馐之类一律不爱，唯独爱吃些精致茶点，给他面子吃了一片仙桃便再也不肯吃，只问：“少夷师兄，你怎么知道我小时候受过伤？”

少夷把剩下的桃子丢嘴里，似笑非笑地瞥了她一眼：“这乱糟糟的当口，你还记着自己这点小事？回去找小龙君问吧，由他告诉你，不是更好？”

咦？他说得竟然很有道理，玄乙点了点头：“少夷师兄用茶点当借口把我诓来，提起这个话头又卖关子，这是何必？”

少夷淡道：“在你这小泥鳅心里，我说什么做什么都另有深意，你啊，一点也不信我。”

玄乙俯身搂住他的胳膊，娇声道：“谁说我不信你，你起了话头勾出我的兴趣，却不说完，弄得我心痒痒，未免太不厚道。”

少夷扶住她的后脑勺，气味和声音都甜丝丝的：“你想知道？那你亲我一下。”

玄乙看着他额上摇晃的火红宝珠：“那你把眼睛闭上。”

他在她鼻子上掐了一把：“我再信你才怪。”

白泽帝君的声音突然自不远处响起：“明性殿下弟子速速过来！”

这位素来不怎么靠谱的先生，今天终于靠谱了一回，早已提前将弟子们的坐骑都放出。坐骑们见着自己的主人，立即欢喜地各自迎上去。

巨大华丽的丹凤踱步到少夷面前，亲热地用脑袋蹭他的胸口。他摸了摸它丰盈的羽毛，握住缰绳翻身而上，垂首笑道：“小泥鳅，师兄如今载不得你，盼着下回有机会叫你骑丹凤。”

意思是他自己逃命，把她丢在这里？果然是他能做出来的事。

玄乙定定看了一会儿他飞远的背影，扶着软椅单脚站起，没蹦几步，忽见那阴魂不散的扶苍骑着九头狮风一般奔至近前，伸手将她一捞，腾云驾雾一般，她瞬间就落在了狮背上，后背狠狠撞上他胸口，头上的金环都撞歪了。

额上一热，他的手掌按在那个肿块上，玄乙怎么拽、拉、扯都弄不下来，反倒累得气喘吁吁：“……现在已经过了子时。”

扶苍声音出奇的平静：“嗯。”

“今天轮到太尧师兄接送我。”

“嗯。”

玄乙便不说话了，今晚真累，她没力气再折腾，随便吧。她把脊背挺得很直，即便整个身体像是被他圈在怀中，也倔强地不肯碰他一丝一毫。

此时神明之府的限制只解开了一部分，御风腾云飞不过五丈。九头狮连飞带跑，一路疾驰到白泽帝君身侧，他正在清点弟子，因见一个也没少，他少见地露出凝重神色，沉声道：“待玉阳府上方限制解开后，只往后门飞，尽量离离恨海远一些。”

他心中那股不祥的预感越来越强烈，后背的寒毛一根根地竖起来，只怕今晚十之八九还要再出大事。上回他有这种预感，是昆仑与太行掉落下界。

天地有清浊，下界为浊，上界为清，神界土地若是落到下界，只有一个可能：浊气太重。离恨海被黑暗封冻了太久，里面不知滋生出多少浊气与魔物，万一掉到下界，必然有无数凡人要遭遇灭顶之灾，后果不堪设想。何况那一下坠落的威力，不光整个朱宣玉阳府，也许极西之地都难保。

“你们靠近一些，各自不要离开太远……”

他仔细吩咐，话还没说完，却见一只漆黑的巨手，突然自玉阳府外骤然抬高，整只手掌张开竟比一条白玉大道还要长，缓慢却毫不留情地朝玉阳府拍下来。霎时间，华美奢侈的白玉大道伴随着诸神惊恐的叫声，裂成了碎片。

“那是什么？”古庭见那只漆黑的巨手无头无尾无身，好似从混沌中突然生出，惊得声音都变了。

他的声音瞬间便被利风吹散，这只巨手一挥之威，带起的飓风猛烈，那些神力薄弱的小神竟难以抵抗，被风卷得如落叶般乱飞。眼看弟子们也受不住这股怪风，白泽帝君立即张开屏障，一面厉声道：“朱宣小鬼！快解开限制！”

谁知定睛一看，朱宣帝君正忙着用神力护住青玉台上陈列的宝贝，白泽帝君恨得连连跺脚：“这当口还想着宝贝！”

话音一落，只觉头顶一片漆黑，竟有另一只巨手突然出现，当头拍下，诸神哪里来得及闪避，只听“当”一声巨响，漆黑的巨手却是拍在白泽帝君的屏障上，震得那些小辈神族一颗心都要从喉咙里蹦出来。

离得近了诸神才发现，那只漆黑的手并非是皮肤黑，而是其上密密麻麻缠绕着魔煞之气，舞动间神界的清气与魔煞之气摩擦碰撞，发出极刺耳的尖啸声。

白泽帝君面沉如水，双手骤然一合，将弟子们装入一只金色的巨车之内。驾车的八匹金麒麟奔逃如风，迅速躲过巨掌拍落的范围。白泽帝君自怀中取出一把竹签，当空一撒，竹签迎风见长，化作密密麻麻无数根翠绿青竹箭，一根根走两仪八卦的方位将巨掌钉在地上，他清叱一声，巨掌霎时间被神力震荡成碎片，化为一股股黑气消散。

青玉台附近的另一只巨手在跟朱宣帝君做殊死搏斗。眼看许多水晶架被漆黑巨掌拍碎，宝贝们也都成了渣渣，朱宣帝君简直气得肉抖，一面狠狠甩出手里的拂尘，一面怒道：“我的玉珠！我的玄丹！我的上古天书！”

他把一样样被弄坏的宝贝念叨一遍，气得连“本座”两个字都不用了。漆黑巨手被他的拂尘甩得好似一块破抹布，没一会儿便只剩骨架，无力地瘫软在青玉台下。

“神官何在？”朱宣帝君面色铁青，一声大吼，“快把这里的宝贝收拾一下！全锁进碧琉璃塔！”

被吓得躲了老远的神官们终于回过神，潮水般扑上，搬箱子的搬箱子，抬水晶架的抬水晶架，个个动作极快，眨眼便将青玉台上的宝贝撤了个干净。

弟子们挟在金色巨车的窗前伸长了脖子看，那两只突然出现的漆黑巨掌实在太诡异，以至于大家震惊得到现在都说不出话，唯有身为帝子的太尧斟酌着开口道：“方才那两只巨掌，莫不是防风氏的手？”

“防风氏”三个字让弟子们又一次从震惊到默然。

防风氏乃是极高大极雄伟的一尊巨人，当年跟随蚩尤大君在上下两界作祟，后来诸神于下界会稽山施计将其杀死，因其身躯太过巨大，用了无数辆大车，将尸首切割了分开装，才将其带回神界。

芷兮显得小心翼翼：“防风氏不是早已死了吗？”

更奇怪的是，玉阳府外空空荡荡，突然出现的只有手，没见巨人的身体。

太尧似是想起什么：“当年防风氏的尸骨堆放在何处？”

弟子们纷纷摇头，这种古旧往事，他们这些年轻神族怎会知道？

“天帝原本想将防风氏的尸骨送去下界。”白泽帝君不知何时过来了，小小的身体挂在巨车外，“但他毕竟曾是蚩尤大君的得力战将，死后无数年，魔煞之气浓而不散，丢在下界难免要出状况，在离恨海成为禁地前，一直被锁在天宫内。”

太尧吸了一口气：“先生的意思是——离恨海成了禁地后，上父便把防风氏的尸骨丢进了离恨海？”

白泽帝君淡淡道：“是本座的建议。离恨海的情况诸神无法可施，白放在这里也无用，不如把伤脑筋的东西丢里面。”

只是想不到这一丢就丢出事了。

弟子们遽然变色，太尧不敢苟同地看着敬爱的先生：“您还丢了什么进去？”

这个嘛，他一时半会儿怎么想得起来？白泽帝君正准备绞尽脑汁，忽闻身后尖叫声连连，但见方才被他打散的那只巨手竟又重新凝聚骨肉黑气，这次却是对准了后方的碧琉璃塔，一挥而下。

碧琉璃塔里面封着蚩尤大君的指甲和共工大君的头骨！白泽帝君勃然大怒，居然敢朝他的至爱下手！

他手边一时没有可用的东西，当即脱下一只鞋用力掷过去，硬生生挡了一挡，冷不丁又见方才被朱宣帝君用拂尘甩碎的另一只手也已凝聚完毕，不再与朱宣帝君在青玉台附近纠缠，而是转过来扑向碧琉璃塔。

白泽帝君周身神力震荡，他褪下腕间的珍珠串，正欲抛出，忽觉从头到脚都轻了数分——朱宣帝君终于把神明之府的限制全部解除了！

白泽帝君再无顾忌，轻轻抛出珠串。这串曾在下界鲇鱼妖手中被养护了两万年的莹润珠串见风即长，珍珠粒颗颗变得犹如水缸般大小，在半空绕了个圈，诸神还来不及看清，那两只漆黑的巨掌便已被珠串缠绕在一处，狠狠砸在地上，也不知撞倒了多少精致的黄金玛瑙。

匆匆赶来的朱宣帝君眼看自己华美的玉阳府有一小半都变得废墟一般，心疼得脸上的肉一个劲地抖。

“太坏了！这防风氏太坏了！”他简直语无伦次，“要掉到下界何不好好掉下去！何苦糟蹋我的朱宣玉阳府！”

白泽帝君道：“朱宣小鬼，你看看这双手，有些古怪。”

他打了个响指，捆住两只巨掌的珠串立即收紧。漆黑的魔煞之气与血肉再一次被挤压成碎片，靡靡散开，却不散尽，没一会儿，又重新凝聚在一处，蠢蠢欲动。

朱宣帝君有些吃惊：“它竟会反复愈合？”

这双巨手活不活死不死，也不知是什么玩意，若说有谁操控，可没见身体，倒比防风氏真正复活还叫他们摸不着头脑。

白泽帝君重新驭使珠串将这双愈合的巨手捆住，它们还不甘心，兀自竭力用手指在地上刨动，去捉近在咫尺的碧琉璃塔。

看样子目标还真是他的至爱。

“朱宣小鬼，赶紧把第七层的东西拿出来。”白泽帝君回头看了看西面浓黑的夜空，万籁俱静，星月无光，异样的安静像是更大灾祸的前兆，“想不到，在诸神眼皮底下竟生出这种怪物。”

无论离恨海里如今藏了什么，都决不能让蚩尤大君和共工大君的遗物落入其中。防风氏的尸骨变成这样的怪物，谁知道那两件东西会变成什么？一个魔族大君已经够叫他们头疼了，若是冒出来两个，他宁可今晚跟这片离恨海一起掉下去。

朱宣帝君拂尘一扫，两枚白玉盒便出现在掌中，即便其上贴满了朱砂真言，然而少了碧琉璃塔的神力镇压，白玉盒还是在不停颤动，仿佛有什么东西要破盒而出。

“本座来拿着吧。”白泽帝君觍着脸朝他伸手。

都什么时候了，白泽老儿还来这套！朱宣帝君再也顾不得什么尊重长辈，恶狠狠瞪了他一眼，正欲严肃表达一下自己身为宝贝主人的坚定，忽闻一阵可怕的嗡鸣声，地面似滚开的水一般剧烈颤抖，其上的诸般华美楼阁摇摇晃晃，“乒乒乓乓”又倒了数座。

西方离恨海方位犹如火山喷发，骤然激射而起两道漆黑的飓风，隔了那么远，都能听见这两团浊气飓风与神界清气摩擦碰撞，发出令人牙酸的声音。

被派往前方视察的神官又逃回来两个，嘶声喊叫：“离恨海偏北三百里掉下去一块！浊气冲上来了！”

朱宣帝君面上掠过一丝极肉痛的神色，犹如壮士断腕一般，忽然厉声吩咐道：“你们几个，去把后羿箭矢和灵石取下来！其他的都不要了！诸位，速速离开这里！”

诸神哪里还等到他说，早已潮水般往东面疾飞。拉扯巨车的八只金麒麟更是飞快，一眨眼便奔出朱宣玉阳府，“嗖”一声飞上云海，停在云上等候还在跟朱宣帝君磨牙的白泽帝君。

车内弟子们七嘴八舌地释放着这番变故带来的震撼，芷兮怯生生地问道："你们说，离恨海会掉下去吗？"

古庭急道："先生和帝君们必然会竭尽全力不叫它掉去下界吧？不然岂不是叫下界凡人无辜遭遇浩劫！"

太尧叹道："神界土地乃构建五行阴阳神力之根本，一旦坠落下界，威力不亚于开天辟地，即便是三十三天之上的大帝们也无法可施。倘若这离恨海整个儿坠落，只怕咱们也要跟着遭殃，下面清浊气流碰撞，那滋味必然十分可怕。"

他说得这样可怖，弟子们又陷入了新一轮惊恐的七嘴八舌之中。

扶苍凝神望向窗外，远处浊气带起的巨大黑龙一般的飓风已多了数条，刺耳的尖啸声隔了那么远都震得耳内剧痛，他心中隐隐约约有一股不好的预感，应当尽快离开此地，不可再多停留。

身前的玄乙忽然动了动，他这才发觉自己的手一直按在她脑门上，先前那股尴尬与无措又缓缓涌上心头。他默然将手缩回，停了半晌，低声道："抱歉。"

玄乙猛然扭头，两只眼撑圆了瞪他："然后呢？"

她毫无条理的反应让扶苍的长眉又皱了起来："什么然后？"

玄乙怒道："你得罪我的地方多了去了，一声抱歉就想一笔勾销？"

他突然怀疑自己是不是酒还没醒，居然会给她道歉。之前帝女桑下的事，他确实大错特错，明明应当诚心给她赔罪，然而望着这龙公主傲慢的模样，他就一点都不想了。

扶苍面罩寒霜，掐着下巴把她的脑袋扭回去："坐好了！"

玄乙用指甲使劲去抠他的手背，他也不理。后来抠得重了，他索性一手一只掐住手腕，强行交错制在她身前。忽闻白泽帝君的声音在车外炸开："离恨海要掉下去了！快走！快走！"

驾车的八只金麒麟发出惊恐的叫声，巨车御风踏云朝前狂奔。没跑片刻，只听远处传来山崩地裂般的巨响，连绵不绝，巨大而可怕的声势震荡胸口，甚至令这些年轻的天神感到体内有撕裂般的剧痛。

下一刻，一股极大的力道狠狠撞在巨车上，车内的弟子们霎时间毫无反抗能力地滚作一团，天旋地转。太尧喊叫的声音在锐利的尖啸声中显得那么微弱："和清浊气撞在一起了！快走！"

走？往哪里走？怎么走？巨车已被卷入一股无比巨大的漆黑浊气中，八只金麒麟连惨叫都没发出，只一瞬间便被清浊气交错之力撕扯成了碎片。巨车在旋涡中抖得好似残絮，玄乙只觉自己一会儿翻过来，一会儿滚过去，颠得快吐了。

山崩地裂的巨响越来越近，越来越快，扶苍在剧烈的颠簸中顺着车顶滑至窗前，车外无论上下左右，所见只有漆黑一片，极偶尔会有清浊交错的罅隙一闪而过，他瞥见了土地的崩散溃裂，神界土地在清浊气的碰撞下，碎成无数极细小的玄白二色沙粒。

巨车车壁的碎裂声夹杂着震耳欲聋的轰鸣声，简直叫弟子们肝肠寸断——巨车要是被挤碎，他们便要和这股狂暴的气流直接碰上了！都是那个不靠谱的先生！都是为了等他！弟子们的怨念从没像这一刻般剧烈爆发，连芷兮都气急败坏地怒吼了一声："我要辞学！"

她刚叫完，巨车的震颤翻滚突然停了下来。在车厢里横七竖八滚了一团的弟子们惊疑不定地撑起身体，白泽帝君吃力地自远处传音："都去角落里！保护好自己！不要动！"

众弟子急忙依言各自寻了角落，九头狮吓得连坐骑相都幻化不出，小得好似一只猫，四只爪子死死抠住扶苍的大腿，说什么也不放，十八只眼睛里泪水涟涟，嘴里还在不停惨叫。

扶苍将它捞起往袖子里一丢，怀里的玄乙软绵绵的一动不动，这娇弱的龙公主竟然被颠晕过去了。他把玄乙用腰带捆在胸前，凝神念动真言，唤出屏障，冷不丁一只手忽然在肩上轻轻一拍。

少夷的声音几乎贴着他耳朵响起："扶苍师弟，豁出命也要护好小泥鳅，替我护好她。"

替他？

扶苍未置可否，巨车又开始剧烈颤抖，他们在车厢里被颠得好似热锅里的豆子。忽然之间，车厢裂成了碎片，化作无数金光，将弟子们一一缠绕。在清浊气摩擦碰撞的裂缝中，金光似碎裂的水滴溅射开，各自被弹飞。

那天是丁酉年壬子月乙未日，子时过二刻，离恨海坠入下界，极西之地方圆五千里神界土地尽数跌落，奢侈华美的朱宣玉阳府不复存在，整个四海八荒都因为坠落之威而连续震颤了数日。当日在朱宣玉阳府做客的诸神只逃出来小半，共计有三百二十八名神族被卷入清浊气流，掉去下界，凶吉未知。

带着浊气的风扑在脸上，这感觉并不怎么美妙，玄乙用袖子盖住头脸继续睡，谁知袖子上一股刺鼻的酒味，掺和着滚滚浊气，那味道别提多难闻了。

她硬生生被熏醒，十分不满地睁开眼，入目是有点熟悉又不那么熟悉的天空。天是挺蓝的，云也挺白，就是离着好远，太阳看上去好小一粒，也不那么刺眼了。

玄乙没有翻身，也没有动，只是轻轻叹了一口气。

她和下界怎么就那么有缘，上回是被迫下界，后果是右腿差点废了，这次又是莫名其妙掉下来，不知后果是什么。

身下的九头狮"嗷"地一叫，下一刻扶苍那张讨厌的脸就出现在了视界里。他素来冷冰冰的眼睛里居然带了一丝柔软的关切，低声问："你怎么样？"

玄乙还是不动，仰面躺倒定定地看着他。

又是他。

不知为何，她觉得他眼里那亲近的柔软看上去如此碍眼，她讨厌它们，比先前讨厌他整个人还要讨厌，像讨厌洪水猛兽那样讨厌。

她避开他的目光，慢慢爬起来，背过身用手指缓缓梳理长发，一言不发地望着身边流逝的飞云。九头狮在云海中飞驰，脚下青山绵绵，正中一道黑色长河穿过，好似一条嵌在碧玉中的黑色丝带。

“离恨海呢？”

玄乙插好金环，四处张望，之前神界闹得那么大，怎么下界看上去好像很平静的样子？说起来离恨海还是她家老祖宗封冻的，她连一眼都没见过它就掉到下界了，实在太遗憾。

“下界幅员辽阔，离恨海不知坠落在何处。”

扶苍用手梳了梳被她睡乱的柔软狮毛，他们运气不错，没有掉在离恨海里面，就凭她那点微末身手，加上他还不算十分精通的剑道，两个年轻神族掉进离恨海，十有八九只能陨灭当场。

“师兄们呢？”

“清浊气流碰撞激烈，掉下来的神族应当都分散四处了。”

嗯，其他弟子都分散四处了，就她倒霉，跟这家伙撞在一起，玄乙叹了口气：“这是哪里？”

她的问题多而快，扶苍少见地居然没不耐烦，回答得十分淡定：“这里应当是下界的黑水附近，回到南天门大约需要凡间五日时间。”

玄乙眼睛登时一亮：“黑水？那昆仑山不是也在附近？我记得山顶有玄女当年用的温泉。”

她嗅了嗅头发上难闻的味道，立即高傲地支使他：“我要沐浴，让这蠢狮子下去。”

扶苍头也不回，声音冷淡：“荒郊野外谈何沐浴，忍着。”

她说的都是上古时候的事了，昆仑山早就坠入下界，鬼知道现在上面被什么妖族霸占着。

玄乙指着下方横贯的黑水：“那就下面这条黑水，那么多水，够我洗了。”

“此话休提，免谈。”扶苍不耐地回头看她一眼，此次离恨海坠落实属天灾，下界又有无数妖族，还不知会有什么影响，她不想着赶紧回去，怎么这么多事？

玄乙朝他微微一笑，柔声道：“扶苍师兄，我自己也能回南天门的，要么你先走？”

扶苍望向她受伤的右腿，她要自己走？怎么走？用手爬？

她看上去特别一本正经：“真的，我可以自己走。”

扶苍淡道：“此话也休提，坐好了。”

下界情况看似平静，但离恨海的坠落不会像没事一样，龙公主的伤还没好，他也绝不可能叫她独自走。他算是摸透了这龙公主的恶劣性子，说不准她又能做出什么叫他吓一跳的事情来，当即将她一截长衣握在手中，绕了几圈。

玄乙眯眼盯着他，现在这个华胥氏扶苍是越来越像铁板了，既不跟她斗嘴，也不跟她翻脸，每次都直接动手，仗着自己会点剑道，简直要爬到她头上去。

她深深吸了一口气，又朝他一笑："我偏要走。"

扶苍下意识握紧她的长衣，冷不丁"噗"一声，眼前的龙公主突然消失，手里的长衣也突然消失。一团漆黑的"小泥鳅"用尾巴支撑着身体在狮背上连跳带蹦，兔子也没她蹦得快，"刺溜"一下就钻入云海中。

他不由得愣了片刻，她……平时也能变成"泥鳅"？

玄乙把身体绷紧，似离弦的箭疾射而出，受伤的右腿用不上劲，好在龙身有尾巴，飞起来并不费多大力气。本来有了人身后再随便变回龙身是烛阴氏的耻辱，不过反正这里就他们两个，她花招百出，无所禁忌。

"扑通"一声，她钻进冰冷的黑水中，舒服地吐了无数泡泡。

干吗非得和这莽夫一起走，她独个儿也能回南天门，而且龙身更快。

玄乙在河底光滑的沙子中钻来钻去，任由它们把身上的异味带走，一面朝南天门方向疾驰。忽听身后水声潺潺，只见河底突然生出无数乱流，原本清澈的河水被搅得浑浊不堪，两道银龙般的术法飞快从她身边蹿过去，又将前面的河水翻卷而起。

她愣了一下，立即明白这是扶苍在找她。烛阴氏万法无用，他把河水用术法搅得天翻地覆，看哪里平静哪里就藏着她了。

这狠毒的莽夫，怎的如此擅长随机应变！

她把身体藏在沙子里不停穿梭，冷不丁眼前寒光一闪，纯钧剑半路拦截，剑尖正对着她肚皮上没长鳞片的地方。她猛地刹住，掉转方向朝下钻进泥沙中，忽地一只手把她一抓，从黑水里捞了出来。

玄乙没命地挣扎，正要变回人身，忽觉身体被举到扶苍眼前。他盯着她看了良久，久到她都觉得毛骨悚然，方一个字一个字缓缓说道："第一，不许再逃；第二，不许变回人身，不然削了你的头发。"

这凶狠的警告比他之前那些可怕多了，玄乙终于彻底被镇住，蔫蔫地在他掌中缩成一团，把四肢和尾巴都藏在肚子下面。

扶苍低头看着掌心里的"小泥鳅"，她漆黑的鳞片在晨光中再一次反射出冰凉的色彩。从昨天到方才憋了一肚子的邪火突然就烟消云散，她果然还是做"泥鳅"更好。

下界翻滚的浊气被扶苍的袖子尽数挡在外面，玄乙在袖子里缩成一团。

她睡了醒，醒了睡，已经有三四次，如今只觉腹中饥火燎心，再也没法睡下去。这家伙身上一点味道也没有，要是少夷在就好了，至少他身上有茶点的味道，还能给她嗅来解馋。

她把脸贴在袖子上，使劲朝外看，外面似乎已是凡间的黑夜，呼啸的风声擦过他的袖子，偶尔会有一丝凡间烟火的气息钻进鼻腔，依旧不好闻。但她真是饿得很了，这一星油烟气竟勾得她馋虫大动，肚子里发出一个巨大的响声。

袖子忽然被打开，身体被扶苍抓住。她继续闭目装死，只觉他将她托在掌心，淡淡道："饿了的话，下面有凡间城镇，凡间的吃食可以吗？"

玄乙把眼睛撑开一道缝，他脸上表情很平静，让她厌恶的恶意和柔软都不见踪影，她便点了点头。

九头狮飞快降落云头，此时已是深夜，城镇里只有星星点点几盏稀疏的灯火还亮着，看起来一片平静，离恨海的坠落似乎并没有影响到这里。

玄乙的脑袋朝四面八方转动着，忽然鼻子动了动，一口咬住扶苍的袖子："南边有烟火气，过去。"

夜风拂过，扶苍吸了一口气，那不是烟火气，而是香火，想必又有什么凡间的庙宇建在那里，只是不像上回的青帝庙清气横溢，反倒浊气滚滚。不过此事倒也不稀罕，自天柱被撞破，后来又经历了昆仑与太行掉落下界，凡间浊气越来越浓，曾经喜欢下界玩耍的神族们渐渐不再下来，庙宇被妖族占据也是常事。

看浊气翻滚的程度，应当不是什么厉害妖族，扶苍并不顾忌，转身往南边飘去，忽然又道："不许说话。"

玄乙恼火万分："凭什么？"

"泥鳅不会说话。"只会"吱吱"叫。

"那你现在见到会说话的了。"

南边的小庙宇很是破旧，门上红漆斑驳，内里供奉的是玄女像，跟玄女本人一点都不像，花花绿绿的，不知穿着什么劣质的绫罗绸缎，脸上还涂了两坨通红的胭脂。

幸好没有烛阴氏的庙宇，不然她一定把上面的神像冻成冰。

案上供奉了一些不大新鲜的糕点，并一些桃子蜜橘之类。玄乙叼了一枚硬邦邦的千层糕，一面吃一面埋怨："难吃，难吃。"

说着便将半碟子糕点吃了个干净。

扶苍见她塞了满嘴的糕点，把四肢藏在肚子下面，昏黄的烛火在她漆黑的鳞片上跳跃，小眼睛显得亮晶晶的，头顶那两颗米粒似的龙角也越发玲珑有趣。

两颗小龙角之间，光秃秃的脑壳上还有个包鼓起，是他酒后一口啃出来的。

玄乙正嫌弃至极地吞着凡间粗糙的劣质糕点，冷不丁脑门被一根手指轻轻按住。她使劲扭脖子，却也甩不开，现在她是龙身，也没法近身肉搏，何况斗得狠了，这莽夫要削她头发，别的她不信，削头发她非常信。

她索性闭上眼不动，只管咀嚼嘴里的吃食。

这根手指在她脑门鼓起的包上面慢慢揉了揉，又在她两粒龙角上摩挲了几下，然后，他竟然发出一个极轻极温和的笑声。

他失心疯了？

玄乙又把眼睛撑开一道缝，玄女庙内昏黄的烛光落在他眉间，一点也不亮，却好生刺眼。

“像是生了三颗龙角。”扶苍轻轻一笑，眼里的冰霜顷刻间冰消雪融。

第十三章

女之耽兮

玄乙重新合上眼睛，默然啃着面前的糖糕，这东西突然难吃到完全咽不下去。

她索性一口吐出来，淡淡道："我饱了，走吧。"

扶苍正在剥蜜橘，他身前的九头狮像猫一样把九颗脑袋都挤在他怀里，十八只眼睛温柔似水地盯着他手里的蜜橘，一听玄乙说要走，它便蔫了，脑袋们一起耷拉下去。

扶苍不去理她，只摸了摸九头狮背上柔软的毛，低声道："你饿了吧？"

下界找不到能让小九吃饱的东西，他便连剥了五六颗蜜橘喂给它，连桃子也没放过。最后抬头看了看荒谬的玄女像，他伸手揪住玄乙的尾巴，手腕一转，"泥鳅"又被塞进了袖子。丰神俊朗的神君飘然离开玄女庙，留下一地橘皮桃核和糕点碎屑。

过了许久，玄女庙中昏暗的烛火跳了数次，一团阴影从玄女像上似流水般倾泻而下，很快化作一位穿着丁香色华丽长衣的年轻男子，长发宛然，容貌俊俏。他朝庙外张望了数下，松了一口气似的："吓死我了，还以为是神界的纠察灵官这么快找来，原来是两个年轻小神。"

他在玄女像背后摸索半晌，取出一块巴掌大小的石头，其色如墨，密密麻麻遍布黑气。他又忌惮，又似在做什么斗争般，盯着石头看了良久，终于下定决心，将它往怀中一塞，飘然出门，在小道上拐了个弯，消失在夜色中。

"不是要赶紧回南天门吗？"玄乙绵软的声音里带了些吃饱后的倦意，"你跟着这小妖干什么？"

说要快点回去的是他，这会儿没事找事的也是他，一个占据玄女庙的小妖也值得偷偷摸摸跟在后头？刚才一进玄女庙他们都发现了这小妖，他修为如此低浅，根本不值得费力去出声吓唬，所以谁也没理。

扶苍道："他方才取出的石头上遍布魔煞之气。"

那又如何？玄乙在他袖子里打个哈欠。

"那块石头质地厚重，应当曾是神界土地。"

离恨海都掉下来了，一块数寸的神界土地又算什么？

扶苍没有再说话，他心中隐隐约约有个预感，只是还不能确定。

前方的小妖曲曲折折飘了一段，忽然钻入一户凡间人家的庭院中。看起来似乎还是个有钱人家，庭院甚是宽敞，树木葱郁，楼阁精致，外间浊气翻滚，一进庭院便觉浑身清爽，清气盈盈扑面，竟不知这里住着什么人物。

小妖忽然停在一栋绣楼下，从怀中摸出一枚小铜镜来，对着月光照了半日，将头发衣服打理一番。又摘了根野草变作一把扇子，一面摇着扇子，一面仙风道骨地飘在二楼窗前，重重咳嗽了一声。

玄乙差点要睡着，被他那声咳嗽给惊醒，不满地把脑袋钻出来盯着那小妖看了片刻，忽然"咦"了一声："他看上去……是不是有点像少夷师兄？"

少夷？

扶苍眉头微微一皱，旋即松开："我不觉得。"

玄乙还在评头论足："真的有点像，你看他那风骚的衣服，侧面也有点像，不过比起少夷师兄差远了。"

扶苍淡淡道："噤声，别叫他发觉。"

说话间，二楼的窗户忽然开了，一个年约十四的凡人少女探出脑袋。一张姣美的圆脸犹带稚气，然而眉宇间仿佛又天生存了一丝清郁之色，看着便有十分楚楚可怜。

玄乙一看清她的脸，差点失声叫出来，急忙一口咬住尾巴，连扶苍也感到震撼："……延霞师姐？"

"子都！"少女低低唤了小妖一声，语调婉转。

那叫子都的妖扶在窗棂上，把扇子摇得"呼呼"响，促狭道："阿霞，想我了没？"

她叫阿霞？难不成真是延霞师姐？玄乙震惊地松开尾巴，半个身子都探出来，从上到下使劲打量她。

阿霞面上浮现一层红晕，眼波流转，显是喜不自禁，缠绵万状。

"你又这样偷偷来看我，万一遇到厉害的法师怎么办？"她声音很低。

子都柔声道："相思刻骨，一日不见如隔三秋，再厉害的法师也拿我没办法，你别担心。今夜风清月明，阿霞，出来陪我说说话可好？"

阿霞面上红晕更重，缓缓摇头："阿娘梦浅，醒来不见我必然惊惶，咱们就这样说一会儿吧。"

子都却十分焦急殷切："上回我和你说的，我在附近山里新开了洞府，风景十分秀美，我带你去看看？"

说着不等她答，伸手便要去抓她的肩膀。

冷不丁后颈处一阵刺骨寒意，令他毛骨悚然的上界威压似乌云盖顶般罩下，他僵在半空，霎时间汗出如浆。

"下去。"冰冷而魅惑的声音在背后缓缓响起。

窗后的阿霞惊道："子都？怎么了？"

她如今肉眼凡胎，看不见真神。扶苍长袖一挥，她目中光彩渐渐暗下去，合上窗户转身便乖乖进屋睡觉。

子都狠狠摔在地上，化作一团阴影便要逃窜，只见面前寒光一闪，"锵"一声，纯钧剑笔直地插入面前的土地中，他立时僵在原地。

"起来。"扶苍按住纯钧的剑柄，冷冷吩咐。

阴影瑟缩着凝聚成方才的俊俏男子，伏跪在地："上神饶命！上神饶命！我不该占据玄女庙！"

扶苍道："我问你，这凡人女子是谁？"

子都颤声道："她是这城中一位员外的大小姐，今年十四岁，我与她一见钟情，我并没打算吃她！请上神明鉴！"

"说谎。"扶苍将纯钧轻轻抵在他后颈，"给你最后一次机会。"

天之宝剑的威势压迫得他面如死灰，终于彻底瘫软下去，喃喃道："我……我说实话！我是附近山里一只藤妖，山里的槐老大告诉我，这小姐是下界了却因缘的赤帝小公主，若能与她双修阴阳，修为必然有极大进益。槐老大如今正是修行紧要处，出不得山，便许我好处，叫我偷偷将小姐带进山里。正好半个月前离恨海坠落，纠察灵官们许久没来，我……我就在她面前现了形，谁知她竟恋上了我，我……我便想着自己先捞一杯羹……我……我还没成事！我再也不敢了！"

还真是延霞！

凡间时间流逝快，神界一天不到，下界已是半个月，延霞下界不到一年，如今已长到十四岁。

玄乙嫌弃地打量着面前抖如筛糠的小妖："她会恋上你？"

再怎么说延霞也是赤帝的小公主，在上界时金尊玉贵，来往都是身份高贵的神族，下界做凡人也不至于跟这浅薄小妖勾勾搭搭吧？

子都简直不知道要怎么才能剖白心迹："是真的！我……我怎敢说谎！我也不知她为何就恋上我，说觉得我面善，上回还送了一粒额前宝珠给我……"

玄乙静静看着他与少夷有两三分相似的模样，心中恍然。

怪不得……却也想不到。想不到她下界做凡人，竟还是会再一次恋上相似的那个人。

扶苍道："你怀中那充满魔煞之气的东西，就是槐妖许你的好处？他从何处得来？"

子都目光闪烁，支吾了半晌，忽然低声道："上神，我说了，你还杀我吗？"

扶苍缓缓道："我不会妄开杀戒。"

子都面上掠过一丝阴郁，伏在地上剧烈颤抖，说道："这是三百年前从神界掉下来的东西，槐老大说是被浊气浸染的神界土地，他时常取些碎片给我们，托我们替他跑腿办事……上神，我这便把宝贝给你！别杀我！"

他从怀中取出那枚充斥了魔煞之气的石头，作势要送上。扶苍忽生一股不祥的预感，当即指尖一弹，纯钧划了道漂亮的弧线，一剑便将子都的双手齐腕切断。落在地上的左手已是一片漆黑——方才他趁着说话竟吸食了许多魔煞之气。

子都痛得惨叫一声，一口咬住自己断裂的双手，化作一团阴影潜入地下，奔逃而去。

扶苍并不去追，只用剑拨了拨掉在地上的那块漆黑石头。庭院中清气盈盈，石上所剩不多的魔煞之气与之碰撞，发出细微却尖锐的啸声。

"吵死了。"玄乙被这噪音震得耳朵疼，从他袖子中跳出来，"你怎么不去追？"

扶苍摇了摇头："此地没有纠察灵官看护，不可离开。"

觊觎延霞的不止一个妖，下凡神女每日有纠察灵官看护，叫他们不敢妄动。如今离恨海坠落，神界一片混乱，纠察灵官迟迟不来，他们一走，延霞必然要被挟持。

玄乙用尾巴支撑着，绕着那块石头蹦了一圈，这玩意叫得她脑仁疼，她便道："你把头转过去。"

扶苍的眉头又皱起来了："做什么？"

"这东西太吵了，我要叫它安静下来。你转过去不许看。"

扶苍瞥了她一眼，缓缓背过身，竟然真的就不看，只听"噗"一声，没一会儿，刺耳的尖啸声忽然停了。

玄乙把石头用烛阴白雪裹得结结实实，好像一粒大雪球，刚放手里颠两下，一扭头，却见扶苍不知什么时候转过来，定定地望着自己。

坏了，叫他看到人身，他必然来削头发！

她就地一滚，"噗"一下变回"泥鳅"，冷不防他出手如电，一把就将她捉住，往掌心里一放。

"你削不到。"她又得意起来。

扶苍在她脑壳那个包上面轻轻揉了两下，声音很轻："嗯，我削不到。"

天渐渐亮了起来，庭院里开始有了人声，来来往往的凡人忙碌而喧嚣。

扶苍坐在绣楼前的女贞树上闭目养神。

昨夜的事情令他想了很多，子都说充斥了魔煞之气的石头是三百年前从神界掉落的，更印证了他先前的预感。

天地有清浊之分，清气生神力，浊气生魔煞，为浓厚浊气感染太久的物事，便会慢慢滋生出魔煞之气。

先前朱宣帝君也说过，离恨海地颤已有些年头，坠落下界并非突如其来的事。所谓冰冻三尺非一日之寒，这许多年的地颤总会让沾染了离恨海浊气的神界土地掉落一些，只是太过细碎，无人察觉，而捡到这些碎片的妖族，是否堕入魔道，全凭他们一念之间。

他能察觉到这些，上界的诸位帝君大帝自然也迟早会发现。这些年不知从离恨海掉落了多少碎片，下界也因此不知会有多少堕入魔道的妖族，神界安逸日子过了太久，如今应当要警醒些了。

细细的风拂过，女贞树的叶片发出“飒飒”的响声，掌心的“小泥鳅”已经睡熟了，风声和着她沉沉的鼻息，有一种异样的安宁。

扶苍睁开眼，一点阳光正透过茂密的枯叶，落在她细长的尾巴上。庭院内清气横流，阳光显得十分清透，她的鳞片像是一粒粒的金屑，尾巴一会儿弹起来一下，拍在手掌上又麻又痒。

这模样实在有趣得紧，若是这“泥鳅”做神女的时候也这般安静乖巧，该有多省心。

绣楼的窗户“吱呀”一声被打开了，玄乙一下惊醒，却见延霞俯在窗棂上发愣。

她少女怀春，满腹心事，不知想到什么，先时还缠绵万端咬唇偷笑，到后来却又面色发白，目中珠泪盈盈。

扶苍对她这千变万化的表情一派莫名，然而掌中的“泥鳅”却坐得笔直，两只小眼睛始终静静地看着延霞，过了半晌，“泥鳅”居然叹了口气。

扶苍以为这娇蛮的公主会说“走”，再不就是抱怨一下没好吃的，谁知她竟叹气。他不由得问道：“怎么了？”

玄乙把身体盘成一团，语气里怨气万千：“有个莽夫天天逼我现龙身，不给吃不给喝不给走，我叹个气都不行？”

绣楼上延霞低低的哭声让她心烦意乱，翻来覆去。那时候阿娘也成天这样哭，到后来她每日见得最多的就是阿娘的眼泪，怎么就那么多眼泪，总也流不完，低微而压抑的哭声让她只想躲到地下万丈。

“把她打晕。”玄乙恶狠狠地，“她就不哭了。”

扶苍颠了颠手里的“泥鳅”，没说话。

平静的日子结束在第三天夜间。这凡间的三天，纠察灵官没来，妖族们也没来，等情郎等了三天的延霞却等不下去了。

夜半三更，她顺着绣楼往下爬，身手还挺敏捷的。玄乙一口气吹出去，地牢术笼罩了整座庭院。延霞没头苍蝇似的跑了半天，怎么也出不去，又是惊骇又是不解，直急得团团转。

她倒是满腔痴心想与情郎私奔，完全不知道自己这种行为会带来怎样的麻烦。

若是叫延霞跑去自投罗网，他们这几天岂不是白待了。子都也说过，还有个什么槐老大在后头指手画脚，万一又是跟乌江仙子一样厉害的堕落之妖，那该多头疼，她可不要好了右腿又坏了左腿。

扶苍安静地把身体藏在枝叶的阴影中闭目养神，不知为何，忽生一股不祥的预感。他睁开眼，只觉原本清气盈盈的庭院突然变得浊气汹涌，一片轻薄的雾气缓缓弥漫开，笼罩了半个城。

他一把抓起“小泥鳅”，飘然落地。只闻半空幽幽传来一阵清脆的马蹄声，竟是一辆半旧的马车沿着员外府的围墙顶款款而来，停在绣楼外。

下一刻，车门被慢慢打开，消失了三天的子都提着灯笼立在车上，笑吟吟地唤道：“阿霞，我来接你了。”

他穿了一身姜黄色的褂子，那双曾被纯钧切断的手又好端端地回到了胳膊上，眉间更坠了一粒火红宝珠，越发显得面如冠玉，俊美非常。

扶苍心中惊诧，轻弹指尖，纯钧立即便要呼啸而出。冷不丁马车内忽然疾射出一双细长的黑手，一把按在剑上，旋即车内传来一声痛呼：“好痛！是天之宝剑！”

那双黑手立即缩回，不料扶苍将纯钧轻轻抛出，这苍蓝的天之宝剑在空中画了道圈，忽然变作千万道寒光，疾若闪电般，只瞬间便将马车绞了个粉碎。短促的惨叫声骤然响起，又骤然结束，四下里一片死寂。

果然来了不止一个妖。扶苍反手便要捉住延霞，谁知捞了个空，回头再看，她竟已消失，只剩翻滚的浊气被夜风吹得摇摇晃晃。

那碎裂的马车还在原地，碎片中躺了一只血肉模糊的猴妖，早已气绝身亡。

扶苍心中更是震惊，放出纯钧不过弹指瞬间，这么短的工夫，他竟全然没看清延霞和子都是怎么消失的，是子都的修为提升，还是那只槐老大在后面搞鬼？

玄乙从袖子里蹦到他肩上，绷直了身子四处张望。她也没看清延霞是怎么消失的，这下坏了，看样子那个什么槐老大一定是跟乌江仙子一样牛的堕落之妖。

她顿生退意，尾巴刚一动，只听头顶传来芷兮惊讶的呼声：“扶苍师弟？”

紧跟着一头威风凛凛的貔貅便落在庭院上空，貔貅背上一前一后坐了两位天神，除了芷兮，竟连少夷也在。

玄乙当即像遇到救星一般，“噗”一下变回人身，单脚蹦着朝芷兮面前跳去：“师姐！师姐！”

芷兮冷不丁见她突然蹦出来，赶紧张开胳膊将她扶住，奇道：“你怎么也在？你们没事吧？是掉到这里的吗？”

玄乙还没来得及说话，少夷忽然问道：“延霞呢？墙上那碎裂的马车是怎么回事？”

这个嘛……玄乙叹了口气。

芷兮忙着跟扶苍简单解释，顺便询问情况：“我掉在夷水附近，后来遇到少夷师弟，他的丹凤被气流撕碎了，我俩便结伴同行。之前就听说延霞托生在这里，我们想着过来看看，是不是延霞出事了？”

他们若再早来片刻便好了，扶苍颔首：“延霞师姐被妖族摄走了，就在刚才。”

芷兮大吃一惊，下凡天神时常为妖族觊觎，或垂涎其血肉，或试图哄骗其与自己双修阴阳。延霞此去必然凶多吉少，倘若危及性命，她这趟下界不但白来，灵性反而更要受到许多损失。

“那个槐妖有染了浊气的神界土地碎片？”她的声音有点发抖，立即想到乌江仙子，“那……是离恨海地颤掉落的？这样说来，下界岂不是有无数我们不知道的堕落之妖？”

没错，太可怕了，玄乙连连点头：“那个槐妖好像很厉害，不如我们赶紧回南天门报信。”

芷兮叹道：“哪里赶得及？上回古庭是运气好，刚好遇见雷泽神君过来交接。眼下离恨海的事肯定让诸神焦头烂额，谁有空搭理咱们？等南天门兵将集合兵力下界，再有什么祸事也早过去了。”

玄乙长叹一声，那怎么办？他们四个去送命吗？延霞这一世死了还能回上界，他们要是陨灭那可真的就陨灭了。

“我去吧。”

少夷掌中现出一朵凤凰涅槃火，轻轻一口气吹出去，鲜红的火焰沿着凡间官道细细延伸。那极稀薄的一丝丝为延霞残留下的清气，被火焰烧出淡金色，在风中莹莹絮絮。

他看了看清气的痕迹，笑道：“我自己去，本来也只是我的一点私愿。你们回南天门报信，一时半会儿我还真陨灭不掉。”

芷兮神色复杂地看着他，忽地一咬牙：“我也去！扶苍师弟，玄乙，我们一起去！怎么能让同窗独自冒险？何况下界这些花草树木的妖族，都擅长迷魂幻术，我们又没到一梦千年无法无相的境界，少夷师弟独自去，与送命何异？只能靠玄乙的烛阴白雪来抵挡。”

玄乙揉了揉脑壳，她就知道……看样子她这条左腿今天得交待在下界了。

身体被扶苍搬上九头狮，她有一万分不情愿，脸拉了三尺长，突然把头发全部拢进衣服里，冷道：“你若真敢削我头发，我就叫清晏揍你！”

扶苍已经习惯她这种跳脱的思路，隔了一会儿方道：“清晏……是小龙君吗？”

“对。”玄乙提到清晏便开始得意扬扬，“他最擅长打架。”

扶苍低头盯着她看，突然伸手再把她的头发从衣服里面拨出来，不去管她气急败坏的拳打脚踢，淡道：“那我一定要见识一下。”

淡金色的清气痕迹弯弯绕绕，忽而拐向一座山，在山道上断断续续行了一段，便突然消失了。

扶苍仰头看了看这座并不怎么高的山，山顶的浊气比其他地方都浓厚些，他道：“去山顶看看。”

九头狮与獬豸一前一后飞快跃至山顶，却见遍地乱石成堆，无数枯木，唯有一株巨大的槐树盘踞其上，狰狞粗大的根部甚至剥离地面，与无数乱石纠缠在一处。此时下界正值金秋时节，这株槐树却依旧绿荫如盖，看着很是诡异。

扶苍跳下狮背，上前伸手试探，果然一摸之下是空的，这只槐妖已能够开辟洞府，此地不过是个幻象。

他将脚重重一踏，山体霎时震颤数下，眼前的幻象瞬间消失。山顶一片荒烟蔓草，遍布迷雾，一块巨岩上嵌了朱红色的门，其上还取了个风雅的名字：极乐洞天。延霞淡金色的清气正在门边盘旋。

芷兮头一回下界杀妖，难免有点紧张，咬着唇低声问：“杀进去？”

好像……也只有这种办法了。

扶苍将玄乙往芷兮手上一放：“麻烦师姐看顾好。”

说罢指尖一弹，苍蓝的纯钧化作万千剑光，一声巨响撕碎了洞门，他和少夷一左一右冲进门内，芷兮背着玄乙紧随其后。门内竟是雕梁画栋，垂纱飘舞，十分清雅。少夷长袖挥动，凤凰涅槃火瞬间便吞噬了这座妖族洞府，意外的是，没有惨叫声，也没有任何妖影，这洞府像是空的。

延霞的清气流淌在一扇精致木门前，刚一靠近，便听里面传来说话声，似是两人在争执着什么，延霞的哭声很响：“我不要见什么槐老大！子都！你明明告诉我这是你的洞府！”

子都叹道：“我一介小小藤妖，哪里能开辟洞府？阿霞，我也想与你效仿神仙鸳鸯，白首到老，只是我太没用，受制于槐老大。这样吧，你陪他五天，我便能与你共处一天。你想和我一起，便要尽力去讨好他，这样咱们两个才能长长久久，好不好？”

世上竟有如此卑鄙无耻之徒！芷兮气得浑身发抖，正要一脚踢开房门，谁知少夷比她快了无数，木门瞬间被凤凰涅槃火烧成了灰烬，他少见地面沉如水，踏着鲜红的火焰缓缓走进去。

富丽堂皇的雅间，延霞发钗与衣裳凌乱不堪，扑倒在床上嘤嘤哭泣。子都半跪在她身边，正扶着肩膀安抚她，猛然见到一帮神族冲进屋子，他面色遽变，当即化作一团阴影便要逃窜。

鲜红的凤凰涅槃火无声无息地汹涌至各个角落，子都被烫得惨叫一声，只得悬浮半空，捂着被烧焦的手臂大口喘息。

延霞倒被他吓了一跳：“你怎么了？”

少夷抬手一挥，她中了摄魂术，软绵绵地倒下去。

四位天神，一只藤妖，雅间突然陷入一种诡异的寂静。

芷兮死死盯着子都，越看越觉心惊，他和少夷好像！容貌像，气质像，甚至额上宝珠都一样！她忽又感到一阵心酸，延霞这个傻丫头，这又是何苦？

子都喘了片刻，目中渐渐流露出求饶的意图，颤声道：“我不过是个藤妖，这些都是槐老大策划的！我……我没对她做什么！上神饶命！”

芷兮怒道：“什么槐老大！这洞府里只有你一个！你犯下挟持下凡神女之罪，堕入魔道之罪，哪一条都足够让你魂飞魄散！”

子都面色惨白，连声道：“不可能！我刚才带阿霞进来的时候他们都还在！怎么可能？！”

他说着便要往屋外飞，可滔天铺地的凤凰涅槃火阻拦了他的去路。少夷看了他半晌，突然发出一阵笑声，摇着头啧啧叹道：“这么个玩意，哪里像我？小晚霞，你的眼光总是这样差。”

在上界看上他这样的浑蛋，在下界又看上个窝囊的小妖。

他手指一搓，凤凰涅槃火顷刻间吞噬了子都的身体。惨叫声足足炸了一盏茶的工夫才渐渐安静下去，连灰也没剩下。

少夷缓缓走到延霞面前，垂睫看了许久，轻轻将她抱起，叹息一声：“走吧，先送她回去。”

玄乙一听可以回去，立即松了口气，把嘴贴在芷兮耳边，娇声软语：“师姐，等下我和你一起骑獬豸好不好？”

这小鬼还在跟扶苍斗气？芷兮无奈地笑：“你啊，长点心吧，我才不掺和你跟扶苍师弟的斗气，没的碰一鼻子灰。”

玄乙死死抱住她的脖子，对这个师姐她素来知道怎么撒娇，把身子扭得跟麻花似的：“好师姐，让我骑獬豸嘛。”

芷兮被她缠得无法，只得连声答应：“好好好，骑獬豸。”

众神出了房门，但见鲜艳如血的凤凰涅槃火已经快要熄灭，那些精美的雕梁画栋都已烧成了黑灰，再无东西可烧。正要从来时路回去，玄乙忽然拍了拍芷兮的肩膀：“往这里走，你们走错了。”

她指向后方的死路，那里只有被烧得焦黑的墙壁。

芷兮莫名万分：“这里是墙啊！”

玄乙不答，缓缓嘘出一口气，密密麻麻的烛阴白雪自头顶缓缓飘落。刺骨的冰寒令几位天神都打了个哆嗦，霎时间眼前景象一变，果然她指的方向才是出口。

“看样子那个槐妖真的很擅长迷魂幻象术。”玄乙捏了几粒雪球分给他们，“快走吧，别指望我能撑多久。”

诸神不敢停留，化作一股狂风往洞口疾驰而去。忽闻一阵巨响，断壁残垣的洞府霎时间从正中裂开。其下幽深漆黑，风声呼啸，竟似是一个极大的地穴，而头顶洞天的虚幻青光也开始迅速皲裂——这妖族洞府竟是临时做出的赝品，崩裂后方露出真实面目：头悬巨岩，脚下空穴，从他们进入洞府那一刻起，便进了陷阱。

头顶的巨岩犹如太山压顶般当头拍下，诸神无处可躲，硬生生吃下这一击，被纷纷拍进幽深的地穴之中。巨岩重重摔落，卡在地穴之上，分毫不差。震耳欲聋的声响连绵不绝，在封死的地穴中回荡了许久。

少夷用手在冰冷的巨岩上摸索一阵，地穴口被卡死，连一丝缝都没有。扶苍抛出纯钧，万千寒光狠狠砸向巨岩，巨岩遍体血红妖族咒言，红光一闪，裂口又迅速合拢。

“刻了妖族咒言，穿不过去。”少夷叹了口气，“只能往下看看了。”

诸神震荡神力，祥光将漆黑的地穴照得雪亮无比。但见这地穴深有千丈，洞壁光滑，密密麻麻都刻满了妖族咒言，明显是早就挖好的，落到底之后，是一处不算宽广的封闭洞穴。地上堆满了枯骨，粗粗一看不下上百具，骨质粗黄脆黑，应当是凡人的尸骨。

大家又暗暗松了口气：还好，这个傀妖不吃神族。

芷兮惴惴不安地把玄乙抱到身前，方才她来不及反应，巨岩倒是有大半砸在玄乙身上。她仔细检查这娇弱的龙公主，果然她已经被砸晕过去，细细一行鼻血顺着脸颊落下来。

她顿时慌了，急道：“你们快来看看玄乙！她是不是又受重伤了？！”

此话一出，扶苍和少夷面色遽然一变。扶苍上前轻轻捧起玄乙的脑袋，指尖轻触头骨要处，再顺着脊背向下，一一轻轻按捏，最后松了口气：“……没事，没受伤，只是受了震荡晕过去。”

少夷叹道：“她晕过去才是大事，没有烛阴白雪如何是好？这小泥鳅怎的如此柔弱？”

他素日里总是被玄乙说“柔弱”，今日终于找到反击的机会，可惜她也听不到。别人烛阴氏都牛哄哄的，就她不是晕就是受伤，被一块岩石撞晕的天神，说出去凡人都要笑掉大牙。

芷兮万分自责：“玄乙年纪还小，是我不好，我反应慢了……”

扶苍将玄乙接在怀中，她的鼻血流了片刻便停了，只弄了半脸血迹。他唤出雨露擦洗，再次触碰她身体各处要害，细细检查隐患。

少夷柔和的声音忽然在耳边低低响起：“扶苍师弟，看到你替我这样照顾小泥鳅，我安心多了，多谢你。”

又是替他？

扶苍抬眼，与他含笑的双眸对上。

少夷轻声道：“后面还是要麻烦你一段时间，替我看好她，她对我来说非常重要。”

扶苍漠然看了他半晌，淡道："我从不替谁做事。"

少夷眨了眨眼睛："这样说来，难道扶苍师弟一路庇护，竟是为了你自己？"

扶苍未置可否。

少夷低声道："这样可不好，你注定要伤心。"

扶苍眉头一蹙，旋即松开："我看未必。"

话音一落，忽觉胸前一阵冰冷，他浑身大震，不可思议地望着对面的少夷。

少夷手里握着纯钧，将他一剑穿心，然后笑吟吟地说道："你看，就是这样的伤心。"

扶苍一把抓住他的胳膊，忽觉浑身上下一阵刺骨的冰寒，霎时间眼前景象巨变，他还是坐在原地，纯钧好好地挂在腰上。少夷和芷兮蹲在对面，都是一脸惊骇莫名。而怀里的玄乙不知何时已经醒了，窸窸窣窣的烛阴白雪自头顶三尺处缓缓落下，她勃然大怒地瞪着他，怒道："你掐得我好痛！放手！"

扶苍一时迷惘，一时还有些残存的震惊，突地醒悟过来方才是中了幻术，他竟全然不知何时中的。

玄乙只觉肩膀快被他掐碎了，疼得脸色发绿，索性一脚踹他身上："快放开！别碰我！"

扶苍缓缓放开她的双肩，过了许久，低声道："……好厉害的迷魂幻术。"

芷兮上下打量他，有些担心："扶苍师弟，你没事吧？"

方才玄乙被巨岩砸晕，扶苍替玄乙检查伤处，突然就不动了，紧跟着便开始浑身颤抖，倒把他们吓一跳。好在玄乙被他掐醒，及时唤出烛阴白雪。雪在他肩头已积了三寸，他却还是满头冷汗，面色犹惊，必然是方才的幻术十分厉害。

芷兮不欲他多想，索性笑道："没事了，玄乙已经醒了，那迷魂幻术也不用再怕。"

扶苍闭目凝神片刻，再睁眼时已恢复平日的淡漠，颔首道："多谢师姐，我无事了。"

他四处顾盼，望见玄乙独自坐在角落里，垂头捏着手里的白雪琉璃塔。这琉璃塔她还没捏完便遇到离恨海坠落，下界的过程又太过粗暴，雏形有些碎了，她正慢慢用白雪将缝隙填补好。

扶苍静静看了半晌，起身朝她走去。雪白的衣裳在地面铺开，他缓缓坐在她身侧，低声道："……抱歉。"

玄乙扭头撑圆了眼睛："然后呢？"

他就知道她会有这种反应。

"没有然后。"

玄乙吸了一口气。她的肩膀到现在还在疼，肯定被他掐紫了。这莽夫，每次遇到他都没好事，态度竟还如此恶劣！她把琉璃塔往袖子里一塞，起身便要蹦走，冷不丁他在她肩上一按，刚好按在痛处，她疼得"嗞"一声。他立即松手，转而掐住胳膊，把她往身边一拽。

要说什么？他也不知道。

扶苍停了很久，开口道：“烛阴白雪可以持续多久？”

此时他们的生杀大权都掌握在她手上，玄乙不怀好意地瞥了他一眼，慢悠悠道：“我乐意的话，十天也可以，不乐意的话，下一刻便没了。”

这龙公主好像总也不能跟他好好说话，从花皇仙岛开始到现在，不是冷嘲热讽就是针锋相对。扶苍伸手握住了她的一截头发，又问一遍：“可以持续多久？”

玄乙使劲从他手里拉头发，结果用力太狠反而拔断了几根，她怒道：“你的马上就没了！”

她一根根去掰他的手指，掰开一根再去掰第二根，他便又把手掌合上。她掰了半日，脸色铁青地抬头瞪他。扶苍眼睛里藏了一丝趣味，又带了些恶意，还有些叫她避如蛇蝎的柔软的亲近。

玄乙的手慢慢放下，缩回袖子里，把脸转了过去。

“应该可以等到上界救援。”她的声音变得清淡。

扶苍正要再说，封闭的洞穴内突然响起一个陌生而苍老的声音：“有个烛阴氏。”

扶苍骤然回身，一把掷出纯钧，寒光乍现，那声音痛呼一声，一道不知从何而来的黑影被纯钧硬生生钉在洞壁之上，不停挣扎。凤凰涅槃火霎时间铺满地面，似有灵性般将那道不停挣扎的黑影直接吞噬。

“这是槐妖？”少夷有些讶异地摸了摸鼻子，“好像不是很厉害呀。”

却见黑影倏地化作一团黑灰，靡靡散开，旋即在一旁空地上重新凝聚成人影，沉声道：“我不欲杀戮真神，把赤帝小公主留下，你们走吧！”

说罢槐妖上前一步，祥光照亮了他的面容。

他声音苍老，容貌却出乎意料的年轻，只是十分丑陋，阔口猪鼻，小眼黄牙，再摆出狰狞的表情，更是让看惯了美人的几个小天神一阵反感。

玄乙用袖子捂住嘴，朝后缩了缩，忽然坚定地小声道：“嗯，延霞师姐不能留给他。”

……难不成她刚才还打着留下延霞的主意吗？

扶苍忽然将脚轻轻一踏，洞穴霎时间剧烈震颤起来，随之而来的是铺天盖地的苍蓝剑光。那只槐妖果然没什么身手，更兼地颤，躲得十分狼狈，冷不防被两枚剑光穿透胳膊，连连退后。紧跟着那无数剑光扑了个满怀，硬生生把他钉在洞壁之上，凤凰涅槃火又一次将他的头发衣服全部点燃。

谁知马上他又化作一团黑灰，重新在旁凝聚成人形，毫发无伤。望着槐妖得意的神情，扶苍的眉头慢慢皱了起来，不知为何，他竟想起那双不停愈合的防风氏之手。

槐妖冷笑数声：“我的伤可以无穷无尽地愈合，而你们的神力却有尽头，以有限与无限相拼，非智者所为。这烛阴氏年纪还小，神力浅薄，最多不过护你们数日不受我幻术侵袭，我若有心杀戮，与你们在这里耗上数年也并非难事，而今我诚心放你们几个走，只要将赤帝公主留下，已是大大的仁慈了。”

虽然不愿承认，可他说得一点也没错，他们几个没到一梦千年无法无相的境界，这槐妖也不知怎的竟然死不掉，就算强行留下，等玄乙的神力耗尽，也是瓮中捉鳖的结果。可要把延霞留给这丑陋的怪物，好像更让他们不能接受。

玄乙轻叹一声，坐直了身体，开口道：“槐妖先生，所谓天地量法皆有度，我从来不信天下间有什么无限之力，即便以当年蚩尤大君之威，也一样遭遇覆灭，你……莫不是被骗了吧？”

第十四章

情从何起

那槐妖还以为她要说什么狠话，谁知她竟冒出来一句自己被骗了，登时不知如何接口。这烛阴氏的小神女容貌清艳，身姿纤柔，她身后的那个神女也是端庄秀丽，神采飞扬，他头一次见识真正的上界神女，刚刚没细看，如今正对丽色，便有些不能自持。

他素来喜爱美色，奈何生得丑陋，女妖们没一个乐意接近他，欲火燎心时，便去挟持凡人，完事后再愤愤吃掉。正好有个延霞下凡，身份高贵，容颜姣美，他自诩只有神女方能配得上自己，无论如何也要把她弄到手，不想竟诓来两个真王的上界神女，他有心全部霸占，可惜里面有个烛阴氏，他还不至于胆大包天到招惹烛阴氏。

槐妖一时为难，一时又难忍欲火，隔了半日，忽然道："不行，你们再把那个黄裙子的神女留下！其他的都走！"

芷兮立时柳眉倒竖，怒喝道："你做梦！"

玄乙笑道："槐妖先生，我在跟你说话，你怎么不理我？"

槐妖听她这般娇声软语，身子便软了半边，应道："我怎会不理……不过你的话，叫我如何回？总而言之，你们伤不得我，我也并不想行杀戮上神之事，但强龙不压地头蛇，你们要走，须得给我些好处。把赤帝小公主和这黄裙子神女留下，我保证绝不磕着她们半点。"

玄乙蹙眉道："你为什么不叫我留下？我长得不好看吗？"

槐妖目中精光大动："你肯留下？不……你不能留，烛阴氏万法无用，我的幻术对你没效果，你……必然要嫌我丑陋。"

玄乙嫌弃地上上下下打量他，失笑："丑是丑了点……嗯，你过来，让我好好看看。"

她朝他招招手。

槐妖仗着自己有本事，竟也不怕，当即缓缓走到她面前。这小神女端正优雅地坐在地上，绛紫色的长衣像花一样铺开，玉瓷般的面上没有一丝厌恶之色，反倒仰头看得十分认真仔细，含笑的目光让他一颗陈年老妖心跳得厉害。

忽听她柔声问道："槐妖先生，你这反复痊愈的能力，是因为堕入了魔道吗？是吸食了神界掉落的碎片，才变成这样？"

槐妖晓得她在套话，他无所畏惧，只道："这许多年神界掉落了无数碎片，吸食后不但可提升修为，甚至还可以令妖族拥有反复痊愈的能力。三百年前我不过是个境界普通的槐妖，生在山顶，每日吸食日月精华修行，苍天有眼，那日神界掉了一块水缸大小的碎片，虽然将我的枝叶砸掉了大半，但我也因祸得福，得到如今这般修为。"

玄乙轻笑道："可是你强留神女，上界终究会知道，你不怕形魂俱灭？"

槐妖傲然道："离恨海坠落，神界暂时没工夫管这些。等他们下来，我早已双修阴阳成功，修为再提升无数，何惧之有？"

玄乙颔首："不错，果然还是今天就把你杀掉比较好。"

槐妖微微一惊，忽觉遍体阴寒刺骨，他两条腿竟不知何时被冻在地上，身体无法化作黑灰逃逸。下一刻，纯钧便化作万千寒光绞来，连芷兮也不知从何处取出一柄通透软剑，手腕一抖将他卷住。

少夷笑眯眯地开口道："还是小泥鳅点子多。槐妖，看看这次的火能不能让你受伤。"

他的指尖忽然多了一簇细细的火焰，颜色与之前鲜艳的凤凰涅槃火截然不同，竟是幽幽的蓝色。手指一晃，这簇细小的火焰疾若流星，无声无息地射向槐妖，他惨叫一声，霎时被蓝火吞噬了半边身体。

方才被纯钧绞碎、软剑碾压、凤凰涅槃火焚烧，槐妖都毫无动静，哪知这团蓝火竟烧得他惨叫连连，偏偏双脚被烛阴白雪冻住，他若想化作黑灰逃逸，便只能舍掉这双脚。

少夷满意地点点头："看样子有效果。"

玄乙奇道："少夷师兄，那是什么火？"

少夷很有耐心地解释："凤凰涅槃火有毁灭与再生两种神力，而那团蓝火，是我把再生的神力抽出来，只留了毁灭之力，可惜我神力不足，只能烧他半边身子……哎呀，他好像要逃了。"

说话间槐妖忽然目中一狠，强行切断被烛阴白雪冻住的双腿，身体化作一团黑灰，厉声道："你们非要自寻死路，我就陪你们耗！"

眼看他便要一头钻进洞壁，进去了他们可没本事再把他挖出来，一时间扶苍、芷兮、少夷都动了，说什么也得把他拦在这里！

玄乙也很想动一下，可惜右腿使不上劲，她只能扶了扶松垮的金环。

突如其来地，像是有一只巨手在封闭的洞壁外狠狠一敲，紧跟着一个低沉却幽冷的声音骤然响起："阿乙，你在里面？"

玄乙张大了嘴，又倏地合上，差点把舌头咬掉。

她猛然起身，单腿直立乱蹦乱跳，金环都从发髻上掉了下来，一面欢快地大叫："清晏！清晏！你还活着！"

外面那个幽冷低沉的声音顿了顿，带了一丝笑："小丫头嘴巴还是这么坏。"

刻满妖族咒言的洞壁忽然便裂成了碎片，尘埃尚未落定，竟有十几道人影飘然而入，大多穿着玄白相间的纠察灵官冕服，唯有为首的年轻神君穿着淡青色的长衣，耳上坠的两颗漆黑珍珠款款摇曳，面色苍白，眉宇间带着一股阴郁之色，正是三百年不见的清晏。

玄乙朝他饿虎扑食般扑过去。他立即张开双臂一把将玄乙抱住，一手撑着她的身体，一手将她散乱的长发拨开，仰头看了半晌，微微一笑："长高了好些。"

玄乙死死抱住他的脑袋，急得只是叫："你怎么会来？你为什么不给我回信？你三百年都干什么了？我差点要跟齐南去天北找你！"

清晏拍拍她的后背："不急，等下慢慢问，你们好像遇到了麻烦。"

说话间纠察灵官们已鱼贯而入，见延霞躺在地上双目紧闭，灵官们立即上前查看，发现只是中了摄魂术昏睡，便安下心来，起身朝地穴内数位小天神赔罪："抱歉，是我等失职，牵连了诸位，过意不去。请问那只堕入魔道的槐妖在何处？"

纠察灵官们终于来了！芷兮只觉双膝发软，怔怔地坐下去，指着刻满妖族咒言的洞壁叹道："他钻进去了，不知躲在哪里。他的伤能反复痊愈，极难杀死，还精通迷魂幻术，请各位灵官谨慎。"

纠察灵官们似乎并不相信他有这么厉害，只是笑笑。

此处地穴与整座山融为一体，槐妖的洞府正是这个地穴，自山顶挖掘，直至山脚。方才他们是横穿整座山，方能从外打破洞壁，本以为槐妖必然藏匿地穴中，谁知他竟又跑掉。现在搜索范围扩大到整座山，那便须得费上一番工夫了。

灵官长纵身而起，将洞壁与卡在地穴口巨岩之上的妖族咒言全部擦去，取下腰间匕首，飞快刻上神族真言。不一会儿，整座封闭地穴已被刻满真言，他长袖一挥："槐妖洞府在此，根须留在此地他逃不了多远，去把他引进来！"

灵官们立时散开，玄乙见他们一时半会儿打不起来，便搂着清晏的胳膊问："你怎么下来的？我写的信你看到没？"

清晏正低头看她右腿上的伤，见这么快便近乎痊愈，他似乎并不惊讶，只道："我已进入无法无相境界，一梦三百年，离恨海坠落当晚被惊醒，你和齐南的信我都没来得及看，只回了一趟钟山，齐南脸都哭肿了。你这丫头总不叫他省心，既然没事还不赶紧回去，留在下界做什么？就你还想斩妖除魔？"

见他盯着自己右腿的伤处，玄乙的脸不大愉快地嘟起来："我受伤的事是父亲告诉你的？”

她都交代了无数遍不许告诉清晏，他非说。

清晏淡淡一笑，绕过有关钟山帝君的话题：“齐南说的，他絮絮叨叨说了一堆杂事……先不说这些，我感应到你在这附近，过来寻你的时候遇到这些纠察灵官。据说下界现在有无数堕落之妖，跟你们一起掉下来的神族已经陨灭了好几个，你啊，真是吓坏我了。”

玄乙勾住他的脖子，凑近了细细端详，喃喃道：“清晏你瘦了，那个玄冥帝君肯定每天都狠狠折磨你吧？要不干脆换先生算了，白泽帝君和气得很。”

清晏露出一丝古怪的神情，正欲说话，却听后面那些灵官突然大声呼喝起来：“拦住他！别叫他跑出去！”

说着便见众灵官追着那化为黑灰的槐妖满地穴乱窜，诸般术法真言打在槐妖身上，就像打散一盘沙，全无作用，反倒累得灵官们个个气喘吁吁。他好似猫戏耗子般故意飞飞停停，一面嘶声大笑：“神界纠察灵官也不过如此！再来一百倍我也不惧！我倒要看看你们神力耗尽后该如何是好！”

清晏静静地看了一会儿，低声道：“哦？他竟能不停痊愈伤处？确实不能和他耗。”

他将玄乙拉到干净的角落里，转身便要过去：“你坐好，我先解决了他咱们再聊。”

玄乙十分不乐意地嘟起脸，一把抓住他的袖子，轻声道：“快点回来。”

清晏在她散乱的头发上揉了揉：“马上就回。”

玄乙立即放开手，笑眯眯地盯着他，顺便将散乱的长发重新绾好，插入金环。

那只槐妖乱飞了一会儿，似是有些腻了，缓缓停下，任由术法与真言砸在身上，他全然不为所动。忽然发现玄乙独自坐在角落里绾发，袖子落了一截，露出皓白纤细的胳膊，他的两只眼不由得变得通红，又是恨又是爱。这烛阴氏的小神女施计害他断了两条腿，他非得狠狠折磨她一顿才行！

他猛然大喝一声，下一刻洞壁上便爬满了血红的粗大枝条，蛇一般缠绕伸展，每一根枝条上都有许多密密麻麻的嘴，口中牙尖如刀，寒光乍现，突地齐齐暴射，朝玄乙卷去。

纠察灵官们吵吵嚷嚷地上前挡住，却听清晏幽冷的声音在后面响起：“退开，我来！”

纷纷扬扬的烛阴白雪突然间搓绵扯絮般落下，比玄乙的雪片要大上无数，也密上无数，范围更广了许多。那些挥舞的血色枝条一沾上雪花，便黯然垂下，迟缓地扭曲着，极其不甘愿地被冻入寒冰。

清晏足尖一点，疾飞上天，诸神全然看不清他究竟如何动作，只觉雪光一闪而过，那只缩在洞壁上的槐妖硬生生为他一掌击落，摔在地上发出极大的声响，居然没有化为黑灰再度逃逸。

槐妖神色怪异地仰躺在地上，先时还可以挣扎数下，慢慢地动作变得僵硬，最终犹如冰雕般动也不能动，他喃喃道：“你……对我做了什么？”

清晏缓缓落下，淡淡道："你是什么东西，也配问我问题，谁给你的胆子打烛阴氏的主意？"

槐妖眼珠转动，张嘴还欲再说，可是连唇舌都已被冻住，他只能不停乱转眼睛，看着倒多了一丝滑稽。

纠察灵官们登时大喜，纷纷上前用捆妖索将槐妖从头到脚捆了个结结实实。灵官长带着一丝敬畏拱手道："多谢小龙君出手。"

烛阴氏果然名不虚传，这位小龙君年纪尚未满两万岁，竟已有了无法无相的境界，假以时日，成就必然要超过如今的钟山帝君。虽说他高傲的姿态叫灵官们有些不舒服，但强者为尊，烛阴氏确实有高傲的资本。

清晏说道："我只能冻住他不超过凡间一日，届时冰消雪融，他依旧能够逃逸。我劝你们不要想着把他带回神界交给刑部诸神审问，怕是带不回去。"

灵官长大吃一惊："这……这如何是好？"

"就在这里杀死最稳妥，反正他的罪也是死路一条。"少夷温和而甜蜜的声音自后方传来，他笑吟吟地走到近前，瞥了一眼清晏，"小龙君，好久不见，你越来越厉害了。"

清晏目光微动，看不出喜怒，只微微颔首："少夷神君，果然好久不见。"

他转过身，向迎面而来的扶苍与芷兮拱手恭敬行礼，一面道："这二位一定便是扶苍神君与芷兮神女，家妹顽劣，有劳二位多担待照顾，我十分感激。"

咦，他好像挺谦和的？还以为烛阴氏都像玄乙那样狂妄刻薄，看起来倒不是。芷兮当即含笑还礼："小龙君客气了。"

扶苍双手合拢，优雅行礼："小龙君客气。"他抬起眼，却觉清晏的视线正停在自己面上，若有所思一般。他心中不解，面上却不动声色，视线交错，各自看了片刻，又各自移开。

那边厢众灵官已经又不知放了多少术法，诸般兵器把那槐妖扎得跟刺猬一般，槐妖的眼珠却依旧转动着，目光里满是讥诮，似是嘲笑诸神的无用。

灵官长气得只会重复："这如何是好！这如何是好！"

他活了十几万岁，还是第一次见到无论如何也杀不死的妖，这到底是什么怪物？

少夷将指尖一搓，鲜红的凤凰涅槃火现出一簇，他凝神看了许久，额上渐渐出了一片汗，最后却叹了口气："不行，要将再生之神力抽出太费劲，我今日唤不出毁灭之火了。"

"我来试试。"

芷兮手腕一扬，通透的软剑似银龙般卷曲。她出身神界战将之家，身手十分敏捷。只见银光一闪，那槐妖霎时间被切成了碎片，然而很快，被冻住的身体碎块像相互吸引一般，重新缓缓黏合在一处，槐妖目中的讥诮之色更浓。

少夷扭头望向清晏，似笑非笑："小龙君，所谓帮忙帮到底，我晓得你必然有法子对付他，何不解决这桩隐患？”

清晏缓缓开口：“我此次下界不过为了寻找小妹，杀不杀他，与我毫无干系。”

他转身朝玄乙走去，弯腰将她抱起，竟打算就这么离开。

少夷看着他的背影，道：“小龙君是怕在诸神前显露真本领吗？”

清晏停下脚步，玄乙讶异地发现，他面上的神情可谓凝重，清晏居然会有这种表情？

“我是不想在你面前显露真本领。”清晏低声道。

少夷笑了笑：“小龙君竟然对我如此顾忌，实在叫我受宠若惊，不过眼下情况特殊，何不放下芥蒂，齐心除妖呢？”

清晏冷道：“杀不杀妖本来就与我无关。”

灵官长急得快要跳起来：“小龙君，话可不能这么说！这槐妖如此诡异，你若有手段能除之，还请出手相助！”

清晏哪里理他？

芷兮小声道：“刚还说他谦和，果然任性之处跟玄乙一模一样。”

既然出手，却又不做彻底，留下这烂摊子怎么办？

众灵官笑叹：“没办法，少不得我们来想法子。”

话是这么说，他们能有什么法子？不过又是看着槐妖一次次被扎成刺猬，再一次次重新凝聚身体。上界那些厉害的战将帝君倒是有法子，可等他们下来，这槐妖早就跑了。糟糕，今天神界的脸面看样子要全部丢光。

灵官长还在对清晏死缠烂打，无论如何也不放他走。喧嚣中，扶苍抽出纯钧，指尖轻拭剑身，似是回应他的触碰，纯钧发出低低的嗡鸣声。

传说中尊贵无双的天之宝剑，共工大君都为之战栗而畏惧，他却没有办法用它将面前的槐妖彻底除去，他知道，不是纯钧不够强悍，而是他不够强。

他素来有些顺其自然的疏懒性子，修行剑道随性而为，从不强求，何况天赋甚佳，到如今并未遇到什么难以突破的境界。但此刻不知为何，他竟生出一股好胜心，这难以言喻的好胜心令他体内神力震荡不休，突然有了一丝只可意会不可言传的领悟。

槐妖粗重的喘息声拉回了扶苍的意识，他低头一看，这只槐妖面上苍白的冰竟已化开，眼珠乱转，时而盯着芷兮，时而盯着地上的延霞，然而更多的是盯着清晏怀中的玄乙。

他的脸渐渐化作黑灰，一粒粒飞舞而起，无声无息地朝玄乙飘去。扶苍皱起眉头，忽地将剑轻轻一抛，苍蓝的天之宝剑竖在掌中缓缓转动，剑身光华璀璨，不可逼视，纯钧骤然变成一道金龙，在半空盘旋一圈，对准地上的槐妖张开大嘴一口吞下。龙身摇曳而过，顷刻间又变回宝剑落在他掌中，而地上的槐妖已不见踪影，只剩满地碎冰。

凄厉的惨叫声从剑身内传出，忽地再无声息，一行细细的鲜血顺着纯钧的剑尖滴落，染红了地上的烛阴白雪。

诸神霎时间默然，芷兮不禁倒抽一口冷气：“扶苍师弟，这……这是传说中华胥氏的剑气化龙吗？”

扶苍面色发白，那半年参悟剑道，他在家中练了无数次剑气化龙，几乎一次不成，想不到这次竟一蹴而就，只是身体吃不消这股消耗，眼前阵阵发黑。

他定了定神，拱手道：“侥幸而已，槐妖被困在纯钧之内，想必无法再逃，可以安心带去刑部，如今先把延霞师姐送回去吧。”

众灵官到这时才大大松了口气，灵官长面上挂满欣慰的泪水：“扶苍神君这招剑气化龙真漂亮！真漂亮！”果然关键时刻华胥氏比邪里邪气的烛阴氏靠谱多了！

清晏看了半日，低声道：“阿乙，你就是和这位扶苍神君斗气？”

玄乙的脸板了下去：“齐南连这个都告诉你了？他的嘴真是越来越碎了。”

清晏道：“齐南对他赞不绝口，如今看来果然有些道理，华胥氏剑气化龙不简单。你何必与他斗气？华胥氏素有美名，得罪他不是好事。”

玄乙淡道：“我就是要得罪他，我就是看他不顺眼。”

清晏意味深长地瞥了她一眼，这孩子自小没这样恼过谁，与其说她对扶苍神君充满了怨气，倒不如说她是把他当对手了。素来她的任性妄为旁人都会相让，一旦遇到个不但不让还要反咬一口的，她便铆足了劲要把他打压下去。

他轻道：“他欺负你了？要我帮你出气吗？”

玄乙想了想：“我自己收拾他。”

意料之中的答案，她向来要强并且自负，几乎不开口求人，认定天底下没有她办不成的事。然而四海八荒终究是靠实力说话，扶苍神君精通剑道，身手一流，她年纪尚小，又不喜拳脚之争，他若有心欺压玄乙，玄乙绝无反抗可能。

清晏心中好笑：“怎么收拾？骂去他半条命？”

玄乙反倒被问得愣住，他不问，她觉得自己有一肚子拿捏扶苍的坏点子；他一问，她便又觉得自己其实每次都输得挺惨。老实说，她也不知道自己要个什么结果，好像就是想看扶苍气得浑身发抖却拿她没办法的模样，可惜迄今为止，他们的情况多数是反过来的。

清晏揉了揉她的头发，忽然把她放下，转身朝扶苍走去，拱手道：“扶苍神君，方才那招剑气化龙让我大开眼界，果然十分厉害。听闻你的佩剑乃是天之宝剑纯钧，可否借我一观？”

扶苍对上他的双眸，这位小龙君又用那种若有所思的目光看着自己。他的视线朝后移，落在玄乙身上，龙公主正不怀好意地朝他笑。

扶苍收回视线，有些好气也有些好笑，当即解下纯钧，双手奉上，却觉清晏一把抓住剑鞘，用力极大。扶苍不动声色地握紧剑柄，手腕一振，将剑鞘抖落，下一刻，锐利的剑身又被清晏徒手抓住了。

以纯钧之威，被他徒手紧紧攥住剑刃，即使不断几根手指，也得破皮伤筋。岂料清晏的手上连个小口子也没划破。他一本正经低头看了看剑身，漆黑的眼眸再绕去扶苍面上，浅浅一笑：“好剑！”

他的手指缓缓松开，扶苍手腕又是一振，再度将纯钧装回剑鞘，颔首示意。

清晏反身回去又抱起玄乙，轻道：“这次灵官们都在，下回帮你出气。”

玄乙用手指去刮他的脸，并不在意，只细细笑道：“吹牛，我才不信。”

清晏声音变得柔和：“回去吧，齐南急坏了。”

玄乙点点头。

那边厢众灵官也把延霞从地上扶起，如今她身为凡人，摄魂术不可持续太久，否则容易记忆混乱，灵官长伸指在她额上轻轻一弹，她立即微微一颤，似醒非醒。

正欲把她送回家中，延霞突然梦呓般轻轻唤了一声：“少夷……”

这出乎意料的一句让众神都愣了一瞬，她此时不可能有上界时的回忆，“少夷”二字是何缘故？

少夷转过身，静静走到她身侧。她已经睁开眼，这次的摄魂术时间太长，她犹在梦中，迟钝而茫然地四处顾盼，忽地想起什么似的，面色惨白，颤声道:“这是哪里？子都？子都？”

近在咫尺，一个温柔的叹息声响起。眼前人影似水墨般款款摇曳，最后凝聚成一个额坠火红宝珠、身穿玄色长衣的俊美神君。他似无奈，似愧疚，似好笑，漫天漫地柔和的眼波凝视她。

延霞眼怔怔地看着他，心中似明非明，喃喃道：“你是……”

少夷伸长双臂，将她紧紧抱在怀中，一下一下抚摸她的长发。她眼中不由自主地滚下泪珠，顺着他的头发滴落在白雪上。

“对不起。”他声音很低，低得像一阵最轻微的微风，“对不起。”

万籁俱寂。不知过了多久，延霞眼中的泪终于渐渐停了，面上露出一丝释怀般的神情，眉间飞出数点细碎的光晕，像是她的最后一滴泪，消散在面颊之上。

她眉宇间的那股清郁之色再也看不见，双目缓缓闭上，竟又一次沉沉睡去。

众灵官不禁讶然惊叹，玄乙忍不住问道：“刚才从她眉间溢出的光点是什么？”

清晏低声道：“这是她了却的因缘。这一世过完便可回归上界，届时灵性大增，对修为也有极大的益处。”

女子痴心，所求不过是些许真正的歉意。

玄乙还在好奇：“既然可以提升修为，为什么不能个个都下界了却因缘？”

清晏摇头：“你倒是想，哪里来的那么多纠察灵官看护？何况神族下界算一项劫数，向来那些追求本性不灭的神族才会下界历百世轮回劫。不过若有情思难解，无可了结，以至于泯灭灵性者，也只能下界了却这段因缘，你这个师姐就是这样。”

少夷将延霞慢慢放在地上，起身叹了口气，一回头，望见清晏似要走，他忽然说道："小龙君，修行清苦孤寂，你可要撑住。"

清晏恍若未闻，大步走出地穴，御风远去。

少夷静静站了片刻，延霞已经被数名纠察灵官带走，吵吵闹闹不大稳重的灵官长还在对着扶苍的纯钧剑啧啧赞叹。

少夷缓缓朝外行去，芷兮冷不丁奇道："少夷师弟去哪里？不一起回南天门吗？"

少夷笑了笑："要回的，不过我想独个儿先走走，散下心。"

芷兮愕然："如今下界很乱，你要去哪里？何况你又没坐骑，还是和我们一起走吧。"

少夷还是笑，淡淡回绝："不用了。"

眼见他径直走出去腾云飞起，芷兮不由得咬了咬唇。这次咬得重了，疼得她自己也吓了一跳，赶紧回头道："灵官长，扶苍师弟，我们回南天门吧，还要将槐妖交去刑部。"

灵官长连声称是，三位天神出了地穴，外面已是晚霞满天，想不到竟在槐妖洞府里耗了一整天。

回想经历，难免后怕，芷兮不知为何这会儿又特别盼着有人能跟自己随便说几句话，当即笑道："扶苍师弟，我曾听父亲说，华胥氏剑道觉醒的征兆便是可以使出剑气化龙，当年青帝在五万岁时领悟剑气化龙，扶苍师弟青出于蓝而胜于蓝，真是不简单。"

扶苍还是一言不发，默然端坐九头狮背。芷兮又觉讶异，虽说他素来寡言少语，但绝不会无礼地忽视旁人的攀谈，这是怎么了？她朝他望过去，却见这白衣神君身体忽然一晃，软绵绵地倒了下去。

她登时大惊，一旁的灵官长急忙以神力试探，片刻后却露出愕然的神情："……像是睡着了。"

芷兮想起清晏离开前和扶苍的那个诡异招呼，不由得头皮发麻："不会是小龙君对他做了什么吧？"

玄乙跟扶苍斗气斗得厉害，这胡闹的公主叫来自家大哥帮忙出气，再正常不过。

灵官长却连连摇头："听说烛阴氏风格素来大开大阖，真要动手应当不会那么轻巧，即便有心伤害华胥氏，又岂是那么容易的事？我看扶苍神君不像是受伤的样子，还是先回上界吧。"

芷兮忧心忡忡，这会儿只能恨南天门建得太远，还得飞几天才能到。九头狮使出全力在云海中疾驰，一面飞一面嗷嗷乱叫，叫得灵官长大奇："这只九头狮居然会哭！"

又会哭又会嗷嗷乱叫的小九日夜不停跑了三天，南天门的轮廓终于遥遥可见，结果它哭得更厉害了，十八只眼睛里眼泪掉得如同下雨。芷兮安抚地在它背上摸了摸，忽闻远处响起先生的声音："芷兮！"

她急忙转身，却见一辆和先前一模一样金碧辉煌的巨车被八只金麒麟拉着，眨眼便停在了面前。白泽帝君正骑在一匹金麒麟背上，极罕见地露出些许疲态。

神界明明尚未过去一天，芷兮此时见到先生，却有恍如隔世之感，她急忙行礼，唤了声："先生。"眼眶已微微红了。

白泽帝君跳上狮背，见扶苍一动不动地横卧，立即在他额上以神力微微试探，片刻后"咦"了一声，道："是华胥氏剑道觉醒，不妨事，让他睡，三天内便能醒。"

原来真的是境界突破，芷兮松了一口气，问道："先生，其他师兄弟们呢？可都无恙？"

"除了你们几个，其他弟子本座都已接回上界。少夷和玄乙呢？"白泽帝君四处看了一圈。

当日离恨海坠落，他耗费无数神力，终于让众弟子顺利避开清浊气流，落至下界，弄得自己也差点掉下去。其后神界乱成一团，他将情况匆匆报给天帝后，便即刻下界搜寻弟子。他精通卜算，由近至远一一算出弟子们所在的方位，芷兮这边四弟子一处，又离得特别远，为免再生意外，他先将其他弟子送回上界，这才急匆匆去接他们四个。一离开南天门便遇见芷兮，看她此刻神情恹恹，想必这几天经历坎坷，真是不容易。

芷兮慢慢将这些天的经过说了一遍，说到那只怎么都杀不死的如今被困在纯钧内的槐妖，白泽帝君立即将纯钧拿在手里看了片刻，道："槐妖已经死了，这世间不会有真正无穷无尽的愈合之力。他先被少夷用毁灭之火烧伤，其后小龙君以烛阴白雪冻住，最后又被剑气化龙所伤，这些都是著名神族的大招，他一个小小槐妖，承受不起。"

说着他两指一拈，槐妖的尸体立即掉落在狮背上，全身血肉模糊，两腿断开，死相很是凄惨。

白泽帝君被槐妖的丑状吓了一跳，嫌弃地蹦开两步，在怀里摸了半天也没摸到能装尸体的，只得脱下一只袜子，立时将槐妖尸体包进去，尸体变得小如叶片。

他飞快地把袜子递给一旁的灵官长："虽是死了，尸体还有些用，送去万神群殿给那些小家伙仔细查看，兴许能查出些什么。"

灵官长见是袜子，又不好说，一脸为难地接过来，一面腹诽，一面急匆匆往南天门飞去。

白泽帝君看了看天色："你带扶苍回南天门，玄乙既被小龙君接走，应当无事，本座去找少夷。"

他自怀中摸出竹签，正要卜算少夷的方位，却听一阵清朗的风声划破下界云海，一只巨大的云鹏骤然飞高，停在近前。少夷正坐在云鹏背上，手里揽着一个陌生的美貌神女，笑眯眯地和他们打招呼："先生，师姐。"

白泽帝君素来不管弟子这些风流债，见他平安归来，便放心颔首："无事便好，回去吧。"

少夷轻飘飘落在狮背上，方才手里揽着的那个美貌神女也落下来，亲热地挽着他的胳膊，一双美目好奇地看着芷兮与沉睡的扶苍。

……下界三天他又勾搭上新的神女了？芷兮忽然不知道该说什么，要在以前她正眼也不会看一下，可现在不知怎么搞的……他明明抱着延霞说对不起，了结了她的因缘，为何转身又能跟其他神女暧昧调情？

“扶苍师弟睡着了？”少夷低头仔细看了看，“莫非先前那招剑气化龙让他剑道觉醒？那可真是了不得。”

芷兮默然点头，忍了又忍，还是没忍住，低声道：“少夷师弟，这位是……”

少夷笑道：“这是云鹏一族的含双神女，算起来应当是我的远房表姐。想不到她这次也去了玉阳府做客，侥幸逃过一劫，我偶然在下界遇见她，便一同回来。多亏了云鹏飞得快，不然我独个儿腾云还不知要飞多久。”

她之前明明有叫他一起走……芷兮勉强一笑，无话可说。

回到熟悉的南天门，这里除了守卫兵将，熙熙攘攘挤的到处是天神。白泽帝君的弟子们守在一株帝休树下，各自惊魂未定，叽叽喳喳地诉说着自己在下界的种种遭遇。

古庭老远望见芷兮，便急急冲她招手：“芷兮师姐！玄乙呢？扶苍……扶苍？！”

扶苍的沉睡又掀起了弟子们一轮小小的惊叹，知道同窗们都安然无恙，古庭松了口气。本想问芷兮在下界的具体遭遇，但见她似乎不大精神，他便体贴地不问，转而继续和太尧聊下界的经过。

下界时，他们俩竟然凑在一处，运气居然极好，平平安安什么都没遇见，反而在凡间城镇里玩了数日，悠闲得很。

芷兮心不在焉地听了一会儿，神思又飞远了，下意识想在茫茫祥光中寻找少夷的身影，可她终究没找到。

长久以来，她对少夷十分反感，认定他践踏真心，玩弄感情，神界放浪形骸的风气如此盛行，正是因为他这种神族太多。

此番遭遇天灾下界，中途与他撞见，她始终心存警惕，只要他言谈举止间稍有一丝挑逗之意，她便立即借机敲打，狠狠训斥。谁知一路过来他规规矩矩的，连话都没说几句，倒显得一旁惴惴不安的自己像个傻子一样。

后来他说要独自救延霞，更是叫她吃了一惊。她本来觉得下界看延霞不过是他一句戏言，没想到他竟真放在心上，从那一刻起，她便对他有所改观。

可方才那个云鹏一族的神女……

连她自己也恐慌，像是突如其来，她满脑子里想的都是少夷了。

凡间带着浊气的风依旧叫人不舒服，玄乙把黏在脸上的头发丝拨开，抬头看了看清晏。

他从离开地穴后便一直不说话，他们三百年没见，按说应该有许多话，他又不是扶苍那个闷葫芦，可他就是始终沉默着，一副心事重重的模样。

玄乙用额头在他胸前撞了一下，低声道：“清晏，你早就认识那个青阳氏少夷对不对？

还有我小时候受伤又是怎么回事？”

清晏神色淡定，看不出内心的波动，只问：“是那个少夷告诉你的？我三百年陷入沉睡，想不到齐南和父亲这么快替你找先生，找的还是白泽帝君，我若知道，必然不让你去，可惜现在说这些也迟了。”

玄乙看着他不说话，清晏眉宇间阴郁之色更重，隔了半晌，低声道：“那时候阿娘痛恨父亲处处留情，便离开了钟山，还把你带走了。其后遇到桐山一族前来挑衅，阿娘被他们重伤致使陨灭，你也因此受了伤，伤好后你却忘了这一段，想必太过痛苦，还是忘了的好。”

玄乙面色遽然而变，有这回事？她……怎么完全不记得了？她只记得阿娘那时候无穷无尽的泪水，低微压抑的哭泣声，还有窗外那些连绵不绝的雪花，以及阿娘陨灭时满地的猩红鲜血。

“我很早便认识少夷不假，但个中缘由与你没有关系，问来也无益。想不到你和他成了同窗……你离他远些，这位神君素来花名在外，阿娘的事有一次就够了。”

玄乙反而失笑：“你怕我像阿娘一样？清晏你想太多了。”

清晏淡道：“你会不会像阿娘我不知道，但你年纪还小，这四海八荒比父亲还糟糕的神君帝君多得是。谁欺负你，我可以替你出手教训他，但谁若是伤了你的心，我便毫无办法了。”

玄乙叹了口气：“你现在转移话题的本事跟齐南一样越来越高深，我竟不知该说什么。”

清晏不禁笑了起来，却听她轻声道：“我不会像阿娘一样的。”

他又有点意外，提起阿娘确实只为了转移话题，好叫她不要追问少夷的事，不料她竟说出这样一句话。

清晏看着她平淡无波的表情，一时反倒觉得十分愕然。

第十五章

霞映澄江

此次离恨海坠落下界，共有三百二十八名神族卷入天灾。玄乙回到钟山三日后，陨灭的神族才被确定下来，共有五十九名倒霉的神族陨灭在这次天灾中，其中有大部分是直接被清浊气流绞碎，还有小部分是下界后遇到堕入魔道的妖族难敌身亡。

最倒霉的大约是离朱帝君，他也是唯一一个陨灭在天灾中的帝君。他和两名弟子不幸掉在了离恨海周围，等太子长琴带着一干战将终于在下界极北之渊找到离恨海时，他们的尸体都快被防风氏的手拍烂了。

众多神族的陨灭叫神界气氛低沉，其中最伤心者大约是朱宣帝君。他的朱宣玉阳府彻底碎成了渣渣，没任何复原的可能，多少代积攒下来的宝贝也全没了。虽说蚩尤大君的指甲与共工大君的头骨被白泽帝君眼明手快抢了下来，但失去碧琉璃塔，他也留不住这两样东西，只能乖乖送进天宫，由天宫琉璃塔镇压。

他用清气养了许多年的后羿箭矢，和那块有灵胎的青石，终究没能保住，一起遗失在下界，以至于他现在遇见个神族便要痛哭流涕地诉说自己的悲惨经历。

当然，如果他知道那块掉落下界的灵石，在许多年后生出了一只惊天动地的猴子，带着一根铁棒把神界搅得乱七八糟，不知会做何感想。此为后话，不会再表。

与众多受到极大惊吓的神族相比，最幸运者当数望舒神女与飞廉神君。当日在玉阳府替玄乙取出妖毒软刺后，他俩便匆匆离开，没有亲身遭遇天灾，实属万幸。

“现在已经确定，离恨海坠落在下界极北之渊，那里地广人稀，没有造成更大的祸患，当真幸运。听说每日有五百名战将在下界轮番值守，暂时不见离恨海有什么异动。那双防风氏的手也被太子长琴带回了神界，正在万神群殿被诸位帝君仔细查看，相信不日便能有个结果了。”

齐南耐心地念完了搜集到的情报，对面的小公主只心不在焉地吐出梅核儿：“齐南你和我说这些干吗？”

齐南恨铁不成钢：“外面发生什么事公主怎能不关心？如今下界十分危险，堕入魔道的妖族数不胜数，南天门和苍生镜台已经不允许神族随意下界了。”

玄乙茫然地看着他：“所以？”

呃，所以？他居然忘记公主能留在家里就绝对不会出门的恶习，提醒她不能乱下界果然是一句废话。

“没什么，公主这样挺好。”齐南干笑两声。

玄乙把手里的册子合上，她看了一早上书，怪无聊的：“我去找清晏玩。”

齐南想起还有话没说完，急忙止住来抬藤床的神仆：“我有件事要问公主，公主上回在下界被鲇鱼妖伤了右腿，承蒙望舒神女不计前嫌替公主取出妖毒软刺，去除隐患，帝君备了厚礼送往望舒宫，却又被退回来。望舒神女只说希望公主记得当日她在玉阳府说的话——她究竟和公主说了什么？可是提了什么要求？”

玄乙凝神想了片刻，方才恍然：“她希望我五万岁后接替她做望舒神女一职。”

齐南又是惊又是喜：“当真？公主做这望舒一职，倒也十分合适！”

玄乙皱起眉头：“做望舒就是每天驾着月亮跑来跑去，还得跟那个飞廉神君共事，我才不要。”

“我倒觉得不错。”

清晏的声音自厅外传来，他今日换了一身白衣，行动间清逸潇洒，猛一看倒有点像扶苍的模样。玄乙以前对白衣并不反感，自从认识扶苍后对穿着白色衣裳的神君便统统感到不顺眼。一见清晏也这样穿，她的眉头皱得更深，满脸嫌弃。

“什么表情？”清晏在她额上点了一下，弯腰坐在藤床之上，一面翻她的册子，一面道，“你素来懒得很，叫你学点拳脚剑道，你说那是莽夫之举。将来五万岁，战将是不要想做了；若当文官，你的脾气还坏，只怕要得罪不少同僚；也就当个望舒还合适，日子清闲，又安静，还不用看谁脸色。”

怪了，被他这样一说，果然挺不错，玄乙奇道：“那清晏你五万岁以后要做什么神职？当战将吗？”

清晏还没回答，齐南便抢着道：“小龙君日后自然要继承这钟山帝君之位，不过须得先做满战将二十万年。”

玄乙笑道：“那我也想做钟山帝君呢？”

清晏讥诮地看看她：“你？你当帝君，烛阴氏的名声便要被你败光了。”

齐南叹道：“公主两百岁便有了人身，那时还指望公主日后有所大成，重振烛阴龙神之威，可惜啊……公主怎么就变成现在这模样？”

他说得像煞有介事的，玄乙倒被他气笑了，正要跟他娇嗔一下，忽闻外面有神官报道：“齐南先生，有信到。”

齐南很久没有和他们兄妹一处说笑，此时并不愿处理公事，只道：“是什么信？不重要的便放着吧。”

“是邀帖。”

邀帖他更不在意了，自帝君灭了桐山一族后，终日待在长生殿里不出来，什么邀帖他都一概打回去。

“是青帝送来的邀帖。”

齐南霍然起身：“送进来！”

望舒神女愿意替公主取出妖毒软刺，正是青帝出面斡旋，这份恩情他正不知怎么回报才好，偏生公主跟扶苍神君还成日闹别扭，他真是要为这小祖宗操碎了心。

信很快被送进来，方方正正一张茜草红的信封，其上字体清雅方正，写了“玄乙公主亲启”六字。

齐南更为惊讶，竟是写给公主的？这可是破天荒头一回，难不成是扶苍神君……他那颗提早好几万年的恨嫁的心开始怦怦乱跳，不敢开启信封，只双手递给玄乙：“公主，邀帖是青帝发给你的。”

玄乙一头雾水地拆开信封，信纸上墨迹淋漓写了许多行字，她一面看，一面毫无表情。齐南有点紧张，还有点期盼，想偷看又觉得不妥。终究还是清晏体贴，凑过去一起看，道：“哦，扶苍神君华胥氏剑道觉醒，故而发送邀帖，两日后午时太山顶恭候大驾光临。”

他又笑道：“原来那天的剑气化龙竟是华胥氏剑道觉醒，果然是件大事。”

齐南激动得两只手都在抖，他就知道他没看错扶苍神君！青帝五万岁才觉醒剑道，而扶苍神君竟然三万岁就觉醒了！要送什么礼呢？他得准备一份重重的厚礼！是送西海明珠，还是送极东之地的一枚天火之精？

玄乙冷不丁叹了口气，望着她蹙起的眉头和翕动的嘴唇，齐南不等她开口便厉声道：“不准说不去！”

玄乙甚少被他这样呵斥，只得把不想去的话吞回肚子，连连点头：“我去我去。”

她求助似的望向清晏，抱住他的胳膊：“你陪我一起去吧？”

清晏含笑点在她额头上，这是他时常对她做的动作：“你自己去，我得回天北了。”

这下不单玄乙，连陷入兴奋不可自拔的齐南都怔住了。

“这么快就回天北？”玄乙喃喃，“那个玄冥帝君有什么好，天北还那么远，要么你再多待几年再去嘛。”

齐南亦劝道：“小龙君才回来三天，不如多住几天陪陪公主也好。”

小龙君不在钟山，公主脸上的笑都少了好多。夫人陨灭后，帝君终日锁在长生殿不问外事，尽管自己用尽心力关照他们两个孩子，终究不能替代父母。巨大的被冰封的钟山，只有他们兄妹两个相依为命似的。小龙君三百年间杳无音信，才见面他又说走就走，公主必然要郁郁寡欢。

清晏淡淡一笑，将玄乙的脑袋揉了揉：“我一梦千年被离恨海坠落中断，再不回去，这些日子的修行便白费了。相聚的日子以后总有的是，不急这几天。待白泽帝君将近日杂事处理完毕，你也该回去继续听课，好生修行，即便不学拳脚剑道，术法总得认真学学，再被欺负也好还手。”

玄乙抱着他的胳膊仰头看了半日，终于慢慢放开，低声道：“一梦千年……那我要一千年之后才能再见到你了？”

清晏轻道：“千年不过是个笼统说法，兴许只要几百年，兴许也有数千年。你可以时常给我写信，这次我醒后必然每一封都仔细看。”

玄乙盯着他：“好，那我一定时常给你写信。你……明天……不，后天再走好不好？”

清晏摇头：“我马上就走，方才已叫神仆在山门处备好长车，赶去天北还要一天，再迟真的于修行有损，先生也要责骂了。”

玄乙垂下头，停了半晌，道：“那我送你去山门。”

清晏反倒笑了一声：“又不是见不到了，精神点，别把齐南怄哭了，他的脸还没消肿呢。”

齐南本来已经含了两包眼泪，被他这样一说反而不好意思哭了，赶紧偷偷揉揉眼睛，勉强笑道：“走吧，我们送小龙君去山门。”

他没有通知钟山帝君，清晏必然也不会喜欢他提到帝君，他们父子俩的关系如今形同陌路。

上车前，见玄乙还是神色阴郁，清晏便道：“你才多大，相隔几千年就觉得一辈子似的，不过弹指瞬间而已，莫要再板着脸。”

玄乙面上终于露出一丝笑：“你也知道我年纪小，我就是舍不得。”

清晏苦笑摇头，忽又想起什么，犹豫了一下，慎重道：“别和那个青阳氏少夷走太近，最好连话也不说。”

玄乙笑得更深：“你还真会乱想，这点心力还是省省吧。”

清晏眉梢一扬：“也是，我竟担心你被骗，你不使诈便算好的了。跟你斗气的那个扶苍神君，等我回来了再帮你揍他一顿出气。我不回来你只管跟他胡搅蛮缠便是，有大哥罩着你，不怕。”

玄乙“哧”一声笑出来：“你说的啊。”

“嗯，我说的。”

尽管是怕公主寂寞所以才叫她跟扶苍斗气，但小龙君这个样子岂不是把公主教得更坏？齐南叹着气目送长车远去，低头看看玄乙，她眼里有一丝泪花，可是一倏忽间又消失了，只余一层清郁。

她那丝眼泪真要流出来兴许倒好些。

齐南柔声安慰："公主，小龙君说得没错，你年纪小，觉得几千年很长，其实真的一下就过去了，以后还有一梦万年的境界呢，习惯就好。"

玄乙眨了眨眼睛，一梦万年，她现在就希望可以一梦万年，醒来后谁也不会离开她了。

午时前，太山顶又落了一场细雨，长而曲折的楠木回廊上湿痕斑斑，远处的澄江湖笼罩在薄纱般的雾气中。偶有金色巨大的鲤鱼跃过雾气，长尾带动一串清澈的水珠，涟漪荡漾。

湖边大道上的淡月小榭内，一盏盏白石小案已被整齐放好。这座淡月小榭以万年松筑就，细而长，顶上铺满碧绿松针，地下嵌了细碎的天河星屑，犹如湖畔一轮幽绿之月。小榭四面开阔，连轻纱也不坠，只在各角挂了几枚铜铃。此时偶有微风拂过湖面，水雾弥漫，远山薄绿，铃声清脆。有别于朱宣玉阳府奢华到了极致的景象，如此简而雅，又是另一种别样舒适。

此时青帝邀请的宾客已来了七七八八。扶苍剑道觉醒，说重不重，说轻不轻，青帝又素来不爱铺张排场，这次只请了扶苍的同窗，并自己平日里私交甚好的几位好友。原本要请白泽帝君，奈何离恨海之事使得神界五行阴阳流动都受到影响，这位帝君忙得连明性殿都没回，只得罢了。

离午时还有些时刻，但与青帝来往者也多为清雅重礼之辈，白泽帝君的弟子们个个身份高贵，更是不会在这方面失了礼数，大多已到了。淡月小榭内笑语阵阵，比起当日玉阳府的喧嚣热闹，当真低调许多。

古庭因自幼便与扶苍相识，太山他算是熟客，当下领着弟子们沿着湖畔缓缓绕一圈，并介绍道："青帝宫在对面的山顶，这叫澄江湖，上代青帝在其中养了两条金鲤鱼，到今年应当比寻常的龙神还要大了。这边岔路过去是花园，里面有两畦仙华杏树，是扶苍五千岁时亲手种下的，前年杏花开，至今还未凋谢。再过去是楠木回廊，客房雅间都在那边……"

正说着，只听扶苍的声音从后面传来："古庭。"

哎呀，今天的主角来了！众弟子纷纷回身行礼，一面道喜，扶苍今日罕见地没穿白衣，反而套了一件藏青色长衣，头戴玉冠，立在烟波浩渺的澄江湖畔，整座山水的颜色仿佛都被压了下去。

他含笑一一还礼，古庭不由得打趣他："平时在明性殿跟冰雪堆出来似的，今天倒成翩翩佳公子了。"

扶苍笑道："既是做东，自然不能失礼。淡月小榭如今酒水应当备齐，诸位师兄何不移步，容我敬上一杯薄酒，以谢厚爱。"

芷兮实在忍不住低低笑出声，轻道："我好不习惯这样的扶苍师弟。"说得太尧也跟着笑了。

芷兮自己笑了一阵，忽又发现胸膛里那颗心居然稳稳的，丝毫没有颤动。若在以前，她见着扶苍有别于平时的装扮，必然要芳心大乱小鹿乱撞，今日却不知怎么了，心思全然不在他身上。

及至回到淡月小榭，她近乎本能地四处张望，望见坐在角落里捏着铜铃欣赏的浅紫色身影，她的心便突然被一只小手摇了摇。

不可以过去！她在心底严厉地警告自己，寻了一张远离少夷的白石小案，端坐下来，静静听同窗们说笑。

扶苍正往十几枚绿冻石酒杯中斟满罗浮春酒，忽闻礼官唱道："钟山龙神烛阴氏公主玄乙，神官齐南到——"

他的手腕微微一颤，罗浮春洒了几滴在案上，即刻用指尖擦去，放下酒壶，起身与青帝一同迎向小榭外。片刻后，便见神官领着玄乙和齐南，沿着湖边大道行来。她右腿的伤还没好彻底，今日是自家中带了一张藤制软椅，款款飘动。

青帝对这位烛阴氏小公主向来只听过传闻，却没见过真人，因见她穿着珊瑚色的裙子，披帛如新雪，发间金环熠熠生辉，到底年纪小，还有些稚嫩，然而清艳剔透，容姿鲜丽，将来必定是个难得的美人，心底便赞了一声。

很快她便与神官行到近前，单足立起，优雅拜下行礼，声音似夏夜凉风般轻柔："青帝陛下，扶苍师兄，烛阴氏玄乙有礼了。"

青帝眼角余光瞥向扶苍，这孩子睫毛低垂，面无表情一派正经，他不由得微微一笑。

午时整，所有的宾客都已来齐，除了十几名白泽帝君的弟子，其余不过七八位年长帝君，这次宴请果然范围极小。

齐南因为不知道送天火之精合适，还是送西海明珠合适，他干脆把两个都带来了，天火之精又特别大，用一辆车才装满，放在贺礼堆里显得特别扎眼。

他心情倒是很不错，和青帝有说有笑的。玄乙垂头用筷子慢慢去戳碟子里一粒粒的豆子，她心情不好，什么也不想吃。

她旁边坐着的是一位面生的年轻神君，也不知是在座哪位帝君的儿子，他总是吃一会儿便回头看她一眼。玄乙心情更不好了，把脑袋别过去，忽然一枚绿冻石酒杯放在了白石小案上，少夷柔声道："常言道，一醉可解万古愁，小泥鳅看着郁郁寡欢的，不如来一杯罗浮春？对了，小龙君没和你一起来吗？"

玄乙默不作声把杯子推回去："他回天北继续一梦千年了。"

少夷有些讶然："这么快就回去？他当真刻苦。"

玄乙抬头看着他："少夷师兄，你和我哥哥是怎么认识的？上回听你提起，我还以为你俩关系不错，如今看来倒像有什么芥蒂，不如说给我听听，我也好帮你们化解。”

少夷浅啜罗浮春，轻道：“小龙君没告诉你吗？”

玄乙叹了一口气：“我不要听他说，我就要听你说。”

少夷不由得笑出声：“他都不告诉你，我自然更不能告诉你了。我这样越俎代庖，岂不是叫小龙君不高兴？”

玄乙轻轻勾住他的袖子，用指尖挠了挠：“你偷偷地告诉我，我绝对不叫哥哥知道，好不好？”

少夷忍俊不禁，抬手在她发间金环上扶了扶：“不好。”

玄乙眉头一皱，她这会儿没心情跟他周旋，正打算甩手离开，却见芷兮快步朝这里走来。她似乎心情也不大好，神情十分严厉，一双眼瞪着少夷，对玄乙说道：“玄乙，到我那边去。”

方才少夷和玄乙亲密的模样她都看见了，她本来都对他改观，觉得他并非是自己想的那么浪荡薄情，谁知他又开始招惹玄乙。玄乙年纪小不懂事也就算了，她不信如此聪明的少夷会不懂得吸取教训，非要继续把明性殿弄得一团乱。

玄乙巴不得离开这鬼位置，一把抱住芷兮的胳膊，笑得开了花：“好啊，我要跟师姐坐。”

芷兮指向东面几个位置，古庭、太尧他们都在：“你到那边等着，我马上过去。”

有师姐罩，玄乙乐颠颠地奔着古庭他们去了。芷兮盯着少夷，淡道：“少夷师弟，我不想看到明性殿再出类似延霞和夫萝那样的事了，希望你能够言行谨慎一些，至少在师妹面前有个师兄的样子。”

少夷苦笑：“是是，我知道了，师姐。”

芷兮又道：“你对延霞……是真的心怀愧疚？”

少夷将酒杯抵在唇边，缓缓道：“是真的，对她，我真心愧疚。”

芷兮不解：“既然有愧疚，为何不反省，还要故态复萌？今天招惹一个，明天再招惹一个，你这样让延霞回归上界后，还怎么和你继续？”

少夷比她更不解：“延霞和我继续什么？”

芷兮突然发现自己好像会错意了，她不禁皱起眉头：“你去救延霞，还了结了她的因缘，难道不是为了就此收心，对她专一不二吗？”

少夷默然片刻，慢慢放下酒杯，再慢慢斟满罗浮春，最后慢慢开口：“师姐心地纯善，将我也想得这么好，我很是感激。不过，我和延霞从前不可能，以后也不可能。师姐，我喜欢多情的女子，但并不喜欢痴情女子，我喜欢在一块儿开开心心，不在一块儿便各自找别人开开心心。我就是这样不可救药的家伙，师姐莫要把我想得太好。”

“你……”芷兮愣了半日，又一次无话可说。

少夷冲她浅浅一笑，柔声道：“我敬重师姐的高洁，也请师姐莫要再谆谆教诲，浪费了你的口舌和精力，岂不尴尬？”

芷兮怔怔看了他良久，什么也没说，慢慢回到了自己的位置。

可她的目光始终本能地要往那浅紫色的身影上凑，她已经彻底明白，这家伙是个真正的恶棍，是她最厌恶的那种神君。她一遍又一遍严厉地警告自己，然而曾经引以为傲的理智此刻竟全无作用。

真真要命了。她手腕微微发抖，斟满一杯酒一口喝下去，第一次盼着自己快点醉。

玄乙一面用筷子戳碟子里的豆腐，一面听古庭跟她说他跟太尧在下界痛快玩耍了几天的经历。

他大概是喝多了，舌头都大了一圈，含含糊糊地重复了好几遍下界居然有客栈这样的存在。在诸神看来，建一栋破楼，里面开几个破房间，给出门在外的人睡觉吃喝，是如此不可思议。

正说着，扶苍提着酒壶走了过来。他已给诸位长辈敬了好几圈酒，只怕喝了不下五坛罗浮春，看上去倒像没事似的。藏青色的长衣铺开在白石小案对面，优雅地跪坐下来，排开绿冻石酒杯，又要给同窗们斟酒。

太尧拦住，轻声道：“扶苍师弟，莫要饮太多酒，我们这里也不能喝了，你看古庭。”

扶苍看着古庭醉态蒙眬的模样，面上终于露出一丝笑：“他素来量浅，还总爱贪杯。”

他朝玄乙那边看了一眼，她面前白石小案上的东西几乎一样都没吃，豆腐都被她用筷子戳碎了，她又去戳鹌鹑，把脆皮戳出一个个洞。

怕是这里的吃食不合这位挑食公主的胃口，扶苍下意识凑过去，正要说话，冷不丁她忽然转头，百无聊赖地看着他：“扶苍师兄，给我倒一杯酒吧。”

她居然要喝酒？她不是闻到酒气便打喷嚏吗？今日酒水是味道极淡的罗浮春，喷嚏她是不打了，反倒主动要酒？

“你能喝酒？”扶苍反问，一面却已替她斟了少少一杯，放在案上。

“不能。”玄乙捏着绿冻石杯，她就摆个姿势，看看齐南什么时候注意这边。他忙着跟青帝说话，头也不回，他到底有多少话要跟青帝诉说！

扶苍觉得自己又要开始搞不懂龙公主这莫名其妙的思路了，午时到现在也过了挺久，她粒米未进，滴水不沾，倒有些不对劲，平日里她挑食是有的，却没这么严重。他忍不住多看了她几眼，她神色一如既往地平静，只是显得有些黯淡，是心情不好吗？

对面忽然行来一位神君，肤色青白，面带病容。他款款走到众弟子面前，恭敬行礼，十分客气：“扶苍神君，芷兮神女，玄乙公主，我家小妹在下界遭遇无妄之灾，多亏诸位出手相助，吴回感激不尽，还请去对面一叙，家父家母恭候三位。”

吴回？这不是赤帝长子吗？

芷兮已喝得半醉，这会儿却不能失礼，急忙与众弟子一同起身还礼，一面又顺口道：“吴回神君太客气，当日与我们一起的还有少夷神君……”

她倏地又闭上嘴，不好，真喝多了，居然在延霞家人面前提少夷，别人都刻意绕过他了。

果然吴回神君仿佛没听见，笑吟吟地请了他们三个去对面。赤帝与赤帝夫人含笑起身相迎，夫人尤其和颜悦色，握住扶苍的手，柔声道：“延霞这孩子任性顽支，下界历劫也不得安生，给你们添了许多麻烦。扶苍神君此番剑道觉醒，听说也是为了回护小女，实在叫我们又欣慰又过意不去。”

说着她又去握玄乙和芷兮的手，满脸怜爱地打量。

赤帝平日里不苟言笑，待夫人却极温和，温言道：“阿秀，以后有的是说话的机会，今日扶苍神君是主人，我们还是莫要耽误他太久。”

他们夫妻俩与长子一同举杯道谢，连敬三杯。这下玄乙不喝也得喝，连着灌了三杯罗浮春，酒味诡异无比，她还不好摆出受不了的样子，心里也不知把齐南骂了多少遍。

对面吴回笑道：“小妹自小娇宠，在明性殿中任性妄为得罪良多，请诸位莫要与她计较。”

哎，这个当大哥的真不错，看着病恹恹的，不用成天待在天北一梦千年杳无音信，也不会说走就走，更不会数千年只见短短几次。

玄乙慢悠悠地四处打量，又见赤帝含笑与扶苍交谈。这个父亲也不错，不用一天到晚锁长生殿里面对什么事都不闻不问，也不会勾三搭四，更不会害死自家夫人。

那边赤帝夫人握着芷兮的手亲亲热热，这个阿娘……唉，阿娘。

玄乙忽觉意兴阑珊，扭头再去找齐南，他还在和青帝他们几位帝君说话，他是不是真的不管她了？

她头昏脑涨，盼着叫冷风吹一会儿，当下悄无声息离开了淡月小榭。

澄江湖上氤氲的湿气已随着午后渐渐灿烂的阳光消失殆尽，波浪里像是撒了刺眼的金屑，晃得她头更晕，眼睛还疼。她搓了一粒雪球放脑门上，转过身朝背阴处飞，忽听湖中“扑通”一声巨响，却是上代青帝养的两条金鲤跃出水面戏耍。

这两条金鲤可比上回的鲇鱼妖漂亮多了。

她手腕一转，摸出一团白雪，开始捏金鲤。片刻后却有一阵踏草之声由远至近，她懒得抬头，只道：“齐南，你终于想到我啦。”

脚步声停在藤椅旁，却没回答。玄乙目光落在碧绿的草地上，这双鞋好像不是齐南的，她顺着藏青色的长衣朝上看，对上了扶苍黝黑的眼睛。

他手里提了一个食盒，送到她面前，只有简单一个字：“吃。”

玄乙嫌弃地别开脑袋：“我不爱吃你家饭菜。”

扶苍嘘了一口气，蹲下身将食盒打开，里面一列玛瑙白玉糕，一列桃花百果糕，并一壶华光飞景茶，他淡道：“那我家的茶点你也不爱吃吧？”

玄乙一把握住他的袖子，一本正经道："爱吃。"

他面上露出一丝忍不住的笑，将华光飞景茶斟入白玉杯中，放在她手上。

玄乙浅啜一口茶，又挑了一粒桃花百果糕，好茶好糕。奇怪也哉，大概是因为她心情不好，居然不想跟他斗气，暂且放过他。

"小龙君为何没来？"扶苍记得写邀帖的时候，他特意在帖内写上了小龙君的名讳。

玄乙淡道："他回天北继续一梦千年的修行。"

原来是大哥来去匆匆，怪不得她看上去神色黯然。扶苍索性坐在草地上，伸手也去拿茶点，冷不丁被她一把拦住："都是我的。"

他立即想起上回苦到极致的烛阴白雪虾仁，手腕又是一颤，今日他也喝了不少酒，为免出现上次的荒唐事，他决定不与她争。

澄江湖里的金鲤还在戏耍翻腾，玄乙出了很久的神，雪球顶在脑门上，头是不晕了，但心里晕。眼角余光瞥见扶苍还坐在旁边，她便道："扶苍师兄，你怎么还不走？今天你是主人吧？"

扶苍淡淡"嗯"了一声，却不答。

玄乙又道："要么就带我逛逛吧，这湖水刺得我眼睛疼，快换个好看又暗些的地方。"

扶苍起身握住藤椅的扶手，轻轻一拉，她就跟着动了。

玄乙乐得笑起来："去那边，那边。"她指向对面树影幢幢的密林小道。

扶苍淡道："那边是花园，这个时节百花凋零，没什么可看的。"

玄乙哪里理他，把他袖子扭成了麻花："快去快去！"

扶苍把自己可怜的袖子拔出来，近乎无奈地瞥了她一眼，这龙公主好像是醉了，三杯罗浮春就醉，酒量之浅他生平第一次见。她脑门儿上还顶着一粒雪球，晃晃悠悠，倒有些可爱，他伸手拿起，她居然不气，大方极了："那个旧的送给你，不客气。"

说罢她捏了个新的又顶脑门上。

扶苍忍不住笑起来，摇着头将她拽进密林小道。

华胥氏并不讲究铺张，花园里没有什么争奇斗艳的奇花异草，也没什么华美奢侈的楼阁亭台，一方水榭高台下，种了许多花树。如今冬日未过，花树大多秃枝无花，唯独东面有几畦如霞似锦的杏花开得极好。

玄乙指着那边："那不是花吗？走，赏花去。"

扶苍道："那是我五千岁时种下的仙华杏树，非普通凡品，前年才开花，至今未凋零。"

五千岁时种下的，那现在树龄多少？玄乙心中昏沉，一时竟算不清，把手指头掰得飞快。

"两万五千年。"扶苍替她算好。

玄乙用大吃一惊的眼神瞪着他："你这么老了！"

老？扶苍眉头一皱，却听她又道："是我年纪的三倍，等我十万岁的时候，你就三十万岁了。”

……她的算术真是惊天地泣鬼神。

他不去理她酒后胡言，将她拽入杏花林。这些仙华杏花有的好似新雪般洁白，有的又如明霞般艳丽，红白交织，花朵大如手掌，一团团沉坠枝头。

扶苍寻了一处幽静的树下，早有看守花园的仆从送来纤云华毯，添上新的茶水与茶点。玄乙感觉半个身子都要陷进柔软的纤云毯里面，这毯子做得居然比她家的舒服许多，可见织女们偏心。

此处地势稍稍高于澄江湖，一眼望去除了满目繁华杏花，还有湖面上刺眼的金光，远方的太山青黑雄峻，金顶的青帝宫有一半陷入云雾。

玄乙定定看了半日，突然轻轻问道：“扶苍师兄，华胥氏剑道觉醒，是不是以后舞刀弄枪就更厉害啦？”

这龙公主为什么醉了之后说话还是如此叫人揪心？扶苍背靠杏树，语气淡漠：“不错，一剑过去你便没头发了。”

她急忙把头发全部拢进衣服里面。清晏去天北了，他真要削头发，她可完全没辙。结果一慌，头顶的雪球掉了下来，她伸手要捡，扶苍早已先捏了起来，轻轻往她脑门上一放，垂睫看了她片刻，眼睛里又流露出让她恐惧的温柔。

玄乙闭上眼，却觉他的手指触在额上，替她取下一片落英。

她慢慢躺下去，把脸埋进柔软的纤云毯中，过了很久很久，又小声问：“那……你是不是也要一梦千年了？”

扶苍低头去看她，她的眼睛里闪过一丝近乎落寞的神情。他忽觉心口有些许疼痛，仿佛那天中了幻术，被纯钧穿心而过，只不过那一次是冰冷的，而此刻，却是火热的。

“……不急。”他低声回答。

她朝他笑了笑，把食盒推给他：“给你吃。”

扶苍又觉好笑，一时还觉心惊，他方才说了什么？

霞光丝丝缕缕地吞噬天边，远处的澄江湖倒映出艳丽的颜色，纤云毯上的龙公主终于不胜酒力沉沉睡去，落英满身。

他替她将拢进衣服里的头发慢慢拨出来，放在手里梳理。

原来这四海八荒最要命的从来不是什么迷魂幻术、明争暗斗，也不是日复一日漫长而空虚的日子，最要命的是，你明明厌恶，却又深深被吸引。

当天边最后一缕霞光被夜色吞并时，齐南终于在几位神仆的带领下急匆匆地赶到了花园，老远望见纤云华毯上的两个小天神，他的心差点从喉咙里蹦出来。

扶苍神君失踪了一下午，淡月小榭里面个个都在问，他四处没找着公主，就知道事情不对。本来还以为必然又是公主胡搅蛮缠拖着扶苍神君，两个小辈不知在哪里斗气，结果他家的公主小祖宗居然大剌剌地睡别人腿上，头上的金环都掉了下来，被扶苍神君拿在手里。

齐南急促的脚步瞬间停下，转过身便想往回走，倒让一旁的神仆反应不过来："齐南神官，玄乙公主正在那边，你往哪里走？"

别出声！齐南泪流满面地阻止，结果还是迟了，扶苍神君已抱着公主起身，缓缓走过来。

不知是不是怕吵醒公主，他周身的祥光尽数收敛，将暗未暗的朦胧夜色中，俊雅清隽的神君面上掠过一丝隐晦的窘迫与羞涩，低声道："齐南神官，她……喝了三杯酒，刚睡不久，客房就在不远处，我领神官去。"

说着他便要将玄乙递给齐南。

齐南哪里肯接，捂着老腰满面愁容："我这几日腰酸……"

扶苍只得抱着玄乙转身走在前："神官请随我来。"

再往高处走一段，便是客房与雅间，长长的楠木回廊上，灯火如明珠疏疏点缀。神仆拉开房门，往青铜鼎内放了一把九和香，侍立女仙们整理完床帐，扶苍正要把怀里的小公主放上去，却觉她忽然一动，紧跟着便狠狠打了数十个喷嚏。

"……什么味道？"她双眼通红，捂着鼻子，声音沙哑。

神仆们急忙赔罪："不知公主不喜这九和香的味道，我们马上撤下。"

齐南客气笑道："我家公主脾气怪，不大爱这些有名香料，劳烦各位神仆了。"

扶苍少不得再把她抱出门，行至楠木回廊上。冰冷的夜风一吹，玄乙的精神不由得恢复五六分，脸也板了下去，哑着嗓子道："齐南你终于发现我啦？"

她微微一挣，扶苍便将她放下。齐南忙不迭奔过来扶着她坐在楠木回廊上，低声道："公主你怎么样？都怪我，竟叫你喝了三杯酒。"

玄乙噘嘴道："我渴了，我头疼。"

侍立女仙早已送上茶水，齐南掐了掐她脑袋："是这里疼吗公主？"再疼点就好了，这任性妄为的小祖宗。

玄乙疼得赶紧阻止："脑仁儿都要被你掐出来了。"

她摸摸脑袋，长发披散，绾发的金环却不见了。正疑惑时，一只手托着玲珑精致的金环送到眼前，扶苍淡道："找这个吗？"

玄乙抬头看了他一眼，他神色平静，看不出喜怒。她接过金环，用五指梳理长发，忽然道："我饿了。"

……这么快就饿了，扶苍拍了拍手，很快便有仆从端上白石小案，上面陈列的不再是她讨厌的豆腐鹌鹑，而是几道新菜。

她略讶异地扬起眉梢："你家饭菜也有好的嘛。"

扶苍不理她，只向齐南拱手："今日已晚，没有让客人踏月而归的道理，请二位留宿客房。我久去未归，须得回淡月小榭了，告辞。"

玄乙翻了半天没见下午的茶点，急道："等一下！我的桃花百果糕和玛瑙白玉糕呢？你全吃啦？"

她以为个个都像她这样嗜茶点如命吗？扶苍无奈，低声吩咐仆从再去做些茶点，正要走，却听她在后面又轻轻叫了他一声："扶苍师兄。"

他转过身，齐南早就避让到客房了，长长的楠木回廊上只她独自坐着，清澈幽冷的月光下，她眼睛里有一种细微的寂寞和警惕，停了片刻，她轻声道："一梦千年……真的不急？"

那隐隐约约的疼痛又泛滥在胸口，扶苍情不自禁地走向回廊，长衣铺开，缓缓坐在她身边，"嗯"了一声："不急。"

玄乙微微一笑，推过去一份不爱吃的冬菇："给你吃。"

这是她表达谢意的特殊方式？他接也不是，不接也不是，怔了许久终究还是接过来放在一边。

她正在低头吃饭，到底是娇生惯养的公主，每一样只用筷子尖夹上一点点送入口中，忽然又道："你要是再说削我头发，我就要跟先生学拳脚剑道了。"

"然后呢？"他不动声色，反正总也跟不上她跳脱的思路，他索性顺其自然。

见她发上的金环插歪了，他下意识便用手扶正，只听她干脆利落地开口："然后我亲自揍你一顿。"

扶苍嗤笑一声："就凭你？"

她都大方地原谅他以前的恶行了，这家伙还要挑衅她，玄乙将他的手一把推开："别碰我。"

她饭量不大，吃了一小半就不肯再吃，把白石小案推到一边，从袖中取出捏了一小半的白雪金鲤继续捏，一面慢悠悠地问："茶点还没好吗？"

银月流辉，渐渐攀上太山顶，她纤细手指间仿佛在揉捏一团月光，不知是月光更苍白，还是她的手更苍白一些。冰冷的夜风穿梭在楠木回廊上，她发丝间一星淡淡的幽香若隐若现，有别于烛阴氏独有熏香的气息。

现在是什么时辰？他该回淡月小榭了，撇下众多宾客几乎一下午，实在太失礼。扶苍觉得自己可以找到一万个离开这里的理由，却一个都不想用。

这里是他最熟悉的太山顶，他的家，他日日夜夜相对的楠木回廊，眼下多了一个龙公主。自相识以来，他们几乎没有这样安静且和平共处的时光，现在他竟然盼着此时此刻可以像胸膛里的灼痛一样，再长一会儿。

小巧玲珑的白雪金鲤很快在她掌中变得活灵活现，玄乙用指甲掐出最后一片鱼鳞，将这条小金鲤托在掌中，转头问他："好看吗？"

扶苍的目光从金鲤转到她面上，匆匆一掠而过，又“嗯”了一声。

玄乙“哼哼”一笑：“好看也不会送你。”

诡异的愉悦犹如邪火焚烧，他竟不知是想把她揉碎在手掌中，还是想……想那些他平日绝对不去想的荒唐举动。

扶苍骤然朝后退了一下，幸好仆从们端着刚做好的茶点躬身走上前，他松了一口气似的起身：“你吃吧，我告辞了。”

玄乙朝他亲切地挥手道别：“早点睡。”

只怕难。

扶苍沉默着踏月而去，这真是他最要命的一天。

第十六章

落入尘埃

淡月小榭内，晚宴已进行到一半，酒也从清淡的罗浮春换成了浓烈的太清酒。

太尧有些无奈地看着身边两个师弟师妹，古庭醉得已经开始满嘴胡话。因方才有个师弟嫌他老提客栈，便说起凡间青楼，结果古庭到现在还扯着他连声问青楼是不是涂成青色的楼。

芷兮素来是弟子里面最稳重的，孰料她今天不知为何抓着酒杯就没放下过，两眼都已经直了，满面通红，只会傻笑。

只盼这两个算是明性殿脸面的好弟子，今日千万别把明性殿的脸面砸坏在这里。

忽地望见一下午都失踪的扶苍款款走来，太尧急忙招手："扶苍师弟。"

扶苍尴尬地不去看青帝戏谑的目光，快步走到近前坐下，轻声道："抱歉，我……有点事，自罚三杯酒。"

太尧现在提到酒就头大，赶紧拦住："别喝酒了，你看他俩！"

芷兮还好，安安静静地坐着傻笑。古庭则把在座每个弟子都折腾了一遍，终于扑过来揽住扶苍，笑道："你和玄乙一下午在外面聊得还好吧？"

扶苍把他手中酒杯捉过来，淡道："你醉了，坐下。"

花皇姚氏行事素来讲究"度"，无论做什么都会在一个限度之内，古庭以前在类似的宴席场合绝不会喝到这般酩酊大醉，这次却不知为何，莫非有心事？

古庭果然坐下，酒杯他抢不过来，索性又抓了个新的，叹道："我找你一下午……你也不说陪我喝酒，不知跑哪儿去了。我跟你说，昨天夫萝来看我了，她……听说我掉下界，很是担心。我以前送给她十八朵君影草的腰饰……后来坏了，她又自己重新补好……"

他说着说着身子就歪下去，扶苍伸手将他扶正，却见他已酣然睡着了。

太尧不由得叹气："在下界也是，偷那些凡人的酒喝，喝多了就念夫萝，既是忘不掉，不如不计前嫌重归于好。"

扶苍摇摇头，对古庭来说，只怕宁可此后几千年日日夜夜醉酒思念，也绝不会重归于好，他就是这么固执。

这边古庭才安静地睡过去，那边芷兮忽然又捂着脸嘤嘤哭起来。太尧简直一个脑袋两个大，大家出来开开心心给扶苍道喜，结果一个两个都喝多了，不是念旧爱名字，就是莫名其妙开始哭，他觉得自己都快不认识自己的同窗们了。

他只得低声安慰："芷兮师妹，有什么想不开的事只管说出来，说出来发泄一下便好。"

芷兮不说话，只是捂着额头，眼泪如断线珠子般往下掉。

太尧向来不知如何应付哭泣的神女，只得求助一般望向周围弟子，结果一个两个都回避他的视线。开什么玩笑，芷兮师姐一向那么严肃正经，都能叫她哭了，那事必然麻烦得很，谁也不要惹麻烦。

他又望向扶苍，扶苍只唤来两个侍立女仙，将芷兮搀扶起，他自己将古庭架起："我送他们回客房休息。"

太尧叹着气也起身："一起吧，我也倦了。"

此时已近亥时，帝君们也三三两两地回客房休憩。扶苍和太尧将古庭安置好，方步出房门，却听另一间客房内还传来芷兮低微的啜泣声。

太尧在门外重重咳嗽一声，芷兮的哭声立即断开，再也没动静。

"改天问问她吧。"太尧摇着头向扶苍拱手，往自己的客房行去。

湖畔大道为银月照得雪亮，来客都已散得差不多，扶苍了无睡意，沿着大道慢慢往前走。周围的景致他自小看到大，早已熟悉无比，今晚不知为何，看旧的景色里反而生出一丝新鲜的旖旎之意，他竟不想那么早回房睡觉。

忽见前方一块巨大青石旁有个人影斜倚，石上堆了一片空酒壶，他还在自斟自饮，举止间额间火红宝珠微微晃动。

似是听见脚步声，少夷愕然回头，因见是扶苍，他便舒展眉头："怕是天宫也找不到这样的观月之景，真是漂亮。"

说罢他晃了晃手中酒壶："共饮一杯否？"

他们俩脾性极为不投，素日里便是无话可说，加上还有古庭的事，扶苍本不大愿意接近这位莫测的师兄，可他今日是主人，离席一下午已经非常失礼，华胥氏的重礼令他不能再拒绝客人之邀，当下颔首，接过酒杯，喝了半口。

少夷含笑道："扶苍师弟剑道觉醒，很快便要一梦千年无法无相了吧？想不到你成了明性殿第一个一梦千年的，做师兄的好生惭愧。"

扶苍淡道："少夷师兄何故如此谦虚，师兄若是有心于此，明性殿第一个一梦千年的本该是你。”

少夷歪着脑袋想了想，回首笑问：“这是客套话吧？”

扶苍也笑了：“师兄觉得呢？”

少夷叹了口气，浅啜杯中酒，遥望太山顶的皎洁之月，不再说话，四周又变得安静下来。

明月渐渐升上中天，扶苍终于感到一丝倦意，少夷也打了个哈欠，一面伸着懒腰，一面说道：“对了，扶苍师弟，我还没谢谢你，这次天灾你替我把小泥鳅护得这么好。”

扶苍浑身一震，几乎忍不住要猛然回头。

他用尽所有的理智，才能慢慢转身回望，少夷神色诚挚，又道：“辛苦你了。”

扶苍深深吸了一口气，他一直以为被纯钧穿心而过才是幻术，原来之前少夷的话也是。现在少夷说出和幻术中几乎一样的话，他竟不知是惊还是疑。

“扶苍师弟？”少夷见他神色古怪，不由得轻问。

扶苍忽地冷笑一声，是他自己生出了心魔，槐妖的幻术让他窥见心底的不安，而此时此刻，心魔依稀重现，但他岂会就此沉沦？

“替你？”他傲然反问了一句。

少夷笑了笑：“是我言辞不当，抱歉。”

扶苍冷冷看了他一眼，转身便走。

白泽帝君匆匆踏入万神群殿西北角的毓华殿，这些日子天天奔波，他既没时间吃喝也没睡觉，原本稚嫩饱满的脸颊看着都憔悴了许多。

太子长琴一见他便叹道：“白泽帝君，都说了五行阴阳流动之事有我们，你老人家何必这样操劳？”

白泽帝君脱了鞋盘腿坐在软椅上，接过神官递来的茶，一面喝一面累得叹气：“本座倒希望只有五行阴阳流动之事，苍生镜因着离恨海坠落倒了，两位司命一直在整理乱成一团的命理线，还不知多久才能理好；那边文华殿又说如今堕入魔道的妖族过多，下方山河土地之神也须得一一彻查……”

他还没说完，太子长琴已听得头皮发麻，急忙打断：“帝君，上回您送到毓华殿的槐妖尸体查过了，防风氏的双手也剥皮拆骨一一查过，这反复痊愈之力，倒与九天凤凰一族的再生之神力十分相似。当年那两位在离恨海一战的帝君可是有神力残留，才致使离恨海发生这种异变？”

白泽帝君并不惊讶：“帝君之战何等威势，那两位更是以命相搏，怎可能没有神力残留，封冻离恨海的黑雾不就是烛阴之暗吗？”

太子长琴叹道：“原来如此，解了我心头疑惑，想必这么多年下来，浊气清气互相纠缠，生出这样的怪东西。白泽帝君，你老人家年纪最大，可知道当年那两位帝君谁胜谁负？

又是为何以命相搏？”

凡间素来都有龙凤呈祥之美谈，可见青阳氏与烛阴氏曾经关系应当不错，怎的现在势同水火了？

白泽帝君凝神想了许久，缓缓摇头：“那时候本座也还小，太多年了，记不清。倒是有过青阳氏的公主要嫁给烛阴氏的印象，可后来不知怎么不了了之。两位帝君突如其来便要以命相搏，上代天帝也不能阻止，到最后也不知胜负。他们两位老人家的孽缘，到今天才算结出恶果，倒麻烦本座收拾烂摊子，可恨！”

太子长琴见他一派老气横秋地说出孩子气的话，不由得失笑：“帝君，这反复痊愈之力的来源，要公布吗？”

其实公布不公布，有心者应当可以猜出真相了，就像笼罩离恨海的黑暗一样，都知道是烛阴之暗，但都不提，这些著名神族要造孽，天帝也挡不住。

白泽帝君穿好鞋子，打了个巨大的哈欠，道：“别公布，你以为青阳氏好惹？他们有时候比烛阴氏难缠多了。本座去也。”

他还有一堆事要忙。

当明性殿坠落了今年的第三场雪之后，忙成陀螺的白泽帝君觉得不能再这样下去了。

苍生镜里乱成一团的命理线还没整理完毕，下界山河土地之神彻查一事也正在进行中，对离恨海的监守、下界堕落之妖的扫除……事情简直一堆一堆地来，即便有许多不需要他亲身处理，但他毕竟是掌管万神群殿者，不出事他可以成天闲在明性殿里睡懒觉，一出事比谁都忙。

在大半个月都没吃饭睡觉的情况下，白泽帝君忍无可忍，一道召集书信将弟子们召来了明性殿。

望着暌违了快一个月的明性殿，芷兮心中竟然生出一股怀念之情。先生脾气古怪任性，以前也时常放几个月的假，可她从没有哪次像现在这样，希望日子回归从前的正轨，哪怕无聊枯燥。

身后传来长车落地的声音，她一回头，便望见玄乙坐着藤制软椅慢悠悠飘过来，一面优雅地吐出一粒梅核儿，亲切地唤她一声：“师姐。”

这小公主每次见都穿不同的衣裳，今天穿了一身五彩斑斓的裙子，没挂披帛，腰上倒系了一条粗而长的漆黑腰带，越发显得纤细如柳。

她一过来就友好地分了半包糖渍梅给她——真真是个贪嘴的小鬼。

芷兮好气且好笑：“成天不好好吃饭，尽吃这些。”

玄乙挽着她的胳膊一起进明性殿，娇声道：“先生说有功课要布置，肯定又是叫我们替他跑腿。师姐，等下我们一起拒绝。”

芷兮笑道："那三千字见闻录你写好没？"

坏了，她早就彻彻底底把三千字见闻录丢在了脑后。玄乙一把抱住她的胳膊："好师姐，回头把你的借给我抄抄。"

芷兮故意跟她开玩笑："借你抄可以，那这次的功课你也替我做了吧。"

玄乙厚颜无耻地把自己的伤势搬出来："我腿脚不利索，替不得，要不我再帮师姐做几罐蔻丹膏好不好？"

说着她上下打量芷兮，眉头一蹙："师姐怎么不打扮了？你打扮起来才好看。"

芷兮讲究什么"清水之雅"，往往只穿一身素裙，头上用一根碧玉发簪点缀，胭脂水粉一概不见，连镯子耳坠腰饰之类都不用。上回去朱宣玉阳府和青帝宫她都刻意打扮过，很是惊艳，结果今日一见又变回"清水之雅"了。

芷兮只淡淡一笑，她不会再做用容貌来吸引神君目光的浅薄神女，并且，这也已经没什么意义了。

进了明性殿，玄乙找了处阴暗的殿角，将芷兮的见闻录拆开胡乱拼凑抄写。这位师姐态度实在太认真，先生只要求三千字，她写了六千字，三千写景三千写宝物，抄得她头大。

方抄了一小半，一个魅惑而低沉的声音骤然在头顶响起："写什么？"

玄乙抬起头，大半个月不见的扶苍正立在身侧，低头看她铺在膝上的册子。他又穿回了白衣，一派纤尘不染、丰神俊朗的讨厌模样。大概是见她在抄见闻录，他目光闪动，面上露出一丝笑来。

"扶苍师兄，"她朝他伸出手，"把你的见闻录借我看看。"

扶苍实在没想到大半个月没见，她第一句话是管自己要功课来抄，他只得将自己的也递给她，看着她下笔如有神，抄得飞快。

他的字清雅方正，对比起来，她的字龙飞凤舞，简直是一团草书。扶苍看了一会儿，指着墨迹含糊不清的地方问："这是什么字？"

玄乙像看文盲一样瞥他一眼："这个字你都不认识？这是……呃……这是……"

不好，连她自己也不认识了。她毫不心虚，信口开河："这是'楼阁'的'阁'字。"

扶苍淡道："前面写的是后羿箭矢，'阁'字从何而来？"

"就这么来的。"玄乙一挥手，"走开，别烦我。"

他非但不走，反而蹲了下来，指着另一处又问："这是什么字？"

玄乙皱眉扭头看他："我还能不能愉快地抄见闻录了？"

扶苍嫌弃地勾起唇角："你的字须得好好练练。"

玄乙不理他，一面继续"龙飞凤舞"，一面道："等我像你这么老的时候，写字自然就好看了。"

老？扶苍正欲将她的册子抓过来，却听殿前传来弟子们的行礼声，白泽帝君到了。

玄乙偷偷摸摸缩在最后面，埋头使劲把最后一千字抄完。白泽帝君的声音听起来有气无力：“离恨海坠落一事破坏了神界许多固有秩序，接下来本座还要忙上一段时日，无法授课。上回给你们发的册子记得背，另外本座另有功课布置——”

他指尖一弹，弟子们面前的案桌上便出现一张长长的白纸，上面密密麻麻写了起码五十行字，粗粗一看，全是什么眼珠、牙齿、手指之类的古怪物事。

“这里五十样东西，明性殿十二名弟子，每个弟子能带回两件便算完成功课。半年后恢复授课，谁没有完成，便将本座先前发的册子抄一百遍。”

弟子们登时沸腾了，这无耻的先生！把自己忙翻天的怒火转嫁到他们这些无辜小辈身上！什么功课！每次都说是功课，每次不是替他找遗失的物品，就是替他搜集这些古怪玩意！

芷兮腾一下站起来，第一个仗义执言：“先生，恕我直言，搜集这些东西根本不能算功课！”

古庭也不敢苟同：“离恨海都掉下去了，先生这些古怪嗜好也收敛些吧？”

要不是他把防风氏尸骨丢进离恨海，能出这么大事吗？

白泽帝君满面无辜：“怎么不是功课了？难不成出来跟先生学习，就是成天背书？四海八荒那么大，你们去过多少地方？将来五万岁得了神职，去哪里还得问路？本座教出来的弟子可不会是书呆子，应当个个能文能武、上知天文下知地理才对。”

狡辩！这是狡辩！连太尧都忍不住了：“先生……我来这里也有一万年了，从没见您教过什么法术。”从头到尾就是念书背书，什么能文能武，他真敢说。

白泽帝君叹了口气：“原是想着你们还小，术法拳脚之类的修行可以到四万岁再做也不迟，何况你们家中长辈都有自己的套路，不必劳烦本座越俎代庖。既是这样，那待本座忙完这段，自当如你们所愿。”

他还想再说，却见明性殿外跑来一个小仙童，气喘吁吁地低声唤他：“帝君，文华殿又派神官过来催啦！”

白泽帝君面色发绿，丢下一句“你们记得完成功课”，便匆匆离开了明性殿。

玄乙终于成功把三千字见闻录抄完，一抬头却发现先生已经走了，他不收见闻录吗？她好不容易抄完的！

那边厢弟子们却也不得不去做这看上去一点也不愉快的功课，先生忙得团团转，他们也不好意思在背后说他坏话，只得各自腹诽，将白纸上列出的东西看了数遍。古庭忽然指着其中一个道：“这个婆娑牡丹花蕊三根，我倒是可以弄到。”

另有弟子也道：“九婴眼珠我家有。”

众弟子先将自家能找到的东西都画上钩，剩下的那些一看就是极难弄到手的，大家吵吵嚷嚷分了半日，各自领了不同的任务，只留下三四个根本不可能完成的，这才气呼呼地

——离开了明性殿。

扶苍沿着积雪小道往前走，走了几步到底忍不住回头看一眼，玄乙像条尾巴一样不紧不慢地跟在后面，他往东她也往东，他往西她也往西。他有些无奈，方才还一路的芷兮、古庭他们几个早就避远了，他只得停下脚步，回头道："这是在做什么？"

玄乙挥了挥手里的白纸："做功课。"

扶苍淡道："黑水玄蛇胆和青鸟尾羽我有，方才不是说过了吗？"

"那是你有，又不是我有。"

扶苍嘘了一口气，和她说话怎么就那么累呢？他凑上前蹲下来，低声道："你腿脚不便，老实回钟山，不用担心功课的事。"

玄乙低头抠藤椅上的雕花："先生半年后才开始授课。"

扶苍说不出话来，她是因为小龙君走了，心情转换不过来，所以转而黏上他？还是因为……

他起身继续往前走，语气很坚决："回钟山。"

她默不作声，继续做尾巴跟在后面。

扶苍忽然觉得自己可以体会齐南的感觉了，他猛然刹住脚步，扭头冷冷盯着她。玄乙飘过去抓着他的袖子轻轻摇了摇，这素来胡搅蛮缠、蛮不讲理的龙公主，一旦收起爪子露出柔顺的一面，他竟然毫无办法。

"……不许拖后腿。"

扶苍抓住藤椅扶手，头也不回地拉着她大步离去。

绵密的白云擦着衣裳的边缘飞逝而去，身下的九头狮在飞驰。

他们要去哪儿？玄乙对这件事并不是很关心，其实去哪里都好，近来她好像不能够安安静静地待在紫府，时间一长便觉得百无聊赖。

对面的扶苍坐得端端正正，面沉如水且一声不吭，她也全然不在意，一面低头看先生给的册子，一面取出剩下的半包糖渍梅，吃得不亦乐乎。

不知过了多久，寂静的云海中忽然开始坐骑长车往来不绝，祥光万丈，玄乙即便用手挡着也被刺得再也没法看书。她用袖子遮住脸，问道："这是什么地方？"

扶苍示意九头狮降下云头，一面道："三生石畔有紫元织女府，她曾是先生的弟子，功课里的杜鹃血红羽毛缎，找她帮忙做还有几分希望。"

白泽帝君留下的那张白纸被他反复看了无数遍，有些需要下界杀妖才能取到的自然是不用想了，还有些一看就知道绝对没可能弄到的，譬如天帝玉冠上的玄珠，也不知先生写的时候究竟在想什么。

剩下的那些说难是难到了极致，说简单也简单到极致，全凭运气而已，例如这杜鹃血红羽毛缎，若紫元织女愿意做，事情便成了。

三生石位于西之荒的灵河岸，在离恨海成为禁地后，这地方成了唯一的爱侣胜地，岸边坐满无数神仙鸳鸯，灵河岸水雾缥缈，薄雾轻纱般舔舐诸神的衣摆，一切都迷迷蒙蒙的，连头顶那颗太阳都显得温婉了许多。

玄乙停在三生石下，仰头张望这块神界最著名的石头，也不过是一块稍大些的青红交织的岩石，伸手摸摸，粗糙冰冷，全然不见有何神奇之处。

三生石畔，情定终身。阿娘说过，当年她和父亲就是在三生石下相约终老，可惜情易变，誓约终究成空，多情的翠河神女含恨陨灭，这块石头不过是个笑话。

“这里来。”扶苍往前走了几步，不见她跟上，不由得驻足。

灵河岸雾气弥漫，玄乙拨开水雾跟在他后面，此时太阳高照，灵河上缥缈的雾气散去不少，远方山水似淡墨涂抹，在云水间若隐若现。她贪看新鲜风景，走走停停，扶苍只得将藤椅扶手再次握在手中。

“等下出来再看。”他一面说，步子却放慢了。

谁知她却叹了一口气：“灵河岸三生石大名鼎鼎，好像也没多好看，怎么就成胜地了？”

扶苍握住藤椅扶手缓缓朝前走：“当今天帝与天后便是在这三生石畔定情，帝后伉俪情深，此地情大于景。”

玄乙淡道：“这地方不好，不要在这里定情。”

扶苍的脚步倏地停下，他本来完全没多想，结果被她这样一说，他就开始情不自禁地想很多，一时尴尬，一时疑惑，一时竟还有些喜悦。

“怎么不走了？”玄乙愕然。

他立即又迈开脚步，淡道：“是吗？我觉得还行。”

玄乙支颐发呆：“反正我不喜欢。”

扶苍微微眯起眼，漫天的日光仿佛都照进他心里，顺着血液，把耳根熏热了。他心底忽然生出一个问题，有点荒唐也有点可笑，没有办法问出口，天生的谨慎也叫他不会轻易说出来。他沉默着快步朝前走，这条路忽然变得好长。

跨过灵河岸的雾气，紫元织女府坐落在灵河岸两座山的夹缝中。当今众多织女中，唯有她资格最老、手艺最好。当年帝女出嫁，嫁衣便由她亲手所制，足足缝制了三年，帝女珍爱无比，至今仍时常将嫁衣取出玩赏赞叹。

叩开织女府大门，两位小天神都愣了一下，府内道路纵横交错，道旁皆种满紫阳花，乍一看倒与明性殿有几分相似。两名玲珑精致的小女童将他俩引到一座院落前，便嘻嘻哈哈地跑开了，这院落……看着跟先生住的芳馨院倒挺像的。

玄乙正好奇地四处张望，却见院门忽然被打开，紫元织女快步走出，清丽的面上挂着笑，嘴里的话却十分不客气：“今日二位上神来得不巧，我没空会客，请去前院喝杯茶，喝完就请回吧。”

扶苍拱手行礼，道：“在下华胥氏扶苍，这位是烛阴氏玄乙，今日奉先生白泽帝君之命，前来……”

他话还没说完，紫元织女忽地换了个语气，变得温柔无比：“原来是先生新晋的弟子，既是同门，快快请进。”

……她的态度转变得好快！玄乙默默跟着她飘进院落，只听紫元织女温柔的声音难抑激动，流水似的说道：“我知道你们俩是他一年前新收的弟子，这些年我一直忙着替西王母织四海八荒图，没来得及去探望先生，先生如今可好？离恨海坠落，他一定忙坏了吧？你们可有好好照顾他？他一定瘦了，说不定连觉都没法睡，唉，提起我便好生心疼！”

及至进了大屋，迎面便见一幅巨大的神像刺绣，绣的是他们再熟悉不过的粉妆玉琢的犹如孩童般的白泽帝君，他手里端了一枚金灿灿的橘子，笑容可掬，眉目灵动，玄乙和扶苍一时惊呆了。

紫元织女红着脸柔声问：“先生还是这么可爱吗？”

玄乙吁了口气，颔首正色道：“是的，越发可爱了。”

她终于明白这位织女前后态度迥异的缘故了，白泽帝君年纪老得不能再老，看上去却是凡间六岁孩童之貌，使得这位紫元织女大概对他充满了——古怪的感情。

“我时常想回明性殿拜见他老人家，可我实在太忙，只盼先生莫要怪我。”紫元织女亲自倒了两杯茶奉上，又道，“师弟师妹今日奉了什么师命？我力所能及，必然全力以赴。”

扶苍说明来意，紫元织女露出为难的神情：“杜鹃血红羽毛缎须得吉光的羽毛，我府中没有。此物珍稀，现今只剩天宫马厩中还养了几匹吉光兽，上回帝女嫁衣都没用得上吉光之羽。”

得了，看样子是没戏了。玄乙喝了半杯茶，正准备说走，扶苍忽然起身，低声道：“请织女稍候片刻。”

说着他就往外走，玄乙追上去拽住他的袖子：“你去哪儿？”

扶苍道：“你在这里待着，我很快回来。”

玄乙哪里肯放，两眼冒光，小声道：“你去偷吉光之羽？我也要去。”

……这唯恐天下不乱的龙公主。他掰开她的手，眉头皱了起来：“我说了不许拖后腿。”

结果她整个身体扑过来，死死抱住他的胳膊：“我也要去。”

扶苍深深吸了一口气，龙公主突然从刺猬变成了软硬不吃的牛皮糖，毫无道理地死死黏着他，变化之快让他完全跟不上她的步伐。他皱眉低头看她，她的脸挤在他袖子上，两只乌溜溜的眼睛一眨不眨地盯着他，里面写满了一句话：我也要去。

扶苍一手推在她下巴上，硬生生用一种不大优雅的姿势把她推开，忽地将足尖一点，骤然消失在织女府中，只留余音袅袅：“在这里待着！”

玄乙气坏了，奈何她腿脚不便，要追也追不上他，只得愣在原地。

紫元织女笑眯眯地挽住她，一个劲地问白泽帝君的近况，问的还都是吃了多少饭、睡得好不好，衣服有没有按时换之类的琐碎问题。玄乙只觉脑仁儿都快沸腾了，忍不住提醒她："织女，先生年纪很大了。"

白泽帝君自出生至今，每五十万年方长一岁的模样，看上去是个小孩，其实比天帝还老得多。

紫元织女捂着脸："我知道呀，可他看上去小嘛。"

玄乙嘘了口气，朝她礼貌地笑笑，索性从袖中取出先生发的那张白纸，假装低头看，谁料一旁的紫元织女见着白泽帝君的笔迹便走不动路了。

"先生的字还是这么圆润可爱。"她的脸又红了。

玄乙只装没听见，忽听她又笑道："织杜鹃血红羽毛缎须得七日，先生的功课是叫你们拿这些东西里面的两样吧？等那个小神君回来，你们不如先去找别的物事——唔，这个天狐一族九公主的尾巴毛就不错。"

"可她肯定不愿意吧？"玄乙觉得这事儿挺难，她若是那个九公主，也不会乐意随便把自己的尾巴毛揪下来送人。

紫元织女道："无妨，天狐一族无论男女皆爱慕美色，跟你一处的那个小神君，凭他的容貌，莫说要尾巴毛，给他一条尾巴也不是难事。"

玄乙不由得失笑。

本以为扶苍这一去，一个时辰内便可回来，谁知等到夕阳西照，他还是连个影子也没。紫元织女忙着织四海八荒图，偶尔出来倒些热茶，见玄乙怔怔坐在门边发愣，便道："外面就是三生石，你干等着还不如出去看看风景。"

说了几次，见她像没听见似的，紫元织女也不再说，继续埋头织图。

天要暗了，庭院里的紫阳花影子被拉得细长细长，玄乙用脚尖轻点地下的方砖，她的脚也被拉得长长的。四下里好安静，让她恍然感觉似乎回到了钟山，那时候她也是每天在山门这样等清晏回来。

影子渐渐变淡，夕阳为青蓝的夜幕遮去，玄乙手腕一转，摸出一团白雪，可她又不知道该捏个什么，只把白雪放在手中慢慢揉捏。

脚下清淡的影子忽然被另一道影子盖住，玄乙抬起头，去了很久的白衣神君无声无息地回来了，头发丝都没乱上一分。

扶苍黝黑的眼睛看着她，隔了片刻，低声问："怎么不进屋？"

白雪团掉在地上，玄乙一把抓住他的袖子，仰头道："你回来了！"

扶苍觉得想笑，可胸膛里那种灼痛再度出现，一次比一次让他感到痛楚。他点点头，捉住藤椅扶手将她拉进屋，她已经开始捉着袖子各种瞄，连声问："偷到了吗？"

里屋的紫元织女跑了出来，撑圆了眼睛看着扶苍从怀中摸出一把美丽的吉光之羽。羽毛半红半白，带着一粒粒细小的如露珠般的清气结晶，切口崭新而整齐。

“有劳紫元织女。”他把吉光之羽递了过去。

离开紫元织女府时，巨大的明月已从灵河岸升起，银辉照耀下，水雾犹如轻纱，笼罩在三生石之上。

方才紫元织女的惊呼声犹在耳畔：“你这小神君好生大胆！竟然真的敢从天宫马厩里偷吉光之羽！”

扶苍自己也觉得这件事做得实在是太过大胆，此时犹有余悸。他自小到大都安分守礼，一是因为生性疏懒，二是家风如此，打破脑袋也想不到有一天他能做这样大的坏事，若叫天帝和父亲晓得是他偷了吉光兽极为珍贵的羽毛，还不知要怎样收场。

轻纱薄雾漫过衣裳，他的袖子好重，实在忍不住，他又低头看了一眼，龙公主像一粒牛皮糖，死死抱住他的一条袖子，他的衣服都被扯下了半截。

“……坐好了。”扶苍把衣服拉正，扯回袖子。下一刻她又拽着不放，一面还打了个哈欠。

“我困了。”玄乙懒洋洋地开口。

扶苍连着扯了几回袖子，她都死活不放手。他抿起唇，忽地将她后领口一抓，玄乙只觉腾云驾雾般，落在了他背上。

“睡吧，别闹。”他手指在藤椅上一点，椅子“噗”一声变成了叶片，被他收进袖中。

脖子一紧，她两只胳膊死死抱住他，冰凉而柔软的脸颊几乎贴在他耳朵上，声音细细的：“扶苍师兄，你怎么偷到吉光羽毛的？”

扶苍偏过脑袋，避开她肆无忌惮的亲近：“问这么多做什么？”

玄乙怎会放过他，扭得和麻花似的：“反正也没事，说给我听听嘛。”

没事？是她自己说困了，她是这么个困法？扶苍不欲理她，可她缠得厉害，若像从前那样用强硬手段逼迫她住嘴，他好像也做不出。

他忽地吹了声口哨，停在云海中打盹的九头狮立即撒着欢儿奔下来。扶苍把玄乙往狮背上轻轻一扔，淡淡道：“睡觉。”

她翻个个儿，还是捉住了他的袖子，指尖拈住一点点，挠痒痒似的用指甲挠两下袖口的暗纹。五彩斑斓的裙子胡乱地铺在狮背上，她躺得也乱七八糟，越发显得被漆黑腰带束着的腰身细若杨柳，蓬松的长发和狮毛卷在一处，她用手拨了两下，接着继续专心致志地抠他袖口上暗银线的纹绣。

扶苍觉得她纤细的指甲尖好像是抠在自己心上，疼里面还带了剧烈的痒。

他似做最后的挣扎般，将袖子慢慢扯回来。下一刻，她的手指又如同柔软的藤蔓，不依不饶地缠住他。

扶苍只觉整个身体仿佛也被缠住了，她像是在把他往下拉，可他不能拒绝，他竟不能拒绝。

他怔了许久，低头再去看，玄乙已经在狮背上缩成一团睡着了，头发盖住半张脸，露出半张的嘴唇。他情不自禁地伸手想去触碰一下，天性里的谨慎又叫他将手缩了回去。

最后只拍了拍狮背，小九御风飞起，钻入了云海。

第十七章

寂寞祸患

二月二，龙抬头，天狐一族的五公主正式出嫁。扶苍和玄乙赶到南之荒的时候，盛大的婚宴已经持续了两天。天狐大帝大概想跟当年的帝女婚宴比排场，诸神来访无论有没有邀帖，都来者不拒，酒水珍馐流水似的送上，从青丘山顶铺到山脚。天乐阵阵，妖娆的雌雄狐狸们婆娑起舞，看架势估计再办十天都没问题。

玄乙一路顺着宽敞的白石台阶飘上山，沿途时常有穿着白衫子、生着桃花眼的天狐族神君笑吟吟地送她一枚果子，还没上到半山腰，她怀里的果子已经多得不停往下掉。

她疑惑地扭头望向扶苍，谁知这家伙被一群天狐族神女堵在山脚下，橘子、梨子、桃子之类的果子都淹到他小腿了，他还在秉持什么华胥氏的礼仪之道，面无表情淡淡地跟神女们说话。

玄乙笑吟吟地飘过去，却听他在问："请问九公主在何处？"

一个天狐族神女掩着嘴娇笑："扶苍神君竟然也看上咱们的九公主了，大帝若知道了，必然欢喜。"

扶苍淡淡道："今次我来是有事相求九公主，盖因素未谋面，不知九公主是何样貌，还请神女指点。"

神女们的思路明显跟他不在一条线上，一个个惊叫："面都没见过便钟情于咱们九公主！扶苍神君好生腼腆多情！"

玄乙觉着他大约忍耐到了极限，虽说看他对她们冷言冷语的模样也有趣，但万一惹恼了天狐族的神女们，把他俩赶出去那可怎么办？

她软绵绵叫了一声："扶苍师兄！"傲然等在台阶上，只朝他招手，却不过去。

天狐族的神女们上下打量她，见她容姿鲜丽，便有些灰心。也有那些温柔多情的，悄悄和扶苍耳语："九公主天生九尾，神力浑厚，扶苍神君见着哪位神女背后有九条尾巴，便是九公主啦。"

扶苍从果子堆里快步走出，握住藤椅扶手将玄乙拉上山。见她要将怀中的果子丢掉，他摇了摇头，低声道："别丢，天狐一族的习俗如此，见着合眼的便送果子，丢了十分失礼。"

怪不得紫元织女说天狐一族爱慕美色，原来是这么个爱慕法。

玄乙小心将怀里的果子们挪挪，见不停还有迎面而来的天狐族神女红着脸往扶苍怀里塞各种果子，没一会儿他又抱了半怀，她"哧"一下笑起来："这趟来对了，扶苍师兄好受欢迎。"

扶苍不去理她，四处眺望，仔细寻找那位有九条尾巴的九公主。忽见山顶有一只巨大的赑屃，背上驮着漆黑的石碑，其上文字莹白闪烁，光芒流淌，应当正是天狐族自上古保存至今的天书。

类似的石碑天书还有许多，散落在四海八荒各处，记载的都是无数代之前神界诸般要闻。青帝对这些很感兴趣，曾专门抽出一千年，将各处的石碑抄录下来，只是天狐与屠香山两族平日里不与外界互通，他一直未能抄录这两族保存的天书。

今日天狐大帝嫁女，广开山门，有此机会，扶苍不想放弃，当即拽着玄乙登上山顶，立在碑前默默观看。

玄乙剥了一个橘子，一面吃一面问："这是什么？"

"天书。"他的回答十分简洁。

玄乙凑过去一起看，忽然又道："你怎么知道这么多东西？年纪大就会知道了？"

扶苍立时觉得石碑上的文字乱成一团。第三次了，她这无礼的言辞，许久不打压她，她大约皮痒得厉害。

他冷着脸正要敲打她一下，冷不丁一阵山风吹过，带来芬芳浓烈的酒气。奔放的天狐一族待客的美酒都是无上常融酒，不出意外，玄乙的喷嚏声一个接一个响起，怀里的果子滚了一地，最后不得不用袖子使劲捂住脸。

扶苍忍俊不禁，将她袖子拉开。这受不得酒气的龙公主鼻子眼睛都红了，泪光闪闪，跟哭了一场似的。

他将她拽进山顶通风的凉亭："在这里待着。"

他走回去继续看石碑，隔了许久，方背完一面，却觉旁边有个人影跟着，一低头便见玄乙嘴里塞着橘子，非跟他凑一块儿，也专心致志地看着碑上的天书。

扶苍这几天已经被她黏得没脾气，索性不去管她，绕到背面继续看。没一会儿，她又跟了上来，轻轻抓住他的袖子，像是怕他跑掉，还在手里绕了一圈。

扶苍忍不住轻轻叹了口气，再也没心思去看碑文，见她发间金环歪了，他下意识替她扶正，低声问道："为何总是用这个金环？"

龙公主素来爱美，衣服几乎没见重样的，唯独头上饰物永远只这一枚金环。

玄乙低头去抠他袖口的暗银线纹绣，慢悠悠道："因为好看啊。"

她浓密的睫毛上水灵灵的，带着一丝鼻音，说话像在撒娇。扶苍的目光下意识顺着她的脸颊流淌到她手指上，他袖子上的云纹这几天快被她抠烂了，她抠纹绣一定是行家，先用指甲扒拉松，再一根根把暗银线揪出来，也不知谁教她的。

"扶苍师兄，"玄乙漫不经心地唤他，"这次功课做完了，能不能别急着回去？"

扶苍默然片刻，低声道："为什么？"

为什么她又忽然从满身尖刺的公主变成了绵软而黏腻的牛皮糖？

他心底有无数疑问和警惕，可他又如此放纵她的依赖，允许她突如其来的种种亲近，他欲罢不能，却还不敢太过放肆。

玄乙轻声道："因为我想和你多待一会儿。"

她还不想回冰封雪埋的钟山，她一度不愿离开那里，现在却又不大愿意一直留在那里。

她淡粉桃色的指甲在袖口上游走，十指纤纤，扶苍看了半日，突然伸手将她两只手握在掌中。不再是以前的掐腕骨掰手指，他修长的手轻轻握住她的手，仿佛托着两团云。

纤细的手指迟疑地动了两下，便柔顺地依附在他手中。

四周柔靡万端的乐曲与妖娆狂乱的舞蹈，那些欢声笑语，那些芬芳的酒气，忽然之间离开了极远。从与她相识以来，百般交错的恶意与愉悦，难分彼此的厌恶与吸引，他暗藏警惕，百般克制，却无能为力。

她已经把他拉下高台，跌落尘埃。

扶苍用指尖细细摩挲她的手指，她给予的回应十分迟疑，像是怕痒似的，手指蜷缩在一处，在他掌心调皮地轻轻一挠，仿佛又挠在他的心上，痒而酥。

他握紧她的手，情难自抑，放在唇边吻了吻。她猛然把手抽回，扶苍俯身去看她低垂的眉眼，用手慢慢拨开她耳边的长发。她微微一躲，面上绯红一片，可是很快又变得苍白。

"……抱歉。"扶苍只觉脖子也跟着烫起来。

玄乙扬高睫毛，和他黝黑深邃的目光静静对望了片刻，又飞快移开。她面上并没有他以为的羞涩或恼怒，她似是心事重重，有些疑惑，又不知思忖着什么，最后却继续用指甲在他袖子的暗纹上轻轻抠着。

这莫名的反应令他心中暗暗一沉，他素来心思剔透且谨慎，又深知她的诡诈，即便心神荡漾，对她的贸然亲近却始终存了一丝戒备。

此刻她给予的古怪回应让他疑窦丛生，下意识朝后退了一些，玄乙紧紧抓住他试图远离的袖子，忽然低低唤了他一声："扶苍师兄。"

扶苍凝视她良久，声音有些沙哑："我有件事要问你，抬头看着我。"

她好像有些为难，睫毛颤了半日，终于还是扬起，只看了他一眼，便逃避似的移开了目光。

扶苍慢慢皱起眉头，方欲说话，却听山道台阶上由远及近传来说笑声。这里到处都是说笑声，唯独这渐渐靠近的声音里面，有一个他熟悉的甜蜜柔和嗓音：“有些日子不见，阿九又长高许多。”

他面色微微一变，果然很快台阶上行来两个身影，穿着玄色长衣，额坠火红宝珠的正是少夷，一个绿衣神女挽着他的胳膊。与其他天狐族不同，她身后九条巨大的白色尾巴没有收敛，犹如变幻莫测的白雾，在裙摆后摇曳不休——怪不得先生想要她的尾巴毛。

四位天神骤然在山顶打了个照面，不禁都有点愣神。少夷反应最快，露出一丝苦笑：“哎呀，扶苍师弟，小泥鳅，你们该不会也是为了先生的功课吧？”

说得没错。

玄乙看看他，再看看他身边那绿衣神女，少夷看似疏懒，其实甚少做无用之事，她叫阿九，那想必九公主十有八九就是她了，这下不好，他俩看起来好像认识，只怕要被他捷足先登。

她心里瞬间转了无数个点子，忽然移动藤椅飘到少夷面前，笑吟吟地捉住他的袖子：“少夷师兄，好巧在这里遇见，你想没想我？我们去那边聊聊吧。”

她准备将他强行拽走，想来这总觉得她沉的少夷神君也反抗不了。谁知旁边的九公主一见扶苍，登时粉面羞红，盯着他一顿看，身后的九条大尾巴都柔顺地耷拉下去，垂头怯生生开口：“这位就是扶苍神君？妾身久闻大名，今日一见，果然名不虚传。”

……这才真是柳暗花明又一村，看样子比起少夷，这位九公主更中意扶苍。

玄乙心中得意，就靠他用这张脸骗到狐狸尾巴毛了。

她催动藤椅，打算把凉亭让给他俩，谁知藤椅竟被扶苍紧紧捉着，动也动不了。玄乙疑惑地抬起头，对上扶苍冰冷的双眼，以前他的眼睛里也时常流露出冰冷之意，却从没有哪次像现在这样寒意逼人。

“扶苍师兄？”她声若蚊蚋，满面愕然，“快上啊，把她哄开心点。”

他们不远万里来到南之荒的青丘，既然已有行动，她便绝不会空手而归，更绝不会输给青阳氏少夷。

扶苍的手指紧紧卡在藤椅扶手里，藤椅甚至因此发出近乎碎裂的声音。他森然瞥了玄乙一眼，骤然松开手，向九公主微微颔首，声音淡漠而有礼：“九公主，有礼了。”

玄乙不由分说地拖着少夷便走，少夷也不反抗，似笑非笑地随着她走下台阶。回头看看九公主正红着脸和扶苍说话，他叹了口气，在玄乙鼻子上轻轻一掐：“你这一肚子坏水的小泥鳅，浪费我三天时间。”

玄乙满面无辜：“是九公主更喜欢扶苍师兄，和我有什么关系？”

少夷眉梢微扬，盯着她看了一会儿，继续扭头望向凉亭中的两位天神，他微微一笑：

“看起来他俩确实更般配，一看就是一挂的。”

玄乙回头望向凉亭，山风正将亭中两位天神的衣袂拂起，发丝飞扬，他们俩靠得挺近的，一绿一白，走的都是端庄清雅的路子，果然十分般配。

她笑了笑，神色平静：“看着是不错。少夷师兄，你生气了吗？”

少夷拽着她的藤椅，一面沿着台阶往下走，一面柔声道：“我生什么气？阿九不喜欢我不要紧，你喜欢我就行了。”

玄乙慢悠悠地玩着自己的袖子：“我当然喜欢你啊，我不是还想着帮你化解和我哥哥之间的芥蒂吗？”

少夷将她拽进半山腰的小亭子里，坐在她身边，叹了口气：“跟你说话我真得打起十二分精神，一不小心便要被你下套。你腿脚不利索，这会儿做什么功课？反正有半年时间，何不等伤好了再做？”

玄乙开始抠自己袖口上的闭目之龙纹绣：“我家神官说，我这个伤要三十年才能好。”

少夷从袖中取出一个橘子，慢慢剥开，道：“依我看，再过一个月便可彻底痊愈。”

玄乙的手指停了一瞬，又继续慢慢抠纹绣，一面低声道：“为什么这么说？”

他好像不止一次提及她的伤势，都是用一种笃定的语气，好生古怪。

少夷“嗯”了一声，将橘肉上白色的脉络撕下，丢了一粒进嘴里，被酸得直皱眉头：“你过来，用力拽我一下。”

玄乙的手搭在他肩膀上：“我真拽了？”

说罢不等他回答，用力推了一把，他却纹丝不动，只朝她“哧哧”地笑：“狡猾的小东西，又给我下绊子。”

他忽地抓住她的手腕，轻轻一扯，玄乙不由自主地站了起来，被他勾住腰身，环在身前。

“你看，因为你轻了，再也不怕你压死我家丹凤。”

他歪着脑袋仰头看她，笑得纯善。

玄乙并不挣扎，盯着他额上的火红宝珠看了一会儿，这颗宝珠的色泽比原先又艳丽了许多，越发映衬得他面如美玉，眉目浓黑。

她用指尖碰了碰，少夷的胳膊便将她箍紧了些：“你成日对扶苍师弟动手动脚也罢，如今对我也动手动脚的。”

玄乙微微一挣：“你掐得我好疼。”

少夷眯起眼：“这就疼啦？还有更疼的。”

玄乙叹了一声：“少夷师兄，你其他都好，就是爱卖关子这点让我深恶痛绝。”

少夷低低一笑，正欲说话，却见九公主与扶苍并肩从台阶上走了下来。九公主粉面依旧通红，怯生生地凑近行礼：“少夷神君，我陪扶苍神君逛一逛这青丘，怕是要怠慢你了。”

少夷柔声道：“这没什么，阿九只管去，不用在意我。”

玄乙伸长了脖子去看扶苍，他却没有看她，背着身子，背影是一贯的挺拔，却无端生出一丝料峭之感。她盯着他与九公主走下长长的山道台阶，直到再也看不见。

下巴被掐住，一只手半强迫地将她的脑袋拉回来，少夷乌溜溜的眼珠子在她脸上转："小泥鳅，怎么不笑了？"

玄乙推开他的手，眉头微皱："我笑不笑少夷师兄也要管？"

他笑着放开她，将剩下的橘子全丢嘴里，酸得脸都皱起来，说道："你这小泥鳅，今日坏了我的事，我得想个法子惩罚你一下。"

玄乙用袖子捂住嘴，楚楚可怜："少夷师兄忍心吗？"

他起身拍了拍手，偏头想了片刻，颔首道："非常忍心。小泥鳅一直想知道我和小龙君之间的芥蒂是什么，我如今好心告诉你——我们的芥蒂都是因为你。"

他转身便走，下一刻袖子就被她拽住了。

"说清楚点。"玄乙盯着他。

少夷笑吟吟地在她脸上轻轻掐了一把："说清楚还叫什么惩罚？自己去问小龙君吧，他不肯告诉你，那可不关我的事。"

他继续往前走，玄乙便拉着他的袖子亦步亦趋地跟着，他一本正经地提醒她："慢点慢点，小心摔着，小心叫扶苍师弟看到。"

玄乙噘嘴道："你真不肯告诉我？"

少夷十分认真严肃："即便你找来天下最美的十个神女放我床上，我也不会告诉你。"

她干脆利落地放开手，少夷反问："怎么，不问啦？"

玄乙淡淡道："既然问不出来，我干吗还浪费精力？"

少夷幽幽一笑："这才乖，小泥鳅，有些事不必问那么多。你这条命是我的，记得替我留好，可别再受伤了。"

玄乙着实吃了一惊，然而定睛再看，他竟已不在眼前。她在原地呆愣了半日，仔细琢磨他的话，只是疑惑不解。

往来青丘的天神越来越多，旧的宾客去了，又有源源不绝的新客来到。玄乙山上山下跑了好几圈，始终没找着少夷的身影，想来九公主的尾巴毛无望，他不打算留着，干脆离开了。

她带着满肚子疑问回到山顶凉亭，却见那赑屃驮着的巨大石碑前，许久不见的白衣神君正独自负手端立，静静仰头看着碑文。

玄乙又开心起来，笑眯眯地扑过去，一把抱住他的胳膊，娇声软语："扶苍师兄，狐狸尾巴毛拿到没？"

扶苍缓慢却坚决地从她怀中将胳膊抽回，他没有回头，手腕一转，三根雪白的狐尾长毛出现在掌中。

玄乙拈起这三根尾巴毛，和飞廉神君的头发一样，它们无风自舞，柔韧而纤细。她松了口气，这下功课算是彻底完成了。

将三根尾巴毛收进怀中，她又拽住扶苍的袖子，问:“你怎么拿到的？你们说什么啦？”

扶苍终于低头看她，目光中凌厉的寒意已经消失，只余一片深邃的黝黑。

“你想知道？”他的声音平淡而缓慢。

其实她也没有特别想知道，只是随口一问，玄乙伸长了脖子去看石碑上莹白闪烁的文字，心不在焉：“是啊，你说呀。”

她的双肩忽然被一把掐住，一股全然无法反抗的大力将她整个身体都拽起来，后背狠狠撞在石碑上，撞得她眼前金星乱蹦，本能地双脚乱蹬，体内的神力随之震荡开，密密麻麻的烛阴白雪自虚空处缓缓飘落。

下一刻，膝盖又被重重一撞，玄乙乱蹬的两条腿软下去跌坐在赑屃背上，紧跟着一只手卡着脖子将她困住。

她凝神细看，隔着窸窸窣窣飘落的雪花，扶苍冰冷的面上毫无表情，他一只手掐着她的脖子，另一手却陷在她肩膀里，令她剧痛无比。他俯身凑近，语气阴森：“我问你，你把我当什么？”

玄乙喘了一阵，目光骤然一狠：“放开我！”

她用力在他身上踹了无数脚，他的手便缓缓收紧，她渐渐有些喘不上气，非但不服输，反而更用力去踹他，他的白衣裳被脚印污得一塌糊涂。

令她窒息的手忽然又松了，滑下去掐住另一边的肩膀，手指几乎抠进她的骨头，疼得她大叫一声。

扶苍森然道：“烛阴氏都是像你这样践踏玩弄旁人的？你仔细看清楚，我不是小龙君，也不是齐南，更不是少夷，别把你的空虚倒在我身上。”

玄乙奋力挣扎，可他的手犹如铁钳般纹丝不动，她骤然抬头，厉声道：“放开！”

扶苍看了她半晌，这张脸，这个神女，她冰冷疏离的目光——他已经无比谨慎，无比小心，却还是落入她的圈套。那些被他锁在心底最深处的敌意与恶意不受控制地决堤，他前一刻还想紧紧抱住她，此时此刻却只想把她撕碎。

如果他真的可以撕碎。

扶苍看着她发白的脸，这擅长践踏旁人的魔女，突如其来的亲密，若即若离的态度，纠缠着他却又把他往外推，和旁人调笑暧昧后再用同样的态度对待他。他本以为她是孩子心性，可他错了，她谁也不信，她悄悄接近他，冷眼旁观他为她神魂颠倒，以此打发她漫天漫地的空虚寂寞。

玄乙微凉的喘息喷在他下巴上，他太清楚她的恶性，她必然是伺机要咬上他一口。

朱宣玉阳府那晚酒醉时的冲动在他血液中沸腾，扶苍飞快松开手，退了数步。

他不会再陷入这些荒谬的暧昧里。

“要打发你的空虚，你该去找和你一样堕落的家伙。”

他的声音阴寒刺骨，说罢转身便走。山顶的风吹拂他的袖子，他盯着袖子上被抠坏的暗银线纹绣——一切不过刚开始，只要切断就好。

扶苍眉头一皱，决绝地扯下那截长袖，任它被风吹远。

自公主被白泽帝君一道书信召回明性殿后，齐南又过上了往常安静又忙碌的生活。

不过忙碌归忙碌，公主和扶苍神君关系日渐亲密，小龙君修行也进入了新境界，看起来许多事都在往好的方向发展，齐南愉快地喝了口茶，他再忙些也没问题。

外面忽然一阵喧哗，紧跟着神官们高声报道：“公主回来了！快抬藤床出来！”

这么快就回来了？齐南急忙放下笔奔出前厅，果然没一会儿就见神仆们抬着藤床上了台阶。他家小公主歪在床上，手里拿着一团血淋淋的东西，正翻来覆去地看。

齐南吓了一跳，上前一把抢过，这才发现是一张血红的羽毛缎，绣工精致超凡，那丝丝缕缕的鲜血在吉光之羽上似凝非凝，带着一种血腥的艳丽，十分夺目。

“杜鹃血红羽毛缎？”齐南见多识广，立即认出这珍贵无比的布料，登时惊讶万分，“公主从哪里弄到的？”

玄乙笑吟吟地接过羽毛缎，道：“叫紫元织女帮忙做的。我去的时候，刚巧那杜鹃正在啼血，喷了许多在缎子上，怪可怕的。”

“紫元织女？公主你跑去三生石畔了？”齐南一头雾水，“你怎么认识路的？这杜鹃血红羽毛缎要用吉光之羽，这么珍稀的东西紫元织女怎么会送你？”

玄乙摆摆手：“是先生的功课，我还弄到了天狐一族九公主的尾巴毛呢。”

她将那三根无风自舞的尾巴毛拿出来晃了晃，十分得意。

齐南诧异得差点蹦起来：“你还去了南之荒青丘？！”他家这大门不出二门不迈的公主到底是怎么认得路的？

玄乙笑着看看他，忽然挥手让神仆们退下，她盘腿而坐，道：“齐南，我另有一件事要问问你。我小时候被桐山一族刺伤，后来是怎么好的？”

齐南又是大惊，他今天被公主惊吓了太多次，他的老心脏有点受不了，两条腿发软，一歪坐上了床沿。

“公主你……怎么知道的？”受伤到痊愈那段，她分明忘掉了。

玄乙不答，只淡淡道：“我记得我被阿娘带走，她说要回翠河，带我去看看她小时候喜欢去的地方。走到半途遇到桐山三公主带着一帮同族，把我们抓走，在桐山那边关了好几天。阿娘每天被逼着答应离开父亲，她一次也没答应过，所以每次都被弄到满身伤……”

“公主！”齐南低低叫了她一声，神情惨痛，“求你别说了。”

她恍若未闻，继续道："后来桐山一族的人便想到来对付我，阿娘拼命护住我，就此陨灭了。后来的事我便记不得，醒来便在钟山，不像受过伤的样子。我问你，我的伤到底多重？谁救的我？"

齐南老泪纵横："公主那时候……伤得非常重，我和帝君上至三十三天，下至九幽黄泉，什么地方都跑过，却找不到能治愈公主的法子。都说烛阴氏万法无用天生无敌，可谁能明白这意味着丢命也十分容易！后来……后来……"

说着说着，他也露出疑惑的神情："后来公主的伤一夜之间便有了起色，眼看着一日好过一日。只是醒了后忘了受伤的事，怕是太过痛苦，倒是忘了的好。"

玄乙盯着他："忽然就好了？"

齐南点头："确实如此，兴许是夫人残留的神念在庇护公主吧。"

玄乙沉默了片刻，撩起裙摆，将缠住右腿的白布扯下："齐南，你看我的伤。"

他望见那几乎彻底愈合的皮肤，倒抽一口凉气："……居然好得这么快！"

见他惊讶的神态不像作伪，玄乙笑着将白布缠回去，放下裙摆："这一定也是阿娘的神念在庇护我。齐南，我虽然不会拳脚剑道，不过我伤好得快呀，算不算天赋异禀？"

她拍拍手，退后的神仆们立即上前抬起藤床，齐南还要跟在后面，却听她淡淡道："我累了，须得好好睡一觉，莫来扰我。"

齐南深谙她的性子，通常她这种语气便是心情极差，不希望被任何人任何事打扰。他只得停下脚步，眼睁睁看着藤床上的公主越来越远。

痛快地在自己家里洗了个澡，玄乙穿着松垮的袍子半卧在加了锦垫的春凳上晾头发，顺便习惯性摸出一团白雪，纤尘不染的雪白却叫她好像看到了那一身白衣。

后来她是变了龙身飞去的紫元织女府，一路躲躲藏藏，生怕被其他神族撞见龙身。不过还好，一切都挺顺利的，顺利拿到杜鹃血红羽毛缎，顺利回到钟山。

果然还是待在钟山更好些，这里没有突如其来掐脖子掐肩膀的神君，也没有眼里藏着令她避如蛇蝎的温柔的神君。

她大概……真的只是太想念清晏，一时忘了扶苍是个多么可怕又可恨的莽夫。

只这样安安静静陪着她不好吗？

风拂过帝女桑，叶片"哗啦啦"地响，玄乙把白雪收回，翻个身，另一边袖子里的金环轻轻落在了地上，她捡起来放在手中把玩。

他们又都离开她了，没关系，她还有齐南和阿娘的金环。

自白泽帝君收了扶苍和玄乙之后，便放出话来，五万年之内不会再收新弟子，故而曾经神满为患的明性殿门口变得门可罗雀。今日不知为何，门口的各种长车又排了数里长，把路都占满了。

玄乙夹着装了羽毛缎和尾巴毛的琉璃盒，在熙熙攘攘挤满各路天神的明性殿门口站了好一会儿，也找不到进去的路。

这是出什么事了？她想踮脚张望，但这里天神太多，祥光乱晃，实在睁不开眼。正疑惑时，肩上忽然被轻轻一拍，少夷的声音钻入耳中："小泥鳅怎么在这里傻站着不进去？"

玄乙懒得给他行礼问好，只道："少夷师兄觉得这个样子我怎么进去？"

少夷伸长脖子看了半日，忽地将她举起，往肩上一放，吩咐："你看看是什么情况。"

……这是提醒她，现在她对他来说已经完全不沉了吗？

结果被他一举高，祥光更刺眼了，玄乙用袖子捂住眼睛，连声道："眼睛好疼，快放我下来。"

感觉他在往前走，一面还笑道："疼就闭上吧。"

玄乙一胳膊肘撞在他脑门上，少夷疼得"咝"一声："脑壳儿都被你戳出个洞，你这心狠手辣的小泥鳅。"

他扛着她快步穿过殿前拥挤的神群，硬生生挤进大殿，谁知大殿里也全是天神。往常守门的两个小仙童被挤得出不去，在大殿里急得蹦来蹦去。少夷把玄乙往地上轻轻一放，揉着脑门问道："出什么事了？"

小仙童们连连跺脚，满脸埋怨："都是帝君！平时说话就不过脑子！"

他们七嘴八舌说了半天，玄乙才搞清楚原委，原来白泽帝君大半个月前就闲了，又怕回明性殿会被催着开始授课，便天天赖在文华殿不走，假装自己还在忙。前日刚巧遇到真武帝君和太章帝君来提交出师名册，两位帝君就自己的弟子们随意聊了几句，白泽帝君这不省事的偏要插嘴，说别人帝君的教法教出来的必然都是书呆子，一下子便惹恼了两位帝君，趁着今天白泽帝君开始授课，各自带了弟子浩浩荡荡闯入明性殿，叫嚣着要比一比各自弟子的高下，结果引来一群看热闹的神族，把明性殿围了个水泄不通。

玄乙素来看热闹不嫌事大，有这等热闹可看，她岂会放过，当下拉住少夷，指挥他："快帮我挤进去。"

少夷哭笑不得，伸手将她一抱，低头问她："我就是个做苦力的？"

说罢也不等她回答，他拨开拥挤的神群，穿过大殿，只听殿后传来芷兮冷静的声音："二位帝君请息怒，我以为，弟子之间并无高下之说。弟子们跟随先生修习，为的是将来兢兢业业维持天地秩序。俗话说，尺有所短，寸有所长，神职不同，自然需要的能力也不同，二位帝君何必一定要让弟子之间分出高低，生出嫌隙呢？"

她这话说得又空又绕，闭口不谈白泽帝君的失言，听起来偏偏还挺好听，少夷不由得笑道："芷兮师姐不愧是先生的高徒。"

出得殿外，只见开满紫阳花的庭院里也是一堆神族，不过却分为两拨，恭敬地分别垂首站在两位帝君身后。玄乙粗粗扫一眼，见这两位帝君的弟子不下一百，顿时惊讶："怎么他们有这么多弟子？”

少夷将她放下地：“你以为神界先生个个都像咱们先生这样任性，想收就收，不想收弟子就不收？万神群殿这些帝君先生，哪个座下不是几十乃至上百名弟子，这还算少的了。”

明性殿的弟子还没来齐，稀稀疏疏站在紫阳花旁。芷兮站得最靠前，母鸡护仔似的把师弟们挡在身后，太尧没到，先生还没起床，这里她的辈分最大，自然不能退缩。

因见少夷和玄乙到了，她立即用眼神示意他俩到身后来，冷不丁脾气暴躁的真武帝君将长袖一挥，厉声道：“少说这些废话！白泽帝君在哪里？堂堂先生，难不成这个时辰还在睡觉？凭他这妄为的德行，也好意思教训我们！”

芷兮垂首道：“仙童已去请先生了，请二位帝君移步前厅，容弟子们奉上茶水。”

真武帝君哪里理她，冷道：“白泽帝君前日说我等教出的弟子都是书呆子，想必他的弟子个个文武双全，这位芷兮神女能言善辩反应机敏，想来必定是白泽帝君的得意弟子。明秀，你去找芷兮师姐讨教一下。”

话音一落，一个发绾双鬟的神女便上前拱手行礼，不等芷兮还礼，她指尖一弹，只见数枚通体赤红的小鸟扑腾而起，竟是烈焰凑成。

芷兮纵然出身战将之家，但家中也秉持白泽帝君一样的观念，小辈到了四万岁才会开始教习术法，她会的术法只是那些神族天生便会的几个，没一个能挡住火焰小鸟，当下唯有准备避开。

冷不丁一道浓紫色身影微微一晃，挡在她身前，抬臂将那些火焰小鸟拦住，长袖一翻，这些小鸟便在他胳膊上停了一排，叽叽喳喳欢快地叫起来。

芷兮不由自主屏住呼吸，眼睁睁看着挡在身前的少夷。他用指尖去逗那些火焰小鸟，回头朝她甜甜一笑：“师姐，小心些，莫要烧坏你的衣服。”

第十八章

作茧自缚

心跳如擂鼓。

芷兮心虚般垂下脑袋，后退数步。

少夷摩挲着胳膊上的火焰小鸟，笑吟吟地看着对面的明秀神女发白的秀颜，她怎样也唤不回这些小鸟，它们好像突然变成了对面这位神君的所有物。

他的手臂忽又一振，火焰小鸟叽叽喳喳地扑腾而起，柔顺地回归明秀神女掌中，化为虚无。明秀神女嘴唇翕动，似是想说什么，可最终没说出来，只是面上一红，垂头走了回去。

真武帝君气坏了："炎梵，你去找这青阳氏的师弟讨教一下！"

果然又有一个身材高大的神君出列，拱手行礼。

芷兮心中怒意渐生，这位真武帝君对白泽帝君到底有多少不满？他还非要切磋出个结果？一旁的少夷突然扭头低声问她："师姐，我认输你不会怪我吧？"

芷兮忍不住跺脚："你……你明明能打过，为什么要认输？"

少夷蹙眉："你看那个走过来的神君，长得又黑又壮好难看，我不想跟他打。"

一个两个都这么任性！芷兮摸向缠在腰间的软剑，他不上她上！

玄乙在一旁看得津津有味，忍不住插嘴道："这是要车轮战啦？"

此话一出，对面两位帝君脸色都变得十分难看。她简直一语中的，真武帝君的行径确实是在车轮战，而且弄得挺上不了台面。

太章帝君毕竟柔和些，今日是硬被真武帝君拖来的，当下便起了和解的意思："真武，白泽帝君还未到这里，你和弟子们发火也无用。"

真武帝君也生出一丝悔意，他素来火气大、脾气直，被白泽帝君那一席话说得寝食难安了好几天，非要来找他讨回面子，而自己的得意弟子被那么轻易打败，终于让他清醒过来：白泽帝君收的弟子都是名门，个个血脉高贵。方才那个神君是青阳氏，而刚刚开口的小神女衣服上绣满了闭目之龙，应当是烛阴氏，听说还有华胥氏拜入明性殿，他贸然跑来争面子，其实是在往外丢面子。

可他说出的话要怎么收回？谁给他个台阶下？

大殿里又急急奔来两位年轻神君，正是匆匆赶到的太尧和古庭。一见这剑拔弩张的架势，太尧急忙上前含笑拱手行礼："原来是太章帝君与真武帝君，不知两位帝君来访，太尧来迟，请二位见谅。"

有九帝子给台阶，真武帝君立即欢快地奔下来，神色变得和缓："九帝子，许久不见，你长高了好些。"

太尧笑道："承蒙真武帝君关爱。二位帝君想是来拜访先生的，我这些师弟师妹都不大懂事，怠慢了二位，祈请莫怪。芷兮，帝君们的弟子麻烦你招呼一下，南花园近日春暖花开，正是赏景时节，莫要再怠慢客人。"

他一面说，一面朝古庭丢眼色，叫他赶紧把白泽帝君拖出来。

好像就一瞬间，拥挤的庭院突然空旷下来，两位帝君被哄得开开心心地去了前厅喝茶，近百个别殿弟子又被芷兮和引路仙童们领去南花园。玄乙讶然眨了眨眼，看不出这平日只会打圆场做老好人的大师兄还真有点手段。

没热闹看了。她遗憾地转过身，弟子们大多跟着芷兮一起去了南花园，太尧陪两位来找碴儿的帝君喝茶去了，古庭前往芳馨院拉白泽帝君起床。

好像少了谁，白衣胜雪的身影不在。

不在也好。

玄乙的视线落在紫阳花旁的少夷身上，他正与方才那个放出火焰小鸟的明秀神女说些什么，微微垂着头，面上挂了一层和煦的微笑，额上鲜艳的火红宝珠晃来晃去，又温柔又专心的模样。

玄乙整了整裙摆，慢悠悠走过去，将他的胳膊一抱，笑吟吟地看着对面的明秀神女，也不说话。

明秀神女先一愣，紧跟着似是有些恼，再见到玄乙衣服上绣满的闭目之龙，她便急忙后退一步，干笑道："少夷神君，我须得去找同门了，有空再聊。"

看着她匆匆离去的身影，少夷吸了口气，低头望向玄乙："……你非把我气吐血是不是？"

玄乙浅浅一笑："我的命都是少夷师兄的，我怎么舍得？"

少夷索性揽住她的肩膀，一路沿着开满紫阳花的小道往前走，悠然道："我知道你这小泥鳅但凡要下套，必然先拐个弯，不过你这样吓跑我身边的神女，可不大好吧？"

玄乙慢慢说道："我和少夷师兄虽然只认识了一年多，却倾盖如故，连我的命都是你的了，你还要与其他神女腻腻歪歪，叫我怎么甘心？往常我太过羞涩，不敢亲近你，从今儿开始，我得好好和你亲近亲近，我得对得起自己的一条命。”

少夷见她这样婉转而狡猾，不禁哑然失笑。他停下脚步，狭长的凤目上下仔细打量她，似品鉴般从头看到脚，顺便还好心扶了扶她有些歪的衣领，最后在她脑门儿上轻轻一弹：“等你长大些再来和我说这些吧，现在太小了，啃着没劲。”

玄乙推开他的手，高傲地抬起下巴，淡道：“是你太没眼光，看上的都是庸脂俗粉。”

她又将他说得哑口无言，她好像总是能把他说到无话可说。

少夷叹着气，再一次拿眼细细看她，她娇嫩的容色，高傲而疏离的姿态，再长大些简直要秀色可餐，偏生又如此知情知趣聪明伶俐，这样一想，其他神女仿佛真真都是庸脂俗粉了。

真可惜，谁都可以，唯独她不行。

他那片惋惜的心情弄得自己都不想说话了，一面叹气，一面用手在她脑袋上轻轻拍着：“你自己玩吧，师兄找庸脂俗粉去了。”

想走？

玄乙用力抱住他的胳膊，笑得明媚：“我也一起，我还有许多话要和师兄你诉说呢。”

少夷顿时有种作茧自缚的无奈感，四处张望一圈，忽地扬眉笑道：“扶苍师弟，好久不见。”

玄乙下意识地放开他转过身，一道清冷的白色身影已从她对面走过，步伐依旧干净利落，毫不拖泥带水。

三个月没见的扶苍，目不斜视，与她擦肩而过，一句招呼也没有，好像她是路边看不清的小石子。

她重新转回去，心情突然不大好，再看少夷已经开溜，心情更不好了。

玄乙沉着脸往南花园大步而去，她已经不耐烦了，下次再落在她手上，再也不与他绕弯，她非把事情搞清楚，无论用什么手段。

她绕着南花园走了一圈，往常冷清的花园今日因着多了上百个别殿弟子，反而显得有点拥挤，忙坏了一群小仙童，又是送茶又是送糕点，个个累得气喘吁吁的。

三三两两说笑的弟子中，就是没有少夷，原来他躲藏的本事也高得很。

玄乙正绕得烦躁，冷不丁肩膀被人轻轻一拍，一直忙着招呼别殿弟子的芷兮累得额上香汗点点，她塞给玄乙一碟茶点，微微一笑：“饿了吧？我偷偷替你留的好东西，古庭和扶苍在那边，去坐着吃吧，我闲了就过去。”

说完她又跑了，跟陀螺似的，完全没时间坐下来歇歇。

玄乙低头看看手里的瓷碟，里面是四枚黄金栗蓉糕，也不算什么好东西，只是上回古庭带的茶点里就这个好些，所以她一直拣这个吃，倒让芷兮以为她喜欢吃这个。

古庭、扶苍他们坐在一株杨柳下，古庭正朝她招手，她心里有一万分不愿过去，可是她不想拂了芷兮的好意，顿了片刻，她还是往那棵杨柳慢慢走去。

“你的伤好了？”古庭见她走路特别利索，不由得惊奇，不是说烛阴氏伤势痊愈十分缓慢吗？她只用了一年，便把三十年才能愈合的伤口长好，简直是奇迹。

玄乙笑着坐在石凳上，一面道：“我神力微薄，一点身手都没有，伤口自然就长得快了。”

古庭摸不清她话里的条理，他跟她总也聊不到一块儿去，她随随便便一句话，他得琢磨半天才能弄清她古怪的思路，索性也不说话，只给她倒了一杯茶，便笑着跟扶苍继续方才的话题：“按说你剑道觉醒，便该去一梦千年了，做好准备没？睡一千年可不大舒服。”

玄乙正埋头喝茶吃点心，“一梦千年”四个字突然钻进耳朵里，她的手一抖，茶杯给她弄翻，泼了一裙子的茶水。

从来也没见这小公主如此冒失过，古庭讶异地看着她霜色的荷衣裙摆被茶水淋得污了颜色。他指尖一弹，那些茶水便一滴滴从裙摆上渗透出来，流淌在草地上，霜色的荷衣重新恢复整洁干爽。

玄乙惊讶：“古庭师兄，这是什么术法？”

古庭有些小得意：“这几个月家中父亲传授我的。我们也该学点术法了，万一再出什么意外，也多些自保手段。”

他毕竟不傻，玄乙一来扶苍就不说话，提到一梦千年她的茶水便泼了，他无意留在这边碍事，当即起身笑道：“我去帮芷兮师姐招呼别殿弟子，等下过来。”

……这才是最糟糕的情况。杨柳树下一片死寂，玄乙慢悠悠地吃着茶点，对面的扶苍跟雕像似的一动不动，她也不动，凭什么她离开？要走也该他走。

结果下一刻他就动了，玄乙像被雷劈了似的，差点跳起来，古庭那杯茶“咣当”一下也翻了下去。

扶苍端着茶壶，淡漠地瞥了她一眼——原来他只是要倒茶。

她捏着半粒茶点，扭过头去不看他。不好，今天见到他之后，她好像有点不对劲，一惊一乍，太难看了。

玄乙把自己的空茶杯往桌上一放，钩钩手指：“茶壶。”

她在傲慢地吩咐谁？扶苍看了看她，到底还是将茶壶推到她手边。玄乙慢悠悠地给自己倒满茶，低头思忖片刻，忽然开口：“你要去一梦千年了？”

对面的白衣神君面色平静，没有一丝波动，黝黑深邃的目光和她对望了一会儿，低声道：“怎么？”

玄乙愣了半日，居然无话可说，她果然不能“怎么”。

她皱了皱眉头，淡道：“没怎么，恭喜扶苍师兄。”

黄金栗蓉糕越来越难吃，她索性丢在一旁，低头慢慢用指甲抠自己袖子上的闭目之龙。

隔了许久，鬼使神差一般，她忽然谨慎地小声道："扶苍师兄，是不是一千年以后才能再见到你？"

扶苍想起那天的霞光中，她问这个近乎相同的问题时，面上流露出的一丝寂寞之意，还有被他握在掌中的冰凉的长发……他倏地合上眼，他所有的挣扎都变得如此艰难困苦，到了现在，她还在试图将他拽下去。

不该继续沉沦，荒唐的暧昧早在青丘便该结束。

玄乙等了半晌，只等到他在那边默默喝茶，他的华胥氏礼仪之道呢？刚才也是，一句招呼都不打，之前更是，对她做了掐肩膀卡脖子掰手指抓手腕的一系列恶行。

她沉着脸起身，突然一刻也不想待在这里。她说不清是不想看见他冷若冰霜的模样，还是不想看到自己一败涂地的模样。

玄乙恼火地转身便走。

再也摸不到了，他袖口的暗银线纹绣，只有她知道那些纹绣抠起来是什么感觉。也只有她知道睡在他袖子里是什么感觉，他身上没有一点气味，干净得如同神界之风。

还有他发烫的嘴唇触碰在指尖上的滋味。

玄乙面上骤然绯红一片，可是很快又恢复苍白。

那些也没什么，她加快脚步。那些实在不算什么，不算什么。

神女们银铃般的欢笑声顺着和歌湖上的微风扑面而来，玄乙眯眼望过去，先前遍寻不着的少夷正如众星捧月般被围在中间，他倒是悠闲，笑得挺开心。

她会叫他再也笑不出来。

玄乙行至花坞时，少夷正和一帮年轻神女说说笑笑。她估计今天在花园里的别殿女弟子们起码被他占了大半，实在不知他究竟有什么手段。

一个神女用帕子蒙住他的眼睛，一旁还有个神女嘻嘻笑道："少夷，你想吃黄金栗蓉糕，还是绿豆凉糕？"

少夷的声音听起来有一种别样的诱惑："想吃你。"

神女们笑得花枝乱颤，冷不丁望见玄乙慢悠悠走到近前。诸神见着她衣服上闭目之龙的纹绣，不禁纷纷变色——是烛阴氏的公主！玄乙将手指竖在唇边，示意她们别出声，另一只手指向花坞外。

坏了，难不成烛阴氏小公主吃醋了？她们谁能惹得起烛阴氏？当下神女们纷纷默然后撤，一股脑跑出了花坞。

玄乙悄无声息地走到少夷身边，手掌一翻，现出一团烛阴白雪，往他嘴里一抛。他"唔"了一声，被苦得捂着嘴半天抬不起头。

"好吃吗？"她将手绢铺在地上，优雅地端坐在他身边，缓缓问道。

少夷扯下面上的帕子，捂着唇偏过头看她，眉头皱得几乎要打结。

玄乙从地上捞起茶壶，好心倒了一杯茶递过去："把嘴漱漱。"

少夷一言不发地灌下一杯茶，将杯子一放，向来带着笑意的面上少见地现出一丝冷意："你也太过妄为。"

玄乙淡淡道："少夷师兄，我妄为不是一两天了，请你千万不要包涵。你卖关子的态度叫我很不痛快，我若是不痛快，必然要叫那个让我不痛快的人更加不痛快。"

"所以？"少夷反问。

"你很爱和神女们亲近吧？"玄乙望着他笑了笑，"那天你在青丘说的话叫我想到现在，你一天不告诉我真相，便一天不要想接近神女们。钟山龙神烛阴氏说到做到。"

少夷的眼睛都瞪圆了，这实在是他听过的最不可思议也最具威胁力的警告。他好似不认识她般，瞪着看了很久很久，最后面上渐渐浮现一丝笑，眉梢眼角竟有妩媚之色。

"不接近其他神女，我便只剩下你了。"他双手撑在身后，稍稍后仰，乌亮的长发半铺在花丛中。方才因为玩闹，衣领略微松垮，露出一片冰雪似的胸口，上面染了一点胭脂。

玄乙歪着脑袋看着他锁骨上那点胭脂印，轻声道："你可以试试，看我上不上钩。"

少夷扶住她的后脑勺，骤然凑近，几乎要贴上她的额头，声音极低："小泥鳅，这种话可不能随便和神君说。"

"哦？"玄乙推开他，又笑了笑，"那你想到什么好手段没？"

少夷与她对望片刻，苦笑起来："这种引诱手段你跟谁学的？"

她没上钩，他都快想上钩了，不好不好，这可糟了。

玄乙移开视线，绵软的声线里隐约含了一丝讥诮："你满肚子春情，自然看谁都在引诱你。少夷师兄，想好要不要告诉我真相了吗？我闲得很，时间也多得是。"

少夷长叹一声，索性半卧在芍药丛中，缓缓道："我的耐性一向不错。"

玄乙道："不巧，我的耐性也挺好。"

少夷只有继续苦笑，作茧自缚，这可是真真的作茧自缚。他翻个身仰躺过来，目光流转，又落在玄乙身上。她的侧面柔和俊俏，睫毛扇子般一扬，平静疏离的目光与他撞在一处。

他伸出手去摸她剔透的脸颊，她慢慢避开，他便一本正经地说道："你给我亲一下，或许我便考虑告诉你。"

玄乙摸出一团白雪，认真地看着他："你吃下一百团白雪，或许我便考虑放过你。"

少夷简直不知该生气还是该大笑两声，停了半晌，忽然起身勾住她的肩膀，轻声道："这会儿我总算能体会扶苍师弟的心情了，连我也想敲打你两下。"

哪壶不开提哪壶，玄乙冷冷道："天底下的莽夫够多了，少夷师兄也要凑趣不成？"

少夷的手指沿着她纤细的背向下暧昧滑动，勾住腰线凹进去的部分，将她往怀里一带，低笑："我不打你，打打杀杀多煞风景。如今我身边的神女都被你吓跑，只得你陪着我，就怕你吃不消。"

冷不丁她冰冷的手按在他下巴上，好整以暇地把他慢慢推远。少夷望向她嘲讽的双眸，她的眼神像是在说：我早就知道你会这样做。

哎呀，这条"小泥鳅"在他面前诡诈又机敏，她又素来聪明得紧，这可难办了。

少夷重重躺进花丛中，用手盖住额头，悠然道："小泥鳅，你好好坐着，我也好好躺着，何必提芥蒂之类煞风景的话。你就是困我一万年，美人在侧，我也乐在其中。"

玄乙起身撣撣裙摆："一万年？你想多了，告辞。"

少夷此刻真正地体会到了什么叫百爪挠心，啼笑皆非。他唯有苦笑："这就走啦？不陪我再说说话？"

玄乙淡淡道："既然我的命是少夷师兄的，也不急这一天，对不对？"

意思是她以后还会来这招？把神女们赶跑后她自己也跑掉，留他独个儿在这边吹风，直到他把真相都告诉她？少夷撑不住大笑了几声，真是好手段。

眼看她繁复而华丽的荷衣裙摆像花一样要飘走，他心底陡然生出一股似烦躁般的饥渴情绪——她真是了不得，了不得。

"小泥鳅，"少夷撑起身体，在后面唤她一声，"下回再这样，我可不介意当一次莽夫。"

玄乙头也不回，应道："我也不介意再让左腿受一次伤，好见识见识少夷师兄是个怎样的莽夫。"

她是指变沉了叫他碰不得她吗？少夷躺回去，一面笑，一面还叹气，落了满身的芍药花瓣。

白泽帝君并着太章、真武两位帝君的身影出现在南花园时，芷兮和古庭招呼别殿弟子已经招呼得满头大汗，直到这会儿才能喘口气。

太尧匆匆赶来，见他俩满面疲色，不禁失笑："这才招呼多少弟子，你们俩也太生涩，看来这明性殿该多来些客人叫你们练练手才是。好了，我来吧，你们去歇歇。"

芷兮累得话都不想说，只点了点头，回到杨柳下的小石桌旁，扶苍还在，玄乙却不在了。古庭灌了半杯茶，方喘着气问："玄乙呢？不是又斗气了吧？我怎么不知道你脾气这样坏？"

扶苍一言不发，从袖中取出一只檀木盒推到他面前，沉声道："我该回去了，替我将这功课交给先生，将来怕是有许久听不得课。"

古庭正在吃黄金栗蓉糕，扶苍这突如其来一句话差点害他噎住，他咳得昏天暗地，好在旁边的芷兮急道："扶苍师弟是打算马上就一梦千年？这……是不是太快了？先生才召集我们回来，要不再等几日，至少和师兄弟们打个招呼，还有玄乙……"

扶苍笑了笑，神色却是冰冷的，他的面色不知为何犹如雪一般惨白，曾有的一切生动气息仿佛都被收敛，只余一副瓷器般的外壳。

“不必了。”他起身拱手行礼，“保重，千年后再见。”

古庭见他说走就走，急忙追上去：“我送你出去……这是怎么了？”

芷兮自觉追出去不妥，她跟扶苍本就不是特别熟稔，先前还迷恋了近万年，这股缠绵而荒唐的迷恋结束得也十分荒唐，导致她见到扶苍总有点尴尬，这情况还是交给古庭更稳妥些。

她呆坐一会儿，下意识便要四处寻找那道浓紫色的身影，即便知道这种行为很可笑也没有任何意义，她还是没有办法忍住。

像是心有灵犀般，她一下便在湖对岸花坞那边望见少夷，身边……他身边居然没有莺莺燕燕，而是孤单地躺在花丛里，浓紫色的长衣铺开，像一幅画儿。

芷兮只觉胸腔里有个什么东西“噗”一下坠落，砸得她心神不宁、坐立不安。

古庭很快又回来了，带着满面茫然，连连叹息：“问他什么都不说，莫不是又被玄乙气到了吧？”

芷兮全然没听清他说了什么，她的神魂早已飞远，手腕都在微微发抖。强自镇定倒了一杯茶，尝在嘴里是烫是冷竟全然不察。

胸膛里坠下去的东西又开始剧烈地跳动起来，震得胸骨发痛，她再也无法忍耐似的，放下茶杯起身便走，把古庭愕然的叫唤声丢在了脑后。

明性殿的南花园一到五六月间，最美丽的地方便是和歌湖畔的花坞。虽然没有花皇仙岛上争奇斗艳、百花缭乱的富丽风景，但花坞内种满了各色仙品芍药，朵朵大如盘，花瓣晶莹剔透，异香漫溢，倒也别有一番明媚之色。

芷兮在一股不可解的冲动下疾步走到花坞外，却又不禁停下了脚步。

上回在朱宣玉阳府听见的那首不成调的叶片小曲在低低回旋，还是断断续续的。她隔着郁郁葱葱的绿叶向花坞内张望，少夷正躺在花丛中慢悠悠地吹叶片，花瓣落了满身，领口微微敞开，露出漂亮的锁骨，上面有一点胭脂印。

这带了一丝糜乱色彩的俊美竟让她感到窒息。

少夷眼珠一转，望见芷兮站在花坞外，不禁微微眯了眯眼，放下叶片一骨碌坐起来，笑道：“师姐，你又吓坏我了。”

芷兮忽然无地自容。

她像个傻子一样，来找他做什么？说教吗？他早就坦露心迹，他就是那样的性子，她的说教不但毫无作用，反而白白惹他厌烦。

还是找他谈论风花雪月？那更可笑了，她从来也不会这些柔靡风骚的东西，并且一向十分厌恶。

难不成感谢他先前出手相助？可她好像连道谢也羞涩得说不出口。

芷兮短短一瞬间想了无数心事，最后颓然垂下头。

或许是他身边少见地没有围绕神女，或许是他先前的出手相助，无论是何种原因，她因着冲动跑来，现在却后悔得无以复加。

她没有去应少夷的招呼，转身便走。

谁知他又在后面柔声唤她："师姐，我有事求你呢。"

芷兮停下脚步，无精打采地开口道："什么事？"

冷不丁他居然凑到近前，俊美温和的笑颜离得极近，眼里带了一丝恶作剧似的俏皮，悄声道："师姐，我想去下界极北之渊看看离恨海，你陪我去吧？"

芷兮被吓一跳："什么？！"

少夷咬着唇低低地笑："你不想去看看吗？我好奇离恨海现在变成什么样了，当年太行和昆仑掉下界，听说也有许多神族下界去偷看，咱们也偷偷下去好不好？我思前想后，唯有师姐能陪我一起。"

芷兮惊道："离恨海如今每日有五百战将包围监守，怎么偷看？何况连离朱帝君都陨灭在其周围，太危险了！现在神族下界又有限制，我……我帮不了你！"

少夷蹙眉："就远远地偷看一下，师姐上回还答应帮我下界看延霞，我晓得你有路子。好师姐，我只有你能拜托了，你不答应，我可要亲你了。"

说着他眉头舒展开，勾唇一笑。

芷兮胸膛里的心又开始狂跳，她曾对少夷这些暧昧口吻厌恶至极，但此时此刻，她竟手脚发麻，不能自已。

引以为傲的理智在扶苍面前还有用，在少夷面前居然毫无作用，他稍微靠近撩拨一下，她便溃不成军。她倏地明白过来，她坚持的那些厌恶，都是自欺罢了。

由于十二名弟子都漂亮地完成了三个月前布置的功课，白泽帝君一夜之间多了二十四件宝贝，连着手舞足蹈了好几天，天天念书跟唱歌似的。

也不知三个月前是谁说，重新开始授课时便该传授术法，结果回来了十几天，照样天天念书背书。先生纵然情绪激昂，奈何弟子们都挺消沉的，有几个胆大的弟子甚至公然在书案上睡着了，大约是借此表达抗议。

玄乙用袖子压住一个哈欠，这十几天夜夜风声呼啸，本来她住了一年已经习惯了，最近却又不习惯起来，几乎不能入睡。

她目光蒙眬地扫视合德殿，往常第一排书案那边太尧、古庭、芷兮都占着的，可芷兮第一天来了之后便告假，到今天还没回来。同样消失的还有少夷，他大概是怕被她逼问，干脆连课也不来听。

她的目光又下意识地落在窗边一座空着的书案上，以前常坐在这里的白色身影不在了，书案上甚至积了薄薄一层青灰。

那天在南花园，她又遇到了古庭，他把她一顿斥责：“你又跟扶苍斗什么气？气得他直接走了，这就要一梦千年。有什么气就不能好好说吗？你啊，这可是真真的一千年都见不到他了。”

他去就去了，告诉她做什么？

他要去一梦千年，何必那天专门来一趟明性殿？特地来给她看冷脸的吗？她已经看到了，又成功被他打败一次，华胥氏睚眦必报，果然厉害。

他从来也没让过她，每一次都是。

玄乙的身体轻轻歪在书案上，指甲抠着袖口上的纹绣，把金线扯得乱七八糟。

不要对她露出伤心又温柔的眼神，厌恶她，讨厌她，排斥她，和以前一样斗气肉搏都好，可他还是要走，让夜晚的风声那么喧嚣，让她无法入睡。

玄乙揉了揉干涩的眼睛，白泽帝君念书的声音渐渐变得十分遥远，她合上眼，困得一下子便睡了过去。

这一觉竟睡得极沉，直到一只手将她晃醒，她还有些反应不过来，茫然地扶着金环抬头四顾。

合德殿内已空空如也，殿门紧闭，白泽帝君居然站在她身边，手里端着一只琉璃盒。

玄乙睡意犹足，又用袖子压住一个哈欠，起身道：“先生，我告退了。”

白泽帝君摇了摇头：“等一下。”

他将琉璃盒放在书案上，慢慢打开，里面是一张血红艳丽的羽毛缎，正是玄乙十几天前交的功课。

“杜鹃血红羽毛缎需要吉光之羽。”白泽帝君的手指点在那些丝丝缕缕仿佛仍未干涸的杜鹃血上，“这副羽毛缎是紫元织的，她府上没有如此珍稀的东西，你从何处得来？”

当然是从天宫马厩里偷的。

玄乙淡淡道：“先生布置了功课，弟子们竭力完成便好了，不必问出处吧？”

白泽帝君神情凝重：“三个多月前，天宫马厩养的吉光兽羽毛被偷偷切了一把，此案始终悬而未破，直到前几日扶苍亲自去天帝面前请罪，认下了罪名。天帝网开一面，没有对外透露是他下的手，但刑罚难免，他须得受一个月的荆棘刑罚。你们胆子实在太大，居然敢偷天宫里的东西。”

荆棘刑罚？听起来好像很痛的样子。

玄乙眉头一皱，冷冷道：“先生若有心，又何必布置这样的功课？”

白泽帝君被她说得哑口无言，他是忙得一肚子邪火，只匆匆写下了最想要的五十件宝贝，倒还真没想那么多。何况主要目的不过是开阔他们眼界，如果拿不到，他也不会真罚弟子们抄书一百遍。

实在没料到座下两个小弟子这样胆大包天，他也不知是惊还是骇。

白泽帝君将琉璃盒盖上，夹在胳膊下面，神色严肃："此事因本座而起，本座须得去青帝宫给个交代。扶苍也是因你受罚，你同本座一起吧。"

时近初夏，太山顶几乎每日都要落一场雨，暮冬时节枯萎的枝叶都已变得青翠欲滴，放眼望去，澄江湖犹如被包围在深绿翡翠中的一汪水晶，清可见底。

早上方下了一个时辰的急雨，湖畔还有些湿，青帝垂在泥土上的衣摆被浸湿一块，他浑然不觉，双目盯着微微颤动的鱼竿，算准时机将竿一收，果然钩上挂了一尾肥大的鲢鱼。

午后阳光太过刺眼，他戴上斗笠，方将那活蹦乱跳的鲢鱼丢回湖中，却听身后神官脚步匆忙凑至近前，轻声道："陛下，白泽帝君与烛阴氏公主来访。"

青帝目光闪动，低头沉思了片刻，摘下斗笠起身道："迎入前厅吧。"

他换了身正式衣裳，行至前厅，目光先落在烛阴氏小公主身上，她似是百无聊赖般低头默然捏着手里的烛阴白雪。一旁白泽帝君小小的身体坐在高大的椅子里，神情严肃地盯着手里的琉璃盒，不知思忖什么。

青帝迎上前行礼含笑道："白泽帝君，公主，有失远迎，请见谅。"

白泽帝君并不与他过多客套，开门见山道："青帝陛下，扶苍切了吉光之羽一事，究其缘故，乃是本座布置的功课。他因此受罚，本座亦不可推卸责任。今日本座前来，一是为了将这杜鹃血红羽毛缎请青帝陛下过目，明日本座便将它送交天宫；二来则是为了解开扶苍的荆棘之刑，还请陛下将扶苍唤出。"

青帝接过那琉璃盒，见羽毛缎上丝丝缕缕的鲜血，便有些失笑。白泽帝君的怪癖是越发怪了，这血淋淋的东西实在看不出有什么美丽之处。

他停了片刻，端起玉茶杯吹去碧绿的叶片，却道："白泽帝君，功课是功课，窃取是窃取，两回事。扶苍受罚是他自己行事的后果，他理应承担责任，何况他也是自愿，帝君不必自责。再说，他也不好出来，想必此时荆棘术正发作，不便动弹。"

玄乙手里的白雪"噗"一下掉在了地上，她慢慢捡起来，用指尖将浮灰掸去。

青帝又看了她一眼，心中不禁叹了一声。

当日天帝牵线烛阴氏，他没有反对，大抵是出于一种想看扶苍会怎样应对的心态，他并没有抱可以就此订下婚约的想法。华胥氏青帝独子娶妻，岂是那么容易的事？

扶苍那次从花皇仙岛回来后，脸色便一直不好，想必被气了一通，随即拜师白泽帝君，又同小公主撞在一处，自那之后，他就变了。

他一向冰冷而精致，犹如不可亵玩的瓷器，对旁人不过问，有时候对自己也不关心，所以那天他以三局两胜这种争胜方式来请自己邀望舒出山，青帝心中的讶异可谓巨大。再之后剑道觉醒，他失礼怠慢客人，消失了一下午，乃至如今偷取吉光之羽，似乎都是顺理成章之事，他确实有这个胆子，而淡漠的背后，是一路挣扎至今的直率。

从头到尾，都是因为这个烛阴氏的小公主。

今日她穿了一身水绿荷衣，长长的披帛坠在裙边，衬得她像是白玉雕凿出的，果然赏心悦目。难道扶苍是因着这份美色？他的孩子，究竟为了什么？

青帝忽然又笑道："公主今日来，是为了探望扶苍吧？可惜他怕是见不了客，辜负公主一番心意了。"

玄乙吸了口气，那就走吧，安安静静回去，她本来也不想看到他受刑的模样，一定不大好看，看了必然三天吃不下饭。

她将白雪收回，似是心事重重，最后却抬起头，端庄地问道："青帝陛下，我就看他一眼行吗？"

青帝温言道："公主如此关爱同窗，我很是感谢，不过……"

白泽帝君忍不住插话："看一眼难不成就掉块肉？你这小家伙，怎如此小气？"

青帝哑然失笑："既然白泽帝君也如此说，我怎好推辞，只是扶苍如今应当在房内休息，怕是出不得院子，少不得劳烦公主移步。你们替公主领路吧。"

他吩咐了几个神官领路，冷不丁白泽帝君从椅子上蹦下，道："本座也去看看他。"

青帝一把拽住他的袖子，眨了眨眼睛："帝君且留下，上回扶苍剑道觉醒，帝君忙碌神界秩序，未能应邀，今次请让我好生招待。"

白泽帝君只得继续往椅子上一坐，慢慢喝了一口茶，方道："扶苍一梦千年的事怎样了？"

青帝面上笑意渐渐淡去："他如今心境不宁，加上刑罚，暂时还不能一梦千年。"

一梦千年乃是神族的境界突破，原本时机一到便会陷入沉睡，灵性收敛，于外界一切都无反应，但以扶苍现在的状态，怕是不行。他这些天一直在和什么做斗争般，去天宫领罪也像是为了一种了结，不切断这些，想必他不能够静心沉睡。

白泽帝君反倒笑了笑："本座这个女弟子去看一眼，应当就可以了。"

他都知道方才还要添乱。青帝叹了口气，也不知她这一看到底是吉是凶。

沿着湖畔大道一路向上，便是通往太山顶青帝宫的漫长台阶。这里上回玄乙没来过，行在台阶上只觉满眼所见皆是绿色，此地万木生长极为嚣张跋扈，时不时可见粗大的树木根茎盘踞在台阶上，每一株树都比外面的要高大无数。

上到半山腰，神官们忽然一拐，往一旁的盘蛇小径上去，曲曲折折走了半日，最后停在一座白石桥前。玄乙驻足仰头观望，只见此处深谷中密密麻麻种满了青竹，每一根都有水缸粗细，高逾百丈，直插碧霄，将日光尽数遮去，阴凉无比，竹叶上还在不停滴水，簌簌声不绝。

“公主，竹林尽头便是神君的庭院。神君先前下令我等不得擅闯，我等只能将公主送至此处了。”

神官们躬身行礼，一面又道：“我等便在这石桥处等候公主。”

玄乙点了点头，犹豫一瞬，到底还是踏上石桥，往竹林深处行去。她只想偷偷躲外面看一眼，这叫她怎么看？他住哪间屋子？

破开云境踏入庭院，却见清一色的楠木回廊嵌在碧绿的参天大树下，院中安静无比，只有细细的风声回旋。玄乙停在原地，目光扫过楠木回廊，每一扇门前都有明珠点缀，长得一模一样。

她有些谨慎地把脚步放到最轻，因今日穿着的是木底鞋，还特地把鞋子脱了，以免踩在楠木回廊上发出响声。

偷偷拉开一扇窗，往里面看一眼——空的。

她足尖轻点，缓缓前进，继续拉开第二扇窗，还是空的。

玄乙正要拉开第三扇月窗，冷不丁一旁的木门被人打开，穿着家常鸦青长袍的神君无声无息地出现在门口，她几乎要蹦起来，手一扬，砸在月窗上，“砰”一声脆响。

扶苍背靠木门，低头定定看着她。他大概刚才在睡觉，长发披下归拢在一边，衣领松垮，现出一小截瓷白的肩，极少见的衣冠不整。

不是说正在受荆棘之刑吗？怎么看着不像？

玄乙低头整了整袖子，为难似的偏头想了片刻，这才抬眼望向他，微微一笑：“扶苍师兄，要不要等你收拾一下仪表？还是你继续进去睡？”

第十九章

使我沦亡

扶苍盯着她看了很久，看得她背后寒毛一根根倒竖起来，他才终于一动，转身走进屋内，低声道："请进吧。"

玄乙再度犹豫了一瞬，最终还是慢慢走进木门。

门内层叠的青纱将卧间遮挡，绕过山水屏风，是可以接待私客的一个小小前厅。他似乎并不怎么喜欢高大桌椅，地上放着的是蒲团，一旁有一盏梨木案，杂七杂八地堆着些珠串腰饰之类的杂物。

不一会儿，扶苍端了茶案出来，他没换衣裳，还是穿着松垮的鸦青袍子，长发拢在耳侧，一面低头给她斟茶，一面淡淡道："没有新茶，还请见谅。"

这会儿他又讲究起礼仪之道了。

玄乙双手捧起茶杯浅尝一口，什么滋味也尝不出来，也不知这是什么鬼茶。她索性把杯子轻轻放在茶案上，思忖了一阵，开口道："扶苍师兄，吉光之羽的事毕竟是为了帮我完成功课，害你受荆棘之刑，我很过意不去，你没事吧？"

冠冕堂皇，对的，她一贯都很擅长说这些冠冕堂皇的话。

扶苍摩挲茶杯，神色冷凝，道："无妨，有劳挂心，同窗友爱互助才是道理，公主不必自责。"

哦，没事就好。

玄乙严肃地点点头，又想了半日，问道："一梦千年的事，怕是要等到荆棘之刑过去了吧？会顺利吗？"

扶苍反应冷淡："这是私事，不劳烦公主过问。"

玄乙突然又不想待下去，她胡乱拨着袖子，如坐针毡。走不走？走不走？走吧，赶紧回去，反正也已经赔过礼，他看上去挺不错的样子，以后一梦千年境界突破，又可以牛哄哄跳他的剑舞。

她将那杯没滋味的茶喝完，正欲告辞，忽然瞥见他那身鸦青长袍好似湿了。她这才发现，他的面色有一种异样的惨白，额上冷汗点点，倒是表情十分平静。

玄乙吸了口气，低声道："你怎么了？"

扶苍气不短手不颤又替她将茶满上，淡道："公主在说什么？"

玄乙见他举动间偶尔露出一截手腕，其上遍布漆黑的咒文，似藤蔓一般，她突地伸手一把抓住他的胳膊。若在平时，以他的身手根本不可能会被她抓到，这次他竟没闪躲开，被她冰冷的五指捉住，把袖子一卷，露出荆棘之刑的咒文。

见她伸指要碰，扶苍立即拦住："别碰。"

谁知还是迟了，她冰凉而柔软的手指轻轻按在咒文上，竟好似全然不疼。扶苍怔了一瞬才想起她是烛阴氏，万法无用，荆棘之刑的咒文自然对她不起作用。

他默然看着玄乙发上的金环，她低头盯着咒文看，看得特别专心，还用手指慢慢摩挲。过了许久，她慢慢放下他的胳膊，用袖子盖好，抬起头看着他，向来平静无波的目光里竟有一丝恐惧。

"……会死吗？"玄乙声音发抖。

千万根钢针正在刺穿他的身体，可他无缘无故竟然想笑。

"凡人才称死，神族只有陨灭。"这是他第三次提醒她了。

玄乙用指尖勾住他薄软的长袍袖子，在手指上绕了好几圈，低头改口："……会陨灭吗？"

这根藤蔓又丝丝缕缕地缠绕上来，扶苍沉默着，将袖子用力拽回。她勾了半天也勾不回，便转战他垂在地上的腰带，将它在手上绕了一圈又一圈。

他无力阻止，逃避似的不去看她，低声道："每日早午各发作片刻而已，不会陨灭。"

"真的？"她少见地问得天真。

无形的藤蔓拉扯他，扶苍不由自主地又回过头，或许是屋外的光，或许是茶水氤氲的雾气，她眼中仿佛有一丝泪光闪过，快得叫他捉不住痕迹。

为什么又要这样看着他？她已经把他从头到脚都践踏过一遍，还要再来第二次？他对她的品性已是了若指掌，可他还是没有去一梦千年，不知是残存一丝怎样的念头才回到的明性殿，没想到却撞见了她与少夷亲热纠缠。

"要打发你的空虚，你该去找和你一样堕落的家伙。"——那天他是这样说的，而她也确实这样做给他看了。

既然如此，为何还要问他一梦千年的事？为何今天要来青帝宫？

他对自己的脆弱无能为力，此刻的沉默是他仅存的尊严，给他致命一击，让他从此死心不好吗？

玄乙紧紧抓住他的腰带，声音低得仿佛叹息：“我等它结束了再走行吗？”

扶苍静静看着她捉住腰带的手，今天她指甲上的蔻丹像血一样红，衬得手指越发苍白。龙公主整个人也十分苍白，像是用她手里的烛阴白雪堆出来的，他再也无法忘记她孤零零等在紫元织女府的模样，她是在等他。

那些钢针好像扎进了胸膛里，令他时而炙热，时而冰冷。原来这就是伤心的感觉。

扶苍极慢地抬起手，放在她肩上，忽然用力将她拽进怀中，紧紧抱住。

如果不给他致命一击，那就将他拖下去吧，他早已被她拽入尘埃，是裂成碎片还是被她捧住，他也不知道。

怀里的身体非常安静，也非常柔顺，她身上冰冷的气息，让荆棘之刑带来的痛楚都被缓解许多。

扶苍用拇指勾勒她微凉的脸颊，她迟疑地躲避了一下，最后又不动了，任由他捏住下巴，将她的脸抬起来。

四目相对，龙公主的目光似犹豫，似得意，又似警惕，仿佛在说：看，你还是会掉下来。

是的，他还是会掉下来。

为什么要是他？老练深沉的天真，轻巧狠毒的手段，他的龙公主——为什么是他？

扶苍带着一丝恨意垂下头，张口咬住她可恨又可爱的嘴唇。她像是僵住了，很快又开始挣扎，胡乱撕扯拉拽他的头发和脖子。他的双臂连着胳膊将她收紧，一手按住她乱动的后脑勺，将她压向自己。

齿间的唇瓣冰凉而柔软，他渐渐松开齿关，用唇去摩挲纠缠。她慌乱急促的呼吸喷在脸上，整个世界都是她的味道，茶水的清香，烛阴氏的熏香，还有她身上那一丝说不清道不明的、只属于龙公主的味道，让他排斥，让他沉迷。

唇之间的纠缠让他不能餍足，扶苍忽然离开她数寸，微微喘息，看着她难得涨红的脸颊，她眼睛里那些闪烁的心事被他一手盖住。

“……再来一次。”

他轻轻吻在她下唇，张口含住，好似忽然知道该怎样亲吻，细挑慢吮，她唇齿间所有的瑟缩和颤抖都无法躲避。他带着些许试探，在她发抖的舌头上舔了一下，她喉咙里发出似愤怒似惊叫的声音，挣扎得更用力，狠狠在他唇上咬了一下。

扶苍偏头避开，忽地将她一抱，反身压向书架，继续盖住她的眼睛，她方欲说话，嘴唇又被堵住。

什么都不用说，他现在什么也不想听。

他在她嘴唇上慢而轻地咬了一小口，随即唇与唇之间仿佛又开始厮斗，他与她纠缠不放。

荆棘之刑的痛楚让他无比清醒，又无比执着。他的龙公主，他想把她揉成碎片，可他做不到；想把她推开万里，可他也做不到。那便亲吻她吧，不要看他，不要说话，就这样让他沉下去。

庭院里的风穿进木门，将青纱拂动，杯中清茶已冷，而怀中的龙公主也终于不再挣扎。

她两只手紧紧攥成拳，抵在他胸前，像是在坚持着什么。金环不知何时滑落在衣服上，长发有几根卷入交缠的唇间。

扶苍缓缓离开她些许，她的眼睛被他用手盖住，只露出下半张脸，丰润漂亮的嘴唇微张而潮湿，细细喘息着，数根长发黏在上面，随着呼吸颤抖。

血液里有什么在沸腾，和着刑罚的剧痛，反而叫他变得直接而大胆。他用手指将那几根黏在她唇上的头发挑开，俯身又在她湿润的唇上舔了一口。

玄乙鼻息中发出一个极轻微又极柔软的哼声，忽然满面绯红，扭头躲了一下。他的嘴唇落在滚烫的面颊上，触到的肌肤如花瓣般细嫩，一时不能自持，在她面上辗转反侧轻轻吻着，盖住她双眼的手本能地下滑，指尖摩挲着她纤细的脖子。

怀里的龙公主又开始剧烈挣扎，抵在他胸口的双拳奋力推他捶他。

扶苍慢慢把她放开，任由她在身上踹了无数脚，结果踹得太狠她自己反而跌坐下去，书架上的书被撞下来几本，全掉在她身上。

她实在是极少这样狼狈，水绿荷衣上满是褶皱，披帛掉在地上，和她披散下来的长发缠在一处。扶苍俯身去拉她，她便又开始使劲推，声音略带沙哑，竟然显得有些柔弱："别碰我！"

她在书架下面缩成一团，飞快用五指梳理长发，重新插好金环，手掌用力抚平衣裳褶皱。方才她面上迷离的晕红仿佛一瞬间烟消云散，又变得苍白而冰冷。

玄乙整理好衣裳，突然起身便往外走。

扶苍预想过她的所有反应，扑上来暴打，犀利的讽刺，甚至大叫非礼喊来神官，他没有想到，她居然一言不发便离开。

就这样走？说来就来，说走就走，说纠缠就纠缠，说翻脸就翻脸，她对他永远这样恣意妄为，饱含践踏之意。

扶苍出手如电，一把拽住她的胳膊。她毫不客气反手便揍，连踢带挠，什么优雅形象都没了。他还是不动，任凭她打了许多下，结果大概是地板太滑，她动作大了些，脚下一滑，又差点栽下去。

扶苍搀了她一把，因见她还是挣扎着要跑，他心头火起，捉住两只乱挥的手，将它们交错制在她胸前。玄乙百般挣扎，却挣不过他的气力，累得气喘吁吁，瘫在他怀中。

扶苍用力抱紧她，声音有些森然："不是要缠着我？怎么又想跑？"

她百般纠缠他，把他拽下来，既然已坠落，索性来个痛快，一刀正中心脏？还是双手抱紧他？既然来了就别走，休想走。

玄乙喘了几声，忽然安静下去，隔了片刻低低开口，语调有种妖异的虚幻：“扶苍师兄是想强迫我同你双修阴阳吗？”

扶苍的胳膊微微一震，低头看着她，她的脑袋垂得很低，所有的表情都被长发挡住。

“……你这样以为？”他的声音也极低。

她缓缓说道：“是不是只有和你双修阴阳，你才愿意推迟一梦千年？”

扶苍猛然放开她，她只用一句话便将他所有的挣扎都变得如此可笑而龌龊。耳朵里似乎有万千蝴蝶在扑腾翅膀，那些在他身体里穿梭的无数钢针，像是忽然全部扎进眼睛。

他飞快地闭上眼，复又睁开，带了一丝决绝问她：“你喜欢我吗？”

玄乙慢悠悠地咬着嘴唇，眉头紧皱，他粗重艰难的喘息声在屋内回荡，渐渐地，像是变成了阿娘朦胧的声音。阿娘抱着她，抓着她，眼泪和血一起落在她脸上，阿娘说：阿乙以后千万不要轻易爱上谁，前一刻你会觉得甜美无限，但随后就是连绵不尽的痛苦。

她屏住呼吸，用力捏紧拳头，回身看着他：“如果我不说喜欢你，你是不是再也不理我了？”

扶苍低低笑一声，退了数步，忽地露出一丝近乎脆弱的神情，断断续续问她：“你以后……会……喜欢吗？”

她面上又现出那种心事重重的为难表情，回避他的视线，回避他的孤注一掷。

响亮的碎裂声在扶苍耳边回荡，她没有接住他，任由他碎了一地。

一刀致命。

扶苍又退了两步，面色变得惨白，低声道：“你走吧。”

玄乙犹豫了一瞬，缓缓倒退出房间，停在门外。那些喧嚣的风声开始包裹住她，她心中陡然生出一股莫名的寒意，忽地唤他：“扶苍……”

喉咙上一冷，苍蓝的纯钧剑抵在上面，将她的话硬生生打断。

扶苍手执纯钧，冷冷看着她，曾经漫溢在他眼中的那些叫她恐惧的温柔，又叫她忍不住想挑战的恶意，全消失了，只余漫无边际的死寂与跳跃的恨意。

“走。”他最后说了一个字。

脖子上的龙鳞还没长齐，纯钧刺破了她的肌肤，微弱的疼痛，却渐渐蔓延到身体深处，让她无所适从。

他有这样恨她？

玄乙怔怔看着他，倒退两步，转过身走向楠木回廊尽头，拿起自己的鞋，头也不回地离开了庭院。

回到前厅，白泽帝君还在跟青帝喝茶聊天。见她回来了，白泽帝君松了口气似的蹦下椅子："看过啦？那回去吧，在这里叨扰很久了。"

玄乙笑了笑："是啊，回去吧。"

青帝看不出她神色的异样，这位小公主竟然半点心事也不露在脸上，他心中隐隐有个不好的预感。匆匆送走两位客人，他立即前往扶苍的庭院，破开云境后，却见扶苍没有待在屋中，而是独自坐在楠木回廊上，出了鞘的纯钧剑落在地上，他也不捡。

青帝忍不住柔声道："扶苍，你和玄乙公主聊得如何？"

等了半天不见扶苍回答，他便慢慢走近，却骇然发觉这孩子面色难看至极，周身的祥光忽明忽暗，明显是灵性受损的征兆。

他急忙扶住扶苍的肩膀，低声问："出什么事了？莫不是又和玄乙公主斗气？"

扶苍轻轻笑了笑，将纯钧捡起收入鞘中，一面道："无事，父亲不必担心。"

青帝皱眉看着他慢慢走回屋中挂好纯钧，像一抹烟云般飘进青纱后的卧间，再无声息。

玄乙站在钟山山门处，默然眺望这座冰封雪埋、终日黑暗的巨大山峰，最后她又回到了这里。

回来的路上白泽帝君和她说了什么，她全忘了，她的记性从来没这么坏过。

齐南急匆匆地迎过来，他看上去很是惊惶，他老是一惊一乍的，连声问她："公主怎么了？"

她都挺好的，就是脖子上那个细小的伤口有点麻，心里还有点震惊。自她离开钟山前往明性殿求学，得罪了无数神族，她从来不忌惮任何恨意和厌恶，有时候甚至乐在其中。可扶苍亮出纯钧的刹那，她终于震惊了。

他竟然有这么恨她。

玄乙沿着漫长的台阶一级级走上去，突然问道："齐南，我有时候是不是挺可恨的？"

何止是有时候，简直时时刻刻都可恨，齐南暗自腹诽，面上干笑道："公主有自知之明是好事。"

玄乙又道："我问你，是不是希望一个神君陪着自己是一种罪过？"

齐南恨嫁的心开始狂跳，斟酌道："这个嘛……公主是说扶苍神君？这个当然不是罪过，两情相悦怎么会是罪过？"

玄乙抿起唇，淡道："没有两情相悦就是罪过了？"

齐南只觉有些不对劲："公主在说什么？扶苍神君喜欢你谁都能看出来，你倘若不喜欢他却又缠着他，这便是罪过了。"

可她不想要他的喜欢，不要露出温柔的想要亲近的眼神，不要太过靠近她，她不想一次次听见阿娘低微压抑的哭泣声，也不想时常见到那片满地流淌的鲜血。神族一出生就记事，她从出生起便很少见到阿娘笑，偶尔被父亲逗得开心了，很快又会泪流满面。

爱是一种罪孽，陷在里面会如同行尸走肉，会丢掉性命。

她只想要他远远地、安静地，就这样陪着她。或许这是罪过吧。

齐南见她不说话，心中焦急，忍不住道："难道公主又和扶苍神君起了什么冲突？你这样一次次气他，多好的脾气也要被你气坏了！"

玄乙回头瞥他一眼："你为什么总想把我推出去？我独自待着会陨灭吗？"

齐南深深吸了一口气，最后又缓缓叹出来："因为公主明明看上去非常寂寞。"

她？寂寞？玄乙露出个古怪的笑，拂袖而去。

一路破开云境回到紫府，满树的石榴花已开得如火如荼，那鲜艳刺目的颜色让她分外不适，一抬手，整座紫府都被冰雪盖住，让一切陷入彻底的昏暗与苍白，让她安静下来。

齐南很快便追进来，见满目冰雪，他心中暗暗惊骇，慢慢走到小公主身边，她正站在一树琼枝旁，垂头不语。

"齐南，替我告假。"玄乙低低说道，"告假一千年。"

齐南摇头："除了境界突破，哪有告假千年的？文华殿有明规，弟子告假不得超过两年。"

"那就两年。"她随手拨拉，石榴树上的白雪扑簌簌地掉落。

齐南长叹一声，拽住她的袖子，把她拉到殿前的水晶凳上按着坐下，自己也坐在对面，柔声道："公主真的不喜欢扶苍神君？"

玄乙淡淡道："我不想听见这个问题。"

齐南默然无语，只得静静陪她坐在冰天雪地里，看着这些苍白的冰雪在夕阳下泛出似冷似暖的橘色。

凡间带着浊气的风扑在脸上，黏腻而难受，芷兮不适地摸了摸鼻子，扭头望向一旁骑在丹凤背上的少夷，他面无表情地看着极远处被笼罩在清光中的巨大而漆黑的离恨海，看上去好像既不兴奋也不好奇。

她忍不住开口："少夷师弟，看好了没？"

这极北之渊由于离恨海的坠落变得浊气极重，似他们这样的年轻神族实在是有些吃不消。大约由于失去了神界清气的包裹，掉在下界的离恨海扩张得比在神界时快上许多。听南天门那些将领说，这短短几个月，黑雾已扩张了数里，照这个趋势下去，波及凡人也是迟早的事。

为此每日下界的神将不得不多增了五百名，以清气阻挡，这才令扩张暂时稳住。但这样也是治标不治本，上界那些帝君大帝为此伤透了脑筋，还是没想出什么好法子，只得拖一日是一日。

少夷眨了眨眼，笑道："我在想，不能放任它这样扩张下去。"

芷兮心头微颤，没想到一贯只会风花雪月的他竟能说出这样的正经话，她不由得轻声道：“可我们也没办法，只有等五万岁领了神职，再操心天地秩序了。”

少夷在丹凤脑袋上抚了抚，令它转个方向，又笑道：“师姐将来想领什么神职？师姐这样机敏公正，适合去刑部。”

芷兮心头颤得更厉害，她确实想去刑部，为什么他竟一语道破？

“……那你呢？”芷兮小声问。

少夷偏头想了想，一反常态，变得有些严肃：“我自然是要做战将，下界看着离恨海，不能叫它影响天地秩序。终有一日，我要让它恢复原状。”

芷兮只觉胸骨被震得发痛，她驭使獬豸追在丹凤身侧，情不自禁开口：“我……我也想做战将，盯住离恨海。”

少夷回头含笑瞥了她一眼，眼波甜美而戏谑，轻道：“师姐这样漂亮的神女，做战将太可惜。我最怕见美貌神女喊打喊杀，在刑部多好，冕服华丽，很适合师姐。”

芷兮恨不得用袖子捂住脸，她连脖子都在发烫，一定被他看出来了。她羞愧万分，可心底竟然还有些喜悦，他第二次夸她漂亮。

和他待得越久，越发现他严谨理智的另一面，这令她欲罢不能，犹如中了迷魂术一般，脑子里每时每刻都是他，这甚至让她感到恐惧。

这份恐惧反而叫她不敢显露心迹，仿佛一旦被他看出来，她也就和那些成天在他身边的莺莺燕燕没什么区别了。她希望自己至少对他来说是个特殊的存在。

芷兮垂下头，期扮凡间的风可以将脸上的热意吹冷。过了许久，她低声道：“这次回去，催先生赶紧传授术法吧，下界情况这么坏，多学点术法总没坏处。”

少夷却摇了摇头，淡淡道：“我这趟回去，该辞学了。”

什么？！芷兮错愕地看着他：“辞学？”

“是啊。”他被那尾聪明狡猾的“小泥鳅”盯上了，但现在时机还远远未到，他不想和小泥鳅纠缠下去，万一真变成扶苍师弟那样的莽夫，可怎么是好。

“何况先生只怕不到四万岁不肯传授术法，上回只是说来逗咱们开心。”他回首朝她微微一笑，“我离开了，师姐不必太想我。”

芷兮倏地倒抽一口冷气——他看出来了！他早就看出来了！他这样聪明的家伙，又怎会看不出她的心？

“那天在青帝宫说的话，是我的肺腑之言。”少夷的声音变得温柔却又疏离，“师姐，我不是好东西，把我忘掉吧。”

推开窗，外面冰封雪埋，天玄地白，玄乙疲倦地揉了揉脑壳，她又是被一夜喧嚣的风声吵得无法入睡，紫府内竟然也有这样大的风声。

在外面等候的侍立女仙们似是发现她醒了，纷纷挑开纱帐入内，替她更衣盥洗。

“公主，齐南神官方才交代了，等公主醒了之后，去神意楼找他。”

玄乙揉着发疼的脑壳：“他不能过来吗？”

侍立女仙露出为难的神情：“神官说，是请公主去，没说要来。”

玄乙点了点头，很好，连齐南也不要她了。自她冰封了紫府一步不出，他也有半年不过来了，好像她不出去，他就坚决不会进来似的。

他不肯来，只好她去找他，没有办法，谁叫他是齐南呢？

玄乙破开云境，往神意楼快步行去。半年不出紫府，钟山的冰雪竟消融了些许，道旁泥土中居然有点点绿意，这可甚是少见，难不成父亲的伤势痊愈了些？

神意楼前的守卫见着她款款行近，立即高声通报：“公主来了！”

话音一落，半年不见的齐南终于快步从里面迎出。一见着她，他眼眶就红了：“公主……这样憔悴。”

玄乙头也不回朝前走，道：“半年不见齐南你，我当然憔悴。快把眼泪收收进来吧，叫我什么事？”

齐南哑口无言，半年不去看她确实有生气的成分，公主对扶苍神君的行径实在太糟糕，他本想给她个惩罚，谁知见着她面色奇差，他登时万分心疼，而再看她总是这样面上死撑的模样，他又开始后悔。

他端了一杯海沙茶给她，斟酌半日，想安慰她，却又想不出什么可以安慰的话，最后只得说道：“今日特意让公主出紫府，是叫公主看看路边化掉的冰雪，好叫公主知道，帝君的伤势又痊愈了些，如今已可离开钟山，在周围散散步。”

玄乙淡淡道：“意思是我和清晏很快就会有个后娘了？”

齐南正在喝茶，冷不丁一口茶全喷了出来，咳得撕心裂肺，半晌方能说话：“公主……咯咯！真会说笑……”

她可不是说笑。玄乙低头吹了吹茶水上氤氲的湿气。

齐南看了看她，忽然又道：“还有一件事，虽然公主可能不大乐意听到，但我还是要说。扶苍神君四个月前下界了却因缘了，好像是因为灵性受损，无法突破境界。”

他说完，便仔细观察她的表情。公主却一点表情也没有，只喝了口茶，道：“哦，他做凡人了。”

齐南实在摸不准她的心息，不禁皱眉：“扶苍神君性子刚烈，被公主那样戏弄践踏……怎么说也是因为你的缘故，公主这是什么反应？”

怎么就是她的缘故了？怎么不是因为无法突破境界，心急似火，所以灵性受损？为什么扶苍出点什么事，总要跟她扯上关系？难道回头他娶个丑八怪做夫人，也怪她不成？

玄乙揉着越发疼痛的脑壳：“说完啦？我回紫府了。”

"公主！"齐南唤了她一声，见她头也不回地往外走，便从袖中取出一封信，追上去塞她手里，"这是青帝送来的信，你看看吧。"

玄乙随手放进袖中，却听齐南在后面低声道："公主，你觉得自己和帝君像吗？"

她立即蹙眉："什么？怎可能？"

齐南正色道："我倒觉得很像，这样践踏真心、玩弄感情，公主不愧是帝君的女儿。"

说完他转身便走。

玄乙一时竟不知如何反驳，怔了半晌，慢慢回到紫府，盯着窗外的冰天雪地看了许久，直到眼睛疼得无法再睁开，她才往床上倒去。

脑袋好痛，好像要裂开了，那些喧嚣的风声每时每刻都在耳边回旋，她没有办法入睡，索性将青帝那封信拆开。

出乎意料，上面没有写什么指责的话，只写了扶苍投生在下界何处，并言辞温和地恳请她出面，替扶苍了结这段孽缘。

孽缘……玄乙指尖点着这两个字，一道她刻意不去想的身影不由自主地便浮现在脑海里。不是白衣胜雪的模样，而是那天在青帝宫，穿着藏青色长衣的神君，他伸手替她拈下额上的落英，指尖是温热的。

一转眼，那只手便握住纯钧抵在她脖子上，他眼里的死寂和恨意令她心悸，直到今天还在心悸。

其实她很清楚，扶苍确确实实是因为她才下界的。

玄乙丢开那封信，用被子使劲将脑袋盖住，可是没有用，那些风声还是会灌进来，时而是扶苍受刑粗重的喘息声，时而又变成阿娘低低的哭泣声。

她一把揭开被子，起身快步走了出去。

因着青帝另附的手信，南天门的看门将领没有为难她，痛快干脆地放开限制，一时还不忘提醒她："公主，虽然如今每日有战将在下界剿灭那些堕落之妖，但祸患终究未能根除，公主还请小心谨慎，莫要在下界待太长时日。"

她只是去了结一下因缘，花不了太久。

玄乙御风往下界疾驰而去，一面回想上回少夷替延霞了结因缘的情形。

青帝必然是从赤帝那里听说了延霞的事，才会写信来恳求。扶苍身为青帝独子，年纪轻轻剑道觉醒，马上便要一梦千年突破境界，实在是小辈神族中的佼佼者，将来指不定怎么光辉万丈，谁知突然弄得灵性受损，她要是青帝，那滋味大概也不好受。

青帝的焦虑她懂，齐南的指责她也懂，所以她下来了，诚心诚意替他了结这段孽缘，从此形同陌路，这样最好不过。

看，她还是会做点好事的，所以，让喧嚣的风声停下吧。

玄乙降下云头，下方正是一座凡间的城镇，看起来还不小，东南角有朱红色高高的围墙，圈起一大块层层叠叠的宫殿，可能就是传说中的皇宫。

下界东方大梁国，七皇子。玄乙记起青帝信上所述的扶苍下界后的身份，她化作一股狂风，一头扎进朱红色的宫墙，往清气最磅礴的那个庭院呼啸而去。刚一落地，四周的纠察灵官立即被惊动，因见来者是她，灵官们立即拱手行礼，惊疑道："原来是烛阴氏的公主，公主为何下界？"

如今神族下界限制极严，似她这样年轻的神族到底是怎么下来的？

玄乙懒得解释，只道："我来找扶苍神君，你们安静会儿。"

她跃上华美的高楼，穿进月窗，只见重重叠叠的纱帐蒙住一张大床，末上躺了个人，好像正在睡觉，清气从他身体里散发出来，溢满整座庭院。

她来了，起床吧。

玄乙一口气喷出去，吹开重叠的纱帐，飘向床边，毫不客气地将被子一揭，被子下的那个小小的身影吓得一骨碌爬起来——他生得神清骨秀，与扶苍一模一样．然而看上去好小，根本还是个小孩子，她不禁愣住了。

灵官们急急追上，连声道："扶苍神君如今才五岁！公主这是要做什么？"

五岁？玄乙撑圆了眼睛．他下界四个月，才长到五岁……居然长得这么慢！

她低头细细打量那个害怕得直往角落里躲的小孩儿，他穿着一身粉嫩的小袍子，脖子上玉饰金锁之类挂了一大把．头发绾个丫髻，圆滚滚的脸，水灵灵的眼睛．看着像个小姑娘——原来扶苍小时候长这模样。

玄乙弯下腰，情不自禁地伸出手想去戳戳他圆滚滚的脸。谁知这孩子使劲朝后缩，面上恐惧之色更重，皮都吓青了。

纠察灵官们实在看不下去了："公主请莫要随意在凡人面前现出神相，何况扶苍神君如今还小。"

她愕然："我没现出神相啊？"

灵官们哪里信她，只道："下界现在很乱，公主无事便请回去吧，莫要逗留太久。"

玄乙懒得听他们聒噪："我来了结因缘，你们退开。"

她伸手去抓他，可小小的扶苍身手却灵活得很，从床这头滚到那头，抱着被子只是躲。玄乙抓得心浮气躁，他到底躲什么？难不成这肉眼凡胎还能见到真神？她不耐烦地将神力震荡开，在他面前现出神相："是我！快过来！"

他整个人躲在被子后面，只怯生生地露出两只黑白分明的眼睛。

四目相对，玄乙只觉喉咙里像是被什么毛茸茸的东西堵住，耳边喧嚣的风声渐渐小下去——她又一次被这双无辜的眼睛凝视。

她揪住他紧紧抱着的被子，不顾他的剧烈反抗，将这坨小小的身体抓到自己面前。

“公主既然什么也给不了扶苍神君，何不替他了结这段孽缘呢？也免得烛阴氏与华胥氏彻底结怨，对公主来说，也是一桩善事。”

临行前齐南的话回响在耳边。

是的，她什么也给不了他，却又贪图他的陪伴，这是她造下的孽。齐南说得没错，她确实非常寂寞，她只是不想承认这点，这样就没有任何东西可以伤害到她。

为什么要喜欢她？她有什么好？连她自己也说不出有什么好，那么多神族都讨厌她，偏偏他要喜欢她，所以他才会那么伤心。

一直讨厌她不好吗？做对手，做冤家，一直敌对下去，那样他们还可以在一起很久很久。

可那些很久很久，以后都不会有了。

来吧，她收回自己那些泛滥成灾的寂寞，斩断这份孽缘。

玄乙张开手臂，将这不停挣扎的小小扶苍抱进怀中，学着当时少夷的模样，抬手在他小脑袋上摸了两下，一本正经地开口道：“……对不起。”

没有回应。

她继续：“对不起。”

还是没有回应，她皱眉低头望去，这孩子眉间既没光点溢出，也没露出释然的表情，反倒皱着脸，满是恐惧惊惶，随后含了两包泪，“哇”一声大哭起来。

……这是什么反应？她长得有那么吓人？

小小扶苍的哭声惊动了外间的宫女，她们忙不迭地跑进来，将他从床上抱起，柔声安抚：“七皇子可是做了噩梦？不怕不怕，我们都在。”

他哭得撕心裂肺，小手乱指，一会儿指着床边的玄乙，一会儿指向窗边的纠察灵官们，喃喃念着：“影子……鬼！有鬼！”

这话说得不光宫女们脸色大变，连纠察灵官们都万分惊愕，灵官之一喃喃道：“我说怎么扶苍神君时常探头往院子里张望，总是和他撞上视线，原来真是能看到我们！”

宫女们好不容易将小皇子哄得安静下来，另有两个宫女出门替他端热水洗手脸，一路走一路小声道：“七皇子成日只说什么影子啊鬼啊，该不会生了阴阳眼吧？听着怪可怕的。咱们宫里有鬼？”

没有鬼，倒有一群发愁的天神。

眼见天色大亮，七皇子更衣用膳后便被接去书房学写字念书，纠察灵官们守在殿外，个个面面相觑，灵官长皱眉道：“或许是因为年纪小，我听说有些凡人孩子双眼纯净，可见常人见不到的神鬼。听扶苍神君的话，好像见着咱们都是影子，那更有可能了。今日起一律在暗处守护，不得随意出现在他面前。至于公主……呃……”

他也不知拿这个烛阴氏公主怎么办，人家确然为了正事而来，又有青帝书信，何况他们也管不着烛阴氏。

灵官长干咳一声，斟酌着开口：“公主，扶苍神君如今才五岁，凡人小孩和神族不同，不记事也不懂事，这了结因缘一事只怕现在做不得……”

他一面说，一面拿眼看她，谁知这位公主竟好似全然没听进去，倚在窗棂上，两眼静静盯着正在拿笔写字的七皇子。

大概因为窗外有“鬼”盯着自己，七皇子眼睛红通通的，瘪着嘴一副又要马上哭出来的模样。

太难看了，老是哭，胆小鬼。

玄乙笑了笑，轻轻往书房里吹了一口气，冰冷的风将字帖“哗啦啦”地吹起来，也吹乱了七皇子软绵绵的头发。他吓得一直朝后缩，勇敢地憋着不叫自己哭出声。

“公主……”灵官长对她这太过顽皮的行径也是无奈。

凡间时间流逝快，一下子七皇子练字念书的时间便过去了，怯生生地上了辇车，回自己的寝宫。玄乙情不自禁地追上去，远远跟在后面，看着他的小脑袋谨慎地一次次从辇车里探出来，一见着她便脸色发白地再缩回去，如此反复再三，他便再也不敢探头看了。

及至寝宫，他再怯生生地下了车，回头一看她还在，吓得扑进一旁乳娘的怀中，小声啜泣。

玄乙慢慢飘到他面前，蹲下去歪着脑袋打量他，真是一模一样，就是太爱哭。

见他怕得厉害，她便起身飘进寝宫，抬眼四处打量，待看到地上几个半旧的蒲团，并着一旁堆了杂物的梨木案，幽幽然还在耳边呼啸的风声忽然便停了。

也是一模一样的家私摆设，是他，这爱哭的小鬼真是他。

玄乙走过去，弯腰坐在蒲团上。

万籁俱寂，终于听不到那些风声。

她慢慢躺下，用手捉住梨木案里的一串玉珠，放在指尖慢慢摩挲。她和她那些嚣张的寂寞都安静了下来，很久没有的安静。

纠察灵官们悄悄进来查看情况，才发现这位烛阴氏公主居然躺在蒲团上睡着了。她睡得那么沉，宫女们来来回回奔走的步伐和说笑声，都没有能够将她吵醒；七皇子进了寝宫，望见地上躺着的黑影哇哇大哭的声音，也没能将她吵醒。

玄乙醒来时，正对上凑近了偷看她的七皇子乌溜溜的眼珠子，她倏地翻身坐起，吓得他连滚带爬，哭喊连连地奔上床，钻进被子里死也不出来。

她不由得“哧”地一笑，懒洋洋地开口：“胆小鬼。”

神清气爽，她很久没有睡得这样香甜。玄乙打着哈欠飘出月窗，一面将青帝的信拿出来重新一个字一个字地看，果然人家交代的是十四个月之后再来替扶苍了结因缘，她没看清便贸然下界。

她转身便要走，躲在暗处的灵官长急忙叫住她：“既然公主是为了了结因缘而来，不如便留下吧？待扶苍神君长大知事，自然可以寻个合适的时机切断前缘。”

玄乙沉思了片刻，却摇摇头：“我回去了。”

既然是孽缘，那切得越快越狠越好，下次再来便是切断这份孽缘，还他清明。

她不会留下，也不会再寻任何人留下，她对这世间万物都狠心，现在轮到她对自己狠心了。

第二十章

此毒穿肠

且说自离恨海坠落，神界也过去了快两年，天灾的影响已渐渐平息，诸神又恢复了往日喝喝茶听听小道消息的生活。

听说朱宣帝君大费周章，这次选了三生石畔的某块风水宝地，重新将朱宣玉阳府建起，又大肆宴请宾客，盛宴办了五天。

听说青帝独子扶苍神君下界了却因缘，但此事所知者甚少，知道具体情况的皆与华胥氏交好，谁也不肯提，故而传来传去便被认定为谣言，最后不了了之。

又听说赤帝那位同样下界了结因缘的小公主回到了上界，因为早早解开情劫，命理线消失，所以凡胎早早便急病去世，一身轻松地回来继续做天神。

延霞公主此番可谓因祸得福，回来后灵性大增，又因为经历凡间世事，比以前沉稳许多。赤帝大喜之下，便动了叫她回明性殿继续求学的念头，待打听到青阳氏少夷已辞学，赤帝当晚便给白泽帝君写了封信，恳求让延霞复学。

白泽帝君默默地允了。

延霞还未回来，明性殿各弟子都已开始兴奋，须知本来先生收的女弟子就少，走了夫萝和延霞，便只剩芷兮和玄乙。芷兮一向爱说教还正经，叫神君们避之不及，玄乙更不用说了，怕是天帝也制不住她，这一年多还一直告假，弟子们郁闷又无奈。

好在延霞要回来了，她简直是明性殿的救世主，又天真又活泼还爱笑，如今更要加上一项“专情”的优点，有她在，哪怕先生再念十万年书，那也没什么了不起。

这日先生下了课，弟子们又在合德殿里热烈地讨论起延霞回来后的事，如今她已了结因缘，少夷也辞学了，弟子们个个都觉得自己有机会，唯有古庭突生感慨：“一个延霞，一个扶苍，延霞喜欢上的若是扶苍，今天也没这么多事了，何必闹得个个都下界。”

太尧笑道："你乱点什么鸳鸯，延霞师妹和扶苍师弟的性子只怕连话也说不到一起去。"

古庭忽地有些来火："那也比玄乙那魔头要好得多！"

因着扶苍灵性受损的事，他对玄乙又重新积了一肚子火，果然烛阴氏都不是什么好东西，个个喜欢践踏旁人。

太尧素来不做背后说坏话之事，当即换话题又笑道："延霞师妹这趟回来，应当不会再念着前事了。"

古庭恨恨道："一个两个都不知道怎么想的，偏偏喜欢的都是坏家伙！"

他自己不也是对夫萝念念不忘……太尧索性不与他再说，见芷兮在一旁发愣，他便道："芷兮这几日怎么了？总是出神。"

芷兮急忙微笑道："没有，我是在想……喀，我在想延霞应当不会再……记着少夷师弟了。"

所谓了却因缘，便是借着昔日的执念来斩断前尘过往，心中恢复澄澈清明，延霞应该不会再念着少夷了吧？可她竟不敢说死，这实在不符合她曾经决断的性子，凡事只要扯到少夷她就乱套，万一延霞还念着少夷，那……那怎么办？

太尧随口应道："反正少夷师弟也辞学了，她便是念着也无法，倒还是断了的好。"

是啊，少夷辞学已有一年多，就此杳无音信，不知拜了谁做新先生。以前上千年和他在一块儿听课，也没觉得怎样，如今乍分开一年多，她竟觉相思刻骨，实在难以忘记。

古庭刚才那句"喜欢的都是坏家伙"，像针一样扎得她一阵阵疼。她忽然觉得自己可以理解扶苍师弟的绝望，有时候明知道对方坏得流油，可没有办法控制感情，这才是最要命的。

芷兮忍不住长叹一声，起身便往外走："太尧师兄，古庭师弟，我告辞了。"

古庭奇道："师姐又要去演武场锤炼身手啦？"

这一年多，芷兮跟着了魔似的，每天跑去万神群殿的演武场锤炼身手，天天弄到半夜三更，难不成这也是为了抗议先生不传授术法？

芷兮点头，径自步出合德殿。

她不会去刑部了，她也要做战将，这样五万岁时便可与少夷再见。见了又能怎样，她不知道，可她还是要做。或许只有在演武场累得站也站不起来，她才能感觉到这漫长而空虚的时光变得充实。

太尧看着她的背影，奇道："莫非是玄乙师妹不在的缘故？芷兮师妹近日似乎心事重重。"

古庭一提到玄乙又来气："她不来最好！让她自己到处胡闹吧！"

古庭口中到处胡闹的玄乙不禁打了个喷嚏，她揉揉鼻子，眯眼看着脚下的皇宫。

十四个月，她应约又下来了，如今扶苍应当有十七岁，该记事懂事了吧？她对凡人的年纪没什么概念，希望上回没给他留下什么阴影，万一还是见着她便连滚带爬又哭又喊，那她也没办法了。

玄乙化作一股狂风在皇宫内游荡，转了一圈却没见漫溢的灵气，灵官们不见踪影，曾经七皇子的寝宫反而落了锁，殿内满是积灰。

这是怎么回事？

她疑惑地跃上云海，打量着这座王城，但见往东的方向清气更加磅礴，几乎像一条盘旋入云的巨龙，她立即疾驰而去。刚靠近一些便觉一阵阵香火的味道随风而至，落地一看，却是一座香火十分旺盛的青帝庙。

清气从花园内的一株老桃树上散发而出，玄乙飘过去仰头看了看。

……怎么觉得这里的景象有些眼熟？她上两回下界时来过？

正努力回想，身后忽然传来灵官长的声音："公主来了？"

玄乙转过身，果然见纠察灵官们都在，她奇道："怎么不在皇宫了？"

灵官长笑道："这件事说来话长。公主也知道，扶苍神君如今是凡人，却天生可以窥见神鬼，他年纪小不会隐瞒，渐渐事情便传开了。五年前有个诛邪国师进言说扶苍神君命格奇诡，留在皇宫怕是命不久长，便被送来这青帝庙隐居。巧在这里是青帝庙，庙中桃树又是真地仙，已成就仙身，镇住这一方土地，这些年倒没什么妖族来骚扰勾搭。"

玄乙听得一头雾水，也懒得细问，只道："扶苍神君在何处？"

"公主请随我来，且小心，如今扶苍神君五感极灵。"

绕过那一栋栋小房子，后方有一座干净庭院，清气横流，月窗内还有烛火摇曳，一道人影映在窗上，也跟着晃来晃去。

"就是这里了。"灵官长近乎耳语，"公主小心。"

她小心什么？玄乙被下界这变化多端的情况弄得莫名其妙，化作一股清风飘进月窗。

昏暗烛火，半旧蒲团，穿着黛绿长袍的少年正倚窗就着烛火看书，长发拢在胸前，上界那风回雪舞、典则俊雅的扶苍神君赫然便在这里。

玄乙喉咙里仿佛又被什么毛茸茸的东西堵住，她垂头握紧袖子，忽又放开，方欲震荡神力现出神相，对面的少年忽然放下书，黝黑的眸子一下便盯住了她。

熟悉的清冷视线。

玄乙吓了一跳，真有种他好像能看到她的感觉。她下意识退了两步，思索要寻个什么时机现身，冷不丁他突然起身，迎面抛来一张朱砂黄纸，冷冷道："什么鬼魅？"

那张朱砂黄纸"啪"一下贴在她肩上，玄乙低头看看它，再抬头看看他，最后扭头望向窗外，躲在暗处的灵官长用口型告诉她：都跟你说了要小心！

……这做了凡人的扶苍不乱挥纯钧，改乱撒符纸了？还有，她明明没现身，他能看到她？能看到她居然还朝她撒符纸？！

玄乙小心地撕下那张黏答答涂满糨糊的符纸，嫌弃地噘起嘴丢到地上，搓出一团白雪擦擦肩膀，不承想下一刻便迎面扑来五六张符纸，那黏答答的糨糊差点甩她脸上，她忙不迭地躲开，怒道："别撒了！"

见他还要抓黄纸，她一把扑上去，仗着自己是神族有力气，第一次从这莽夫手里抢到东西，将黄纸、糨糊、朱砂一股脑全丢去了窗外，长袖一挥，月窗被合拢。

扶苍退了数步，背靠书架，目光警惕而阴沉地盯着她。玄乙嘘了口气，往蒲团上一坐，朝他招招手："来，坐。"

他反而更朝后缩了两步，声音低沉："美色引诱对我无用。"

谁引诱他了？

玄乙继续朝他招手："怎么还是个胆小鬼，连过来坐下说话的胆子都没有？"

话音未落，他便风一样凑过来，往书案对面一坐，默然不语地盯着她。

幽光摇曳，在他眼底跳跃。一模一样，真是一模一样，头发、体型，连声音和眼神都一模一样。

玄乙移开视线，把手里那团黏了糨糊的白雪乱捏一通，咳了一声："你……还记得我吗？"

上回延霞见着少夷便像是记起了什么，他几声对不起便替她解开了因缘，怎么这些到她这边全不灵了？

对面的扶苍还是一言不发，他的眼神依旧充满警惕，带着研判上下打量她。

很好，她确定他是不记得了。

玄乙把手里的白雪团转得滴溜溜打滚，嗓子里总有些毛茸茸的东西堵着，不大利索，她又清了清嗓子："是这样的，我是专程为了你过来的，以前是我对不起你，你……能不能把那些不愉快忘掉，重新……"

话没说完，额头上突然一凉，他不知从何处又取了张符纸，"啪"一下贴在她脑门儿上。

玄乙惊呆了。

对面的扶苍微微蹙眉，"啊"了一声："……还是没用？"

这话是没法谈了！玄乙扯下符纸飞出月窗，一面用白雪努力擦拭黏答答的额头，一面十分怀疑地瞪着灵官长："你确定他是扶苍？！"

这些黏答答的符纸是怎么回事？不是说他做了皇子吗？难不成改行当捉鬼的了？

灵官长苦笑道："自然千真万确，扶苍神君在青帝庙隐居，那桃树地仙偶尔会传授些凡间祓除邪秽的法子，他刚才……是把公主当作鬼魅了吧。"

这些年他们这些纠察灵官也被贴了不少糨糊，习惯就好。

玄乙狠狠把黏糊糊的白雪扔地上，大发公主雷霆之怒："我是来了结因缘的！这样怎么了结？你去把他捆住！”

“这如何使得！”灵官长连连摇手，见她满面懊丧，他便温言劝道，“我并不知扶苍神君是因了何种缘由下界，但既然与公主有关，还请公主耐心，仔细想想他的因缘是什么，他想要的是什么，这才好替他了结。”

玄乙骤然沉默下来，他想要的应当是她的歉意吧？可她要怎么做？他就这么擅自认定她是女鬼，一见面就被丢糯糊符纸。他总是这样，在上界也是，动不动就拿削头发来威胁她。

虽然他一次也没有真削过。

隔着树影，她朝庭院的月窗望去，窗户已然打开，扶苍正往窗户和门上贴各种朱砂黄纸，他是有多怕她这“女鬼”？

夜色渐渐深沉，凡间时间流逝果然很快。玄乙静静看着变得漆黑的月窗，扶苍大概已经睡了吧？她忽然起身，又化作清风钻入窗内，果然他正睡在床上，安安静静地侧卧在棉被中，长发盖了半边脸。

她小心翼翼地凑到床边，扯了蒲团坐在地上细细打量他。他睡觉的时候眼皮居然会微颤，嘴唇也会翕动，有趣得很，凡人都是这样吗？

忽然，他嘴唇动了数下，不知含糊呢喃着什么，玄乙双手扒着床边，低声道：“你说什么？和我说话吗？”

他的呢喃声又安静下去，翻了个身，被子滑落在腰间，身上的袍子也滑在肩膀下面，露出紧致结实的大片后背。

玄乙爬上床，又凑到他面前，盯着看了半天，确定他没醒，没醒怎么能说话？

隔日扶苍是被冻醒的，即便盖着被子，还是觉得周身阴寒刺骨，眼下可是三伏天。他揭开被子翻身坐起，冷得打了个哆嗦，忽见昨晚那女鬼坐在蒲团上，背靠床边，困得脑袋一点一点的。

他心中惊骇，天亮了她居然还能现形！他出手如电，立即便要从床下暗格中摸出符纸，一摸之下暗格竟已结了冰，被冻得严严实实，他这才发现这间屋子竟不知何时布满寒冰，连床上都有细细一层冰霜，怪不得如此阴寒。

这女鬼道行好高深。

扶苍从枕头下抽出黄纸，咬破手指用血写了真言，往她脑门儿上一贴。玄乙正在半睡半醒蒙眬间，不禁“哎”一声惊醒，茫然地扭头看他，过了半日才慢慢撕下头上的符纸，一看是用血写的，她立即厌恶地皱眉丢开。

“别再撒符纸了。”她月白雪搓着可怜的脑门，“我厉害得很，你没法收服的。”

扶苍一时没辙，只得问道：“你所欲何为？”

玄乙怀疑地看着他：“你真不记得我了？”

他淡淡道：“我没见过你，为何要记得你？”

玄乙听这话就不大舒服，皱眉道："你五岁时我还来看过你呢，这么快就忘啦？凡人的记性这么差？还是你蠢？"

他胸口陡然生出一团气，咽不下去也吐不出来，隔了半日才冷冷问道："你究竟要干什么？"

玄乙不怀好意地瞥了他一眼，狞笑道："我要扒你的皮，吃你的心。"

她抱着胳膊，好整以暇地等着他哭喊连连地缩进被子里，谁知他动也不动，冷冰冰地盯着她，她顿时有点想念那个圆滚滚的胆小鬼。

扶苍裹着被子下床，声音淡漠："请你出去，我要更衣做早课了。"

本以为她还会不知廉耻地纠缠，谁知她干脆利落地起身，行动优雅地走向屋门，方欲开门，忽然想起什么，回头问道："为什么你睡觉还会说话？"

睡觉说话？她在这里待了一夜？扶苍又是恼火又是窘迫，迅速走到门边，打开屋门将她用力推出去："那是梦话。"

说谁蠢？她才是最蠢的，居然连梦话也不知道。

玄乙坐在庭院外的梨树叶片上，百无聊赖地看着扶苍做所谓的"早课"，先是拿着柄木剑挥来挥去，随后便盘腿坐在蒲团上一动不动。

他又在睡觉吗？凡人这么快就要睡觉？她飘过去，蹲在他面前盯着他看。

奇寒彻骨的一团冷气戳在面前，扶苍不用睁眼都晓得又是那女鬼，她真的十分厉害，日头下也能这样堂而皇之地走动。

看样子只能请地仙来收服她了。

扶苍睁开眼，果然见她玉瓷般苍白的脸横在眼前，阳光落在她发间的金环上，熠熠生辉。

他忽觉不能直视，移开视线淡淡道："我要去拜见地仙了，你若非得大胆缠着，便跟来吧。"

说罢他起身便往院外行去，玄乙轻飘飘地跟在后面，四处乱看，一时指着路边拥挤的瓦屋问道："凡人都住在这样的房子里吗？没有花园？会客楼呢？"

……听起来她好像还是什么富家女鬼。

扶苍毕竟少年心性，还是答道："这是地仙座下修士们住的地方，你说的花园会客楼都是富家才有的，平民住的地方有些更破旧，瓦屋已是很好了。"

原来如此。玄乙追上他，下意识地抓住他的袖子，又问："为什么你会说梦话？你天天做梦？"

他立即把袖子用力抽回："梦乃最常见之事，谁人不会做梦？梦中有所经历，自然会开口说话。"

凡人竟然这样有趣，还能天天做梦。

神族是没有梦的，若是某日忽然梦至，便意味着不是大喜便是大凶。她记得当年阿娘带她回翠河畔的那个晚上，阿娘便做了梦，醒来告诉她，自己梦见了翠河的清清河水，之后阿娘就陨灭了。

玄乙继续飘在他身侧："那你昨天做了什么梦？说的是什么梦话？"

扶苍冷冷道："我梦见在捉一只厉害的女鬼。"

说完他忽然停在了一栋朱红楼前，楼门微敞，内里清气磅礴，气息十分干净。他并不进门，也不说话，只在门外躬身行礼，连拜三次。

拜完后他用眼角余光打量身侧的女鬼，她既不害怕也不逃走，只是似乎对周围的景象不再兴致盎然，正低头玩袖子。

居然连地仙也不管她？扶苍心中忽有些起疑，转身一面走一面问道："你究竟是什么？"

玄乙慢悠悠一笑："你猜啊。"

他冷着脸闭口不言，走了一段，见她始终在身侧跟着，他便皱起眉头："别缠着我。"

玄乙倏地停下脚步，不错，她确实不可以再缠着他，这趟下界是为了替他了结因缘，不是重蹈覆辙。可是这因缘究竟要如何了结？她全然没有头绪。

……果然还是只能跟着他看看。

她化作一股清风，远远地跟在他后面，他没有回那个庭院，反而出了青帝庙。庙门前停了一辆马车，周围熙熙攘攘挤的全是女子，因见他出来了，便"嗡"的一声叽叽喳喳吵开，很快又被数名身着甲胄、手执长戟的凡人侍卫驱赶一空。

马车沿着长街慢悠悠地前进，此时朝阳初升，这乱糟糟的凡间城镇到处是行人，浊气滚滚，唯有扶苍所经之处清气横溢，干净无比。

拐了几个弯，马车停在一座庭院前，玄乙把身体藏在繁密的枝叶后，只露出两只眼。扶苍下了马车，手里不知何时多了几本书——这里是凡人听课的地方？这么小这么破烂，连个观景湖都没有。

见他进了门，她便悄悄趴在屋檐上从窗户缝里偷窥。这里倒与合德殿有些像，铺满了书案蒲团，许多年轻凡人坐着说笑打闹，粗粗一看竟全是男的，没有女的。看来以前齐南说下界女子地位低微的事是真的，居然连听课都不给，太过分了，那她们以后长大了要怎么在凡间担任职位？

很快便有个白胡子老头儿进来，跟白泽帝君一样，也是捧着本书在那边念，听得她昏昏欲睡。所幸下界时间过得快，没一会儿那白胡子老头就走了，这寒碜的地方也没有仙童送饭食，弟子们自己带了食盒，互相炫耀菜色。

玄乙见扶苍不在屋子里，便化作清风在里面把每个食盒看了一遍，随即嗤之以鼻地偷了几颗肉丸塞嘴里，顺手再捞走几粒糕点。

无视弟子们惊惶地发出“我的茶点呢”之类的话，她窜出大屋，见清气在后院浮动，她便悄悄凑近，见他斜卧在回廊上，还是看书，身边却躺了一只肥花猫，他一面看书一面用手去挠它的脖子，挠得它“喵喵”乱叫。

他不吃饭？听说凡人不吃东西会饿死，玄乙也不清楚他们究竟多久不吃会死，犹豫了很久，终究万分不舍地把顺来的糕点挑了半天，选了个最难看的，轻轻丢在他衣服上。

扶苍倏地坐起来，四处张望，似是没看到什么人，他将那糕点顺手喂给一旁的肥花猫，低声道：“你饿了吧？”

他是把这只猫当成那头蠢狮子了吗？

玄乙为难地在剩下的糕点里再挑了半天，选出第二难看的，轻轻一抛，这次他反应奇快，迅速伸手接住，同时视线也落在了把身体藏在树叶后的那道纤细身影上。

过了良久，他似是有些无奈，开口道：“你还在？”

不，她不在。玄乙朝后缩了缩。

扶苍也不过去，顺手把那粒茶点又喂给了猫。玄乙登时恼了，将茶点一股脑全丢给他，她就不信他能全喂给那蠢猫！

他更加无奈，只道：“我不爱吃这些，别丢了。”

玄乙停了一会儿，低声问：“那你爱吃什么？”

扶苍淡淡道：“我什么也不想吃。你到底是什么？为什么一直跟着我？”

玄乙完全无视他后面的问题，只提醒他：“凡人不吃饭会饿死的。”

扶苍看看她藏在树影里的身影，双眼眯起，忽然道：“我想吃街北角荣兴斋的牛骨汤面，不要辛料，不要葱花，牛肉要三分肥带筋，切成巴掌大，三片足矣。再配上街南角门上有三根木板那家店里的千层酥饼，要三块，上面的芝麻不可太多，也不可太少，不要葱油的。”

等了半日，她才开口：“……你还是饿着吧。”

扶苍轻轻笑了两声，身旁的肥花猫吃饱喝足已在他腿边睡着了，他摸了两下，忽觉她又丢过来一样东西，他下意识接住，握在手中冰冷无比，竟是一团白雪，被巧夺天工般捏出一只九头狮的模样。

“这是什么？”他把玩这头白雪九头狮，那突兀的九颗脑袋非但不讨厌，反而叫他觉得特别可爱亲切。

“给你玩的。”玄乙把手绢铺在地上，坐着低头继续捏白雪，这次捏他家里那两条金鲤。

头顶稀疏透过叶片的阳光忽然被挡住了，她抬起头，这已成凡人的神君不知什么时候站在了对面，忽又蹲在她面前，见她额上落了片叶子，他便伸指轻轻取下来。

“这次捏什么？”他问。

旧影重现。

玄乙闭上眼，笑着低头飞快捏好一条金鲤，托在掌心问他："好看吗？"

他看看那条金鲤，目光又落在她面上，微微颔首。

她便将那条金鲤放在他手上，低声道："那这次送给你。"

那天直到夜里熄灯睡觉，扶苍都没再见到那个女鬼。

她送的白雪九头狮和白雪金鲤，他放在枕头边用手指慢慢把玩。她的道行一定非常高深，白雪在三伏天也不融化，一丝丝阴寒之气从上面钻出来，让闷热的夏夜变得阴凉。

她为什么突然黏着他送他东西，然后又突然消失？将睡未睡之际，这问题划过他不大清明的脑海。随后他本能地想起以前看过的那些书里，书生和女鬼各种缠绵香艳的故事，待要生出一丝警惕，却又睡着了。

睡到半夜又被冻醒，扶苍睁开眼，立即见那已经消失的女鬼趴在床边，两眼炯炯有神地盯着他。

他惊得迅速翻身坐起，万般无奈，千般狐疑，犹带沙哑睡意地开口，声音里多了一分冷意："人鬼殊途，你再缠我也无用。"

谁知她双眸璀璨若星，只是充满期盼地望着他，问道："你什么时候再说梦话？"

梦话？扶苍生平第一次觉得好生无力："……不是每次睡觉都会做梦说梦话。"

她便点点头，轻道："那你下次要说梦话的时候记得叫我。"

……这怎么叫？她在故意装疯扮傻吗？

扶苍揉了揉额角，声音更冷："你还是一直跟着我？"

她飘然飞至月窗："没有，我马上走了。"

他信才怪。扶苍被她弄得全无睡意，在床上翻来覆去半日，忍不住"嘤"了一声，几乎是一眨眼，那团冷气就扑在脸上，她俯在床边有点开心："要说梦话了吗？"

他吐出一口气，看了她半晌，带着无奈说道："真要说梦话是没法叫你的，你这都不懂？你直说吧，缠着我要做什么？"

玄乙犹豫了一下，坐在床边蒲团上，清清嗓子："我来给你道歉，对不起，你原谅我吧。"

说完她盯着他的眉间看，还是没看到光点。

扶苍侧卧过来："为了什么道歉？"

玄乙轻声道："我一直缠着你，抱歉。"

他的视线落在她苍白的脸上，实在有些摸不着头脑："既然知道道歉了，为什么还继续缠着？"

玄乙不说话，见他将白雪九头狮和金鲤放在枕头边，她便拿起来摩挲，忽又问他："你喜欢这个吗？"

扶苍淡淡道："还行。"

玄乙将金鲤放在掌心滴溜溜地转，小声道："那我不缠着你，每天送你一个这样的玩意，你……愿意原谅我吗？"

"原谅"这个词太重，他并没有到这个程度，只是突如其来被一个美貌女鬼纠缠，生出警惕和排斥罢了。可不知为何，他有点不大愿意叫她如愿，她这副带着点不甘心与焦急的模样哪里像道歉。

"那要看我心情。"他支颐斜卧，抓起白雪九头狮，放在掌中颠了颠。

玄乙皱眉看了他一眼，这家伙做了凡人还是这么鼻孔朝天牛哄哄的样子。她倏地伸手要从他手里抢过白雪九头狮，他反应奇快，把手一缩，她冰冷的手握在他手腕上，冻得他一颤，九头狮到底被她抢走了。

他现在这么弱！玄乙得意起来，伸指在他额上一点："那你小心点，不然这回轮到我做莽夫了。"

额头上被触的地方也是寒意甚重，这样奇寒彻骨，她真的是女鬼。

扶苍忽觉自己方才与她说笑有点荒唐，一言不发地翻个身，用被子蒙住脑袋，冷冷道："我要睡了，你走吧。"

不防她竟然爬上床，硬生生用手扒拉开他的被子，冰冷的气息凑近，她轻柔的声音像凉风一样："你生气啦？"

他又睁开眼，看着她在月下犹如冰霜玉瓷般的面颊，突然有个冲动，想伸出手摸一摸这仿佛不存于人世的冰肌玉骨。手是伸出去了，终于还是被一丝理智战胜，指尖轻轻碰在她头发上，也是冰冷的。

莫名的丝丝柔软从体内生出，扶苍低声道："没生气。"

下界朦胧的月光都融在他眼里，仿佛那个目带温柔的扶苍神君又回来了。玄乙眼睛里有点刺痛，移开视线望向天边小小的银月，隔了一会儿，只听他问道："你……叫什么名字？"

她沉默了片刻，摇摇头："我没有名字。你睡吧，做个好玩的梦。"

就像突然出现那样，她突然又消失了，徒留风中一缕寒气。

隔日一早起来，扶苍刚推开门便见她轻飘飘地站在梨树上。见他出来了，她像一片羽毛似的落在他面前，摊开手，掌心是一柄白雪捏出的小剑，是他在上界时的佩剑纯钧。

玄乙将小剑往他手里一放，微微一笑，一句话也不说。

"这是？"扶苍不知她从哪里想来这些稀奇古怪的东西，这柄剑造型古朴至极，他从来也没见过。

玄乙好心提醒这个做凡人后有点蠢有点弱的神君："这是剑。"

他当然知道这是剑。

扶苍不知该说什么，见她转身又要飘走，他下意识便唤住她："你去哪儿？"

玄乙早已化作清风飘远，只留下余音袅袅："不告诉你。"

扶苍有些不大专注地做完早课，用过早膳后便去书院。青帝庙前不远处依旧停了一群来看他的女子，不管侍卫怎么呼喝，她们叽叽喳喳的声音还是越来越响。

扶苍立在马车前，四处看了看，那个女鬼到底躲在哪里？鬼使神差一般，他忽然问道："你在吗？"

下一刻那团冷气便从青帝庙前的石雕后钻了出来："怎么啦？"

真的出来了！扶苍一时又觉尴尬，犹豫道："要不要……一起坐车？"

她偏头想了想，干脆利落地钻进车厢："也好，我早就想坐坐凡人的马车了。"

扶苍默默无言地上了车，马车掉转方向，缓缓往书院行去。他扭头看了看她，她正趴在车窗上，一会儿望见个什么东西便指着问："那是什么？"

他不得不也凑到车窗边探头张望，一时倒有些忍俊不禁："那是客栈，你不知道？"

别的她不知道，客栈她很知道，上回在青帝宫，古庭已经翻来覆去说了无数遍。

"我知道，就是开了几个房间给人吃饭睡觉的。"

他笑意更深："嗯……这样说也对。"

没一会儿，她又指着另一处问："那是什么？有人在开宴席请客吗？"

扶苍望过去，原来是玉水桥上卖早点的，蒸笼一开白气乱窜。

"那是吃饭的地方。"

话音一落她已经化作一股狂风窜了出去，回来的时候手里抓了几个热气腾腾的包子馒头，也不嫌烫，张嘴咬了一小口，一面吃一面特别嫌弃："难吃，难吃。"

扶苍简直被她惊呆了："……你给钱了吗？"

玄乙奇道："给钱是什么？"

扶苍揉了揉额角："没什么，你吃吧。"

冷不丁她捧着那些包子馒头送到他面前，头也不回："不好吃，给你。"

说完她自己先愣住，上界的恶习又冒出头了。玄乙慢慢把手缩回来，淡淡道："我乱说的，你别当真。"

他却把那几枚被她咬过的包子馒头接了过来，用白纸包好，见她盯着自己，他难得有些赧然："我带去给花猫吃。"

玄乙又开心起来，因见沿途总有女子远远追着马车，她问道："她们在做什么？"

扶苍避开这个话题，把钱的事拿出来重说："买东西都要给钱，钱就是这个。"

他从匣子里摸出一串铜板，玄乙捏起来看了看："什么都能用这个买？"

"差不多吧。"其实他也不是很清楚，他基本没有什么需要自己亲自去买的。

他没注意玄乙眼里的精光，到了书院她便又消失了。平常的一天很快过去，晚上熄灯的时候，扶苍才躺到床上，忽听几声闷响，好像有什么沉重的东西狠狠砸在地上，他一翻身，骇然地望着屋子里多出的几个巨大木箱，里面一堆堆的金条晃得他眼花缭乱。

那失心疯的女鬼蹲在床边仰头看着他，充满期待："我绕了一天，听凡人说这个是最值钱的，我给你带来这么多，够不够？"

扶苍茫然加错愕："……够什么？"

"买你的原谅。"玄乙十分严肃。

扶苍觉得自己终有一日也会被这女鬼气成失心疯。

那些被她从各大钱庄偷来的金条，他逼着她全部还了回去。等一切折腾完毕，天也快亮了，他一夜都没能睡成。扶苍揉着发疼的额角，看一眼对面优雅端坐蒲团的女鬼，她好像比他还无奈，低头默默玩袖子。

"是谁教你偷取钱财的？"他简直怀疑她是从石头里蹦出来的。要说她天真，行事里面还带了八分邪气任性，她怎么这样古怪？

玄乙使劲抠袖口纹绣，她最不耐烦被说教，脸拉了三尺长："你说的，钱什么都能买。"

扶苍差点被她气笑了："会有人不知道钱是什么东西？你生前父母没教过你做人的道理吗？"

她只知道怎么做烛阴龙神，确实不大会做人。

扶苍蹙眉盯着她，她可能不是女鬼，鬼都是人变的，她却一点也不像人，对人的一切最基本常识都不知道。或许她是妖？什么妖会这样奇寒彻骨，披霜带雪？

"为什么对我的原谅这么执着？"他再怎么避世独居，不通世事，也能看出她说的原谅，绝不是指缠着他这样简单。

玄乙的脑壳也有点疼，她慢慢歪下去，伏在书案上，心里不知是焦躁还是害怕。

他油盐不进，软硬不吃，连凡间这什么都能买到的最厉害的法宝"钱财"都买不来他的原谅。怎样才能原谅她？她还要与他在一起多久？这孽缘还要纠缠多久？还是说，他要的其实根本不是她的歉意？

"我在问你话。"对面的少年老成地板着脸训斥她，"坐没坐相，坐好了。"

这家伙都成凡人了还这么麻烦。

玄乙瞪着他，没有回答他的问题："如果我不出现，你是不是就能原谅我了？"

扶苍忽地默然，他发现自己竟也不知这个问题的答案。

玄乙心中烦乱，飞快起身，朝屋外飘去，低声道："我不会再出现在你面前，你别再怪我，也……别恨我了。"

恨？扶苍一惊，推门追出去，微薄的晨曦中，梨树枝叶犹在微微颤动，庭院里空空荡荡，半个人影也无。

真的走了？他也不知是松了口气还是失落，在庭院里站了半晌，一转身，却见门前地上放着一团雪白的物事。扶苍心中一动，俯身捡起，却是一朵晶莹剔透的花，花瓣半透明犹如冰晶，其上遍布密密麻麻碧玉似的脉络，十分幽丽，他从没见过这种花。

扶苍静了片刻，忍不住张口唤道："你在吗？"

没有人回答他，一片寂静。

从这只女鬼出现的那一刻起，扶苍便有个直觉，他的清净日子大概到头了。事实证明，他的直觉实在太准，她哪怕消失不见，也依旧把他清寂的隐居生活弄得乱七八糟。

连着一个多月，每天放课回来，门口便会放着一团白雪捏出的小玩意。如今他的书架上一层放着的都是这些，从九头狮到金鲤，从花瓣晶莹剔透的花到一只莫名其妙的白雪虾仁，他实在摸不透虾仁是怎么个意思。

她到底躲在哪里？他这双眼天生便可窥见鬼神，上天入地却怎么都找不到她，这情况竟然让他夜夜无法安睡。

这天晚上扶苍又开始做噩梦，无数怪诞画面不停在眼前闪烁而过，自小他就时常做噩梦，又总是记不得梦中情形，每次醒来都觉无比失落，而今日醒来尤甚。

他再也睡不下去，披衣坐起，忽见书案上有个东西熠熠生辉，竟是她发上常戴的金环。

仿佛被一股轻柔的力道推着，扶苍情不自禁地将那枚冰冷的金环握在手中，巧夺天工，人间再也没有任何能工巧匠能做出这样的发饰。

她在。

心底的喧嚣忽然安静了。

扶苍轻轻推开房门，月华如霜，四下里一片雪亮，万籁俱寂，那道纤细的身影斜卧在梨树上，长发从枝叶上坠下来，氤氲半湿。她一只光裸的脚也从烦琐的裙摆下面探出，正用雪白的脚趾去点旁边的叶子。

月下谪仙。不是女鬼，不是女妖，她莫非是天上来的？

轻微的脚步声似乎惊动了她，玄乙一扭头望见扶苍，立即便要化作清风跑远，他便在后面冷冷道："你若跑掉，我一辈子也不原谅你。"

她硬生生刹住脚步，这句话太狠毒，这家伙实在太狠毒了。她板着脸坐回叶片上，十分不友善地盯着他。

扶苍缓缓走到梨树下，看着她丝丝缕缕落在枝叶上的半湿长发，轻道："你……在做什么？"

玄乙没好气："晾头发。"

她素来娇生惯养，讲究作息，此次下界本以为一下就可以解决，谁知竟在凡间耗了一个多月，在神界就是两天过去，她受不了两天不洗澡。好在纠察灵官们介绍了一处还算干净的山泉，勉强洗了洗，还不是很满意。

扶苍原本想问她为什么不再出现了，可此刻又觉这问题太煞风景，见她手中捏着一团白雪，他便问：“这次捏的是什么？”

她捧在掌心，一本正经道：“龙。”

龙？扶苍看着那条白雪，怎么看怎么都是泥鳅。他情不自禁便朝“泥鳅”光秃秃的脑壳上摸去：“龙角呢？”

潜意识里，那颗光溜溜的脑袋上应该有两颗米粒般的龙角，手感很好。

却听她说：“还没长出来。”

他下意识低声道：“那不是泥鳅？”

她的身体似乎微微一颤，不说话了。扶苍抬头望着她的脸，她那双眼眸四处闪避，惧怕而烦乱，最后似是下定什么决心般，漆黑的眼睛静静与他对视。目光交错，渐渐地，她的眼神变得温柔却又伤心，他从没见过这样的眼神。

扶苍慢慢抬手，手掌贴在她冰冷的面颊上。

“怎么总是一个人？”他柔声问。

玄乙笑了笑，移开视线：“我就爱独个儿待着。”

说谎。

扶苍弯腰将她落在地上的鞋捡起，木底，鲛绡，鞋面绣了十八朵兰花，人间也没有这样精致的鞋。

他握住她裙摆下冰冷的脚，她又颤了一下，想要挣脱，他便道：“别动。”

她的脚被妥帖装进鞋子里，扶苍只觉手掌要冻僵了，她比寒冰还要冷上无数，他依依不舍地放开她的双足，耳根有点发烫，也不知该说什么。

良久，却听她用袖子压下一个哈欠，他才想起第一天她还坐在床边打盹，她也是要睡觉的吧？平日难道都睡屋檐上或者草丛里？

扶苍将她从树上拽下来：“进屋睡吧，床让给你。”

玄乙又强忍住一个哈欠，算算时间，她差不多是神界的两天时间没睡了，老实说真困得厉害。偏头想了想，这金尊玉贵的公主露出嫌弃的神情：“我不要睡那么破的床。”

……他真不知是掐她一顿还是该怎样。

“那就睡地上。”他不由分说地将她拽进屋子。

结果他的床还是被霸占了，玄乙进屋才往床上一坐，沾了枕头就沉沉睡着。他灯都没来得及吹，随意抱了两床被子铺地上和衣睡去。

睡到一半只觉冷得无法忍受，扶苍艰难地睁开眼，外面天色已大亮，而屋内地上竟已铺满数寸厚的冰层，他一夜都睡在冰上，冻得瑟瑟发抖。他裹着被子起身，头重脚轻，竟有些晕眩。

她还静静地在床上躺着，乖巧地侧卧，被子盖住肩头，一动也不动。

没醒吗？扶苍悄悄凑到床边，寒气更加刺骨，他打了个哆嗦，还是伸指轻轻拨开覆盖在她面上的黑发。朝阳初升，她丰润的嘴唇半张着，泛出蜜一般的光泽。

扶苍只觉怦然心动，慢慢俯下身，在她冰冷的唇上吻了一下。

仿佛吻上一块万年寒冰，刺骨的寒意瞬间穿透他的血脉筋络四肢百骸，他又打了个哆嗦。

玄乙这一睡就睡了五六天，醒过来的时候，纠察灵官们告诉她，扶苍病了。

大概因为下界时气变幻，他得了风寒，被挪到桃树地仙所在的朱红楼里，那里清气横溢，对他的病大有裨益。

作为一团寒冰般的存在，玄乙也暂时不被允许接近他，每天只能在窗外趴着看一会儿。他的高烧断断续续，看上去挺不好的，脸色一会儿白一会儿红，满头大汗，呼吸粗重。那个长着白胡子的桃树地仙时常替他用术法治疗，情况却还是时好时坏。

对这个莫名其妙的病症，地仙也没辙："小仙能力微薄，诸位上神灵官不如去上界求助？"

灵官长摇了摇头，这一向不大稳重的天神罕见地露出一丝正色："扶苍神君是下界了却因缘，命中之事都各有缘由。能让那诛邪国师进言得逞，缘由是神君上回下界以纯钧威逼那妖。而能让扶苍神君被你这地仙接进青帝庙，是因着神君曾在桃树下坐了一夜，神力激荡令你提早结成仙身，生出缘由。公主一是有青帝手书，二是替他化解最大的因缘，所以才被允许接近。除此之外，断然没有叫外力插手的道理，否则戒律岂不是一纸空文。公主，神君病好前你别接近他，不然这一世死了，回头还得重新再来。"

也不知她听见没有，一点回应也不给，桃树地仙和纠察灵官们只得叹息着各自离开。

屋内只剩下扶苍粗重的喘息声，就像当日在青帝宫，他受荆棘刑罚时，也是这样。

他会死吗？会不会像阿娘那样，突然就陨灭了？

玄乙定定看了他半日，袖子一卷，将带来的白雪小玩意全部放在他枕头边，她做的应当都是他喜欢的。虾仁大概是他喜欢吃的吧？上回在朱宣玉阳府他就拣这个吃。以前他为婆娑牡丹发过火，那应当是很喜欢它的。其实她也不确定他是不是很喜欢自己的龙身，或许他只是爱看她以前憋屈恼火的样子。

他喜欢的东西她都给他带来了，快睁开眼看看，一定会开心起来的。

别死，不要死，不然这段孽缘又要越缠越久。她总是在他面前恣意放纵，无论他是神君还是凡人，她总是下意识就这样去做，所以她总是错。

不会再有以后。

可是要怎样才能替他切断这份孽缘？

床上的扶苍忽然翻了个身，睁开了眼睛，视线里一片血红，只见月窗外站了个纤细身影，脑袋从缝隙里钻进来，两只眼撑圆了瞪着他。这情形实在有点恐怖滑稽，跟她那时候夜里蹲床头两眼炯炯有神一个样子。

扶苍看了良久，努力找回自己沙哑的声音："为什么不进来？"

玄乙默然片刻，轻声道："扶苍师兄，你会死吗？"

扶苍心中昏沉，呢喃："……你叫我什么？"

她没有回答。

他在晕眩中听着她比平时要粗重许多的呼吸声，不禁问道："你在哭？"

玄乙摇了摇头："你会死吗？"

扶苍只觉意识又在渐渐远去，不禁喃喃道："风寒怎会死？进来……"

一语未了，他又昏睡过去。

夜色渐渐深沉，扶苍被唤醒服了药之后又再度陷入沉睡。白雪"小泥鳅"被他的胳膊挤掉在地上，尾巴断开，玄乙将它召回重新填补尾巴，方捏到一半，只听他又开始低低呢喃着什么梦话。

他做梦了吗？梦到什么？青山绿水的青帝宫？三百院的明性殿？还是他家那只蠢狮子？

她把脖子使劲伸长，恨不得变成鹅，去听他反复念着什么。忽然有一声，很微弱，但很清晰，是一个名字。

终于听见了他的梦话。

玄乙怔怔地看着他，只觉得身体一阵冷又一阵热，前所未有，甚至让她有种无法呼吸的错觉。

她知道他想要什么了。

第二十一章

雪满乾坤

扶苍这次大病，缠绵病榻有一个月之久，情况时好时坏，好的时候能下床在青帝庙内散散步，坏的时候便只能坐在床上看书。

这日天气晴朗，扶苍一早起来只觉难得的精神爽利，刚喝了药，正苦得没辙，忽见房门被打开，一团白色身影穿花蝴蝶般飘进来。紧跟着脸上一凉，一双柔软的手捂在上面，他不由得一愣。

玄乙笑眯眯地站在床边，低头看着他："我的手还冷吗？"

这一个多月她始终只在窗外徘徊，一次也没进来过，他若是出门，她便躲起来，怎样也捉不到她，他正为此烦躁，想不到今天她忽然跑来，忽然便做出这样亲密的举止。

扶苍下意识地按住她的手，摸上去冰凉，但并不刺骨，她靠在身边也感觉不到寒气了。她繁复华美的荷衣外套了一件雪白的外衣，看着竟像是男人的衣服，太过宽大，袖子和衣摆都拖在地上，可不知为何，他竟觉得十分眼熟。

他下意识地问道："这是谁的衣服？"

这是让齐南从青帝那边要来的扶苍在上界的外衣，其上的云纹图腾可以阻绝神力溢出，属于华胥氏独有，她套了这衣裳才好接近他，不然要把这柔弱的凡人冻坏。

"你猜呀。"玄乙笑吟吟地放开他，见床头柜子上放了一碟桂花糕，她便捏了一粒来吃，一面指派他，"我要喝茶。"

扶苍忍不住就想在她那颗脑袋上敲打一下，到底还是替她倒了一杯茶，陪她坐在床边，将她过于宽大的雪色外衣拿在手里翻看不休。这衣裳无论做工还是款式，都是世间难有，正看得出神，忽听她奇道："咦？这个故事我看过，上士杀人用舌端，下士杀人用石盘。"

他回神，便见她拿着自己方才看的书，正翻到子路杀虎那个故事。

他有些惊讶："你识字？"

其时讲究女子无才便是德，她……虽然不晓得是什么，但也是个小女子，认字难免叫他有些意料不到。

玄乙不悦："我看上去像不认字的白痴吗？"

扶苍忽然低低一笑："你写两个字我看看。"

她扭过头："就不写。"

他来到书案前，取了笔墨纸张，再替她蘸好墨，不由分说地将毛笔递过去："写。"

玄乙百般不情愿，没奈何只好龙飞凤舞般"唰唰"写了个"龙"字。

扶苍眯眼看了会儿："你的字须得好好练练。"

"你的字须得好好练练"，他第二次这样和她说，玄乙下意识地便要接口：等我像你这么老的时候，写字自然就好看了。

她倏地又咬住唇，低头看着自己的字不说话。

身侧忽然一暖，扶苍张臂环住她纤细的身体，她执笔的手也被他握在掌中，在她那个"龙"字下面也缓缓写了个"龙"，字迹清雅中正，对比起来她上面的字简直像在抽风。

扶苍把下巴放在她头顶上，声音温柔："得空我得教你写字。"

玄乙浅浅一笑："我才不要你教，我就爱草书。"

扶苍将她手中的笔抽出，正是情动时便与她分离一个月，他心中情意难以压制，双臂用力抱紧她，低头在她发间亲吻，指尖摩挲在她面颊上，忽觉她冰凉的肌肤变得滚烫，他心中一动，将她扳过来，果然满面绯红，连脖子也是晕红一片。

他的唇落在她额上，轻声道："别离开我。"

他不在乎她为什么而来，既然来了，能不能别走？

她面上的热度忽然消散一空，又变得冰凉。扶苍有些不解，将她下巴抬起，四目相对。

她眼中含有万般情绪，先是无比的恐惧，可是很快变成一种无奈，那层深邃的无奈旋即又化为一抹幽冷的伤心，细若春雨般，丝丝缕缕的温柔从那片伤心里漫溢出来，最终凝聚出脆弱的依赖。

千种滋味，万般悱恻，他从没见过这样的眼神。

她没有说话，似是有些迟疑，由慢到快，抬起双臂抱住他，忽然把脸埋在他胸前。

又一次可以闻见他身上干净的气息，像神界的风一样。

玄乙紧紧闭上眼。

想说"别离开我"的那个人应当是她，即便她有一千一万种理由不会叫自己说出口，甚至可以狠心到想也不去想一下，却不能阻止它时常在不经意间铺天盖地。

她从来不惧怕旁人的排斥与讨厌，喜欢这种东西太过虚幻，云雾般不可捉摸，而讨厌却是实实在在纽带般的存在。可那么多讨厌她的，只有他这么喜欢她，捧在掌中，所以她总是放肆纠缠他，把一切弄到这般田地。

扶苍在她脑袋上爱抚猫一般一下下抚摸着，忽然问道："你的名字是什么？"

玄乙啊，你那天说梦话不是说了吗？

她还是一笑："我没有名字。"

他不怀疑她，只柔声道："那我怎么叫你？小女鬼？"

"好啊。"她柔顺至极。

扶苍心中对她爱极，垂头又在她额上印下一吻，拦腰将她一抱。她的身体轻得像一片羽毛，怎样捧着都可以，真想把她捧在掌心，放在怀里，去哪里都带着。

玄乙搂着他的脖子，低头看着他炽烈的眼眸，忽地俯身用脑门在他额上一撞，磨蹭了两下，不知是撒娇还是耍赖，朝他面上轻轻喷了一口气。以前他俩斗气时，她总用这招对付他，百试百灵，每次这莽夫都被她气得立马冷脸。

现在呢？

谁知这少年脸皮薄得像纸，美玉般的脸瞬间被染红，一手压着她的后脑勺把她的脑袋按在肩膀上，充满温柔地小声斥责她："调皮。"

扶苍单手抱着她推开房门，外间阳光璀璨，万里无云，实是个难得的好天气，他精神爽利，更兼初涉浓情，竟不想待在房中。

"我带你去个有趣的地方。"他朝她一笑，大步走向青帝庙外。

青帝庙门前的马车是专门为七皇子出行准备的，每日风雨无阻卯时便到，即便这些日子他缠绵病榻，车夫与守卫也不得懈怠。今日见他步伐稳健、神清气爽地出来，他们急忙躬身行礼。

"绕着城走一圈，再出城按我吩咐走。"

扶苍说罢，上了马车方坐下，嘴里忽然被塞了一粒冰凉酸甜的东西，他素来不爱这酸甜口，当即微微蹙眉，却见这小女鬼手里捏着一包糖渍梅，笑眯眯地看着他。

"好吃吗？"她充满期待地问。这是她最爱的零嘴之一，齐南把扶苍外衣交给灵官长的时候，顺便让他带了一包下来。

扶苍咬着梅肉，默然片刻，点了点头，眼看她又要送来半包，他急忙阻止："……看那边，客栈。"

他将她放在腿上，撩开窗帘朝外张望，谁知对面那楼竟是个妓院，他抬手想把这小女鬼的嘴捂住，结果还是迟了，她立即发问："那是什么？"

扶苍想了想："那是卖花的地方。"

他将她紧紧抱住，生怕她化作狂风飞去叼两朵花回来，还好她的目光被街边杂耍的吸引，那只可怜的猴子又是翻跟头又是竖蜻蜓，就为了等两口吃的。玄乙一口气吹出去，一旁卖水果的一筐桃子被吹倒，里面的桃滚了满地，被那只猴子捡起来一顿狂啃。

“有意思。”

她回头笑，冰凉柔软的气息又轻轻喷在他脸上。扶苍不禁低头在她眼皮上吻了吻，嘴唇触到的娇嫩肌肤又开始发烫，她虽然时常做出些亲近的动作，却这样容易害羞。他只觉心醉神迷，顺着她的面颊一路亲吻下来，最后带了一些试探，落在她柔软的唇上。

不知为何，竟想咬她一口，似是爱到极致里生出的一星微弱恨意，他张口在她唇上轻轻咬了一下，沿着她姣好的嘴唇形状一点点摩挲亲吮过来。她急促而有些慌张的呼吸喷在面上，带着幽冷的香气，令他双臂不禁更加用力抱紧她。

她从鼻息里发出一个柔软的轻哼，扶苍立即放松手劲，轻道：“勒疼你了？”

玄乙又把脑袋埋在他胸前，慢慢摇头。他将她发上歪掉的金环取下，手指插入发间，缓缓梳理，指尖触到脖子上还是发烫，便慢慢将她长发拨去一边，露出一截玉瓷般的纤细后颈。

他俯身在上面又轻轻一吻，她急忙缩头躲闪，忽觉他将她压向车壁。他这双手曾经几乎可以捏碎她的肩骨，而如今的力道如此柔弱，却仿佛依旧不能叫她逃离，手腕被他一手一只按住，五指交错，他嗓音带了一丝沙哑：“再来一次。”

再来一次。

玄乙不再躲闪，仰头微微闭上眼。唇瓣厮磨，渐渐变成互相吞噬，生涩的舌尖彼此纠缠，他好似慢慢知道该怎样亲吻，将她的舌头轻挑慢拨，缠住不放一般。她鼻息里又发出一个轻微的呻吟，扶苍情不自禁将指尖探入她领口，沿着她的锁骨试探撩拨，像是触摸一片花瓣。

她微微一挣，他便稍稍离开她，只是指尖还舍不得撤离，轻轻绕着她的锁骨打转，挠痒痒似的一路摩挲到下巴，痒得她乱动乱笑，急忙把他的手拽下来。嫣红的指甲抠抠他的手指头，再搓搓指甲，最后顺着他掌心的纹路细划。

扶苍将她的手握在掌中细看，十指纤纤，蔻丹似火，他放在唇边咬了咬。她“哎呀”一声便要缩手，他哪里肯放，顺着掌心轻吻，将她的袖子拨去肘间，露出美玉般的小臂，他张嘴又咬，这次却咬得有些重，连咬带吻带吮，在上面印下一道痕迹。

玄乙“哧哧”地笑，声音娇媚：“这么喜欢咬人，你要吃女鬼？”

是的，好想吃了她。

扶苍勾住她细若杨柳的腰，令她紧贴自己，他静静抱着她，胸膛贴着她的耳朵，心跳如擂鼓。他闭上眼，将额头抵在她头顶，因生病而沉重的骨头瞬间轻了无数。

马车出了城，沿着细而弯曲的山路款款前行，风把窗帘吹起，玄乙看着外面泛滥的绿意，懒洋洋地问：“这是哪里？”

扶苍道：“这座山并没什么稀奇，不过城外一座矮山头，稀奇的是山顶那棵树。”

玄乙竖起耳朵等了半天不见他再说，急忙问：“那棵树怎么稀奇？”

马车忽然停下，扶苍将她一把抱起跳下车，微微一笑："看了就知道了。"

山风悠然扑面，时近凡间清秋，漫山遍野淡黄老绿，山顶尤其绿意盎然。靠着崖边有一株巨树，树枝交叉延伸，每一片叶子都有一尺多方圆，碧绿的叶片上布满艳红的纹理，十分奇特。

这竟然是一株神界的帝女桑。

玄乙轻飘飘地飞去树下，仰头看着这株不知为何生在凡间的神树。

这是她最喜欢的树，叶片大，阴影也大，样子漂亮，连风吹在叶片上的声音都特别清朗，她的紫府里种满了帝女桑，没事可以在树下窝上一整天。

她转过身，不远处的扶苍正含笑凝望她，帝女桑的叶片开始发出清朗的"飒飒"声，恍惚间，仿佛回到了神界，白衣胜雪的扶苍神君立在对面。

玄乙情不自禁地朝他伸出手，来这里，陪着她。

那只修长的手握住她，他过来了，站在她身边陪她一起看帝女桑，低声道："见到你的时候我便想，这棵树你若站在下面，一定很合适。"

她轻轻一笑，一把抱住他的胳膊，撒娇似的坠在上面："很好看就很好看，什么很合适。"

扶苍拍拍她的脑袋，牵着她坐在崖边树下，山风拂动他玄青的衣摆，山下绿意融融，包围了半座城，最平常不过的山上风景，他却觉得极喜欢，再也没有过的欢喜。

"我的病很快就会好。"他握紧她的手，"到时候我带你去其他有趣的地方玩，这天下很大，咱们可以一直走，走到天涯海角，你想去哪儿就去哪儿。"

他们可以看遍三千景色，游历五湖四海，累了便在树下依偎歇息，休息好再继续走。正青春年少，观花赏柳，品月谈情，吹雪访梅，那些一定会很有趣，很有趣。但，其实和她在一起，即便单单对着漫天的冰雪一色，那也是很有趣的。

"我知道你其实不爱一个人待着。"扶苍将她的长发顺去耳后，掌心贴在她面颊上，"有我陪着你，两个人在一起就不寂寞了。"

身旁的小女鬼抬头盯着他，她时常是沉静而疏离的，此时却目光明澈，专注地看着他。

扶苍在她冰凉的脸上印下一吻，透过枝叶的阳光如金屑，不知为何，忽然让他一阵晕眩。他眯起眼，仿佛整个天地都暗了些，与往日视界清明大不相同，身旁依偎的小女鬼忽然消失了，他心中惊疑，低唤道："你在哪儿？"

在这里。

玄乙双手捧住他的脸，他先前清亮锐利的目光变得有些黯淡涣散，从他身体里散发出的清气越来越少。她心中暗惊，立即震荡神力，在他面前现出神相。

望见她还在，他便笑了笑，心中忽然有一种似明非明的念头，若有所悟，却又转瞬忘记。

守在不远处的车夫和守卫们，见七皇子身边忽然多了个穿雪色长衣的少女，惊得叫嚷起来。玄乙不愿被他们打扰，当即一口气喷出去，令他们晕厥在地。

“清气没了！”纠察灵官们惊惶的声音从暗处传来。灵官长飘然而至，落在扶苍身边，他竟好似再也看不见听不到，还在低头与她说笑。

灵官长放出神力微一试探，脸色遽然而变：“扶苍神君这次重病……不是风寒，这是被烛阴氏的阴寒神力伤到心脉啊……居然能撑到现在。”

是吗？又是她伤害到他，做神君的时候害他灵性受损，做凡人的时候又害他伤到心脉，他总是一次次在她手上受创。

“公主，扶苍神君如今前缘已触动，灵性开始挣扎，了结因缘便在这短短数刻，请公主谨慎！”

玄乙挥了挥手，示意他们退开。

她都知道，他和她所有的前缘都已触发，在上界的因果注定将前缘反复，逃不开既定过程，现在只剩下那最后的因缘，一旦结束，他便能得到安宁。

其实她知道他想要什么，从自己的名字在他梦话里出现的那瞬间，她便明白了。也可能她早就明白，只是刻意回避，这样还可以与什么都不知道的扶苍多待一会儿。

只剩下短短数刻了，她和他这些日子的虚幻泡影。

如果还可以再长一些多好，再多陪她一会儿，太短了，太短了，别那么早放逐她和她的寂寞，她可是睁着眼一狠心跳下来的。说了要教她练字，她那一手字确实挺难看，不过她就是不想承认。还有那三千景色、天涯海角，她对下界可是一头雾水，它们都在哪儿啊？她独个儿可绝对找不到。

唉，她竟然这么依赖他了。

玄乙双臂似藤蔓般勾着他的脖子，仰头看着他。

即将消融的美梦，她会静静看着它们消失，她总是可以这么狠心。

这漂亮干净的小女鬼忽然笑眯眯地把冰凉的脸颊贴在他脸上，偏头在他脸上亲了一口。

扶苍按住她的后脑勺，复又退开一些，深深凝望她，仿佛本能一般，他低声道：“我们一直在一起，好不好？你喜欢我吗？”

喜欢。

不是说谎，也不是为了了结这段孽缘。可如果真的是说谎那该有多好，真的是良心发现替他了结因缘，那也很好。

但她喜欢他，趁着这会儿气氛那么好，她终于堂堂正正承认了。

不知道是什么时候喜欢的，这方面她素来避如蛇蝎，所以从不去想。或许正是因为这份自己回避的喜欢，她总会缠着他，一路把他当作天下第一仇敌，可劲儿折腾他。她只想缠着他，其他人都看不上，非他不可。

她想和他做冤家、做对手，若是不叫她触及那些爱恨情仇的深渊，他们一定能在一起很久很久。斗气只有他最合拍了，她气得他变成莽夫，他气得她浑身发抖，相信他也是这么想的。

不要喜欢她，她不知道他们能在一起多久，也不知道自己那些任性的恐惧和嚣张的寂寞，会不会伤害到他。他真的喜欢上了，她最后一定会忍不住的，会像现在这样跳下来。

虽然她已经狠狠伤害过他。感情上，他就是这样一次不让，刚烈直率。

她并不喜欢寂寞，可她很习惯寂寞，寂寞不会伤害她，爱才会。但她很高兴有他陪着，因为他的出现，她眼里整个世界的色彩都不一样了，只有玄白二色的钟山令她厌倦，可不可以带她去多一些地方？如果是他的话，这浊气滚滚的下界也不错啊，春花秋月，夏阳冬雪，他们有好多个飞速变幻的四季可以一起看。

玄乙偏头似乎在想着什么，隔了一会儿，突然笑了笑，轻声道："……你能不能再说一遍，说你陪着我。"

扶苍在她唇上吻了吻："不要总是一个人，我陪着你。"

好。

她用力抱紧他，贴着耳朵一个字一个字道："我喜欢你，我当然喜欢你，我最喜欢你了，扶苍师兄。"

扶苍的身体微微一震，氤氲的光点从他眉间缓缓溢出，他却没有像上回延霞那样昏睡过去，那双黝黑深邃的眸子只定定地看着她。

目光交织，寂静无声。

这是天上的神君，还是下界的少年？玄乙不知道，她也并不愿去想这个问题，无论是谁，她都会这样静静看着他，直到一切结束。

过了许久，那双专注的眼睛终于闭上，他缓缓瘫软下去。

玄乙摸了摸他的脸，他好像睡着了，神色安详。

以后不会再做噩梦了吧？

灵官长落地，在扶苍心口一探："这身体死了，想必是因缘了却后灵性震动的缘故，能赶得这么巧实在不容易。"

话音一落，但见一绺细细的光线从扶苍的头顶蹿出，一切而断，化为万千光点消散。很好，命理线也断了，这趟护卫扶苍神君下界的任务总算到了终点。

纠察灵官们面带欣慰地拥过来，这段因缘终于顺利了结，大家都很欣喜。难得这位任性的公主，肯亲力亲为到这般地步，实在是出乎意料，还以为她中途就会嫌麻烦撒手跑掉。

灵官长见玄乙默默立在崖边，神色平静至极，一时也不明她的想法，便柔声劝慰："公主，扶苍神君回归上界后，这段经历他应当是记得的……"

记得归记得，是不是当作浮云般的孽障过往便不晓得了。他不愿说出来，又道："你们兴许可以重归于好。"

玄乙淡淡道："我知道了。你们走吧，别吵我。"

灵官长只得点点头，又柔声道："扶苍神君的凡人尸身我们得送回青帝庙，公主……"

她没有回答，只是把身体背了过去。

纠察灵官将那具还未冷却的尸体用风云托起，他的胳膊软软地垂下，忽然有一枚金光璀璨的东西从袖中落在地上，灵官长急忙捡起，却是一枚绾发金环，其上千丝万缕的金丝缠绕，一朵朵米粒大小的牡丹点缀其中，又华贵又精致。

"这是公主的金环吗？"他将它递过去。

玄乙默然将金环托在掌心，这坏蛋，偷偷把她的金环藏起来，还是怕她突然消失？

不过她这一次是真心不想消失，也不想离开，就在这泡影般虚幻的下界，她想和他度过一段岁月。

她再度背过身体，眺望山下被绿意包围的半座城。

带着浊气的风像是他曾用来贴符纸用的糨糊，丝丝缕缕缠绕在身上头发上，曾经玄乙非常讨厌这种感觉，可在下界这些日子，她好像慢慢也习惯了。

应该回上界了，她该做的都已做完，就让一切歪掉的回归最初，他们的孽缘到此为止。

但她竟然还不想走，走了好像就真的要离开他了。她还不想离开他，她老是这么任性。

如果心脏也可以像白雪一样就好了，把它冻成最坚硬的形状，这所有的一切都不会发生，她此刻心底那些绝不可能说出口的祈愿，也不会这样沸腾而翻滚。

如果……如果她一直等在这里，会不会……

她不敢去想，原来她的心没有自己想象的那么冷硬。睁着眼一狠心跳下来，直面那些叫她视如洪水猛兽的情意，她本来以为自己可以做得非常漂亮而冷酷，拍拍手就回上界，从此一刀两断、形同陌路，她和坚冰般的寂寞永归钟山，千万年也可以。

可那句喜欢是用了心的，一旦说出口，她便只能任人宰割。他把她的心带走了。

玄乙不记得自己在崖边站了多久，天顶一会儿是小小的太阳，一会儿又变成小小的月亮，反复数次后，终于什么都没了。乌云笼罩山头，淅淅沥沥的秋雨淋湿了帝女桑的叶片，低微窸窣的声音，仿佛那些压抑的哭声，他走了后，它们又要开始冒头。

她骤然转身跃入云海，她不会再让它们冒头，她和阿娘不一样，她绝不会变成阿娘，绝不会。

回到青帝庙的时候，扶苍这一世忽然去世带来的喧嚣已全部散去，一切又恢复了宁静。

玄乙走进他住了十七年的小庭院，那棵梨树上的叶子已经枯黄，再也不会有少年在树下做稀奇古怪的早课了。

推开房门，屋内还是原样，桃树地仙还细心地收拾了一下，让这里保持洁净。他常穿的黛绿色长袍随意搭在被子上，床头是那本有子路杀虎故事的《殷芸小说》，他们俩写了"龙"字的白纸还铺在书案上，砚台内墨水已干涸。

她将那张白纸折好放入袖中，将手一招，书架上一排白雪小玩意全部归入怀内，犹豫了一下，终于狠心转身，飘然出了月窗。

桃树地仙告诉她，扶苍的凡人尸身已被送回皇家。好像因与仙家有缘，都知道他大约活不长，早早便替他准备好了墓地，他被厚葬在皇陵中一个独自的山头上。

玄乙特地过去看了他一眼。其实她也不知道什么叫墓地，原来凡人死了之后还要建个坟墓装尸体，比他们天神好，他们陨灭后什么都不会留下，只有化作清气回归神界。

这一世作为七皇子，扶苍的坟墓巨大而气派，墓前有个石雕的赑屃驮着巨大的石碑，倒叫她想起青丘那只赑屃。

玄乙伸手在石赑屃脑袋上拍了拍。

别睡了，起来吧。

……当然不会有任何人起来。

玄乙叹了口气，坐在赑屃背上，仰头看着苍茫夜色。乌云已散去，现出漫天星月。凡间的月亮真小，又小又暗，她见过最美丽的月景，是在青帝宫澄江湖畔的楠木回廊上。

她把怀里的白雪小玩意一一拿出来，摆在他的墓前，用手指慢慢拨动。

忽然觉得这些玩意自己做得实在太粗糙，九头狮九颗脑袋上应该都有五官，纯钧剑剑柄上的宝石是苍蓝色的，婆娑牡丹还要再大一些，金鲤的鳞片也要再多一点，“泥鳅”脑壳上的米粒龙角也得掐出来。

玄乙开始重新用指甲雕琢，她填补得很慢，也很仔细，这辈子捏这些小玩意都没这样仔细过。她屏住呼吸，神魂专注，仿佛在做一件有生以来最重大紧要的事情。

好像有点难以呼吸，从下界开始，喉咙里始终有一团毛茸茸的东西，总叫她不爽利，现在它大概钻进了胸腔，顺着经脉延伸至四肢百骸，她浑身都开始不利索，好想把它揪出来。

她用力咳了一声，忽然发现不知何时开始，密密麻麻的雪花自虚空飘落，淹没整座山头。

风回雪舞，纷纷扬扬，这些雪花特别大，特别繁密，她第一次知道自己能下这么大的雪，比清晏的雪花还大。大雪把半个城都覆盖了，齐南真该过来看看，他总说她没用，枉费了两百岁生出人身的天赋，原来她能这么牛，她厉害起来连自己都害怕。

对了，齐南。他这次一定高兴，不会再半年不理她，华胥氏和烛阴氏不至于结怨，他们没多一个仇家。她一直没问，那天在青帝宫他和青帝到底说了些什么？难不成朝青帝使劲推荐自己？他总盼着她跟扶苍在一块儿，她也总是跟他反着来，现在她可终于得偿所愿了。

清晏可能会有点失望，她懂他离开时说的话，叫她和扶苍胡搅蛮缠，这样她就不会寂寞，他是怕她孤零零的。可惜她辜负了兄长的好意。

风雪越来越大，她都快被雪花眯了眼，看不清周围的景致，小小的银月在天那边，映着漫天大雪，感觉特别不称。

玄乙试图用风雪去遮盖，却有点力不从心，不知为何，好像抬手都特别费力。

这趟回去后，该叫先生传授点术法了，她想看整个乾坤都被大雪覆盖。

不过以白泽帝君那惫懒性子，想必要找许多拖延借口。要不换个先生吧，不然成天跟扶苍在明性殿里抬头不见低头见，大家也挺尴尬的。

如果要换先生的话，芷兮师姐和古庭师兄大概也会很久都见不到了，她挺喜欢他们两个，对比她一肚子黑云，他们俩简直从里到外都光明磊落。虽然刚开始大家闹了点别扭，但他们还是宽容地对待她，她这辈子也不可能成为这种君子。

捏完白雪“泥鳅”最后的一只角，玄乙长袖一挥，将这些白雪小玩意全部放在巨大石碑的顶上，全送给他，她真是够大方。

她得回去了，齐南肯定会担心，在下界耗太久的话，好像专门是为了等扶苍一样，她才不要，显得多可怜似的。

不过好像累得很，头重脚轻，她试着起身，身体反而慢慢软下去，跌在雪地里，被厚厚的积雪扑了满脸——真是苦彻心扉，她被自己的烛阴白雪苦得打了个哆嗦，想要将落雪收回，却无能为力。

意识开始远离，那团困扰她多时毛茸茸的东西似乎延伸到了脑仁儿里，她脑袋发晕，满嘴苦得要命的烛阴白雪，偏偏连根手指也动不了，还有点喘不上气。不是这么惨吧？不至于吧？她觉得自己还挺好的，收拾收拾就可以回钟山了，现在这是怎么个意思？

恍惚间，似是有一道身影踏着风雪而来，玄乙眯眼细看，只是看不清。

难不成？她的心忽然狂跳起来，随即胸口一阵撕裂般的剧痛，她不由得吸了口气，又一口白雪吸进嘴里，苦得她差点哭了。

“叫你别再受伤，你这条小泥鳅就是不听话，真叫我来火。”

一个甜美而熟悉的声音自风雪中细细传来，玄乙倏地一愣，怎么是他？神族下界这样森严的限制，他怎么下来的？

身影越来越近，少夷手里执着一柄轻飘飘的纸伞，上面还画了漂亮的花鸟图。这种伞挡一下春日蒙蒙细雨还行，他居然用它挡这么大的烛阴白雪，偏偏挡得还挺好的。他绛紫色的长衣被风雪撕扯得乱飘，踏雪一路走到她身边，低头笑吟吟地看着她。

“心口的伤裂开了吧？”他把纸伞往肩膀上一搭，往她身边一蹲，“想不到你能把自己折腾成这样。”

心口的伤？是说她幼年受的伤？原来她是伤在心脏上？他怎么知道？难道幼年的伤真是他救的？她在下界受伤，他又从哪里晓得的？原来那些溢满庭院的冰霜和此刻的风雪是因为她心伤复发？

玄乙一肚子问题，可她连话也没力气说了，只静静看着他额上晃动的宝珠。

少夷看了她一会儿，叹口气，把她打横一抱，坐在赑屃背上，动作看着就不如上回流畅，好像怪吃力的。

“你这条命可是我用自己两根凤凰心羽换来的，四海八荒最贵重的命非你莫属，拜托你爱护点。”

少夷将她后脑勺一托，俯身便要将唇覆在她唇上。玄乙不知从何处生出一股气力，抬手一把拦住，冷冷盯着他。

他微微一笑：“我是救你，把手拿开。”

她不动，手掌坚决地抵在他下巴上。

少夷吸了口气，又开始拧眉头：“你啊。”

他一把掐住她手腕，扯到一旁，低头用力将唇盖在她半张的唇上。玄乙只觉他口中喷出一股气息，顺着喉咙往下流淌，感觉竟像是当日在青帝宫喝的酒，那种陌生烧灼般的疼痛，比酒还要强烈百倍。

这团火焰般的气息最终盘踞在心口处，丝丝缕缕地渗透进去，先前那些毛茸茸的让她十分不爽利的感觉竟缓解了无数，胸膛撕裂般的剧痛也渐渐平和下去。

“……好苦。”她满嘴烛阴白雪的苦味，少夷用舌尖舔去唇上的苦味，眉头拧得更紧，把她往赑屃背上随便一丢，“小泥鳅，不会再有下次，你最好记住。”

他起身将地上的纸伞重新抓起，竟打算就这么走。

想走？

四肢有了些力气，玄乙飞快拽住他的袖子。少夷竟被她拽得一个踉跄歪在雪地里，纸伞被风雪吹得在地上乱转，他额上的宝珠也是乱晃，鲜亮的红色变得有些浑浊。

他幽幽叹了口气，往赑屃身上一靠，吃力地晃晃被她死死攥紧的袖子：“你就这样对待有救命之恩的师兄？”

玄乙等了许久，才能开口说话：“……你怎么下来的？”

少夷想不到她一开口居然问了个无关紧要的问题，哭笑不得：“自然是拜托芷兮师姐。从你下界开始心伤就蠢蠢欲动，我也难受至极，不得不下来看看你。”

要不是这次是心伤复发，有陨灭的危险，他也不会来，这小泥鳅太坏了，他可不想被她再折腾一通。

她又道：“所以上回对付乌江仙子，你也是因为我受伤下来？”

她早就有些疑心，以他的性子，怎会自找麻烦？

少夷眉梢一扬，笑得甜蜜：“你聪明得很，既然如此，为何又把自己弄成这样？你这一受伤，害得我也跟着受罪，早知如此，不该拜托扶苍师弟替我照顾你。”

玄乙淡淡道：“你想照顾我，自己怎么不来？还要拜托给别的神君，可见你毫无诚意。”

少夷又是啼笑皆非：“这种时候还要跟我虚与委蛇，我现在一点也不想照顾你，倒想打你屁股一顿。”

玄乙深深吸了一口气，她这会儿爽利多了，那漫天狂舞的风雪也开始消散。她坐直身体，垂头看着他："我听说过凤凰心羽，与烛阴龙鳞齐名，想不到少夷师兄当年为了救我耗费两根心羽，救命之恩没齿难忘，不知师兄有什么心愿欲达成？烛阴氏有恩必报。"

青阳氏每一万年会从心里长出一根心羽，长到十万岁，这一生每个青阳氏便只有十根凤凰心羽。天底下再重的伤，再濒危的命，凤凰心羽都可以瞬间救回来，想不到连万法无用的烛阴氏也能救。

少夷慢条斯理地开口："想问我所图为何？你跟小龙君不愧是兄妹，连说的话都一模一样。"

"想必当年正是因为救我，少夷师兄才结识了我兄长吧？"不过，为何齐南和父亲却看似不知道此事？

她想了想，又道："少夷师兄用心羽救我性命，却不切断与心羽的结系，莫非是怕我们不报恩，回头再把心羽收回去吗？"

所以她一受伤他也跟着难受，一天不切断结系，他们便等于共用两根心羽，心羽内的再生神力不会治愈她的伤，却能保住她的命，怪不得今次下界情绪波动之下心伤复发。这救命之恩其实是以命要挟，他要烛阴氏做什么？

少夷笑起来："这份救命之恩你们记着就好，其他不必多说。你这小泥鳅，何必与扶苍师弟痴缠至此？聪明'泥鳅'该做聪明事，他害你心伤复发，这又是何苦？想打发空闲，该去找你的同类。"

"我的同类？"

少夷眨了眨眼睛："比如我这样的？"

但最好不包括他。

玄乙抬眼打量他，这家伙素来风流薄情，害得延霞日夜哭泣悬心，和她那处处留情的父亲一个德行。

他却说他们是同类。

她森然道："少夷师兄，这是我生平受到的最大侮辱。"

少夷不禁多看了她几眼，她的目光充满了锐利的排斥，并不回避与他对视。在他面前，她向来藏得很深，露出这样直接的眼神还是头一次。

他反而笑得更深："说来倒也是，扶苍师弟为你下界，你帮他了结因缘反而心伤复发险些陨灭，这一点咱们确实不大一样，我没你那么多顾虑。"

陨灭，想不到有一天这个词也会被套在自己身上。

玄乙嘘了一口气，松开他的袖子，声音平静："你先走吧，今日多谢相救。"

少夷将被她揪皱的袖子抚平："我从来不接受口头上的谢意，给我再亲一下如何？"

玄乙淡道："我的命都被你捏在手里，还有比这个更重的谢意吗？"

少夷歪着脑袋想了想，失笑："你竟又把我说得无话可说，哎呀，你这个小泥鳅。"

他拾起纸伞，慢悠悠合拢。此时风雪已停，天边银月变得极淡，晨曦幽蓝，他起身眺望一阵，负手道："我已辞学，咱们怕是要很久见不到。我不在，你可要拼命修行，千万莫要偷懒。顺便也替我保住命，再出一次这样的状况叫我受到影响，就算舍不得，我也只能将心羽收回，随你陨灭了。"

他走了几步，忽然想起什么似的，回头又看了看玄乙，她重伤初愈，面色比平日里要苍白无数。

少夷目光流转，轻声道："但凡下界了却因缘的天神，十之八九回归上界都会放下前尘过往，痴心本就是天下间最无用之事，伤人伤己，你啊，早些回去吧。"

他御风而起，长袖如羽翼般一振，眨眼便看不见了。

玄乙背靠石碑，默然看着皇陵中弥漫的晨雾，心里不知为何，反而变得沉静而轻松，那些缠绕了她许久的喧嚣风声，都因为这次狠心而勇敢地面对，消失得无影无踪。

她和阿娘不一样，她是烛阴氏。

确实该回去了，她不会再去见扶苍，当然，或许他也不会想见她。

他们的时间太过漫长，漫长到变数实在太多，她给过他的伤害，如今也全部还回来了，那么到此为止吧。谁也不知道以后如何，可至少她得到过一份真正两情相悦的爱情，在这个浊气滚滚梦幻泡影般的下界，这些已经够了。

玄乙揭开袖子，烛阴氏伤口痊愈慢，胳膊上被他啃出来的痕迹还在，青青紫紫的一块，幸好她的胳膊还没长龙鳞，不然非把他一嘴牙崩坏。

她低头在那块痕迹上吻了吻，她爱的那个少年，就让他这样安静地睡在坟墓里，她不去想另一个身为神君的他，不去想的话，感觉会好一些。

回到钟山时，玄乙第一次有种倦鸟归巢的安心感，说到底，这里还是她的家。

她累得很，心伤初愈，飞回来花了好久，这会儿连头也抬不起来，只能坐在山门的青石上喘气。

她估计少夷往她嘴里喷的是什么激发凤凰心羽力量的东西，青阳氏向来神秘古怪的手段层出不穷，堪称神界之最。不过想必为了牵制烛阴氏，他也不会叫心伤彻底愈合，再生的力量实在不怎么够用，等齐南匆匆赶来时，她倦得都快睡着了。

"公主怎的回来这样迟？我险些要去下界接你！"齐南又开始一惊一乍，絮絮叨叨，"公主在下界有没有遇到什么厉害的妖族？公主脸色怎么这样差？公主？公主？！"

除非像那个乌江仙子失心疯了，不然哪个妖族愿意平白无故招惹烛阴氏？玄乙被他吵得脑壳儿都要炸开，举起一根手指，正色道："叫神仆，抬藤床……"

一言未了，她忽觉头晕得厉害，软软地歪了下去。

好像有很久很久都没睡觉了，特别累，一点力气也没有，只能任凭身体坠入黏稠的黑暗之中，一点一点往下沉。这种感觉她并不陌生，仿佛以前有过，可她偏又想不起来。这片黑暗令她安心而舒适，她不知自己在里面下沉了多久，忽然有一天像是触底了，身体微微一颤，睁开了双眼。

入目也是一片浓稠黑暗，唯有远处一点烛火摇曳，玄乙犹带睡意地眨了眨眼睛，这是父亲的掌中烛火，比早些年亮了许多，看来他的伤确实有起色。

这团烛火迅速向她靠近，紧跟着，钟山帝君略带激动的声音响起："阿乙，你醒了，觉得如何？"

玄乙摸了摸散乱的头发，讶然发现它们竟然长了许多，不由得喃喃："我……自然没事。"

她就是累了睡一觉，怎么睡到长生殿来了？这头发又是怎么回事？

"你已睡了两百年，可有哪里不舒服？胸闷吗？"

钟山帝君仔细打量她，目光隐含担忧。她幼年时受伤便是这样睡了一百年，想不到过了许多年心伤居然会崩裂。

两百年？！她吓一跳，下意识朝心口按去，已经没有任何不适，和平时一样好。

这动作让钟山帝君面上闪过一丝怒色："齐南竟敢叫你去替那个华胥氏了结什么因缘！简直荒唐！烛阴氏何时好心到去替旁人化解因缘了？！不然也不会叫你幼年之伤复发……"

他倏地住口，自觉失言，面色阴晴不定。

玄乙叹了口气，在床上坐直身体，道："父亲，我幼年心口受伤，后来是怎么好的？"

钟山帝君面色阴沉："是齐南告诉你的？他越发大胆了！"

"是我自己想起了一些片段。"玄乙看着他，"还请父亲解惑。"

钟山帝君阴沉的面色渐渐变得哀伤悔恨，长叹道："既是忘了，又何必记起？你的心脏被万年火岩针所穿，命垂一线，只是上天入地也万法无用。那天你精神难得清爽了些，非要叫清晏带你去翠河，我没同意，但他后来偷偷抱着你去了一趟，当晚回来重伤便开始有了起色，睡了百年后便彻底痊愈，这……这一定是阿翠的神念在……在保护你……"

他说到这里已是泪光闪烁，再不能言。

怪不得他和齐南不知道凤凰心羽的事，看样子清晏刻意瞒住了。

玄乙停了一会儿，状似无意地问道："听说凤凰心羽可治愈万物，父亲当日可有寻求青阳氏相助？"

钟山帝君道："自然是去寻过，但青阳氏的穷桑城神秘无比，往往上万年不见一个外客，谁也不知落在九天之上何处，齐南寻了许久也没寻到，随后你的伤有了起色，因此也罢了。"

他不愿与她多谈这些伤心往事，撤去烛阴之暗唤来女仙送膳食，亲眼看玄乙喝下两碗粥，见她面色红润，这才命神仆用藤床将她送回紫府。

玄乙在藤床上望见整座钟山云雾缭绕，与往日大不相同，不禁奇道："父亲将钟山藏入屏障之后了？"

侍立女仙恭声道："回公主的话，帝君因着公主沉睡不醒，很是担忧，便放出屏障封锁钟山，不许任何外客打扰。"

外客？钟山什么时候有过外客？玄乙摇了摇头，又问："齐南呢？"

"回公主的话，帝君罚齐南神官每日在龙眠谷待满一个时辰才能出来，何时公主醒了才不受这项责罚。"

怎么老是把齐南发放到龙眠谷？

"让他到紫府来，就说我要见他。"

想不到自己这一睡便是两百年，紫府里的冰雪早就消融，一派春光明媚，帝女桑红碧交织的叶片又在发出"飒飒"的清朗声。

玄乙走去树下仰头凝望片刻，这才转身步入寝宫，环视一周，忽见床边多了一只小小木箱，以前没有的。

她将木箱打开，不禁愣住，里面是一件雪色外衣，是她那时候找齐南问青帝要的扶苍的衣裳，想不到他没送回去，还替她留在这里。外衣下面是一张写了字的白纸，神界清气环绕，白纸崭新如初，其上的两个"龙"字也墨迹淋漓，仿佛刚写上去的。

她静静看了一会儿，忽听身后一阵急促的脚步声，齐南跌跌撞撞地冲进来，见着她便是老泪纵横，再也顾不得什么礼节，一把抱紧她。

"还好你醒了！"齐南哽咽，"我这把老骨头再禁不起被你吓啊！"

玄乙微微一笑："哭什么？我好好的，睡过去两百年，你看我脖子上的鳞片都快长齐了。"

她把他拉着坐在椅子上，一面弯腰用帕子替他擦眼泪，一面道："这两百年有什么新鲜事给我说说，别老哭了，快把眼泪收收。"

齐南又握着她的手哭了好半天才安静下来："别的倒没什么，帝君的伤势越来越见起色，还有就是……公主，帝君替你给白泽帝君递了辞学信，白泽帝君……"

"同意了？"

齐南默然片刻："白泽帝君没同意，只说公主愿意在家待多久便待多久，但辞学不行。这两百年他每年寄来一本册子，叫公主在家看。"

他指向书架下面多出来的一个木箱。

玄乙也不意外："哦，他舍不得龙鳞。"

齐南又沉默了一会儿，偷偷看了看她的脸色，试探着开口："还有就是扶苍神君……"

见她神色平静，他便稍稍安下心来，继续道："扶苍神君了结因缘后灵性大增，一百五十年前开始一梦千年，公主……可以放心了。"

玄乙笑了笑，没有接这个话题："我觉得我可以跟父亲学点术法了，齐南你怎么看？"

齐南大是错愕，公主睡了两百年把脑子睡活络了？终于知道要学点东西啦？

"拳脚也要学。"他立即对她提出更高的要求，"哪有不会拳脚的烛阴氏！"

玄乙皱眉想了想自己云里来风里去，挥拳便揍，抬脚便踢，把神君们当麻袋打的莽夫模样，觉得实在无法接受，这一打漂亮衣服还怎么穿？头上金环怕是一晃就得掉下来了，还得穿软靴，她最讨厌软靴。

"……再说吧。"她随口敷衍。

齐南叹了口气，基本上她这种语气就表示"不可能学"，他问道："公主，你……回明性殿听课吗？"

玄乙缓慢而坚决地摇了摇头："不去了，就在家看册子。"

齐南离开后，她将扶苍那件外衣抖开，拿在手里看了很久，随后捏起一只袖子，仿佛习惯一般，想去抠上面的云纹。

可她最终还是没抠，只将它叠整齐，和那张纸一起放进小木箱，放进抽屉最里面。

玄乙取出一本白泽帝君寄来的册子，认认真真翻开。

从今天开始，她要做一个好好看书、天天学术法的勤奋公主，这主意实在不坏。

Staread
星文文化

半城風月

（下）

十四郎——著

江苏凤凰文艺出版社
JIANGSU PHOENIX LITERATURE AND ART PUBLISHING

目录

他不在乎一生的长短，
只要能将她护在掌心。

千万年不化，烛阴白雪。

今生今世，
只此一双。

第二十二章

离恨海祸

日暮时分，钟山顶上的点点白雪被霞光映照得分外刺眼。

自钟山帝君伤势痊愈后，这座曾经被冰封雪埋在黑夜中的雄峻高山，也终于显露其真容，犹如一柄尖锐的漆黑匕首，倒刺入苍穹。险峰层叠，万丈寒渊，间或点缀团团积雪，绿意极少，有种令人望而生畏的森严之感。

清晏负手在山门处静静站了片刻。

时光荏苒，自小妹下界替扶苍神君了结因缘，已过了两万三千年，老实说，他真的没想到小妹就这样待在钟山里，默不作声度过这么多年。虽然她什么都不说，齐南亦守口如瓶半个字也不给他解释，可他猜也能猜到小妹和扶苍神君之间一定发生过什么，包括之前她莫名其妙突然心伤复发，沉睡两百年，必然也跟扶苍有关。

他也曾想，这或许是小妹片刻的迷惑，她自小就聪明且古怪，什么事都不在乎，和扶苍的胡闹大约也是因为无聊，等她独个儿清醒个几百年，应当就过去了，不承想眨眼便是数万年过去，她至今没有离开钟山半步。

每次想到这些，清晏心中都会暗暗后悔，当初不该鼓励小妹跟扶苍纠缠不清。他和齐南白长了眼睛，谁也没看出小妹对扶苍藏匿极深的情感，为何天上地下她独独只找扶苍的麻烦，他们都是后来才明白。

“小龙君！”

齐南焦急的声音骤然从台阶上传来，清晏抬眼，便见他魂不守舍地扑过来，一把扯着袖子便走，边走边连声道：“你可算来了！快！快！”

清晏被他拽得一路狂奔，有些哭笑不得：“齐南，阿乙只是一梦千年马上要醒，你别这样一惊一乍，不会出事。”

齐南自己也觉好笑，可又止不住担心："帝君不在钟山，我没有信心能安稳护得公主醒来，小龙君且快些。"

清晏被他拽着飞奔至紫府，破开云境，紫府内正是一派秋日清爽景致，万年不败的帝女桑在斜阳下"飒飒'响动。元詹殿上方清气横流，似吐息般，一会儿被纳入殿内，一会儿又喷出来，不停反复，果然正是一梦千年即将醒来的征兆。

清晏轻轻将月窗拉开，朝房内看了一眼，却见那层叠的纱帐间，清气犹如一只巨大的茧盘旋在龙牙床之上，玄乙的身影被包裹其中，安静地一动不动。

"不急，还得有一会儿。"清晏低声安抚旁边急得恨不得飞起来的齐南，扯了张水晶凳过来，"你快坐下缓缓，又不是生孩子。"

齐南长长吐出一口气，小龙君的到来让他稳了不少，当即轻声道："公主这一睡就是一千五百年，我本以为她千年之内便可醒。"

一梦千年的时间与资质息息相关，昔日一梦千年最久者，乃是上上代的青阳氏帝君，足足睡了三千年，公主睡上一千五百年，说明她资质不错。对这一点，齐南确实挺意外的，他实在看不出公主有什么天赋。

清晏见他心有余悸，面色还在发白，便笑道："我睡了两千年，也不见齐南你这样惊骇，果然偏心得很。"

齐南被他说得赧然一笑："小龙君有玄冥帝君相护，自然不用我担心。帝君如今在下界剿杀魔族，这么多年也难得空回来，公主若是在这当口出什么岔子，我真是……唉。"

这小祖宗，他这条老命迟早被她操劳光。

清晏自己扯了张水晶凳坐在对面，从袖中取出一把信："我刚回来见屏障外这些信飞得跟飘雪似的，都是毓华殿寄来的，你怎么不接？"

齐南摇头叹息："全是催公主前往毓华殿提早接任望舒一职的，接了也无用。"

清晏展开信纸看了一眼，眉头紧皱："这帮老家伙疯了，阿乙才三万三千岁！"

齐南正欲说话，忽见元詹殿上方清气波动变得剧烈无比，紧跟着像是被一张巨口吞噬般，清气尽数被吞入殿内。他立即拉开月窗，只见先前巨茧般的清气都已消失，纱帐内的玄乙翻个身，揉着眼睛犹带睡意地开口："有谁在？我饿了。"

这小祖宗一醒来就是喊饿，齐南简直哭笑不得："公主快起来，小龙君回来了。"

话音一落，便见月窗里一道藕色纤细身影似饿虎扑食般扑出，清晏赶紧张开双臂一把抱住，入怀只觉沉了些许，他含笑低头打量，颔首道："这么大了还乱扑，没点样子。"

玄乙勾着他的脖子只是笑："你什么时候回来的？专门等我醒？"

清晏把她往地上一放："刚回来而已，你什么时候也收敛些，成天就知道吃。"

玄乙歪着脑袋上下打量他，睡了一千五百年醒过来第一个见到的是清晏，感觉实在不坏。

“你胖了。”她严肃地摸摸他的肩膀，这趟回来他又长宽长长不少。

清晏觉得自己也要哭笑不得：“这叫结实了，嘴巴还是这么坏。”

玄乙用袖子压下一个哈欠，扭头望向齐南：“齐南，有吃的吗？”

算算她有一千五百年没吃饭，太可怕了，不知道多少年才能补回来。

齐南忙不迭地安排侍立女仙送来纤云华毯与膳食，铺开在丹枫下，他陪着他们兄妹边吃边聊。冷不丁公主忽又凑过来盯着自己看，摸了摸他的胡须，微微一笑：“齐南，胡子又白了，事情交给其他神官就是，你歇歇。”

齐南心中泛起一片暖意，他没白疼她！他忍不住含了两包眼泪。

“快把眼泪收收。”玄乙去抢清晏碟子里自己爱吃的丸子，“清晏，这趟回来待多久？”

清晏索性将自己碟中的丸子全拨给她，见她睡了那么久，长发披散，几乎垂在地上，便替她随便编了条长辫子，一面道：“差不多再过两三日便该回去了。”

又是两三日，每次他回来都只能待两三日。玄乙笑着瞥他一眼：“那等下咱们比比术法。”

她现在可是真正牛哄哄的烛阴氏，无法无相让术法心随意动，再也不是以前那个只会下雪的废材。

清晏不由得失笑：“怎么不比比拳脚？”

她装没听见，用筷子尖把丸子夹着一点一点全吃掉，其余东西一样不碰，方把小案一推，准备唤茶点，一千五百年没吃到好糕好茶，她简直饥渴难耐。

要不怎么说齐南懂她，没等她开口就起身唤女仙送茶点了。玄乙摸着搭在肩上的长辫子，见清晏在一旁满脸欲言又止的模样，不禁笑道：“这些年你见着我总摆出有话想说的模样来，到底是怎么了？”

清晏看了看齐南渐渐远去的背影，过得片刻却摇头：“……没什么。”

小妹幼时所受心伤乃是致命之创，而她因为替扶苍了结因缘，心绪波动过大引起旧伤复发，不可能只睡两百年便安然无恙，这其中莫非是青阳氏少夷插了手？

他既想问，又不愿意问，这么多年在天北不分日夜地修行，为的正是心羽一事将来生变，他可将小妹护在羽翼之下。倘若小妹知道自己的命被捏在青阳氏手中要挟，心中定然惶恐，所以他不愿问。然而，如果她已经知道了呢？

清晏扭头深深看了一眼对面的玄乙，她也正神色无辜地回望过来。这狡猾的丫头，心里即便藏着千万斤重的事，面上也不会露出分毫，他以前挺欣赏她的镇定自若，眼下却有点讨厌。

也可能他最讨厌的家伙其实是自己。堂堂烛阴氏公主，沦落到被青阳氏的两根心羽吊着命，活不活全在对方一念之间，甚至连对方所欲为何也不明，实在太凄惨，而造就这一切的，正是当年什么也不懂的他。

一只手忽然按在他眉间，玄乙一面揉着他紧皱的眉头，一面细声道："你一皱眉头看上去就老了十万岁，难看得很。"

清晏不由得苦笑．就算是他，也不大能跟上她这稀奇古怪的安慰方式，好在齐南端着茶点回来了。见着久违的桃花百果糕，玄乙连话也来不及说，先狠狠吃了一列，痛饮半杯九九归元茶，方才愉悦地舒一口气。

齐南老怀甚慰地笑道："公主一醒来胃口就这样好，总算叫我放心了。"

玄乙正要接口，忽听钟山屏障外响起一阵巨钟敲响般的"当当"声，震耳欲聋，紧跟着便有一道天音降下："玄乙公主！速速前往毓华殿！"

她拨了拨耳畔的碎发："这是谁啊？"

齐南罕见地闪过一丝怒色，毓华殿的这帮帝君也未免太过分，公主一梦千年才醒，居然用纶音术来催。他从袖中摸出信，递给她："这是毓华殿递来的信，公主……自己看吧。"

玄乙随意看了一遍，信是毓华殿青元大帝寄来的，叫她立即起程前往毓华殿，接受望舒神女一职，她难得有些错愕："望舒神女出事了？怎么现在就让我接替望舒一职？"

齐南揉了揉额角："公主也知道，飞廉神君两千年前在下界和负犬大君相斗，不敌陨灭，望舒神女因此一蹶不振，神力大减……"

清晏皱眉插嘴道："本来叫飞廉去和负犬大君相争就十分荒唐，负犬大君是上古十八妖族中最好战者，如今堕落成魔，自然更是深不可测，飞廉怎会是他的对手？"

何况飞廉的神职原本就和战将一点儿不沾边，就因着离恨海的事弄得下界魔族滋生，战将陨灭太多，实在安排不过来，毓华殿索性把会点身手的神族都归为战将。这一点弄得神界神心惶惶，连那些不擅长打杀的神族也不得不开始锤炼身手，以备不时之需。

想到这里，清晏眉头皱得更深："阿乙，不想去便不用理。"

齐南叹道："小龙君，此事不可任性，如今是非常时期，帝君都不得不下界剿杀作祟魔族，何况公主。"

这乱糟糟的局面，都是离恨海弄出的祸患。

却说离恨海坠落下界后便始终扩张不停，令诸神烦恼无比，更可怕的是，某一日离恨海突然开始裂出无数黑雾碎片，视所有大阵术法、清气阻挡于无形，在下界恣意悬浮弹射，凡人沾之即死，妖族沾之便蜕变为魔族，下界之骚乱不逊色于当年蚩尤大君作祟。

好歹那会儿还有蚩尤这个目标，这次情况全然叫诸神摸不着头脑，都知道根源出自离恨海，可谁也无法靠近，只能辛苦神界战将，每日奔波剿杀蜕变为魔族的妖。

好在恶劣的情况在三千年前稍稍有了改善，离恨海忽然又停止碎裂，收拢在一处，时至今日暂时还未见有什么新动静，诸神却依旧不敢放松警惕。万神群殿诸位帝君在太章、真武两位帝君的提议下，将神族获取神职的年纪提前到了四万岁，以应付下界源源不绝的魔族——作祟的太多，战将实在不够用。

说起骁勇善战，自然第一个想到烛阴氏。自钟山帝君的伤势在六千年前痊愈后，即便钟山覆盖了屏障，也日日有信如雪花般送到，都是催他下界剿杀魔族的，最后连天帝都发了两道旨意。

无可奈何，钟山帝君只得领旨下界，这一去就再也没空回钟山，连公主进入一梦千年的大事都没法回来。

下界大乱的非常时期，即便贵为烛阴氏，亦容不得他们的昔日任性，此时唯有维护天地秩序乃是第一要务。小龙君是年纪还没到四万岁，但早已被毓华殿那群老家伙盯上了，个个都等他年纪一到便拖去下界，想不到他们还盯着公主，唉，公主……就她那只会点花架子的德行，烛阴氏的脸一定会被她丢光。

“我想毓华殿应当不至于鲁莽到叫公主立即做望舒神女。”齐南安抚地开口，“想必是青元大帝听闻公主始终不学拳脚剑道，还一直留在钟山，是想把公主接过去，找战将们锤炼。”

如今的神界与往昔悠闲随意的风气大不相同，万神群殿帝君们但凡身手好些的都去下界了，留在上界的，不但收弟子的年纪提前到了一万岁，每位帝君更是要比曾经多收数倍的弟子。弟子一旦入门便开始传授术法拳脚，毓华殿时常派神官前来检阅，不从者往往要受到责罚，若非因为他们是烛阴氏，公主只怕早就被责罚一万遍也不止。

见玄乙捏着信纸默然不语，齐南轻声道：“公主一梦千年刚醒，不如我回信叫毓华殿再等几日？”

玄乙偏头摸了摸辫子，脑袋里却浮现出当年望舒神女替自己取出妖毒软刺的景象。世事无常，即便贵为天神也抵不过万千变化，当年飞扬跋扈的飞廉神君已陨灭，冰姿超逸的望舒神女更一蹶不振。

她默然片刻，开口道：“不用，我马上就去。”

齐南对自家公主的恶性已经了若指掌，她说马上去，意思就是：等她洗过澡晾好头发挑好衣裳再马上去。

山门处的长车已早早备好，他亲自点了熏香放进紫铜小香炉里，添半包糖渍梅进白玉匣子，想了想，再把公主一千五百年前还没看完的册子放在坐垫上。

上回这样替公主准备出门事宜，已是两万多年前了。

一切准备妥当，齐南跳下长车，却见清晏站在青石上眺望钟山屏障，隔了片刻，他低声道：“这屏障今日该撤了吧？”

齐南笑道：“这是帝君的意思，公主留在钟山一日，便须得架起屏障，不叫外客打搅她的清修。倘若她以后留在毓华殿，屏障自然要撤。”

清晏淡道：“他自己在长生殿关了那么多年，如今想把阿乙也关在钟山，简直荒唐。”

他抬手一挥，屏障迅速从中裂开，化为万千光点，下一刻纷纷扬扬如雪花般的信便扑簌簌落了下来，一眨眼淹没了大半个长车。他双目飞快一扫，奇道："怎的还有一封两万多年前的信没接？"

他正欲将那封信抓起，齐南比他快了一步，抢先将信收入袖中："想必是公主昔日同窗的问候信，我竟没注意，有劳小龙君。"

清晏无奈蹙眉："齐南……何必要这样瞒着我？"

齐南勉强一笑，只听公主的声音自台阶上传来："咦？怎么满地都是信？"

她沿着台阶一级级走下来，莹白的裙摆上金线绣的闭目之龙分外华丽，火红的狐皮披帛挂在胳膊上，发间金环熠熠生辉，木底鞋踩在台阶上发出清脆的响声。

齐南叹道："公主，你这个衣裳……"

玄乙摸摸软绵绵的披帛："我的衣裳不好看吗？"

"好看是好看，可……公主应当打扮得有点战将的模样才行。"

比如头发全盘上去，穿好软靴，袖子别那么宽大，衣摆别那么长，如果可以，再把墙上的剑挂腰上装装样子，那就更好了。

"这就是我的战将装。"她毫不动容，反手抱住清晏的胳膊，仰头笑道，"你陪我一起去好不好？"

清晏轻笑："什么时候不这么黏我才是真长大了，走吧。"

齐南目送长车离开山门，隐入云海，这才慢慢从袖中取出方才那封信。神界清气环绕，白纸千万年不腐，崭新如初，果然其上印着华胥氏的云纹图腾。

奇怪的是，信封上一个字也没写，也没有封口，他抽出里面的信纸，竟然也是一片空白，连个墨点也没有。

无字天书？这是何意？

齐南百思不得其解，只得把信重新收好，摇着头转身慢慢上了台阶。

自下界魔族肆虐后，万神群殿内的毓华殿便取代了文华殿，成为最大的一座宫殿。歌舞升平的悠闲时期已过，侍卫们面上都多了一丝凝重之色，万神山附近往来的诸神更是行色匆匆，气氛压抑。

白泽帝君为了保存神力，不再以大神通将万神群殿聚拢在一起，群殿分散于万神山、云海山头各处，毓华殿如今便在万神山主峰最高处坐落。

芷兮沿着漫长的台阶一级级朝上攀爬，眼看离毓华殿越来越近，她的心神越发不宁起来。

这些年她一直在寻找少夷的踪迹，直到一个多月前，才打听到因着少夷是青阳氏，早早便被毓华殿帝君们送进戊辰部负责镇压看守离恨海。

如今神界战将编为六十部，尽归毓华殿统管，她隶属辛酉部，负责追剿零散魔族，和戊辰部毫无交集，再这样下去，她怕是永远也见不到他了。

还记得当年与他一起下界，他远远眺望离恨海时说过的话，他说要做战将，终有一日要让离恨海恢复原状。现在他正认真地朝着自己的目标前行，那……可不可以让她也偷偷跟在后面？她不会打扰他，也不会纠缠他，只想天天可以见到他，仅此而已。

所以，她在五日前向毓华殿递交了申请调动到戊辰部的手函，今天便可知道结果。

芷兮心里又害怕，又期待，少夷如今变成什么模样？应当已成为非常厉害的战将了吧？不知那会是何等英姿。

她一面想，一面觉得脖子有点发热，这些年她身边也有不少神君追随，可她心里自年少时已经有一个身影，便再也容不下其他，即便知道这种痴恋很荒谬，不会有结果，但她也没有办法。

方欲步入毓华殿，忽听前方一个熟悉的绵软声音唤她：“芷兮师姐？”

芷兮急忙抬头，愕然望着殿门内款款走来的小神女——好生眼熟，像是很早以前把明性殿搅得一团乱的某位小魔头长大了一小圈，脸庞依旧剔透饱满，身姿依旧纤细如柳，然而曾经犹带青涩的眉宇间已是风情微现，稚嫩之气大减。

“……玄乙？”她惊呼，急忙迎上前，“你……怎么后来再也不去听课了？你还好吗？给你写信也不回！你……”

话没说完，这美貌的小神女已亲热地抱住她的胳膊，上下打量她：“师姐你又不打扮自己了，不过还是好看。”

芷兮被她失踪已久的甜言蜜语炸得面上发热，忽又见清晏从后面跟上，她急忙行礼问好：“小龙君有礼了。”

如果她没记错，他们兄妹俩都还未满四万岁吧？怎的突然跑来毓华殿？

清晏在神女面前一向有礼而冷淡，只微微颔首示意，随即抬手摸了摸玄乙的头发，低声道：“那你便在这里住着，若觉得烦了就回钟山。不必顾虑什么，你未满四万岁，本就不必理会他们。”

玄乙慢慢点头，勾住他的袖子轻道：“别忘了叫齐南给我把衣裳都送来，还有我制蔻丹膏的花儿，还有我的鞋，还有……”

清晏听得头大：“打住，齐南自然知道要送什么，我走了。”

他向来不拖泥带水，说走便走，玄乙立在殿前远眺长车没入云海，又站了许久，方才回身朝芷兮微笑：“师姐，咱们一起进去吧？我还有好多话想和你说呢。”

芷兮含笑打量她，以前她身量矮，只到自己耳朵，如今站在一处已是一般高，她挽住她，一面道：“你怎么会来这里？”

玄乙慢悠悠道：“似乎是望舒神女神力大减，叫我提前来担任望舒一职。”

可方才在白甲院，发了无数封信给她的青元大帝只字不提望舒一事，反而软磨硬泡非叫她留下来学什么拳脚之道，最后干脆搬出了大道理：“如今下界魔族肆虐，今非昔比，公主年满四万岁终究还是要成为战将，既然如此，何不留在毓华殿修习拳脚之道？本座知道公主是白泽帝君的弟子，但帝君只怕抽不出空指导公主，小龙君尚跟随玄冥帝君修行，钟山帝君在下界剿杀魔族，亦不能指导公主。而毓华殿内无数犀利战将，七千年足够令公主有自保之力。”

所以，其实还是被齐南说中了，毓华殿强行把她从钟山拉出来，就是恼她不学拳脚，非逼着她学，毕竟神界如今正竭力培养战将，每一个未满四万岁的神族都在被强迫做比以前艰苦百倍的修行，容不得她逍遥。

何况她还是烛阴氏。

一个不会打架的烛阴氏未免太浪费她的天赋，她不可惜，自有神界无数帝君大帝替她可惜。

芷兮讶异万分：“你才多大，就做望舒？毓华殿的帝君们居然这样鲁莽！”

望舒现在已经被归为战将一职了，她简直不敢相信玄乙怎能做战将，光看她今天这身衣裳都晓得她绝不是这块料，哪个会打架的愿意穿木底鞋？还挂个累赘的狐皮披帛。

“所以找厉害的战将来教我拳脚之道。”玄乙拉着她的袖子摇了摇，“说不定还会要师姐来教我，师姐，你千万别好好教。”

芷兮啼笑皆非，心里却涌起一层暖意，很早以前在明性殿，这小丫头便是这样在自己身边巧笑倩兮，可后来不知为何，她竟不来了。虽说延霞回来也是有说有笑，但总觉得少了些什么，论起古灵精怪的可爱，还是玄乙第一。

“你那么多年既不辞学，又不去听课，很不像样子，幸好今日没撞见古庭师弟，不然见着你他必然要絮叨你一通。”

芷兮在她额上点了一下。

很久没听到这位师姐的说教了，玄乙笑眯眯地扭头盯着她：“诸位师兄如今都做了战将吧？”

芷兮如数家珍：“太尧师兄身子弱，做不得战将，如今在文华殿任职。古庭师弟被编在毓华殿丙辰部，延霞师妹跟他在一处，这几日应当也该回来了。”

她忽然顿了顿，又道：“扶苍师弟被编在丁卯部，由太子长琴统领，这会儿大概正在下界对付负犬大看。”

芷兮说到这里，不由得仔细看了看玄乙，她神色十分平静，看不出任何心思波动，芷兮一时也不知该说什么。

扶苍当年下界了结因缘的事传得并不大，甚至明性殿内也只得少数几个弟子知道缘由。这小公主竟能害得扶苍如痴如狂，古庭为此发了很久的火。可是很快扶苍便了结了因缘，回归上界便请假一梦千年，一睡就是四千年，此事还轰动过一阵子，古庭为此特意写了信递到钟山，大意是叫玄乙回明性殿继续念书，却没收到任何回音。

扶苍这么快了结因缘，是这小公主在其中推波助澜吗？谁也不知道，扶苍又一向寡言少语，连古庭问起也沉默相对。

所谓了结因缘便是放下前尘过往，延霞便是如此，芷兮曾心虚地悄悄试探询问过，延霞那时说：就像是心里一块乌云散开，如今提到少夷，我也没有任何波澜了。

扶苍是不是像延霞这样拨云见日，谁也说不好。渐渐地，他们便不在他面前提玄乙的名字，其后没多久便是离恨海之祸肆虐，上下界一片大乱，他们成日忙着修习拳脚术法，更是把这事丢在了脑后，今日若不是遇到玄乙，她只怕也想不起这段往事。

要不要问？她这么多年不来明性殿，难道是因为扶苍师弟在这里？既然无情到害他下界了结因缘，为何又不能坦然面对他？

芷兮正犹豫着，冷不丁这小公主摇着她的袖子问："师姐？你要去哪儿？我陪你好不好？"

她急忙回神："我要去灵犀院，咱们一块儿吧。"

还是不要问了，以玄乙的性子，问了只怕也会被她岔开。何况，倘若她对扶苍师弟有过真心，问起来一定会叫她暗自伤心，芷兮不想看她难过。

她只拣一些有趣的事来说，比如太尧四万岁时被天帝牵线了东海龙神的大公主，因着这位大公主曾和少夷有染，太尧脸色绿了好几年。再比如延霞也一直被各种牵线，大约赤帝觉得这个小女儿生性多情，怕她又跟类似少夷的神君牵扯不清，一心想把她赶紧嫁出去，那段时间延霞差点疯了，好在赤帝夫人阻止了这荒谬的行径，终究还了延霞一个清净。

灵犀院很快便到了，芷兮进去办事，玄乙在门口百无聊赖地玩袖子，忽听远处似是有什么欢呼声，她拉长了耳朵听，却怎样也听不真切。没一会儿，便见许多战将"呼啦啦"跑过灵犀院，一面跑一面叫："负犬大君被剿杀了！"

这位堕落妖族的大君可谓神界的眼中钉，两千年来派了无数战将下界剿杀，却无一能成，飞廉神君甚至陨灭在他手里，今朝终于被除，诸神简直悲喜交加，一路欢呼，又一路高歌，还不忘一路询问伤亡，闹成一团。

玄乙怔了一会儿，一扭头望见芷兮从灵犀院里出来，面上也是悲喜交加，眼角还挂着泪，手里紧紧捏着一封函书，都捏皱了。

"师姐？"玄乙轻轻问了一声。

芷兮飞快拭去眼泪，止不住地想笑："……我明天就可以去戊辰部了！"

玄乙一时摸不着头脑，去戊辰部是什么欢天喜地的事情吗？

芷兮小心把函书放进怀中，憋了半天，到底憋不住，一把抓住玄乙的手，连蹦带跳。自认识她以来，玄乙从没见过她乐成这样，芷兮一贯是老成稳重的，极少会露出天真的一面。

她不禁也笑了笑，柔声道："恭喜师姐得偿心愿。"

芷兮一颗心早飞去了下界，再也待不住，急急朝前跑了几步，回首道："我回去了！明儿还要赶着下界。玄乙，好好修行，别偷懒啦！"

哎，这就走了……玄乙摇着手目送她离开，本来还想叫她陪自己住一晚上，这毓华殿神来神往吵吵闹闹，她晚上肯定睡不好。

她数着道旁的梧桐一棵棵往前走，再拐过一个弯，便是安排给她住的白甲院。

玄乙推开白甲院的院门，殿前一方不大不小的草皮，一棵不大不小的月桂树，她已经很久没住过这么简陋的宫殿了。

殿内空荡荡的，先前的帝君们还有望舒神女都已走了。玄乙绕进寝宫，往床上一躺，在床头摸了半日，把装了糖渍梅的白玉匣子打开，塞了一粒梅子进嘴里。

她已经决定了，不管谁来教她拳脚，她只有一句话：我不会。

那一夜玄乙果然没有睡好，她素来认床，又是两万多年没离开过钟山，乍一来到陌生的地方，怎样也睡不着，总觉得这里不如紫府安静，连被子上的味道都不好闻。

她用袖子把头脸整个儿裹住，缩在床的最里面，直到天将亮，方才沉沉睡去。

没睡多久便听敲门声一阵阵的，专门派来服侍她的侍立女仙连声音都不如自己家的悦耳，一个劲叫唤她："公主！公主该起了！该修行啦！"

玄乙痛苦地把脑袋埋进被子里，喃喃道："我不会……"

"公主！公主！"

"我不会……"

似乎有谁低低说了句什么，那声音炸耳朵的侍立女仙终于不叫唤了，没一会儿，寝宫的门又被轻轻敲响。玄乙假装没听见，再过一会儿，床柱竟被敲了两下。这女仙好生大胆，竟敢这般无礼。

她把手一摆："出去！"

没有回应，床柱又被轻轻敲了两下，玄乙猛然翻身，入目是一双云纹长靴，顺着往上看是一件衣摆绣了云纹的荼白长衣。

她没有继续再往上看，用被子把脸一蒙——要命了。

过得片刻，熟悉的魅惑而低沉的声音淡淡响起："起床。"

第二十三章

毒酒芬芳

玄乙在被子里缩着一动不动，耳朵里“嗡嗡”乱响。

——还是继续睡吧。

她往角落里扭过去，蜷成一团。打她吧，用术法砸她吧，她龙鳞已经长齐了，只当挠痒痒，今天谁也别想叫她从这张床上起来，天帝也不行。

等了半日，他毫无动静，脚步声反而渐渐步出寝宫，轻轻替她把门关上。

他走了。

玄乙闭上眼，强迫自己马上入睡，快睡，睡醒后她得找青元大帝好好谈谈，她想谈的可多可多了！

再次醒来时，窗外阳光璀璨，大约已近午时，玄乙本想继续再躺会儿，但她饿得厉害，实在忍不住，只得起床穿衣盥洗。

殿里静悄悄的，再也没有说话声和走路声，玄乙把寝宫门拉开小小一道缝，凑过去看了半晌，只见青元大帝正坐在外殿木椅上垂头看书。她嘘了口气，款款步出寝宫，优雅行礼，一面道：“见过青元大帝，我有一事相求，传授拳脚之道的战将可否替我换一位？”

青元大帝面上露出一丝尴尬之色，一时没说话，反倒扭头往书架那边望去。玄乙顺着他的目光也望过去，便见书架前站着一位白衣神君，手里同样捧着一本书。

他的长发不再是用系带系起，换了玉冠，似乎又长高了一些，也长宽了一些，昔日面上犹带少年清冷之意的扶苍神君，如今已是真正的神界战将，目光中的冷凝之意比往昔要沉稳无数。

这片平静而冷凝的目光瞥了她一下，看了片刻，又缓缓落回书上，像是没听见她的话一样。

玄乙吸了一口气。是她莽撞了，原来他竟还在。

青元大帝笑得尴尬，声音却极力避免尴尬：“公主，扶苍神君是毓华殿丁卯部的得力战将，正巧他在剿杀负犬大君途中受了些伤，怕是有一段时间不能下界，本座这才安排他来指导修行，不知公主有何不满之处？”

玄乙含笑道：“既然扶苍神君受伤，那更该安心养伤才是，何苦惊动他。我是觉得，我一点拳脚也不会，请得力战将难免大材小用，不如换个会粗浅拳脚的，我学起来也容易。”

青元大帝为难道：“公主，学拳脚剑道和学术法不同，每家套路都不一样，你若先入了粗浅的格局，以后想再精进便难了。”

他到底是有多想把扶苍留下？玄乙的脸沉了下去，方欲再说，肚子里突然“咕噜”大叫一声，这下轮到她有点尴尬。

青元大帝起身道：“公主请先用膳吧。”

他唤来侍立女仙为她送上膳食，趁这个机会立即走了。这烛阴氏公主果然如传说中那般难缠，神界战将看着多，其实根本不够用，哪里还容她挑三拣四？要不是因为扶苍神君受伤滞留上界，他还舍不得把扶苍安排过来指导这惫懒公主。

玄乙愣愣站了片刻，眼角余光瞥见扶苍还在书架前看书，她欲避让，想想却又不甘，索性吩咐女仙：“膳食放这里吧。”

小案上的菜没一个她爱吃的，她勉强吃了几口鱼肉，不禁问道：“有茶点吗？”

侍立女仙一双妙目只管往书架前的白衣神君身上瞄，有些心不在焉：“有绿豆凉糕与红豆软糕，还有珊瑚茶，公主想要什么？”

真是个差劲的神殿，玄乙对毓华殿的好感已降至最低，勉强道：“那就绿豆凉糕吧，珊瑚茶也来一份。”

侍立女仙的心俨然已飞到了白衣神君身上：“公主现在就要吗？扶苍神君，请问您要吃些茶点吗？有黄金栗蓉糕与玛瑙白玉糕，还有九九归元茶。”

玄乙抬头看看她，和蔼地问：“后面那几样好东西是你变出来的吗？”

侍立女仙自觉失口，羞红了脸，急忙垂头道：“奴婢错了，请公主莫要责罚。”

玄乙淡淡道：“我当然要罚你，罚你把方才变出来的茶点和茶都带来，我也要一份。”

侍立女仙红着脸退下，没一会儿果然送上好茶点，并一壶九九归元茶，还不忘柔声招呼扶苍：“扶苍神君，来用些茶点吧。”

简直不知道谁是公主谁是侍立女仙。玄乙眉头一皱，便见书架旁的白衣神君动了，缓缓走到桌旁拉开椅子坐下，斟了一杯茶，却不喝。

察觉到他目光停留在自己身上，她不由得别过脑袋望向窗外的绿草皮，停了片刻，只听他开口道：“等一下练剑，你须得换一身衣裳，换一双软靴。”

玄乙缓缓道：“我来得匆忙，没带别的衣裳鞋子。”

扶苍便道："既然如此，今日只能练马步了。"

玄乙只觉一口茶点噎在嗓子里下不去，他居然叫她练马步。她用力灌下半杯茶，将嗓子眼里的茶点冲下去，揉了揉额角做虚弱状："我昨晚没睡好，怕是体力不支，不如改天？"

不会改天了，她打算马上就回钟山。

扶苍嘘了口气，忽然起身走过来，将她胳膊一拽："如果连马步也不愿练，便摆剑招架势吧，过来。"

玄乙皱眉看着他的手，却并没有挣扎，任由他将自己拽到殿外的草皮上，眼前一花，一柄木剑抛过来，她没接，看着它丢在脚边。

扶苍似是见她全然没有捡的意思，便弯腰替她捡起，塞进她手里。

"手抬起来，腿分开，膝盖弯下。"他解下腰间苍蓝的纯钧，退两步，摆了个最基本的出招姿势，回头盯着她，用目光逼她跟着做。

太荒唐了，为什么她要跟他学剑道？玄乙愣了半日，大约这两万多年戍天在紫府里脑袋空空地待着，待傻了，她竟不知自己是该丢下木剑转身便走，还是……她也不晓得还是什么。

鬼使神差般，她真的学着他的动作，把握着剑的胳膊伸出去，火红的狐皮披帛滑了下来。

扶苍凑近替她调整姿势，顺手将那条披帛取下，轻轻挂在月桂树上。

"对准披帛抛出剑，将它打落，今日便算完成了。"见她姿势又歪了，他便用膝盖轻轻在她膝弯处一撞，手托着她的手肘往上一抬，另一手在她腰上一拍，"弯下去，抬高，腰挺直。"

玄乙停了许久，忽然道："别碰我。"

话音一落，她将木剑用力抛出，这根可怜的木剑在空中划了一道诡异的弧线，落在月桂树下，连片树叶也没刮下来。

扶苍再度替她捡起木剑，重新放在她手里："再来，姿势不要变。"

见她腿伸直了，他毫不客气全然无视她方才的警告，又一膝盖撞上去，她身子一歪，他极有分寸地在她肩上扶住，顺便摆正她的姿势，旋即抽手。

玄乙眯起眼，嘴唇微抿，一声不吭，又将木剑抛出，这次直接飞到了院外。

她不胜娇弱地垂下头："我不会。"所以，别教了。

扶苍什么也没说，将手一招，那柄木剑飞回掌中。他第三次把它塞进她手里，淡淡道："所以我负责把你教会。"

别这样，不然那杯凝聚恶念的芬芳毒酒又要出来了，它曾令她肝肠寸断，但它同样还是充满致命诱惑。

无论他是了结因缘后放下也好，不能忘怀也好，她爱的少年已经躺在那座飘雪的坟墓中了，让一切静静地过去吧。

别让她的任性抬头，别再靠近她，她可是好不容易才与寂寞重归于好。

木剑第三次被抛出，这次终于擦到了月桂树的边，刮落数片树叶，玄乙“哎呀”一声拍手笑起来：“终于砸到树了，成功了！”

说罢转身便欲回殿内，刚刚飞出去的木剑顷刻间挡在面前，扶苍的声音在背后响起：“还没练完。”

玄乙泪光盈盈地看着他：“可是我脚痛。”

扶苍看了看她脚上精致的木底鞋：“脚疼是因为鞋子不对，脱掉便好。”

脱鞋？她还没反应过来，只觉肩上被他一按，她不由自主坐下去，落在一张不知何时出现的椅子上。他不由分说地把她的鞋给脱掉，提在手里，随后再把她一拽，椅子“噗”一下消失，变作木剑，落在她手中。

玄乙简直被他这一连串动作惊呆了。扶苍拎着她的两只鞋，低头看看，再抬头看看她，问得严肃：“还疼吗？不疼就继续。”

她觉得自己的手正再度伸向那杯毒酒，指尖方欲碰到，再急急缩回来。

玄乙咬牙，继续一言不发，光脚踩在柔软的草皮上，摆出最标准漂亮的出招姿势。一剑抛出，刚好砸在披帛上，将它打得颤了一下，却没掉下来。

她平日里待这条披帛不薄啊，为何要如此与她作对？

“继续。”扶苍阴魂不散。

继续，她继续，再继续，咬牙忍耐，默默无言地继续。

那杯芬芳诱人的毒酒就在手边，她好想拿。他是故意的？让她安安静静的不好吗？

终于把那条狐皮披帛从月桂树上打落，天都快黑了，玄乙累得浑身发软，退了两步，腿碰在忽然出现的椅子上，狠狠坐了下去。

累坏她了，她再也不想看到这条披帛，待会儿就把它丢掉。

白衣神君轻轻蹲在她面前，右手伸向她裙摆下光裸的脚。玄乙一下子想起下界那棵一直没开花的梨树，那一盏小而暗的银月，那一个柔弱的凡人少年。

她把脚一缩：“我自己来。”

她从他手里拿过鞋子，慢悠悠穿好，随后累得伸个懒腰，用袖子压下哈欠，一瘸一拐地走回殿内：“有劳扶苍神君。”

身后脚步声响起，她被拦腰一抱，天旋地转，身体轻轻落在殿内的木椅上。

扶苍低头看了她片刻，低声道：“我还会再来，早些休息，龙公主。”

……他叫她龙公主。

玄乙移开视线笑了笑，他并没有再说什么，干脆利落地走了。她静静地在椅子上坐了许久，久到侍立女仙来点灯，小心询问她想吃什么。

她想吃手边的毒酒，可她不会让自己再吃，也不会再放纵那些任性。

玄乙起身一瘸一拐地走进寝宫，淡淡道："我什么都不吃，不必准备。"

虽然很想马上回钟山，可她实在没力气再动。把她折腾成这样，他大概也是故意的，这家伙现在怎么这么坏，那个动不动就动手的莽夫呢？那个柔弱单纯的凡人呢？

玄乙一头扑倒在床上，再也不觉得被子难闻，几乎一下子就睡着了。

自做了战将后，芷兮还是第一次见到如今的离恨海是何等样貌。上回和少夷下界在远处偷窥时，那团涌动的庞大黑雾令她心惊肉跳，但此刻的离恨海却平静得十分异常，缩小了岂止千万倍，黑雾也变成了黏稠墨水般的东西，静静盘踞在极北之渊的深处。

尽管知道无论什么镇压魔煞之气的大阵术法对离恨海都全无作用，可该架的还是要架，防止那些野心勃勃的上古妖族大君突然闯进来。

芷兮勉强镇定心神，骑着獬豸刻意绕着大阵清光远远飞了一圈，戊辰部的战将排列有致，安插在大阵紧要各处，可她看了半天也没看到少夷在哪儿。

大约她绕的圈太多，终于引起战将们的注意，一个战将高声道："你找什么？不是来戊辰部上任的战将便速速离开。"

芷兮急忙取出上任函书："我是从辛酉部调来的战将芷兮，请问勾陈大帝现在何处？"

那战将指向远处在下界临时建造的战将行宫："陛下在用膳，你自去吧。"

她本来还想问少夷在哪里，但实在不好意思问出口，掉转方向往行宫疾驰而去。勾陈大帝统领戊辰部，听闻这位大帝脾气不大好，芷兮难免有点忐忑，谁知见了真神，倒出乎意料地和蔼，替她在任职函书上签了章，一面笑道："芷兮神女在辛酉部时便兢兢业业，战绩出众，盼你在戊辰部也能一样出类拔萃。"

芷兮客气了几句，垂首告退，一时忍不住四处打量这座临时建成的战将行宫。

无论下界情况怎样糟糕，早已习惯享乐的诸神还是不会放弃种种享受的机会，一个战将行宫建得跟明性殿差不多大，连花园都有，清气包裹下，凡间的花草都被熏陶得不同寻常。

芷兮方沿着爬满藤蔓的回廊走了一半，忽听前面藤影下传来阵阵低笑声，这笑声如此甜美诱惑，犹如暮冬时节一碗甜丝丝热乎乎的酒酿圆子。她只觉一颗心瞬间提到了喉咙口，忍不住快步走上前，立即望见了一副铺开在地上的苍青色长衣后摆。

漆黑的长发在背上蜿蜒，忽然半转过头，额上火红的宝珠轻轻摇晃，轮廓俊美浓冽，犹如灼烧喉咙的美酒。

少夷。

芷兮几乎想要唤他一声。

藤影下，他正与身旁的一位神女喁喁细语，不知说到什么好笑处，又轻轻笑起来，随即忽然抬起她的下巴，轻佻地吻在她唇上。

芷兮刚刚提起的心又重重摔在了地上。

她幻想过无数次他们重逢的场面，或者他会惊讶、会惊喜、会无奈，甚至会冷漠相待，可万万没有想到，是这样的。风花雪月，他在明性殿有多收敛，他在别的地方就有多浪荡，她终于知道了。

是谁说的，将来要镇守离恨海，令它恢复原貌？她本以为……本以为他应当严肃而认真地履行职责，谁知他……

她骤然后退一步，想静悄悄离开，少夷忽然抬头，似是发现了她，眯眼看了一会儿，面上露出一丝古怪的笑。他抱紧那神女，把下巴放在她肩上，隔着枯黄繁密的藤蔓，笑吟吟地唤她："师姐，你怎么会在？"

芷兮慌乱而尴尬，这是她生平最糟糕的时刻，完全找不到平日里冷静的表情，连着退了好几步，方才急急垂下头，声音发抖："我……抱歉，打扰了，我无意路过。"

她转身便走，动作急了些，险些撞在墙上，只恨不得有个地洞可以钻进去。

少夷的声音又在背后响起："师姐也来戊辰部了？"

芷兮胡乱点头："你……你忙，我走了。"

她早已忘了来时路，在战将行宫里一顿乱窜，好不容易找到殿门出去，只觉背后冷汗一层层浸透衣裳，胸膛里的心变得特别重，跳得特别快。

她失魂落魄地站了一会儿，方欲跨上獬豸，忽闻脚步声从行宫内传来，少夷含笑的声音骤然响起："师姐，哎，还好赶上了。"

他追出来了？芷兮扭头望向他，时隔多年，他身量又高了许多，色泽明艳、式样华贵的长衣穿在他身上，也不再似从前带着一股造作的风骚劲，已成熟的俊美如烈酒刀刃般锐利。

少夷笑吟吟地往行宫前的石雕上一歪："师姐怎会来戊辰部？这里可不是什么轻松的地方。"

可她觉得他过得挺轻松的，身边时刻有神女陪伴调情。

芷兮沉默了一会儿，艰难地撒了个谎："战将……职务变动，我被调来这里。"

少夷微微一笑："诸位师兄弟都还好吧？"

芷兮默然颔首。

"小泥鳅现在如何了？"少夷似是全然没发现她的尴尬，闲话家常般亲切低语，"哦，她应当没满四万岁，还做不得战将，不知有没有好好念书修行？"

小泥鳅？芷兮怔了半日才明白他是指玄乙。

"……玄乙如今被青元大帝接到了毓华殿，请战将为她指导拳脚剑道修行。"

少夷不禁叹了口气："指导小泥鳅拳脚剑道，听起来比守在这里有意思多了。"

芷兮再也忍不住，急道："你……你以前不是说想镇守离恨海，将它恢复原貌吗？"

少夷偏头想了想："我说过？"

他见芷兮脸都绿了，不由得笑了两声，放眼眺望远处的大阵清光，悠然道："开玩笑的，师姐，我当然说过，难为你还记得。"

她当然记得，就是因为记得太深，所以也陷得太深，始终相信轻佻浪荡只是他的外表，他内心一定有孤傲正直的那一面。

芷兮正欲说话，忽觉一股突兀的狂风扑面而来，极北之渊满地的冰雪被吹得飞扬飘起，头发也被吹乱了，她急忙用手捂住。

这奇异的狂风越来越大，她不禁转头朝天边望去，只见远方天空渐渐泛起一种极其妖异的乌紫色，一团团凝聚在一块儿，将云海挤散。

是妖雾！

纶音术的巨钟响声回荡天际，少夷长袖似羽翼般一振，御风而起。芷兮急忙驭使獬豸追上，惊道："这里经常有妖族来袭？"

她可是刚来，不会这么巧吧？

少夷道："每天都有，不过今天来的好像不简单。"

自从知道离恨海在极北之渊，下界妖族纷纷觊觎垂涎，往往不顾死活也要冲破大阵获取更多的力量，戊辰部因此足足被配置了三千战将，算是六十部中战将最多的一部。

战将们显然对这种情况习以为常，个个反应奇快，铜墙铁壁般的屏障瞬间在大阵百里外架起，翻滚的妖雾撞在上面荡起阵阵涟漪。战将们吹出飓风，将妖雾吹散，露出妖雾后藏匿的四颗交错巨牙，高有千丈，直插入云。

芷兮倒抽一口凉气："好巨大的妖身！"

这些年她在辛酉部剿杀的大多是零散魔族，所见妖身往往还没有当年乌江仙子的鲇鱼身巨大，今次见到这天地般宏伟的妖身，惊得脸色都变了。

很显然，震惊的不止她一个，戊辰部久经沙场的战将们也纷纷变色。急匆匆从战将行宫赶来的勾陈大帝一见着这情况，登时沉下脸，厉声道："玉鼠老儿！连你也要作祟？"

他脾气天生暴躁，说动手就动手，双手一抬，便是万道金光砸向交错的四颗牙。战将们也立即收敛怯意，一时间诸般术法雷动，风卷云涌，飞沙走石，几乎要将这一方天地震碎。

惊天动地的攻击后，却见那四颗牙碎了一地，众神还来不及高兴，它们一倏忽间又重新愈合在一处。

勾陈大帝咬牙切齿："你竟敢戏耍上界！"

本来下界上古妖族大君众多，倒也并非个个趁着离恨海之祸作祟，玉鼠大君与神界关系一向交好，甚至明说过绝不会堕落成魔，可眼下这是什么？那诡异的愈合能力，正是吸纳离恨海碎片才有的结果，这些妖族果然当面一套背后一套，可恶得很！

玉鼠大君低哑的声音自妖雾后传来："我虽有心避世，奈何身不由己。这场祸患是你们上界自己折腾出来的恶因，我夹在同族与上界之间实难承受，少不得替你们多成就一份恶果。将这离恨海分一半给我，我便不叫你们神魂俱灭。"

话音一落，那四颗牙倏地张开，漆黑巨口中似瀑布般喷出源源不尽的黑雾，落地便化为巴掌大小的白玉老鼠，铺天盖地朝屏障这里冲来。

勾陈大帝黑着脸念动真言，密密麻麻的金光划破极北之渊昏暗的苍穹，在半空裂成无数细小金针，将那些雪白老鼠一一钉在地上，只听一阵吱吱乱叫，被钉住的老鼠纷纷化为团团黑雾，在地上一滚，却又重新凝聚成体扑向屏障，眼看便要将屏障咬穿。

勾陈大帝勃然大怒到口不择言："都是烛阴氏和青阳氏捅出来的娄子！烛阴氏到现在也不说过来一趟，青阳氏只派个年轻小辈！一屁股烂账就交给我们！"

……原来他脾气真的不好。

芷兮一面好笑，一面将屏障处的白玉老鼠们打碎，只听少夷在身后唤道："师姐，退开！"

炽热的风浪迎面而来，屏障下无声无息蒸腾起数丈高的幽蓝火焰，白玉老鼠潮水般撞在火上，被烧得"吱吱"乱叫，一团团化为青烟消散在空中，再也没有凝聚成体。

少夷长袖一挥，幽蓝的火焰骤然涨高十几丈，眨眼将屏障包围了一圈，在冷风中灼灼跳跃。

这是……当年对付槐妖的毁灭之火？芷兮又是惊讶又是佩服，那时候他可只能唤出一小簇啊！她不禁转头望向少夷，他气定神闲，好像一点都不费力似的。

"除了这个青阳氏，都上去打！给我往死里打！"

暴躁的勾陈大帝一面怒吼，一面迫不及待第一个冲上去，战将们与玉鼠大君带来的群魔斗成一团，半边天都被祥光照亮了。

少夷铺好第三层毁灭之火，忽听一阵银铃般的笑声骤然在不远处响起，随即一个妖娆的女声开口道："少夷，你这个没良心的，说好要常下界看我，过了这么久才来找我。"

下一刻，地上乱窜的白玉老鼠突地凝聚出一道身影，羽衣霓裳，分外妖艳。

少夷双眼微微眯起，但觉寒光一闪，这团丽影手里握着一柄漆黑的刀刃，朝自己面上刺来。

他偏头让过，眼角余光瞥见银龙般的软剑夹杂着风雷气息席卷而至，不远处的芷兮长袖一振，用软剑将这女妖捆了个结结实实。

少夷"哎"了一声："等一下。"

等？他可是差点被伤到！

芷兮翻转手腕，绞碎那只女妖，谁知她嘻嘻一笑，又重新凝聚成体，似笑非笑地娇嗔："这是谁呀？好凶。"

她的身体倏地化作无数白玉小鼠，四下散开，旋即又在芷兮身后无声无息地聚集，手中刀刃立即朝她头脸劈下。

芷兮身手素来敏捷，一翻身便要躲过，冷不丁身后突然伸出一只手，毫不犹豫地抓住形状古怪的漆黑刀刃，霎时间鲜血淋漓，她不由得惊呆了。

少夷的声音自头顶传来："宁婴，好久不见。"

他把芷兮轻轻推开，右手握紧那柄漆黑刀刃，不叫对面那妖娆的玉鼠大君四公主收回去。

宁婴细细一笑："听说你在这里苦寒寂寞，我本想偷偷来的，不过被父亲发现啦，只好和他一起过来。少夷，咱们如今是敌对，你……觉不觉得这样反而更好玩？"

少夷低低笑道："还是你花样多，你何时有空？"

宁婴幽幽叹道："近日怕是不行。说起来，扶苍神君我也许久不见了，他什么时候过来？你若知道一定要写信告诉我。"

少夷将她手里的刀刃一把夺过，悠然道："有了我还要其他神君，你这不知餍足的小女妖。"

宁婴娇俏地笑了两声，身影又化为无数白玉老鼠流窜在地上，只留余音袅袅："我伤了你，你可别生我气，都是父亲一直催我。对了，别忘了替我告诉扶苍神君，我还是最想和他双修阴阳。"

少夷将手掌摊开，不出所料，这柄漆黑刀刃果然被浊气感染过，手掌数条割伤又深又长，伤口处一片漆黑，浊气缠绕不净。

芷兮怔怔看了许久，忽然像是反应过来似的，急忙抓住他的手，回春术落在伤口上。

少夷再次将她推开："有浊气，不能用回春术。"

"……那怎么办？"芷兮愣愣地问着，方才他那一下出手相救，让她到现在还有点回不过神。

少夷没有回答，转头望向屏障，毁灭之火已没有先前那么鲜活跳跃，眼看扑来的白玉老鼠越来越多，只怕很快就要挡不住。

勾陈大帝正跟玉鼠大君的妖身斗得不亦乐乎，见毁灭之火骤然拔高之后忽又回落，竟是要熄灭的样子，他又开始大发雷霆之怒："火呢？你的神力这么快就耗尽了？"

少夷苦笑着朝他摊开手，右手掌心鲜血淋漓，漆黑的浊气在伤口处摇曳不止。

勾陈大帝怒得头发都要竖起来："谁叫你被浊气感染的！"

战将们无论受多重的伤都没事，各种术法可以治愈，实在不行还有青阳氏的凤凰心羽，可伤口被浊气感染，就不得不回上界休养，必须要等浊气排净才能再下界剿杀魔族。丁卯部那些战将剿杀负犬大君后全回了上界，就是因为许多战将伤口处被浊气感染，太子长琴为此长吁短叹，想不到自己这里也出了同样的破事。

少夷好心提议："要不我再试试震荡神力？浊气不感染心肺，应当还不会陨灭。"

"到旁边待着去！"

勾陈大帝一拳将玉鼠大君揍了个趔趄，交给战将们团团围住乱打，他飞快落在屏障前，眼看毁灭之火将要熄灭，不由得长叹一声。如果真让那些潮水般的白玉小鼠冲到大阵处，应当还能再挡一阵，只能趁大阵被啃烂之前赶紧把玉鼠大君剿杀了。

勾陈大帝紧紧蹙眉，这玉鼠大君本就极为难缠，如今更是堕落成魔，还不知要跟他纠缠多久。眼下不可久战，下界变数实在太多，须得叫增援，他从袖中抽出令符，皱眉看了看，取出"乙亥"那张，点燃扔向空中。

都是烛阴氏跟青阳氏惹出的祸患，青阳氏有了，他可不会叫烛阴氏逍遥在外！

勾陈大帝震荡神力，一柄巨大的金色弯刀出现在掌中，当胸横握，忽地往外一推，一团团聚集在屏障下的白玉老鼠被一股极大的力道推出千万里。他重新架好屏障，等了数刻，那群白玉老鼠果然又熙熙攘攘地奔了回来。

只能硬拼神力了。

勾陈大帝在下方震荡神力阻挡白玉老鼠，上空的战将们也渐渐开始吃力，无论是术法还是神兵利器，打在玉鼠大君身上竟全然没有作用。他仗着自己反复痊愈的能力，在三千战将中横冲直撞，拦一下便是伤筋动骨。

这一场不该久战的战斗，足足打了下界一个月的时间，玉鼠大君带来的魔族几乎被消灭殆尽，每日来偷袭打闹的零散魔族也被成功阻拦。然而战将们也几乎到了极限，勾陈大帝亦隐隐有吃紧之感，他喘息着抬头，玉鼠大君还在精神抖擞、上天入地地乱窜。

他有心去对付，可青阳氏被浊气感染，没有战将能够挡住白玉老鼠，只要让老鼠们钻进离恨海，战将们便是惨败。

正焦急万分时，忽觉半空纷纷扬扬降下无数雪花，原本就昏暗的天空更是暗了数倍，那些密密麻麻的白玉小鼠一触到雪花便纷纷放缓脚步，最终凝结成冰，被冻在原地。

勾陈大帝阴沉的面上露出一丝惊喜之色，第一次有种"烛阴氏来了真是太好了"的感觉。

"勾陈陛下，"数位乙亥部战将狂风般落在他面前，拱手行礼，"乙亥部三百战将前来增援。"

勾陈大帝自觉刚才的狂喜有些丢脸，便故意板着脸斥责："来得太迟了！"

方才还耀武扬威的玉鼠大君似是发觉不好，惊骇低呼一声，化作阴风便欲逃窜。

一道晶莹剔透的冰墙骤然挡在他面前，钟山帝君穿过冰层，徒手抓住那团阴风。诸神全然看不清他如何出手，只觉快到极致，半空中只有玉鼠大君哀号的声音一阵大过一阵。

随后雪光一闪，玉鼠大君轻飘飘地落在地上，巨大的妖身缓缓缩小，变成一只三尺来长的白玉老鼠，肚皮朝上死了一般躺地上一动不动。

勾陈大帝不由得长叹一声，这就是烛阴氏，怪不得行事邪里邪气、嚣张跋扈，他们真有这样的本事，一下子就把他们一个月都搞不定的玉鼠大君揍成一团死肉。

他急忙上前拱手行礼："钟山帝君，多谢相助。"

钟山帝君缓缓落在地上，默然颔首示意。自桐山一族之事后，他性子也变了许多，不再如往昔般和善，面上总有一丝怆然冷意，这股冷意反倒叫诸神生出点敬畏来，再不敢偷偷背后取笑他过往那些风流韵事。

玉鼠大君被冻僵的老鼠身体为无数捆妖索捆死，写满朱砂真言的白纸跟不要钱似的把他从头到脚贴了好几层，确定就算是蚩尤大君也没力气挣脱开，战将们这才将他抬起，送往南天门。

"走吧。"

钟山帝君说来就来，说走就走，扬手将放出的烛阴之暗一招，谁知竟只召回一半。他愕然转身，却见自己放出的另一半烛阴之暗竟缓缓朝离恨海方向飘去，大惊之下急忙追上。

"帝君不可太靠近离恨海！"

勾陈大帝也是大惊，这古怪的离恨海近来只要有天神靠近，便会立即把他们拉进去，到陨灭也出不来。他化作一股狂风疾追，但见钟山帝君穿过大阵，方要召回烛阴之暗，平静的离恨海忽地拔地而起，滔天黑浪席卷而来，果然要将他抓进去。

勾陈大帝情急之下扯了腰带卷住他，奋力一拉，黑浪扑了个空，却不落下，犹如张开的巨口，将烛阴之暗一口吞噬，旋即落回原地，再度恢复平静，只是看着似乎大了一圈。

钟山帝君面色苍白，有些滑稽地盯着自己的双手，他就这么莫名其妙地被离恨海吞了一半的烛阴之暗。

四周一片死寂，诸神也都被这诡异的现象惊呆了。

包裹离恨海的黑雾是烛阴之暗，让魔族们拥有反复愈合之力的，是青阳氏的再生神力。这些在神界可谓众所周知，只是这两族都不好惹，所以诸神尽量避免把这件事放到台面上来说。

可谁也想不到，原来离恨海还会吞噬新的烛阴之暗，吞下去之后还会变大。眼下黏稠墨水般的离恨海又开始变得黑雾弥漫，战将们有种一切又要重来一遍的崩溃感。

"速速把离恨海的情况告知毓华殿！"勾陈大帝当机立断，"钟山帝君，看来烛阴氏不可靠近离恨海，帝君莫要久留，以免生变。"

钟山帝君带着乙亥部的战将们离开时，还不太敢相信刚才那一瞬间到底发生了什么。

丢掉的烛阴之暗假以时日还可以用神力凝聚出新的，可起码有数千年威力大不如前，这简直可谓无妄之灾。

虽说顺利解决了玉鼠大君的作祟，可戊辰部的气氛反而比往日要压抑许多。勾陈大帝在大阵内望着离恨海中缓缓扩散的黑雾，很久都说不出话。

一旁有战将劝道："勾陈陛下，兴许这也是好事，离恨海倘若又按照原先的轨迹扩张，我等反而可以趁此机会将下界魔族剿杀殆尽。"

至少不用担心它又往外面弹碎片。

勾陈大帝摇头叹息："钟山帝君的烛阴之暗如何能与上上代钟山帝君相比，何况只有一半，怕是时间不够。"

可也实在找不出别的法子了。他沉思良久，忽然吩咐："拿纸来。"

白纸被恭敬地递到他手中，他咬破指尖，写下密密麻麻一行血书，封印了信封，四处一看，见方才那受伤的青阳氏正坐在大阵清光下查看伤口，他立即叫他："那边的青阳氏，过来。"

他将信递给飘然而至的少夷，慎重交代："你回上界，将信递交给毓华殿青元大帝，待浊气排净后再下来吧。"

少夷微微一笑，颔首："是。"

他翩然飞出大阵，将手指放在口中吹了一声长长的口哨，很快，巨大的丹凤拍着翅膀落在他面前，垂头亲热地用脑袋磨蹭他的胸膛。

芷兮一直在远处定定地看着他，因见他说走就要走，竟一句话也不和自己说，她再也忍不住追上去，鼓足勇气结结巴巴开口："少夷，你是为了救……救我才受伤，我……我送你回上界吧？"

少夷回头浅笑道："不用麻烦师姐，我该走了，戊辰部任务枯燥繁重，师姐保重。"

芷兮眼睁睁看着他身下的丹凤振翅而起，眨眼便飞入云海，丹凤翅膀的振风声越来越远，她的心好像也离自己越来越远了。

两万多年，她刚刚才到，他怎么可以就这么走掉？

一股极大的不甘心在拉扯自己，她飞快跨上獬豸，御风远远追在后面，足追了上千里，少夷终于令丹凤停下，转身似笑非笑地看着她。

"师姐？"他声音沉下去。

芷兮自己也觉荒谬至极，不禁涨红了脸，不知该说什么。

云中飓风肆卷，少夷的长衣与长发都被吹得翻飞舞动，额上的宝珠细细颤动，他的语气很温和，很轻柔，却带着一股料峭的冷意："回去吧，听话。"

又是这样，他和她在一处的时候虽然不多，可态度总是这样暧昧亲近，还几次三番那样强势地救她。

在明性殿的那一次相救，在下界眺望离恨海的一番谈话，让她觉得自己应当与平日里围绕他的莺莺燕燕有所分别，或许是将她当作红颜知己，哪怕没有情爱，应当也是有一些怜爱的。这个念头支撑了她两万多年，让她为自己无解的痴恋找到一个理由，让她不顾一切飞奔到他身边。

难道这又是一次自欺欺人的痴心妄想？

“我……只送你到南天门。”芷兮低声道。

少夷嘘了口气，有些无奈，有些厌烦，轻声道：“师姐，别缠着我，好吗？”

她的身体不由得一寸寸僵住了，残存的不甘心让她喃喃问道：“那你为什么……要救我？”

少夷笑叹一声：“我不是救你，是为了我自己。”

他拍拍丹凤的脑袋，掉转云头，慢悠悠开口：“相同的话，我不想再说第二遍，别把你天真的幻想加在我身上。告辞了，师姐。”

第二十四章

盈盈一水

白甲院的草皮被太阳晒得滚烫而柔软，虽然比不上纤云华毯的万分之一，可玄乙还是觉得躺在上面比站起来要让她愉快得多。

她侧卧在草皮上，任由衣服和头发乱七八糟地披散一地，一团白雪在掌中被搓揉出狗头的形状，她正小心翼翼地用指甲抠出两只尖尖的耳朵。

木剑“啪”一下轻轻抛落在她脚边，她头也不回，声音懒洋洋的：“我不会。”

本来说昨天睡早点，今天便能早早起来，然后就可以溜回钟山了，谁知一出白甲院就见着扶苍抱臂靠在院外的梧桐树下，茶白的衣摆上甚至沾满了晨露，她简直怀疑这家伙根本没回青帝宫，他是住在毓华殿吗？！

既然跑不掉，玄乙决定今天就在草皮上躺一天，不论他说什么，她只有“我不会”三个字回给他。她的脚到今天还疼得厉害，跟断了似的，他别想叫她再动一下，也别以为她会像昨天那样因为太过突然而犯傻。

生气吧，发火吧，随便揍，反正她现在有龙鳞，百无禁忌。

轻轻踏草声渐近，大片阴影挡住阳光，背后的神君慢慢坐在了她身旁，一言不发地看着她手里捏的白雪狗头。

不给他看。玄乙正准备把白雪塞回袖子里，却听扶苍低声道：“负犬大君不是长这样。”

他怎么知道她是在捏负犬大君？

玄乙扭头问道：“那他长什么样？”

扶苍垂头看着她掌中那只憨态可掬的狗头，两只尖耳朵，圆眼睛，嘴里的獠牙都十分玲珑。他目中浮现一丝笑意，抬手用指尖碰了碰白雪狗头的耳朵：“比这个丑多了，獠牙有三排。”

“那他打架岂不是专门用牙咬？”

他低低一笑：“对啊。”

“那你是被他咬伤的？”她记得昨天青元大帝说他受伤了。

扶苍却没有回答，只道：“上古妖族大君里，负犬大君长得并不是最奇怪的。”

她立即问：“谁长得最奇怪？”

“丈亥大君，长了一颗猪头。”还喜欢喷口水。

玄乙翻过身，难以置信地撑圆了眼睛：“难道你是被猪头咬伤的？”

扶苍吸了口气，无论何时，她总归有无穷无尽的办法，让他生出想要敲打她的冲动。

两万三千年了，这一点还是没变。

黝黑深邃的眼眸对上她谨慎而踯躅的眼睛，她的视线几乎立即便回避开，烦乱与为难被小心藏起来，他的龙公主，她也没有变多少。

他将白雪狗头抓在手中，淡淡道：“起来，好好练剑。”

玄乙立即翻身拿背对着他：“我不会。”

一整个早上她都是这样死皮赖脸，牛皮糖一样黏草地上，蓬松的长发上缠了好几片枯叶，莹白的衣裳也沾了点点碧绿草皮，就为了不练剑。

扶苍将她发间的枯叶一片片拈出来，她立即把头发全部拢进衣服里面，只差没说“别碰我”三个字。

他轻轻吹出一口气，柔软的清风将她头发和衣服上的草皮枯叶全部带走，她便用袖子把头脸捂住，摆出要睡觉的模样来。

躺了许久，玄乙只觉后面没声音了，她透过袖子的缝隙偷偷扭头看，却见扶苍还坐在身后，把玩掌心里的白雪狗头。似是察觉到她的偷看，他低声道：“不想起来？”

她只有三个字：“我不会。”

他从善如流：“好。”

眼看日上三竿，侍立女仙准时送上膳食，因晓得这位烛阴氏公主口味挑剔古怪，不爱吃正餐，只爱喝茶吃茶点，今天便特地为她准备了一盒桃花百果糕与一壶华光飞景茶。

嗅到香气，玄乙一骨碌坐起来，冷不丁肩膀被轻轻一按，她的身体又被按回草皮上。她撑圆了眼睛瞪扶苍，他神色平静：“继续睡。”

玄乙皱眉：“我饿了，要吃东西。”

他的手按住她的肩膀：“你不会。”

她深深吸了一口气，她简直是被一根头发吊着，身上还挂了千斤巨岩，下面是一海子的毒酒，她摇摇欲坠。

侍立女仙在屋里候了半日不见他们进来，只得小心翼翼开口：“公主，扶苍神君，该用膳了。”

扶苍颔首："请将我的那份端来。"

侍立女仙一颗芳心乱跳，终究没敢再忘了公主："可公主……"

"她不用。"

玄乙两眼死死盯着扶苍，侍立女仙将小案放在他面前的草地上，他一手按着她，另一手握住筷子开始用膳，吃得不快不慢，恰到好处。

那根头发眼看就要断了，她伸手便想去推他的小案，奈何他如今已是久经沙场的战将，这点小动作根本逃不过他的眼睛，当即将小案也按住，黝黑双眼瞥了她一下："今天你的任务便是在这里躺一天。"

玄乙不知是气的还是憋的，泪光盈盈地望着他，娇声软语："我真的饿了。"

大约沙场历练把他的心也历练硬了，丝毫不为所动："你不会饿。"

玄乙痛苦地抱住脑袋，这家伙要把她逼疯，他一定会把她逼疯。她骤然放下袖子，壮士断腕一般："我练。"

扶苍的手干脆利落地离开她的肩膀，侍立女仙乖巧地端上膳食，玄乙一面喝茶吃茶点，一面觉得肚子里淅淅沥沥全是泪水，比当年的烛阴白雪还苦上千倍。

一个食盒被推过来，里面有三粒没动的桃花百果糕，玄乙毫不客气地全抓到自己盒里，算他还有良心！

"下次练剑须得换一身衣裳，穿好软靴。"扶苍又一次提醒她。

玄乙冷冰冰地说："没有软靴，没有衣裳。"

他丝毫不受影响："我会交代青元大帝替你做一套战将装。"

随便，随便他怎么样，反正等他伤好了，她这备受折磨的日子也就结束了。

吃完茶点歇了片刻，玄乙艰难地试图从草皮上站起来，大概因为穿的是木底鞋，她的脚底板像要断了一样，疼得直皱眉头。

身体又被按住，扶苍俯身将她脚上的木底鞋脱下："不要再穿木底鞋，今天不练了。"

玄乙立即警惕起来："……我晚上也还是会肚子饿的。"

他淡淡道："脚疼成这样，也练不好。"

那他刚才是什么？故意怄着她引诱她跟他斗气吗？这家伙现在真是太狠毒，太狠毒了！即使她有一肚子阴险狡诈的诡计可以对付他，可她不会再用，无论是斗气还是缠绵，都憋回去不好吗？

玄乙翻身背对他，把袖子上闭目之龙的纹绣抠得乱七八糟。被拢进衣服里面的头发为一双手轻柔地抽了出来，放在掌中慢慢梳理，她试着想要拽回，他却不松手，她只能放弃。

他们两个的位置，好像反了过来。

玄乙怔了许久，慢慢摸出一团白雪，捏了只猪头，用指甲抠出两只鼻孔，忽然扭头问他："丈亥大君长这样吗？"

可爱无害的想象，让下界那些凶狠残暴的上古妖族大君都显得不那么可怕了。扶苍笑了笑，反正这位大君已经被剿杀，他便点头默认。

玄乙犹豫了一下，轻道："你……就是被这个猪头咬伤的？"

他又不知该气还是该笑，停了一会儿，缓缓道："为什么总问伤的事？"

玄乙低头用指尖把猪头拨得晃来晃去："随便问问。"

扶苍看了她一会儿，将袖子慢慢卷起，露出结实紧致的小臂，从手肘到手背，一道长而深的裂伤，漆黑的浊气缠绕其上。

"被负犬大君的爪子剐伤的，不会死。"他替她把没问出口的问题回答了。

玄乙下意识伸手想去摸，被他拦住："不要碰。"

她把手缩回去，盯着伤处看了许久，轻声道："疼吗？"

"不疼。"

袖子被放下，扶苍垂首凝视她的双眼，她下意识地躲避着，朝后缩了缩。他向她缓缓伸出手，她索性往后滚了一圈；他逼近一步，她再滚；他再进，继续滚，结果脑袋撞在木剑变成的椅子腿上，她"哎呀"一声，下一刻被撞的地方便被一只手捂住，身体也被一条胳膊不容抗拒地圈住拽起，揉进怀中。

她两手和脑袋都用力撑在他胸前，像一只竖起所有尖刺的刺猬，竭尽全力抵挡他的靠近。

"我……"扶苍刚开口说了一个字，嘴就被她冰冷的手用力捂住。

什么都不要说，她不想听。

"……我脚疼。"玄乙抬头朝他笑了笑，平静却又古怪的笑，随即用力推开他，转身便走，"我去换双鞋。"

寝宫的纱帐被放下，玄乙怔忡呆立片刻，忽然拉开另一面的月窗，毫不犹豫地一翻身跳了出去。

这会儿也顾不上脚疼，她这辈子都没这样不顾形象地狂奔过，赤着脚，踩了一脚泥，路过的天神们个个看得目瞪口呆。

她得回钟山，她一定要回去。

他方才想说什么？或许她心里非常清楚他会说什么，所以，她一个字也不想听。

乌云笼罩的天顶开始窸窸窣窣地下起雨来，纷飞的雨丝让玄乙想起皇陵里肆虐的大雪，她心爱的少年躺在冰冷的坟墓里，她在那半城月半城雪中替他仔细雕琢那些白雪小玩意。

没有想过他能够再醒来，她也并不希望他再醒来。

她曾那么狠心而勇敢地切断了她和他的所有过往，也早已暗暗发誓再也不会重蹈覆辙。

其实这些年她过得挺好的，与寂寞重归于好，平静而且安心。如果她早些年便认清永恒的孤独才是最好的归宿，那这些令她糟心的事都不会有了。

别让她的任性抬头放肆，她的爱永远与伤害同行，他禁不起第三次伤害，她这颗没那么冷硬的心也禁不起再一次折腾。

别打破这层平静，好不好？

如果再放纵她任性下去……唉，她有时候坏起来连自己都害怕，可恶得很，比如现在，他实在是没眼光，喜欢她这种坏蛋。

回钟山！再把屏障架起，一万年，十万年，都不过是弹指间的事，她已经不是那个过一千年便觉得漫长无比的小公主。

脚下一空，玄乙踩进了一只小小的水塘，被溅了半身泥水，她气喘吁吁地停下，一面厌恶地掸掸湿漉漉的裙子，一面四处打量，毓华殿大得要命，神明之府又有不给腾云御风的限制，她……好像不知道跑什么地方来了。

真丢脸，生平第一次迷路。

道旁摆了一个白石花盆，她脚疼得厉害，索性坐在上面歇歇，反正大家都是两条腿跑，连她自己都不晓得跑到什么地方来，扶苍肯定更不晓得。

雨水越来越大，把满脚泥冲了个干干净净，玄乙歇了半日，眼角余光忽然瞥见远处有一袭白衣，不禁一下蹦起，谁知那穿白衣的却是个路过的神女。

她自己也觉得好笑，念动真言架起屏障，伸指在衣服上一弹，湿答答的雨水立即被弹开，浑身上下恢复清爽。

穿上冰雪做出的鞋，玄乙再次四处张望一圈，基本确定了后门的方向，转身一瘸一拐慢慢走上回廊。没走几步，忽听遥远的正门处传来几声纶音术的动静，巨钟“当当”响了一阵，随后便是脚步声、叫嚷声，各种骚乱，附近院落内的神族们也纷纷跑出来，神色都挺凝重的。

“又有伤重濒危的战将被送回上界了。”几个路过的天神低声谈论着，“能来得及送回来陨灭，也好过陨灭在下界。”

玄乙一面朝前慢慢走，一面竖起耳朵听他们说话。

没一会儿，又有几个神族狂奔而来，大声道：“是丙辰部的战将！已经派神官出发往花皇仙岛告知花皇。”

丙辰部？花皇仙岛？玄乙一下停住脚步，如果她没记错，那天芷兮说过，古庭和延霞正在丙辰部吧？

她不禁吸了口凉气，古庭要陨灭了？

她神色复杂地怔忡半晌，复又继续往前走，好不容易走到回廊尽头，忽地咬牙转回来，抓住一个路过的战将，一本正经地问：“丙辰部送回来的战将在哪儿？”

毓华殿的正则院是整个神界清气最充沛的地方，种满了木火梧桐。离恨海之祸肆虐前，这里往往作为战将们突破一梦万年境界的地方，如今却成为重伤濒危战将的养伤处，被感染了浊气的战将们不能用任何术法痊愈伤口，只能等伤处的浊气排净后再治愈。对并不习惯忍耐痛楚的天神来说，这个过程实在是十分痛苦。

玄乙一路艰难地摸到正则院，木火梧桐下已站满了神色凝重的丙辰部战将，许久不见的延霞正蹲在门口哭。一见着玄乙，她先是一愣，随即便上来无助地抓住玄乙的胳膊，哽咽难言："小师妹，古庭师兄他伤得好重！"

这赤帝小公主一遇到事就容易惊慌失措的毛病还在，只顾着哭，怎样也说不清事情。一旁的丙辰部战将解释道："古庭神君不知怎么回事，跟岁虎大君的三太子起了冲突，背上破了个大洞，为浊气感染，好在我们及时赶到，把他送回来了。"

古庭什么时候胆子变这么大了？

玄乙悄悄走进正则院，仔细听了一会儿，俯在一扇月窗下拉开缝朝里面张望。却见殿内青元大帝并几位丙辰部战将正围着软榻上的古庭，他面朝下一动不动，背上鲜血淋漓，漆黑的浊气缠绕不放，他已是气若游丝。

扶苍俯身在榻前，正细细查看他的伤势。

那看上去像是丙辰部主将的帝君不停叹息："这个伤……只怕要半年多浊气方可排净，不知他能不能撑过去。"

玄乙不由得默默叹了口气，她好像不能够似从前那样无情，古庭可能会陨灭的事居然让她感到难过。

她挺喜欢他的，虽然很讨厌他的十全大补汤，可她不想他陨灭。

殿内的扶苍仿佛忽然察觉到什么，一抬头，视线准确无误地捕捉到了躲在月窗下的她，静静看了她一会儿，他朝窗边走来。

"古庭的伤很重，不要看。"他用身体挡住她的视线。

她确实也不大想看到那么狰狞的伤，低头握住自己的袖子掐了一会儿，只觉无话可说。

"我刚在毓华殿门前等你，看起来你好像迷路了。"他的声音很淡。

没错，迷路了，然后她那点所剩不多的良心，又让她咬牙切齿地自投罗网。玄乙唯有沉默以对。

"留在这里，别走。"

他转身欲回去，玄乙没忍住轻声道："古庭师兄会不会……"

扶苍没有说话，他不能笃定地告诉她不会陨灭，谁也不知道结果。

他回到殿内，继续查看古庭的伤处。丙辰部一般负责善后，都不是什么战斗力一流的战将，直面魔族的概率不高，古庭到底是怎么跟岁虎大君三太子撞上的？出事时只有延霞跟他在一处，可她吓得不轻，只顾着哭，谁也问不出经过。

古庭的右手一直紧紧握着，从指缝里透出些皱巴巴的白色花瓣。扶苍将他手指掰开，他的掌心放着一团被揉碎的君影草腰饰，他的眉头不由得一皱。

古庭伤重濒危的消息一日间便传开了，他素日里处事真诚而热心，交游甚广，来探望他的神族一拨接一拨，昔日明性殿的弟子能来的也都来了，连忙得犹如陀螺的白泽帝君都抽空看了一趟。诸神面对花皇的老泪纵横，也唯有默默无言。

战将受伤陨灭几乎已是常事，再慈悲的心肠在见多了陨灭后也会变得冷硬，古庭能撑过去固然好，撑不过去，也只能说是命数。

玄乙扶在月窗外，默默听着殿内延霞低微的哭泣声。花皇离开去找青元大帝后，延霞便进了屋子，她已经哭了一天，本来都不掉眼泪了，谁知进屋又开始哽咽，待见到扶苍手里被揉碎的君影草腰饰，她便哭得更凶。

她眼睛通红，满面泪痕，手里的绢子已经湿透，这模样跟她当年下界时也差不多。玄乙不由得抽出自己的手绢递进月窗，轻道：“延霞师姐，别哭了。”

延霞只是摇头，断断续续地低声道：“是我害了古庭师兄……都是我不好……”

她这话说得无头无尾，莫名其妙，玄乙脑海里一瞬间浮现百千种推断，想了想，还是没说出口。

她不说话，扶苍更不会说话，殿内一时间只剩延霞绵绵不绝的哭泣声。哭了半日，没人开口询问安慰，她终于又哭不下去，只得断断续续说道：“是古庭师兄先动手挑衅的……你们……你们听听就好，千万别说出去，这属于玩忽职守的私斗，若叫帝君们知道了，必然会罚他！”

古庭还会先挑衅？玄乙不由得扭头看了看榻上血淋淋的神君，两万多年不见，他性情大变了？

扶苍将那团腰饰重新放回古庭手边，忽然问道：“……因为夫萝？”

延霞急急跺脚，叹了半日，才道：“你……你都知道了？唉！这些年古庭师兄一直跟夫萝师姐暗中有联系……他自己不说，我也不好问……这次是古庭师兄见到夫萝师姐和岁虎大君三太子在一处……很亲热，所以生气先动了手。他……他哪里是三太子的对手！夫萝师姐……她居然自己跑掉了！”

古庭对朋友的事絮叨上心，对自己的事却讳莫如深，连扶苍也只是隐约知道他这些年跟夫萝有些藕断丝连。夫萝出身屠香山，风气独特，以女为尊，往往游走在数十名神君之间也不以为意。大约因为古庭退婚一事，她心中十分不甘，使出浑身解数，竟与他纠缠至今。

玄乙愕然道：“夫萝师姐连魔族也勾搭上了？”

这位师姐实在太厉害，当年把古庭和延霞要得团团转，想不到现在还是能把他俩要得团团转，居然连魔族都不放过。

延霞低声道：“我不管夫萝师姐怎样想……但古庭师兄……太可怜了……当年都是我不好……”

她又开始默然垂泪。

那时候若不是她失去理智，当众揭穿夫萝与少夷的私情，古庭也不至于脸面尽失后只能选择退婚。或许他会在漫长的时间里发现夫萝的真面目，自然而然地死心，也或许他一直不会发现，幸福地过下去。无论怎样，都不会让他被迫放弃一段期待已久的婚事，以至于如今成了死结。

她对古庭始终心怀愧疚。

软榻上的古庭忽然微微一颤，手指纠结，似是在寻找什么，终于摸到手边的君影草腰饰，他便紧紧握住，低低叹息了一声。

延霞忍不住捧起他染满血迹的手，眼泪一颗颗掉在上面：“对不起，古庭师兄……对不起……”

玄乙实在不大爱听她的哭声，站了一会儿索性转身离开，扶苍低沉的声音在月窗边响起：“去哪里？”

她揪了揪袖子：“……白甲院。”

他“嗯”了一声：“古庭这次重伤，太子长琴与花皇必然不会放过，怕是这几日要商讨剿杀岁虎大君一事，我暂时没空指导剑道，你……早些休息。”

玄乙默默无言地走了。回钟山的一股悲愤冲动此时所剩无几，古庭背上那个巨大的破洞其实她看得非常清楚，下界已是如此可怕，扶苍在那里已经做了很多年的战将。

要不要开始好好学习拳脚剑道？这个问题，且容她好好跟自己商酌商酌。

秋雨还在淅淅沥沥地下着，白甲院里空荡荡的，侍立女仙也不知还在何处疯玩，连个灯也不点。这女仙实在须得管教，但她懒得管，反正又不是她家的。

玄乙自己点了灯把册子拿出来翻，忽觉右手掌心似是被利刃狠狠切割了一下，剧痛无比，她急忙摊开手掌，却见上面连个小口子都没有。

剧痛仍在泛滥，她搓了搓手掌，不由得皱起眉头，自她长满龙鳞，类似切割的痛感便再也没有过，这是怎么回事？

古庭在榻上一躺便是三天，依旧气若游丝，看起来好像随时会断气，但又始终顽强地撑着。

延霞几乎一天十二个时辰都待在殿内，一会儿哭几声，一会儿又给他擦擦脸擦擦手。此等情形连偶尔来看看情况的太尧都看出不对劲，不由得悄悄问玄乙：“延霞师妹是怎么了？”

玄乙无辜摇头，看起来延霞是注定跟夫萝纠缠到底，在明性殿她俩抢少夷，做战将又开始争古庭，真是个苦命的小公主。

太尧回头看看榻上的古庭，又奇道："芷兮怎么没来？辛酉部近来应当没下界吧？"

以前她跟古庭关系最好，古庭重伤，先生都来了，她怎能不来看？

"芷兮师姐申请调去戊辰部了，可能不知道。"

戊辰部？那可是最辛苦的地方，怕是离恨海不恢复，根本回不来上界，她自己申请过去的？太尧沉思片刻，他素来通透，忽地恍然大悟，如果他没记错，少夷好像就是在戊辰部？自他辞学后，芷兮便一直郁郁寡欢，他只当是玄乙不在的缘故，原来……

他不禁摇了摇头。

时近午时，太尧又匆匆赶回文华殿，临别见玄乙还穿着广袖长衣，脚踏木底鞋，他便笑道："小师妹，虽是安排了扶苍师弟来指导你剑道修行，却也莫要太惫懒，他这般纵着你，可不大好。"

明明她不练剑他就不给吃饭，怎么就成了纵着她？何况他这几天自己有事忙，怎么又成了她惫懒？

华胥氏名声太好，他做什么事大家都觉得合情合理，世道如此荒谬。

玄乙摸着一棵棵木火梧桐回白甲院，此时正值深秋时节，金青交织的叶片反而泛出越发浓烈的鲜艳色彩，磅礴的清气蒸腾其间，似氤氲不散的浓雾。

今天她的右手疼得不是那么厉害了，前两天简直难受至极，上回被鲇鱼妖伤了右腿也没这种疼法，像是伤口被撒满了盐，在被不停撕扯，连晚上睡觉都不安生。

这诡异的疼痛，究其源头，大约也只有一个。

爽利的秋风"飒飒"拂面，金青交织的叶片似大雨般落下，玄乙随意一瞥，忽见一株木火梧桐下靠了位身着玉色长衣的神君，额上的火红宝珠艳丽夺目，她登时吸了口气——巧得很，正想着，源头就来了，世上会有这么巧的事？她从来不信。

他抱着胳膊不知在出什么神，连她走近了都没发觉，实在是少见。

木底鞋踩在干枯的梧桐叶上发出清脆的裂响，少夷立即回神，狭长的凤目对上玄乙平静的眉眼，眯眼看了片刻，随即微微一笑。

"小泥鳅，你长大了。"

玄乙歪着脑袋上下打量他，他便不说话，笑吟吟地与她对望。见她刻意往自己的右手处多看了几眼，他的笑意更深。

"少夷师兄这些年可好？"她眨了眨眼睛，"下界魔族肆虐，师兄可要小心，千万别受伤。"

少夷悠然道："本来我挺好的，一被你这小泥鳅套话便不怎么好了。"

他心不在焉地看看玄乙身上繁复华贵的服饰，又道："不是来做拳脚剑道修行的吗？怎的还穿成这样？战将装呢？"

玄乙摸了摸袖子："我就爱穿成这样。"

少夷笑了两声，抬手弹去肩上的落叶："也不知哪位战将这样纵着你。来，让我看看你这些年修行得如何。"

他倏地出手如电，一把抓向她的肩膀，玄乙下意识一缩，却听他轻笑："反应太慢。"

她只觉一股全然无法抗拒的大力将自己一扯，踉跄着一头栽在他胸前，被他铁箍般的胳膊紧紧抱住，随即一阵天旋地转，后背狠狠撞在木火梧桐上，霎时间落叶纷飞，下巴被掐着举高，少夷俯首似笑非笑地盯着她。

"这是做的什么拳脚剑道修行？根本一点身手也没有，我不是早就叫你好好修行吗？看来你只当作耳旁风。"他笑着晃晃她的下巴，"现在尝到我以前被你欺负的滋味了？"

玄乙挣了一下，他箍住她腰身的胳膊便收紧，整个身体压向她，竟好似有山一般沉重。

少夷低声道："那个放纵你的战将，想必是扶苍师弟吧？你啊，还在和他纠缠？"

玄乙恍若未闻，把脑袋朝后缩了缩，目光落在他掐下巴的右手上，绷带上透出淡淡的血迹，还有丝丝缕缕的浊气缠绕。

她就知道是他，他没有断开凤凰心羽的结系，她受伤他便会感同身受，反过来也是一样，怪不得变沉了，挣不开他。

他手上忽然用了劲，玄乙只觉下巴快被他掐碎，后脑勺抵在木火梧桐上，被迫仰头看着他。

少夷仔细端详她饱满漂亮的额头，目光再顺着鼻梁落在丰润的嘴唇上。唉，她现在长得这样好，果然比夫萝要美上一些，总算她曾经那些狂妄还有些道理。他那片惋惜的心情又开始复发，有些蠢蠢欲动。

"小泥鳅，"少夷的声音染上一丝妩媚诱惑，"你这模样真合我胃口，有没有和扶苍师弟双修阴阳过？有过的话，要不要和我也试一试？"

玄乙面无表情，忽然开口："少夷师兄，张嘴。"

他微微一愣："什……"

话音未落，一团冰冷苦涩的烛阴白雪凭空落在他嘴里，苦得他眉毛一下子拧起来，隔了许久才声音沙哑道："……你就这样对待救命恩公？"

玄乙语气淡漠："两万多年了，少夷师兄还是只有这些手段？把心羽结系切了你才是救命恩公。放开我，不然我就要切你的伤口了。"

少夷舔了舔苦涩的嘴唇，居然没发火，反倒低低笑了两声："怎么不用术法挣脱？"

玄乙缓缓道："我可不想打得自己在床上躺半年。"

少夷笑意更深："你和小龙君一样，都不想叫我看见真本事？"

忽觉她又细细吹出一口气，下一刻数片极薄极锐利的细小冰刃便来回在他右手伤口中切割，少夷疼得"嘶"一声，再也抓不住她的下巴，朝后退了数寸。鲜血一下子浸透了绷带，一滴滴落在他玉色的长衣上，他不由得叹道："我倒是能忍着，不过你右手痛不痛？我都替你心疼。"

"偶尔疼一疼也挺神清气爽的。"

这狠毒的小泥鳅，对自己都这么毒。

右手真要被扎烂了，他终于慢慢放开她，拆开绷带看看惨不忍睹的伤口，摇了摇头："你真可怕。"

玄乙把右手缩回袖子里，剧痛令她面色阴沉："我的命都在你手上，谁可怕？你故意受伤回上界，难不成就是为了看我的修行？"

少夷往木火梧桐上一靠，慢悠悠说道："小泥鳅，时间不多了，你最好拼命努力修行，这样活命的概率还大一些。你若一定要把这话当耳旁风，那我也只好由着你了。"

玄乙盯着他："什么时间不多？"

少夷促狭地回望她："我很喜欢木火梧桐的气息，暂时还不想走，但我不想再跟你这小泥鳅扯下去，你若再不走，我也只好继续和你谈谈双修阴阳的事了。"

玄乙吸了口气，她真想把他冻住，用一团团白雪塞满他的嘴来拷问，可这里是毓华殿，正则院神来神往，实在不合适。

"还不走？"少夷幽幽叹了口气，"来，我们聊聊双修阴阳，以往我爱先脱神女的衣裳，但若是与你，我便会先脱我的……"

"我倒更想脱了你的皮。"玄乙冷冷地打断他。

他忍耐似的瞥了她一眼，继续道："再让你趴在我面前……"

"再把你的牙一颗颗敲下来。"

少夷倏地住嘴，眯起双眼盯着她，她坦然与他对视，平静无波。

"我现在突然发现，"他一个字一个字轻轻蹦出来，"做莽夫应当很不错。"

玄乙淡淡道："你真是吓坏我了，少夷师兄。"

少夷看了她良久，最后却笑了笑，方欲说话，却听木火梧桐林外有个声音唤他："见过风君。"

玄乙立即扭头，却见不远处立着两个神官，衣服上绣满了金色的玄鸟，竟是青阳氏的战将神官。他们看起来十分冷漠，见着她居然不行礼问好。

少夷转身便走，一面道："好吧，我先走了。小泥鳅，盼着这次下界能遇到你。"

下界？什么意思？

玄乙有心追问，又觉无意义，没有非常手段她也没什么自信从少夷嘴里撬出话来。她索性也不去想，慢慢踏着枯叶走出木火梧桐林，没走几步忽然发现正则院外怔怔立着一个熟悉的身影，竟是芷兮。她立即唤她："师姐！你是来看古庭师兄的吗？"

芷兮猛然转身，面色苍白。古庭受伤的事竟然给她这么大的刺激，玄乙一时不知该说什么，却见她先是盯着自己，随即目光渐渐变得柔软，最后却有大颗大颗的眼泪掉下来。

玄乙素来不知如何安慰哭泣的神女，站了半日只得把自己的帕子递给她。

芷兮没有接，用袖子将泪水飞快拭去，低声道："我去看看古庭师弟。"

玄乙虽然刚从正则院出来，但这会儿芷兮来了，看上去又失魂落魄的，她便抱住芷兮的胳膊，柔声道："我们一起。"

芷兮僵了片刻，点点头，一路沉默着与她走进正则院，忽然又低低开口："玄乙，你……如今不是孩子了，你应当……"

"什么？"玄乙没听清。

"不，没什么。"芷兮摇摇头，踏入了殿内。

古庭背上那个大洞让芷兮又开始垂泪，玄乙站在一旁忍着手疼玩袖子，一会儿看看她，一会儿看看同样默默擦泪的延霞，玄乙只好继续沉默下去。

"是因为夫萝？"芷兮将眼泪擦干，轻声问道。

延霞默然颔首："芷兮师姐也知道了……"

芷兮叹了一口气，她也是因为某次同窗小聚，听见古庭醉酒后念着夫萝的名字，才晓得他们仍有来往。为此她还特意去丙午部找过夫萝，夫萝一句话就把她堵回来了："他乐意，我乐意，与你何干？"

是的，古庭心甘情愿，夫萝乐在其中，她的行为看起来真的像多管闲事。她一直看不惯神界放浪形骸的风气，自诩日后一定要找一个独一无二的知心者，可现在想来，她竟是最大的傻瓜。

曾经是扶苍，现在是……

她用尽所有的气力不让自己去想那个名字，起身道："我该回去了，延霞师妹，照顾好古庭师弟。"

缓缓走出正则院，望着满目金青交织的木火梧桐，先前看到的令她肝胆俱裂的画面一幕幕在眼前交织而过，芷兮只觉浑身的骨头都重了无数。玄乙挽着她，柔声道："师姐，你留一晚上好不好？就住我的白甲院。"

芷兮神色复杂，停了半晌，勉强笑道："我得回去了，戊辰部忙得很，下次吧。"

玄乙遗憾地把她送到毓华殿门口，摇着手目送她远去，芷兮今天看上去好生古怪，难不成梦想中的戊辰部让她失望？还是被古庭的伤吓的？

第二十五章

诸天屠魔

一路回到白甲院，难得侍立女仙今天没出去疯玩，见着玄乙来了，她一脸笑地迎出来：“公主，青元大帝方才派神官送来两套战将装，公主可要试试？”

玄乙朝外殿的榻上看了一眼，上面放着一青一白两套战将装。应当试试，可右手实在疼得要命，她今天对自己可是狠心大发了，当即摇了摇头：“明天试吧。我困了，不想用膳。”

她走进寝宫，撩开纱帐便扑倒在床上。右手比前几天还要疼上几十倍，扯得她脑袋都开始疼，往往刚睡着就被疼醒，翻来覆去，直到天色微明，剧痛稍稍缓解了一些，才睡得鼻息渐沉。

不知睡了多久，沉睡中一个翻身压到右手，疼得玄乙一颤，一下惊醒了。

层叠的纱帐忽然被揭开，一只手轻轻扶住她的肩膀，扶苍低沉的声音在耳边响起：“醒了？”

玄乙惊得差点蹦起来，猛地翻身瞪他：“……你的华胥氏礼仪之道呢？”

扶苍又有点跟不上她跳脱的思路：“什么？”

“这样擅闯神女的寝宫，是礼仪之道里面的哪一条？”

扶苍半天没说话，随后却往床上一坐，淡淡道：“既然醒了就起床，准备练剑。”

玄乙手疼得厉害，没法证明自己有心向学的积极态度，只得往被子里又一缩：“我今天不想练。”

扶苍盯着她铺在枕头上的蓬松长发，低声道：“那今天的任务就是继续躺一天？”

她立即扭过来，泪光盈盈：“……我真的不想练。”但她想吃饭。

扶苍哪里理她，揪着后领把她从被子里拖出来：“起来。”

玄乙百般挣扎，他捉住她两只乱挥的手，又像在明性殿那会儿一样，强行交错制服在她胸前。右手像是要裂开一样，她疼得倒抽一口凉气，僵在原地。

“怎么了？”扶苍立即放开她，低头仔细查看。

“别碰我。”玄乙奋力挣开，泥鳅似的钻回被子，把脑袋一蒙，“我今天不练，你明天来吧。”

再这样下去，她真的一万年也学不好剑道。

扶苍嘘了口气，漆黑的眸子里流过一丝无奈，轻轻扯过一把椅子，一言不发地坐下，看着那具严严实实裹在被子里的纤细身体，她连脑袋都蒙住，只一把青丝散落在枕畔，两万多年过去，她这孩子气的一面一点也没变。

寝宫陷入寂静，玄乙蒙头躲了半日，只觉一点声音也没有，不由得悄悄把被子揭开一个角，一抬眼冷不丁就望见扶苍跟一尊雕像似的坐在椅子上，静静看着自己。

像是怕他开口，玄乙抢着说道：“……你不是商讨剿杀岁虎大君的事吗？居然偷懒跑来这里。”

扶苍的声音意外地冷静：“天帝方才下了旨意，召集神界所有帝君，包括三十三天之上的那些大帝，一同去天宫，似是有要事相商，岁虎大君的剿杀计划只能暂且搁置。”

玄乙把脸埋进枕头里，声音沉闷：“你不是要养伤吗？快回青帝宫。”

对面安静了许久，扶苍低沉而魅惑的声音缓缓划破死寂：“你在这里，我自然留下。”

玄乙骤然合上眼，或许她应该把耳朵也堵上，这样就不用听他继续说下去了。又过了片刻，却听他开口道：“既然你不舒服，那就睡吧。”

被子突然被揭开一道缝，龙公主乌溜溜的眼睛警惕地看着他：“……肚子饿会有东西吃吗？”

扶苍目中泛起一抹淡淡的笑意，他没有回答，定定看了她半晌，缓缓道：“青元大帝当日请我来指导年轻弟子剑道，我本想谢绝，但他说是替烛阴氏公主指导，我便应下了。”

哦，这样啊……玄乙使劲捂住耳朵，奈何不起作用，他的声音还是透过厚厚的被子钻进耳内：“我……回上界后，去钟山找过你，齐南告诉我，你谁也不想见。”

他能看出这位神官眼中的遗憾与痛惜，还有悔意。他在钟山外等了五十年，最后一梦千年的时机忽然来了，再也无法支撑，只能陷入沉睡。又怕一隔多年这看似坚硬实则脆弱的龙公主失落，便给她寄了一封没有封口的白纸信。

她一定会懂。

可他没有想到，这一别就是两万三千年，他无数次徘徊在钟山的屏障外，想象她在里面正做什么，会想什么，是不是已经彻底忘记了他。

他已不是当年那个伤人伤己的青涩神君，见到她的瞬间，他便明白这些年被云雾缥缈屏障隔开的，不是他独自的茕茕孑立。

“神魂回归九幽黄泉须得神界一日，回归上界须得两日，我去下界的时候，你已不在了。”扶苍将她散落枕畔的青丝握在手中，“那只九头狮捏得很漂亮，小九很喜欢。”

他永远也不会忘记，看到石碑上堆放的白雪小玩意时，那一刻的心情。他的脆弱与青涩让他错过了太多，他本可以陪伴她很久很久，不让她终日与寂寞为伴。

别离开我——他懂了她的心声，他也对她说过同样的话，他们真真该在一处，永远不分开。

薄纱帐被微风吹得款款摇曳，床上的公主像是睡着了，既不动，也没声音。扶苍低头看着手中冰冷柔软的青丝，他的龙公主，自始至终在抗拒着。

“你一眼也不敢看我吗？”他轻轻弹动指间青丝，声音很低。

她？不敢？被子“霍”一下拉开，玄乙面无表情地看着他胸前的暗银线云纹。

握着长发的手指轻轻抚上她柔软而冰冷的面颊，她偏头迅速躲了一下，下一刻下巴便被捏住了。四目相对，她只撑了没一会儿，又逃避一般移开视线，嘴唇翕动，吐出三个字：“放开我。”

回应她的却是用力的拥抱。扶苍紧紧抱着怀中睽违两万余年的纤细身体，她在发抖，也在挣扎——不要躲避，也请不要害怕，这一次他不会再伤害她。

“我什么都记得，什么都没忘。”他贴着她的耳朵低语，“我一直在等你。”

所以——

“你若想躲，只管躲，我一定会找到你。”

幽蓝的夜色渐渐褪去，黎明的晨光映亮了花格窗上的白纱，窗外雨声细细，点滴落在草叶之上，这细碎慵懒的声响向来最能引发困意，可不知为何，玄乙还是早早醒了，静静望着窗边的白纱发怔。

不知过了多久，忽然有极细微的踏草之声自殿外传来，很快又停下，随即便是长久的寂静。

她知道，是扶苍来了，风雨无阻。

雨声越来越大，偶尔还夹杂着几道锐利风声，玄乙细细吹了一口气，紧闭的花格窗无声无息地被吹开一道细缝。漫天风雨中，那道雪色身影手执木剑，正一丝不苟地练剑。雨水在他身周三寸处被屏障弹开，他的动作熟练而沉稳，一看就知道是经过长年累月的修炼。

他长高了，比先前变了不少，可也有一点儿都没变的地方，譬如他挥剑时，剑尖总爱朝左边倾斜一瞬——那个柔弱的凡人七皇子也有这习惯。

仿佛在一瞬间，两万三千年都化作云烟，她还在下界，还是神神秘秘的小女鬼，他也仍是那个青涩的少年，晨光弥漫时，在庭院中练剑。

风钻过窗缝，钻过青纱帐，扑打在脸上，像是要把她打醒似的。花格窗无声无息地合拢，玄乙翻了个身，用被子把头脸全埋住，那片毒酒的芬芳海洋在压迫她，迫得她喘不上气。

又不知过了多久，侍立女仙的脚步声打破了寝宫的寂静，玄乙不等她开口，自己先推开被子坐直身体，一面低声吩咐："把衣裳拿来。"

女仙却犹豫了一下："公主可好些？扶苍神君在殿外等候，不知公主今日能练剑否？"

玄乙捏了捏右手，不疼不痒，持续了数日的剧痛终于消失，想来是因为少夷的伤处痊愈了。

"练。"她揭开纱帐，合拢丝袍，"拿战将装。"

她是该好好练剑了，找件事情做，省得憋出毛病来。

窄袖绑腿软靴，战将装是玄乙素来最厌恶的衣裳，可她也不得不承认，这一身走起路来比广袖长衣木底鞋要轻便得多。

出得殿门，雨已小了许多，扶苍正抱臂站在月桂树下等候，见她竟穿了战将装，他罕见地愣了一瞬。

玄乙抖擞精神走过去，伸出一只手："木剑给我。"

扶苍目中掠过一丝笑，将木剑递给她："不躲了？"

她恍若未闻，反身退了数步，淡淡道："快来教吧，教不出剑神我就要换先生了。"

……她以为一天就能练成剑神？扶苍缓缓抽出纯钧，看了看她的姿势，也不知是嫌弃还是怎么的，摇了摇头："把架势摆好，握紧木剑，双手也可以，三招之内木剑不被我挑飞，今日便算完成。"

玄乙握紧木剑，摆出架势，冷不丁眼前寒光一闪，手中一震，木剑一下子就被挑飞上了殿顶。她眯眼看着琉璃瓦上的木剑，怨气冲天："你干吗用这么大的力气？"

扶苍将木剑召回，表情很平静："我没用力气，是你下盘不稳，手上无力，刚开始起码要每天蹲数个时辰的马步。"

不出所料，龙公主满面厌恶："我不要练马步。"

她若真是自己指导的弟子，他早把她削得找不着北，不练马步下盘不稳，不摆剑招手上无力，还挑三拣四好高骛远，真真没救了。

"继续。"

扶苍将木剑抛给她，等她抓稳了，这才轻轻将纯钧在其上一撞，她的胳膊晃了一下，好险没让木剑脱手。他刻意停了片刻，再拆第二下，稍微加了一丝力气，那可怜的木剑又飞过桂花树，掉去了院外。

她十分不满："你故意的。"

不，真不是故意的，幸好是他来指导她，不然换了其他战将，大约会被她逼疯。

扶苍又一次把木剑召回，刚递过去，却听这不知天高地厚的龙公主咕哝："我想学剑气化龙。"

她积极的态度固然是好的，但剑气化龙……

扶苍不得不残忍地告诉她真相："剑气化龙只有华胥氏血脉方能掌握。"

都化龙了居然不给她这条真龙学，实在小气。

"那这招的名字得改改。"玄乙慢悠悠晃着手里的木剑，"叫剑气化虫才好。"

看样子过了两万多年，她信口胡说的毛病非但没改，反倒比以前更变本加厉。扶苍反手将她乱晃的胳膊抬起，另一手不轻不重地在她后腰上一拍："站好了。"

说罢又在她膝弯上一撞，玄乙险些摔个趔趄，冷不丁他将她握剑的手用力一抓，又道："握紧木剑，手臂伸出去，抬高。"

她艰难地摆好架势，用行动表示自己的有心向学，谁知教剑道的战将先生却没了下文，悠哉地踱步到一旁喝茶去也。

玄乙等了半日，急道："接下来呢？"

一片树叶弹出，精准地打在她垂下的胳膊上，铁面无私的白衣战将提醒她："架势摆正，站一个时辰。"

一个时辰！这家伙又变回以前那个睚眦必报的华胥氏了吗？！玄乙还没来得及反抗，却听他冷冰冰的声音再度响起："架势歪一下，或者站不到一个时辰，今日便没有饭吃。"

太狠毒了，他真是太狠毒了……玄乙满含热泪地僵在原地，居然以为他会手下留情，她简直错得一塌糊涂。

天色越来越暗，零散的乌云重新聚集在一处，很快，淅淅沥沥的秋雨便淋湿了月桂树的叶片，也淋湿了玄乙身上单薄的战将装。她看上去不大好，胳膊抖得厉害，才站了小半刻就要倒下去似的，大约怕真的没饭吃，还死死咬着牙坚持。

扶苍心中只觉好笑，缓缓走去她身边。湿透的战将装贴在她肩膀上，滴着水的头发丝丝缕缕缠绕在上面，还有几颗晶莹水滴顺着脖子淌进后领——他下意识想要替她弹去水珠，手刚抬起，却见她湿漉漉的睫毛上也有雨水滴落，如泪水般。

他的胸膛突如其来泛起一丝灼痛——在皇陵落下漫天大雪时，她是什么样的表情？有没有哭？

不能深想，否则胸膛会裂开。

他的龙公主，自始至终都跟他硬碰硬，真正跌软的话半句也不肯说，他不知是紧紧抱住她好，还是掐她一顿才好。

华胥氏屏障张开在玄乙头顶，扶苍在她肩上轻轻一弹，头发和衣服上的雨水立即被弹落在地。

"撑不住就歇息一会儿。"扶苍垂头看着她发青的脸，声音很低。

玄乙吸了口气，像只警惕的小动物似的，上下打量他："……歇息了也有饭吃？"

他在她脑门儿上轻轻拍了下，一张木椅落在她身后，她立即没骨头似的栽倒在椅子上。

"为什么突然这么认真想学剑道？"

“为了斩妖除魔呀。”玄乙的回答心不在焉，毫无诚意。

他自然不信，想叫龙公主生出天神维护天地秩序的责任心，怕是比太阳西出还难些。

“斩妖除魔并不是什么有意思的事。”

扶苍突然将纯钧一掷，苍蓝的天之宝剑霎时化为一条璀璨的金龙，细细地落在他掌中，头尾摇曳，活灵活现。

玄乙这是第二次见识剑气化龙，上回对付槐妖时他那条金龙还挺大的，隔了两万多年居然如此玲珑了。她立即被勾出兴趣，凑上前细看：“怎么变得这么小？”

因为想让她笑一笑。

扶苍心念一动，小小的金龙一跃而起，玄乙闪避不及，只觉一股清风划过耳畔，发间的金环被这条龙一口咬住摘下，重新回到他手中，金龙化为苍蓝纯钧，倏地收回鞘内，他掌心只剩一枚华贵金环。

玄乙两只眼简直在发光：“有意思，它是不是什么都能偷？”

“偷”这个字他不喜欢，但她这会儿目光澄澈地看着自己，仿佛又变成在下界时的小女鬼，他不愿这片目光消失，便不去应答，只将金环慢慢插入她蓬松的发间，低声道：“你若有这样的身手，再说斩妖除魔。”

她居然叹了口气：“我没有华胥氏血脉，学不了剑气化龙。”

扶苍轻轻“嗯”了一声：“有一条剑气化龙就够了。”

他的剑道觉醒也好，追求更加强大也好，都只是因为一个神女，有她在，他才会所向披靡。

她又开始装聋作哑，低头摸出一团白雪，在手里胡乱揉捏。

一只手温柔地搭在她肩上，扶苍的声音也意外地温和：“累不累？要不要再休息一会儿？”

别人这么客气周到，玄乙觉得自己也应当更积极点，当即甩甩酸痛的胳膊，应道：“还行。”

那只手揪住她的衣领，然后她被毫不客气地从木椅上提了起来。

“既然如此，继续站。”翻脸如翻书的白衣战将如是说。

玄乙一口气横在喉咙里，半天出不来。这家伙越来越厉害了，搞不好有一天真的会彻底爬到她头上去。奇怪也哉，怎么一遇到他，她那些聪明劲儿都变成了糊涂劲儿？这真真是世间最不可解之谜团。

雨越来越大，突兀的狂风也开始肆虐，巨大的风雨声却也盖不住白甲院外渐渐兴起的喧嚣。玄乙一面咬牙伸直了酸痛的胳膊，一面竖起耳朵听，外面好像突然多了许多天神，不知吵嚷着什么。

扶苍正欲出去看看情况，忽听半空响起纶音术的巨钟敲响之声，三长两短，这是召唤身在毓华殿的战将们归部的命令。想来应当是先前被天帝召进天宫的大帝和帝君们回来了，虽不知他们商讨什么用了近半个月的时间，不过十之八九是对下界魔族有大筹划。

“我有事须得离开一下。”扶苍将玄乙拉进屋内，转身欲走，却又有些不舍的意思，趁她没什么力气反抗，抬手在她头发上摸了摸，微微一笑，“若是累了就早些休息，无聊的话，便去正则院看看古庭。”

玄乙揉着胳膊目送他的身影消失在雨幕中，差点忘了，他如今是丁卯部战将，能做自己的剑道指导是因为回上界养伤，一旦伤好，还是要离开的。

她愣愣站了一会儿，四处看看，之前一直盼着扶苍从白甲院消失，这会儿他真走了，她反而有种意外的茫然。

这样不好，真的糟糕。玄乙低低叹了口气，两万多年过去，她其实没什么长进。

脱下战将装，换回宽松柔软的长衣广袖，本想去看看古庭，可她又觉得累，说不出的疲惫，索性放下青纱帐睡觉。

这一觉睡了很久，直到殿门被用力敲响。

玄乙揉着眼睛披衣，却听青元大帝不大友善的声音在寝宫外炸开：“已近午时了！公主还没起吗？”

玄乙一面听侍立女仙惊惶地解释着，一面慢吞吞地盥洗更衣，随后一口气吹开花格窗，便见青元大帝立在院中，脸色简直黑如炭。

“青元陛下。”她笑吟吟地行礼，“陛下日理万机，今天怎么突然来白甲院了？”

青元大帝见她面颊酡红，衣衫头发蓬松，明显是一副刚睡醒的模样，面色登时更黑，冷道：“公主可知如今是什么时辰了？”

玄乙还是笑，随意看了看天色，旋即扭头吩咐侍立女仙：“快到午膳时间了，替我端膳食过来。”

侍立女仙战战兢兢地垂头跑开，压根不敢去看青元大帝的脸。这位公主胆子实在太大，看把人家大帝气的，脸上一会儿绿一会儿黑。

“陛下要留下来用膳吗？”玄乙客气地邀请。

青元大帝额上青筋乱蹦，忍了半日方道：“本座请公主来毓华殿是为了督促公主勤勉修行，如此非常时期，公主怎的这般松懈？”

玄乙神色无辜：“指导剑道的战将昨日被唤回战部，我便稍稍休息一天。”

她这是“稍稍休息”！看她这疏懒的举止，散漫的动作，想来这半个月的剑道指导必然都在偷懒。

青元大帝冷冷道：“若上界诸神个个似你们烛阴氏这般只顾自己快活，谈何维持天地秩序、扫荡魔族？”

玄乙慢悠悠地接口：“我很庆幸上界都是青元陛下您这样的天神。”

青元大帝被她不冷不热的话堵得面上一阵红一阵绿，他素来极厌恶烛阴氏的嚣张跋扈，然而如今上下界大乱，烛阴氏有战神之名，多少难缠的上古十八族大君竟还要仰仗他们的能力才能彻底剿杀，他只得忍下这口气，正色道："公主说笑了，指导公主剑道一事确实要暂时搁置，早先六十部的所有战将都将被派往下界，公主也另有要务，且随本座来。"

居然还给她安排"要务"？玄乙眨眨眼："可我还没用膳。"

青元大帝背过身，长袖微微发抖："……请公主随本座来。"

好吧。

玄乙穿上木屐，慢吞吞跟着走了一段，绕过一丛木槿，便见对面有一座眼生的殿宇，内里祥光闪烁，似乎已有不少神族聚集在此。

青元大帝道："今次战部筹划部署皆由白泽帝君负责，原先六十部扩为一百二十部，公主归属乙亥，这沉舒院暂时归为乙亥战部，下界后听从乙亥执掌主将的安排再行定论。"

玄乙倒抽一口凉气，还真的把她归为战将要她下界了！少夷上次果然不是乱说。

见这位青元大帝欲匆匆离去，她立即开口："青元陛下，让我做战将，是不是有些突然？"

她今年三万三千岁，离四万岁还有七千年，上界不至于战将贫乏到要派她下去斩妖除魔吧？

青元大帝眉头紧皱，声音凝重："公主，本座方才已经说了，此乃非常时期，离恨海突然出了意外状况，勾陈大帝写血书进上恳请发诸天屠魔令，天帝召唤众帝君大帝商讨筹备半个月，已颁下诏令，誓在千年内将下界所有魔族剿杀殆尽，还望公主能有维护天地秩序的职责心，切莫惫懒。"

说罢，似是怕再被问什么，他立即转身走远。离恨海是因为钟山帝君被吞了一半的烛阴之暗才出了意外，这件事被天帝瞒了下来，不许泄露出去，他也不好告诉她，何况她身份特殊，还是不知道为好，省得因此生乱。

玄乙默然看着他的背影，心中惊愕不亚于惊涛骇浪——诸天屠魔诏令，居然下了这么不得了的东西。这道诏令即是上至三十三天，下至四海，所有突破一梦千年境界的神族倾巢而出，都须得加入讨伐之战，当年对付手下众多的共工大君用过一次，想不到如今为个离恨海也出动。

在殿前站了半晌，她索性转身进去，大殿内祥光刺眼，玄乙眯着眼随意张望一通，这里似乎都是与自己差不多大小的年轻神族。神族一梦千年往往是自两万岁至四万岁之间，这帮发了疯的帝君，真打算叫他们下界对付那些大君？

殿门处不停有神族进来，不过没一个是她认识的，不知道清晏会不会跟她安排在一起，若能在一处，那再好不过。

玄乙找了个阴暗角落端坐，垂头玩衣摆，年轻的神君们见她容姿清艳，纷纷试图上前搭讪，忽见她摸出一团白雪揉捏，不禁个个变色，急忙又转身装作没看见。

是烛阴氏的公主，听说她脾气十分古怪，而且因着离恨海之祸，烛阴氏和青阳氏这两族名字在诸神心中都沉甸甸的，还是莫要招惹为好。

未时将过，乙亥部的年轻神族们似乎来得差不多了，粗粗一看约有两三百名，没一会儿，便有一位面生的战将昂首阔步走了进来，行动间十分稳健利落。

这帮老资格的战将好像不管做什么都不喜欢拖泥带水，行事特别干脆利落，这位战将进来后直接开口："我原先是乙丑部的星君战将，名为开阳，如今负责统领乙亥部。此次离恨海异变，为免日后生出更大祸患，故而颁布诸天屠魔令。乙亥部多为未满四万岁者，我绝不会叫你们面对上古十八族大君，也千万莫要叫我发觉有谁偷偷试图接近那些大君。白泽帝君部署乙亥部剿杀下界太行以东、北海以西所有零散魔族，一个不留。下界后一切行动听我号令，不从者将处以太阳之辉灌顶之刑，诸位谨慎。"

开阳星君一气呵成地交代完毕，将手一挥："今日便到此为止，明日辰时南天门列阵。"

沉舒院里顿时哗然，年轻的神族们七嘴八舌地讨论着下界的事，喧闹得很。玄乙将白雪收入袖中，她素来不大喜欢吵闹的地方，当即起身离开。

向来空旷的毓华殿如今熙熙攘攘挤满了各路天神，之前那些三十三天之上的大帝、诸多拥有帝君封号的神族，大多未曾加入剿杀魔族之列，上界对作祟的妖魔始终存着轻视之心，此次诏令把他们也一并强行算入，倒是惹来怨声一片。

玄乙被刺目的神光晃得头昏脑涨，她本想找清晏，诸天屠魔诏令一下，他必然也会来毓华殿，可她觉得自己实在没本事在这么多神族里找到他，绕了半日，只得悻悻回到白甲院，唤来侍立女仙伺候自己沐浴更衣。

软榻被放在殿外的草皮上，玄乙将手指插入半湿的头发里，把它们摊开晾晒，一面思索下界一事。最奇怪的，应当是少夷居然能提前半个月知道诸天屠魔诏令的事，而他们这些天天在毓华殿待着的都不晓得。

这个青阳氏，还真是有些能卖关子的本事。

凉爽的秋风将月桂树的叶片吹得"飒飒"作响，玄乙在软榻上翻了个身，忽觉一阵清风划过耳畔，她警醒地睁开眼，愕然发觉扶苍剑气化龙化出的那条小金龙正盘踞面前。

他回来啦？玄乙四处张望，白甲院里空荡荡的，连个影子都没有。

冷不丁小金龙骤然跃起，迅捷无比，切断她耳畔一绺长发，连着她挂在耳上的一枚珍珠耳饰一并咬住，化为金光眨眼便不见了。

玄乙捂住耳朵，愣了半晌方明白过来——扶苍身为汇聚神界无数精英的丁卯部战将，应当马上便要下界，来不及与她当面道别。

……那条剑气化小金龙果然是当贼的料，竟偷她的头发和耳饰，那颗珍珠耳饰她很喜欢的。

玄乙猛然起身，可自己也不知要干吗，呆了半晌只得再坐回去。

脖子好烫，脸也好烫。她搓了搓空荡荡的右耳，只觉好像整个身体都开始发烫了。

此次诸天屠魔诏令一下，白泽帝君战部部署井然有序，各部在下界呈圈状分布，帝君大帝们对付上古妖族大君，次一等的战将们负责大君们的手下势力，再次一等负责剿杀那些小股或尚未兴起势力的魔族，剩下那些零散弱小者，便交给类似玄乙这样尚未满四万岁的年轻战将。

然而，即便是这样严密认真的部署，还是陨灭了几十位战将，毕竟下界魔族流窜不定，提前一天下界的乙辛卯部运气实在不怎么好，跟子丑大君撞了个正着。

此事正是最让这些初次加入剿杀之战的天神害怕的，第二日辰时在南天门汇集的时候，玄乙身旁的一个小神女一直在啜泣，她觉得她好像连站都站不稳了。

后面有战将柔声安抚："咱们只需要对付那些弱小零散的魔族，避开大君们的势力便无事，不用害怕。"

说话间，宏伟的南天门一寸寸被慢慢打开，带着浊气的风立即缠绕在诸神身上，战将们各自跨上坐骑离开南天门。在神女们低微而畏惧的啜泣声中，玄乙凑去领头的开阳星君身边，问道："星君可知烛阴氏小龙君清晏被安排在哪个战部？"

她始终没找到清晏，怪担心的。

开阳星君一听"烛阴氏"三个字，不由得多看了她一眼，这可是神界赫赫有名的战神之族，早先他便知道烛阴氏的公主落在乙亥部，一直揣测究竟是怎样厉害的神女，谁知眼前这小神女看起来半点身手也没有，他的心登时凉了一半。

"小龙君天赋绝伦，何况他将满四万岁，故而特别将他安插在丁卯部，昨日便已下界了。"

玄乙吸了口气，这帮失心疯的帝君，真是不肯放过一个烛阴氏，先把她强行留在毓华殿，后再把还没满四万岁的清晏编到丁卯部。等这次剿杀魔族任务完成了，这笔账怕是要有的算。

开阳星君还是忍不住看了她好几眼，随后犹豫着开口："你……不是烛阴氏的公主殿下吧？"

他不相信烛阴氏公主是这么个孱弱的神女。

玄乙懒得搭理他，摆摆手一言不发地反身飞远。

乙亥部落在太行山脚下时，下界正是晨光乍现的拂晓时分，开阳星君没有一句废话，直接吩咐："列阵，下坐骑。"

无助又恐惧的新晋战将们连口水都来不及喝，便投入了剿杀魔族的任务中。

大约是因为离恨海的缘故，下界的浊气比两万多年前还要浓厚，浊气在林间树木枝叶间盘旋不散，无数细小零散的魔族藏匿在暗处，为战将们一一揪出剿灭。

“看，也不是很难。”战将们还在安慰不停哭泣的诸位神女，“咱们要对付的就是这些小魔族，不用担心。”

玄乙慢吞吞飘在后面，无聊得几乎要打瞌睡。说是让他们对付零散魔族，还真的挺零散，也特别弱小，连当年那只蛊惑延霞的藤妖都不如，她连雪花都懒得下，只百无聊赖地四处打量。

一阵突兀的狂风自林间呼啸而过，开阳星君立即扬手：“停！”

战将们惊疑不定地仰头乱看，却见远处数团淡红妖雾薄云水雾般袅袅升起，一倏忽间便近了数百里。有妖雾便证明是相当厉害的魔族，开阳星君一扭头，见乙亥部的新晋战将们居然个个都在朝后退，登时大怒：“站好了！不许退！”

话音未落，那数团妖雾扑面而来，笼罩了整座森林，霎时间狂风大作，伸手不见五指。开阳星君念动真言，万道银光犹如急雨扑簌簌落下，四股阴风在林间舞动呼啸，银光打在上面竟好似全然没有影响。下一刻，阴风落在空地上，现出四道身影。

开阳星君一见他们腰带上的纹绣，不禁遽然变色，是商卯大君的魔族战将！不会这么倒霉一下界就撞上大君了吧！

四道身影之一上前一步，神态倨傲：“岁虎大君三太子今日要来我们大君的地宫做客，大君特吩咐我等扫清道路，莫让上界之神徘徊逗留。看你们这些鸡零狗碎的小天神，我等连下杀手的兴趣都没有，速速避让吧！”

开阳星君神力震荡，仔细在周围搜寻了一圈，并未发现商卯大君的痕迹，他心中登时安定许多，手一挥，长鞭犹如黑蛇，疾电般一卷，林中树木瞬间被飓风扫断一半：“不必废话！上！”

毫无经验的战将们不得不硬着头皮纷纷迎上，与那四位魔族战将战成一团。乙亥部有三百战将，对方只得四个，却夷然不惧，那些术法兵器打在他们身上竟好似全然没有作用，众战将被他们擦上一下却是伤筋动骨。

这情况更让诸神头皮发麻，平日里顺遂的术法此时能放出一两个已是奇迹，半空祥光与妖雾互相纠缠了半晌，那四个魔族战将竟渐渐占了上风。

开阳星君急得险些把头发拔光，新晋战将毫无经验，不敢打杀实属正常，但三百对四个却被揍得满地找牙，传出去神界的脸要往哪里放？不是说有烛阴氏公主在乙亥部吗？既然不是之前那孱弱的小神女，那到底是谁？！躲在后面看笑话不成！

“打啊！怕什么！不打才真的要陨灭！”开阳星君几乎把嗓子也叫哑了，一面继续嘶声大吼，“烛阴氏！烛阴氏公主在哪里？难不成没来？”

不，她来了，只不过被三百战将打不过四只小魔族的事实稍稍震撼了一下。

玄乙站在原地饶有趣味地看了半日，其实还想再多看一会儿的，但开阳星君的尖声大叫吵得她脑仁儿疼，她索性摸出一团白雪轻轻一抛，旋即喷出一口气，霎时间整座森林暗了无数，密密麻麻斗大的雪花纷纷飘落。那四个原本耀武扬威的魔族战将动作竟迟缓了许多，紧跟着滑稽地被冻在半空，连根手指也不能动弹一下。

第二十六章

五感酷刑

是烛阴白雪！那个烛阴氏公主终于出手了！

众战将霎时间精神抖擞，方才被忘在脑后的术法重新又记起，一个个下手又狠又准，神兵利器把四个魔族战将扎得犹如刺猬一般，虽然一时半会儿杀不掉，但痛打落水狗总归是没问题的。

玄乙指尖一弹，一条巨大的冰龙呼啸而出，将那四个战将一卷，越缠越紧。但闻骨骼碎裂声一阵一阵，因着反复痊愈之力，被绞断的骨头又能迅速长好，长好后再被绞断，剧痛可想而知，四战将一个个惨叫连连，曾经引以为傲的痊愈力在此时竟成了酷刑，偏偏身体被冻住，怎样也动不了，嗓子都要叫哑了。

开阳星君长鞭挥舞，卷住其中一个战将，他似是再也承受不住伤害，忽然浑身一颤，化为一团灰烬，被风吹散开。

消灭了一个！诸战将更是大喜过望，术法兵器“乒乒乓乓”一顿乱敲，剩下那三个也终于不甘不愿地化为黑灰散去。

开阳星君大松一口气，满怀欣慰地扭头寻找最大功臣烛阴氏公主的身影，便见先前那孱弱的小神女手腕一翻，纷纷扬扬的烛阴白雪霎时间汇拢，缩成一团白雪落在她掌心，他的下巴险些掉下来，原来她真是烛阴氏的公主！

“……很好。”开阳星君这会儿不知是该笑还是该尴尬，索性装不知道，只吩咐狂喜的新晋战将们，“列阵清点伤亡，被浊气感染的战将出列。”

话音一落，忽听远处响起一个森冷的哼声：“好一群乌合之众！竟敢杀我手下战将！”

血红的妖雾突然之间映红了整个天际，狂风大作，诸神脚下的树林竟似被吹散了架，树木夹杂着飞沙走石卷入飓风之中，浓厚的血红妖雾骤然降落，众战将被压得几乎要摔落云端。

开阳星君大惊失色，他竟全然没发现有如此厉害的魔族在附近！他一口气吹出去，神风将妖雾吹散些许，一双血红的圆眼在妖雾后隐约闪烁，左眼中有三枚瞳仁。

“是商卯大君手下第二战将！”开阳星君倒抽一口凉气，原来那四个魔族战将是他手下，“乙亥部速速撤！立即逃！”

战将们此时再也顾不得许多，没命地四下逃窜，只听那森冷的声音又傲然道：“一帮杂碎，我原本不屑打杀，但三太子将至，你们又杀我战将，今日用你们的血来洗这道路！”

妖风似无数刀锋，旋转倒错着呼啸追上，不小心卷入其中的战将们顷刻间被扯得粉碎。

玄乙侧身让开尾随身后的妖风，忽觉那双巨大的血红眼盯在自己身上，这厉害无比的魔族战将又道：“年纪不大的烛阴氏难得一见，长得不错，三太子必然欢喜。”

团团妖雾凝聚成网，毫不留情当头朝玄乙罩下。她并不躲避，任由妖雾穿身而过，正准备吹出烛阴白雪，眼角余光忽然瞥见乙亥部其他战将都跑得精光，连开阳星君也不知溜到了何处，她登时大怒，以往只有她丢下旁人逃命的份，哪里有被别人丢下当肉盾的份！

她连白雪也不吹了，化作一股狂风便跑，那团血红的妖雾始终不紧不慢地追在后面，似是知道她万法无用，大约在想用什么法子能把她抓住。

玄乙念动真言，一道看不见的冰墙挡在身后。那魔族战将一时不察，狠狠撞在上面，冰墙倏地又化为冰龙，朝他圆溜溜的血红眼咬下。他急忙一挡，再睁眼时，眼前又是一黑，什么都看不见，他不禁愣神片刻，待黑暗冰龙都彻底消失后，那烛阴氏早已不知飞哪里去了。

……头一次见到这么会逃命的烛阴氏。

玄乙乱飞了一阵，扭头看看，血红的妖雾还在扩散，都飞了几千里了，还是无法彻底甩脱。她皱眉四处张望，忽见远处清气蓬勃，似是有一座战将行宫，当即一头钻过去，狂风落在地上，方一站定，行宫周围的战将们不禁纷纷愕然张望过来。

“这里是乙丙寅部的战将行宫，你是哪一部的战将？为何乱闯？”

执掌主将过来斥责，玄乙朝他微微一笑，回手指了指天边。众战将情不自禁地仰头望去，却见极远处的天边，血红的雾气正团团凝聚，立时大惊失色。

“这妖雾是商卯大君手下第二战将章陆的！”战将们惊叫出声，“他怎么会在这里？”

执掌主将顾不得多说，立即厉声道：“列阵！迎战！”

这个乙丙寅部的战将明显比乙亥部的要老练沉稳，一个个毫无惧色，当即腾飞而起，神力震荡，祥光把半边天都照亮了。

玄乙打算在原地看看情况，如果他们能应付，她就跟着打，正好在这个厉害的魔族战将身上试试所有术法。如果他们应付不了……

正想得出神，忽听身后响起一个甜蜜温和的声音：“小泥鳅，你带了个什么厉害的魔族过来？”

玄乙只觉一个激灵，慢慢转过身，果然后面款款走来一位着玄黑战将装的神君，腰上配了一柄羽毛般的长刀，她还是第一次见到少夷有武器。

见她不说话，而是撑圆了眼睛看自己，少夷微微一笑：“想不到我真在下界遇到了你这小泥鳅，我看看，这是商卯大君手下第二战将章陆，你可带来个不得了的东西。”

玄乙看看他，再看看上面已经跟章陆干起来的众战将：“……你不去打吗？”

少夷抱着胳膊往战将行宫的墙上一靠：“是你带来的麻烦，当然该你打。”

玄乙把手绢往地上一铺，优雅地坐下：“那我们慢慢看吧。”

少夷忍俊不禁：“这么不想叫我看到真本事？”

上面已经忍了很久的执掌主将终于忍不住大发雷霆：“那边的青阳氏和烛阴氏！速速过来迎战！”

少夷叹了口气，低头看看玄乙：“你先吧。”

“这怎么好意思，少夷师兄先请。”

他便又叹了一口气：“哎呀，你这个小泥鳅。”

他长袖振动，似翅膀般高高腾飞而起。玄乙御风跟在后面，见他将羽毛长刀一弹，刀与他都化作一道幽蓝火光，朝章陆血红的巨眼疾射而去。

那双巨眼立即闭上，眼皮上浓密的毛皮寒光熠熠，每一根都是锐利无比的刀刃，其上漆黑浊气汩汩而出。

那道幽蓝火光忽地张开，巨大的火翼震颤，点点烈焰的翎羽在身后拖了极长，竟骤然变成了一匹幽蓝的火凤。火凤绕着章陆的脑袋盈盈盘旋一圈，但听章陆忽然惨叫起来，满头满脸都被毁灭之火铺满。

下一刻，天色暗了下来，肆虐的风雪自虚空咆哮而至，雪花落在章陆身上，他巨大的身体一寸寸缓缓被冻住，最终维持着张大嘴惨叫的模样，僵在妖雾后，动也不能动，唯有幽蓝的毁灭之火，依旧静静地在他头脸上熊熊燃烧。

好！怪不得这两族能把离恨海弄成那鬼模样，果然名不虚传。执掌主将一声令下，战将们冲上去施展浑身解数，将冻僵了不能动弹的章陆打成一团破布。

幽蓝巨大的火凤轻盈地在空中盘旋一圈，振翼飞回，落在地上化为身着玄黑战将装的年轻神君，他抬手将羽毛长刀收回腰间，额上火红宝珠缓缓摇曳。

自认识少夷以来，玄乙总觉得他给自己一种十分古怪的感觉，她一直说不出那是什么感觉，也没有仔细想过，此时此刻，她突然找到了一个合适的词：刻意为之。

青阳氏能与烛阴氏并提，自然有其独到之处，可他在明性殿却如灰石泥瓦，全然没有任何亮处。论念书，平庸；论身手修为，普通。除却他那些风流浪荡的行径，他实在是把自己放在一个毫不起眼的位置上，既不会太差，也不会太好，以至于在她印象里，少夷并非多么厉害的强者。

她好像有点轻视他……或许不是有点，是严重地轻视了。

他那从容不迫的步调，有条不紊的行事风格，一下能够烧得魔族们鬼喊鬼叫的本事，足够让他进入更精英的战部，他却不知留在什么不起眼的地方打混，刻意收敛光彩，偶尔亮一下，紧跟着便迅速回归普通，他总有办法把自己藏得妥妥当当。

对这一点，诸神竟没有一个起疑，包括她。

用心羽救她，却不切断结系，他究竟想做什么？与两族之间陈旧的龃龉有关？事到如今，连白泽帝君都不晓得那些个陈年旧事的缘由，他会知道？

少夷款款走过来，垂头似笑非笑地看着她："只肯冻住却不肯打？看到你这样的烛阴氏，肺都要被你气炸。"

玄乙抬手收回烛阴之暗，昏暗的天顿时亮了许多。她没有看他，只淡淡道："什么都要我来做，还要少夷师兄这样厉害的战将干吗？"

少夷不知是苦笑还是揶揄，忽地出手如电，一把掐住了她的下巴："小泥鳅，你总是跟我这样话里有话，我都不知是喜欢你这股聪明劲，还是讨厌你生得太剔透。小神女偶尔笨一些才可爱。"

玄乙坚决而缓慢地把他的手推开，谁知他再次出手，她立即偏头躲避，却哪里快得过他，下巴又被狠狠掐住。她连推三次，他连着三次都轻松无比地继续掐住，她眉头紧紧皱起，盯着他不说话。

"毫无身手。"少夷睫毛低垂，好整以暇地浅笑，"只有这张嘴生得最坏，还有满肚子鬼点子。我该把你脱个精光，什么时候听话些，再给你穿上衣裳。"

玄乙目光慢慢变冷，少夷只觉一股彻骨寒气扑面而来，但见两柄完全透明的冰刃对着眼睛便要扎下。他不得不放开她，一手捏住一柄冰刃，喉头忽又感到寒意，更将身体一侧，又一柄几乎看不见的冰刃擦着咽喉疾射而过。

"用这些冰刃替你剥皮应当挺不错。"玄乙冷道。

少夷用手在咽喉处轻轻拭了一下，果然方才还是被冰刃割破了一些，细细出了一行血。

他慢慢捏碎冰刃，犹带笑意，声音很轻："你真可怕。"

对面的章陆正被乙丙寅部的战将们用捆妖索与朱砂真言捆住，执掌主将激动得脸都红了，能活捉章陆，这是什么战功！这可是跟当初丁卯部剿杀负犬大君一样的战功啊！

他的声音忍不住发抖："快！快捆结实了，赶紧送回南天门！"

忽见章陆剧烈挣扎了数下，身体上尚未捆完的捆妖索和朱砂真言摧枯拉朽般一一崩断，他巨大的手掌一挥而下，数个战将霎时被飓风拍得倒飞出去。

他骤然翻身而起，血红巨眼阴森地盯着对面反应迅捷再度列阵完毕的神界战将，深深吸了一口气，随即发出一阵悠长凄厉的咆哮，妖力震荡，似剧烈汹涌的海潮，拂动诸神的衣裳。

妖风夹杂着足以绞碎一切的利刃翻滚天地间，他踏踩地面，附近连绵数座青山都随之崩裂。众战将见他如奔雷洪水般疾驰而来，谁也不敢当面相抗，只得各自惊惶闪避，执掌主将一面躲一面厉声道："青阳氏！烛阴氏！再去把他冻住用火烧啊！"

突然闯进来的烛阴氏姑且不说，那个青阳氏本来是戊辰部战将，此次诸天屠魔诏令后，重新划分战部，他以一根凤凰心羽为诺，青元大帝也不能抵挡这份诱惑，竟应下替他换部，来到这剿杀下界太行山附近魔族战将的乙丙寅部。

戊辰部是个苦差事，他想换战部自然可以理解，何况还是个青阳氏，执掌主将本来还挺期待的，谁知这家伙犀利的地方全生在勾搭神女上了，乙丙寅部本来就没几个神女，执掌主将的心都在滴血。

好歹是青阳氏，刚才那一手幽蓝火凤不是挺厉害吗？继续啊！

少夷面上现出一层汗水，无奈苦笑摇头："那招我一天只能用一次，实在烧不得了。"

这算什么！执掌主将只得再度呼唤："烛阴氏！把他冻住！"

玄乙吹出一股雪花，落在章陆身上居然再无作用，想必也是神力不足。执掌主将眼见今天这情况是不得善了，不由得长叹一声："乙丙寅部诸战将，立即后撤五千里！"

这些老练的战将对逃跑俨然也很有心得，当即四下里散开，一个个往不同的方向御风疾驰，老鼠也没他们溜得快，一眨眼全跑了。

玄乙这回终于知道眼观六路耳听八方，见战将们一溜烟逃命，她立马也跟着逃，坚决不做任何停留。忽见少夷轻飘飘地飞在前面，不快也不慢，她略一思索，当即追上去，不远不近地跟在后面。

少夷扭过脑袋，有些无辜，也有些无奈："你打算一直跟着我？"

玄乙淡道："青阳氏多一双翅膀，理应飞得极快，少夷师兄这样慢吞吞的，分明是在等我，怎么说是我跟着你？"

少夷不禁叹了口气："现在我有点讨厌你这股聪明劲了……为什么不冻住章陆？你起码可以冻住他一天。"

她皱眉道："少夷师兄怎么不烧他？"

可笑，只许他隐藏实力，不许她云里雾里？

他笑了一声，声音骤然凑到了耳畔："你这小泥鳅，真是越来越擅长惹人发火。既然要跟着我，不如找个僻静的地方，咱们慢慢聊。"

她的身体被狠狠抓住，炽热而带着火焰气息的长袖如翅膀般将她严密包裹，少夷倏地化为一股炽风，飞速旋转，掠过破碎的群山。她差点被他转吐了，面色发绿死死抠住他的脸，指甲在额头上狠狠划了一道。

羽翼般的长袖仿佛有灵性，把她一道道死死裹紧，玄乙渐渐只觉气都无法喘，还不能张嘴念真言，不然她真的能吐出来，只有两手在他脸上一通乱抓。

冷不丁他这股急窜的炽风又头朝下往地上旋转落去，炽烈的凤凰涅槃火将坚硬的山岩瞬间烧成柔软的砂粒。玄乙觉得自己是在一个滚烫的沙堆里急速下落，落势渐渐缓和，最终停了下来。

死死裹住她的那双长袖终于松开，玄乙面色惨绿，一时顾不上其他，捂着嘴憋了半日，终究没让自己吐出来。她喘息着四处张望，此地像是某个山坳，枝横石乱，遍地凡间野花，东一丛红西一蓬紫。

少夷正站在一块巨大青石前，负手而立，背对着她，长发被微风款款吹拂。

玄乙慢慢走到他身边，正寻思何时出手将他制住，他忽然开口："小泥鳅，你想做什么坏事？"

他忽将她胳膊一拽，玄乙只觉是被一股无法抗拒的大力拉扯，一头撞上他肩膀，旋即又被一把狠狠推在青石上，刹那间碎石横飞。

她竟被这一下撞得眼前阵阵发黑，要不是有龙鳞，只怕全身骨头能碎一半。

脖子上一紧，少夷将她卡住。方才被她抓出的伤口不知何时已痊愈，他面上挂了一丝笑，夜空般的凤目中却蕴了些许料峭之意，缓缓低语："你啊，聪明伶俐都用在自私妄为上，我终于有些看不惯了。"

玄乙恍若未闻，忽地吹出一口气，巨大的冰龙呼啸而至，将他身体一下缠住。她右手一拉，风中的水汽竟被她如纱帐般拉曳，化为无形的冰墙，冰龙把他狠狠抛在墙后，她双手再一合，像盖盒子般，将他困在烛阴白雪冰盒之内。

冰龙在盒内缠绕盘旋，他玄黑的身影一会儿被拉向东，一会儿又被拉向西，天旋地转，滋味不错吧？他也体会一下。

倏地寒光一闪，少夷手执那柄羽毛般的长刀，轻飘飘落在地上，冰龙竟在电光石火间被切成了碎片，"哗啦啦"变为冰粒散了一地。

他缓缓走至冰墙前，抬手摸了摸，含笑道："术法倒是学得不错，为何不用杀招？"

玄乙嘘了口气，掸掸身上的碎石，烛阴氏战斗大开大阖，招招都是杀招，姑且不说不叫他看出真正本领这件事，单为了她自己也不可能下狠手，她真的不想疼晕过去。

"你不逃了？"她反问。

少夷将羽毛长刀一弹，悠然道："我知道你存了一肚子的问题想问我，不过我素来不爱有问必答。这样吧，我给你半个时辰，你若有手段能叫我不得不答，我便回答你一个问题。"

长刀在冰墙上一划而下，冰墙剧烈震颤了一瞬，竟多了无数裂纹。玄乙又喷出一口气，裂纹便缓缓合拢。少夷指尖一拨，长刀化为一团寒光，顷刻间在冰墙上狠狠劈砍了无数下。玄乙眉头一蹙，只听"轰"一声，冰墙终究还是被他打破，她的脖子又被一只滚烫的手掐住，后背重重撞在青石上。

碎石四溅，长刀化作金光隐没在他掌中，少夷俯首低笑：“小泥鳅，光会术法可没什么用。”

话音一落，地上碎裂的冰龙与冰墙忽地化作纷纷扬扬的大雪，少夷只觉身体一僵，竟迅速从脚底至头顶被硬生生冻住，全身上下只剩眼皮和嘴唇能动。

唉，可算上套了。

玄乙慢慢从他腋窝下钻出来，歪着脑袋看了看他的脸，搓出一团白雪在手里颠来颠去。不容易，他跑得快，白雪难把他冻住，又不能用厉害的术法打伤他，再被他这样撞下去，她迟早被撞出内伤。

“少夷师兄，”她声音绵软地开口，“你把我的命掐在手里，又总是督促我努力修行，到底为了什么呀？”

少夷看上去一点也不惊惶，反而笑得犹如春花绽放：“你猜啊。”

冰冷的烛阴白雪贴在嘴唇上，对面的“小泥鳅”一点一点把雪团塞进他嘴里，不急不躁。他眉头拧起，忽然张口咬住她欲撤离的指尖，眯起眼凝视她。

玄乙细细喷出一口气，大片的雪末扑在他面上，呛得他连连咳嗽，她抽回手指，用白雪擦了擦，随手把雪团再塞进他口中，往青石上一靠，笑眯眯地看着他这会儿狼狈的模样。

因着方才被他三撞两不撞，青石上坑坑洼洼，一点都不舒服。她叹着气起身，手指一勾，被冻住的少夷便飘飞跟在她身后。

她不说话，他也不说话，眯眼看着她银白的背影。战将装给她穿着就一点也没有战将的味道了，纤腰一握，飘飞翩跹倒更像只蝴蝶。少夷忽然想起，她当年说过他身边的莺莺燕燕都是庸脂俗粉这样的孩子话，可这会儿看来，好像真不是孩子话。

似她这般清艳娇俏，又知情知趣聪明绝顶的神女，实在讨喜。然而她又爱端公主架子，自私刻薄诡诈，这些恶性又恨不得把她拧碎了。这种种可恶可爱糅在一处，便成了千万倍的诱惑。

少夷心中那片惋惜之意越来越深，可惜，太可惜了，偏偏是她生成这样。

玄乙在山坳里飞了半日，终于找着一株巨大的菩提树，树下草皮绿莹莹的，阴影特别大，在这个愉快的地方拷问一定会心情舒畅。

她指尖一弹，被冻得结结实实的少夷便滚落在菩提树下。她凑过去坐在一旁，低头笑眯眯地看着他，他长发铺在草皮上，额上宝珠摇摇晃晃，也笑眯眯地对望，有恃无恐一般。

玄乙幽幽叹了口气：“我本来想敲牙剥皮，但那一定很疼。”

少夷也跟着叹气：“听起来是挺疼的，多谢你改了主意。”

玄乙朝他友好地笑了笑：“我有个新主意，不知道你会不会喜欢。”

她朝他面上吹了一口气，吐气如兰，少夷眉梢方一扬，忽觉全身上下如坠冰窟，刺骨的寒意一层层泛滥，他被冻得面色霎时青了，齿关“咯咯”作响。

“一梦千年后便是无法无相的境界，迷魂幻术再无作用。”玄乙背靠菩提树，缓缓说着，“不过我这个不是幻术，是实实在在加在你五感上的，要不了命，也不会叫你受伤，你不受伤，我就安心了。”

少夷只觉奇寒彻骨，五脏六腑几乎都被冻结成寒冰。这刺骨的寒意折磨了他良久，忽然似是有只小手在心上一拨，他浑身又开始发麻，一寸寸从指尖到发梢，麻得他眼前阵阵发黑。不知忍了多久，这几欲抓狂的麻又倏地变成了一丝丝甜意，先时如浅尝糖水，渐渐地像是一层层齁甜的蜂蜜浇上来，最后甜得他面色发绿，他从来不知道甜这个味道能这般折磨人。

玄乙见他喘息渐渐粗重，便问道：“少夷师兄，现在想说了吗？”

少夷从极致的甜到心碎的咸，从头发竖起的辣到几乎泪流满面的苦，一一体验了一遍，他喘息着抬眼看她剔透莹润的面颊，清艳的神女，恶毒的魔女。他居然还能露出一丝笑，声音沙哑：“好像还不太想。”

那就继续吧。

酸，从心口泛起的一点酸，不知是五味中的酸还是五感中的酸，顺着经络遍布四肢百骸，少夷额上慢慢出了一层汗，眼睛死死盯着她。

她一向不喜欢他的眼神，从一开始就不喜欢，看似和煦亲密，实则暗藏机心，甚至冷酷无情。但此时此刻，他这种眼神她第一次见到，像是杀气腾腾，又像是无比深沉的隐忍，比以往更让她厌恶，可看到他脸上不再老挂着讨厌的笑，她又愉快得很。

那令他五脏肌肉全部纠结成团的酸忽然一变，又变成了齁甜，少夷终于忍不住低哼了一声，甜明明来过了，她居然还来第二次，简直要把他逼疯。

他合上眼，汗水顺着额头流下来，心脏仿佛突然被一根最轻柔的羽毛轻轻一刷，丝丝缕缕的麻痒瞬间爬满全身，抓心挠肺般剧烈的痒。

少夷骤然吸了口气，仿佛打了败仗一样咬紧牙关，眉头紧皱，胸口忽然掠过一道金光，将他身体冻住的白雪顷刻间消融一净。

他倏地翻身坐起，一把捉住玄乙的肩膀。她面上犹带愕然，被他猛地一拽，和他的身体撞在一处，在草皮上滚了好几圈。随即脖子上一紧，他一只手用力卡住，像是要掐碎她似的，另一手却按着她的两只手腕，粗重的喘息喷在她脸上。

玄乙咬破舌尖，喷出一口气，周身忽然泛起一层轻纱般的薄雾，轻柔却不容反抗地将他迅速震开。

密密麻麻的烛阴白雪坠落，白雪落下的方圆之地，是烛阴氏的禁地，入者无论是谁都会被冻成寒冰，轻者无法动弹，万般术法无用，重者当场陨灭也不在少数。

实在想不到，少夷连烛阴白雪都能挣脱，是青阳氏的缘故，还是那两根凤凰心羽的缘故？

少夷缓缓起身，隔着雪幕，他再一次眯眼凝视她，阴森而意味不明的眼神，带着打了败仗后的不甘，又仿佛有万般感慨，曾经那些伪装的和煦荡然无存。

过了许久，他终于动了，一言不发掸去身上的草皮，竟转身便走。

玄乙冷冷道："这次又打算灰溜溜逃开？"

少夷轻道："小泥鳅，莫要逼我做莽夫，你和扶苍师弟爱玩的那套，我可不大欣赏。半个时辰已过，你输了。"

风雪开始扩散，黑云包裹山坳，青翠的菩提树迅速被积雪淹没，玄乙森然道："连烛阴白雪都冻不住你，何必还要跑？我可没打算跟你玩什么输赢赌局，让我看看青阳氏还有什么手段！"

他总是这样，话只说一半，事情也只做一半，以命要挟却又仿佛想撇清关系，世上哪有这样的便宜事！

少夷肩上也积了薄薄一层白雪，长发与暴风雪搅乱在一处。他静静看着那些乌云翻卷的烛阴之暗，"烛阴氏"三个字真像这些黑云一般，罩着他的天空。这一族一向如此，任性妄为，傲慢自负，从没有丝毫顾忌，恣意彰显自己的所有犀利。

他声音淡漠："你们烛阴氏若是剑，青阳氏便是剑鞘，曾经咱们两族可是谁也离不开谁，除非以命相搏，不然咱们的手段不是互相克制，就是互相辅助。小泥鳅，我不想搏命，更不想和你在这里僵一辈子。"

长袖一挥，金光自他掌心漫溢，化作一柄花鸟画的纸伞，数道璀璨的日光自乌云下的虚空处洒落，刚好落在纸伞上。他撑着纸伞，带了几绺阳光，在暴风雪中走得很稳，闲庭信步一般。

玄乙盯着他的背影看了片刻，忽然抬手将暴风雪收回，清艳袅娜的身影来到他身边，亦步亦趋地跟着，抬头问道："以前我们两族有什么仇怨？"

少夷淡笑，目光落在她面上："我怎么会知道？我只知道，两族倘若没有龃龉，到我们这一辈，你十有八九是得嫁给我的。"

玄乙皱了皱眉："听起来好讨厌。"

少夷声音清淡："我也挺庆幸现在两族有龃龉。"

玄乙笑了笑："少夷师兄，五感酷刑你都吃了，还是什么都不肯告诉我，你是打算永远都不告诉我吗？"

她不提还好，一提他就又回想起方才那些酷刑，不禁喉咙发紧，她实在是个魔女。

他随口应道："要不你陪我双修阴阳一次，我便告诉你？"

玄乙还是笑："好啊，就在这里吗？"

少夷吸了口气，忍不住骤然停下脚步，低道："我没听错吧？"

她没有说话，也没有再用花样百出的手段来炮制他，一动不动地立在对面。少夷不由得掐住她的肩膀，他实在搞不懂她的心思，他也实在很少出这样的状况。

他的目光从脖子流淌到她玉瓷般苍白的面上，在丰润的唇上徘徊良久，顺着纤瘦的肩膀滑落，又在细柳腰身上品鉴。

他的手在慢慢收紧，可他的表情却截然相反，眉头拧着，随即飞快松开手，用力将她推离自己。

玄乙似乎并不惊讶，眉梢微扬："不要？那就算了。"

少夷看着她隐含讥诮的目光，还有她转身便要走的姿态——她是来打探他的态度？还是单纯讥讽他？她看出他其实根本不打算和她有这方面的纠葛？这善于玩弄的神女，先是将扶苍从头到脚戏耍一遍，现在是他。在他面前，她永远铆足了百分百的诡诈难缠，真是要被她逼疯。

"我现在想不出什么手段来对付你，少夷师兄。"玄乙飘了一段，朝他摇摇手，"你赢了。"

狂风大作，树叶草皮卷着尘土纷飞，玄乙捂住头发，方欲御风而起，一只手轻轻搭在了她肩上。

她转过头，少夷神情和煦地望着她，目光却冰冷："我实在拗不过你，好吧，我告诉你。我需要你们替我做一件很难的事，只怕你们不答应，我只好不切断心羽结系。你须得加紧修行，不是为了我，是为你自己，不然做完这件事之后怕是要丢掉你的小命。"

玄乙怫然不悦："那件很难的事是什么？"

风越来越大，菩提树上鲜绿的枝叶被吹得东倒西歪，少夷垂睫轻语："你之前问的，我已经回答过，现在我要你和我双修阴阳。至于后面这个问题，就要看你能不能叫我再多一次兴趣了。"

他轻抚她长发滑落的弧度，勾住腰身最纤细凹进去的那个部分，将她的身体勾入怀中，俯首凑近丰润的唇，下巴立即便被一只冰冷的手挡住。

少夷凝视她同样冰冷的眼睛，声音很低："你要耍赖？"

玄乙咬破舌尖，方要喷出冰障将他推开，嘴却被他一手捂住，旋即一股大力将她狠狠推在地上，少夷欺身而上，居高临下地打量她："做莽夫的滋味倒也不坏。"

这如雪如瓷的肌肤，初现风情的脸，秀色可餐得很，他不用再惋惜了，她真是手段百出，花样无穷，让他反复动上真怒，让他一次次感到打了败仗般的耻辱。

不愧是烛阴氏，她实实在在是真正的烛阴氏。

密密麻麻的冰刃划破他的面颊与肩头，他毫不动容，一只手捂着她的嘴，另一只手一根一根慢慢勾断衣带，有条不紊，温文尔雅，仿佛在向一根根衣带问好，问候过便用手指搓裂。

背心靠近心脏的地方忽然被一枚寒意刺骨的冰刃抵住，少夷勾衣带的动作终于停下，缓缓问："怎么不刺过来？"

像她这样自私到极致的家伙，会不惜命？

"啪"一声，又一根衣带被搓断。看着她阴冷的双眸，感觉到背上那怎样也不刺入的冰刃，少夷低低笑了一声："说起来，我们还真是同类。"

在明性殿一看到她，他就知道了，一样的自私凉薄，任何事几乎只考虑自己，所以这柄冰刃是绝不会刺进来的。两万多年过去，她的手段也长进不少，那个为了扶苍心伤复发的小泥鳅，不过是漫长时光罅隙中的一片枯叶。要打发寂寞，找同类才是最好的。

少夷抬起她的左腿勾在臂上，指尖在绑腿上一划，破开束缚，低头在纤细的小腿上吻了一下。忽觉抵在背后心脏处的冰刃毫不犹豫地便要刺进，他朝旁一侧，锐利的冰刃瞬间穿透他右边的胸膛，数点猩红神血落在玄乙苍白的面上，她额上霎时满是冷汗。

他眉头紧皱，与她视线交错，她的眼睛仿佛在说：谁和你是同类！

第二十七章

落日燎原

少夷用手背拭去唇角溢出的血，再慢慢将它们抹在她冰霜般的脸上。她的目光一丝一毫也没有游移，在绽开的鲜血中，如冰似刀。

好倔强的臭脾气，只有烛阴氏才能生出这样的臭脾气。烛阴氏，乌云一般的烛阴氏。

少夷凝视着她血迹斑斑的脸，将穿透右胸的冰刃拔出，一把捏碎，耳边传来她粗重急促的喘息，他的手终于从她嘴上缓缓挪开。

“小泥鳅，”他居然笑了笑，“你真是把我吓到了，好吧，这次算我输。”

冰障迅速喷出来，他没有等它们沾身，早已退开数丈。玄乙翻身坐起，面色比原先苍白无数，双腕发抖，怎样也系不好衣带。

狂风呼啸的声音越来越大，阳光璀璨的山坳渐渐变得暗沉，少夷扭头看了看后方的天空，天边正有一团团乌紫色的妖雾凝聚，风肆卷得这么厉害，显见着是有十分厉害的魔族就在近处。

此地不宜久留。

他走过去将玄乙打横抱起，见她张嘴又要喷冰障，便道：“我现在没时间愈合这个伤口，你若再妄为，我便把你独自丢在这边面对魔族。”

话音一落，冰障便又将他推开数丈。玄乙落在地上，疼得面色发绿，这两根心羽简直太不公平，她现在长满龙鳞，想受个伤让他疼都难，要打他，他看上去好像一点也不怕痛，她反倒把自己疼个半死。自己的命被这家伙拿在手里要挟，她还得把他当易碎琉璃在掌心捧着，想想真是肺都要气炸。

她退了两步，冷冷看着他，右胸的剧痛让她声音有点虚弱：“……你想叫烛阴氏做的事，和离恨海有关？”

她思前想后，他们两族到目前为止唯一留下的有过龃龉的证据，便是如今叫上界头疼不已的离恨海了。看他这神神秘秘遮遮掩掩的态度，她又道：“你该不会是想当魔王大君吧？”

少夷“哧”地一笑：“你这狠毒的小坏蛋做大君的可能性都比我高。”

他再度走过去，揪着散开的领口把她提抱而起：“今天你已经彻底惹火我两次，如果还有第三次，我便真的不客气了。”

正要御风而起，忽见半边天被祥光照亮，那团乌紫妖雾与祥光撞在一处，立即响起术法释放的剧烈声响，在光亮与阴暗的漏缝间，一条巨大的金龙在穿梭。

是华胥氏的剑气化龙。

少夷垂首看了看玄乙，她也正盯着那条金龙出神，专注而明澈的目光。他不由得眯起眼，这种眼神竟然会在这魔女脸上出现，原来她望着扶苍的时候，是这般模样。

四周忽然一暗，乌紫的妖雾仿佛是一瞬间便吞没了这座山坳，阴风如刀般直插进来，落地后迅速化为一道英武身影，是个看上去年纪并不大的魔族男子，比寻常神族要高上一头，乌紫长袍似云一般覆盖在他身体上。

最诡异的是，他左手提了三个昏迷不醒的神女，肩上扛了两个，右手又提了一个，落地后把这些神女往地上一丢，厉声高笑：“上界神女容貌上乘的看起来也不多，你们怎么不多派些美人下来？！”

忽地眼角瞥见上方不远处有祥光，他抬眼望去，却是一个穿玄黑战将装的年轻战将，他怀中抱着一个衣衫凌乱的小神女，衣带几乎都断开了，露出一片肩膀，裙摆下，一条玉瓷般的小腿也是裸的，虽然半边脸上都是血迹，却纤嫩清艳，实在是难得一见的丽色。

他眼中登时一亮：“这个不错！过来！”

妖风乍起，染了浊气的漆黑长枪一杆杆疾射而出，少夷化作一团炽风避开长枪，冷不丁那魔族男子已近在眼前，一掌伸出便要将玄乙拽走，少夷再度避开。

那魔族男子见他既不出手也不叫骂，只反复躲闪，灵活迅捷无比，登时大怒，平地里大吼一声，音若虎啸，气势凶猛至极。

少夷不由得失笑：“好凶啊。”

魔族男子正欲震荡妖力，忽觉身侧有一道纤细的金光极迅猛地一闪，清朗的风声拂过长袍，那道金光骤然化作一条巨大金龙，奇快无比。他闪躲不及，只本能侧过身体，左臂被齐肩一口咬断，痛得又是一声大吼。

密密麻麻的祥光自后追来，诸般术法与神兵利器下雨般朝他落下，他仗着可以反复痊愈，也不躲闪，将左臂咬在口中，纵身跃起，化作阴风便欲逃窜，冷不丁面前不知何时多出一道全然看不见的冰墙，他一头撞在上面，竟蒙了一瞬。

巨大的金龙急窜而来，咬住他的腰腹，在地上推了十几丈，痛得他又开始惨叫。无数战将早已紧紧追上，这些神界战将明显比先前乙丙寅部的老练凶悍太多，几乎是一瞬间，捆妖索与朱砂真言便将他高大的身体捆了个结结实实。

“活捉了岁虎大君的三太子！”

战将们如释重负地高叫起来，欢呼的欢呼，激动的激动，太子长琴也露出一丝喜色，将手一挥：“送去南天门！这些神女……”

他看了看地上被三太子摄来的六个神女，应当是他这一路过来随手抓的。三太子素来好色如命，见到有些姿色的神女便立即出手，玷污后心情好便放她们走，心情不好当场撕成碎片也是有的，好在她们几个运气不错，没遭遇这样的悲惨命运。

战将们将那六个神女用术法唤醒，确认没伤，便叫她们各自归部。其中一个面色憔悴穿鹅黄色战将装的神女默然垂泪了片刻，忽然抬头不知望见什么，低呼了一声，便再也不动了。

太子长琴不再去管她们，只高声道：“丁卯部甲部往东一万里，援助乙部剿杀章陆。”

久经沙场的战将们早已习惯收敛过度的喜悦，活捉三太子的事只叫他们欢笑了一阵，便立即御风远去。太子长琴见一道荼白的身影还留在原地，不由得奇道：“扶苍？”

这位白衣神君衣袂一晃，身已在半空，苍蓝的纯钧瞬间出鞘，剑尖对准了对面一位玄黑战将装的年轻战将。太子长琴登时惊愕万分，对同僚动手？！他急忙追上，却见那战将怀里抱着一个神女，衣衫不整还染了半脸血，他不由得更加错愕。

“把她放开。”扶苍定定看着少夷，声音极低。

少夷垂头笑了笑：“她是我最贵重的宝贝，你却害得她心伤复发，倒给我添了不少麻烦，这次我可有点舍不得了。”

苍蓝的纯钧化作一道金光，巨大的金龙盘踞在扶苍身侧，他声音依旧很低：“放开。”

少夷偏头想了想，在玄乙的头发上缓缓抚摸两下，轻轻笑起来：“那就暂时再借你一段日子，回头记得还我。”

纤细的身体被抛出，落入扶苍怀中。

少夷倒退着飘了一段，盯着玄乙看了片刻，淡道：“小泥鳅，保重。”

扶苍握紧怀中龙公主的肩膀，她衣带全部断开，不过勉强遮蔽体肤，左腿裸着，更可怕的是，她半边脸上全是血，嘴唇青白，一副气若游丝的模样。

巨大的金龙疾若闪电，射向对面的黑衣战将，只听“当”一声巨响，一面看不见的冰墙被金龙撞碎——烛阴氏的冰墙。

扶苍目光幽深，用手指轻轻抹去她面上半干的血迹，复而紧紧抱住。金龙化为纯钧落回鞘中，白衣神君转身疾驰而去，将太子长琴错愕的叫声与少夷都丢在身后。

妖雾散开，狂风平息，火烧云的天空红得犹如凝血，群山都被笼罩了一层淡淡的霞光。

少夷在半空端立良久，一片尚且鲜嫩的树叶打着旋儿掉在他手上，九天凤凰性属木火，连凡间的落叶都喜爱他身上的气息。

他将那片树叶折成两半，放在唇边吹了吹，断断续续的调子从唇间逸出——太多年过去，他已经要记不得这首曲子了。

不该把小泥鳅放走，时间不多，安排得也差不多了，他得一直跟着抓着才稳妥。可他还是在原地等到扶苍来，把她递给扶苍，她看着那条金龙的眼神实在是叫他感慨万千。

这种眼神并不少见，少见的是会出现在她脸上，让他想起一些几乎要被忘记的、不怎么愉快的过往，也让他竟然生出一丝不忍拂逆的心情，满足了她。

断断续续的小调吹完，少夷将叶片捏在手里，漫无目的地打量四周的群山荒野，浊气翻滚在山坳枝叶间，魔族们藏匿在暗处屏息静气。什么都变了，变了太多。

少夷凝神看了半日，忽然将叶片松开，任由它被风卷走，随后笑着轻唤："师姐，你没事吧？"

一直躲在林间的芷兮不由得一颤，随即面色苍白地缓缓飘了出来。

她不想再被他指责"缠着他"，这次真没有缠着，一切都是意外。诸天屠魔诏令后，她也被调离戊辰部，白泽帝君对她的能力十分了解，显然并不觉得她适合待在戊辰部，她被重新调回剿杀零散魔族的战部，兢兢业业做着自己的任务。

今日她追着一只小魔族时，遇到了岁虎大君三太子，其时他一路过来商卯大君地宫做客，已掳了四个神女，见着她也没放过，直接敲晕带走。等醒来时，丁卯部已活捉了三太子，她一抬头就见到了少夷抱着玄乙和扶苍对峙。

她曾经迷恋过的神君，与她如今正痴恋无解的神君，都选择了玄乙。

那时候她为了扶苍选择玄乙的事，也茫然伤心过一阵，可她还是大方地选择了斩断迷恋，甚至没有让任何人知道这个秘密。她不想让玄乙难过，但玄乙却一次次让自己难过。

总是玄乙，扶苍的时候，她让了，现在是少夷，她……还要让？

芷兮对自己汹涌的不甘与妒意感到羞愧至极，她曾以为自己一辈子都不会有这种卑劣无耻的情绪，她最看不起的情绪。

她也明白，其实根本轮不到她让不让，扶苍从头到尾没与她有过什么，少夷也只和她暧昧过几句，随后还毫不留情地拒绝了她两次。连他这样风流倜傥的神君也被玄乙所征服？她宁可他处处留情处处无情，也好过选择另一个。或许也正因如此，她才会变得这样烦躁。

她对自己的自信已经在两场暗恋中消失得差不多了，输给的还是同一个神女。她素来自视甚高，又洁身自好，对爱情有着甜美而纯洁的想象；对玄乙，有疼爱，有宠溺，可她从来没觉得玄乙有哪里比自己好。

素来秉持的公正严明之道不允许她倾泻出这些情绪，可她也实在没有办法像往昔那样心地清明地对待玄乙。她好像正在变成自己以前最讨厌的那种神女，这情况太过糟糕，她却无力阻止。

芷兮御风而起，缓缓凑近少夷，他玄黑的战将装不显血迹，但她一眼便看出他右胸受过被贯穿的重伤，唇边也有干涸的点点血痕。

是与扶苍争夺玄乙时被伤到的吗？

芷兮心头泛起一股怒其不争的颓败情绪，她就在这里啊！他看不到吗？她不会像玄乙那样朝三暮四、脾气古怪，也没有她的惫懒与冷漠。她秉持公正、和睦友爱，何况一颗心里只有他，为什么不看着她？

这些嫉妒的恶念在折磨她，与她平日里坚持的理智与严明相抗。芷兮不禁深深叹息，随即开口："……你受伤了，这又是何苦？"

少夷茫然地看着她："师姐，你说什么？"

芷兮皱起眉头，说教的心又回来了："你一向聪明，怎会看不出玄乙和扶苍师弟的事情？何必一定横插一脚？此事既不光彩，对自己也是折磨，还弄到受重伤！你……你真是……"

她的眼泪不小心落下，急忙用手拭去，别过脸不叫他看出来。

少夷回过味来，不禁哑然失笑："师姐还是这样关心我。"

芷兮盯着天边的火烧云怔了许久，最后忽然有了勇气似的，低声道："我当然关心你，因为我喜欢你。我觉得你并不是风流无情的神君，你完全可以把我玩弄后再丢掉，可是你没有。你有担当，也知道责任，为离恨海的事担忧。所以在我心里，你绝不是什么浑蛋。你……你值得有更好的神女来相配，不要插足扶苍和玄乙的事，好不好？"

少夷笑得更深："我在师姐心里竟然这样好，连我自己也不知道。"

芷兮涨红了脸，忍不住跺脚："你笑什么！你的伤这样重，青阳氏不是有再生神力吗？为什么不治好？"

少夷摸了摸右胸的贯伤："暂时先放着，我要叫她多痛一会儿。"

她让他疼，他永远会让她比他更痛。

芷兮咬着唇嗫嚅："你对玄乙竟然到了这样的地步……伤口再疼，折磨的也是你，不是她……"

少夷沉默了片刻，没有回应这句话："师姐，所谓责任担当，我以为身为天神，这是不可推卸的职责，实在算不得什么亮处。至于为什么不招惹你……"

他眯眼笑了笑，声音清淡："我很怕麻烦。招惹了师姐这样的痴心神女，麻烦不少。抱歉，我无意叫你伤心，师姐何不将痴心留给同路者呢？"

他说她是麻烦，可即便被这样说，他的态度还是这样温柔，让她致命的温柔。

芷兮含着泪，抬头静静凝望他："你是怕我缠着你，给你添麻烦？我绝不会。"

让她陷下去，哪怕只给她一次沉沦。他是她心底的离恨海，漆黑深邃，万法无用。要么狠狠玩弄她，再抛弃她，让她醒悟过来，她便能放下了。

少夷蹙眉："我不是你天真幻想里的那种神君。"

那也没关系，坏得流油，冷酷无情，用力砸碎她的天真吧。

他默然看着她，她又是那种专注明澈的目光，只不过这一次是给他的。他不由得极轻极淡地叹息了一声，惋惜，怜爱，无奈，他对这些痴心错付者，万般感慨。

少夷伸出手，将芷兮揽入怀中，托着她的后脑勺，低头在她唇上轻轻吻下去。他的嘴唇柔软而滚烫，在她唇上静静贴了许久，再慢慢离开。

芷兮眼睁睁地看着他退开一步，抬手替她扶正头顶的玉簪，眼睁睁地看着他浅浅一笑，低声道："师姐，谢谢你，把我忘掉吧。"

玄黑战将装的神君转身，长袖似羽翼般一振，眨眼便飞离了她的视界。

火烧云的天空暗了下去，芷兮在原地站了很久很久，那一片漆黑深邃的离恨海，仿佛已经把她吞噬了进去，她在里面旋转倒错，头晕目眩，意乱情迷。

双膝一软，她从半空摔下去，落在地上，再也起不来。

她觉得自己再也起不来了。

右边的胸膛疼得像是要裂开一样，而且越来越疼，大约是下界浊气浓厚，少夷又不去治愈伤处，神族血肉与浊气一接触，便是万分苦楚。

玄乙疼得眼前一阵阵金星乱蹦，这才真是自找罪受，被揍的那个风轻云淡，出手的那个自己疼得哭天喊地，她甚至生出了要给少夷披上一身龙鳞的冲动，她一肚子邪火无处发，还不能揍他，这种折磨也太狠毒了。

一双手紧紧抱着她，扶苍的声音在她听来好遥远，她实在没有办法听清他说什么，只能竭力阻止声音的颤抖，一遍遍呢喃："我没事……没事……"

昏昏沉沉，她不知是晕还是睡，也不知过了多久，右边胸膛的剧痛终于渐渐缓和。玄乙迷惘地睁开眼，身下的床硬邦邦的，还窄，躺着实在不怎么舒服，她翻了个身，立即对上扶苍黝黑暗沉的双眸。

他坐在床边，静静看着她，声音很低："你睡了一天，现在怎样了？还有哪里不舒服吗？"

她摸了摸右边的胸口，结果一摸之下竟没穿衣裳，惊得头发都要竖起来。

"……我没事。"她使劲朝被子里缩，"我的衣裳……"

"脱了。"扶苍平静依旧，"衣带都断了。"

就算衣带断了，也还是能接回去的，何必脱掉？玄乙吸了口气："这是哪儿？"

"丁卯部甲部战将行宫。"

丁卯部！玄乙眼睛登时一亮：“那清晏也在这里？”

“小龙君在乙部，剿杀章陆途中与商卯大君第一战将秦巫撞上，目前甲乙两部都还在剿杀魔族，尚未归来。”

他过于平静的声音与暗沉的目光让玄乙感觉背后发毛，慢慢用被子裹紧自己，他冷不丁伸手，连人带被将她紧紧抱在怀中，她甚至觉得有点透不过气。

他的龙公主，连木剑也握不好，他却任她独自下界，他太过相信她素日里那些狡诈聪敏，仿佛天底下除了自己不会有谁能够伤害到她，所以才让她遇到这样的事。

腰间的纯钧似是感觉到他心底那些几欲疯狂的杀意与恶念，在微微震颤嗡鸣。

怀中柔软而纤细的身体先时如没有骨头一般蜷缩着，可是很快就变得僵硬，她开始微微挣扎。

总是这样，目光追随他，言语却躲闪他；心向着他，身体却逃避他。即便遭遇了这样的事，她还是要躲，仿佛在说这一切和他没有一丝关系。

扶苍一手制住她的挣扎，另一手却拨开她面上的碎发，轻轻抚在她柔软的面颊上。这里先前染满了血，但并不是她的，血中带有木火气息，是青阳氏的血。

他们有过斗争？因着她过分的痛苦，他替她检查了无数遍，确认她并没有受一点伤，何况她是烛阴氏，想让烛阴氏受创只怕相当困难。他也注意到少夷右胸有被贯穿的重伤，龙公主昏睡不醒时，手一直捂在同样的部位。青阳氏与烛阴氏有龃龉已是众所周知，莫非，这是青阳氏对付烛阴氏的手段？

他还想起许多年前一个小片段，龙公主被鲇鱼妖伤了腿，万法无用的伤口却被少夷轻易愈合，自己只能在一旁束手无策，这感觉简直糟糕透顶。

在明性殿的时候，龙公主便和少夷似乎隐隐藏着些许牵连，不足为外人道的那种牵连——说不嫉妒是不可能的，他分明嫉妒得要疯了，而她的一再躲避和撇清更让他恶念汹涌。

扶苍骤然合上眼，深深吸了口气，过了片刻，他低声道：“我问你，他对你做了什么？”

他的胳膊卡得这样紧，玄乙只觉气也喘不上来，后背发毛的感觉越来越强烈，她用力在他胸前推拒：“什么都没有，放开。”

他恍若未闻，依旧低声问：“心伤复发又是什么？”

玄乙急得汗都出来了，可无论怎样挣扎，却一丝一毫也不能脱离他的桎梏，她急道：“放开我！”

扶苍的手指紧紧掐着她的肩膀，声音变得极轻：“为什么要用冰墙挡住剑气化龙？”

玄乙喘了半日，冷冷道：“和你没关系。”

扶苍低低笑了一声，没有半丝愉悦的笑，冷得犹如万年寒冰。即便唤来雨露洗了一遍又一遍，她身上依旧充斥着青阳氏血的气味。九天凤凰的气息太过独特，这股味道让他心中的荆棘疯狂蔓延，敌意丛生。

她说没关系，那就让他变得有关系。

他毫不留情地掐住她的下颌，玄乙疼得张嘴欲叫，下一刻他的唇便重重覆盖上来。

他的龙公主，只属于他。

为什么总是要躲避？既然要躲，当初索性不要下界替他了结因缘，让他死心到底，就此永不相见不是更好？他知道自己现在这样很疯狂，不是谦谦君子的华胥氏能做出来的事。他也知道，龙公主和少夷之间的关系，只怕不是暧昧那么简单。

可他还是在忌妒，在愤怒，放纵自己汹涌的恶念。

玄乙觉得自己在发抖，她快被他拧碎在被子里，或者是被他凶悍地吻碎在怀里，无论怎样躲也躲不掉，缠绵纠葛，深邃舔舐，他第一次吻得这么深入而激烈，她甚至以为自己会被吃掉。

隔了两万多年，这位清冷的神君不再像从前那样退避自持，步步逼紧她，她曾经的纠缠倘若是柔细的藤蔓，他现在就是粗暴激狂的飓风，不容丝毫抗拒。

她想要挣扎，脚趾却像是陷进了被褥深处，只能徒劳地发着抖。

怀里的龙公主在发抖，她的手始终在胸前抵挡，扶苍捉住她的胳膊，令它们环住自己。

他从没有这样极致地爱过谁，也从没这样极致地恨过谁，恨到想让她痛。于是在她唇上重重一咬，那里没有生出龙鳞，他双臂收紧，几乎要勒碎她纤细的骨骼。

再痛一点就不会躲了，勇敢迎上来挑衅他、纠缠他，像曾经那样。既然他毅然决然地跳了下来，那天崩地裂、海枯石烂，他都会与她紧紧纠缠。

那时候了结因缘后回到上界，素来不干涉他私事的父亲第一次表现出十分明显的反对态度，父亲并不希望他再与烛阴氏的公主有任何牵扯。

但什么都太迟了，从花皇仙岛开始，他们的孽缘已结下，再也解不开，谁也不能解开。

现在想撇清关系，已经迟了，她凭什么任性地闯入他的生命，扰乱一切，再肆无忌惮地装陌路人？

身上的被子几乎要厮磨掉了，玄乙觉得自己的腰也要被他勒断，无法言说的苦楚里，偏偏生出一丝销魂蚀骨，无可名状的焦急竟然让她哽咽。

扶苍将她长发拨到一旁，火热的唇沿着脖子到锁骨那一道弧线辗转向下，忽觉她柔腻的手指按在额上，剧烈的喘息中，她的声音一如当年伤害他一样虚幻而迷蒙："你……是要弥补当年的遗憾？因为始终没能和我双修阴阳？"

扶苍骤然僵了一瞬，黝黑的眸子凝望了她许久，眉梢倏地一扬，淡淡道："我正有此意，你既然已替我了结过一次因缘，不如再替我了结这个遗憾。"

不等她回答，他捉住她身上那条松垮的被子，只轻轻一扯，她大半个光裸的肩膀便暴露在眼前。修长的手指毫不犹豫地插入被子缝隙，捉住她柔腻冰冷的胳膊，顺着手肘往下再一推，被子几乎掉在了地上。

这才真真是天崩地裂。玄乙差点疯了，一面拽被子，一面使劲推他，一直朝后躲，简直是满床乱滚。扶苍索性一把将她拖过来，她立即用被子蒙住头，死也不松。

滚烫的手掌握住了她赤裸的腰身，扶苍看着她散落在被子外的长发，缓缓道："现在还要说你和我没关系？"

她的挣扎变得像虫蚁般虚弱无力，蒙在被子里的声音闷而颤抖："……你的华胥氏礼仪之道呢？"

他的回答迅速而理直气壮："已经忘了。"

玄乙无话可说，蜷缩着身体朝被子里躲，将他的手使劲推开。

这次他终于没有相强，任由她推开自己，方才流窜肆虐在四肢百骸中的疯狂恶念，仿佛瞬间消失了，残留下来的只有疼痛。他并没有外表看上去的那么从容，时隔两万多年，他的内里似乎仍是那个青涩少年，因得不到回报的执着而痛苦。

"……抱歉。"寂静的屋内，扶苍的声音轻得仿佛一阵烟云，"只是……你真的希望再把我推开？从此以后，形同陌路，再也不见？"

玄乙沉默了很久很久，曾折磨得她生不如死的胸膛里的剧痛，好像全部跑进了眼睛里。她忘不了他将纯钧架在她脖子上时绝望的眼神，也忘不了下界那段短暂如泡影的时光，更忘不了皇陵里纷飞的大雪，她一次次在心底期盼着某个身影，又一次次地否决这些念头。

这些经历，她再也不愿重来一次。可笑的是，与他相识到今，她给他的绝大多数都是伤害，这些伤害又终究会像轮回报应一般，回到她自己身上。

如果没有重逢该多好，他做他的战将，她做她的望舒，漫长的时光终究会侵蚀所有的脆弱，让他们坚不可摧，真正形同陌路，再也不见。可她现在还没能够坚不可摧，所以只能坚守怀抱着过去的教训，记着自己立下的"绝不会有下次"的誓言，抵抗无边无际的芬芳毒酒。

如果她不是那么喜欢他，该有多好。

冰冷纤细的手指从被子下面一点点伸出来，极轻极轻，仿佛触碰一片雪花般，勾住了白衣神君的袖子。

他的袖子上永远绣着华胥氏的云纹图腾，暗银线绣的云纹抠起来手感特别舒服，先用手指扒拉松，再用指甲一根根给它拽出来。她非常喜欢做这件事，她已经两万三千年没有触摸这片云纹了。

玄乙把脸贴上去，闭上眼，两颗冰粒般的泪水从睫毛里滚出来，落在他的袖子上。

她又一次不顾一切跳了下来。

扶苍用指尖缓缓擦拭她湿漉漉的睫毛，第一次见到她流泪。为了什么？为了他吗？明明想看见她的笑，可他好像总是一次次地让她伤心。

夕阳的艳光渐渐穿过月窗，落在凌乱的床褥上，龙公主的睫毛干了，在指尖轻轻颤抖，刮在皮肤上痒而麻。她慢慢睁开眼，四目交错，在下界替他了结因缘的最后，看着她的是这双眼睛。

玄乙握住他的手指，犹带鼻音："了结因缘是什么感觉？"

扶苍反勾住她的中指："放下心里长久以来放不下的一个重担。"

她轻声道："你的重担是我？"

他摇了摇头。

玄乙没有追问，恶习重现去抠云纹。好多年没抠，都有点生疏了，扒拉半天那些银线也不松，她忽然低低唤他："扶苍师兄。"

扶苍师兄。她这一声竟唤得他心头一颤，伸手轻柔却坚决地把她捞起来抱进怀中。她初时微微挣了两下，随后却安静柔顺地依附在他胸前，脸埋在领口的云纹上。

夕阳晕染着他腰间的纯钧，剑柄的宝石发出璀璨的光芒，玄乙伸手摸了摸，松垮的被子顺着肩膀往下掉，她方要拉回，早已有一只修长的手脱下自己的外衣替她穿上，一根根仔细地系好衣带。

脑门儿上一沉，扶苍的额头压上来："下次不要再说那些话。"

"什么话？"

"方才，所有的。"

她没有回答，他也没有再说话，相互依偎着，默默无言。

房门忽然被狠狠撞开，一道淡青身影疾电般落在床前，扶苍握住纯钧的手又慢慢撤离。是小龙君。

玄乙的眼睛登时亮了："清晏！杀完魔族了吗？"

清晏面色极其阴沉，他原本便神情阴郁，如今看来更是十分可怖。剿杀秦巫的途中遇到太子长琴，把扶苍与少夷对峙的事告诉了他，他差点疯了，一路疾驰来到甲部战将行宫，刚进门就见小妹身上穿着扶苍的外衣，衣衫不整还坐在他怀里。

他眉头紧皱，瞥了扶苍一眼，然而再看玄乙异常平静的神情，他的眉头又慢慢松开，仔细端详她半日，见她面色如常，方才开口："……没事吧？"

玄乙笑了笑："当然没事。"

清晏稍稍松了口气，转身朝扶苍拱手行礼："多谢扶苍神君救了小妹。"

扶苍将玄乙放在床上，起身优雅还礼："小龙君客气，分内之事。"

……都分内之事了。

清晏若有所思地多看了他一眼，这些年他时不时后悔当日不该鼓励玄乙跟扶苍胡搅蛮缠，想不到扶苍能把脾气古怪的小妹折腾到这般地步，可他更想不到，两万多年过去，他俩还在纠缠。

他朝玄乙伸出手："既然醒了，便走吧，到底是叫你摸到这边来，下界剿杀魔族也被你黏着。"

玄乙笑吟吟地扑进他怀里："你住这边？"

清晏朝扶苍颔首道别，淡道："不住也得住了。"

第二十八章

心之逆鳞

乙部的得力战将想换到甲部来，太子长琴自然乐意至极，当即大手一挥批了甲部战将行宫中一座院落给清晏。

玄乙还套着扶苍宽大的外衣，装扮不大优雅，仪态却很优雅地坐在床上吃茶点。

清晏回来的时候丢了两套战将装给她，坐在床边又仔细看了一会儿她的脸色，确认没什么问题，悬起的心总算落下一半，旋即便陷入异样的沉默中。

玄乙塞了一粒绿豆凉糕，漫不经心地开口："是不是有什么想问我的？"

清晏紧紧皱眉，隔了良久方道："你……都知道了？"

玄乙又浅啜一口茶，慢悠悠地笑了笑："是说凤凰心羽的事？我还以为你一辈子都不打算告诉我呢。"

清晏阴郁的面上极迅速地掠过一丝痛苦之色，背过脸去不让她看见，低声道："……什么时候知道的？"

她偏头想了想："心伤复发的时候。"

清晏的声音更低："我早该想到……阿乙，这件事你不必操心，今日起你就留在丁卯部战将行宫，哪儿也别去，我不会再让那个青阳氏接近你。"

其实，是她拼命纠缠少夷才对。玄乙放下茶杯，轻声道："这可不是烛阴氏的作风。"

清晏厉声道："你的命才是最重要的！"

袖子被轻轻捉住，她像小时候一样，还是那么爱抓旁人的袖子，攥手里撒娇似的摇，一面柔声道："所以你才拼命修行？"

他凄然一笑，是啊，他拼命地修行，却还是什么也做不了，只要那两根没切断结系的心羽还在阿乙心上，他就毫无办法。青阳氏要她活就活，要她陨灭，也不过瞬间的事。他却连一根手指也不能弹对方，伤了少夷便等于伤了阿乙，杀了他，她也活不成。

“清晏，”玄乙凑到他面前，定定地看着他，“当年在翠河畔，你是怎么遇到少夷的？”

他面上痛苦之色越发浓厚，闭上眼，声音颤抖：“阿乙，我原本不想让你体会这些苦恼……是我的错，若我那时便知道不切断心羽结系的后果……是我害得你命悬青阳氏之手。”

那时候他还小，阿乙更小，阿娘陨灭在桐山一族手里，阿乙的心脏被桐山一族用万年火岩针穿过，命悬一线，随时都会陨灭。后来难得有一天，她看上去精神了些，只嚷嚷着要去看翠河，他知道那是回光返照，所以不忍拂逆她的心愿，瞒着父亲和齐南偷偷带她去了。

他记得那天翠河畔万里无云，阿乙见着翠绿灵动的河水很开心，他却只能绝望地看着她面色渐渐灰白，所以少夷的突然出现，不亚于救命稻草，当少夷说出自己能救阿乙时，他甚至感激不尽。

“其时他应当刚满两万岁，只生出两根心羽，都用来替你吊命，还让我立誓不得将此事说出去。”清晏苦笑起来，“所以父亲和齐南都不知道，我一开始是为了遵守誓言，后来知道心羽结系的事，却更不敢告诉他们了。你的命悬在青阳氏手中，我不能拿你的性命开玩笑。”

很久以后他才知道，其实一根凤凰心羽便足以将阿乙彻底治愈，只要切断结系，无论多么重的伤都会在瞬间痊愈。少夷用了两根心羽，他以为那是因为阿乙伤得特别重，可是在种完心羽后，少夷却说：“我不会切断心羽结系，这条小泥鳅是我救的，她的命以后便是我的，你替我好好保护她，千万莫叫她磕着半点儿。”

这句话让他这么多年颠来倒去想了无数遍，随着年纪渐长，他也渐渐醒悟，在翠河畔遇见少夷，大约不是什么巧合，更多的可能是刻意为之。再往深处想，兴许阿娘的陨灭都与青阳氏有关系……每每想到这些，都令他不寒而栗。阿娘已经不在了，他绝不会让阿乙遇到同样的事，无论如何，他都要将她保护好。

“青阳氏少夷这次对你做了什么？”清晏问道。

玄乙吞下茶点，决定只说最紧要的：“他说要我们做一件非常难的事，我猜大约与离恨海有关。”

离恨海？清晏眉头皱起，这真真全然叫他摸不着头脑。他原本担心的是因着两族龃龉，他要对烛阴氏有什么不利，可离恨海是什么意思？

“以前两族到底有什么仇怨？”玄乙吹了吹茶上的雾气，当年两位帝君离恨海一战后直接陨灭在其中，搞得谁也不晓得缘由为何，两族也因此反目，至今不通往来。

清晏摇头，此事连如今年岁最大的白泽帝君都不知道，何况他们。

玄乙微微一笑：“既然不知道，那就先放着别管了。我厉害得很，不会有事的。”

清晏长叹一声，摸了摸她的脑袋。她的厉害都是些鬼点子，天上地下终究还是靠真正的实力说话，她幼年心伤未愈，全靠两根心羽吊命，甚至因此不能全力发挥神力，在手段众多的青阳氏面前，跟纸扎的没什么区别。

他不愿阿乙为这些事烦恼，索性换个话题："怎么又跟华胥氏缠在一起了？"

玄乙神色无辜："谁跟他缠在一起？"

她若承认，反倒不好，一口否认便是心怀鬼胎，清晏对她的性子了若指掌，不由得笑了笑："以前不是还把他当对手吗？"

"现在看不上了。"

清晏在她脑袋上点了一下："脾气这样坏，也就华胥氏能制得住你。"

他陪着她扯了一会儿闲话，见夜色已浓，便起身推门："睡吧，你那个战部依我看也不用回去了，你这趟下界只当来玩吧。"

老实说，他没想到阿乙又跟扶苍混在一块儿，这位华胥氏神君看着挺光风霁月，不过就冲他能害得阿乙心伤复发，想来那性子里必定也有执拗的一面，他可真不希望阿乙继续和他往来。

但他能看出来，阿乙喜欢扶苍，他们两个纠缠两万多年，个中缘故只怕不足为外人道。至少以华胥氏的作风，不至于会出现阿娘那种事，只要阿乙开心，他自然乐意成全。

清晏踏着凡间迷蒙的月色步出庭院，沿着回廊走了一段，果然栏杆处立着一位白衣神君。见他来，扶苍回身微微颔首，清晏倏地出手如电，上前便夺他腰间纯钧。

似是早已料到他会动手，扶苍侧身避开，纯钧化为一条细小金龙，在夜色中来回旋转，疾若闪电，轻盈地挡住清晏的每一道雪光。

剑道觉醒的华胥氏轻盈有之，厚重有之，犀利有之，狂暴亦有之。清晏与那条小金龙来回绕，始终无法接近扶苍，他不禁想起很早以前说过要替玄乙揍扶苍一顿的话，老实说，只怕难。

他渐渐收势，轻飘飘落在栏杆上，那条小金龙也变回纯钧，回归剑鞘，讲究礼仪之道的白衣神君又一次颔首行礼。

清晏不由得笑了笑。

战将行宫的床睡着实在不怎么舒服，硬而且窄，习惯了金尊玉贵生活的玄乙这一夜都没怎么睡好。在床上赖了半日没见清晏过来，她只得自己推门出去。

刚一出门便觉日光耀眼，更耀眼的是靠在墙上的那一身白衣，玄乙赶紧低头揉眼睛，知道她看不得亮光，还成天穿白衣。

冷不丁她被一把拉过去，直接被抱起来，她下意识地搂住扶苍的脑袋，低头撑圆了眼睛看他。

扶苍仰头定定凝望她，她总是什么也不说，喜欢他也不说，为了他心伤复发几乎陨灭也不说。

可，若是这些话从她嘴里说出来，她或许也不是她了。

昨夜小龙君告诉他之后，他默然在回廊上矗立了一夜，一夜无眠。

当年他回归上界急急前往钟山，齐南神情里那种痛惜未免太悲切了些，而钟山的屏障一架便是两万多年，也太过夸张。

只是这些他竟都没有往深处想。

还有下界的那些回忆，庭院里时刻铺满的冰雪，他那一吻造成的心伤。原来那并不是因为她不懂收敛神力，而是因为心上有伤无法抑制神力外溢——他急切的逼迫和不成熟的感情造就了这一切。

他的龙公主，怕寂寞，又喜欢使小性子，满肚子乌云，他潜意识里觉得自己爱得要比她多得多，所以爱里总带着恨，一次次紧逼，他知道她的喜欢，却不确定究竟有多喜欢，一向剔透聪明的扶苍神君，在她面前竟真真成了没有脑子的莽夫。

扶苍轻叹一声，把脸贴在她心口，那里的心跳声清脆动听，他紧紧合上眼，无法想象她心碎的时候是怎样的声音，他竟是她心里的逆鳞。

不会再有下次。

扶苍在她脑袋上轻柔地拍了拍，傻瓜。

玄乙默默靠在他胸前，忽觉撞在一个硬硬的东西上，抬眼一看，他瓷白的脖子上挂了一条链子，下面坠的正是她那颗珍珠耳饰。

这偷东西的小贼。她用指尖轻轻拨了拨珍珠耳饰，可心里又是喜悦的，仰头在耳饰上轻轻吻了一下。

扶苍抱紧她，爱极她这样偶尔的亲密。昨天到今天，凡间短短数个时辰，他从深渊到高峰都经历了一遍，此刻只觉恍然如梦。

不知过了多久，只听她软绵绵的声音轻轻问："清晏呢？"

他停了一会儿，才把思绪拉回现实："押解三太子去南天门的途中遇到岁虎大君的战将前来营救，让他逃了，丁卯部刚刚全部出动，小龙君也去了。"

居然逃了！玄乙奇道："你不去吗？"

下界魔族战将多如繁星，本来丁卯部不用这样盯着三太子，只是太子长琴与花皇交好，古庭重伤至今未醒，谁也不知道他是不是下一刻便要陨灭，此次追剿三太子倒是复仇的意味更多些。古庭又与扶苍关系那么好，他那天那条金龙凶狠得要命，把三太子追得犹如丧家之犬，今天怎么偷懒啦？

扶苍把她放下来，牵着手往外走："我带你一起。"

玄乙得意起来："要靠我的冰墙吧？"

他不由得失笑："是啊，要靠你帮忙。"

没问题，她把自己之前临阵逃脱的恶行全部丢在了脑后，看她怎么把三太子冻成雕塑，她要替古庭出这口恶气。

出得战将行宫，扶苍吹了声口哨，九头狮立即欢天喜地地奔了过来。见着玄乙，它的十八只眼睛登时盈满泪水，也不知是欢喜还是吓的。它脖子上用红绳系了一尊小巧玲珑、精致无比的白雪九头狮，玄乙凑近了用手捞起来打量，随即浅浅一笑：“你还留着。”

他会永远留着。

扶苍将她抱上狮背，九头狮立即腾飞上云海，沿着战将们留下的清气痕迹急急追去。

玄乙在手里捏了一只虎头，靠在他怀中问：“岁虎大君长这样吗？”

扶苍莞尔，随即面色却显得有些凝重，摇了摇头：“没有神族见过岁虎大君的妖身，他深不可测，希望这次剿杀三太子不要与他撞上。”

这位大君不但厉害，而且狡猾，知道有厉害战将到，便绝不出来。钟山帝君曾与他在下界耗了几千年，一个追一个躲，最后还是帝君自己觉得浪费太长时间，索性不管他，改去剿杀其他大君，也正因此，三太子之流近年才会这样放肆。

云海中有突兀的山峰高耸，九头狮绕过那嶙峋的石峰，忽然低吼了一声。扶苍扭头望去，却见远处云海中停了一匹赤色天马，四蹄如雪，额上也是一片雪白，他皱了皱眉头。

他认识这个坐骑，这是夫萝的坐骑。

这个时候丙午部应当远在万里之外，她跑来这里做什么？

扶苍捞过一把风，放在鼻前嗅了嗅，清气与浊气纠缠的味道，心下了然，当即驭使九头狮飞过去，从袖中取出令符，抽出“丁卯”那张点燃抛去空中，随即摸了摸玄乙的脑袋：“在这里等我。”

龙公主立马化身牛皮糖：“你做什么？我也要去。”

……他怎么就忘了她从来没听话过呢？要她强行留下，她指不定能做出偷偷跟上的行径，那时反而更糟。

扶苍只好点头：“既然要去，便听我吩咐行事，不可妄为。”

他牵着玄乙的手，念动真言架起屏障，这才缓缓降落云头。下方大片大片绿意，临近山崖瀑布处，绿叶上凝了一层乌紫的颜色，正是被收敛到极致的妖雾，断断续续的说话声从树荫下传来。

“……胆子也真大，叫你那些同僚发现，怕是上界刑罚要把你这身细皮嫩肉给打烂。”

是三太子的声音。玄乙看了看枝叶上凝聚的妖雾，有盈盈清气正与其纠缠。

一个柔腻娇媚听着略耳熟的女声低低笑起来：“谁舍得打我？只有你这坏家伙舍得把我弄成这样，身上都被你掐紫了，你好狠的心。”

玄乙偏头想了半日，她素日里接触的神族并不多，对各自的声音倒还都有印象，这声音……是夫萝？她恍然大悟，原来那坐骑是夫萝的。这胆大包天的师姐正是因为和三太子勾勾搭搭，才惹得古庭发火，以至于发展到现在丁卯部追剿三太子，怪不得扶苍见到坐骑便要下来。

密密麻麻的枝叶挡住视线，她吸了一口气，一轮巨大的冰镜落在对面，将远处树荫下的景象全部投注在其上，扶苍立即用力掐了她一把，用眼神警告。

不是要捉三太子吗？玄乙不搭理他，朝冰镜内望去，便见夫萝衣衫不整窝在三太子怀中，两个人正在低声说话。

两万多年过去，这位屠香山的公主比当日在明性殿还要美艳夺目，墨色战将装穿在其他神女身上便是灰扑扑，偏生在她身上衬得她肤白如雪，莹丽无双，这模样是比延霞要美上许多，怪不得古庭始终不能忘怀。

三太子左臂处空空荡荡，只用右手搂着她。他身材高大，夫萝的高挑身段在他怀中也犹如小猫一般，他问道："上回那个挑衅我的小天神是谁？你莫不是与他有什么往来？"

夫萝娇笑起来："你自己不也是成天抓神女？放心，我心里没有谁及得上你。"

三太子冷道："我想要的东西，就永远是我的东西，我不要了砸碎了，也轮不到旁人碰一下。"

夫萝轻声道："你这样凶，吓坏我了。"

三太子在她头发上摸了摸，声音居然变得温和起来："上下两界神女女妖，似你这般美貌且知情知趣者实在不多，放心，我舍不得杀你。"

夫萝笑着从他怀中起身整理衣裳："我该回去了，你也赶紧走吧，丁卯部如今全部出动，必是要将你全力擒拿，小心莫要被捉住。"

不好，三太子要走，只要他妖雾一起，立即便能发觉他们躲在远处。扶苍眉头一皱，将玄乙按在地上："在这里待着，不要动。"

苍蓝的纯钧霍然出鞘，细小的金光疾电般蹿出，倏地化为巨大金龙。三太子回避不及，被金龙一口咬住，又在地上推了十几丈，痛得惨叫一声。他反复痊愈的能力在金龙面前竟好似全然无用，被咬过的部位痛彻心扉血流不止，且这条金龙虽然巨大，却奇快无比，躲闪起来都十分吃力。

三太子倏地怒吼一声，妖雾蒸腾而起，一杆杆巨大漆黑的长枪下雨般砸落，他捉住一根枪，与金龙上下翻飞战在一处，一时竟难分难解。忽地望见远处的白衣战将，他恨得牙都要咬碎，他的左臂正是被这战将弄断的。

他将手中长枪狠狠朝扶苍掷来，扶苍并不躲闪，任由这杆黑枪砸碎屏障。他念动真言，巨大的金龙骤然化为万道金光，从四面八方毫无规律地朝三太子蹿去。

玄乙正看得津津有味，忽见一旁的夫萝偷偷溜进林间，显见是打算独自跑掉。

其实她到不讨厌这师姐，还挺佩服的，可她更喜欢古庭，他伤重濒危到现在，夫萝也不说过去看一下，好像不大好。

稀稀疏疏的雪花坠落，夫萝还没来得及御风飞起，便被冻僵在原地。

玄乙笑吟吟地飘过去，柔声道：“师姐，你先等一会儿，回头捉完三太子，我带你回去看古庭师兄。”

夫萝面色发绿，盯着她看了半日方认出是那烛阴氏的公主，不禁厉声道：“你这样擅自对同僚出手，不怕遭遇刑罚吗？”

玄乙摇头：“不怕。”

夫萝想起烛阴氏万法无用，上界刑罚从来也没能拿他们怎么样过，登时泄了气。

对面三太子和剑气化潮斗了半日，身上已是血淋淋，他有心靠近扶苍，可华胥氏剑气何其犀利，根本不容他近身；有心用长枪去刺穿他，华胥氏的屏障又结实得很；他又不想现出妖身，妖身太过巨大，一定会引来更厉害的战将。

三太子狂怒之下忽地后撤，妖雾团团包裹住身体，化作一团阴风便欲逃窜。

冷不丁一转头就撞上一面看不见的冰墙，旋即天色骤然暗下，密密麻麻纷纷扬扬的大雪坠落，三太子在地上滚了数圈，便被冻得结结实实，只剩眼睛在乱眨，没一会儿便见林中款款飘出一个穿赤红战将装的神女，身姿纤细袅娜，金环在蓬松发间熠熠生辉，正是上回害他逗留断了左臂的小神女。

他的眼睛登时直了，原来是烛阴氏，怪不得。

“还是要靠我吧？”玄乙得意扬扬。

扶苍瞥了她一眼，看来根本不能指望她听话乖乖待在一个地方，他真是太相信她了。

扶苍抛出捆妖索与朱砂真言，将三太子捆好，方把他从地上拽起来，却听他开口道：“那边的烛阴氏公主，怎的不是你出手和我相斗？”

玄乙看了看他，皱起眉头：“你长得丑，我不想打。”

三太子气得浑身发抖：“迟早有一天我要把你剥光了按地上……”

话没说完，嘴也被朱砂真言捆住，金龙将他高大的身体从头到脚卷起。扶苍四处看了一圈，随后目光落在玄乙身上：“你把夫萝藏哪里了？”

先前她偷偷摸摸把夫萝冻住，他看得清清楚楚。

“我带她回去看古庭师兄。”玄乙手指一勾，被冻僵的夫萝便从林间飞了出来。

扶苍啼笑皆非：“你确定古庭愿意见到她？”

“说不定见到她就醒了？”玄乙觉得这件事挺有可能的。

醒了大约也会被气得直接陨灭。扶苍看了看夫萝，她满面珠泪，用一种哀求的眼神望着他，颤声道：“扶苍弟弟……放了我……求求你。”

扶苍弟弟？玄乙被这称呼逗乐了，刚一笑就被他用指尖在脑门儿上点了一下，他的目光从夫萝面上移开，淡淡道：“等丁卯部同僚过来，你有什么话回南天门与刑部说。”

夫萝柔声哽咽：“看在你我认识多年的情分上，扶苍弟弟，我从未做过什么对不起你的事，倒是对你千万般的好，可你不愿，我也未有纠缠。我知道是我对不住古庭，可我没有对不住你们，我与他也是各自情愿，你能不能放我一马？”

这话说的……玄乙忍不住多看了她一眼，原来她还真的勾搭过扶苍，玄乙忽觉古庭多了一万分的可怜。

扶苍背过身：“擅自脱部行动是太阳之辉灌顶之刑，与魔族私通是鞭刑三百。”

此乃非常时期，曾经诸神下界与群妖戏耍玩闹都属正常，如今却不行了，夫萝此等行径可谓胆大至极，这两个刑罚下来，怕她有千年都不能再下床。

夫萝哀求了半日，见他毫不动容，直哭得肝肠寸断。玄乙最不耐烦听神女哭，指尖一弹，又把她弹回林间，见对面山崖上瀑布银龙壮观，她把手绢铺在地上，坐下去漫看景致。

“丁卯部战将什么时候过来？”她心不在焉地问着。

扶苍蹲在她身侧，她大约还是不大习惯穿战将装，领口两根衣带系错了，他一面替她重新系，一面道：“还要一会儿。”

见她黑白分明的眼睛盯在自己脸上，他不由得问：“怎么了？”

玄乙想了想：“夫萝师姐怎么勾搭你的？”

扶苍眉头一蹙：“……什么？”

“没什么。”玄乙用袖子压住一个哈欠，“我饿了。”

扶苍不知是好气还是好笑，手按在她头顶，轻轻晃了晃：“我不记得，没有关心过。”

玄乙垂头去抠他纯钧剑鞘上的明珠，风渐渐大起来，她的长发被吹拂过脸庞。

今日她身上的战将装炽烈如火，极少见她穿这样浓烈的颜色，因她面色生得苍白，衬着这样鲜艳的色彩，反而比平日多了一丝生动，扶苍不禁用指尖在她面颊上细细摩挲，拈起上面的发丝。

“起来吧，警惕些，下界魔族很多。”他声音温和。

玄乙起身掸掸浮灰，只觉崖边风越来越大，她眯眼往天边望去，青天白日，没有妖雾，扭头看看三太子，他如一摊死肉躺着一动不动，可她心里总有个不大好的预感。

扶苍显然比她更为警惕，捆住三太子的金龙瞬间跃回身周，绕着二人盘旋相护。他架起屏障，眯眼四处张望，忽闻地下传来一个嗡鸣般的吼声：“两个小天神！哼！”

扶苍将发愣的玄乙一把抓住，骤然御风飞起，下一刻山崖便为无数巨大的漆黑长枪打碎。玄乙手指一勾，被烛阴白雪冻住的夫萝与三太子立即飞到身边，她张嘴喷出一口气，霎时间天昏地暗，暴风雪呼啸而至，方圆百里迅速冰封雪埋。

那声音有些惊讶：“有个小烛阴氏！”

几乎是一倏忽间，那声音便躲去了风雪之外，遥遥响起：“我看你这片风雪能下多久！”

这么快！玄乙微微变色。

金龙更快，眨眼便蹿至发声处，“轰”一声，那一片树林瞬间化为齑粉。一道身影在半空轻巧地躲避着金龙的追击，一面大笑：“华胥氏剑道！看你年纪也不大，没到一梦万年，不会剑气化天地，你伤不到我！别以为我是负犬那种没用的东西！”

只闻一道锐利风声袭来，扶苍侧身勉强闪过，方才看清是被硬生生以巨力掷来的一根漆黑长枪，穿过暴风雪的百里之距，居然仍威力如斯。

能厉害到这种地步，只怕是撞上了岁虎大君。扶苍将玄乙紧紧抓住：“别浪费神力。”

岁虎大君堪称狡猾至极，向来只喜欢偷袭，往往确认有绝对优势才会正面出击，当时他们在上界商讨剿杀他的过程也是个个绞尽脑汁。今次他单独捉拿三太子，便已有了可能会与岁虎大君撞上的准备，这位大君对三太子宠爱备至，怕是要亲自前来相救，想不到还真的撞上了。

倘若只得他一个，倒还能拼一下，可龙公主也在，他绝不能叫她陷进危险里。

身后锐利风声急窜而来，扶苍翻身闪避追击而来的漆黑长枪，忽觉周围更暗了无数，一点幽幽烛光在玄乙掌中凝聚。这一点烛火虽然十分微弱，却又仿佛在天地间灼灼跳跃，漫无边际的黑暗中，只有一点烛光带来微光，缓缓摇曳着。

追击而来的无数长枪无力地跌落，岁虎大君朝这片浓稠的黑暗中又掷了数根长枪，却毫无作用，想不到这么个小小的烛阴氏居然拥有这样多的烛阴之暗。他冷冷一哼，匆匆躲开汹涌而至的烛阴之暗。

忽听三太子的声音从那片黑暗中传来：“父亲！别杀了这烛阴氏！我要把她玩烂掉再一寸寸撕碎！”

岁虎大君勃然大怒：“都是你自己惹出来的祸事！还要贪图美色！烛阴氏是好对付的吗？！闭嘴！”

伸手不见五指的黑暗中，扶苍抓过三太子。他嘴上的朱砂真言已被咬碎，以防他再说出什么污言秽语，他下了禁言咒。旋即长袖一挥，金光灿灿的小金龙静悄悄从浓稠的烛阴之暗里往外钻。

玄乙捧着烛火盘腿坐下去，面上有细细一层汗，低声道：“烛火若是灭了，就是我神力耗尽。”

完全释放烛阴之暗最耗神力，但也是烛阴氏最常见的修行方式，刚开始她的烛阴之暗只能停留一小会儿，现在大约可以停留一天左右，可下界浊气浓厚，不过半晌工夫，竟已觉疲惫。

又过得半晌，金龙方慢慢钻出烛阴之暗，扶苍过来张臂将她一抱，低声道：“撤掉烛阴之暗。”

黏稠的黑暗顷刻间如潮水般褪尽，玄乙只觉眼前一片金光璀璨，眼睛差点被闪瞎，急忙捂住。她真得学望舒神女弄个什么东西挡眼睛，不然她这双可怜的眼睛迟早要瞎掉。

耳边又有长枪掷来的尖锐风声，扶苍却不再闪躲，她不禁紧紧抓住他的胳膊：“不躲会死的。”

凡人才称死，神族只有陨灭。扶苍没力气再去提醒她这个两万三千年前就提醒过无数遍的常识，密密麻麻的长枪撞在金光上，迅速被弹开，趁着烛阴之暗褪去后匆匆赶来的岁虎大君见着这漫天漫地的金光，不由得吸了口气。

这是华胥氏的剑气化神，当年共工大君一头可以撞碎天柱，却没有能够撞破上一代青帝的剑气化神，因此被数位大帝击穿头颅，以至头骨破碎而亡。

他本想飞快解决两个小天神，把三太子带走，不料一个是烛阴氏，一个是华胥氏，他们这样拖时间，必然是在等援兵，只怕耗不起，他当即厉声高叫：“吾儿撑住！为父改日来救你！”

岁虎大君转身便欲化作阴风遁走，冷不丁远处响起铮铮数声裂天之音，清气似网一般当头罩下，岁虎大君暗叫不好，太子长琴来了！他急忙朝反向窜逃，谁知丁卯部各战将已从四面八方拥来，暴风雪呼啸而至——竟然还有个烛阴氏！

前后左右都逃不得，岁虎大君只得朝地下遁逃。太子长琴哪里容他逃走，瑟弦一拨，早已破碎的大地霎时化为火海。岁虎大君惊怒之下翻身一滚，现出庞大的妖身，长声嘶吼，大约是在召唤自己的战将们。

玄乙的眼睛还未从剑气化神的金光中缓过来，她用袖子捂住眼睛，急得乱跳：“他的妖身长什么样？”

扶苍面上汗水淋漓，漫天金光化为纯钧落回鞘中。玄乙放下袖子，使劲揉了揉眼睛，只见乌紫妖雾和剧烈的祥光撞在一处，一只硕大无匹、通体漆黑的老虎，和丁卯部的战将们斗成一团。纷纷扬扬的暴风雪中，他的动作十分迟缓，却居然没有彻底冻结，可见修为比清晏要高深无数，不愧是上古十八族大君。

她看了半日，有些失望地嘘了口气：“真丑。”

害她失望了真不好意思。扶苍想笑，身体却软下去，立即有两只手扶住他，龙公主黑白分明的眼睛出现在视界里，定定地看着他：“……你怎么了？”

神力耗尽了。扶苍想说话，眼前却一黑，晕了过去。

玄乙抬起他的身体，前后左右检查一遍，他后背上有一道长长的伤口，倒是不深，但漆黑的浊气汩汩而出，显见是有一杆长枪没能成功躲开。

后面被冻住的夫萝还在“嘤嘤”地哭着，哭得她烦死了，指尖一弹，巨大的冰龙将夫萝一卷一拧，她霎时被拧晕过去。

狂风越来越大，密密麻麻的新妖雾在天边汇聚，大约是岁虎大君的战将们正在赶来。玄乙放出烛阴之暗，铺天盖地的暴风雪骤然席卷天地，那些匆匆赶来的魔族战将毫无防备，便被一团团冻在原处，看着倒有些滑稽。

要是能把岁虎大君也冻住就好了，玄乙抬着扶苍的身体，叹了口气。

此地因为与大君交战，声势浩大，惊动了近处数位帝君组成的战部，见丁卯部与最神出鬼没的岁虎大君苦战不休，帝君们立即出手相助。

这一场大战足足打了下界两个月的时间，最终以剿杀岁虎大君一脉、活捉三太子而告终。清晏带着几个战将匆匆赶来时，玄乙已不在了，只有巨大的冰龙留在原地。被捆得结结实实的三太子面朝下躺在冰龙背上，身子下面还压了张白纸。

清晏拿起白纸一看，上面龙飞凤舞地写了一行字：“我送夫萝回上界看古庭，很快回来。”

他一头雾水，夫萝是谁？古庭又是谁？

一旁的战将们来拖三太子，忽地惊叫起来：“三太子的头发怎么变成这样了！”

清晏低头一看，登时哈哈大笑，可怜的三太子，后脑勺被割成了秃瓢。他那脾气古怪的小妹，扶苍神力耗尽，她一肚子邪火无处可发，只好发在三太子的头发上。

第二十九章

三根心羽

剿杀了最神出鬼没的岁虎大君一事让诸神兴奋了好几日，原本在白泽帝君的计划里，这位大君是留着最后剿灭的。想不到因着三太子好色贪淫，反而叫众战将抓住机会，将这最大的刺头先拔除。

而玄乙出手冻住岁虎大君的战将们，算是立了大功，将功折罪，脱离乙亥部的罪干脆被开阳星君免了——不免也没有意义，太阳之辉灌顶对烛阴氏只怕毫无作用，与其得罪一个烛阴氏，还不如随她去了，至少人家在剿杀魔族上面确实有大用。

回到毓华殿的时候，下界已过了数月，而上界木火梧桐金青交织的叶片还没掉光。玄乙一棵棵摸着梧桐往正则院走，后面的夫萝哭得哀哀切切，可恨现在神界几乎倾巢而出，毓华殿里连个影子都没有，不然若叫战将们见到烛阴氏这样欺压同僚，好歹有个能帮她的。

“别哭了。”玄乙叹着气回头瞥她一眼，“不然等一下看完古庭师兄，你受刑的时候没力气哭。”

谁知她听了这话，哭得更厉害了。

夫萝私通魔族与脱离丙午部擅自行动的罪名已被立下。因玄乙不肯解开烛阴白雪，非要拉着夫萝先看古庭，刑部诸神无法，只得由着她把夫萝带来正则院。

玄乙皱眉忍耐地勾着夫萝进了正则院，刚推开房门，里面的延霞就“啊”一声站了起来，倒让玄乙有些惊讶：“延霞师姐没下界吗？”

延霞红着脸低头玩手指：“我……我告了假……我想留下来照顾古庭师兄。”

她见着玄乙身后的夫萝，面色先是一变，随即发现夫萝被冻得结结实实，反而愣住了：“这是……”

玄乙手指一勾，夫萝轻飘飘飞了进去：“我带夫萝师姐过来探望古庭师兄，他醒了没？”

延霞神色有些复杂："昨日醒了一次，又睡了……小师妹，你确定古庭师兄愿……愿意看到她吗……"

"大概愿意吧。"

玄乙凑到古庭身边看了看他背上那个洞，浊气已经比先前少了一些，他不再气若游丝，可正因如此，伤口处的剧痛也开始折磨他，即便是陷入昏睡，古庭面上都带着一丝痛苦忍耐之色，满头冷汗。

夫萝一见他伤成这样，反而不哭了，怔怔地盯着他背上的伤，枕头边放着一团被揉碎的君影草腰饰，他没有再握在手中。

延霞含泪看了她半日，见她一言不发，不由得跺脚："你不说点什么吗？你把古庭师兄害成这样！"

不等夫萝说话，榻上的古庭忽然"哼"了一声，慢慢睁开眼，散漫的视线先落在延霞身上，很快便又望向对面的夫萝。盯着看了片刻，他居然没有说什么，只是艰难地摸向枕边，将那枚君影草腰饰握住，轻轻抛去她脚边。

"你走吧。"他声音干裂而沙哑。

夫萝落下数行泪，咬住嘴唇，还是没有说话。直到刑部的侍卫进来，玄乙解了烛阴白雪，她方捡起那枚揉碎的腰饰，低声道："古庭，抱歉。"

没有任何回答，侍卫们将她带离正则院。古庭在榻上重重喘息了许久，眼睛又盯向玄乙，不知是气还是叹："……你这小魔头……是你把她带来的？"

玄乙点了点头。

古庭叹道："真不知道你到底是个什么性子……你怎么会在上界？不是发了诸天屠魔诏令吗？"

玄乙一本正经："我来看你。"

古庭合上眼："我真是……受宠若惊……扶苍呢？"

玄乙正要说话，古庭忽然咳了几声，面上冷汗涔涔而下。延霞取出自己的手绢替他擦拭，目光里满是温柔怜爱。

玄乙索性起身："我走了，得了空再来看你。"

谁知古庭反而紧张起来："扶苍怎么了？"

延霞急忙解释："扶苍师弟神力耗尽，还在青帝宫沉睡，只怕一时醒不来。"

古庭松了口气，这小魔头，话也不说完，吓得他差点又晕过去。他正想撑点气力把这两万多年里的牢骚好好斥责出来，玄乙却早已跑了。

深秋时节的青帝宫，满目璀璨的深浅金色，曾经那些在春夏里疯狂嚣张的滔天浓绿，都已化为艳到极致的斑斓色彩。

台阶上落叶无数，因着太山这里老下雨，潮湿得很，软靴踩在上面听不见清脆的裂声，反而软绵绵的，像走在纤云华毯上。

一路走至白石桥旁，密密麻麻的粗大青竹还是翠绿欲滴，幽冷的水滴掉下来，发出“扑簌簌”的声响。

领路的神官面上好像总带了一丝暧昧的笑意，躬身道：“玄乙公主，神君还未醒，怕是要怠慢了贵客，祈请见谅。”

说起来，华胥氏的神官真是胆子大，青帝不在家，神君在昏睡，他们也敢这样把她放进来，不怕她心怀叵测吗？

大约看出玄乙面上的微妙神情，这做了多年、十分擅长察言观色的领路神官便笑道：“玄乙公主自然不是外客，请吧。”

为什么她就不是外客？玄乙难得有些摸不着头脑，破开云境，第二次走进那座只属于扶苍的庭院。

一切都还是老样子，干净清爽的风，长长的楠木回廊，参天大树的叶片应了时气变成金黄的，地上铺了一层落叶，显见着是扶苍不给神仆们进来，落叶都放着没神仆清扫。

玄乙尽量放轻脚步，像第一次来的时候那样，有点鬼祟，推开第三扇木门，探头朝里面小心张望——这里变化也不大，满地蒲团，只是多了几扇书架，放满了书，上面还特意空出一排堆放着她在下界时替他捏的白雪小玩意。

大约因为时常被摩挲，白雪纯钧都有些钝了。

玄乙将那些白雪小玩意拿着一一看了遍，扭头又朝东面书案上望去，纸张齐整地放成一沓，用青铜镇纸压着，架子上挂着各色毛笔。她把镇纸拿开，一张张看那些染了墨迹的白纸，忽然翻到几张，上面写的都是“龙”字，她不禁盯着看了许久。

带着干净气息的风吹拂卧间外的青纱，玄乙一步步用最轻柔的脚步踩进去，撩开青纱，继续探头朝里面张望。扶苍的纯钧剑横放在南边的木架上，墙角纱帐笼罩了一张床，帐子没有合拢，黛色长袍的衣角坠了一截在床下，扶苍安稳侧卧，一把漆黑长发铺在枕头上，睡得正香。

她拉了个蒲团坐在床边，趴在他身前盯着他的脸看，眼皮不动嘴唇不动，更不会说梦话，跟下界那个凡人皇子可不一样。

她来了，还不醒吗？

她抬手在扶苍面前晃了晃，他一点反应也没有。

玄乙低头，朝着他的脸轻轻吹了口气，依旧没反应。

她往床上爬，鞋底的泥沙撒了他一被子，他身上那件黛色的袍子摇摇欲坠，露出半截后背上的伤口。她不大温柔地把那截袍子扯到下面，仔细查看伤处，确认浊气很快就会排净，便悄悄松了口气。

还是睡，他还是睡，动也不动，鼻息深邃绵长，真是不给她面子。

玄乙躺在他身后，手指在他紧致结实的后背上轻轻划过，低低叫他："扶苍师兄。"

没声音。

她气馁地把脑袋靠上去，她竟还是如此依赖他。

日头渐渐西斜，这座庭院里安静得只有细细风声，刮在外面那些树上，像下着轻雨，在这一阵阵令她舒适的轻雨声中，玄乙慢慢睡着了。

她在这座庭院里一待就是两天，中途扶苍除了换了个姿势继续侧卧，自始至终都在昏睡，神力耗尽需要睡这么久吗？

玄乙把脑袋靠在床边，用白雪细细填补手里的白雪小玩意，这些年它们可能天天被摸，都摸圆滑了，她把形状重新填精致。

正将婆娑牡丹花瓣上的脉络重新顺齐整，忽觉右手腕上一点金印跳个不停——清晏在叫她。他可是极少会用这种方法来催她。

玄乙小心翼翼地将填补好的白雪小玩意重新放回书架上，抽了张白纸，写上一行龙飞凤舞的字，又扭头朝卧间看了一眼，这才依依不舍地走了。

玄乙匆匆赶回下界丁卯部的战将行宫，方落入清光大阵，便见清晏满面阴郁地抱着胳膊靠在墙上等着。见玄乙来了，他骤然松了口气，少见地上前一把抱住她，低声道："……还好你没事。"

玄乙有些愕然："怎么了？"

清晏皱眉吸了口气："昨天乙亥部战将来找我，说父亲忽然失踪了，我立即想到你……你从上界回来的？他在钟山吗？"

钟山帝君失踪？玄乙摇头："他不在钟山，南天门也没有他来回的记录。"

清晏叹道："这事别让齐南知道，不然他得疯了。怕是这家伙又……姑且先不管，再等等。"

其实她也觉得是钟山帝君故态复萌，不知看上了哪位美貌神女，开始"发乎情止乎礼"的可能性比较大，下界时间流逝快，一日不见实在正常不过。

因为小妹没事，清晏便不再担心。他这些年对钟山帝君早已心灰意冷，何况天底下能够伤害到烛阴氏的实在不多，他还是帝君，真要出点事必然山崩地裂，既然毫无动静，那十有八九是老毛病犯了。

清晏见玄乙眉头皱成结，便笑着替她揉开："何必担心他，走吧，回屋子。你在上界待了这些天，扶苍还没醒？"

什么送夫萝回去看古庭，他还不知道她？找一堆借口，就是想回去看扶苍而已。

玄乙故作冷淡别过脸："睡得像猪一样。"

清晏想了想："他最后那招是剑气化神，依照他的年纪与修为，华胥氏剑道剑气化龙、剑气化潮应当没问题，剑气化神大约还费些劲。兴许这次沉睡也有剑道突破的意思，那睡久些也正常。”

玄乙笑着去刮他的脸：“老气横秋，他可比你大。”

清晏有些戏谑：“再比我大，将来还是做我妹夫，管我叫大哥。”

妹夫？他真是想太多了，别的不说，想必青帝他老人家就第一个不同意。

玄乙不想跟他扯这些，索性把夫萝和古庭的事拿出来叽呱。刚说到一半，却听屋外“轰”一声巨响，整个地面都在颤，行宫里的战将们却似乎早已见惯了这种情况，纷纷淡定地从屋子里走出来。

但见清光大阵上悬浮了一枚血红令符，是往东北三万里处乙癸未部发来的火速召集令。太子长琴大约正在睡觉，衣冠不整地快步走来取下令符，它沾手便迅速化为灰烬，他的面色也变得十分难看：“乙癸未部撞上了胡申与商卯两位大君，令符已发往所有战部。”

两个大君！这帮魔族要翻天了吗？

丁卯部战将们迅速披挂佩戴，清晏本想叫玄乙留下，但想了想，这话对她来说大概就是句屁话，他便道：“跟着一起吧，两个大君非同小可，保护好自己就行。”

商卯最善妖雷魔电，胡申最善呼风唤雨滔天大水，这必然是一场苦战，倘若再有其他大君跟着蠢蠢欲动，还不知要连着打多少年，钟山帝君又在这节骨眼上不知跑哪儿去了，情况实在十分严峻。

战将们化为一团团狂风，往东北三万里处狂奔，但见苍茫夜色中，四面八方都有祥光闪烁，各处战部均出动了。

及至天方亮，玄乙忽觉远处妖云密布，一阵阵振聋发聩的巨雷之声震得她胸膛都在颤。漫天漫地的黑浪席卷，大水已发了千万丈，先行赶到的诸战将正与商卯大君战在一处。这位大君头生得像只诡异的兔子，身体却如猛虎般，丑得玄乙不忍再看。一转眼望见远处还有其他战将与魔族战将们打得团团乱，她一口气喷出去，霎时间天封地冻，巨大的冰龙卷起数百魔族，不断绞成碎末。

通体雪白的胡申大君端立妖水之巅，那些漆黑滔天的浪潮一层层叠上去，被他用手抓棉花似的抓出数团，对着诸神狠狠砸下，妖水落地即化为一摊奇臭无比的水塘，不小心沾上一滴，便要腐蚀皮肉，痛苦不堪。

太子长琴一面拨动五十弦瑟，一面有条不紊地厉声吩咐：“甲部去应对胡申的战将！乙部协助勾陈大帝应对商卯大君！”

话音一落，忽觉地面开始迅速升高，一道道无比深邃的沟壑将那些黑浪归纳入内，使其不能汹涌翻卷，白泽帝君童稚却稳重的声音响彻天地：“本座已取来息壤，诸位不必惊惶。”

白泽帝君到了！诸神登时精神抖擞。白泽帝君从怀中取出一枚琉璃镇纸，轻轻一抛，落在胡申眼前。他伸手便去抓，谁知一握竟全部碎成粉末，落入他眼内，霎时间痛得惨叫连连，在妖水中乱打滚。众战将一拥而上，恨不能把他打成一团抹布。

先前让他们头疼不已的滔天巨浪也被息壤克住，它涨一丈，息壤便涨十丈。少了大水的泛滥，商卯大君的妖雷魔电威力登时大减。太子长琴震荡神力，瑟弦骤然疾射出数根，绕住商卯的脖子，他用力拽紧，竟硬生生把这位大君拉得狠狠摔在地上。

一场惊天动地的乱战，也不知下界这些凡人有没有被吓死。

玄乙吹出白雪冻住几个试图扑上来的魔族战将，忽然瞥见远处有清晏的暴风雪，他还在跟胡申大君相斗。这位大君上天入地到处乱窜，右眼鲜血汩汩而下，染红了身上雪白的皮毛，除此之外，战将们先前打上去的伤竟全无痕迹。

清晏怕是冻不住他，她也不行，要父亲来才行，可父亲现在大约正在“发乎情止乎礼”，肯定顾不上剿杀什么魔族，他们这一家子任性起来都够呛。

玄乙正准备过去帮他，忽见天顶掠过十几道祥光，刺目而庞大，想必是几位帝君战将赶到。清朗的风声盘旋而起，一条比扶苍那条金龙还要庞大无数倍的金龙骤然出现在天地间。

那一瞬间，整个苍穹仿佛都被映亮，金龙所到之处，浊气尽数消退，胡申大君那些密密麻麻、为数极多的魔族战将迅速被金龙冲散，吞噬无数。诸神趁机与残余魔族缠斗不休，先前有些艰难的局面眨眼便被反转。

金龙倏地直蹿入九霄，化为一根庞大的光柱，将到处乱窜的胡申大君困在其内，无论他怎样拍打踢踹，使尽诸般手段，竟丝毫不能脱离光柱范围。

密密麻麻如潮水般的剑光在光柱内来回穿梭，毫不留情地刺穿胡申大君的身体，他发出凄厉的惨叫声，雪白的毛皮顷刻间变得血肉模糊。

没一会儿，那根光柱便迅速变小，化为细小的金龙急蹿回一只手掌中，变成一柄通体碧绿的桃木剑。来者果然是青帝，他儒雅清癯的面上少见地有一丝凝重之色，方才那招剑气化天地大约十分耗费神力，他出了一层细细的汗。

很快，巨大的金龙再度跃出，威风凛凛地冲散魔族战将，化为一团金色的潮水，所到之处无可匹敌。

玄乙正看得出神，眼角余光忽然瞥见一道极眼熟的黑色身影一闪而过，她下意识地看了一眼，便见那道身影似翩跹的禽鸟一般，在混乱不堪的战场中轻巧穿梭而过——是青阳氏少夷。

她犹豫了一下，终究还是没追过去。她还没琢磨出新点子来折腾他，逼问是什么都问不出来，被惹火了还不能打他，又冻不住他，跟这家伙扯在一块儿只有憋气这一个感觉，她决定先不自讨苦吃。

倏地，少夷停了下来，玄乙眯起眼，却见他缓缓朝清晏靠去，她心中登时一凉，再顾不得其他，御风疾驰追上。

黑色的身影与清晏极短促地擦肩而过，她甚至看不清他究竟有没有和清晏说话。他想做什么？对清晏不利？还是利用她身上的两根凤凰心羽，试图要挟清晏做那件“很难的事”？

似是察觉到她的视线，少夷缓缓转身，狭长的凤目含笑盯着她看了片刻，旋即轻佻地眨眨眼，用口型提醒她：小心。

下一刻，方才被剑气化天地重创的胡申大君突地狂吼数声，一团团漆黑的巨浪从口中喷出，那么多战将在对付他，他偏偏只盯着清晏，动作奇快无比，把他追得犹如风中落叶。

玄乙化作一股狂风呼啸而上，重重喷了一口气，硕大的暴风雪落在胡申大君身上，只令他灵活无比的动作稍微迟缓了些许。

她震荡神力，四条冰龙上下盘旋，捉住胡申大君的四肢，硬生生将他绊倒在地。冰龙绞紧胡申大君的四肢，令他又痛得大声喊叫，扭头就是一口黑浪对准玄乙喷出，她御风迅速躲闪。

清晏在远处似是发火：“谁叫你过来的？！”

她也不知道，下意识就跑过来了，她心里有种极坏的预感，总觉得要出什么事。

玄乙指尖一弹，又多出两条冰龙，死死绞住胡申大君的脖子。六条冰龙，齐南看到大概要吓傻，她拼起命来也很厉害的，能绊倒一个大君，真是牛。

战将们又是上来一顿乱打，专门拣这位可怜大君的伤处使劲揍，他的惨叫声此刻听来还挺动听。玄乙指尖再度一弹，又多了两条冰龙，一圈圈捆住他的身体，勒得他巨大的骨骼发出断裂的声响。

八条冰龙，她真是拼了。

清晏的声音骤然凑近：“阿乙！不要这样用神力！小心旧伤复发！”

话音刚落，却见被打得如一摊烂肉的胡申大君，把脑袋以一种十分诡异的姿势转向清晏，一张嘴，一口比先前汹涌无数倍的黑色巨浪喷向他。此乃大君的最后搏命一击，威势何等巨大，清晏架起的冰墙“当”一声被撞碎，他的身体瞬间被黑色巨浪带走，忽然间消失在群山之外。

玄乙眉头一皱，八条冰龙一下子消散于无形，她转身便追过去。

烛阴氏万法无用，龙鳞长齐后更不惧神兵利器，清晏不至于有事，她只怕那些恶心的黑水伤到他的眼睛，他们唯有眼睛是极弱的。

在黑水弥漫的群山间找了无数遍，却始终没见到清晏的踪影，玄乙不禁焦急起来，急急叫他：“清晏？你跑哪儿去啦？”

她的声音在下界群山间回荡不停，连千里之外的老鼠都惊得纷纷窜动，他会听不到？晕过去了？这点黑浪就把他泼晕，那还当什么烛阴氏！

玄乙心中烦躁，骤然将手一挥，方圆千里被黑水吞噬的群山间一层层冰雪垒砌起来，将黑水下的万物都托起。她细细寻了一遍，还是不见他的踪影，他好像是突然被黑浪推去了九幽黄泉似的，一点痕迹不留。

她催动右腕上的金印，这是她心伤复发之后，清晏催着齐南教给他的一种神官才会的术法，原本是方便神官安置神明之府里成百上千的神仆女仙，可他大约是怕她再出什么状况，自己又是最后一个才晓得，便迫着齐南传授。

以前她也曾因为好玩催动过金印，他都给过回应，可这一次无论她怎样费力催动，他一点回应也没有，一点也没有。

玄乙倏地转身，赤红的战将装似火一般掠过山林间，她一定要找到他！

与商卯和胡申两位大君的战斗结束在下界的三个月之后，中途还有宫酉大君前来捣乱。所幸那些负责剿杀大君的帝君与大帝纷纷赶来，最终剿灭两位大君，重伤宫酉大君，终结了连续三个月的修罗场。

太子长琴匆匆清点丁卯部战将，所幸伤亡不重，最叫他感到意外的，是烛阴氏的小龙君居然不在，陨灭了？烛阴氏有这么容易陨灭？临阵脱逃？不像，清晏跟他那个成天乱来的小妹倒不同。

他正在奇怪，忽见一团火红身影急急落在面前，正是清晏那个小妹。她本就生得苍白，此刻看上去更像是一团月光搓出来的，马上就要散开一样，一落地她毫不客气地开口就问："清晏在不在？"

他正想问她呢！太子长琴摇头："你们兄妹俩搞什么，小龙君去哪儿了？"

话还没说完，这团火红的身影"唰"一下又飞走了，倒让他呆了半日。

玄乙急急飞回南天门，往钟山一路疾驰而去。闯入山门后，一派莫名的齐南连声追问，她什么也没说，四处看了一圈，又骤然离开，往天北玄冥帝君那里飞去。

哪里都找不到清晏，上天入地，他彻底消失了。或许父亲的失踪也并非因为他的寻花问柳，这专门把她单独留下的行事风格……是青阳氏？他们怎么做到的？为何抓的不是她？

她想起那天少夷诡异的举动，他到底做了什么？

她始终以为少夷的两根凤凰心羽是用她的命来要挟烛阴氏，难道竟是相反的？现在他用清晏和父亲的命来要挟她？这两根心羽他究竟有何用处？

玄乙一直觉得自己很聪明、很厉害，天底下没有什么事能难倒她，任何为难与刁难她都可以轻松化解。可她现在发现，她对目前这个局面一点办法也没有，且全然摸不着头脑。她的父亲和哥哥，万法无用、神魔惧怕的烛阴氏，忽然之间消失得无影无踪。

回到下界时，那片曾作为战场的破碎群山，已被大神通重新造好，弥漫山林的黑水也已消失，玄乙落在林间，感到一种没顶的茫然。

这天地之间好像突然只剩下她一个了，扶苍始终沉睡不醒，而清晏和父亲不知所终。

她要不要等扶苍……这个念头一起，便迅速被她压了下去。

父亲和清晏等不得，如果她惨败，大约便要丢了命。亲眼看着她陨灭的话，扶苍师兄大概很痛苦——嗯，不是大概，他一定会痛苦得也想跟着陨灭，她就是如此自大。

她现在一点也不想伤害他，一点也不想。

喉咙里有一团毛茸茸的东西，咽不下去，吐不出来，右腕的金印无数次被催动，到现在也没得到任何回应。

玄乙慢慢转身，御风而起，往一个方向疾飞而去。

或许是因为众战将连着剿杀数位大君，下界魔族近来安分了许多，曾经令符落个不停的清光大阵也有了数日的短暂平静。可今天乙丙寅部的战将行宫好像不怎么平静，一道火红身影落在行宫前，不等任何通报，直接闯了进来，弄得侍卫们一个个都在叫。

待看清闯入者是谁之后，连匆匆赶来的执掌主将也不管了。

又是那个烛阴氏的公主，她本来是乙亥部的战将，偏生下界后不听调动到处乱跑，可她又十分厉害，两次剿杀大君都帮了大忙，搞得白泽帝君都不管她，他自然更懒得管，她爱闯便闯吧。

玄乙一步步慢慢在行宫里走着，她的五感忽然锐利到了极致，每一个战将庭院里的清气气息都瞬间被她掌握，青阳氏的木火味道在东南角。

好像有什么不好的画面在脑海里掠过，被她忘记的那些。

一根根被烧红的针刺穿皮肉，阿娘的哀号，她那些低微压抑的哭泣声。

她紧紧皱起眉头，刻意忽略它们，穿过藤影弥漫的回廊，停在那座木火气息浓郁的庭院前。凡间的花草树木都喜欢九天凤凰的气息，这里的草木比别处要旺盛无数，青翠的藤蔓爬满墙壁，一丛一丛凡间的花盛开在庭院中。

玄乙默然盯着窗下的一只茶花，过得片刻，门忽然开了，少夷披了一件单薄的银白长袍，似是刚刚沐浴完，长发上还滴着水，怀里揽着一个身姿妖娆的神女，与她含笑道别。

一抬眼见到她，他狭长浓黑的凤目眯了一下，柔声道："小泥鳅？你又来找我斗气？"

那妖娆的神女见着是烛阴氏的公主，立即狂奔远去，头也不回。

玄乙慢慢走近他，抬头盯着他额上那粒火红宝珠，低声道："你把清晏和我父亲弄哪里去了？"

少夷见她面上全是乱发，便用手指替她轻柔拨开，轻道："为什么来问我？你觉得我能做到这些？"

玄乙缓缓道："不必装傻废话，除了青阳氏，我想不出还有谁这般大胆。你那天晚上对清晏做了什么？”

少夷微微一笑，将她的手一拽，拉进屋子：“进来说话吧。小泥鳅，是青阳氏做的话，你要怎么办？你是来求我，还是来和我同归于尽的？”

说到“同归于尽”，他反而笑了一声。

玄乙被他按坐在床沿，床上被褥凌乱，枕头都掉在地上，方才那神女身上盈盈清气的气息还留在上面。

她眉头皱得更紧，脑海里那些不愉快的画面越来越多。

陨灭时阿娘的鲜血与眼泪，紧紧抱住她的那双胳膊，叫她一定要活下去。

她很厌恶这种感觉——只有她被留下，她心中牵挂的那些重要的东西全都被带走，令她不得不终日与寂寞为伴。

她宁可被带走的那个是自己。

“你在想什么？”少夷蹲在她面前，好奇地撑圆了眼睛看她，“难道专门来找我发呆？”

喉咙里那团毛茸茸的东西又开始泛滥，玄乙不禁张口喘息，少夷的眼睛又眯了起来：“你……”

“不必拿清晏和我父亲要挟我，我来了，你把他们放走。”她的目光落在他脸上，静静打断他的话。

少夷又愕然又好笑，上下打量她：“你这小泥鳅，竟有这般肝胆？你简直叫我刮目相看。”

他还以为她冷血冷心，天上地下只有自己最重要呢。

玄乙神色平静，淡淡道：“我现在确实没有手段对付你，你却拿准了我的命脉。看来我靠着区区两根凤凰心羽活到现在，应当挺厉害的，无论你想叫我做的事有多困难，我都会尽力而为，放了他们。”

少夷沉思了片刻，抬眼凝视她：“为什么？”

玄乙低声道：“因为我不想做被留下的那个。”

少夷轻声道：“可是被留下才有希望，只要活着就有希望，什么改变都会发生。”

玄乙道：“被留下的最痛苦，因为什么都记得清清楚楚，背负各种债，我不想痛苦，也不想背债，我宁可叫旁人痛苦。”

她已经被留下过两次，不想再有第三次，再也不想有。

少夷目光微转，静静看着她。这是她没见过的眼神，她已经没心力去研究那里面藏着怎样幽深的心事，只平静而坦然地与他对望。

喘息声渐渐变得粗重，少夷忽地眨了眨眼睛，双手轻轻捧住她的脑袋，声音变得温柔：“你这可怜的小泥鳅，心伤竟然又这样裂开了。”

是吗？怪不得她又觉得不利索，她这颗心怎么这样脆弱？比她想象的脆弱多了。

就她这样的家伙，也有最在乎的、最不能失去的东西。他要么不出手，一出手就掐准了她自以为无敌的七寸，真真是狠毒异常。

密密麻麻碗大的雪花开始降落在屋中，地上迅速结起一层厚厚的冰霜，玄乙渐渐觉得像是无法呼吸一般，那团毛茸茸的东西堵在胸膛，慢慢泛起一种令她战栗的剧痛。

她想起来了，那时候被万年火岩针穿过心脏，她这颗烛阴氏最冰冷的心被烧灼得几乎要沸腾。

真是疼得她想陨灭当场。

少夷也开始皱眉，将她的脑袋捧着，凑上前要贴住她的嘴唇。冰冷的手指挡在他下巴上，她的眼睛好像在说：答应我才行。

他语气冷漠："我也可以收回心羽，看着你陨灭。"

那就收回！不要想拿她的命来威胁她，如今这招已没有用，她的命脉不是自己，而是被他捏在手里的那些。倘若不能让他们平安，他们一起陨灭也挺好的，如了青阳氏的愿，两族的恩怨，是他们赢了，她根本不会在乎这些。

她不去想另一个雪色身影，不去想的话，可以更加决绝一点。

少夷盯着她看了很久很久，久到他已经可以感觉到自己也快不能呼吸了，他便慢慢握住她冰冷的手腕，往两旁拉开，她的身体僵硬地瘫在床边，他就势压上来，低头重重吻在她唇上。

似烈酒般的再生神力顺着咽喉滑落，迅速填补玄乙胸膛里那块空缺的地方，烧灼的剧痛缓解了许多。

九天凤凰的气息喷在脸上，玄乙立即别开脑袋，他炽热异常的呼吸轻轻落在她耳畔，往复数次，忽然又凑过来，再一次吻住她冰冷的嘴唇。

像是寒冰与烈焰的接触，只有一瞬间，玄乙一把推开他。因着心伤复发，她变得比太山还要沉重，力气奇大无比，少夷一下被她推开数步，随即以指尖擦拭了一下嘴唇，平静的神情，不知在想什么。

玄乙只觉昏昏沉沉，当年心伤复发后回到钟山的那种疲惫感再度席卷身体，她死死撑住不陷入沉睡，断断续续地开口："我就在这里，不走，你把他们送回去。"

少夷缓缓走到床边，盘腿坐上去，低低笑了一声："小泥鳅，这可不行。"

不行？玄乙冷冷看了他一会儿，他又道："我也不能再让你陷入沉睡，情况比想象的还糟一些，你没时间睡了。"

密密麻麻的冰刃飞舞而起，带着暴戾的杀意毫不留情刺向他。少夷没有躲闪，任由这些冰刃扎入身体，忽觉后背心口处又有冰刃要刺进来，他立即偏过身体，这次却没有让它扎入右胸，他的长发微微一撩，似凤凰尾羽撩动般，将那枚冰刃卷住丢开。

金青交织的光辉在他体肤上盈盈弥漫，一丝一缕地舒展，少夷摸向自己的心口，指尖一拈，一团金青交织柔和异常的光辉落在他掌中，上面犹带尚未凝结的神血。

“来。”他勾开玄乙的衣带，她奋力挣扎，可因着他身上那些冰刃，他的手也变得沉重无比，她挣了半天，他纹丝不动。

这一次与上回带着怒气的搓断衣带不同，他十分谨慎而缓慢，慢慢将赤红战将装的衣带勾断，剥花瓣似的轻柔地把衣领往两边剥开，她苍白的大片肌肤暴露出来。

少夷一手压住她，一手拈着那团沾了血的光辉，一点一点把它刺入她的心口。

像是又被一根针刺穿心脏，玄乙倒抽一口凉气，这团光辉就是凤凰心羽？居然可以刺穿烛阴氏的龙鳞！他忽然用手掌按住，遍布体肤的金青光辉流水般归纳在她心口之上，玄乙只觉那烈酒般的再生神力这次是直接灌入心脏，疼得满身冷汗。

“上回救你时，你正晕着。”少夷低头看着她，半湿的长发铺在她两肩旁，“所以你不知道，被凤凰心羽救，可是很疼的。”

何止很疼，酷刑也不过如此了！玄乙痛得眼前阵阵发黑，两脚在床上用力蹬着，瞥见他好整以暇看着自己受酷刑，她简直怒火滔天。此刻她没有办法震荡神力，索性一把抓住他的头发，放手里绕上无数圈，可劲儿地拽。

少夷“咝”一声，顺力重重压在她身上，垂头凑得极近，看她玉瓷般的肌肤上一层层冒出冷汗，居然也没叫一声。曾经清醒着被凤凰心羽救治的那些神族，可是十有八九都要鬼哭狼嚎。

厉害，她真厉害。

少夷两只手慢慢捧住她的脸，端详了良久，她苍白的嘴唇已经被咬破了，她还在咬着。

要咬烂了，他也很痛的。

他卡住她的下颌，方欲俯首，冷不丁头发又被她在手上绕了一圈，他的头皮痛得厉害，便抬头看着她阴冷的眼睛。

四目交错，片刻后，少夷卡着她下颌的那只手微微晃了晃，声音轻柔：“原本想着有扶苍师弟陪着你，把小龙君和帝君带走后，你大约能撑过去，想不到他竟把你丢下，没办法，少不得我来。我到现在也才只有五根心羽，光你就用了三根，咱们这笔账可越算越大。”

他身上被冰刃刺伤的血落在玄乙身上，又被他用袖子慢慢抹开，随后却把脸贴在她光裸的心口上，听着她混乱艰难的心跳声一点点归于正常。第三根心羽下去，总算有了作用。

少夷身上迸出一层金光，飞快切断被她握住的头发，插在身上的那些冰刃也纷纷落在床下。他并不去治愈伤处，慢慢坐直身体下了床，扭头看一眼床上满身血迹凌乱的“小泥鳅”，这会儿她的心大约不疼，疼的该是这些伤口了。

再疼久一些吧。

玄乙用尽所有的气力将衣带全部系好，翻过身死死盯着他血湿的背影：“告诉我，他们还活着吗？”

少夷倒了一杯茶，转过来靠着桌子浅啜，慢悠悠道：“他们现在还活得挺好，以后会不会活着，就要看你的了。”

玄乙勉强从床上坐起，将凌乱的衣摆整理一番：“我要证据。”

少夷想了想：“没有证据，你不信的话，我也无所谓。”

玄乙吸了口气，定定地看了他片刻：“凤凰心羽对我们两个的影响一样，你一天不切断心羽结系，你的命也等于在我手上。虽然想伤害烛阴氏很难，但我还是有手段的。”

现在这句话从她嘴里说出来，他真的要相信才行。

少夷看着她犹带血迹的脸，忽然道：“他们在穷桑城，你要去吗？”

第三十章

至死不渝

穷桑城悬浮于九天之上，乃是青阳氏的所在，几乎不见外客。

当年齐南为了求青阳氏相助，在九天之上寻了无数遍都没能找到穷桑城的踪迹，想不到时至今日，少夷居然把他们烛阴氏一家子都带去了。

玄乙冷笑了一声："青阳氏把自己藏得真深，诸天屠魔诏令都没能把你们帝君唤出来，该不会这么多年全缩在穷桑城里琢磨怎么对付烛阴氏吧？"

少夷替她斟满茶，甚是优雅地递过去，旋即盘腿坐在床下："当今青阳氏血脉比你们烛阴氏还要单薄，父亲只有我一个独子，他向来体弱，难以离开穷桑城，天帝也是知道的，故而此次诏令特地对他网开一面。"

青阳氏不是有各种心羽再生吗？还会体弱？

玄乙本想把茶水泼在他脸上，可她满嘴血腥味，难受得很，最后还是低头喝了口茶，旋即嫌弃地皱起眉头，什么破茶！

少夷忍俊不禁："小泥鳅，在下界要求别那么高。要享受，去穷桑城有的你慢慢享受。"

"我去了穷桑城，还能出来吗？"她问得冷淡。

少夷居然认真地想了一会儿："怕是难。怎么，还有未了的心愿？"

未了的心愿？那可是太多太多，多到她自己都害怕。

她想让清晏和父亲能回到钟山，这样至少齐南会有安慰，她听够了各种哭声，他千万别再添一汪眼泪。还想让清晏别总是自责，她知道，他一直因为心羽的事在自责，虽留住了她的命，可这条命是留在青阳氏的手里。他成天拼命修行，一点风花雪月都顾不上，看看别的年轻神君多自在，烛阴氏不该输给他们才对。

她还想知道古庭后来跟延霞怎样了，还有芷兮跑哪儿去了？她挺想芷兮的。

对了，还有扶苍师兄。

少夷支颐闲闲盯着玄乙看了半日，她神情先是平静，随后目光却开始流转，露出一种温柔却又伤心的眼神。他慢慢伸手，在她披散的长发上摸了摸，声音温和：“痴心一向伤人伤己，我早就告诉过你，你呀，就是不听话。”

玄乙偏头让过他的手，放下茶杯，淡淡道：“现在就可以去穷桑城。”

少夷将她用过的茶杯捏在手中把玩：“那就等我告个假，不然穷桑城辽阔空旷，怕是要闷坏你这金尊玉贵的公主。”

玄乙皱起眉头：“你方才说过，我父亲和清晏都在穷桑城。”

“对啊。”少夷以指尖拭去杯口的茶水印，朝她微微一笑，“烛阴氏折腾起来可是天翻地覆，我总得想法子不叫他们把穷桑城砸烂吧？倒是不看还好些，但你若坚持，我自然如你所愿。”

玄乙骤然合上眼，深深吸了好几口气，方才找回正常的声音：“……青阳氏用了什么法子把他们振走的？”

少夷缓缓道：“其实很简单，只需要将凤凰心羽的事和你的名字写在一张纸上，适当的时候投出去，以烛阴氏的冰雪聪明，自然瞬间便明白了。小龙君是自己去的，钟山帝君倒是费了点力气，好在他的烛阴之暗被离恨海吞了一半，何况他实在算不得有天赋，对付起来倒比想象中容易些。”

离恨海还会吞噬烛阴之暗？怪不得急吼吼地发了诸天屠魔诏令，是因为父亲的烛阴之暗被吞了导致离恨海又扩散吗？他一介小辈，竟用如此居高临下的口吻来评断一个帝君？

玄乙越来越搞不懂这青阳氏到底要做什么：“你真的要做魔王大君？即便困住烛阴氏，上界仍有无数战将，你未免太妄想。”

少夷“哧”一下笑了：“你做魔王大君的可能性都比我大。至于要你做什么，去了穷桑城我再告诉你。如今这些神族实在差劲许多，一个离恨海也能把他们弄得焦头烂额，也该叫他们警醒下，风花雪月固然有趣，天神职责却不可忘却。”

玄乙隐含讥诮：“说得好像你做了什么天大的好事一样。”

少夷淡淡道：“我做事，从来不问好坏，只问当不当做，应该做的，怎样都会做到。”

他起身走向内间，将血湿的银白长袍脱去，身上遍布伤口，她真是把他扎成了刺猬。

他不去管伤处，换上玄黑战将装，出来将玄乙拦腰一抱，推门走出去：“我得看看你现在真正的修为是怎样。”

他宽大的袖子将她紧紧裹住，不露出分毫，一路慢悠悠走过藤影弥漫的回廊，还不忘与擦肩而过的战将们含笑招呼。诸神晓得他素日里风流，见他怀里抱着一具纤细的身体也不以为意。

出得战将行宫，少夷四处看了看，御风而起，飞了半日却落在一座孤峰之上。长袖打开，把玄乙放在地下，周身金青色的光辉闪烁，身上的伤口霎时间全部愈合。

他看上去竟然十分严肃："把你的烛阴之暗彻底放出来，直到神力耗尽。"

玄乙面色白得像是要化开，喘了会儿气，消散的剧痛让她精神不少。她没有问为什么，只摊开手掌，一点幽幽烛光出现在掌心，四下里骤然变得伸手不见五指。

……不愧是两百年便得了人身的烛阴氏，她确然有着十分优秀的天赋，若非心伤不愈，单靠两根凤凰心羽吊着，不能竭力释放神力，她的成就必然极其光耀。如今她体内已有三枚心羽，神力的释放应当顺畅许多。

少夷仔细看了看周围的烛阴之暗，摇曳的幽幽烛光把玄乙纤细的身影投注在这片深邃黑暗中，他便垂头去望她。她此刻不再狂暴，烛火映着她染了血迹的苍白的脸，两点幽光在眸中浅浅跳跃，显得沉静而妖异。

他坐去她身边，闲话家常一般问道："在想什么？"

玄乙语气平静："在想怎么把你的皮剥了，牙敲了，从脚开始慢慢剁成一片片的。"

他既没苦笑，也没叹气，只柔声道："就算这样，我也不会陨灭，倒是怕你自己吃不得这种疼。"

她不再说话，下界浊气浓厚，释放烛阴之暗渐渐开始让她感到吃力，细小的烛光开始在掌心急促地跳跃闪烁，她的呼吸渐渐变粗，细细的汗水从冰霜玉瓷般的肌肤里透出来，把脸颊上的血迹冲成一道道的。

少夷握着袖子替她把脸上的血和汗擦干净，她发上的金环挂在几绺头发上，摇摇欲坠，他索性坐在她身后，将散乱的长发用五指梳理齐整，重新插入金环。

方做完这一切，伸手不见五指的黑暗倏地消退干净，他手臂一伸，玄乙已晕在怀中。

少夷低头盯着她的脸看了一会儿，她眉梢处还有一点血迹沾着，他用指尖细细搓揉擦拭。

真的没有未了的心愿？不过，她若说出来，他或许还会忍不住第二次满足她，那还是不说最好。

漂亮而丰润的嘴唇半张着，少夷看了许久，像是犹豫，又像是警惕着什么，垂首将唇轻轻贴在上面。

寒冰与烈焰再一次碰撞，他只触了一瞬便离开，眉头蹙起，不知在出什么神。

清朗的风声呼啸而过，拂乱他和她的长发，少夷忽觉远处金光一闪，他双眼微微眯起，没有躲闪，任由那道金光疾电般蹿至眼前，数绺长发随着额上火红的宝珠被切断，掉在他衣服上。

他扭头，对上一双幽深冰冷的眼。

扶苍梦见自己走在一座荒烟蔓草的空旷平原上，他不知走了多久，却始终无法走到这片荒原的尽头。

远处有一株高大的帝女桑，孤零零地戳在天地间，风拂过叶片，“飒飒”的声响犹如细雨。

他情不自禁地转身朝它走去，不知何处似是有声音提醒他：别去，别靠近。

他分不出那是谁的声音，像是父亲，又像是许多年没有听过的母亲的声音。他的脚步没有停下，执着地朝那株帝女桑迈进。

树下立着一个纤细而袅娜的身影，宽大的雪色长衣随风舞动，金环在发间熠熠闪烁。她忽又回过身，清艳无双的脸庞，寂寞的眼神凝望他，朝他伸出手。

来这里，陪着她。

扶苍慢慢握住这只冰冷的手，腰间的纯钧忽然发出剧烈的嗡鸣声，苍蓝的剑身不受控制地出鞘，一剑刺穿她纤细的身体，鲜血从她嘴里慢慢流下来，她唤他：扶苍师兄。

扶苍一惊之下倏地睁开眼，入目是熟悉的帐顶，他回青帝宫了？

冷汗顺着额头落在脖子上，他翻身从床上坐起，黛色长袍松垮地滑在腰间，他的手掌按在一片泥沙上，诧异地低头望去，却见自己床上撒落好些泥沙——谁穿着鞋踩过他的床？

一倏忽间，之前捉拿三太子、与岁虎大君相撞的回忆回到脑海，龙公主……

扶苍下了床，一面将长袍拢好，一面快步朝外走。行至外间忽觉有什么地方不对劲，扭头一看，书案上的白纸被风吹得到处乱飘，梨木小案里堆放的珠串腰坠之类物件也好像被胡乱翻过，而书架上那些已被摸旧的白雪小玩意此刻栩栩如生，宛若新成。

她来过？

他快步走至庭院，天光乍亮，外面一片空旷，谁也不在。

扶苍不禁吸了口气，他睡了多久？

慢慢走回屋内，忽见书案上另有一张白纸被青铜镇纸压住，上面墨迹淋漓，写了数行字。他移开镇纸，果然是龙公主龙飞凤舞般的字体：“你像猪一样睡了好几天，清晏催我下界，我走了。”

扶苍一时觉得好笑，一时又愧疚，一时还有些惊骇，神力耗尽而已，他竟睡了这样久。

匆匆沐浴更衣，他回房取纯钧，方握住剑柄，忽觉心中似有所悟，原来，剑气化神……怪不得睡了这样久，剑道又有突破。可他顾不上再用半年时间来参透，只得先把这份领悟放在一旁。

破开云境离开庭院，神官们见着他纷纷行礼，将龙公主来过的事告诉他。这次他竟睡了十几日，谢绝了神官们挽留自己用膳的请求，扶苍连口茶也没喝，风一般赶回下界。

他做的那个梦，让他有种十分不好的感觉。

神族应清气而生，是没有梦的，一旦某日有梦境降临，便是某种征兆，若非大运即为大劫。解梦一事只怕唯有白泽帝君通此道，他也来不及找白泽帝君询问，他必须马上见到龙公主。

可是扶苍没有想到，下界发生了这样巨大的变化。他在上界沉睡的十几日里，三个大君作祟，杀了两个，重伤一个。而神界最得力的战神烛阴氏，从帝君到小龙君，均突然失踪，连白泽帝君都没能找到他们的下落，因此初步被认定是陨灭在剿杀魔族途中，让诸神疑惑、唏嘘。

龙公主也不在了。

太子长琴一见着他便抱怨："那个烛阴氏的公主实在太过傲慢，和我说话都那么高高在上，成天不做正事就到处乱跑，她到底哪点好？你是什么眼光？"

扶苍没有听清他说什么，立在丁卯部战将行宫前，只觉耳中"嗡嗡"乱响。钟山帝君与小龙君的失踪必然对龙公主打击极大，她躲在什么地方？为何不来青帝宫找他？

他忽地想起那天晚上，小龙君与他切磋结束，提及龙公主的心伤，言辞含糊，并没有说是怎样治好的，最后他甚至露出一丝悲切的目光，只说："华胥氏剑道冠绝三十三天之上，扶苍神君天赋极佳，我十分放心，日后小妹便有劳你多照顾了。"

如今想来，这句话竟带了些托孤的悲怆，小龙君早就知道自己会出事？

扶苍素来通透，一转念之间，只觉突然明白了什么，扭头朝絮絮叨叨的太子长琴问道："青阳氏少夷如今被编在哪一战部？"

乙丙寅部，一百二十战部中最普通、也最不起眼的战部，就像少夷平日里的作风，他从不会叫自己当众露出光彩夺目的一面。当年他剑道突破，视界大为不同，已能够看出少夷绝不简单，只当少夷喜欢故弄玄虚，原来竟是他错了。

九头狮在云海中疾驰，扶苍想起这些往事，越想越觉心惊。

绕过一座峭壁，他忽然望见远处有一团巨大的乌云般的物事聚拢在孤峰之上——是烛阴之暗，龙公主在战斗？

扶苍立即化为一股狂风急蹿而去，倏地那团巨大的烛阴之暗又瞬间消失，孤峰上一位黑衣战将抱住了她，果然是少夷。

纯钧出鞘，他带了一丝试探的谨慎，只切落了他额上宝珠。

风声骤然停息，少夷抬头看了看他，再低头看看掉落在衣服上的火红宝珠，慢慢用手拈起，若有所思一般："你的剑这样快，为何不直接伤我要害？"

金龙蹿回，落在扶苍掌中化为苍蓝的纯钧宝剑，扶苍冷冷看着他，目光又落在他怀中的龙公主身上。她面色比平日苍白了无数，衣裳虽然齐整，然而脖子上隐隐有干涸的血迹透出，想必又是青阳氏的血。

扶苍缓缓道："你不切断凤凰心羽的结系，又是为何？"

少夷有些惊讶，撑圆了眼睛："你是猜到的？还是他们告诉你的？"

他们没有告诉他，烛阴氏从不会把自己的弱点和难处说出来，他只是从一点点蛛丝马迹中推断出，此事或许与凤凰心羽有关。

凤凰心羽的效用，他也是做了战将后才得知的，这件天下无双的至宝唯有青阳氏才能生出，连万法无用的烛阴氏也可治愈，所以当年龙公主右腿受伤，少夷才会突然出现在下界，并替她暂时疗愈伤处。所以小龙君提及龙公主的心伤，目中会有悲怆之色；所以龙公主上回没有受伤，却一直捂着胸口；所以少夷会说“替他照顾”，以及心伤复发给他带来麻烦。

扶苍淡淡道：“放开她。”

少夷笑了笑：“你既然知道心羽的事，还觉得我会放吗？上回给了你，你又把她丢下，这回我可真不能给你了。”

纯钧骤然化作巨大的金龙，盘踞怒视，蠢蠢欲动。

少夷笑意更深：“你杀我，她也会陨灭，我和她两心一脉，只要受创，彼此都能感觉到。扶苍师弟，我知道你喜欢她，但我很早以前就提醒过你，喜欢她，你可是要伤心的。”

喜欢她，你会伤心。

这句与幻术中类似的话，在时隔两万多年后，再一次从少夷嘴里说出。

扶苍静静看了他一会儿，无论怎样看，少夷都是一个普通的年轻神君，哪怕资质再出众，哪怕出身青阳氏，天地之道不可逆，年纪所限，他的手段与修为都不可能多到哪里去。

可他偏偏好像就是有那么多心计与花招。

钟山帝君的风流之祸早些年可谓神界的笑柄，因着龙公主，扶苍刻意关注过，倘若她幼年受创，大约便是被掳去桐山一族的时候，那时候少夷多大？两万岁？两万岁不世出的青阳氏神君，是如何知道她会受到这样巨大的创伤，因此提供凤凰心羽的？

还是说，这一切早就谋划好了？少夷以凤凰心羽牵制龙公主，要挟小龙君与钟山帝君，所以他们俩忽然便失踪，如今她也落在他手上——青阳氏是要报宿仇，在上下界大乱的节骨眼上把烛阴氏灭族？

这样细密而周全的计划，想必背后有青阳氏帝君做推手，这一族素来深居简出，行事低调，十分神秘。穷桑城无数年几乎不见外客，难道一直在内里布置这些策划？

“我还赶着回去。”少夷语气温和，“扶苍师弟，咱们就此别过如何？”

赶回去？赶回九天之上的穷桑城吗？身侧的金龙倏地弹入云中，扶苍冷道：“不必废话，不伤你而捉住你，我并非办不到。”

剑鞘一扬，划过一道利风，袭向少夷的下巴，他双手抱着玄乙，只得退了两步，忽闻身后风声清越，他御风而起，险险避过，却见那条金龙比平日里又大了数圈，巨口张开，头尾摇曳，在空中打了个卷又游回来，竟是打算把他吞下去。

这可是纯钧剑化作的金龙，被吞进去怕是再难出来。

少夷衣衫乱舞，再度险险避开金龙，冷不丁扶苍一把掷出剑鞘，倏忽间又化为一条细小金龙，疾若流星，一把卷住他的腿，朝下一拽，呼啸的清风将他长发吹得扬起，巨大金龙自下而上张口便吞。

少夷长袖一振，急冲入云海，此时却再也不能双手抱住玄乙，只得单手箍住她的腰身，指尖一弹，羽毛长刀带着幽蓝的火光，骤然劈向金龙。火光快，两道金光更快，剑鞘化出的金龙再一次卷住他的腿，将他的身体高高抛出，巨大的金龙紧追其后，龙尾一摆，金光璀璨的巨口便近在眼前。

这么厉害？少夷勉强疾飞闪避，眼角余光忽然瞥见一道雪色身影御风而来，旋即肩上一震，捉住玄乙的那只胳膊竟有些脱力，不由自主地便要将她松开。他的袖子似翅膀般一扬，在她身上轻轻一托，让过扶苍伸过来的手，她像一片羽毛般落回他怀中。

方嘘了口气，忽觉后背又有风声涌动，少夷正欲再次闪躲，谁知身上忽然一紧，剑鞘化作的金龙如绳索般将他一圈圈捆住，云海乍然破裂，金龙倏地飞至眼前。他急急念动真言，一道屏障落在身前，金龙一撞之威，屏障发出清脆的碎裂声，竟一时还没碎。

少夷迅速架起新的屏障，望着扶苍叹气："扶苍师弟，你捉我，是想送去刑部吗？"

金龙款款游走在屏障周围，扶苍淡淡道："诸天屠魔诏令一出，再无身份种族之别。擅自囚禁同僚，不顾天地大义，是三十三天之上厉雷劈打的酷刑，青阳氏未免太大胆了些。"

少夷幽幽道："天道无情，诸神如今大肆讨伐魔族，为的只是维护天地秩序。而这件事若是泄露出去，小泥鳅怕是命丢得更快，你一定不大乐意见到她陨灭吧？"

……这两者有何关联？狂言无状的青阳氏。

扶苍手腕一翻，金龙化作万千潮水，从四面八方扑向屏障。

忽听远处响起一个隐含怒意的喝声："扶苍！"

扶苍没有回头，潮水般的金光亦没有半分犹豫，眼看便要将屏障绞碎，倏地一条无比巨大的金龙疾电般蹿来，将少夷的屏障一裹，护得严严实实，那些金光潮水打在金龙之上，发出可怕的轰鸣声，云海被飓风吹得散乱不堪。

扶苍停了片刻，终于回身行礼："……父亲。"

匆匆赶来的青帝面色严峻，见他还不收回纯钧剑气，眉头皱得更深："诛杀同僚！你这是在做什么！"

原本因着近日下界大君都不似以往活跃，开始藏匿行踪，青帝便有心去丁卯部看看扶苍的情况，他睡了十几日应当醒了，剑道必然有所领悟，自己自然须得提点一下。孰料到了丁卯部，扶苍竟不在，他一路沿着清气的痕迹追踪，不承想便撞见他对同僚下杀手。

青帝何等眼力，早已望见那青阳氏怀里捉着的神女，正是与扶苍纠缠不清的烛阴氏公主，他心中更为不喜，即便素来不干涉扶苍的私事，可他绝不能看着自己的孩子为个神女走上歪路。

"收剑。"青帝极罕见地沉下脸。

扶苍默然良久，复又背过身去，低声道："抱歉，我做不到。"

潮水般的金光将青帝的金龙连同屏障一起包围缠绕，扶苍长袖一挥，只听一声巨响，那面屏障竟硬生生被压碎，剑鞘化龙在其中流星般绕了一圈，少夷竟已消失了。

扶苍面色遽然而变，被华胥氏剑气化龙与剑气化潮两层包围，少夷是怎么跑的？

金龙化为桃木剑飞回青帝掌中，他面上也有一丝惊异，竟然连他也没注意那年轻的青阳氏是何时逃脱的。眼角余光瞥见扶苍将纯钧收回鞘中，青帝皱眉道："扶苍，你素来不是冲动的性子，这次是怎么了？"

扶苍合目，深深吸进一口气，脑海里掠过少夷的话：你一定不大乐意见到她陨灭吧？

他心里有个直觉，只可意会不可言传，这件事果然不要说出去为好。

再度睁开眼，凡间泛滥的浊气充斥着天际的云边，犹如黑火燎天一般，也犹如他此刻的心，暴烈而不能平静。

九天之上虚无缥缈的穷桑城。

他唤来九头狮，朝青帝躬身行礼，一言不发便欲离开。

缰绳被捉住，青帝紧紧皱眉，不悦道："你与那个烛阴氏公主纠缠到这种境界，怕是日后不得善终。将来你继承青帝之位，四海八荒天上地下，何愁没有更好的神女？一念太过执着，有负华胥氏之名。"

扶苍低声道："母亲当年历百世轮回劫未能成功，神魂破碎消散，父亲创出剑气化幽明，收拢神魂躯体护在桃木剑中，为的自然也是这一念执着。"

青帝蹙眉看着他，长叹一声："你母亲陨灭在即，我不得不如此，你是为了什么？扶苍，烛阴氏公主将你折磨得性子都变了，这一族素来邪气妄为，恐非良配，她若无心于你，你这样与强行囚禁有何异？"

"她在我心中，与母亲在父亲心中是一样的。"扶苍缓慢而坚决地抽出缰绳。

追逐与庇护，这便是华胥氏。

不知为何，扶苍忽然想起很早以前，在下界与龙公主一同对付乌江仙子时，他把纯钧剑交给她，随口说了一句胡话，可现在想来，竟一语成谶。

至死不渝，纯钧为证。

芷兮立在茂密的枝叶后，静静看着乙丙寅部的战将行宫。

清光幽幽，乙丙寅部的外出巡逻战将们来来回回，一如往昔的平静，她也一如往昔没有见到少夷。眼看天色不早，她心中也不知是失落还是什么别的。

他吻过她，不是挑逗风情的，而是温和抚慰的，她无法忘掉那个吻，一面严厉地阻止自己再来找他，一面又不可抑制地沉湎下来。

她打听到了少夷如今所在的乙丙寅部，每日做完剿杀魔族的任务，她都会下意识来这里的战将行宫附近看一眼，好像只有这样做了，才能安心睡去。

她知道这样愚蠢极了，可她无能为力，她从来没有这样心甘情愿地承认自己是个愚蠢的神女，用着愚蠢的法子恋慕一个不可能。

但今天还是没能见到他，芷兮暗暗叹了口气，转身正要走，忽闻风声呼啸，一道玄黑的身影落在了行宫前。她只觉呼吸都停了，下意识迈开脚步追过去，追了两步又急忙停下——她说过绝不会纠缠，便必须要说到做到。

少夷怀里似乎抱着谁，宽大的袖子将那具纤细的身体裹得严严实实，双手仔细搂着，像抱一件易碎的瓷器般爱护小心。

那是谁?

芷兮情不自禁地再度迈开脚步，慢慢地走过去，朝行宫侍卫亮出自己的腰牌，亦步亦趋地远远跟在少夷身后。

绕过铺满藤影的回廊，少夷的脚步停在一座草木繁盛的庭院前，他没有进去，反而回过头，狭长浓黑的凤目一下便捕捉到芷兮的身影。这一次他既没有笑，也没有叹息，而是用一种十分料峭冰冷的目光看着她。

芷兮被他看得退了两步，声音发抖："我……我没有……我只是……想看一眼……"

他没有给任何回应，转身走进庭院，轻轻把门合上。进屋后他却一路不停，一直走向后院，足尖在地上轻轻一踏，暗处立即传来战将神官的声音："凤君，此地上下两界上古通道已清理完毕。"

少夷微微颔首："替我告假，我走后把通道恢复原样。"

他环紧怀中神力耗尽仍在昏睡的身体，他这个被单独留下者，执念与夙愿可否被了却，全看她的了。

芷兮在藤影弥漫的回廊中呆呆站了很久很久，来来往往的战将们均好奇地看着她，也有那些风流倜傥者，见她虽脂粉不施，却姿容明丽，不禁上前搭讪。

她厌恶地转身避开，一步步往战将行宫外走，头重脚轻，胸膛里的心脏突然变得特别沉，好像沉到了脚底。

少夷为什么会对她露出那么可怕的眼神?像是看着一只面目含糊不清的蝼蚁。

不该是这样，他对她，至少该是有些特殊的。

此刻芷兮竟然有种盼着可以像延霞和扶苍那样灵性受损的自虐念头，如果这样的话，他会不会下界来替她了却因缘?

可她的心好像比自己想象的要坚固许多，灵性一点也没有受损的迹象。

刚才她看清了，少夷怀中紧紧抱着的那个身体应该是玄乙。袖子下露出的软靴上，十分爱美而别致地嵌了数颗漆黑的宝石，排列成北斗七星的模样，只有这爱美的小公主才会花心思把战将装也装饰一下。

少夷现在在做什么？和玄乙谈笑风生？暧昧调情？还是……颠鸾倒凤？

芷兮觉得自己最后一点坚持的清明理智，要像头发丝一样断开了，她骤然转身，快步往少夷的庭院走去。

她要当面问玄乙，到底对扶苍是怎样的，对少夷又是怎样的，她看不下去这样的事。

芷兮用力推开屋门，她就是要制造最大的声响惊动他们，好叫少夷知道，她不是那种吃了他的暧昧便甩手走掉的不自重的神女，也好叫玄乙知道，玄乙对她造成了多大的伤害。

可屋内空荡荡的，她从外间进到内间，来回绕了好几遍，始终没见到少夷的身影，方才明明见到他抱着玄乙进来的。

芷兮推开后院的门，却见后院立着几个身穿玄黑神官服、衣摆上绣满玄鸟的青阳氏战将神官，她不由得愣住，一时摸不着头脑。

神官们见她擅自闯入后院，不禁都皱了皱眉头，可凤君一向风流，这神女怕是他周围莺莺燕燕之一，他们当即垂首默然行礼。

芷兮呆了半日，喃喃道："少夷呢？"

战将神官淡淡道："凤君身体不适，告假回穷桑城了，待缓过来便可下界，神女不必牵挂。"

说罢众神官一一行礼告退，消失在暗处。

青阳氏还会身体不适？他是把玄乙带回穷桑城了吧？带回去见他的父亲母亲？他们已到这种地步了？

芷兮还是愣愣地站在原地，她该去哪儿？难道再追去穷桑城？芷兮神女，你的自尊与傲气呢？

她怔怔看着天边一线晚霞的凄艳之红，她真是个傻子，天上地下，最大的傻子。

带着亘古久远气息的风扑在脸上，陌生的气味令玄乙微微一动，茫然地睁开眼。

入目是一条条无规则的苍白与浓黑交织的神界土地碎末，犹如丝带般悬浮在视界内。头顶传来少夷的声音："醒了？刚好我们也快到了。"

先前神力消耗干净让玄乙这次醒来感到头晕目眩，视界十分不清明，她勉强揉了揉额角，声音虚弱："……这是哪里？"

"以前还没有南天门时，诸神时常下界玩耍走的都是自己开辟的通道，这里是上古通道之一。"

听起来怎么这么玄乎？他从哪里把上古通道翻出来的？

玄乙凝神细望，忽觉眼前光明大作，刺得她目内剧痛无比，不得不急忙用手护住。下一瞬间，炽热而干净的神界之风将他们包围，居然真的就这么回神界了！

少夷的声音听起来平静而悠远："这条通道是我父亲昔年开辟的，那时我常走这里下界玩耍。"他以一根凤凰心羽的代价才被调来这里，真不容易。

是说青阳氏当代的帝君？他不是体弱吗，怎么又开辟上古通道了？

玄乙实在琢磨不出所以然，因觉光线似是柔和了些，她放开手，只见脚下有一座巨大的火山悬浮在云海之上，山中遍布岩浆。这些岩浆中种满了木火梧桐，在神界的深秋季节，木火梧桐的叶片泛出极其鲜艳而璀璨的颜色。

树根处，只有穷桑一地出产的万年火岩，在岩浆中被炙烤出炽白的色泽。

巨大的火山口中建了一座同样炽白的城，五彩斑斓的鸾鸟与凤凰在城上随意飞舞停歇，见着少夷过来，它们亲热地想要靠近，然而似是察觉到烛阴龙神阴寒的气息，又迅速逃离。

这里的天空比钟山的要清透无数，是最薄最浅淡的一种蓝色，丝丝缕缕的云流转缠绵——九天之上原来长这样，实在是亮得叫她十分不愉快。

玄乙用袖子捂住眼睛，便听少夷又道："往昔嫁到这里来的烛阴氏公主都有专门的寝宫与护眼薄纱，回头我叫女仙替你准备。"

谁会嫁到这里来！玄乙皱眉不语。

炽白的城渐渐近了，少夷轻飘飘地落在一座鲜红如血的红玉高台上，四周神官立即迎上行礼："凤君回来了，公主大驾光临，我等有礼了。"

早有神仆过来要从他手中接过玄乙，少夷微微一让："不必，我来。"

红玉高台全无台阶，他跃上高台边缘，下面竟然是万丈深渊，穷桑城的景象正落在这深渊中，大片大片的木火梧桐，尖而高的宫殿，与钟山的横铺霸气截然不同，与万神群殿的雄伟壮观也全然不同，别有一种纤细而华美的气质。

少夷骤然从台上跳下，长袖似羽翼般一振，轻飘飘地朝万丈深渊中坠落。玄乙愣了一瞬才想起，九天凤凰一族都有翅膀，自然不在乎神明之府的限制。

回旋，滑行，华美而空旷的穷桑城流逝在脚下。忽而顺风跃上一座高峰，峰顶竟是白雪皑皑，雪地里种满了钟山常见的万年松，熟悉的冰冷气息包围住玄乙，她心中骤然生出一股十分怪异的感觉来。

少夷破开雪林云境，其内景致竟与紫府几乎一模一样，只是没有帝女桑，漫山遍野长的全是奇花异草。

"这里曾是我太祖母住过的地方，叫元詹殿，想必你紫府内的宫殿也叫这名字吧？"

少夷将她往殿前一放，立即有数个侍立女仙自殿内排列而出，躬身行礼。

"你沐浴更衣吧，过后我再来。"

他转身要走，玄乙只觉实在忍不住，终于开口："你的太祖母？我记得那一辈我们两族没有互通婚嫁，反而是两位帝君把离恨海弄出来了。"

少夷偏头故作沉思，目光流转，竟微微一笑："你说得对，我记错了。"

这算什么！玄乙冷道："我不要沐浴更衣，带我去见清晏和我父亲。"

少夷淡淡道："你现在太脏了，我看不得，什么时候弄干净了，什么时候去。"

玄乙吸了口气，再缓缓吐出来，转身便往元膺殿内走，侍立女仙们立即跟上。

殿内的格局与她在钟山的元膺殿也是一模一样，除了那些看上去极其古老的家私铺陈，甚至有些是她从没见过的上古的东西。

巨大的白玉浴池内已备好清水，玄乙脱了衣裳缓缓走进去，盯着墙壁上古朴的青铜壁灯出神。

看上去青阳氏和烛阴氏以前还真如少夷所说，关系极好，嫁过来的烛阴氏公主甚至有和在钟山一样的紫府，可见肯定是伉俪情深。这样说来，钟山也有类似穷桑城这样地火喷涌的地方，就是齐南成日被罚去面壁的龙眠谷。

钟山帝君不喜欢那里，特意封了起来不让她和清晏靠近，如今想来，大约那里也有给嫁到钟山的青阳氏公主专门居住的云境。

关系都好成这样了，怎么说翻脸就翻脸？

玄乙细细把自己洗了个干干净净，女仙们捧来鲛绡云纱，各类天衣，一一摊开任她挑选。又是从没见过的古老式样，清一色的漆黑，哪一任的烛阴氏公主喜欢如此难看的颜色？一点品位都没有。

她勉强挑了半日，眼见是没得选了，只得指了一件看上去还算能看的黑色丝衣。女仙们恭敬地伺候她更衣，将潮湿的长发用金梳一点点梳理，将其慢慢梳到半干，插入金环，旋即又递上一幅薄薄的黑纱，替她将眼睛遮住。

玄乙觉得自己这会儿看上去大约老了十万岁，她素来爱美，穿个战将装都要花心思打扮好看些，如今弄成这模样，真是万般不情愿，当下沉着脸走出去。后面立即有女仙跟上，小声询问："公主可要用些茶点？"

她心中牵挂清晏与父亲，没有心思吃东西，只摆了摆手，女仙们识趣地退下了。

步出元膺殿，似是而非的景色，玄乙缓缓走到一丛牡丹旁，她的紫府，这里应当种着帝女桑。

她慢悠悠地把富丽堂皇的牡丹花瓣一片片揪下来，放在掌中揉碎。等见到清晏和父亲后，她得想法子叫他们脱离穷桑城，只不知那个青阳氏的帝君在何处，又会用什么法子牵制烛阴氏。

正想得出神，眼角余光瞥见一道身影破开云境踏入紫府，来者穿着风骚明丽的樱草色长衣，衬得面如冠玉，逼魂摄魄的俊美如烈酒般浓洌，正是少夷，也就他能把这些鲜丽的颜色穿得这样活灵活现。

他笑吟吟地扬起眉梢打量玄乙，走到近前忽然蹲下，将她与牡丹花枝勾在一处的柔丝裙摆拈下，仰首柔声道："我虽然没见过太祖母，不过当年她在这片冰天雪地里的模样，大约和你也差不多。”

玄乙沉默了片刻，忽然道：“你到底是谁？”

她不信他只是区区五万岁的青阳氏凤君，他说的话、做的事，超出太多限制，更有一种格格不入之感，不可以常理度之。

少夷含笑起身，牵住她的手往云境外走：“你既然这样聪明，何不自己猜呢？”

第三十一章

九霄旧梦

铺满了五彩宝石的殿顶高而华丽，纤细的金色枝条勾勒出一扇扇巨大的竖格窗，木底鞋踩在黑水晶的地面上发出清脆而冰冷的声音，犹如此刻玄乙的心跳。

在这座穷桑城巨大囚笼般的高塔宫殿里，她见到了清晏和父亲。如果说在来之前，她还抱有一丝侥幸，少夷兴许是在诓她，那见到他们之后，这丝侥幸便消失得无影无踪。

他们被安置在十分华美的寝宫内，一切都安排得体贴而周到，可他们没有一个是醒着的，连叫他们想办法逃脱的机会都没有。

她细细检查过他们的身体，谁也没受伤，可父亲的手紧紧捂在胸前，似是忍着痛，清晏则是神力耗尽后的昏睡。

玄乙骤然停在一扇巨大的竖格窗前，定定地看着外面清透的天空，少夷的脚步也停在三步之外，声音很温和："很难过吗？我提醒过你最好别看。"

她没有看他，只低声道："清晏是怎么回事？"

少夷扶着竖格窗，静静望着下面灿烂的木火梧桐林，轻声道："虽然知道小龙君不会擅自走掉，可你若来了，他大约会发火，不得不叫他先把神力耗尽睡上几天。"

玄乙冷道："那我父亲呢？青阳氏帝君给他种了心羽？什么时候种的？"

上回少夷给她第三根心羽时，过程既漫长又痛苦，她不信父亲会任由青阳氏摆布，帝君倘若打斗起来，下界又怎会悄无声息？穷桑城又怎会安然无恙？

少夷吹去窗上的一片浮灰："是父亲种的心羽，不然总不能叫这愚蠢的帝君把穷桑城砸烂吧？至于什么时候种的，你猜啊。"

她猛然转身盯着他，他便浅浅一笑："你问我答岂不是太无趣，你既然来了，穷桑城对你百无禁忌，你爱去哪儿便去哪儿，自己猜才更有趣。"

玄乙眉头皱紧："你说过我来了便把事情告诉我。"

少夷悠然道："我说过，但我现在又不想了，须得等我有兴致的时候再说。"

她简直恨不得把他抓烂踩碎。

玄乙转身便走，因觉他还跟在后面，便森然道："别跟着我。"

她的黑色裙摆拂过墙角一只高大的青玉花瓶，木底鞋清脆的声音迅速远去。

她得仔细看看这穷桑城到底在搞什么鬼，本以为窝在里面的青阳氏没有一窝也有一把，想不到还真如少夷所说空旷无比，连神官都比其他神明之府少。穿过宽广的回廊，炽热犹如烧灼般的风扑面而来，这里的宫殿高塔都是用万年火岩所建。

万年火岩，只有穷桑才出产的石头，当年穿透她心脏的那根针就是万年火岩针。桐山一族盛产木火梧桐，青阳氏离不开这种神树——看来，当年的惨剧也是青阳氏一手策划的。

胸口一阵阵紧缩，玄乙慢慢把憋在肺里的气吐出来。她刚进明性殿时，白泽帝君便似是而非地询问过，桐山一族实在算不得什么厉害的族群，哪里来的胆量将帝君夫人折磨至陨灭，更哪里来的胆量要将烛阴氏的后裔重创？

可倘若有青阳氏在背后当推手，这一切都显得顺理成章了。

正是要重创她，才可以叫少夷种下两根凤凰心羽，牵制她直到现在。为何是少夷？为何不是那个在背后鬼鬼祟祟的青阳氏帝君？

黑色丝衣被风吹得贴在身上，玄乙漫无边际地眺望这座空旷的穷桑城，或许少夷没有说错，她是个极度自私者，所以她的聪明剔透都围绕在自私这一块发扬光大了，一旦扯到别的就不大上心。

如果她早能想明白……

轻盈的脚步声再度停在背后，玄乙扭头瞥了一眼，穿樱草色长衣的神君如附骨之疽般跟着。

"当年我父亲一怒之下灭了桐山一族，自己也受创不小，神力耗尽晕了过去。"她忽然开口，声音清淡，"心羽是在那时候种下的吧？所以青阳氏帝君才会体弱。"

已成熟的钟山帝君毕竟与她不同，受创的程度也不同，青阳氏帝君吃不消心羽带来的影响十分正常。父亲在长生殿关了近万年，突然某一天开始伤势一阵好过一阵，正是不切断心羽结系后的反应。

少夷含笑看着她单薄丝衣下袅娜的身姿："小泥鳅果然冰雪聪明，不过，我父亲体弱是天生的，并非因为种下心羽。"

玄乙淡道："你说的那件十分困难的事，原本是打算叫我父亲去做？"

少夷抱着胳膊反靠在回廊栏杆上："不错，可惜他受创太重，且天赋太差，想必成不得事，小龙君天赋又稍逊色于你，还是你这样两百年便得了人身的烛阴氏更好些。"

玄乙低柔的声音里染上一丝阴冷："就是为了这件破事，你们勾搭桐山一族，把我的阿娘……”

少夷面上的笑意渐渐收敛，少见地显得正经，低声道：“不是我的吩咐，那根针是三公主找我们要的，可她做了什么，青阳氏后来才知道。”

“你以为我会信吗？”

少夷缓缓道：“你信不信无所谓，事情是你父亲自己折腾出来的，一次次给三公主可以做帝君夫人的希望，她做什么，我预料不到，后来你受重创，我不过顺势而为罢了。”

其时他正在寻找合适的时机将钟山帝君逼出钟山，以方便种下心羽，毕竟帝君之战声势浩大，须得找个稳妥而不会被发觉的地方。谁也料想不到三公主如此疯狂，竟把翠河神女连同烛阴氏公主挟持走，毁人毁己。

“你？”玄乙目光冰冷地看着他，“青阳氏把你一个年轻神君推出来背黑锅，你们的帝君呢？我要见他！”

少夷反而笑了，在她被风吹乱的头发上摸了摸，声音轻柔：“你套话的本事真是越来越高，不错，种下心羽，要你们替我办事，都是我的策划，父亲不过从旁协助。至于我是谁，你慢慢猜。”

话音一落，玄乙的指尖忽然一弹，一条巨大的冰龙呼啸而来，立即便将他从头到脚缠住，方欲碾压绞缠，却见他周围幽蓝的火光一闪，她的冰龙竟瞬间被烧化。他额上那粒火红的宝珠此刻发出极其夺目的光华，比平日里要鲜艳无数倍。

玄乙没有再唤出冰龙，抬眼看了他许久，少夷用一种似赞许似感慨的温和目光与她对望。

半晌后，她移开视线，扶上栏杆，开口道：“和你一起把离恨海折腾出来的那个钟山帝君，你们有什么仇怨？”

少夷忍不住凑过去和她并肩而立，垂头看着她苍白而幽静的脸颊：“怎么不问点别的？”

比如上上代的青阳氏帝君为什么会变成如今年轻的凤君？比如他这牛哄哄的帝君修为到底能持续多久？再比如他为什么突然愿意暴露身份？之前他一直藏得很好的。

因为她不感兴趣。玄乙支颐眯眼盯着远处璀璨的木火梧桐林，良久，她方道：“那你叫什么名字？”

少夷低声道：“少夷，青阳帝君少夷。”

原来还是叫这名字。她吸了口气：“青阳帝君少夷，你到底要叫我做什么困难的事？”

炽烈鲜艳的宝珠颜色渐渐淡下去，少夷额上出了一层细细的汗，年轻凤君的神之躯还不能容纳天赋卓绝又在鼎盛时期的青阳帝君的修为之力，近来又频繁使用，他只觉疲惫不堪。

他没有擦拭滑落额角的汗水，淡淡道：“你既然聪明到一下便猜出我是谁，自然也可以猜到我想叫你做什么。”

这个她真猜不出。

玄乙烦躁地胡乱想了一通，道：“你做腻了天神，想叫我替你把离恨海的浊气吸过来，把你变成魔王大君吗？”

少夷忍不住又笑出声：“你对我做魔王大君的执念好深。”

玄乙绵软的嗓音里带了一丝冰冷的讥诮：“魔王大君也未必能做出你这样丧心病狂的事呢。”

少夷哑然失笑：“小泥鳅，现在下界浊气浓厚，魔族肆虐，诸神为了维护秩序，不得不发诸天屠魔诏令，也因此陨灭了许多战将，挺糟糕的，是吧？”

是挺糟糕，那又如何？

“究其源头，是因为离恨海，这是你我两族造成的祸患，对吧？”

对，那又如何？

“既然是你我两族造就的灾祸，自然也应当两族合力解决，不好给旁人添麻烦，对不对？”

“你确定是两族合力，不是叫我独个儿背？”她被黑纱蒙住的双眼里也浮现一层浓厚的讥诮。

少夷神色十分无辜：“此事当然是能者多劳，除了万法无用的烛阴氏，谁也不能进入离恨海后还能全身而退。何况追究这场灾祸的源头，倒还是你们的过错更大一些，多出力也正常。”

进入离恨海？她就知道这件事会和离恨海扯上关系。漆黑深邃的离恨海，让诸神烦恼无比的离恨海，让这位上上代青阳帝君还魂后也念念不忘的离恨海。

少夷撑着半边脸好整以暇地欣赏她弧度优雅的侧面，她正静静出着神，藏在黑纱后面的睫毛极细微地颤动着。在明性殿的时候，她的面颊还带着稚气的饱满，如今饱满依旧，却已不再是青涩的稚嫩，别有一番妩媚诱惑。

他最喜欢的美色类型，到她这模样差不多也是极限了。

他慢悠悠伸出手，似要摘一朵花般轻柔，将玄乙覆眼的黑纱轻轻撩开。那双黑白分明而平静的眼睛便转在了他面上，漂亮的嘴唇动了动，绵软地唤他：“少夷师兄。”

还叫他少夷师兄。少夷语气温和：“怎么？”

玄乙轻声道：“你用两根凤凰心羽救了我的命，对烛阴氏来说，这是至高的恩情。你想解决离恨海的事情，如此光明磊落之求，我相信无论有多困难，烛阴氏一定赴汤蹈火，在所不惜。”

少夷目光闪烁，眨了眨眼睛：“所以？”

玄乙淡淡道：“所以你何必以不切断心羽结系做要挟？只要承了你的救命之恩，烛阴氏无论如何都必还你恩情，这点傲骨我们还是有的。你又是青阳氏，帝君还魂相信在上界也不过是讨论一阵的事，何不大大方方公之于众？搞得这样鬼鬼祟祟躲躲藏藏，本来是件诸天欢喜的好事，被你弄得像报复宿仇一样，这又是何苦？”

少夷偏头仔细想了想：“大概因为我生性喜欢低调，不爱宣扬，而且特别谨慎？”

玄乙笑吟吟地盯着他：“老实说，我不在乎解决离恨海的事是为了天地秩序，还是什么光明正大的理由，反正这些好听的理由都不会打动我去为这个天灾卖命。你时常说我们是同类，以前我不认同，现在却有些认同，我们都是一样自私透顶。你要不要告诉我，你真正的目的是什么？”

狭长浓黑的凤目微微眯起，他也盯着她，目光交错，她开启了不动声色的战场，一眼看穿所有迷障，冰雪的利刃落在喉咙前，他不接也要接。

少夷反而笑了，他的前世今生多彩而斑斓，放纵而愉悦，同时也恪守着天神的职责，以天道无情的目光高高在上看待每一个生灵、每一件事。极度无私，却也极度自私，因无私而无情，因自私而剔透。

时隔三百多万年，他的面前出现了一个堪称知己的神女，清艳无双，诡诈而狡黠。

偏偏是她，偏偏她是烛阴氏。

乌云盖顶一般的烛阴氏。

少夷拨了拨被风吹乱的长发，声音很轻：“既然你我都是这样自私，你为什么又愿意来穷桑城？你若一直躲着，见不到你的面，我也收不回心羽，你可以继续过逍遥日子。”

玄乙移开交错的目光，低声道：“我说过，我不想做被留下的那个。”

被留下自顾自过下去，看日升日落，冰雪滔天，繁花万景。神族的生命无比漫长，在这漫长的岁月里，只要活着就有希望，就有改变，大约到最后什么都会好起来。可她就是不想要。

被留下的那一个是最痛苦的。

少夷很久都没有说话，风把他额上的宝珠吹得不停摇晃，漆黑长发与樱草色的长衣和在一处款款摆动。

“这一点我可和你不同。”他忽又浅浅一笑，“我是那个千方百计要留下的。比起旁人忘不掉我，我更愿意留下来忘掉他们。”

“那你忘掉了吗？”玄乙随口问。

他没有回答她这个问题，面上笑意浮现，牵住她的手，悠然转身离开回廊：“我确实有自己的目的，不过想解决离恨海祸患的大公无私之心也是有的，你这小泥鳅太小看我了。走吧，穷桑城大得很，可以逛逛。”

和他逛？逛个鬼。

玄乙试着挣了一下，没能挣开：“你想叫我进入离恨海解决祸患，具体要怎么做？”

少夷头也不回："眼下我没心情说这个，改天。"

玄乙硬生生止住脚步，高傲地支使他："既然这样，那就送我回那个紫府，我饿了。"

少夷近乎无奈地把她拦腰一抱："我到现在竟还是个做苦力的，走吧，我的公主。"

他的长袖一振，骤然飞起，华美的穷桑城又一次在脚下流逝而过。

玄乙低头看着身上式样古老的黑色丝衣，忽然道："那个太祖母是你身为帝君时的太祖母？那个上古通道，也是你身为帝君时的父亲开辟的吧？"

"是，怎么？"

玄乙眯了眯眼："看来你没忘掉。"

他没有说话，玄乙也不再说话，静静看着天边飞过的鸾鸟凤凰，直到它们消失在云海中。

破开云境，元詹殿内的侍立女仙们立即鱼贯而出，这里的女仙比钟山的还训练有素，少夷只做了个手势，没一会儿她们便端出了好茶和茶点，将纤云华毯铺在牡丹花丛中。

玄乙看看毯上两个茶案，再抬头看看少夷，他神态自然地坐下去，朝她招招手："来，请用茶。"

她索性也坐在对面，接过他递来的黄玉杯，杯中茶色黑白交织，正是上等的九九归元茶。水晶茶盒被女仙们小心打开，里面一列玛瑙白玉糕，一列她从没见过的茶点，晶莹剔透，玲珑可爱。

玄乙忍不住拈起一粒放手上看："这是？"

少夷解释："这是冰蓉碎雪糕，工艺很是麻烦，如今怕是没有几个会做了。配九九归元茶非常合适。"

原来是数百万年前的古老茶点，玄乙叹了口气："看起来你们那个时代挺好的。"

没有离恨海，昆仑太行都还在上界待着，下界浊气不重，连茶点都比现在多。

少夷浅啜九九归元茶，低声道："嗯，你若生在那个时代，确实挺好的。"

暮色四合，火烧云的天空反而亮起来，今日穷桑城内的霞光似乎比平日都要艳丽许多，为对面的"小泥鳅"勾勒出一层淡红的边。

一壶九九归元茶差不多到了尽头，水晶盒内的茶点也只剩一两粒。少夷放下杯子，随手拈起一片落叶，放在唇边吹响，断断续续的小调随风飘远。

他先时似是忘了节拍，可吹着吹着，渐渐又流畅起来，不知为何，已经被忘掉的那部分好像突然又想起来了。

这是一首干净而温柔的小调，与如今诸神喜爱的那些华丽奢靡的曲调截然不同。

玄乙听了半晌，居然意外地和颜悦色："这是你们那个时代的曲子？挺好听的。"

少夷搓了搓叶片："不过是首不知名的小曲，你喜欢就好。"

玄乙面上现出一层笑："不如给我说说你们那时的事，那时候咱们两族关系不是不错吗？你身为帝君，大约要娶的也是烛阴氏公主吧？还是有青阳氏的公主要嫁到钟山？"

少夷下意识接口："烛阴氏没有公主，我却有一个小妹……"

说到一半，他忽然又停下，抬眼去看她，她笑得淡漠，像是在说：你明明什么都没忘。

少夷移开视线，将手里的叶片松开，任它被风带远："和你这小泥鳅说话，我总得打起万分精神，你真不知叫我讨厌还是欢喜。"

玄乙淡道："既然叫我豁出命替你办事，总该告诉我些什么吧，你和我的太爷爷到底为了什么打起来的？争着做魔王大君？还是有什么惊天仇恨？"

少夷仔细想了想，摇头："都不是，只是棋逢对手，到后来再也停不下来。"

霞光渐渐暗下，初初升起的银月将一切都映得模模糊糊，他静静看了一会儿。可能小泥鳅说得对，他什么都没忘掉，无论看多少景色，经历多少事，遇到多少神族，值得记在心里的始终只有几个。

那时候的天空都比现在要通透些，极西之地的离恨海还是蔚蓝而清澈的，太行昆仑还没掉下界，上下两界一片平静祥和，诸神也还没有必须找先生授课，也没有到了五万岁必须获取神职的死规矩。

而他，也不过是个一如现在这般流连风花雪月的年轻风君。

青阳氏的风君天赋卓绝，一梦千年足足睡了三千年，他身边围绕的神女成百上千，多到他连名字都记不住，有时候连容貌也记不住。

他实在也不需要去记她们的容貌与名字，神界的风气向来放浪形骸，漫长的岁月让他们极少提真心情爱，逢场作戏，互相慰藉，都再正常不过。

做满了二十万年的战将，他回到穷桑城，即位青阳帝君。

他的半生顺遂而光芒万丈，天赋卓绝，数代难见，家中父母神官，一族都以他为重，他有自己的傲气，也有身为青阳氏的傲气。那时候，四海八荒对青阳氏的印象，大多是顺带在烛阴氏赫赫名声之下的，可他有能力让青阳氏跃居更上，不要再被烛阴氏笼罩。

乌云般的烛阴氏。

少夷不清楚青阳氏曾经的帝君们是怎样忍让烛阴氏那些嚣张的，这一代的钟山帝君名唤长御，大约因着天赋好，他性子无比狂妄，整个青阳氏上下都不大欢喜他，少夷更不喜欢，也十分不乐意让青阳氏像以前那样对烛阴氏百般忍让包容。

其实两族到了他们这一代，关系已大不如前，来往十分稀少，互相维持的不过是个面子，大家都有点烦了，太祖母那一辈伉俪情深的联姻，如今看来简直是个遥远的奇迹。

对了，长御的联姻对象，是他的小妹。他还记得她的名字，她名唤流桑，因父母生子极早，他们年纪相差很多，他已是帝君，她却仍未满五万岁。

这也是个净会胡来的小妹。

说起来，好像正是他即位青阳帝君典礼的那天，穷桑城罕见地下着细雨，大殿里有些暗。少夷吹亮烛火，对着明镜换上玄黑的冕服，仔细系下巴上的丝绦，他很讨厌把头发束上去，金冠压着脑壳儿发疼，那丝绦怎样也系不好，麻烦得很。

外间宾客声浪喧嚣，听说美貌绝伦的华胥氏公主会来，久闻其美色之名，他挺期待的。不过他更盼着这位公主不要像她的族风那样讲究什么礼仪之道，这样典礼结束后，他还可以度过愉快而新鲜的一晚。

门突然被打开，小妹流桑轻盈地跑进来，大约极少见他这样盛装正经，她便笑话他："这样穿起来还有点帝君的样子，只要别开口和那些神女说话。"

少夷朝她招招手："来，帮我把这绦子系好。"

流桑凑上前一面替他系绦子，一面道："母亲前日还说，你如今即位帝君，该成婚了，今日特请来华胥氏公主，你若觉得她好，母亲便让父亲去和青帝谈这门婚事。"

少夷顿时失去了找这位公主搭讪的乐趣，笑了两声。流桑太了解他的个性，便又道："你别不愿意，我看不乐意的是青帝才对，你名声这样坏，华胥氏今天肯来都是给青阳氏面子了。"

少夷索性换个话题："烛阴氏那位帝君来了没？"

流桑一提起他面色就不好看："我不知道，我懒得看。"

其实她几乎就没接触过那位长御帝君，都是被神官们带的，觉得长御是个老坏蛋，又因出生起便知道必须得嫁给他，婚事既无盼头，她反而变得相当放纵，成日只喜欢与神君们嬉笑玩闹，弄得外面都晓得青阳氏一子一女全是风流神明。

少夷含笑道："你倒是跟他说两句话，若真讨厌，我也好替你回了联姻。"

流桑一把抱住他的胳膊："替我回了吧！我喜欢三帝子那样的儒雅君子！"

他满意这个回答。

那天的即位典礼盛大而隆重，鲜艳的凤凰涅槃火照亮了整个夜空，父亲将凝聚了青阳氏一族祈愿之力的神魂宝珠系在他额上，就此成礼。只是雨到了黄昏时分，反而越下越大，少夷不得不撑开屏障，省得落雨淋湿了公主神女们精致的发髻。

华胥氏的公主他远远看了一眼，果然美貌绝伦，只是眉宇间带了一股凛然冷意，大约被她家的家风感染得很严重，他心里难免有点遗憾。他素日风流，却有几类神女从来不碰，一类沾了便难以摆脱，一类便是十分难以撩拨，这位华胥氏公主一看就是后者，他决定不自找麻烦。

没一会儿，忽有一位穿着青莲色长衣的神君款款而来，优雅地朝他敬酒，乌发如云，面色苍白，容姿清逸而傲然，正是当今的钟山帝君长御。

流桑见他来了，便故意与神君们嬉笑亲热，只盼把他气跑。

长御神色冷淡得很，烛阴氏脸上好像很少会笑眯眯的，少夷猜他大概也不乐意联姻，与他随意寒暄了几句，便道：“我家小妹顽劣无比，帝君如有心仪神女，大可不必执着联姻之事。”

长御扬了扬眉梢：“如此便多谢帝君宽宏。”

大概他嫌弃的意思太明显，流桑被逗气了，走过来皱眉道：“什么叫宽宏？你怎么说话的？我有什么地方不好？”

这位清逸俊朗的钟山帝君垂头看看她，忽然一反常态地笑了，他一笑便显得十分的神采飞扬：“是我言辞不当，公主见谅。”

流桑被他笑得愣了一下，大约这不是一个老坏蛋能笑出来的漂亮笑容，她反而说不出话，嗫嚅着垂下头，耳根忽然红了。

少夷没有想到，取消联姻后，流桑对长御的迷恋反而来得猛烈而突然。

她甚至离开了穷桑城，成日只是与长御厮混在一处。美艳妖娆的青阳氏公主投怀送抱，以烛阴氏的张狂，岂会拒绝，他们俩的关系变得异常地好，甚至连母亲也来询问是不是要恢复联姻。

少夷没有理会，两族的婚事到如今已是不可能，已取消的联姻他绝不会再重新联回来。青阳氏已在他手中辉煌起来，他实在不想为她一份莫名其妙的迷恋，而变回曾经隐忍的关系。

大抵他是从不相信痴心这回事的，它既无用，又累赘，流桑不过是一时忘情的冲动，时间一长，自然而然便会淡了。

他记得那是一个飘着柳絮的春日，流桑难得没出门，刚巧父亲因流桑新的婚事而烦恼，催着他物色合适夫婿，他便拖了几十卷美貌神君的画像往玉凰楼去，进了庭院便见她坐在木火梧桐下发呆。

少夷笑着走过去，将画卷往地上一铺：“我替你带来了神界最好看的神君，还不过来看看？”

岂料她反应冷淡至极：“我不要看。”

她转性了不成？若在从前，必然欢欣雀跃。

“哥，”她忽然唤他一声，眼睛里有一种前所未有的、明澈而专注的光芒，“长御说，下回要带我去离恨海玩，离恨海啊，你知道离恨海的吧？”

离恨海与三生石一样，是上界爱侣们最喜欢拿来定情幽会的地方，他自然是知道得不能再知道。

少夷“哧”一下笑了，笑得流桑有些恼：“你笑什么？”

他在她额上点了一下：“我笑你这份迷恋，什么时候才结束？”

她眼里那种陌生的光芒始终亮着，轻道：“我觉得大概不会结束了。”

少夷摇了摇头："联姻已取消，你莫要犯傻。"

流桑低声道："他一定会来提亲的，我知道他喜欢我。"

喜欢？喜欢是天底下最虚无缥缈的东西，他今日喜欢她，一万年后还喜欢？

少夷出了玉凰楼便将这事丢在了脑后，他有无数更重要的正事须得操心，没什么耐性听一个陷入迷恋的小丫头诉说春情。

恢复联姻的事两族始终没提过，而流桑出门的次数也越来越少，她看上去脸色不大好，时常对着庭院里的木火梧桐发呆，渐渐地连脾气也有些改变，动不动为一些小事发火，某日甚至将自己最喜欢的一只火玉镯子也摔碎了。

事情的转变发生在某一年落叶纷飞的秋日，神官忽然带来一个消息：钟山帝君长御将在来年春华三月，迎娶已为他产下一子的巫山神女，盛大的婚宴准备办在离恨海，据说那是他们定情的地方。

流桑得知这消息便急匆匆地离开了穷桑城，一去就是数月，在某个三更半夜，她突然又回来了，一来便闯入他的寝宫，蹲在床前哭得喘不过气来。

"哥，你帮帮我……"她死死拽着被子，头发上的凤凰宝钗都歪了，"他明明说过喜欢我，会和我在一起……哥你是知道的！"

少夷只得将她扶起，见她哭个不停，他便叹道："你做了什么傻事？"

流桑颤声道："我去问他为什么要娶巫山神女……他说我应当是玩得起的神女，他是什么意思啊？我没有想跟他玩，我是真心喜欢他，他怎么不信我？哥，他是不是不会来提亲了？离恨海我和他也去过的，海中心有个小岛，他说以后我和他就住在那里，过一辈子，他是骗我的？"

少夷心中有一段罕见的怒意，也不知是气她反复无常，还是气长御这样恣意戏耍，即便为了维持两族来往的面子，他的猎艳手段也不该用在流桑身上。

他皱眉冷道："你趁早忘掉他吧，天底下那么多神君，还差他一个吗？"

他这半生傲气，将青阳氏振奋得远超从前，势力强大，岂会因为一场痴缠的迷恋而放弃，他狠心将流桑的哭声留在寝宫里，披衣便要离开。

流桑死死抱住他的胳膊，滚烫的泪水一颗颗掉在他手背上，她声音变得极轻，一个字一个字缓缓说道："可是我……有了灵梦，我和他已经……"

少夷猛然转身，只觉荒谬透顶："你有了身孕？"

她轻抚腹部，声音发抖："他说过会和我永远在一起，所以……"

少夷对她无话可说，隔了许久，他淡淡道："你先起来，上床休息。"

流桑面色苍白，难得柔顺地点了点头，被他扶上床，盖好被子，复又充满希冀地望向他："哥，你会帮我吧？长御也会娶我吧？"

少夷没有回答，只从窗台上拈了个鲜嫩叶片，吹出小调，这是母亲在他幼年时常吹给他听的，一般用来哄他睡觉，她还是快些睡了才不会想这些乱七八糟的东西。

钟山帝君盛大婚宴的邀帖很快便送来了穷桑城，风轻云淡地邀请青阳帝君与公主前来观礼。少夷捏着请柬，扭头看看流桑，她这些日子面色一直不好，有种异样的苍白，且消瘦了许多，若是在长御的婚宴上失声痛哭起来，那也实在太糟糕。

他缓缓道："我去，你不许去。"

流桑怔怔地看着他手里的请柬，隔了许久才低声道："哥，我是不是自作自受？当时要是不取消联姻就好了。"

本就不会有什么联姻，他早已决定终止两族的纠缠，何况，即便真的联姻，和一个风流帝君成婚，也好景不长。

少夷独自去了离恨海，这片蔚蓝而清澈的极西之地的海洋，大约是上界最美的景致之一，无数白玉翡翠般的小岛点缀在海面上，长御的婚宴便在海中心的一座岛上铺开。

烛阴氏成婚，宾客往来不绝，少夷在一片刺目的祥光中找到长御时，他正亲热地与即将成为帝君夫人的巫山神女喁喁细语。见着他来，这位钟山帝君便遣开夫人，面无表情地与他对望。

少夷冷冷看着他，淡淡道："钟山帝君莫非忘记，流桑是青阳氏的公主？"

狂放的烛阴氏终于露出嚣张轻蔑的一面："我以为答应取消联姻已是我的态度，但公主妖娆，更兼大胆放纵，我没理由拒绝。青阳帝君素日风流，自然是明白的。"

可他风流的对象，不该是青阳氏。

少夷眯起眼，语气森然："流桑有了身孕，不知帝君有何打算？"

长御傲然道："取名典礼可以由我来办。"

他办取名典礼？以什么身份办？高贵的青阳氏公主竟被他这样欺辱。

少夷取了一杯酒敬给他，长御方接过，冷不丁那杯酒化作一团幽蓝的火焰，险些燎坏长御的衣裳，他退了一步，面色也渐渐沉下去。

"听说你天赋甚好，"少夷微微一笑，"依我看，倒也一般。"

长御缓缓道："我也听说你天资卓绝，很早便想讨教一番。"

他们都没有再说什么，帝君之间说到这里也就可以了。长御此举是对青阳氏尊严的彻底践踏，两族温情的最后一块面纱被撕得粉碎，方才还阳光明媚的小岛忽然间变得昏暗下来，密密麻麻的白雪落如骤雨，前来观礼的诸神哪里想到婚宴上还打起架来了，不禁纷纷惊叫躲闪。

刚开始，他们不过互相试探底细，并没有下狠手，可是很快他们便发现，两个都是天资卓绝的帝君，棋逢对手便极难再停下。或许斗到后来，他们俩都有了一丝悔意，但是，已经停不下来了。巨大的烛阴之暗吞噬了整片美丽的离恨海，幽蓝的毁灭之火将小岛烧成了灰烬。

帝君之间声势浩大惊天动地的战斗持续了三天，连当时的天帝也被惊动了，却无力阻止。根本没有谁能从外进入那片巨大的烛阴之暗，华胥氏的青帝也只能用剑气化龙艰难地钻入其中查看动静。

最后的最后，其实少夷已经记不大清了，他们的战斗已经停止，神力消耗一空，介乎陨灭与不陨灭之间。在这样弥留的瞬间，他心中的悔意才如潮水般汹涌而起，无数的怀念不舍似巨石般压在胸口。

他冲动了，他还不想陨灭，青阳氏还可以继续在他的带领下更加辉煌；母亲怀了第三胎，不知生下的是公主还是凤君；他那些愉悦而放纵的生涯、精致的野心、理智的策划；天上地下那么多的美好和希望。

他不想陨灭。

深邃的黑暗里，一个瘦削的身影在朝自己努力靠近，少夷眯起眼想要看清她的轮廓，却无能为力。她伏在他身上，滚烫的眼泪一颗颗落在他脸上，艰难地叫他："哥！你撑住！我给你心羽！"

流桑？！她怎么会在这里？！她一直躲在这边？那她一定受了极重的伤，何况她还有身孕，不治自己，给他什么心羽？

种下心羽的剧痛让他眼前更加模糊，耳内也"嗡嗡"乱响，流桑好像一直在道歉，如果她不去喜欢长御，又或者可以坚强一些就好了，是她的任性把一切弄成这样。

但其实不是的，他和长御搏命相斗，有更多的理由是出于他自己的傲气，青阳氏的傲气，可能对长御来说也是一样。他们棋逢对手，旗鼓相当，这是一场生平最酣畅淋漓的战斗。

还有，他从来也没打算和烛阴氏联姻，无论流桑喜不喜欢这位钟山帝君，无论她是不是有了身孕，她的痴心在他看来只是个小麻烦。他不信，也不屑。可现在听着她的哭声和道歉，少夷心中竟不知是什么滋味。

"哥，他陨灭了。"流桑趴在一旁的长御身上，"你赢了，恭喜你。"

若不是她的心羽，他这会儿大约也陨灭了，实在算不得什么赢。

"这样吧，等你能起来了，如果我还活着，咱们一起撑着，我要是陨灭了，就只能你独个儿撑着了。"

她后来说了什么，少夷已经听不见，他被心羽的剧痛折磨得险些晕过去，可是等剧痛如潮水般退去后，他的伤也已尽数痊愈。

他猛然翻身坐起，在这片窒息的黑暗中慢慢摸索。他只摸到满手的沙，陨灭的神族一个时辰之内便会化为清气消散，流桑还不到五万岁，夹在两个帝君惊天动地的相斗中，受到的创伤足够令她陨灭，何况她还给了他一根心羽，她就这样不明不白地带着身孕陨灭在这片黑暗里。

为什么要来？他这个做哥哥的从来也没把她的感受放在心上，这位钟山帝君更不用说了，流桑不过是他猎艳名单中已完成的那一个，她为两个浑蛋丧命，傻得要命。不是一直爱和其他神君嬉笑打闹吗？为什么偏偏对长御就不一样？他实在不懂她的痴心。

他现在有点想成全她，她又不在了。

所以，无论如何，活着才是最好的，不要陨灭，陨灭了便什么也没了，什么都没了。

少夷在这片伸手不见五指的黑暗里待了很久很久，不断催动额上拥有青阳氏祈愿之力的神魂宝珠，令青阳氏的族人们给他传递神力。千方百计，用尽手段，哪怕青阳氏的后裔会因他的不断索取而体弱，他也要留下来，他必须要活下去。

可他也离不开这片巨大的烛阴之暗，它们万法无用。

又不知过了多久，原本清气磅礴的黑暗中无缘由地生出一丝浊气，时间越久，浊气竟越来越多。而离恨海也不知道被谁从外面丢了许多魔族和妖族的尸骨，甚至还有一双帝江之翼。浊气与清气相互碰撞勾结，渐渐地，这片黑暗中开始滋生魔煞，也开始真正让少夷感到窒息。

浊气与再生神力和烛阴之暗混杂了太久，竟渐渐融合进来，也开始渐渐被他的身体吸纳。

他觉得自己又开始介乎陨灭与不陨灭之间，只有一股一定要活下去的执念在支撑着他。

等他发觉不对劲的时候，已经迟了。

月上枝梢，流霜满地，“小泥鳅”的手里仿佛也捏着一团月华。

她在用烛阴白雪捏出一只小巧玲珑的凤凰，长长的尾羽，华丽的翎羽，凤凰脖子上系了一根长长的丝带——流桑纤细修长的脖子上总爱系一根杏黄丝带，她觉得那样挺美。

少夷静静看着她手里的白雪凤凰，半晌，开口道：“小泥鳅，先生的册子你看过不少，自然知道神族的陨灭是神魂一起消散，神躯神魂一并化为清气，不入轮回吧。”

玄乙专心致志地捏凤凰，只“嗯”了一声。

其实他早已陨灭了，在那片深邃无边、万法无用的黑暗中，漫长的数百万年岁月已令他丧命，只是他自己不知道。想要活下去的意志太厚重，纠缠着躯体与神魂，令它们无法消散，回归天地。

兴许正是这股庞大执着的念头，才让离恨海中生出一丝浊气，太过执着的念头，向来天地不容。

近乎凝滞的时间里，他清醒的时候其实是断断续续的，到后来他才发觉，在他不清醒的时候，便只剩执念与那些混杂的浊气纠缠。慢慢地，他不再能够控制那些执念，它们和浊气交融，和再生神力交融，和烛阴之暗交融，和那些被丢进离恨海的尸骨交融，生出了前所未有的怪物。

可怕的不是离恨海，一片海洋再大，也有边际。可怕的其实是那股与神躯缠绕一处的执念，它们没有边际。

神魂宝珠传来的神力越来越少，少夷知道，这是他对青阳氏后裔无止境索取的恶果。可是已经足够了，他的神魂在数百万年的时光中已变得无比强大，近乎不可摧毁，切断被污染的执念后进行涅槃重生，应当不至于神魂俱灭。

他的神魂全部凝聚在宝珠中，切开被污染执念的那一瞬间，神躯生出不舍，化作万道飓风，宝珠被风卷到黑暗的边缘。当神魂接触到第一缕神界的阳光时，他已分不清，那到底是至高的喜悦，还是深沉的悲哀。

凤凰浴火，涅槃重生，每一个青阳氏都知道这几个词，可从没有谁可以涅槃成功，即便贵为天神，也逃不脱天之道注定的陨灭。但他逃脱了，他确确实实是青阳氏的第一帝君。

借了当代青阳氏帝君夫人之腹，他重新成为年轻的凤君，当神魂宝珠重新被系在额上时，他感慨万千。

明镜里的凤君修眉俊目，唇齿含笑，与往昔别无二致，与他那些放纵而愉悦的生涯也别无二致。蓝天白日，青山绿水，繁华万千，什么都一样。可也什么都不一样，这天上地下变得他再也不认得，他是唯一的留下者，怀着数百万年前的回忆，对所有的一切又贪恋、又冷漠。

穷桑城变得空旷无垠，昔日的繁华只剩一个体弱的帝君，一群苟延残喘的神官。

可是不要紧，交给他吧，他会让什么都好起来，这是这些年他无度索取应负的义务。第一个要解决的便是离恨海，它是极大的隐患，务必要早日清除，而能做到这些的，只有烛阴氏。

凤凰已经捏好了，脖子上长长的丝带像是要飘起来那样。少夷从玄乙掌中轻轻把它拿起，那根丝带像是一直飘到了他心里，系住他，那一瞬间他竟然会感到难过。

“真漂亮。”他柔声称赞，“可以送给我吗？”

玄乙想了想，大方点头：“既然你把缘由都说了，可以，送给你了。”

“谢谢。”

少夷凝神看了一会儿白雪凤凰，这才仔细放入袖中。玄乙用袖子压下一个巨大的哈欠，她真是累了，心伤复发，神力耗尽，又听了那么漫长的一个故事，后面还有那么艰难的事等着她去做，她必须得狠狠睡上几天才行。

“你让我进离恨海，是想叫我把你那个帝君的尸体带出来吗？”她问。

少夷摇了摇头，淡淡道：“那具躯体和被污染的执念纠缠，已经变成和防风氏双手类似的东西。我现在还能极偶尔与离恨海里残存的执念沟通控制一下，等到再也不能沟通时，便该你出动了。我要你把那具尸体彻底毁掉。”

玄乙问得直截了当：“怎么毁？青阳氏我可冻不住。”

少夷笑了笑：“你天赋很好，我的两根心羽也不能叫你发挥全力。但我给你加了一根，三根心羽足够你释放所有神力，也足够你冻住那具尸体，它毕竟只是尸体，不是真正的青阳氏。不过，离恨海里只怕不止它一个怪物，你小心些。”

她小心有什么用？若真是简单的事，他都不用搞这么多弯弯绕了，可见她这一趟十有八九要丢了小命。算了，反正这条命也是他吊着，还害得清晏这么多年一直活得辛苦，她宁可自己去离恨海，陨灭在里面，看不到他们的眼泪，他们还能一直念着她，好过她留在外面看他们进去，然后像个傻子一样活下去。

玄乙呆了半日，忽然叹了一口气：“我怎么突然觉得我好伟大。”

她起身拌拌丝衣，把坐皱的地方抹平，转身便要回元詹殿，得睡了，希望不要做梦，这样说明她大约还能活着。

少夷唤了她一声：“小泥鳅。”

什么？她扭头，冷不丁他张开双臂紧紧抱住了她。

见她咬破舌尖要喷冰障，少夷用手捂住她的嘴，面上露出一丝笑，声音变得温柔：“你要是生在我的那个时代，离恨海到现在大约还是原来那个漂亮的离恨海。”

他将她覆眼的黑纱轻轻摘下，旋即摸了摸她的长发，声音里又多了一丝疏离：“去睡吧，不要做梦。”

第三十二章

砂粒之城

下界魔族的肆虐已近乎停止，曾经嚣张无比的大君们因着数位大君被残酷剿杀全族，大约终于意识到诸神此次维护天地秩序的决心与手段，纷纷选择偃旗息鼓，隐藏行踪。

众战将虽然有心将藏匿的魔族们翻出，但这并不是件容易的事，还要预防大君们密谋凑在一处突然袭击，剩下的十二位大君没哪个是好对付的，只要凑两三个一起出动，就是一场惊天动地的大战。

正因如此，为防止战将们懈怠，戒律刑罚反而比先前严格无数倍。扶苍一路经过乙丙寅部战将行宫时，已见到三四个因为擅自脱部行动而遭到太阳之辉灌顶之刑的战将了。

绕过藤影弥漫的回廊，草木繁盛的庭院出现在眼前。扶苍仔细看了看庭院周围，因着这份异样的草木繁密，这里很适合隐藏踪迹。

他之前去了一趟南天门，将十日内往来战将的名册仔细看了三遍，没有看到少夷和龙公主的名字，那即是说，他要么没回上界，要么便是有别的路径回。

穷桑城矗立九天之上，连父亲也不知其行踪，扶苍不想把时间浪费在徒然的寻找上，与其寻求那一丝奇迹，还不如顺着少夷留下的痕迹走。

少夷在来乙丙寅部之前，一直待在戊辰部，负责镇守离恨海，诸天屠魔诏令发布后，他以一根凤凰心羽为诺，贿赂了青元大帝，特意指定要来乙丙寅部，这个举动实在值得深思。

扶苍慢慢推开院门，走进屋内，冷不丁椅子上蹦起一个浅蓝身影，惊惶地“啊”了一声。扶苍定睛一看，却是芷兮，他少见地有些错愕：“……师姐怎会在此？”

芷兮尴尬地捉起衣角：“我……在等少夷。”

饶是扶苍通透，一时也摸不着头脑，在他的印象里，芷兮正经而勤奋，怎样也不像是会和那风流神君有沾染的样子。他不想多说，只仔细在屋中绕了几圈，没见什么破绽，便道："师姐等了几日？"

芷兮的尴尬总算消退了些许，小声道："差不多四日。"

扶苍目光一动，回头看着她："他走的时候，师姐见到的？"

芷兮这几日有些迟钝，直到现在才反应过来，少夷把玄乙强行掳走，扶苍必然是来追回。她点了点头："我看着他进屋，等追进来的时候，青阳氏的神官说他已经走了。"

连青阳氏神官都下来了，他果然有什么筹划。

扶苍推开后院门，方欲仔细搜寻，忽闻正门被敲了几下，陌生战将的声音响起："芷兮战将，开门。"

他回过头，便见芷兮面色惨白，做错事一样羞愧地垂下头，踯躅了良久方才打开门。立即有几个别部战将走进来，将她双手扣在背后，领头的那位像是执掌主将，面色惋惜，连连叹气："你一向不曾出错，怎么偏偏在这个时候脱部行动？太阳之辉灌顶有多疼你知道吗？"

芷兮默然不语，执掌主将手一挥，战将们押着她便推出去。她走了几步，忽又回头唤道："扶苍师弟，玄乙她……"

她脱口便想将玄乙和少夷亲热异常的事说出来，可一下又住了口。太难堪了，这行径。

她望着扶苍黝黑的眼睛，顿了顿，才道："……我受刑的事，请你不要说出去。"

扶苍默然颔首，看着她被带离庭院，这才返回后院，神力骤然震荡，整座行宫的清气流动都尽入眼内。他转身，沿着后院的墙慢慢往前走，最后停在一片小小的池塘前。

塘边种着梧桐树，盈盈清气自其上漫溢而出，不十分仔细看是看不出来的，这道清气虽然细微，却袅袅不散，直通向天际。

他伸出手，方要触摸那清气最中心的一点，忽觉身后有什么动静。他并不回头，右足在地上轻轻一踏，地面霎时剧烈震颤数下，连风仿佛都震颤起来。身后传来痛呼声，扶苍猛然转身，便见几个青阳氏战将神官在地上跌作一团。

血脉限制，战将神官再怎样厉害，也无法与他们这些真神相比。扶苍并不继续打杀，只道："少夷从这条通道回的上界？"

神官们个个面色发白，死咬牙关一言不发。

扶苍深深吸了一口气，并不急着进这条通道。这应当是上古通道，白泽帝君提过，自昆仑和太行掉下界后，上古通道大部分被浊气感染，已为诸神放弃使用，后来建了南天门，上下界往返便有了个固定的地方。

这件事到现在只怕已经不是单纯的宿仇了，这样精密的筹划、仔细的准备，只为将烛阴氏灭族那也太小题大做。说起两族的恩怨起始，应当就是离恨海一战，离恨海……少夷先前所在的戊辰部便是镇守离恨海的。

扶苍迈开脚步，绕过地上的青阳氏战将神官，竟是要按原路返回的样子，一面走，一面状似随意地问："他们什么时候去离恨海？"

某个战将神官下意识脱口道："快了……"

话未说完，面色已是更加惨白，扶苍神君也会套话了？跟谁学的？

果然要去离恨海。扶苍不再说话，直接离开战将行宫，九头狮往离恨海的方向疾驰而去。

玄乙梦见自己身处一片望不到尽头的荒原中，凡间的那株帝女桑突兀地竖在对面，叶片被风吹得轻轻摇摆，发出"飒飒"的清朗声。

身后有脚步声靠近，她转身，白衣神君正向她走来。她一直刻意不让自己去想他，可他却钻进她梦里。

那就来吧，陪着她。

玄乙朝他伸出手，这里就是他们的三千景色，天涯海角。

白衣神君握住她的手，她只觉面前寒光一闪，苍蓝的纯钧瞬间穿透了她的身体，剧痛和惊惧伴随着鲜血从她口中漫溢出来，流淌在脖子上。

玄乙一下惊醒，窗外天色已然大亮，汗水打湿了丝衣，她怔忡良久，始终不能回神。

……结果她还是做梦了。

沐浴后，她躺在庭院的软榻上晾头发，把手放在眼前盯着看。哪怕梦见自己化成黑灰都不会让她这样震撼，这个梦到底什么意思？她到底是陨灭还是不陨灭？为什么是扶苍拿纯钧杀她？

老实说，要是少夷拿他那根羽毛长刀捅她，她还觉得挺合理的。

侍立女仙们忽然整齐地后退行礼，下一刻少夷的声音便响起："小泥鳅，该换衣裳了。"

玄乙翻身坐起，便见他手里捧着自己那件赤红战将装走过来。她没说话，接过衣裳便要回元詹殿，少夷忽又扶住她的肩膀，低头细细看脸色："你这一觉睡了两天，怎么越睡越没精神？"

她都要去送命了，还不让她颓废一下？

玄乙去推他的手，他却纹丝不动，低声道："你有梦降临了？"

她皱起眉头："放手。"

少夷盯着她看了半晌，慢慢放开手，她飞快走进元詹殿，没一会儿便换上赤红战将装出来，发间金环熠熠生辉，她苍白的肤色因着这份艳丽的色彩也变得鲜活许多。

"先用膳吧。"

他做了个手势，女仙们立即铺好长桌，端上珍馐佳肴，还特意在玄乙面前放了食盒，里面是两列冰蓉碎雪糕。

做个饱死鬼也好。

玄乙悲观地想着，一面将那两列茶点吃得干干净净，顺便还喝了大半壶九九归元茶。

破开云境出去的时候，青阳氏五彩斑斓的长车竟已等在外面，拉车的两只巨大丹凤亲热地将脑袋往少夷身上蹭。

玄乙怔了一会儿，忽然道：“我想再看看清晏和我父亲。”

少夷轻道：“他们就在车上。”

她急忙走向长车，神仆立即恭敬地拉开车门，果然钟山帝君与清晏被安置在车厢内的牙床上。她先奔向清晏，却见他也是眉头紧皱，一手死死捂着胸口，便森然道：“……你给他也种了心羽？”

是打算她不行就让清晏上？清晏不行再让父亲上？

少夷走过来将她一把抱上长车，淡淡道：“你一定不大愿意叫他们见着你进离恨海吧？我也不大愿意，若是叫小龙君清醒过来，他势必要碍手碍脚。心羽是我父亲种的，你放心，无论你此事成不成，我都会把他们送回钟山，收回心羽。”

她可以相信他吗？！

“现在离恨海和以往不同，会主动吞噬神族，也曾有战将想进入其内查看情况，却没有一个能出来，全部陨灭在里面。我说过，只有烛阴氏才能全身而退，你若不成，天底下便没有谁能成了，你的父兄都不合适。我不过是想处理离恨海的事，并不想节外生枝收拾烛阴氏。”

玄乙沉着脸不说话，长车被缓缓拉动，渐渐飞高，车厢里只有父亲和清晏粗重的呼吸声来回起伏。

“为什么一定是我？”长车掠过炽白高塔宫殿的时候，她到底忍不住问了一句。

论修为，她区区三万三千岁，天赋再怎么好，和钟山帝君也差了太多，和清晏也有差距，他却只盯着她不放，虽说这样也挺好的，但她就是有点想不明白。

少夷今日一反常态，面上没有挂着笑意，抱着胳膊坐在软垫上，背靠车厢，只道：“只有你身上有我三根心羽。”

有三根心羽难道那尸体就认得她，自己躺倒随便她冻吗？

少夷忽然舒了一口气，双手握住她的肩膀，正色道：“你听好，无论里面遇到什么，只管竭尽全力去战斗，濒临陨灭也不要紧，你有我的三根心羽，便是有三条命。”

玄乙总算悟出一丝味儿来：“你给我种那么多心羽，就是为了这个？”

她一直认为他不切断心羽结系是为了今日布局，将烛阴氏一家三口翻过来掉过去地要挟，原来还有这个用途。也是，当年救她时他两万岁，也就两根心羽，全给她了，为了替她吊着命他又不能收回心羽种给清晏或父亲，给父亲种心羽的青阳氏帝君还体弱，只怕吃不消离恨海一行，选来选去果然也只剩她这两百年便有人身的，好歹还能用有天赋这个理由来安慰安慰自己。

少夷没有说话，四周忽地骤然变成火红色。玄乙诧异地扭头望向窗外，这才发觉那两只丹凤竟往火山内疾飞而去，一头扎入炽白的岩浆中，一倏忽间，岩浆火山都没了，车厢陷入彻底的黑暗。

她方愣了一瞬，只觉掐着肩膀的那双手滑落后背，将她用力揉进怀中。紧跟着一双烫若火焰的嘴唇落下，近乎凶悍地与她纠缠，与少夷平日里轻佻柔缓的作风截然不同，她的脊椎都像是要被他勒断。

烈焰与寒冰碰撞厮磨，他此时才真正像一团烈火，在伸手不见五指的莫名黑暗里暴戾而直截了当。

渐渐地，车窗外开始泛起丝丝缕缕的微弱光线，少夷又骤然放开玄乙，身上被数柄冰刃抵着，他却浑不在意，声音沙哑而凶狠："你若是陨灭了也好，这样我便能在心里记着你一辈子了。"

她是烛阴氏，是全天下谁都可以唯独她不可以的存在，是他亲手送上陨灭之道的神女。

可原来这些约束根本没有半点用。

只是，情意是太过虚无缥缈的东西，今日爱，明日恨，后日兴许什么都没了。既然情总会消失，既然她已有先兆梦临，既然是他亲手递了屠刀，那她就陨灭在这个最好的时候吧。

光线开始亮起来，长车原来是进了另一条上古通道，玄乙朝后退了两步，撤了冰刃。她没有说话，只靠在车厢上，静静看着外面丝带般的神界土地碎末。

少夷也没有再说话，依旧抱着胳膊，长睫低垂，优雅而淡定地望着车窗上的雕花，仿佛刚才黑暗里的一切不过是一场幻觉。

终于，长车降落在下界一处浊气异常浓厚的林间。

"照看好他们。"少夷吩咐神官们留意车内的两个烛阴氏，一面又冷淡地嘱咐玄乙，"和我来，这里有我在戊辰部时开辟出的通向离恨海的暗道。"

玄乙扭头朝车内看了最后一眼，她那一向牛哄哄天下无敌的父亲和哥哥，这会儿都软得跟棉花一样，等他们醒来后还不知怎么发疯。

无论如何，不要哭就好，让齐南也不要哭，他一哭脸就肿，难看得很。

收回目光，玄乙头也不回地跟在少夷身后走向暗道。

走了数盏茶的工夫，眼前豁然开朗，少夷停在一丛木芙蓉前，这丛凡间的花树已被浊气感染成了漆黑的，枝叶似活了般蠕动。前方不远处有清光大阵的光辉，大阵内便是漆黑深邃的离恨海。

玄乙第一次这样近距离看它，实在难以想象她那个太爷爷有多厉害，她从未见过如此庞大的烛阴之暗。

“看守大阵的战将有些麻烦，我帮你把他们引开。”

少夷合上眼，额上的火红宝珠骤然闪烁起来，过了许久，他的面色越来越白，最后终于睁开眼，汗水顺着脸庞滑落：“好了，等着吧。”

玄乙一言不发蹲在木芙蓉后面，静静看着它漆黑蠕动的叶片被风细细吹动，慢慢地，风越来越大，她仰头朝天边望去，一团团赭黄色的妖雾正在凝聚，她到底忍不住吸了口气。

“叫来了子丑大君。”少夷淡漠地勾起唇角，“有几个大君吸纳碎片最早，如今已被执念侵蚀得差不多了。这大君大约是我能控制的最后一个，和执念的联系马上就要彻底断了。”

她就觉得剿杀胡申和商卯的时候十分古怪，为什么胡申总盯着清晏，最后那一口黑浪分明是故意把他喷远，果然是少夷弄的。

戊辰部此时乱成一团，看守大阵的战将们纷纷迎战，眼见他们撤得差不多了，玄乙立即绕过木芙蓉，朝离恨海飞去。

一阵清朗的风扑面而来，玄乙忽觉不好，立即架起冰墙，只听“当”一声巨响，一条巨大的金龙撞碎她的冰墙，张开金光灿灿的大嘴，竟要将她吞下去。

剑气化龙！

她急急闪避，再架起一道冰墙，又是一声巨响，这次冰墙只颤了颤，并没碎开。玄乙停下脚步，慢慢转身，对上一双黝黑深邃的眼眸。

唉，她现在最不想看到的，就是他。

白衣神君衣袂拂动，款款朝冰墙行来。玄乙盯着他的眼睛，别过来，别过来，她这是要去送命呢，他来干什么？他怎么会来离恨海的？

她的眼神近乎祈求，像是在求他快些离开。扶苍没有停，他一路从天上追到地下，不是为了听她说离开，也不是为了看她这样的表情，他实在是不喜欢她这个表情。

他的手轻轻放在冰墙上，比寒冰还冷的声音传过来：“把冰墙撤了。”

胸膛里的心像是又要裂开一样，这种疼痛甚至让玄乙怀疑自己是不是又心伤复发了。她垂头笑了笑，飘过去，手掌隔着冰墙抵在他掌中。

“不要看。”她素来牙尖嘴利，此时顿了半日，竟只说出三个字。

不看她，他还能看谁呢？

目光交错，过了良久，扶苍的视线终于移向她身后，一丛漆黑的木芙蓉旁，玄黑色长衣的身影一闪而过，他开口道：“他叫你进离恨海？”

少夷这会儿怎么不过来了？过来帮她阻止他，赶跑他啊！他不是很厉害的吗？什么帝君之力，把扶苍揍个半死丢远些好不好？他不是特别狠毒特别冷酷吗？为什么现在不冷酷一下了？

玄乙简直咬牙切齿，忽然双手一合，数面无形冰墙将扶苍团团困在冰盒之内，她转身骤然飘远，只留下一句话："看了就不要后悔。"

惊天动地的碎裂声震荡耳畔，玄乙没有回头，一道道冰墙架在身后，到今天她还能这么狠心，她真是太佩服自己了。

清光大阵的光辉近在眼前，她如一道流星般落在其上。平静漆黑的离恨海似是察觉到有神族靠近，那些浓厚的黑雾开始款款波动起来。她朝那片巨大的黑雾中疾飞，那些冰墙碎裂的声音也不再响起，对，就这样走吧。

清朗的风声轻轻落在她身侧，一只手紧紧抓住她的胳膊，玄乙错愕地扭头——却见她架在后面的冰墙，居然不知道什么时候全部无声无息地碎了，他居然有这种本事？！

那只手把她狠狠一拽，她的后脑勺便重重撞在扶苍胸前，紧跟着另一只手将她的口鼻用力捂住，扶苍的声音简直可以用阴森来形容："这样急着送命，不如我送你一程？"

她一身烛阴氏牛哄哄的本领遇到他好像就不灵了，玄乙使劲拽他的手，可是拼力气她从来也没赢过他，每次都是惨败。

扶苍拖着她转身便要御风飞起，冷不丁平静的离恨海突然涨高，漆黑阴寒的黑雾犹如一张巨口，朝他们迅速扑来。他急急朝后避让，怀中的龙公主却开始震荡神力，想要再度将他推开。

为什么总是要推开他？她为了救自己的父兄，一声不吭跑来独闯离恨海，难道想叫他称赞她一声伟大吗？那个向来自私的龙公主呢？他从没有哪刻像现在这样盼着她更自私一点。

如果一定要去，那就一起吧！他的剑道原本就是为了她，才一次次变得更加犀利，倘若没有她，要这柄纯钧又有何用？

扶苍移开捂住她口鼻的手，双臂紧紧箍死她，不退反迎，在玄乙的惊呼声中，他们的身影迅速被黑雾吞没。

像是落入一团奇寒彻骨的糨糊里，浓稠到近乎疯狂的浊气骤然包裹上来，令他们立即感到一股窒息般的痛苦，所有的声音仿佛都停止了，连时间也近乎凝滞。纯钧发出杀意浓厚的嗡鸣声，这样汹涌的浊气叫它感受到当年对付共工大君时的威胁，它迫不及待地要离鞘而出。

扶苍一手按住它，一手圈住玄乙，这里什么也看不见，黑雾阴寒，可身下的砂粒却滚烫。他正要起身，怀里的她却揪住他的领口，颤抖而用力地摇了两下，她什么都没说，只有粗重的呼吸刺透他的耳膜。

他放开纯钧，手掌盖在她脸上，无数冰粒般的眼泪正从睫毛里一颗颗滑落。

他将龙公主抱起来，在她冰冷潮湿的面颊上吻了吻，随即却又用力在她脑袋上敲了一下，发出好大的"咚"一声。

玄乙正哭得心碎，被他一下敲得反而愣住，有龙鳞，疼倒是不疼，可他居然打她……

扶苍将她拽得站起身，语气依旧冰冷："这笔账回头和你慢慢算。"

纯钧骤然出鞘，化作巨大的金龙，刺目的光芒照亮周围的景致，却让他们都愣住。

原本以为离恨海里应当是一片荒芜的沙地，谁知竟有影影绰绰的高而圆细的宫殿群，似是砂粒建成，在这片漆黑的死寂中，显得十分诡异。

玄乙把面上的泪痕拭干，她也确实不大适合哭，哭了一会儿自己都受不了。她的目光在那片砂粒宫殿群上转了一圈，犹带鼻音地开口："这是穷桑城的模样。"

既然扶苍已经跟来，她也完全没有隐瞒的必要，口齿伶俐地将事情迅速说了一遍。

少夷的执念是要活下去，这里留下的景象大约就是执念产生的根源，他原本便是为了青阳氏的傲气选择战斗至陨灭，这座砂粒的穷桑城应当是他神魂最深处的牵挂。

浓稠的浊气如糨糊般黏腻包裹，偶尔有令玄乙毛骨悚然的煞风穿梭在浊气的缝隙中。这里没有一点声音，可又似乎包含了无数声音，满地白砂与黑雾纠缠翻滚，细小的魔煞们躲在暗处蠢蠢欲动。

玄乙下意识震荡神力，便要释放烛阴白雪，冷不丁胳膊被扶苍用力掐住，他的手劲丝毫没有收敛，竟掐得她骨头硬生生感到一丝痛。

他面无表情地盯着她："你若出一下手，我便直接把你敲晕。说一个字，也直接打晕。"

说罢，他拽着她往砂粒穷桑城疾步走去。

至今他也不能明白少夷说的那句"你一定不大乐意见到她陨灭吧"是什么意思，单纯的威胁？还是另有深意？可看到如此庞大且与浊气纠缠融合的烛玥之暗，他心中那种不好的预感又来了。

龙公主不能出事，不然他……

扶苍的手劲不自禁再度加重，他此时怒不可遏，不光为了恣意玩弄旁人的少夷，还为了她。他已近在咫尺，她却依旧狠心地坚持着自己的自私。

不会再有谁比他更了解她，她要他眼睁睁看着她丧命，把这份撕心裂肺留给他，留给这天上地下原本就没几个的、真心爱着她的那些可怜虫，包括她的父兄。

现在不能看她，他也不能开口，更不能听到她的声音，不然他大约真要做莽夫，顾不得轻重地敲打她。

忽然之间，煞风似刀一般扑面，扶苍长袖一挥，缠绕身周的巨大金龙倏地化为万千潮水，犹如一匹被揉皱的丝绸瞬间铺开，无数细小魔煞被金色潮水撞碎，化为一团团黑烟回归浓稠的浊气中。

潮水重新化为金龙，缠绕他们身周，扶苍举目四望，除了那座砂粒穷桑城，离恨海内空荡荡的景象有些让他意料不到，这样厚重疯狂的浊气，岂会只生出细小的魔煞？防风氏尸骨在哪儿？帝江之翼呢？难道都和少夷那具被执念纠缠的尸体一块儿，藏在砂粒穷桑城里？那些不幸被吞噬入内的战将，按常理来说，不至于陨灭得那么快，可这里没有半个影子，莫非都闯入了城内？

浊气缝隙中吹来的煞风越来越大，满地雪白的砂粒被吹得如雪浪般翻涌，突然，一阵犹如打呼噜般的巨大声响自地下深处响起，一声一声，绵长而震耳欲聋。扶苍立即停下脚步，将玄乙往背上一放，交代："抱紧。"

她难得听话起来，犹如八爪鱼一般手脚并用死死缠住他。但见地下那些砂粒滚动得越来越剧烈，渐渐犹如沸腾般，那一阵刺耳的呼噜声倏地停下，紧跟着砂海下突然缓缓伸出一双巨大无匹的翅膀，翎羽漆黑而妖异。

先时它们并在一处，很快又张开，分开的翅膀复而又再度分开，从一双翅膀变成了两双，在翻滚的砂粒上不停地震颤抖动，一团团抖落无数黏稠如糨糊般的浊气。

传说中的帝江之翼，就这样突如其来地出现在他们眼前。

帝江乃天下间第一凶兽，正是当今天帝即位时开始作祟，其时也是耗费了无数神力才将其剿杀，因其尸骨过于庞大，也不可留在下界，天帝大概是跟白泽帝君学的，便把那两双凶猛异常的帝江之翼丢进了离恨海，其余部分剁碎了压在天宫琉璃塔下。

玄乙觉得，这件事真不该独独是青阳氏跟烛阴氏的责任，以白泽帝君为首的那帮闲得失心疯的帝君明明也是帮凶。可现在居然只有烛阴氏和华胥氏两个小辈独自面对这传说中的凶兽翅膀，它还被离恨海的浊气浸染得比以前厉害百倍。

如果这趟还能活着出去，她得找白泽帝君和天帝好好谈谈，她想谈的实在太多了。

扶苍念动真言，巨大的金龙瞬间又涨了数倍，方欲腾飞，冷不丁那些砂粒又开始翻涌沸腾，下一刻，一颗硕大无匹的漆黑的脑袋从四片翅膀中钻了出来，脑袋上五官深刻而清晰，还留着临死时的狰狞表情，浊气从它七窍中汩汩涌出，看上去无比可怖。

不等他们反应过来，脑袋下面的身体也钻出砂粒，不一会儿，天上地下第一高大的巨人身体便立在了不远处。它通体漆黑，身体上遍布狰狞的伤口，原本应当生着双臂的地方，如今硬生生贴了四只帝江之翼，使它看上去多了无数诡异。

防风氏的尸体与帝江之翼一起，就这么大大方方地出现在他们面前。

玄乙不禁吸了口气，退意顿生，她的目标只是少夷的尸体，这玩意就算了吧。她觉得把它们放出去，交给白泽帝君那帮浑蛋帝君对付是最好的。

扶苍迅速收回金龙，急退数步，忽见那两双帝江之翼振翅而舞，漫天漫地的浊气似被一双巨手搅动，剧烈旋转起来。防风氏发出无意识的吼声，头扭向他们这里，拔腿便追。

扶苍反应奇快，转身便朝砂粒穷桑城疾驰。

可恨这里面不能御风腾飞，防风氏这样高大的巨人又在急追，眼看越来越近，他指尖在纯钧上一弹，巨大的金龙呼啸蹿出，落在防风氏巨大的身体旁，一头钻进它眼中，没一会儿又自头顶天灵盖处冲出，它也浑不在意，继续地动山摇地追在后面。金龙立即下移，疾电般的金光在一只帝江之翼上倏地绕了一圈，防风氏发出一声大吼，一片翅膀从它肩上掉下去，激起无数砂浪。

几乎是一眨眼的工夫，四片帝江之翼便被干脆利落地切下。没有了翅膀震颤翻飞，防风氏追逐的脚步果然慢了一些，被卷起的刀一般的煞风也平息下去。它追了一阵，因见那白衣神君奔得极快，距离竟慢慢被拉开，便骤然张开漆黑巨口，狂吸了一大口气。

玄乙死死按住头发上的金环，饶是如此，披散的长发依然被扯得倒竖起来，要不是扶苍拽着，怕是要跟着倒飞出去。防风氏最擅长惊天吼声，当年作祟时，曾有吼死过神界战将的丰功伟绩，被它这样猛吸一口气吼出来，后果不堪设想。

她震荡神力便要放出烛阴白雪，冷不丁扶苍一把掐住她的腰："收回去！"

玄乙素来怕痒，被掐得差点痒笑了，刚震荡起来的神力硬生生被痒回去了，那盘旋的金龙一头钻入防风氏口中，破开它的喉咙一跃而出，它将发未发的吼声再也吼不出来，只徒然张着大嘴，反而多了丝莫名其妙的滑稽。

切断帝江之翼也好，破了防风氏的喉咙也好，都不过是暂时的，离恨海里这样疯狂的浊气，加上再生神力与被污染的执念，没一会儿怕是这怪物又要恢复原样，他们不能耗。

砂粒穷桑城的宫墙已在眼前，扶苍将纯钧剑鞘掷出，势如破竹般插入宫墙内，他跃起握住剑鞘，身体一翻，似鸟一般轻盈地落在宫墙上，跳了下去。

防风氏像没头苍蝇般在宫墙外乱跑，踏地之声犹如响雷，砂地震颤不休，可看上去它竟像是不敢闯进来。

这情况非但没让他俩松口气，反而都觉心在往下沉——这些怪物都是因着少夷求生的执念变成此等模样，他可以将天下间极凶煞的东西控制到这般地步，还不知那与执念纠缠的帝君尸体究竟要如何厉害。

扶苍眯眼看了看穷桑城内的景象，宫墙后是万丈深渊，砂粒的宫殿群便建在这深渊中，那些高塔宫殿自远处看栩栩如生，可眼下靠近了才发现它们不过是个徒有外形的空壳，巨大的窗户内一片漆黑，什么都没有。

他反手将玄乙捞在身前，双手紧紧抱住，一言不发地便朝深渊中跳下。玄乙倒抽一口冷气，他又不像青阳氏有翅膀！

黏稠的浊气飞速擦着脸颊过去，扶苍念动真言，苍白的砂地中瞬间长出密密麻麻的巨大叶片，他们的身体落在柔软的叶片中，像一粒水珠般被轻轻弹起，毫发无伤。叶片顷刻间又消失，扶苍双脚站稳在砂地之上。

玄乙憋在胸腔的那口气也稳稳吐了出来，身体被他往地上一放，他摇摇头："……大惊小怪。"

就这模样，少夷选她来解决离恨海的问题，实在不是件明智的事。

玄乙假作不知，扭头四处张望，苍白的砂粒不光凝结成宫殿，还凝结成木火梧桐的模样，树下甚至有砂粒凝结出的青阳氏神官，三三两两聚集，在这无声的死地中显得怪异无比。

“他会在哪里？”扶苍问。

不是不让她说话吗？玄乙盯着他，难免带了一丝怨气。

这会儿终于知道听话了。扶苍心头汹涌的怒意莫名消退了一些，脸还板着，语气却变得有了一丝温和：“只准说一句。”

玄乙叹了口气：“我也不知道，顺着大道找吧。”

她有点后悔为什么没答应少夷逛逛穷桑城的提议，虽然在那边待了几天，可她依旧半点路也不认得，帝君尸体会在哪里？这么巨大的穷桑城，不能腾飞，只靠两条腿走，要走多久？

……这简直是句废话。扶苍又摇了摇头，他不该指望她能靠得住。纯钧再度脱鞘而出，化作一道细小的金光，快到不可思议，一瞬间沿着巨大的穷桑城绕了数圈，旋即又落回鞘中，他转身往西面行去：“到这里来。”

玄乙垂着脑袋跟在他身后，满心疑惑，奇怪，她不是应当特别厉害吗？以前也都挺牛的，怎么这会儿被他对比得像个废材一样？不应该是这样的，肯定有哪里不对。

手被一把牵住，扶苍回头看看她，他眼里阴霾仍在，目光却温和了无数倍，轻声道：“你这个战将做得乱七八糟。”

龙公主实在是许多事都做得乱七八糟，一手字写得如抽风，当个弟子几万年不去听课，当个战将连剑也不会握，一贯自私自利，突然又跑来这边当孤胆英雄——幸好他来了。

玄乙还是垂着头不说话，他便又道：“为什么不等我？”

她继续不说话。

“不会再有下次。”他声音清冷，“如果再有这样的事，我便把你关在纯钧里。”

……意思是他要放剑气化龙来咬她？对了，刚才他就放过一次，这残暴的莽夫。

玄乙含泪捉起他的手，用指尖在上面愤愤地写下一行抽风的字：我想再说一句。

这九死一生的当口，扶苍竟又不知是好气还是好笑，牵住她的手继续往前走，一面道：“你还是安静些更好。”

袖子被轻轻扯了两下，他下意识回头，龙公主撑圆了两只眼睛盯着他，她那双黑白分明会说话的眼睛显然是在问他：你怎么来这里的？

居然真的不说话，怕他真的敲晕她？

扶苍淡淡道：“问来做什么？反正都已经到了。”

她默然，眉头蹙起，又有一丝泪光迅速掠过，快得几乎看不清。扶苍看了她一会儿，慢慢张开双臂，将她圈入怀内。什么也不用说，既然他来了，那就不会走。

玄乙把脸使劲贴在他胸前，熟悉的干净气息，还有有力的心跳声。

他若不来，她还能死心塌地以命相搏，他来了，她好像就傻了。会不会一起陨灭在这里？和他一起当然好，可她不想他陨灭，他可以好好过下去，总有一天大约能遇到比她更适合他的神女，不会跟他斗气，也不会叫他上天入地万里迢迢赶来陪着一起送命。

真是个没眼光的神君。

难得见到龙公主像被雨淋湿的鸽子一样颓然无力，扶苍摸了摸她的头发："不用怕。"

玄乙紧紧抱了他两下，方才松开手。扶苍牵着她，沿着砂粒木火梧桐款款前行，他荼白的衣衫下摆与长袖被浊气与煞风吹得摇曳不休，她盯着上面的云纹看了很久很久，看得出神。

煞风刀枪一般擦刮在脸上身上，扶苍的脚步突然变得十分谨慎，四周砂粒的木火梧桐莫名茂密起来，脚下的道路也渐渐变得清晰而不再粗糙，再绕过几株有了颜色的木火梧桐，一座巨大而华美的大殿出现在眼前。

与砂粒穷桑城中其他景致不同，这里的一切都与真正的穷桑城别无二致，烈焰般色彩的殿门，连其上最细微的雕花纹路都清晰可见，大殿内漆黑的水晶地面纤尘不染，瑰丽的金色枝叶缠绕的竖格窗，绣满了玄鸟的云纱窗帘。

空旷的大殿内一个影子都没有，连那些砂粒凝结的神官也没有。扶苍握紧纯钧，极其小心地以足尖在漆黑的地板上轻轻踏了一下，大殿的后门忽然打开，金青交织的明丽颜色如潮如云，映亮了显得有些阴森的大殿。

仔细穿过大殿，玄乙拉长脖子朝外望去，这里像是一个突兀的庭院，高大的木火梧桐将天空都遮蔽住了，艳丽繁茂至极的枝叶下，有一道穿着古老玄黑长袍的身影席地而坐，背靠木火梧桐，姿态竟十分慵懒。

漆黑长发宛然垂在肩下，金线细细绕了一绺编好的辫子，下面还坠着一粒玲珑精致的玛瑙凤凰。

倏地，长发晃了一下，他侧过脸来，俨然跟少夷一模一样，只是额上没有那粒神魂宝珠，且看上去比年仅五万岁的凤君又要成熟无数倍。

玄乙不禁深深吸了口气，这是尸体？青阳氏家的尸体长这样啊？

他似是全然没注意庭院里突然出现的两个神族，掌心不知何时多了一片树叶，放在唇边细细吹奏。断断续续的小调儿划破死寂的离恨海，正是上回少夷吹的那首，只是不连贯，像是记不得调子了。

玄乙朝他走过去，身体却被扶苍死死扣住，他严厉地瞥了她一眼，随即指尖一弹，纯钧化为一条细小的金龙，疾电般落在帝君的肩畔，清朗的风把他坠在辫子上的玛瑙凤凰吹得晃来晃去，他依然无动于衷。

断断续续的小调儿吹完，帝君丢开叶片，转过头来，目光准确无误地落在玄乙身上，眉头忽地一皱，喃喃："流桑？不是长这样。"

语罢长袖一振，玄乙只觉黑雾与苍白的砂粒朝自己铺天盖地而来。

第三十三章

死生与共

她咬破舌尖便要喷出冰障，扶苍早已一口气呼出，将黑雾与白砂吹得散落一地，可是一瞬间它们又重新弥漫在一处，幽幽悬浮转动，渐渐凝结成一个神女像。

与外面那些粗糙的神官不同，这尊神像与真神别无二致，眉若翠羽，姿容妖娆，纤细修长的颈项上系了一根长长的杏黄丝带。

看来这便是流桑的模样了。

玄乙眉头紧皱，这是什么鬼尸体？不但能动，还会说话，更把她当砂粒凝结的神像来雕琢，少夷那浑蛋该不会骗她吧？

帝君见着砂粒凝结成流桑的模样，便不再去管他们，长袖又是一振，砂粒流桑重新化为白砂与黑雾散开。他站起身来，辫子坠的玛瑙凤凰撞在衣服镶嵌的明珠上，发出清脆的声响，他缓缓在木火梧桐林中踱步，旋即悠然吟哦：“凤凰鸣矣，于彼高冈。梧桐生矣，于彼朝阳。”

扶苍盯着他看了半日，低声道：“他的尸体被执念纠缠，与浊气融合，应当没有神思，只残留些许记忆。”

如今这整座离恨海的黑雾浊气，都与少夷庞大的求生执念纠缠在一处，所以那些吸食了碎片变成魔族的妖才能拥有如此凶猛的痊愈能力，所以被堆在离恨海的那些尸骨才会变成怪物。

之前他在离恨海等了许久，以少夷周全的布置，扶苍推测他大约会用什么法子遣开看守大阵的战将们，才能朝离恨海下手。当子丑大君的妖雾席卷而来时，扶苍便知道，这十有八九是他的手段。

那些吸食了碎片的大君倘若最终一个个都被执念吞噬神智，后果一定十分严重，先前少夷还可以与执念沟通控制，待这份控制彻底消失，怕是失去神智的大君便要开始大肆作祟了。

只要有这具与执念纠缠的尸体存在，无论杀多少魔族都是治标不治本。

扶苍拽着玄乙的胳膊，把她拉到角落一株砂粒木火梧桐下，道："在这里待着，不许动。"

因晓得她必然不听话，他便沉下脸又道："动一下我便将你在纯钧里关一百年。"

他老是用各种凶狠手段来威胁她！玄乙板着脸抱起胳膊，站得好似一尊砂粒神像，这模样反而让他眼里升起些许笑意，冲散了一丝阴霾。

扶苍抬手将她那枚总是歪掉的金环扶正，指尖顺着面颊柔媚的弧度滑落，掌心在其上贴了一下，低声道："听话些。"

林中的帝君已复又坐在了树下，重新吹着断断续续的小调。为何不继续攻击？扶苍带着一丝试探，细小的金龙又一次蹿上帝君的肩膀，将他那根与金线缠绕的辫子切断，玛瑙凤凰掉在树下。

小调断开，帝君的目光落在扶苍身上，凝神看了片刻，眉头皱得更紧："长御？不是长这样。"

漫天漫地的黑雾与白砂席卷而来，比先前要凶猛无数，扶苍架起屏障，不等那些砂粒黑雾化为神像，一口便吹散。忽地眼前黑光一闪，"当"一声巨响，屏障竟被一柄漆黑的羽毛长刀撞得粉碎，原本应当缠绕刀身的毁灭之火，此时变成了缭绕的黑雾——决不能被这样浓厚的浊气划伤。

金龙化为万千潮水铺开，将羽毛长刀绞得粉碎。帝君一跃而起，悬浮半空让过剑气化潮，抬手一招，长刀又重新出现在掌中。他盯着扶苍看了良久，目光阴沉，忽地一挥手，地面一寸寸开始皲裂，火舌般的黑雾自裂缝中蒸腾而起，他身形一闪，与金色潮水撞在一处。

玄乙只觉地面颤得厉害，一团团浓厚的黑雾似巨龙般呼啸而起，身后华美的大殿，身前金青交织的木火梧桐庭院，似一张被撕碎的画，渐渐化为苍白的狂砂，这一座被砂粒凝结出的穷桑城正在崩溃瓦解，砂粒似瀑布般滚落。

半空的帝君正与剑气化潮战成一团，青阳氏本就灵活飘忽，帝君的玄黑身影更是犹如疾光闪电，在潮水的空隙间来回游走，黑雾似燎原大火般一层层将潮水包裹，再一次次被金光洗涤一净。

得想个法子让他停下来。

玄乙指尖一弹，数面冰墙无声无息地落在帝君身旁，一层层收紧。帝君一个侧身，冷不丁撞上冰墙，飘忽的身影被迫停了一瞬，剑气化潮四面八方汹涌而来，绞碎冰墙，也将那玄黑色的身影吞噬入内。

成了？玄乙疾步上前，忽见一团漆黑的凤凰强行撞破金色潮水，在黑雾漫天的半空急急绕了数圈，落地后化为人身，略带踉跄地退了两步，一手捂住肋间，指缝里浊气汩汩，被华胥氏剑气伤到，伤口过了片刻才愈合。

……好像没有想象中那么强，果然是神魂不在的缘故。

玄乙正准备把这具尸体冻住狠狠折磨一番，忽觉一道蓝光夹杂着风声狠狠砸在脚边数寸之外的地方，溅起无数白砂，竟是纯钧剑鞘。不远处的扶苍眼神冰冷地瞪着她，她只得退两步，继续抱着胳膊冒充砂粒神像。

潮水收拢成为巨大金龙，金光一闪，巨口咬住帝君，将他在砂地上推了十几丈，旋即腾飞而起，龙口一松，身体迅速蜷缩，将帝君卷在其中，立时便要卷碎。

这电光石火间，两双漆黑的帝江之翼倏地自砂地中钻出，四片翅膀诡异地一折，将金龙紧紧抱住，防风氏巨大的脑袋自翅膀后骤然伸出，张嘴便朝扶苍一口咬来。

他急急避让，忽觉身后煞风凶狠，当即念动真言架起屏障。又是一声巨响，不知什么东西撞碎了屏障，他心中暗惊，将手一招，剑鞘落在掌中，在背后一挡，一股大力用力甩在剑鞘上，他借力朝前滑了数步，猛然转身，待看清眼前景象，不由得倒抽一口凉气。

那些藏在离恨海暗处，曾被天帝和白泽帝君恣意丢进来的厉害魔族与妖族的尸骨，以各种诡异的模样混乱黏合在一处，粗粗一看不下几十具。

……原来可怕的不是这青阳帝君失去神魂徒留执念的尸体，可怕的是他可以操控里面这些惊天动地的怪物。

缠住帝君的金龙迅速蹿回，化为巨大的浪潮，阻挡那群怪物与防风氏的疯狂攻击。帝君落在砂地上，这一次伤口痊愈得极快，他方站起身来，忽觉密密麻麻的白雪如骤雨般坠落，他似是被唤起了什么回忆，扭头目光闪烁地盯着不远处的玄乙。

“流桑？”帝君错愕地唤她。

还能动，证明她没能彻底冻住他。玄乙震荡神力，暴风雪呼啸狂暴，她第一次发现自己能唤来这样凶悍的风雪，帝君几乎是一瞬间便被冻了个结结实实，只有双唇诧异地张开，还在唤她：“流桑？”

玄乙冷冷道：“我不是流桑，你也早就陨灭了。”

指尖一弹，巨大的冰龙将帝君再度卷起，将他的骨骼来回绞碎。

快一点！快点把这尸体解决了！扶苍正被那群怪物追击，这些惊天动地的怪物连帝君们都难敌，何况是他，防风氏只要吼一声，他不陨灭也得重伤。

玄乙眉头紧皱，忽而又有一条冰龙呼啸而出，化为万千寒光，反复刺穿这具难以消灭的尸体。

不知为何，她觉得越来越吃力，好像神力消耗得极快。她扬手召回烛阴之暗，这一召竟毫无反应，这才愕然发觉自己方才放出的烛阴之暗被浊气迅速包裹，已有大半变成了和离恨海一样的黑雾。

玄乙一下子想起少夷说过，离恨海会吞噬烛阴之暗。她素来精细，本不会犯这种迷糊，可因着父兄接连出事，少夷又透露了太多讯息给她，一时竟忘了此事。

她会忘情有可原，可少夷绝不可能忘，居然不提醒她？

他既然知道不能用烛阴之暗，她几乎等于没什么战力，怎会叫她来解决尸体？之前扶苍来了，他又为何不阻挡？难道正是因为晓得她做不得什么战力，才刻意让扶苍作陪？

玄乙心中惊疑不定，见所剩不多的烛阴之暗也要被浊气吞噬，她沉着脸强行把它们抢回，一时间只觉神力已没了大半，捆住帝君的冰龙小了无数圈，万千寒光也消失了。

她隐隐有种不好的预感，急急扭头朝扶苍望去。剑气化潮正与那群怪物激烈地纠缠在一处，他茶白的衣服上已是血迹斑斑，那群怪物生前便是要集合数千战将才能剿杀的魔族，死后又被离恨海的浊气感染得更加厉害。此地浊气极重，扶苍怕也是神力消耗得差不多了，加上伤口被浊气感染，更是不能妄动。

再低头看看，被冻僵的帝君脑袋也已经可以开始转动，她实在没有多余的气力将他冻得更结实——再这样下去，前功尽弃。

难道今天他们俩真的要一起陨灭在这里？

正犹豫时，胳膊突然被一把抓住，白衣几乎被血浸透的扶苍疾驰而来，拽着她往离恨海边缘狂奔："离开这里！"

离开？可离开了，清晏和父亲就……

玄乙下意识又回头看了一眼，却见先前那群不停追逐扶苍的怪物和防风氏，被无数条巨大的金龙圈在一个圈内，无论怎样挣扎奔逃，都无法挣脱那个圈。防风氏凄厉可怖的吼声狠狠扎进脑袋里，令她头晕目眩，龙鳞也抵不住他的吼声。

扶苍大口喘息，他前胸后背受了无数创伤，浊气几乎侵入内脏。他咬牙召回纯钧的剑鞘，从伤口处摸了一把血洒在上面，剑鞘霎时间变作一条金光璀璨的小龙，灵活地钻入黑雾，为他们开辟离开的道路。

他将玄乙抓起锁在怀中，声音十分吃力："我们先撤，来日方长。"

滚烫的神血一团团掉在她脸上身上，玄乙怔了半日，突然反手紧紧抱住他。

没有什么来日方长了，这次半途而废的话，以她对少夷的了解，他必然毫不犹豫地收回三根心羽，父亲和清晏只怕也难逃浩劫。他本就是不想叫诸神晓得离恨海的秘密，才这样暗地行动，如今还扯上扶苍，他一定也不会放过扶苍。

玄乙生平第一次痛恨自己为何没有学拳脚之道，这样至少她还能把帝君揍成齑粉，而不是对着所剩无几的神力发愣，看着扶苍为她伤成这个模样。

肩膀被扶苍用力掐紧，他的手劲又令她感到骨头上的痛楚。

"如果我不行了，要听话，自己出去。"

他一面说，一面有血滴落在她脖子上。

自己出去？怎可能？他大约是得了失心疯。

她没有烛阴之暗，可离恨海里还有很多，尽管被浊气和再生神力感染得变了样，但它依旧还是烛阴之暗。

玄乙定定望着漫天漫地的黑雾，她终于明白，少夷给她的三根心羽有什么用了。

她咬破舌尖喷出冰障，硬生生将扶苍推得摔在地上。他本就重伤强撑，冷不丁被她用术法狠狠一推，竟晕了过去，鲜血迅速染红地上苍白的砂粒，苍蓝的剑鞘摔落在他手边。

砂地剧烈地震颤起来，玄乙抬眼望去，因着扶苍昏迷，纯钧自然也失去效用，远处原本被无数金龙困住的怪物们和防风氏正气势汹汹地追过来。

她深深吸了口气，毫不犹豫地将身边的黑雾召向体内，浊气入体，犹如烈焰在灼烧经脉五脏，她眼前一阵阵发黑，汗水一下浸湿了衣裳。

不够，实在不够，要把那罪魁祸首的尸体彻底消灭，要冻住那群追来的怪物，继续吸，离恨海里有这样多的黑雾，足够她挥霍。

汗水顺着玄乙的面颊一直流到脖子上，那些浊气冲撞着四肢百骸，她觉得心脏跳得厉害，像是要裂开一样。

一团柔和的金青色光辉忽地自心口迸发而出，似流水般迅速流遍她的身体，玄乙已经分不清这到底是幻觉还是真实发生的，她的眼睛死死盯着地上某个不知名的小点，耳内“嗡嗡”乱响，只有吸纳黑雾的动作执着地持续着。

煞风扑面，怪物们已近在眼前，玄乙喷出一口气，前所未有的庞大的漆黑暴风雪近乎狂暴地呼啸而来，那两双几乎要拍在她脸上的帝江之翼骤然变慢，下一个瞬间，黑水晶般的寒冰将它们冻了个结结实实。

剧烈的心跳渐渐停了，第一根心羽替她彻底愈合了心伤，撕心裂肺的浊气感染的痛楚也顷刻间平息下去。

玄乙起身，指尖一弹，八条漆黑的巨大冰龙将怪物们卷起，她一面慢慢往回走，一面继续吸纳黑雾。

她第一次发现自己这样勇敢，好像一点都不怕疼了，也不会自私地忙着自己逃命。

天地秩序？那是什么东西，永远也不会叫她为之拼搏至此。之所以会站在这里，只是为了清晏，大约还有一丁点儿是为了父亲，如今更是为了扶苍。

将眼前碍事的黑雾全部吸干，玄乙觉得每一步都像是走在刀尖上。身为烛阴氏当然挺好的，唯一不好的就是因着龙鳞，他们对疼痛的忍耐实在是不差劲。威风八面的钟山帝君，天资上佳、努力修行的小龙君，被种个心羽，青阳氏帝君在胸口弄个伤就把他们疼晕过去，真是没用。

论到对痛楚的忍耐，还是要和她这废材学一下，她大约是历代烛阴氏里唯一一个动不动就跟疼痛打交道的公主。

所以这点浊气焚烧内脏经脉的痛苦实在不算什么，不算什么。

空荡荡的砂地上，已挣脱冰冻的帝君正负手而立，听见脚步声，他转过头，停了半日，这具造就离恨海之祸的尸体竟然开口道：“我要活下去。”

玄乙喷出一口气，漆黑的暴风雪将他团团包围，她淡淡道：“你早就活在外面了，活得好得很。”

不但风花雪月，还狠毒异常，仗着帝君之力，想报复他都难。

这片暴风雪还是不够大，她要将他冻得彻彻底底，冻得再也不能翻身。

黑雾如潮水般疯狂涌入体内，玄乙只觉头发也汗湿了，胸口又是一阵金青色的光掠过——第二根心羽。

没用的少夷，这点疼都忍不住。

十条漆黑冰龙被唤出，化作漫天漫地黑水晶般的冰刃，来回穿刺帝君反复痊愈的身体。真难消灭，她那个太爷爷到底是怎么跟青阳氏打成各自陨灭的？

黑雾又一次被不停吸纳入体，多到玄乙觉得脑门儿都快炸裂，可还是不够，不够。要不干脆将整个离恨海吞噬算了，少夷那个浑蛋用尽手段胁迫她，如今还留在外面逍遥看戏，她得叫他疼得死去活来才行。

戊辰部和子丑大君的酣战还在继续，没有谁留意到离恨海的异状。

少夷抱着胳膊，定定地看着黑雾翻卷的离恨海，它漆黑深邃的颜色变淡了许多，小泥鳅终于明白那三根心羽的作用了。

滚烫的汗水顺着面颊流进领口，他的玄黑长衣早已湿透，浊气入体的感觉连他也感到濒临陨灭。

可是，再等等，只剩最后一根心羽，尸体还没彻底消灭。

他闭上眼，额上火红宝珠激烈闪烁，竭力释放帝君神魂之力，与执念的一丝丝牵扯马上就要像线一样断开，他却始终无法真正沟通控制，他的眉头不由得越皱越紧。

他已有即将陨灭之感，这小泥鳅狂暴起来十分够呛，真打算把离恨海全部吸了吗？了不起。

汗水越来越多，他的头发也湿了，唇色如雪。手掌按向胸膛，心脏几乎要蹦出喉咙，后背忽然一阵撕裂般剧烈的痛楚，紧跟着是右腿、左腿、肋间……身体要裂开了，她太过年轻的神之躯承受不了那么庞大的烛阴之暗。

陨灭在即。

少夷骤然合上眼，自心口拈出一道金青交织的柔和光辉，指尖毫不犹豫地一绞，似是有一缕看不见的莹光被迅速切断，他的身体一瞬间变得轻松无比——第三根心羽结系已断，他们的两心一脉，到此为止。

他头也不回走进暗道，五彩斑斓的长车还等在林间，神官们恭敬地朝他行礼。

少夷看了看车内昏迷不醒的钟山帝君与清晏，淡淡道："送他们回钟山，把下界残留的所有上古通道都封死。"

"是。"神官们没有一丝犹豫，立即驾车离开林间。

少夷拭去面颊上残留的汗水，额上神魂宝珠的光辉慢慢黯淡下去。他与执念最后那一丝若有若无的联系彻底断开了，能不能成只看天意，他会留在这里直到亲眼见证结果。

一百零八条漆黑冰龙化作的冰刃，将对面被冻住的帝君切割得几乎不成样子，可他始终没有被彻底消灭。

玄乙大口喘息着，神力的再次耗尽令她眼前一阵阵发黑，她定定地看着帝君面不改色的脸，终于感到有些无措。是她没尽全力，还是这具尸体根本不像少夷说的那么容易消灭？

抬手摸了摸心口，第三根心羽结系刚刚也被切断了，这也意味着她再吸纳浊气，便是真的要陨灭。

她早已做好陨灭的准备，可是，在这之前，她一定要把扶苍送出去。

玄乙艰难地转身，苍蓝的纯钧落在不远处的砂地上，她两脚发软，一步步慢慢走过去，正欲弯腰捡起，这柄天之宝剑却突然尖锐地嗡鸣起来，紧跟着化作一道金光，巨大的金龙呼啸着扑向被漆黑冰龙纠缠不休的帝君尸体，金光铺开，万千潮水吞噬帝君与漆黑冰龙。

这么巨大的潮水……她喘息粗重，再度艰难扭头，便见先前被她冰障推晕的扶苍已坐直了身体，捂着腹部的伤处，两只眼只盯着她，目光幽深，不知是喜是怒。

剑气化潮反复碾压着帝君的尸体，漆黑的冰龙已被绞成碎片，帝君在金色的潮水中上下反复被切割了无数次，忽然发出一个低低的叹息声，长发一寸寸化为黑灰，紧跟着是头颅、肩膀、手臂……

玄乙怔怔地看着这自己怎样也毁不掉的尸体，终于丝丝缕缕消散在深邃无光的离恨海黑雾中，忽觉一阵茫然和荒谬，一时竟完全感觉不到喜悦。成功了？终于把这个尸体彻底毁了？居然不是她毁掉的？那她之前拼命的行径到底在忙什么？眼睁睁看着功劳被抢走？

她忍不住又望向扶苍，他都晕过去了怎么不好好晕着？一醒过来就把她忙活半天的功劳全抢了！

他还是不动，两眼盯住她，看得她有些毛骨悚然。

你胆子真大。他的眼睛这样说着。

他胆子才叫大，居然敢抢她的功劳。玄乙晃了两下，膝盖实在没力气，身体轻飘飘地软在了砂地上。她好累，得歇一会儿，还不知道今天吸了这么多浊气到底有没有什么影响，她的身体特别沉，从来没有过的感觉。

清朗的风声呼啸而至，巨大的金龙朝她扑过来，金灿灿的嘴一张，似是打算把她吞下去。她实在没力气反抗，要咬就咬，要吞也来吞，关纯钧就关纯钧，她不信他不放她出来。

纯钧忽然停在她身侧，似是犹豫着什么，两只冰冷的金色眼瞳死死盯着她，疑惑地上下绕圈盘旋。

看什么看，没见过这样勇敢大义、美丽善良的公主吗？她为了维护天地秩序，刚刚可是差点陨灭，还是连着三次差点陨灭。玄乙把先前的念头全丢在了脑后，坚持认为自己是为了天地秩序而拼搏的。

扶苍念动真言，金龙终于顺从地张开巨口，将她一口吞下。玄乙只觉眼前金光璀璨，亮得她眼睛又差点瞎了，赶紧用袖子裹住头脸，慢慢竟觉要昏睡过去。她累坏了，须得好好睡一会儿。

金龙化为苍蓝宝剑落在扶苍掌中，他摸了摸剑身，她还是待在纯钧里好些，不要再出来了。

手一招，剑鞘化作一条不大不小的金龙，继续破开黑雾前行。不知是不是错觉，离恨海内的黑雾似乎稀薄了无数倍，破开黑雾比先前轻松太多，几乎不用费力。

不远处被冻僵的防风氏和那些怪物突然也动了起来，扶苍正欲抛出纯钧，却见它们全然没注意自己这边，一个个朝离恨海外狂奔——只怕戊辰部这里又要有一场恶战。

他按住腹部最深的那个创口，皱紧眉头，跟着剑鞘开辟的路慢慢走出去。

黑雾越来越稀薄，当第一缕幽蓝通透的晨曦落入扶苍眼中时，远处神魔间惊天动地的战斗还在继续。

大约因着离恨海里那些怪物突然跑出去，戊辰部执掌主将发了全战部召集令，百里之外，祥光与浊气斗得昏天暗地，没有谁发现离恨海内发生了什么。

这场战斗已经与他无关，即便有心相助，也心有余而力不足。

扶苍踏在清光大阵上，只觉精疲力竭，连御风腾云的气力都没有。一直躲在云海里的九头狮似是发觉他出来了，立即流着泪狂奔而来，九颗脑袋一齐塞进他怀里，眼泪汪汪地柔声叫唤。

扶苍摸了摸它柔软的狮毛，留下一片血迹。

远处有一道玄黑色的身影独自矗立，扶苍抬眼望去，却见少夷远远地负手站在那丛漆黑的木芙蓉旁，他的双眼既没有看离恨海，也没有看百里开外的神魔交战，而是盯着天际那抹蓝与红交织的朝霞，目光流转，不知在想什么。

似是察觉到扶苍的视线，少夷转过头来，他面上少见地没有挂着笑容，深沉而平静的神色让他看上去与离恨海里那位上古帝君一模一样。

“辛苦了。”他低低开口，声音被晨风送过来，“多谢。”

虽然见不到离恨海里发生了什么，但尸体被彻底销毁，他的神魂在那个瞬间感到了一种久违的轻松，仿佛甩脱数百万年的一个沉重负担，他便明白，他们一定成功了。

扶苍没有动，也没有拔剑，只淡淡道：“轮不到你谢我，有心解决灾祸，何不自己进去？”

少夷没有回答，目光落在他身侧，那里空荡荡的，赤红的清艳身影不在。陨灭了吗？不像，她若是陨灭了，扶苍不会是这种反应。

没陨灭也好。

他静静眺望天际清透的晨曦，成功离开离恨海那天，穿过黑雾，他遇见的也是这样一个晨曦。

被困在离恨海里的那么多年，他只有一个念头，那便是一定要活下去。这份执念令他生出浊气，又在各种阴错阳差之下，弄出了如今的离恨海。那些弹出的碎片，是执念试图离开离恨海的后果。

他曾那样渴望离开那片死寂无声的黑暗，花费了数百万年的时光，消耗了三代青阳氏后裔的神力，所以他绝不会再踏入其中一步，即便进去的是她。

他揉乱了整个天上地下，也能够重新把它重新铺平整，至于用了什么手段，牺牲了谁，是对还是错，他一点也不在乎。

少夷退了两步，那层温和而甜蜜的笑容重新回到俊美的面上，声音变得轻佻而柔和："扶苍师弟早些回三界养伤吧，他日再见，还是同僚。告辞。"

他玄黑的长衣衣袂轻摆，袖子如羽翼般一振，眨眼便消失在晨光之中。

他日再见还是同僚？他不怕烛阴氏的报复，也不怕离恨海的秘密泄露出去吗？扶苍在原地站了片刻，并不打算去追。全身各处大小创口被浊气侵蚀得撕心裂肺般痛，他眼前阵阵发黑，当即跨上狮背，绕过远处的神魔战场，往南天门飞去。

凡间带着厚重浊气的风拂起他的长发，小九发出哽咽般的呼声，扶苍安抚地在它背上拍了拍，它却哽咽得更大声。他身上的血已经把狮毛淋湿了大片，神血的香气飘了一路。

他唤来雨露洗去狮毛上的血，却怎样也洗不净，明明天已然大亮，他却觉得周围似是越来越暗，身体一点力气也没有，到底撑不住瘫软下去。

腰间的纯钧发出一阵阵低低的嗡鸣，扶苍下意识地紧紧握住它。

他不会放手了，绝不会再放。

第三十四章

妖娆绽放

戊辰部的一场劫难结束得比想象中要快很多，众战将原本做好了大战数个月的准备，不知是错觉还是运气，子丑大君与那帮从离恨海里跑出来的怪物，身上叫诸神烦恼不已的反复痊愈之力似是弱了不少，全战部召集令发布后，竟只用了下界的五日便彻底剿杀完毕。

更有眼尖的战将们发觉，清光大阵中的离恨海似是颜色淡了不少。从未遇过这种情况的诸神不敢轻举妄动，生怕又出现什么纰漏，反而加派战将每日严加看守离恨海。

白泽帝君赶到离恨海时，见到的便是大阵周围密密麻麻的看守战将。戊辰部执掌主将满脸紧张，小心翼翼地询问："白泽帝君，您老看，离恨海现在是怎样的情况？"

怎样的情况？分明是笼罩离恨海的烛阴之暗少了大半的情况啊！这样简单的事情，还要特地把他这忙碌的老人家请下来看？现在这些小辈真是的！

白泽帝君皱了皱眉头，忽然又觉事情没那么简单，烛阴之暗这种东西万法无用，何况还和浊气与再生神力纠缠在一处，说到底，笼罩离恨海的这些黑雾已不单纯是烛阴之暗，若能处理掉，早先上几代的帝君们就处理掉了，何至于拖到今天？

为何突然消失了那么多？防风氏和那些怪物从离恨海里跑出来，是不是与此有关？

"继续派战将看守。"白泽帝君未置可否，想了想，又道，"倘若再有什么异变，立即通知本座。"

执掌主将被他含糊的言辞吓得小脸煞白："帝君的意思是……这个所谓的异变，难道……"

白泽帝君叹了口气："有什么好怕的？难不成从里面蹦出个蚩尤大君把你们吃了不成！"

他转身便轻飘飘地飞走，把脸色发白的执掌主将丢在原地——里面会蹦出蚩尤大君？

可怜的主将僵住了。

白泽帝君匆匆赶回上界，刚好在南天门撞见青元大帝，他立即招呼：“青元小鬼，你负责战部战将安置，失踪的钟山帝君和小龙君可有消息？”

青元大帝赶紧行礼：“帝君提及此事，我正要与您说，刚巧是方才钟山那面传来消息，说是钟山帝君与小龙君因剿杀魔族均受了伤，日前才回到钟山，待伤好后便归部继续剿杀魔族。”

哦？回去了？

白泽帝君有些意外，什么魔族能把两个烛阴氏弄伤？烛阴氏一受伤没有个成百上千年哪里能痊愈？等他们伤好，大概下界魔族都杀完了。而且这含糊的言辞好生诡异，只字不提失踪的事，也不提到底怎么伤的，烛阴氏行事怎么总带着一丝诡异邪气呢？

正沉吟时，忽然瞥见青元大帝身后放了一个贴满朱砂真言的木箱，他登时眼睛一亮，把什么事都丢到了脑后，凑上前左看右看：“这是从下界捞回什么宝贝了？又是一片蚩尤大君的指甲？”

青元大帝对他的德行简直无奈，赶紧拦住他试图撕朱砂真言的残暴行径：“您老慢来，这些都是当日离恨海掉落下界，从朱宣玉阳府里掉下去的宝贝，这些年战将们七七八八也就顺手收回来这点……开不得！里面的东西开了要出大事的！”

他好不容易将木箱抢在怀里，头也不回地飘远：“我将东西送还朱宣玉阳府，您老忙去吧。”

幽幽的风声传入耳内，似是有细雨滴落枝叶，扶苍微微一动，迷惘地睁开眼，入目是熟悉的绣满云纹的青纱——小九把他带回青帝宫了？

他撑着床褥要坐起，刚一动腹部的伤口便是一阵剧痛，他皱眉揭开被子，松垮的鸦青长袍早已滑在腰上。他错愕地发现，原本全身各处大小伤口上的浊气竟已变淡了无数倍，有几处小伤居然浊气都已排净。

他该不会又睡了十几日吧？

扶苍下意识往床侧望去，苍蓝的纯钧正放在枕边，他的眉头蹙起，不好，竟将龙公主在纯钧里关了这么久。

他念动真言，将她从里面放出，谁知真言念了两遍，纯钧却一点反应也没有。他眉头皱得更深，手掌在纯钧上微一试探——她不在里面？

先前昏睡时些许凌乱的回忆回到脑海里，他好像睡到中途醒了一次，怕她在剑里闷坏，便已将她放出来了，其后他又昏昏沉沉睡着，一直睡到现在。

她又跑了？

扶苍沉着脸翻身下床，不想脚底却踩在一双软靴上，低头一看，这双软靴纤细火红，还嵌了黑色宝石做装饰，十分漂亮。

是龙公主的鞋，她还在。

扶苍收拢长袍，快步朝屋外走，眼角余光又瞥见她赤红的战将装丢在地上，墙角的木箱也被打开，他的衣裳乱七八糟地耷拉在箱沿，他又愣了一瞬，走到外屋，果然，外屋也被翻得乱七八糟，白纸被风吹得满地，屋门敞着，外面淅淅沥沥下着秋雨，雨水被风吹进来，许多白纸都已湿透。

湿漉漉的楠木回廊上正坐着一道纤细身影，长发披散在背后，穿着他旧年的云纹长袍，也不知出着什么神，脚趾在地上画了一个又一个圈，随后大约是觉得脏，便跷起脚任由雨水洗刷上面的泥沙。

扶苍有生以来第一次觉得，自己这座孤寂深邃的庭院特别生动，看着特别顺眼。

他放轻脚步慢慢走过去，似是听见声响，龙公主立即扭头，看到他，她“哎呀”一声似穿花蝴蝶般扑过来，落在他身侧，也不说话，只撑圆了眼睛上下打量他。

先前她满脸满身的血迹已没了，想必这小贼不但会乱翻东西，还摸到浴池，毫不客气地用了一下。

扶苍握住她的肩膀，将她扳正，细细打量面色，她原先在离恨海里苍白的面色如今已正常许多，看来应当没什么事。他放下心来，指尖便在她身上那件松垮的云纹长袍上拈了拈：“……偷我衣裳穿？”

玄乙扭头朝云境处指了指，纯钧剑鞘化作的金龙凶狠地盘踞在那块，她一靠近它就要吞她，这凶残的术法一看就只有扶苍才能想出来。

“你睡了两天。”她板着脸，十分不愉快，“我又出不去。”

金尊玉贵的公主一旦平稳下来，便开始各种讲究，哪里能忍耐满身干涸的血迹。她沐浴过必要更衣，翻遍了屋子没找着合适的，只得将他旧年一件还算小的衣裳拿出来暂时套着，还很不满意。

扶苍心中讶异，他伤口中的浊气排得那么快？按照离恨海的疯狂浊气，起码得数月才能排净，他只睡了两天浊气竟已浅淡至此？

他琢磨不透，索性暂时不去想。见玄乙要往蒲团上蹭脚上的泥沙，他皱着眉蹲下去把她的脚一捉，蛮横放纵，谁教她往蒲团上蹭脚的？

用袖子将她的脚擦干净，扶苍看着乱糟糟的屋子，也不知是笑还是叹气：“小贼，把我屋子翻得这么乱。”

她继续理直气壮地指向云境处那条金龙。

扶苍一言不发地起身拉着她进屋，他还有一堆事情要教训和敲打她，岂会这样容易放她跑？

指尖一弹，满地的白纸纷纷扬扬回到书案上，被青铜镇纸重新压好。屋门合拢，挡住外面的秋风秋雨，扶苍勾过一个蒲团，淡道：“坐下来，我有话要问你。”

总有种他好像要大发一顿脾气的感觉，玄乙踯躅地坐在蒲团上。看着他去内间端茶，她偷偷一口气把月窗吹开，这样他发脾气的时候她就可以跑了。

扶苍端了茶案出来，神情平静，也看不出他到底在想什么。他将茶杯优雅地推到她面前，那个讲究礼仪之道的华胥氏又回来了：“没有新茶，请见谅。”

说罢指尖又是一勾，将被她吹开的月窗合拢。

玄乙皱着眉喝了口茶，还是淡而无味，他家都喝的什么破茶。等了半日，不见他说话，她清清嗓子：“你的伤怎么样了？”

扶苍用指甲勾勒杯沿的浅蓝花纹，声音很淡：“死不了。”

玄乙只觉坐立不安，背后寒毛都竖起来了。秋雨落在庭院的参天大树上，伴着风声，反而显出一种异样的安静，正是这种安静，让她越来越慌。

她只好端着淡而无味的茶又喝一口。

扶苍盯着她看了半日，她穿着自己旧年的云纹长袍，还是显得十分宽大，像是要飞起来似的。一些柔软的情绪刚漫溢上胸膛，很快又坠了下去。她那些逞强的任性，一意孤行的行径，决绝地要把痛苦留给旁人的自私——实在是可恨至极。

眼里隐隐有阴霾凝聚，过了许久，他方低声道：“这一次，如果我没有找到你，你就打算自己去离恨海送命？”

龙公主垂着头，睫毛乱晃，就是不抬眼看他。隔了半日，她又支着下巴岔开话题，软绵绵地开口：“我饿了。”

扶苍彻底无视她转移话题，冷冰冰地看着她：“一声招呼也不打？”

她的睫毛终于扬起，眼泪汪汪又娇滴滴地望向他：“扶苍师兄，我真的饿了。”

别说这些了好不好？反正麻烦都解决了，他们都好好的，她挺精神的，他看着更有精神，都困了她两天了，别生气啦。

扶苍眯起眼，目光阴郁。每次都是这样，任性地来，任性地走，任性地给他很多，最后再任性地一刀切断。若是喜欢，为何可以这般随心所欲？孤零零去送命，还要他安静地在一旁看着？是不是还要为她叫好？

她总是要将他抛下。

“……我之前叫你离开，你做了什么？”他一个字一个字地问。

玄乙吸了口气，放下茶杯试图起身：“我还是该回……”

回？一只手掐住她的胳膊，扶苍声音很低：“坐下来，我在问你话。”

玄乙用力一挣，不知手打在何处，他微微一颤，脖子上尚未痊愈的伤处细细流下一行血。

她吃了一惊，立即不动了。

扶苍指尖在脖子的伤处上轻轻拭了一下，低头看看上面的血，再抬眼望着她。

那片极罕见的温柔又伤心的目光又在她眼里凝聚。

不要这样看着他，他从来不是为了让她伤心才追逐庇护。

扶苍猛然盖住她的眼睛，手指的血染在她额角上："……别这样看我。"

龙公主没有说话，她的睫毛在掌心颤抖，痒而且酥。眼睛被盖住，只露出下半张脸，丰润漂亮的唇微微抿着。她这模样让扶苍情不自禁地想起她第一次来到这庭院的情形，一切都与那时候不同，又仿佛完全一样。

任性放纵而自私的龙公主，还是让他沉沦又痛恨，可她这份温柔的伤心更让他愤怒。

伤口的痛楚又让他变得大胆直接，扶苍伸手扶住她的肩膀，手指合拢，可是很快又迅速滑落在她腰上，用力一带，这纤细而袅娜的身体便落在怀中，他俯首重重一口咬在她柔软的嘴唇上。

龙公主的鼻息中发出痛楚的抽气，立即开始挣扎，双手按在他胸前那些伤处上，又受到惊吓似的急忙缩手，撑在地上使劲把身体朝后退。

他最不需要的，就是她此刻的心疼与怜悯，仿佛在一次次提醒他，还不够强，还不能够将她囚护在掌中，所以她一次次受到伤害，狠心到将他远远抛开。

扶苍按着她的后背令她紧贴自己，盖着双眼的手将她的脑袋推得后仰下去，他像是要将心底那些恨意发泄出来似的，与她瑟瑟发抖的唇瓣交缠不休，深深探入齿关中，不允许任何闪躲回避。

抱着他，这才是真正的怜悯与温柔。

可她的手还是在朝后躲，身体往后退，脑袋使劲朝下挪。扶苍盖着她双目的手顺着后脑勺滑下去，抓住她的头发，令她不得不仰起头，被这样凶悍地吻，被吻得浑身发抖。

她慌乱急促的呼吸喷在脸上，吐息幽冷，可触着他的肌肤已是滚烫，耳鬓厮磨，似花瓣般细嫩。扶苍情不自禁地松开她的头发，指尖探向面颊，沿着下颌的弧度，摩挲在纤细的颈项上。

玄乙此时已经分不清是触痒不禁还是意乱情迷，脑中始终有根弦绷着，不能够像曾经那样恣意挣扎抗拒，万一不小心推在什么地方，伤口又要流血。

她觉得自己无比的忙，又无比的无措，两只手不知该怎么摆，时而下意识去推，时而再急忙缩回来，最后只好死死掐住他肩上的袍子，丝质的料子都被她掐皱了。

身上的袍子本来就宽大松垮，领口不知什么时候全部敞开，后背的肌肤又被他的手掌熨帖，玄乙猛然伸出双臂，死死抱住扶苍的脖子，不给看。

按照以往的经验，基本上他这个时候就会很体贴地停下了。玄乙用尽气力抱紧他，不给他往下看，她几乎是挂在他身上，袍子都快滑下胳膊了。

扶苍滚烫的吐息喷在她耳朵上，他果然没有再继续，她于是赶紧找回自己的声音，唤他："扶苍师兄。"

帮她把衣裳合拢，然后他想怎么敲打她、斥责她，她都决定乖乖坐着听完，绝对不说一个字。

可下一刻，他的唇却落在她耳郭，两只手毫不犹豫地穿过长袍的空隙，握住她如瓷如丝的身体。玄乙倒抽一口冷气，使劲往地上赖。

扶苍一把将她抱起，困在怀中，转身折回卧间。玄乙简直不知所措，急忙攀上去继续抱住他的脖子，搜肠刮肚只能含泪又念出一个早已用烂的借口："我……我饿了……等等！"

等？然后她又跑远？为什么总是在躲？既然始终要躲，他便追逐在其后；既然已被他抓住，以为他还会放开吗？

掌中握住的肌肤分明是火热的，何必要逃？青色的纱帐淹没她纤细的身影，扶苍俯身引诱似的去吻她，从左边唇角亲吻去右边唇角，与她柔软的唇瓣缓缓摩挲，一点点撬开唇齿品尝里面的珍馐，舌尖与她一触即离。

累赘松垮的长袍被剥开，像是被铺天盖地的云纹盖住，晕眩而沉重，他发烫的体肤和她的相触，玄乙觉得自己又要陷进这张床里了，被褥在身下辗转碾压，和她的脚趾缠在一块儿，她不晓得是甩不脱它，还是甩不脱他。

鸦青汗湿的长袍落在青纱下，扶苍俯在她上方，将她凌乱盖在脸上的长发拨去枕上，凝视她迷离绯红的脸，像一朵即将盛放的花，他的龙公主。这里是他的庭院，他的屋子，他的床，他确确实实在囚禁她。

漫长的两万多年，与她相识、相怨、相恋，如同三个轮回，他每一次都无法自拔地陷进去。

诡诈又天真，冷漠却柔弱，自私而单纯，他的龙公主。她所有的恶性善性他都了若指掌，为此深深排斥过，却又无法控制地被吸引。他们截然不同，她带来的色彩光怪陆离而鲜艳夺目，九幽黄泉，三十三天，他不能自主地一次次落入她掌心。

都说因缘了却后方得大彻大悟，她替他种下孽缘，又替他了结孽缘，他的大彻大悟里全部都是她。苍白精致的外壳已经被塞满鲜活的神魂，他再也不能离开她。

让他陷得更深一些，不要逃。

暗香浮动，月窗不知何时开了半扇，坠地的青纱被吹得缓缓摇曳，已不知是第几日的霞光，笼罩整座安静幽深的庭院，纱帐内的一切都显出一种异样的模糊。

玄乙从短暂的沉睡中惊醒，她的右脚被握在一只手掌中，脚趾和脚心被指腹柔软而暧昧地摩挲着，麻痒得很。她把半张脸埋在散开的宽敞长袍里，犹带睡意扭头去看，果然扶苍这家伙把她的脚抓在手里把玩。

他身上那件鸦青长袍也松垮垮地耷拉着，长发拢在肩上，在曚昽的霞光中泛出金红的颜色。

极少见这清冷神君慵懒的模样，那些瓷器般的冰冷精致此时全无，他专注而痴恋的神色更像那个凡人的皇子。

玄乙静静凝视他，不停回想刚与他认识时，他那可恶的模样，她记性向来挺好，可这会儿怎样也想不起他那些讨厌的过往，仿佛他们从花皇仙岛刚见面便开始相爱似的。

像是发现她醒了，扶苍用指尖在她柔软的足心挠了数下，痒得她在被子上滚来滚去，忽地支起左脚，轻轻踹在他肩上。

扶苍握住肩上纤细圆润的玉足，像冰一样凉，他做七皇子的时候便早已想吻一吻这样的冰肌玉骨。他垂首，在她细腻的足背上吻了一下，大约痒得很，龙公主"哧"一声笑了，脚趾在他鼻子上俏皮一点。

他作势去咬她的脚趾，她急忙缩脚，到底没躲过去，大脚趾被他的牙齿轻轻咬了一口。

大约顾虑他的伤，她没怎么挣扎，猫一般枕在他胳膊上，要睡不睡的。见他漆黑的长发落在面前，她便捻起一绺，在他松垮领口处裸露的锁骨上似流水般划过。这细微的麻痒与甜美让扶苍心跳骤然加快，猛然按住她的手，与她五指交错。

扶苍看着她清艳而妩媚的容颜，黝黑的眼睛难得有些踯躅，停了一会儿才低声问："你……还疼吗？"

他本来只想敲打斥责一下，结果因着冲动一发不可收，她大约痛得厉害，一直在发抖，却强撑着一声不吭。

面对她，他总有那些恶性的一面要被折腾出来。

龙公主眯起眼，语气十分冷淡："烛阴氏怎么会疼？"

……这和烛阴氏有什么关系？

玄乙没有理会他目光中的询问，只软绵绵地唤他："扶苍师兄，花园里那些仙华杏花还开着吗？"

扶苍对她跳脱的思路已经到了想也不想便能跟上的地步："这些年开了两次，下次开花还要数千年。"

还要这么久，她目中流露出惋惜的神情，那边景色真挺不错的。

扶苍在她额上轻轻一吻："以后有得是时间看，怕你看到腻。"

她好奇又清澈地看着他，似是在问为什么有得是时间看。他面上露出一丝笑，并没有回应她的好奇，只又一次用力抱紧了她的身体。

从离恨海回来后，胡天胡地不知过了几日，还有很多正事，不该再这样下去，可他暂时还不愿去想那些正事。让他放纵吧，他早就陷到最底，这一生都浮不上去了。

最后一点赤红的霞光也终于被夜色吞噬，冰冷的秋雨再度弥漫庭院，淋湿了月窗。不知过了多久，玄乙又一次从短暂的沉睡中惊醒，眼前明珠幽蓝的光辉柔和而细腻，身体浸泡在清气横溢的池水中，扶苍在身后正替她清洗长发。

她犹带睡意地眨了眨眼睛，慵懒地动也不想动。华胥氏性属金木，除了金顶的青帝宫，几乎所有庭院房屋都是木制的，连浴池都是一截巨大的树干挖出来的，池内汤呈浅碧色，水汽蒸腾。

“继续睡吧。”扶苍将她洗净的长发用自己的簪子全部盘上去，“明日我送你回钟山。”

他将龙公主囚禁在庭院中已有好几天，这行径自然十分不符合华胥氏的礼仪之道，不过他这会儿好像一点也没有幡然醒悟的负罪感，想必以后也没救了。

玄乙转头轻轻朝他面上吹口气，细细地笑：“我才不要你陪我去钟山。”

她总是用这种撒娇似的语气说不好听的话，扶苍惩罚似的在她腰上轻轻一掐，她简直躲得花枝乱颤，蛇一般扭动。他一面用手掌掐着下巴晃了晃，一面轻声道：“你原本便该嫁给我。”

花皇仙岛那次，倘若她没有那些恶意的奇葩言行，说不定如今他们已订下婚约。

以他对她恶性的了解，接下来她大约又要得意扬扬说些足以让他敲打她的话，谁知她竟仰头盯着自己看，目光明澈。扶苍慢慢将她眉毛上的一粒水珠抹去，微微一笑，复又一口气吹开月窗。窗外云收雨停，湿漉漉的水汽后面，巨大的银月方落在天顶。

玄乙游去窗边，扶着窗棂看了半日，果然还是这里的月景最好看。

扶苍将长发解开，方清洗了一半，忽然才发觉身上各处大小伤口的浊气竟已全排净了，伤口的痛楚是因着水汽蒸腾而致。他盯着腹部那个最深的伤口看了半晌，再望向窗边的玄乙，她还在出神地赏月。

他放出回春术将伤处痊愈，复而凑过去，将她扳正，两只手捧住脸盯着仔细看。她有些吃惊的模样，睫毛扬起，黑白分明的眼睛坦然而平静地与他对望：“怎么了？”

扶苍眯起眼，默然片刻，低声道：“你若再……”若再有事瞒着他，他真的要把她彻底关在纯钧里，再也不放出来。

但望着她清澈的眼神，他倏地又停住，他大约真是被她折腾怕了。

玄乙捞起池中水，将他脖子上的珍珠耳饰洗了洗，复又扭头望向窗外的银月，叹气似的开口：“以后我若是做望舒，就得这样天天驾车带着月亮跑一夜了。”

听起来一点意思都没有。

有个清闲神职做还挑三拣四，扶苍哑然失笑，扶在窗棂上，与她一同眺望这不知看过多少遍的景致。曾经从来也没觉得它好看或者不好看，可他如今竟又庆幸青帝宫里可以见到如此辽阔的月景。

她若做了望舒神女，此处的月景才会变得有意义。

“离恨海反正也解决了，全靠我们，剿杀魔族的事就让那些乱丢东西的帝君什么的去操心好了。”她把脑袋靠在他肩上，“扶苍师兄，我们要不要偷个懒？去别的地方玩吧。”

扶苍将她面上黏着的数根湿漉漉的长发拈开，伸臂环住她，摸猫似的摩挲她细白的后颈，声音温柔：“好。”

可在那之前，不说少夷的事，至少要回钟山看一下情况吧？她为了父兄甚至可以抛下自己的性命，为何事后又全然不急着回去看他们？原本想着她只要再说一次回，他立即便将她送回钟山，可她竟再也没说过，还是说他们有什么烛阴氏专门的术法可以私下联系？

心思剔透的龙公主似是看出他的疑惑，晃了晃白玉似的右臂，得意扬扬道：“我早就和清晏联系过了，用的神官术法金印。”

她一副“你不知道了吧”的模样，扶苍忍不住在她脑门儿上弹了一下，旋即又垂首在额上吻了吻，再一次与她耳鬓厮磨，他已食髓知味，再不能餍足。

巨大的银月沿着太山的轮廓一寸寸滑落，东方的天空开始发亮，望舒神女驾月而归，羲和神女暂时还未带着太阳赶到，这短暂的空隙，天际才会泛出淡墨水烟般的色泽，似暖似冷。

门没有关，青纱被风吹得敞开，扶苍睡得很沉，长发铺在枕头上，袍子松垮地耷拉在手臂上。

一只手摸了摸他的脸，旋即手腕一转，一团比夜色还要黑的烛阴白雪落在掌中。

木架上的纯钧发出低低的嗡鸣声，玄乙没有去理会，只把那坨黑雪在手里颠了又颠，以前她挺讨厌刺目的白色，现在突然觉得，还是白色的雪更好看些。

第三十五章

何处归宿

印有华胥氏云纹图腾的长车停在雄伟的钟山山门前，车门很快被打开，一团赤红的艳影轻盈地跳下来，好整以暇地扭头望向山门。下一刻便有几道身影疾电般扑到她面前，险些将她揉碎。

玄乙“哎呀”一声，笑眯眯地看着他们，多愁善感的父亲和齐南眼睛都哭肿了，清晏倒还好，只是脸上那层阴郁真的快结成了乌云。

身前身后，她生命中最重要的人都在这里了。为了他们，她真是做了好大一件惊天动地的事。

她微微一笑，开口道：“我没事，心羽结系切了，心伤也好了。”

这死丫头，明明没事却不回钟山，只用神官术法的金印确认无恙，差点把他们急疯。清晏又是怒火滔天，又是满怀喜悦，在她头顶重重敲了一把。

冷静下来已经是很久之后的事了，钟山帝君甚至直到现在才发现扶苍也在，脸色登时不大好看，就是因为这华胥氏的小鬼，阿乙才会心伤复发。可阿乙遭遇劫难的时候，竟又是他陪着一起去了离恨海，自己身为父亲，清晏身为兄长，在那个时候竟像死肉般动也不能动，此事简直是烛阴氏最大的耻辱。

事到如今，他也没有什么底气责怪别人把阿乙拖了这么几天，只得装没看见。

清晏看了看玄乙，她正挽着齐南叽叽咕咕说话，以他对小妹的了解，只怕问她是什么也问不出来，他索性转向扶苍，第一次露出诚挚的神色：“扶苍神君，这次小妹能脱险，多亏你相助，这份恩情，烛阴氏必报。”

这重礼的华胥氏马上便优雅还礼，清晏不等他说客套话，便又笑道：“天下第一的烫手山芋你拿着可再也不能丢了。”

果然是天下第一的烫手山芋，扶苍不禁哑然失笑。

玄乙笑吟吟地挽着齐南，上下打量他："齐南，脸都哭肿了，难看得很。"

齐南这些日子可谓心力交瘁，他们一家三口都莫名其妙地失踪，后来帝君和小龙君全无预兆地被丢在山门前，也不知是谁送回来的。他俩回来了，公主又不见了，此时见着她无恙，他只剩下老泪可以纵横。

玄乙笑着用袖子替他擦眼泪，抬眼见清晏正打算把扶苍请进神意楼，想必是打算询问离恨海的事，她眯起眼，忽然道："这件事到此为止，不要去寻仇。"

清晏和父亲肯定不会愿意放过青阳氏，但一来少夷有个几百万年的帝君神魂，真要拼命起来，父亲和清晏绝不可能是对手；二来，青阳氏帝君给他们种的心羽，鬼知道少夷有没有真的收回去，如果她是少夷，她十有八九不会收回，如此才有手段要挟他们不将离恨海的事情说出去。

钟山帝君怒道："那青阳氏的小辈这般作弄烛阴氏，怎可能这样放过他！"

玄乙淡淡道："你们的心羽不知道是不是真的切断了，我不想白白辛苦一趟，请父亲收敛怒气。"

钟山帝君被她说得哑口无言，追根究底，这件事都是由他的风流恶习所起，不单害得阿翠陨灭，阿乙重伤濒危，还害得自己也被种下心羽。他这半生无论是作为夫君还是作为父亲，都实在是太差劲，太差劲。

他长叹一声，一言不发，转身竟离开了神意楼。

玄乙也不去管他，正欲往紫府去，却听齐南小心问道："公主，你和扶苍神君……"

虽然他激动得头都晕了，但山门前的华胥氏长车还是看得清清楚楚，公主这几日应当都是和扶苍神君在一处，这情况叫他满头迷雾，也不知是高兴公主和扶苍神君又搅在一块儿了，还是担心他俩又折腾得你死我活。

这回来之后满身烛阴氏霸道作风的公主突然把嘴一噘，声音绵软下来："你要问什么？我和他什么都没有。"

……会这样说就证明他们真有什么了。

齐南简直被他俩忽而恶劣至极忽而缠绵悱恻的关系弄得应接不暇，没想到公主又跟他纠缠上，他原来是做了两万多年打散鸳鸯的大棒，他都不晓得自己这样坏。

玄乙破开云境，紫府内葱葱郁郁的帝女桑立即映入眼帘，她慢慢走去树下，仰头看着红碧交织的叶片，怔怔出了很久的神。

寝宫的窗下放了一排排水晶架，上面全是这些年她用烛阴白雪捏出来的各种小东西，在秋日艳阳下，这些白雪清气横流，白得耀眼。

她捉起一朵白雪芍药，放在掌心凝望片刻，手腕复又一翻，掌心中的雪团漆黑如夜。

其实……漆黑的雪也挺好看的。

从纯钧内醒来的时候，她便觉得身体不对劲，沉而且重，莫名其妙总是犯困，可每次只能短短地睡一会儿，再莫名其妙被惊醒。是不是要陨灭了？还是变成了和离恨海里的那些怪物一样的东西？

少夷曾经半开玩笑说过几次的话忽然回旋在耳边：你做魔王大君的可能性都比我大。

她该不会真的要成魔王大君了吧？这会儿正是诸天屠魔诏令的时候，因着清晏和父亲的心羽，她大约还不能把离恨海的事说出去，这下可真是莫名从救世主变成了魔头，一想到战将们像对付大君一样成群结队地来对付她，她只觉荒谬至极。

玄乙颠了颠黑雪团，意兴阑珊地将它收回，转身方走了两步，忽觉手背上一阵撕裂般的剧痛，她下意识一按，掌心却接住了一片冰冷脱落的龙鳞。

她眯眼看着这巴掌大小的漆黑龙鳞，再看看手背，漆黑的浊气丝丝缕缕地渗透血肉，伤处迅速愈合，痛楚也顷刻间散去。

秋风吹拂过她赤红的裙摆，竟头一次让她感到一股彻骨的凉意。

“公主。”

齐南在不远处唤了她一声，玄乙将脱落的龙鳞放入袖中，转过身，一封没有封口的信忽然被送到面前，齐南神色有些踌躇。

“公主，原谅我到现在才把这封信给你，我原本不想你和扶苍神君再有什么纠葛。”

玄乙疑惑地接过信封，上面一个墨点也没有，只印了华胥氏的云纹纹章。

“我猜这应当是扶苍神君两万多年前寄来的，大约是公主心伤复发沉睡那会儿。”

她把信纸慢慢抽出，却见上面一个字也没写。

“我知道了。”她把信折好放回信封。

齐南见她一脸“我懂了”的样子，登时一片茫然：“公主……看明白了？”

玄乙点点头。

可他完全没明白啊！齐南很想问，但这种儿女情长的东西，他一个半老神官问来好生无聊，只得退两步：“我去替公主准备茶点。”

玄乙静静看着他的背影消失在云境外，将手里的信封捏了捏。

突然觉得好笑，为了扶苍这封无字天书，她明白他的意思，可为什么是此刻才看到？他们在一块儿的时间总是这么短，仿佛不停有一双无形的手把他们拉扯开。她这小半辈子活得放肆又嚣张，却极少感觉到什么是幸福，也可能自己一直在逃避着，这或许就是报应。

指尖轻轻摩挲着信封，玄乙心中只觉酸涩，她将信封放在唇边吻了一下，指尖一弹，这封信便飞进寝宫，落在抽屉里。

就这样吧，最终一切涟漪都会平静下去，就让她最后自私一次。

云境被破开，熟悉的脚步声响起，玄乙含笑转身，白衣神君正朝她走来。

龙公主的紫府和想象中的冰天雪地似乎并不大像，满目红碧交织，竟种满了帝女桑。她正站在一株帝女桑下，赤红的身影又像是要飞起来一样，她实在是很适合帝女桑。

他将从齐南那里取来的茶案放在树下，拉着她坐下去，并不提方才在衶意楼和清晏说了什么，只温言道："这里很漂亮。"

玄乙默然倒了一杯华光飞景茶，拈起一粒桃花百果糕，这都曾是她的最爱，现在她竟一点也不想吃，勉强咬上一口，在嘴里也是味同嚼蜡。

这下好了，连吃茶点都没味道了。她含泪把茶杯放回茶案上，还不如直接陨灭呢。

扶苍将她脑袋扳过去，低头定定地看着她："你怎么了？"

玄乙沉默了片刻，突然一骨碌滚到他怀里，猫一样蜷缩起来，火红的蔻丹慢悠悠地抠着他胸前的云纹，他这件战将装上的云纹都快被她抠没了。

"扶苍师兄，"她低低唤他，"我要是……"

"什么？"他低声问。

玄乙停了一下，继续道："我要是想去凡间那个青帝庙看看，你跟我一起去吗？"

扶苍摩挲着她的头发，声音温和："凡间不似上界，土木砖石会腐朽，青帝庙怕是早已没有了。"

她遗憾地嘘了口气，也是，都那么多年了，想必皇陵也没了，她还想带他去看看他那个凡人的坟墓呢，怪大怪气派的。

"那棵帝女桑应当还在，神界的树千万年不朽。"扶苍将她的头发拢去一旁，"要去看看吗？"

谁知她摇头："你死在那边，我不去。"

……怎么说话的？扶苍在她腰上连掐数把，痒得她险些厥过去，笑得差点哭了。

幽幽的秋风拂过，头顶的帝女桑叶片发出清朗的"飒飒"声，玄乙盯着看了许久，目光又落在扶苍身上。恍惚间，白衣神君仿佛又变成了那个凡间的皇子，用眼神告诉她，他们还可以去很多很多地方，见很多很多的风景。

她抬手摸了摸他的脸，微微一笑："我们还是去看看那棵帝女桑吧，就现在。"

带着浊气的风重新拂在头发和衣服上，那曾经犹如糨糊般的难受感觉已经消失，取而代之的是一种诡异的压迫感。玄乙支颐斜卧在狮背上，闭上眼深深吸了口气——身处下界不知为何竟让她头晕得厉害。

身下的九头狮在发抖，脖子上一圈八颗小脑袋惊恐地扭过来凝望她。她一眼扫过去，它们便眼泪汪汪地避让开。

又在欺负小九。扶苍在她脑门上轻轻一敲，但凡龙公主上了狮背，小九不是发抖就是流泪，烛阴龙神的威压让所有坐骑都畏惧。

“才回钟山便下界，不多住几日？”烛阴氏行事邪里邪气，连血亲间也诡异得很，说为之拼命就为之拼命，说离开也二话不说立即离开，谁都不会阻拦一下。

玄乙摇了摇头，忽然十分平淡地说道：“我现在更想和你在一块儿。”

这种亲密的话她几乎没有说过，如今突然这般闲话家常般说出来，反而让扶苍愣了一下，旋即却笑了笑，将她斜卧的身体抱在怀中，摸了摸脑袋。

九头狮在云海中穿梭，迎面而来的风不知为何越来越大，将他们的头发都吹得倒飞起来。

扶苍握住缰绳极目远眺，只见远处天际有一团团血红色的妖雾和祥光碰撞在一处，下界山川地形在千万年中早已变幻无数，曾经的王城已是一片荒原，如今又成了神魔交战的战场。

这血红色的妖雾连他也没见过，一团团极其硕大，铺了半边天，祥光闪烁，竟不能将之盖下，想必是某位十分厉害的大君。

扶苍下意识箍紧玄乙的腰，低声道：“不过去了。”

龙公主在，他实在不愿再出现上回岁虎大君的事。谁知这唯恐天下不乱的公主却两眼放光，拽着袖子一顿摇：“过去看看是哪个大君。”

扶苍皱眉按住她的手：“别闹。”

他驭使九头狮掉转方向，方飞了一段，却见对面无数道祥光疾驰而来，紧跟着太子长琴的声音骤然响起：“扶苍！你怎会在这里？”

他心中暗道不好，果然那些祥光落在近前，全是丁卯部的战将。太子长琴落在身侧，惊喜地上下打量他：“你的伤痊愈了？我听你家神官说是重伤，还以为须得再等上一些时日。你来得正好，乙未部刚发了召集令，巴蛇大君正在作祟，他先前沉睡了一万年，近日才醒，厉害得很，正需要你的华胥氏剑道。”

说罢他又不怎么客气地看了看玄乙，淡淡道：“公主的烛阴白雪大约也可以派上用场。”

什么叫“大约可以”？玄乙眉头一皱，扶苍已抢在她之前开口：“她不出手。”

太子长琴毕竟是丁卯部执掌主将，安排手下战将上阵剿杀魔族再正常不过，断不能拒绝。扶苍将玄乙的肩膀一抓，罕见地朝她露出厉色：“叫我看见你朝大君出一下手，自己知道后果。”

这样凶。玄乙撑圆了眼睛看他，扶苍重重在她脑门上拍了一下，驭使九头狮跟在丁卯部战将后面，往妖雾汹涌处疾驰。

还未彻底靠近，便见荒原早已被浓绿的毒液吞没，接到召集令赶来的战将们正与一条通体漆黑、庞大无比的巴蛇斗成一团。因着这位巴蛇大君全身上下都是毒，战将们无法近身，只得远远避开乱砸术法，已将他的腰打烂一块。

身前的扶苍起身便要御风而去，玄乙忽然忍不住抓了一下他的袖子。

扶苍回过头，双手捧着她的脸，俯身在她额上吻了吻："听话，在这里别动。"

她静静看着他御风而去，纯钧化作巨大的金龙，冰冷的金色眼瞳又胶着在她身上——看什么看，没见识的东西，她瞪了它一眼。扶苍念动真言，金龙转身疾电般蹿向巴蛇大君，化作万千潮水，将铁一般的蛇鳞一一掀开。

浓厚沉重的浊气扑面而来，玄乙只觉一阵晕眩，背上裂痛无比，又有数片龙鳞脱落，她用手按住后背，耳中"嗡嗡"乱响。

身下的九头狮发出战栗的呜咽，抖得几乎要从云海中掉下去，玄乙在它最大的脑袋上重重敲了一下，这蠢狮子也真没用。

对面的巴蛇大君似是被战将们打得没办法，身体忽又涨了数倍，张开血盆大口猛然一吸，诸神只觉背后被一只大手狠狠推了一下似的，好些神力单薄的战将竟直接被他吸入腹中。

他竖直了身体，张口又吸，一道赤红的纤细身影竟也被他吸了过去，眼看便要落入巨口。

扶苍目光阴沉，被一条巴蛇吸走的烛阴龙神？开玩笑吗？她又来捣乱！他方欲念动真言，令纯钧将这不听话的龙公主吞下，却见金龙不受控制地张开巨口，竟用力咬在她身上，旋即一抛，巴蛇大君恰好吸了第三口，她硬生生被吸入他腹内。

"扶苍！"

太子长琴大吃一惊，他居然用剑气化龙去咬那烛阴氏的公主，多大仇怨？！即便他们有龙鳞，那可是纯钧啊！这一口够呛吧？

话音刚落，便见那条金龙化为无穷无尽的潮水，犹如一匹巨大而光滑的金色绸布，灌入巴蛇大君张开的巨口中，强行撑开獠牙使其不能合拢。白衣战将身形一晃，急若流星般追入巴蛇腹中。

浓若糨糊的浊气与毒雾瞬间将扶苍的身体包裹住，举步维艰。他念动真言，金龙立即矫健地游走过来，盘旋在他身周，将浊气毒雾震开，但见巴蛇腹内累累白骨浸泡在惨绿的毒液中，应当都是先前被他吞吃的凡人尸骨，衬着血红的腔体，分外可怖诡异。

方才被吸入巴蛇腹内的那些战将都被毒液浸染，眼见是不能活。扶苍来回疾飞无数圈，却始终没找到玄乙的踪影，她是烛阴氏，再毒上一万倍的毒对她也全无效用，不可能被这些毒液伤害。

可她在哪儿？她简直像是一团白雪，融化在了巴蛇腹内。

汹涌的浊气中，一丝若有若无的阴寒之力忽然为他捕捉，扶苍反身疾驰而去，却见那块没有毒液的血红腔体上落了大摊大摊的血，都已结成冰——烛阴氏的血，纯钧竟将她伤得这样重。

他弯下腰，从结冰的血泊中捞起一片巴掌大小漆黑的龙鳞。龙公主的龙鳞，血泊中不止一片，粗粗一看不下五六片。

扶苍将那些龙鳞握在手中，四处张望，果然不远处又有一摊结了冰的血迹，其上同样落了数片龙鳞。他把所有的龙鳞全部捡起，沿着血迹一路追踪，最后一摊血迹比前面的都大，足有十几块鳞片落在血中，还有一枚染了血迹金光灿灿的金环。

扶苍极慢地捡起金环，一时间只觉脑中所有的喧嚣瞬间变得死寂。

带着浊气的细雨纷纷扬扬坠落，若是在上界，芷兮是很喜欢下雨天的，往常在明性殿，最悠闲的时候，她喜欢听着雨声练字，或者弹一阕琴，以此修身养性。

但下界的雨实在叫她悠闲不起来，随着雨丝滑落的浊气密密麻麻，让她刚受过刑没多久的身体又开始隐隐作痛。

执掌主将没说错，太阳之辉灌顶的剧痛足以让她这样的小天神晕厥三日，但她受刑的时候居然没晕过去，她觉得自己的心比身体要痛上一万倍。

大抵在她的短暂小半生中，信奉的是凡事只要通过努力都可以顺利得到这样的信念，她确实努力，也确实得到了想要的，所以她一直相信这天上地下是公平的，也一直以自己的公正严明为骄傲。

只是玄乙的存在打破了她信奉的一切，原来在感情上从来没有什么公平，她的努力扶苍没有关注过，少夷更是给予彻底的拒绝。

雨丝越来越密，芷兮停下挥舞软剑的动作，气喘吁吁地将其收回腰间。同僚们都被全战部召集令调走对付巴蛇大君了，她刚受刑没几日，执掌主将对她还是相当照顾，没叫她跟着。她原想出来练剑活动一下筋骨，但这会儿浊气太重，实在难受得很。

她转身方欲回战将行宫，忽觉身后阴风呼啸，紧跟着似是有什么东西狠狠撞进林中，浊气扑面而来。

她大吃一惊，握紧软剑退了数步，自己现在这个状态怕是没法剿杀魔族，从浊气荡漾的程度来看，只怕是个十分厉害的。

她躲在一株高大的槐树后，探头小心张望，却见不远处矮小的树丛在剧烈摇晃，倏地立起一条通体漆黑的巨龙。它周身浊气缭绕，正痛苦异常地在树丛中扭曲着，漆黑发光的龙鳞一片片掉下来，鲜血淌进雨水滩中，染红了地面，再一寸寸结成寒冰。

这是……烛阴龙神！芷兮倒抽一口凉气，被浊气感染了？！是谁？从体型大小来看，难道是小龙君？

她正要上前相助，却见那漆黑的巨龙剧烈扭曲了数下，骤然又化作一道赤红的纤细身影——是玄乙。

芷兮惊疑不定地停下脚步，看着她捂住腹部，鲜血汩汩而出，似是受了极重的创伤。不止如此，她后背也有同样极深的伤口，像是被什么咬出来的——什么东西能咬伤长满龙鳞的烛阴氏？

粗重的喘息声回荡在空寂的林间，赤红的艳影在地上痛苦地扭曲，一片片龙鳞落在地上，她身上的浊气也越来越重。芷兮错愕地看着，玄乙偶尔抬起脸，那张清艳绝伦的容颜也是血肉模糊，被漆黑的浊气缭绕，片刻后又恢复了正常。

芷兮禁不住倒抽一口凉气，在林间痛苦挣扎的赤红身影倏地动了，似疾电般落在她面前，密密麻麻漆黑的冰刃眼看便要将她扎穿，却又忽地停在她身前数寸的地方。

龙鳞渐渐不再掉落，玄乙面色惨白，捂住腹部流血不止的伤处，目光灼灼地盯着她，冰刃没有扎下来，却也没有后撤。

芷兮只觉心快要蹦出喉咙，隔了半日才找到自己的声音："……你受伤了。"

玄乙大口喘息着，还是不说话，锐利的视线胶着在她面上，过了很久很久，目光终于变得柔软了一些。

"师姐，"她声音有些沙哑，"别说出去。"

她是指龙鳞掉落？还是受伤？还是……这已被渐渐收敛入体内的疯狂浊气？

玄乙再度开口，语调缓慢："师姐，答应我。"

她是被浊气感染？还是……

芷兮怔怔看着她指缝中汩汩流出的鲜血，忽然想起很早以前，这小公主还没长齐龙鳞时，也受过伤，那时候自己还和古庭找来上古方子，替她天天熬制十全大补汤。

她不禁低声道："你的伤很重……怎么办？"

玄乙没有回答，被华胥氏剑气所伤，即便有痊愈能力，想长好也慢得很。她喘息着撤了冰刃，转身便要离开，芷兮下意识地抓住她的手腕："不要往那边去！"

那边有战将行宫，会被发现。

谁知这道赤红纤细的身影忽然一颤，竟软了下去，重重摔在泥泞的地上。芷兮急忙将她抱起，她腹部与后背的伤实在太深，烛阴氏又万法无用，不能用回春术治愈。她感到手足无措，慌张地四处张望，莫名有些心虚，像是怕被战将们看到。

踯躅了片刻，芷兮把地上所有的龙鳞都捡起，细细用雨露把结冰的血水冲干净，确认没有留下任何痕迹，这才警惕地御风而起，专门拣枝叶繁密的地方飞。曲曲折折绕了许久，落在一处山坳中，长袖一挥，地上的树木立即为术法扭曲掰直，编织成一座不大不小的树屋。

她大约是疯了，玄乙这个情况如此诡异，本应上报执掌主将，如果是被浊气感染的话，也好有个相应的救助法子。

可她潜意识里又觉得这大约不是被浊气感染，玄乙的龙鳞像是被她体内的浊气撕脱的，如果上报执掌主将，只怕对玄乙不利。

芷兮把玄乙放在树床上，束手无策地在屋内胡乱踱步。

她要是堕落成魔族，你怎么办？心底有个声音在低低地问自己，你的疾恶如仇呢？你的公正严明呢？

芷兮额上密密麻麻出了一片汗，她不知道玄乙出于什么缘故变成了这样，她的伤口看起来十有八九竟是华胥氏的剑气化龙所伤——扶苍师弟发现她成了魔族，所以大义灭亲？他居然如此狠心，她却做不到这点。

不知为何，玄乙或许成了魔族这件事，还让她从惊惧无措中，隐隐生起一丝罪孽的庆幸，仿佛自己有机会可以赢回来一样。

太丑恶了，心里那个声音斥责她。可她抑制不住，缠绵心头的怜悯好像也变得高高在上起来。

芷兮解开玄乙泥泞的战将装，唤来雨露替她将身上脸上的汗水与血水洗净。这素来娇生惯养吃不得苦的公主忽然微微一动，又睁开了眼睛，一言不发地看着她。

"……我架了屏障，应当不会被发现。"芷兮也不知该说什么，犹豫了片刻，又道，"你先在这里歇息，你的伤……"

玄乙默然看了她许久，苍白的面上渐渐露出一个与平日里一样的笑来，轻声道："师姐，你怎么老是不打扮自己？"

芷兮有些僵硬，如今这话从玄乙嘴里说来竟十分刺耳，她应道："我不需要靠外在美貌勾引神君。"

玄乙还是笑，合上眼道："那太可惜了，你长得这么好看。"

芷兮一时无话可说，干坐了半日，索性起身道："我回战将行宫了，你好好睡着，我晚些来看你，给你带吃的。"

她方欲破开屏障，却听玄乙又开口："师姐，留着我你会有麻烦的。"

芷兮心中烦乱，皱眉道："别说了，睡吧。"

她匆匆离开山坳，警惕地确认没有被谁发觉，这才御风往战将行宫飞。她也不知道收留玄乙这件事对不对，可她好像既做不到上报执掌主将，也做不到眼睁睁看着重伤的玄乙独个儿走掉。

被召集令调走，协助剿杀巴蛇大君的同僚们在晚间纷纷回到行宫，热烈地讨论着剿杀的各种细节。芷兮路过花园时，正有一个战将笑道："华胥氏剑道说厉害倒也十分厉害，可就是没什么准头，剑气化龙竟奔着烛阴氏公主去了。丁卯部那些战将后来把巴蛇大君的尸体切成了碎末也没找着公主，依我看，那脾气古怪的公主想必早就气得跑走了，说不准要搬来钟山帝君当救兵呢！"

另一位战将便道："钟山帝君和小龙君不是传了重伤告假吗？这烛阴氏一家子，该剿杀魔族不好好剿杀魔族，成日也不知搞什么。我有位好友在戊辰部，说前些日子离恨海好像出了新情况，笼罩离恨海的烛阴之暗少了许多。烛阴氏一家子在这当口重伤，该不会是跑去偷偷把烛阴之暗吸了吧？”

立即便有战将摇头：“那里面全是浊气，吸了可是要陨灭的，这种话别乱说，烛阴氏谁得罪得起？”

芷兮愣愣听了许久，忽地想起玄乙满身浊气的模样，难道她变成这样是因为把离恨海旦的烛阴之暗吸了大半的缘故？她好好的跑去离恨海做什么？当真是天神当腻了，想做魔王大君？

她再也待不下去，匆匆取了吃食，因记着玄乙爱吃茶点，她下意识选了几粒黄金栗蓉糕放在食盒里，鬼鬼祟祟地走暗处离开战将行宫，往山坳处飞去。

谁知那赤红的身影竟已不在树屋中，屏障已被破开，树屋为黑水晶般厚重的冰层吞没，浊气浓厚，被编织成树屋的几株大树都被浸染成了黑色。

烛阴氏一受伤便会神力外溢，从冰层的厚度来看，玄乙的伤实在是极重，她独个儿到底要跑哪里去？

带着浊气的风扑在脸上，远处隐隐有彻骨寒气涌动，芷兮急忙御风追上，要是被战将们发现，她真的要糟糕！

以往看扶苍的剑气化龙咬那些魔族，玄乙从来没觉得有多厉害，直到那条龙咬在自己身上，她才发觉这一招实在是太牛。

刚巧还是咬在龙鳞刚掉落的地方，华胥氏剑气使然，令她体内的浊气与再生神力都不能使伤口愈合，到现在还血流不止。

身体好沉，御风飞起来慢得要命，玄乙倏地化为龙身，在茂密的枝叶间腾飞，鲜血和着龙鳞一团团往下掉，剧痛折磨得她眼前发黑，终于再也飞不动，狠狠坠落下去，在陡峭的山坡上滚了数圈，重重砸倒一小片树林。

不可以停在这里，她得远远地离开，不能让谁发现她现在这个样子，不然一定会有大麻烦。父亲和清晏，还有扶苍……她不愿去想他们见到她这般模样，会露出什么表情，一定不会很好看，她一点也不想看。

玄乙用尽全力在地上翻滚腾起，凡间粗糙的泥沙擦刮着她没了鳞片的身体，她要再痛一些，这样就不会晕过去。

她记不得自己挣扎了多久，山坡下的树林几乎被她毁了，却无论如何也飞不起来，只能一点点在地上蠕动。

凡间浊气点点的雨拍打在身上，仿若火点灼烧，她好像什么都听不见，只有自己粗重的呼吸声，一阵阵，一阵阵，渐渐变得像是要断开。

会不会就这样陨灭？都说人生变幻无常，原来神的命运也是这般莫测。几天前她刚刚做完一件大事，意气风发，偷偷想象了好多以后美好的日子，想不到它们也依旧是梦幻泡影。

不知为何，玄乙忽然又想起去离恨海的前一夜，自己做的那个怪梦。原来她真的是被纯钧剿杀，这可太糟糕了，扶苍万一伤心得灵性受损什么的，这次可没谁辛辛苦苦跑下界替他了结因缘。

怎么办？她甚至还没有认真而慎重地告诉扶苍，她喜欢他，是真的喜欢，这份喜欢让她无比软弱，却也无比坚强。她也还没告诉清晏，心羽的事不值得他自责那么久，她想他开心而自由。即便是父亲，她竟也这般不舍，尽管他实在是不甚合格。

玄乙缓缓合上眼，她好困，身体好沉，倘若睡去，还能醒来吗？

远处传来“飒飒”的风声，似乎是战将御风的动静，她想躲，又无能为力，只能静静听着那阵风声凑近。祥光乍亮，旋即不远处响起一声惊呼，似乎是个神女，她惊叫的声音都变了：“这是……”

她的声音突然断开，身体软绵绵地落在了地上。

玄乙喘息着望向另一团靠近的祥光，来者身着黑色战将装，额上火红宝珠摇曳，竟然是她恨不得千刀万剐的罪魁祸首少夷。他脚边躺着一个晕过去的神女，想必他们是出来巡逻的，竟在这里撞上。

他面上带了一丝惊异之色，静静看着眼前这条浊气缭绕的漆黑巨龙，龙身上的鳞片已掉了大半，鲜血似小池塘般，让地面结了厚厚一层红冰。

少夷看了片刻，神色慢慢平静下来，遂变得深沉而凝重。

“你啊，”他缓缓开口，“变成最坏的那种情况了。”

漆黑的巨龙张开嘴，发出无声的咆哮，大团大团的鲜血从她口中滑落。

少夷慢慢走过去，龙尾立即甩向他，却只扑中一片残影。他的手按在她头上，掌心迸发出一层金青色的光辉，霎时间流遍龙身，她流血不止的两个伤处瞬间便愈合了些许，不再溢出血水。

漆黑的巨龙微微一动，变回赤红色的纤细身影，伏卧在地上，唇色如雪。

少夷蹲下身，用手指抹开她唇边的血迹：“这是剑气化龙的伤，扶苍师弟做的？他可真狠心。”

玄乙喘了半日，目光阴冷地盯着他，低声道：“……我父兄体内的心羽，你收回没？”

少夷却没有回答这个问题，只轻声道：“你现在这个情况，叫作天神堕落。无论你是不是做了一件救世的好事，天神堕落成魔族，是神界最忌讳最要赶尽杀绝的事，毕竟，昔年共工大君作祟的影响太深。若是叫战将们发现，你只怕再也没活路。”

共工便是天神堕落而成的魔族，到今天提起他，诸神还为之战栗，又因天神堕落实在太难听，故而至今神界不肯承认共工大君曾为天神。

玄乙森然道：“你早就知道会出现这种事，还不把我供出去换取青阳氏的威名？”

“听起来是个不错的主意。”

他声音里有种异样的冷漠，忽然伸手将她拦腰抱起。玄乙竭尽全力挣了一下，却连他一根手指也没能推动，眼前阵阵发黑，她再也撑不住，晕死在他怀中。

少夷方欲御风而起，忽然又似察觉到了什么，转过头去，风声呼啸而至，芷兮手里提着食盒，面色苍白地落在不远处。

第三十六章

不得于飞

“我……带了些吃的。”

她的声音很低，微微发着抖，特意将手里的食盒举起，仿佛这样就能替自己挽回点什么东西，挽回她自己也说不清的那些东西。

少夷没有应声，长袖将怀中的玄乙紧紧裹住，忽然又道：“师姐，你什么都没看见，好不好？”

芷兮怔怔看着他黑色的衣摆打了个旋儿，竟是说走就走。

别走！他看不出来玄乙如今已堕落成魔族？连扶苍都动用了剑气化龙来剿杀她，他还要跟她纠缠在一块儿？知不知道天神堕落是多么被忌讳的事？他为了玄乙连命也不要了？

她倏地吸了一口气，只觉声音干哑：“……她已经堕落成魔族，连扶苍师弟都大义灭亲，你却还与她纠缠不休，不要命了吗？”

少夷没有回答，长袖一振，落在地上散乱的龙鳞与结冰的大片血迹，瞬间被幽蓝的毁灭之火吞噬。

他真的要带玄乙走！芷兮骤然退一步，鼓足了有生以来所有的勇气与恶意，声音变得剧烈而凄厉：“你带她走的话，我就会说出去！让战将们来剿杀她！”

玄乙的龙鳞还在一片片脱落，她痛楚的容颜太过无辜，芷兮心底不由得泛起一股羞愧。

可那又如何？疯狂的敌意迅速冲垮了羞愧。

玄乙是高高在上的公主，自己输给她；她现在成了魔族，自己居然还是输给她。

曾经她宠玄乙，觉得这小公主有十分的可爱，可玄乙把自己一路辛苦走来的所有自尊自傲都砸得彻底粉碎，她简直嗤之以鼻，玄乙到底哪里比她好？

她竟然输给这任性妄为的公主两次，被玄乙狠狠踩在脚底，不得翻身。

凭什么自己就要小心谨慎地面对所有事？连面对自己喜欢的神君都不敢奢求什么，只盼着自己在他心里有一些特殊的位置，可他还是宁可与成了魔族的玄乙纠缠，不顾死活，他一定是疯了。

芷兮从怀中取出令符，飞快抽出一张拈在指间，厉声重复：“你只要带她走，我就叫来同僚！”

少夷慢慢转过身，淡淡看着她，曾经一直挂在面上的、叫她如痴如醉的温柔笑意突然都不见了，他又料峭，又深邃，像是突然变成了另一个她完全不认识的神君。

芷兮陡生一股慌乱，情不自禁退了一步，忽觉眼前一花，九天凤凰炽热的气息扑面而来，少夷眨眼间落在面前，他的手轻轻按在她头顶，像安抚做错事的小神女一般温柔。

……是不走了？芷兮祈求而哀怨地抬眼，对上他漆黑平静的眼眸。

炽烈如岩浆般的神力骤然从头顶灌入，她只觉经脉几乎要被撕裂，与太阳之辉灌顶别无二致的剧痛令她头晕目眩，双膝一软，重重摔在地上，手中的食盒也掉下去，里面的饭菜与黄金栗蓉糕滚了一地。

她盯着那几粒自己特意带来的茶点，眼前一阵阵发黑。

视线散乱地晃动，她忽地发现不远处地上躺着一个晕死过去的神女，不自得倒抽一口凉气。

他用同样的法子来对待她？她和他那些莺莺燕燕，竟一样狼狈地晕在地上。

黑色衣摆一步步离开视界，少夷语气清淡：“师姐，以前我至少还有些欣赏你。”

以前有些欣赏？只是说来哄她开心的吧！盼着她不要把玄乙的事说出去？

别走，别走，玄乙已堕落成魔，为什么还要和她纠缠？她知道自己素来刚直，不通婉转，可他也曾把她当作一个神女来对待，而不是当作稳重的师姐、兢兢业业的战将。她对他是真心的，她的喜欢独一无二，和玄乙不同，和他身边那些莺莺燕燕也不同，可他依旧要无情践踏。

冰冷而带着浊气的雨落在面上，有谁在用力摇晃她，大声问着什么，芷兮忽然惊醒过来，却见面前祥光团簇，数名别部的巡逻战将疑惑又关切地看着她，连声问：“出什么事了？可是遇到魔族？怎么独个儿晕倒在这边？”

她茫然四顾，四周空荡荡，少夷和玄乙早已不知去向，连先前被打晕的那个神女也不在了。

只有她带来的食盒被雨淋湿，饭菜与黄金栗蓉糕乱糟糟一团，就像她现在的心。

她怔怔盯着残羹剩饭看，少夷和玄乙一起，把她的好心与喜欢糟蹋成这样。

芷兮出了很久的神，直到巡逻战将将她一把从地上拽起，摇了摇肩膀，她才缓缓看了他们一眼，他们还在大声询问，是不是遇到了厉害的魔族。

说出来吧！他宁可用九天凤凰岩浆般的神力灌顶来痛晕她，也要选择和玄乙在一块儿，为什么不干脆杀了她？他以为她不会说吗？她偏要说。她已经不喜欢他了，现在剩的只有恨意，他想和玄乙一起送命，她成全他。

“……有魔族。”她的神魂仿佛瞬间飞到了万里之外，不能干涉身体的行动，在极遥远的地方听见自己的声音渺小而恶毒，“是有很厉害的天神堕落的魔族。”

巡逻战将们吓了一跳：“什么？在哪里？”

芷兮吸了一口气，张开的嘴唇又倏地咬死。

你在做什么？心底的声音在骇然问着她。不是出于天神职责，竟是出于充满恶意的嫉妒，把那个小公主推上陨灭之路，她竟然想做出这样卑劣的事。

她猛然起身，不顾身体残留的痛楚，急急退了数步，低声道：“没有，我乱说的，没有魔族，我只是和同僚拌嘴而已，告辞。”

她御风而起，胡乱飞了一圈，确认那些巡逻战将没有追上，这才朝那处偏僻的山坳疾飞而去。那个树屋还在，里面的漆黑寒冰也还在，屏障被破开，她还没来得及重新架好。不能被他们发现！

芷兮落进山坳内，还好，这里还未被谁发现。她扬手正要将屏障补好，却听方才那些巡逻战将厉声高叫：“不要动！这是什么？”

他们一直潜藏气息远远跟在后面？她的心沉到了最底。

巡逻战将们上前警惕地将她拽开，立即有两位战将进了屏障，却见里面的树屋被极厚的黑水晶般的烛阴白雪吞没，疯狂的浊气扑面而来。

“这是……烛阴白雪？”战将们目光犀利地盯着芷兮，她的面色登时变得煞白。

怀里的“小泥鳅”已经不再颤抖，粗重的喘息也渐渐平息下去。

少夷放开长袖看了一眼，上面落满了龙鳞。没过一会儿，这些被浊气撕扯下来的龙鳞便化为了碎末，因着龙鳞脱落而散逸的浊气，此刻反而渐渐被收敛进去。

远处有祥光涌动，少夷避去另一个方向，急急落在一株树下，架起屏障，把玄乙放在腿上，掌心金青色的再生神力涌动，试着在她手背上按下——毫无反应，龙鳞是被浊气撕脱，只要浊气还在，它们便再也生不出来。

他的眉头不禁慢慢拧起。

玄乙忽然微微一动，紧跟着两眼睁开，散漫的目光一望见少夷，立即咬破舌尖喷出漆黑的冰障，硬生生将他推开数丈。她自己也狠狠落在地上，后背与腹部的伤处被震得剧痛无比，险些要晕厥过去。

少夷不去管她，倚着树又坐下去，淡道：“莫要乱动，华胥氏剑气的伤即便有再生神力也须得许久方能痊愈。”

何况扶苍的剑还是纯钧。

凡间的骤雨淋湿他的长发与衣裳，袖口上一颗颗晶莹的雨水滚落，他用手拂去，忽然又道："你还不如就陨灭在离恨海里，被离恨海的烛阴之暗污染成这样，我也没法子，看样子你这个魔王大君是当定了。"

这不正是他想要的结果？最让他厌恶的烛阴氏，剩下的三个后裔里两个被种了心羽，一个堕落成魔，他真是把万法无用、牛哄哄的烛阴氏当球来玩。

玄乙疲倦地合上眼："离恨海里那具帝君的尸体已经被销毁。你坚决不承认的话，天帝也拿你没办法，何况离恨海变成这样，天帝亦有责任。不要再拿心羽牵制我父兄，你的本事更是不用怕他们报复，请你把心羽收回吧。"

请？她居然会用这个字？

少夷忍不住望向她，隔了片刻，语气反而变得温和起来："你说得没错。尸体已经销毁，我并不需要顾忌你们把事情说出去。"

什么意思？玄乙眯起眼盯着他。

"其实选择你去离恨海，一是因着阴错阳差，二来，你一个足不出户的公主出事，比帝君和小龙君出事，造成的影响要小得多。"

玄乙冷笑一声："你早就知道谁去处理离恨海，谁就会变成我这样。"

所以他才会专门在下界等着她，他这肆无忌惮的作风果然厉害得很。

少夷低声道："只是有这个可能，我原本以为你陨灭的可能更大，但你既然还活着，便不可能无恙，眼下已是最坏的情形。不过我很高兴你这样聪明，没叫你那愚蠢的父亲把事情闹大，不然倒霉的只是你自己。"

玄乙目光灼灼地看了他半日，淡道："你的意思是，其实心羽已经被收回了？"

他不说话，只慢悠悠地摩挲着袖口。

"有还是没有？"她紧紧追问。

少夷瞥了她一眼："你这样聪明，不如自己猜？"

又来这套，似是而非，若有若无，看似给了希望，其实到最后还是绝望。她不能因着这几句风轻云淡的话，便当作真的没有心羽，可是，却也不能像先前那样死心塌地地相信心羽还在。

说什么她适合做魔王大君，分明他这样擅长折磨手段的才最适合。

玄乙出了一会儿神，忽然咬牙翻身坐起，舒了口气，轻道："我已经变成魔族，迟早也要被剿杀，反正都是死路一条，何时死也不重要。你手段高超，我可真不愿甘拜下风。"

少夷双眼眯起，却见四周骤然变得阴暗，与离恨海里一模一样，充斥了浊气与再生神力的烛阴之暗，再一次把他紧紧包围，一团幽幽的苍白烛光在玄乙掌中跳跃。

她的神色反而带着一种异样的平静与妖异，无视身上的创伤，优雅地跪坐在地上，盯着烛火缓缓道："变成魔族也不错，在下界释放烛阴之暗轻松得很。"

她吹了口气，数柄漆黑的冰刃开始绕着身体打转。玄乙看看它们，再抬眼看看少夷，他脸上时常挂着的讨厌至极的笑容消失了，这样看起来与离恨海里那个帝君真是一模一样，也是，他们本来就是一个。

“你其实很怕离恨海吧？”她讥诮地开口，“要不要再试试撑个几百万年？”

少夷面无表情地看了她半晌，低声道：“这次终于不用顾忌你父兄的性命了？”

玄乙冷冷一笑：“你终究不肯收回心羽，他们也终究不能平安，既然如此，有你陪着一起陨灭，倒也挺愉快的。”

她终于觉得变成魔族是一件不怎么糟心的事了，至少和他没有心羽结系的困扰，就这样跟她一起陨灭在深邃无边的黑暗里吧！

漆黑的冰刃扬起，毫不犹豫地便朝心脏扎下，她自裁后，这第二片布满黑雾的离恨海又要残留下界。不过她一点也不在乎，既然要当魔王大君，索性当个痛快，她现在就要作祟，把这个可恨的青阳氏再次锁死在黑雾里面。

肩膀被一把抓住，玄乙只觉一股大力袭来，硬生生被推倒在地，和他滚了数圈。随即两只手腕也被狠狠压在地上，后背与腹部两处创伤痛得她眼前阵阵发黑，她要撑住，绝对不能晕过去！

密密麻麻的漆黑冰刃雨点一般袭来，少夷神色阴冷，一把将她抱起，身形似疾电般在黑暗中躲闪。忽觉她胸前寒光一闪，他飞快出手，将那枚险些要扎入她胸膛的冰刃握在手中。

谁知一倏忽间，又有一枚冰刃狠狠朝她心口扎去，少夷眉头一皱，额上的神魂宝珠霎时间光彩夺目，他一口气喷出，炽热的气息充斥在整个狭小黑暗的缝隙，将漫天飞舞的冰刃全部融化，旋即一把掐住玄乙的脖子，盘腿往地上一坐，双臂将她困死在自己怀中。

“小泥鳅，”他的声音听不出喜怒，“陨灭了可就什么都没了。”

他喷出的炽风还在，冰刃毫无作用，她欲咬破舌尖喷屏障，那只卡着脖子的手又比她快了一步捂在嘴上。她奋力挣扎，腹部与后背的伤处再度涌出鲜血，他的双臂却越收越紧，几乎令她喘不上气。

噩梦一样的黑暗又一次降临，少夷额上出了一片细细的冷汗，目光流转，却不知为何反而轻轻笑了一声：“有你陪着一起陨灭，好像确实挺愉快的，就算是又进了离恨海也没怎样。嗯，我们一起等着陨灭吧，我可不许你先走一步。”

挣扎中，又有数片龙鳞落在地上，被黑暗里的浊气一浸染，瞬间化为了黑灰，她冰冷的血也浸透衣裳，一寸寸凝结成冰。

掌心金青色的再生神力立即勃发，重新替她将迸裂的伤处稍稍控制住。少夷用指尖细细勾勒她面颊与下颌的弧度，他是千般算计、万种手段，把她往死路上推，她也是一心一意、执着专注，要和他同归于尽。

他低声道："你这小泥鳅，天上地下讨厌你的天神多得是，喜欢你的却又一直在伤害你，你的运气实在不怎么好。和我真像，喜欢我的，我都不喜欢，我喜欢的，我也爱护不得。"

耳畔朦朦胧胧响起一个声音，似乎是芷兮的，那时候她在朱宣玉阳府里问他：倘若你喜欢一个神女喜欢了很久，可她又喜欢了别的神君，你要怎么办？

他是怎么回答的？因着随口一答，竟有些想不起来，那时候他根本就没想过"喜欢"这种东西，可倘若现在要他答，他会说：远远地离开他们。

上至三十三天，下至九幽黄泉，这世间从来没有至爱，只有更爱。

少夷突然又想起很早很早以前，还在明性殿时，与小泥鳅随口说的话。

因着情意这种东西太虚幻，譬如此刻，他乐意与她一同待在这块噩梦般的黑暗里，倘若过上几百年，他突然又不愿意了呢？

他将她散乱的长发以五指梳通，铺开在自己腿上，一根根去细细摩挲。

她为何不陨灭在离恨海里？这样至少他心里能始终记着她，回想起来那余味终究是有些愉悦的。可她还是坚强地活着，这会儿拖着第二片离恨海来跟他同归于尽了。

不如他亲手了结她吧，让她陨灭在怀中，想来滋味也不坏。

捧起她冰冷的长发，放在唇边亲吻，旋即张口咬住一绺青丝，像是要咬断似的，他的声音沙哑而含糊："等你陨灭了，我就把你封进水晶里，我留着你，一辈子。"

怀中的小泥鳅挣扎的力道越来越小，犹如虫蚁，少夷把捂住她嘴的手挪开，俯首直截了当地吻了上去。

他们真真切切曾是同类，一样的自私无情，一样的冷眼旁观，让他感到在这陌生又熟悉的浮云世间，有了一丝沉重的意味。只是，她选择了另一条路，让他目眩，让他神迷，却也让他警惕避让。

大抵他在这世间的至爱与更爱，永远都是自己。荆棘之路或许能开出最美丽的花，然而他更愿意站得远远的，看着其他生灵的绚烂，也不愿被刺破体肤，流下一滴血。

烈焰与寒冰的纠缠像是在互相伤害，这份伤害的愉悦也终将结束。他重重吻着怀里的小泥鳅，一手卡着下颌，一手按着她的脸，像罩着一只蠕动的虫。他欢喜这份至上的愉悦，可他不会允许自己沉迷下去。

渐渐地，玄乙的挣扎彻底消失，慢慢瘫软下去，像是要晕了。

少夷垂睫细细凝视她苍白的面颊，窒息而死寂的黑暗潮水般撤去，雨停了，下界凄迷的月光洒在她眉尖，真美，仿佛永远不会褪色的鲜活。

到此为止了，她与他的同归于尽。

细微而清朗的风声呼啸而过，有灵性一般越来越近，少夷恍若未闻，用袖子轻柔地擦去她面上残留的干涸血迹与汗水，再将她散乱的长发仔细结成一条辫子。做完这一切，清朗的风已近在耳畔，巨大无匹的剑气化龙停在他身侧，它冰冷而充满杀意的双瞳正胶着在玄乙身上，焦躁盘旋。

少夷侧过脸庞，对上扶苍黝黑的眼眸。出乎意料，华胥氏的神君并没有杀气腾腾地出手，他的脚步停在三尺之外，静静看着少夷。

少夷含笑轻抚玄乙的面颊，慢悠悠地开口：“你来得太迟，纯钧这样的天之宝剑，你还不能彻底驾驭吧？”

扶苍没有说话，目光幽沉。

少夷偏头想了想：“她的情况，我没有法子。”

扶苍终于开口：“那就把她给我。”

巨大的金龙忽然张开巨口，发出无声的咆哮，极其不甘愿地化为苍蓝宝剑，落回扶苍掌中，被他收进鞘内。

他上前一步，伸手握住玄乙的肩膀，将她的身体一拽，她终于又落回怀中。满身浊气，遍体鳞伤，重伤昏迷，这样狼狈地被他抢回来。

扶苍转身便走，却听少夷在后面轻声道：“她若是陨灭……”

扶苍缓缓道：“她陨灭了，待我即位青帝日，便请青阳帝君指教。”

九头狮战栗地落在他身侧，不敢去看他怀中的玄乙。扶苍跨上狮背，拉动缰绳，它不得不御风而起，避开天际各种祥光，流星般在云海中穿梭。

龙公主伤得极重，她的伤并非旁人，正是他带给她的，是纯钧带给她的。

扶苍从袖中取出她脱落在巴蛇腹内的龙鳞，它们早已成了碎末，被带着浊气的风一吹，四下飘散。她又像没骨头一样依偎在他怀中，双目紧闭，唇色如雪，身上的赤红战将装早已被血浸透。

他为了她一次次突破的剑道，再也想不到有一天成为几乎杀害她的利器。

少夷说得没错，他没有能够彻底驾驭纯钧，所以几乎令她命丧剑下。

纯钧是当年为了对付共工大君，由当今天帝亲自捧炭铸造的天之宝剑，对天神堕落的气息极其仇视，所以才会对她有那么强烈的反应。

它的剑气化神替她挡过岁虎大君的长枪，它的剑气化龙今日也把她咬得伤重濒危。就像他一样，爱着她，又真正能伤害到她的，都是他。

她总是什么都不告诉他。

可那些都无所谓了，不告诉便不告诉吧，阳奉阴违，当面一套背后一套，非要强撑着把事情都扛下来，让他们被她留下——那些都无所谓了，不要陨灭，做魔王大君也好，不要陨灭。

扶苍将她的脑袋按在怀中，紧紧抱住，不要离开他。

玄乙再一次醒来，望见的只有满目苍翠，恍惚间她以为回到了青帝宫，只有那里的树木才会绿得这样疯狂而嚣张。她迷惘地眨了眨眼睛，这才发觉她是坐在一株枝叶莫名茂密的凡间的树下，不知什么缘故，它沉坠的枝叶如瀑布般落在地上，叶片简直像在莹莹发光。

一双熟悉的胳膊自身后紧紧圈着她，他腰间的纯钧又在发出杀意浓厚的嗡鸣声。

玄乙怔了半日，微微挣了一下，腰间又传来龙鳞脱落的剧痛。数片漆黑龙鳞滑在他腿上，漆黑的浊气从尚未长好的创处汩汩升腾，纯钧的嗡鸣声更响了。

唉，他还是来了，每次都在她准备英勇就义的时候来，真是不给面子。

她慢慢抬手，摸索着盖住扶苍的眼睛："不许看。"

扶苍握住她的手，另一手按住几欲疯狂的纯钧，低头在她浓密的长发上吻了吻："没有变。"

壳子没变，里面全变了。

玄乙手腕一转，翻出的烛阴白雪犹如最深沉的夜色那般漆黑，其实她真的更喜欢白色的雪。

"你用纯钧咬我。"她软绵绵地抱怨，听起来却好像一点怒气都没有，"好疼啊。"

扶苍合上眼："谁叫你不听话。"

玄乙忍不住把头扭过去，眉头拧了起来："你该不会还打算叫这蠢剑来咬我吧？"

扶苍摇了摇头，没说话，将她脑袋按回怀中。

后背和腹部的伤好像已经变得麻木，也可能是她已经疼习惯了。玄乙用指甲慢慢抠他领口上所剩无几的云纹，停了一会儿，忽然道："回头万一有什么帝君大帝来剿杀我，你能别看吗？"

扶苍的双臂骤然收紧，险些将她骨头掐断，她疼得"哎呀"一声，这会儿她没龙鳞了，能轻些吗？

"这种话，以后不要再说。"他声音很低，"不许再说一个字。"

好吧，那不说这个。

玄乙目光清澈地看着他，又停了片刻，她居然叹了口气，又把头垂下去，轻声道："那……四海八荒很大，嗯……神女有很多……"

她又想说什么？扶苍凝视她苍白的面容，她微微翘着的唇角，任性妄为的作风，比铁块还要冷硬的心。她总是折磨他，把他从头到脚践踏过，却要说"神女有很多"的话。

他按住她的后脑勺，将她的脸再度按入怀中，语气阴冷："交代遗言？还不到时候。"

他的生命早就被她践踏得光怪陆离，天上地下，到哪里还会再有第二个龙公主，那些很多的神女，一个也不是他要的，所以，有也等于没有。

这也不给说？那她说什么呢？他们在一起的时候总像梦幻泡影般，短暂异常，实在是不够，太不够了。她跳进这个深渊里，还未尝够甜美，便把酸苦辣全体会了个遍。

她的愿望其实很简单，只想和他在一起，却不知为何总是如此艰难，仿佛永生都难以实现。

玄乙垂头笑了笑："你是怎么找到我的？"

难道拴了根看不见的绳子在她身上？

扶苍没有回答这个问题，答案一定不是她愿意听到的。

会找到龙公主，是因为纯钧尝过了她堕落天神的血，当年它就是凭借这一点，才能将共工大君从天上追到地下，紧咬不放。沉寂了无数年后，它现在终于又有了新目标。

此刻它在不甘地低鸣，似是不明白为什么他不允许它剿杀面前这天神堕落的魔族。扶苍用力握住锋利的剑身，神血丝丝缕缕缠绕在苍蓝剑身上，嗡鸣声终于平息下去，只余一阵阵颤抖。

摸了摸她的头发，他的声音很轻："你受了重伤，不要再说话，睡吧。"

她怎么舍得睡？

玄乙慢慢张望四周，半座幽静的森林显得异常生机勃勃，每一棵树的枝叶都好似浓绿的瀑布，直坠于地。

是扶苍在释放华胥氏的金木神力，一定是为了与她受创而引起的阴寒之力相抗，不叫这股充满浊气的阴寒气息被战将们发觉。

说起来，很久以前好像他们也有过类似的经历，那时候她被鲇鱼妖伤了右腿，他也是这样抱着她东躲西藏，只不过那时候是躲避妖，如今是躲避战将。

大约她真是他的一个重担，跟她扯上一块儿，他就没过过几天顺心日子。也可能阿娘陨灭留给她的影响太大，她就是不肯安安生生跟他一块儿琴瑟和鸣，以免好过就坏了。但其实现在想想，如果他们早在一块儿一天，至少他还能多开心一天。

扶苍的手还是轻轻摩挲在她头发上，摸猫一样："睡吧。"

玄乙捉紧他的领口，其实她真的累了，自发现身体不对劲以来，她就压根没怎么睡过，受了重伤还到处逃窜，后来又跟少夷拼命，她都不知道自己这么能撑。

"如果有战将来了……"她含糊地咕哝，"就叫醒我。"

不会有声音，他会将那些干扰她的声音全部驱散的。

扶苍解开外衣，将她的身体裹住，轻轻抱在怀中，静静凝视着坠落在地上的那些莹莹发光的叶片。

在见到那片与离恨海相差无几的烛阴之暗后，他终于明白少夷早先那句让他百思不得其解的话究竟是什么意思。

不可以把事情说出去，不是替少夷隐瞒，果然是说出去后，龙公主便一定会陨灭。不是因着被浊气污染而亡，也不是因着少夷的那些阴谋，诸天屠魔诏令下，她会顷刻间被无数战将包围，第一时间遭遇彻底剿杀。

天神堕落是神界最忌讳的事。

少夷早就预料到大约有这样的情况发生，可他还是让她进了离恨海。

扶苍握紧纯钧，所有痛恨都是因懦弱而生，他谁也不痛恨，只恨自己。是他不够强。

似是察觉到他的情绪，颤抖的纯钧终于畏惧地安静下来。

扶苍手腕一翻，一柄木剑出现在掌中，他将之轻轻抛出，它骤然化作一条金龙，绕着他俩盘旋打转。

第二条剑气化龙，他也是练了无数次，直到此刻才突然醒悟成功。

他所有的辉煌与拼搏都是为了她，可还是不够，差得太多，倘若一夜过去便过了几十万年多好，他不在乎一生的长短，只要能将她护在掌心。

金龙柔顺地飞舞而来，与纯钧的自有灵性不同，它毫不犹豫地便张开巨口轻轻把玄乙吞了进去，随后化为木剑，又落在他掌中。

好好睡吧，不会再有谁来打扰她。

第三十七章

不可转也

细碎的脚步声惊醒了古庭的浅眠，他睁开眼，入目又是延霞熟悉的身影，她正用细嘴茶壶往杯子里小心地倒茶，随后捧了本书一面喝茶一面看得入神。她极难得这样懈怠一下，竟全然没发现他醒了。

古庭静静看着她的背影，心中有一股暖意，一时想起当年因着玄乙的事，自己来气想把延霞撮合给扶苍的念头，如今想来竟觉好笑。

他方欲说话，忽听屋门被轻轻敲了两下，延霞像只小黄鹂似的奔去开门，紧跟着便笑道："太尧师兄！"

"古庭怎么样了？"

太尧一面问一面绕过屏风，见古庭醒着，他便凑上前小心看古庭背上那个洞。到底是文官，他始终见不得血淋淋的伤口，见上面浊气淡了许多，便赶紧移开视线，放心道："好险你竟能撑住，我都要对你刮目相看。"

说得古庭一笑，因见延霞在一旁傻笑，他便温声吩咐："傻站着做什么？不给太尧师兄倒茶？"

延霞急忙笑眯眯地倒了两杯茶，一杯递给他，一杯递给太尧，随即又乖乖地缩在一旁看书，不去打扰他们说话。

太尧见他俩这个情况，不由得笑意更深，带着点戏谑开口："依我看，这次花皇与赤帝两位老人家都不必再担心什么了。"

古庭还未有什么反应，后面的延霞已经把茶杯打翻了，赶紧低身去捡，耳朵上已是明霞般嫣红。她这样反应，古庭也有些不好意思起来，低声道："太尧师兄，慎言。"

太尧见他们俩脸皮一个比一个薄，便不再打趣，只问道："其他师弟近来如何？我上回听说烛阴氏一家三口失踪了，谁知后来又变成重伤，也不知是怎么一回事，你们战将这边消息应当更灵通些吧？”

古庭摇头道：“这小魔头一家子都胡来得够呛，毓华殿这里也没传什么新消息……”

他的话还未说完，屋门突然被狠狠打开，昔日一个与他交好的明性殿弟子飞奔进来，面色惊骇，大叫道：“出大事了！说是玄乙堕落成了魔族！芷兮师姐因为包庇她被押入天牢！各战部主将都在商量怎么剿杀她！好像还要用到上次捡回来的后羿箭矢！”

什么！延霞和太尧惊得差点蹦起来，古庭也差点蹦起来，结果登时疼得满脸冷汗。

“说清楚点！”古庭又急又疼，手腕子都开始发抖。

那弟子喘了半日，方才理顺思路：“前些日子不是传离恨海里的烛阴之暗少了大半吗？原来竟是玄乙做的，这会儿先生正跟主将们协商通融，总得把理由问清了再说去剿杀吧？可烛阴氏名声向来不好，玄乙下界后又不务正业，情况只怕不妙。朱宣帝君已经把后羿箭矢送到下界，好像说那东西能破开烛阴氏的龙鳞——真的要剿杀玄乙啊？！那钟山帝君和小龙君岂会放过？咱们难不成回头要跟烛阴氏一家子打？”

这一家子可比什么魔王大君要棘手多了，光烛阴之暗和暴风雪就能撂倒一大片，好好的天神不做，跑去做什么魔族呢？难不成又要出共工大君了？加上钟山帝君和小龙君，他俩若是来气也堕落成魔，那简直就是三个共工大君一样可怕。

延霞急道：“小师妹怎么可能自甘堕落做魔族？肯定哪里搞错了！”

以她对玄乙不多的了解，也知道这小公主的傲慢与懒散，放着悠哉的望舒不做，跑去做魔王大君，只怕不是她的作风。

古庭吸了口气，忽地一个激灵：“扶苍呢？”

那弟子摇头：“倒没听说扶苍师弟的事，不过好像先前对付巴蛇大君的时候，有传闻他的剑气化龙打中了玄乙。依我看，以华胥氏的作风，他肯定是要大义灭亲！”

大义灭亲个鬼！连他们这些弟子都做不出这种事，何况扶苍？玄乙若是出事，扶苍不得疯了？她简直把他迷得三魂没了两魂，以他的能耐，十有八九真能做出和战将们对着干的事情来，那才是真正糟糕至极。

古庭撑着床榻想下去，他得去下界，他得把事情弄清楚，虽然他半开玩笑叫玄乙“小魔头”，可不承想她有一天真成了魔头，这其中必有缘故。

可他的伤势毕竟过重，浊气尚未排净，不能以回春术治愈，这一撑之下又是满脸冷汗，延霞急忙扶住他，连连跺脚：“不要动！你又不知道他们在哪里！”

太尧也按住他，神色凝重：“你好好养伤，等浊气排净再说，这事先交给我。”

古庭颤声道：“和……和先生说……让他无论如何拖住……我这个浊气还须得几日才能排净……”

太尧拍了拍他的肩膀安抚，回头问那弟子：“芷兮被押入天牢又是怎么一回事？”

那弟子还是摇头："这个真不清楚，说是她知情不报，意图包庇。"

太尧沉吟片刻，望向延霞："我应当可以进天牢。我去找芷兮问问情况，你去找先生，请他无论如何拖住，把事情弄清楚再让战将们行动。"

"好！"延霞转身便奔了出去。

清透的日光穿过墙壁最高处的一个小孔，落在芷兮的脚边，她怔怔盯着那个光点，已发了很久的呆。

阴暗的走廊上忽然响起一阵脚步声，很快，脚步声停在她的牢房前。她慢慢抬眼，隔着真言束缚的清光，却望见太尧关切的脸，她不禁低低开口："……太尧师兄？"

太尧叹道："到底是出了什么事？怎么一下子小师妹变成魔族，你又被送进了天牢？"幸好他有这个九帝子身份在，不然连天牢都进不来。

芷兮摇了摇头，忽然间泪盈于睫，轻声道："都怪我……都怪我……我真是疯了……"

太尧一见着神女哭就不自在，手忙脚乱安抚了半日，连问带猜，总算弄出个梗概来。他反而沉吟了半晌："她为了什么缘故，要去吸纳离恨海的烛阴之暗？"

她只是摇头，她也不知道。

想不到竟是白跑一趟。太尧摇了摇头，方欲转身离开，想了想，终究还是又站住。

"以小师妹的性子，跟少夷撞在一处，那还得了？何况他们两族还有宿仇，依我看，是你多虑了。"

哭泣不止的芷兮终于被他这句话说得安静了片刻，最后声音沙哑地开口："其实，我都知道。我只是……"

太尧却笑了一声："只是昏了头？这么点小事也值得哭成这样？"

她被这份感情折磨得死去活来，在这帝子师兄嘴里居然就成了风轻云淡的一句"小事"，芷兮有种自尊被损的难堪，低头沉默不语，使劲用袖子把眼泪吸干。

太尧又道："既已昏过了，便该醒醒了，莫忘了你的骄傲。"

他说完便转身。延霞那边去找先生，他怪不放心的，这位师妹办事能力实在不敢恭维，扭头最后看一眼芷兮，他说道："偏生你被困在天牢，若有你在外面斡旋，我也放心些。"

太尧走后，芷兮又出了很久的神。

她的骄傲，她好像已经忘记自己的骄傲很多年了。以前她的奋斗目标是去刑部，做一个公正严明的神官，可为了少夷，她把自己的目标全部抹掉，像是专门为了他而活的。

少夷的最后一句话回荡在耳边：以前我至少还有些欣赏你。

芷兮用袖子按住额头，泪如泉涌。

她太蠢了，太蠢，总是自以为是地去想象恋情，自欺欺人地给予自己希望，感动了自己无数遍的执着，如今想来愚不可及，害了自己，也害了玄乙，如今身陷囹圄，连挽回的余地也没有。

琉璃杯里的茶冷了热，热了冷，已经有无数回，里面浸泡的茶叶都快烂了。白泽帝君端起来看了看，又把它放回去，目光又落在灵犀院内一百二十名各战部执掌主将身上。

为了玄乙的事，他们在这破院子里已经讨论了整整一天。他试图弄清楚玄乙堕落成魔的缘故，但看起来诸神对这个并不感兴趣，昔年共工大君的阴影太深，“天神堕落”四个字让他们谈虎色变。

冲天的祥光晃得眼睛有点花，他揉了揉眼睛，暴躁的勾陈大帝立即厉声道：“白泽帝君！现在是打瞌睡的时候吗？您老人家始终扣着召集令不放是什么意思？！难道眼睁睁看着再蹦出个共工大君？天地秩序已经够乱了！”

又拿这讨厌的大帽子来压他，白泽帝君终于不顾茶叶糟烂，大喝一口，忽然道：“钟山那边……”

当即有文华殿的执掌神官应道：“已扣下所有往来信件消息，虽不知钟山帝君与小龙君重伤告假是否为实，但还是莫要惊动他们为好。”

勾陈大帝对烛阴氏的怨气大得很，离恨海都是他们折腾出来的，上回又因着钟山帝君的烛阴之暗被吞，搞出了诸天屠魔诏令，他冷冷道：“说不定这一家三口都去吸了离恨海的浊气，还是派战将严守钟山吧！”

白泽帝君和蔼地望着他：“要不勾陈你去？”

勾陈大帝立即垂头不语。

正胶着时，院外忽然跑进一个朱宣玉阳府的神官，气喘吁吁地躬身行礼：“诸位上神有礼了，好叫青元大帝陛下知晓，我家帝君应了您的吩咐，已将后羿箭矢送去了下界。”

后羿箭矢，弑神之器！原来那天青元小鬼抱着的木箱里装的就是这东西？

白泽帝君面色终于变了，扭头望向一旁始终不发一言的青元大帝，青元大帝拱手道：“白泽帝君，我知道玄乙公主曾是您的弟子，但天神堕落非同小可，容不得您老人家的包庇任性，此事我已上报过天帝陛下，还是等候上意吧。”

勾陈大帝面色也变了：“动用后羿箭矢来对付那个公主，过火了吧？”

那是凡人弑神的凶器，根本就是诸神的耻辱。

青元大帝道：“那位公主生性跳脱，毫无天神职责自觉，恐非善类，有此一日也不足为奇。烛阴氏龙鳞难解，万法无用，公主堕落，想必钟山帝君与小龙君也未能幸免，剿杀烛阴氏怕是折损极多，后羿箭矢既然犀利，何不让它派上用场？”

白泽帝君的眉头紧紧皱起，他与上代的钟山帝君关系甚好，也了解这一族的专横跋扈让多少神族恨得咬牙切齿，他们不露出弱处还好，但凡露出一丝弱势，便是致命之伤。

这才真真是墙倒众神推，还逼着天帝表态，要把万龙之尊的战神往灭族了整？果真一群目光短小之辈。

一日后，天帝的旨意下达至灵犀院：全战部召集令颁下，一百二十部战将全力擒拿堕落天神。

太尧匆匆从天牢赶到灵犀院时，先前聚集在内的主将们都已散了，白泽帝君小小的身影坐在正座上出神，一旁的延霞面色苍白，两眼含泪。

看样子还是迟了，他不禁叹了口气，上前将芷兮的话复述了一遍，反倒让白泽帝君又一次陷入沉吟。

玄乙和少夷，烛阴氏与青阳氏，离恨海。他直觉这里面大约有什么牵扯。

而他的直觉向来很准。

白泽帝君忽然起身，开口道："延霞继续去照看古庭吧。太尧，随本座去一趟天宫琅嬛书库。"

这当口先生还去什么书库？太尧摸不着头脑："先生……还是让弟子去向上父求情……"

白泽帝君正要说话，忽见灵犀院外一道身影缓缓步入，来者翠色长衣翩跹，额间火红宝珠摇曳，却是早已辞学的弟子青阳氏少夷。

"先生，好久不见。"少夷款款上前，从容行礼。

白泽帝君若有所思地看了他几眼，缓缓道："你此时来找本座，是欲杀之，还是欲生之？"

少夷浅浅一笑："先生慧眼如炬，怎会不懂我的来意？方才听先生说要去琅嬛书库，何必浪费先生的精力，先生想要的东西，我替你带来了。"

他从袖中取出一本蓝皮册子，慢悠悠地递过去，旋即再度行礼，反身便走。

白泽帝君拿了册子却先不看，皱眉道："少夷，烛阴与青阳二族的纠葛，时至今日早已是过往腐朽之事，眼下魔族肆虐，无论是天帝还是战部诸神，对你二族的私下恩怨了结都不会乐见其成，本座亦然。"

过往腐朽之事……少夷默然片刻，轻道："先生说得不错，确实是些早已被遗忘的腐朽过往而已。先生不必过虑，杀之而后快的局面，并非我所欲。"

白泽帝君轻抚蓝皮册子，淡道："且莫急着走，本座倒有些疑问要问问你。你既有心，何须苦心经营，造就今日局面？或许此话不该本座来说，但对你而言，烛阴氏覆灭岂非最佳的结果？"

少夷笑道："先生的问题未免太多，再拖下去，怕是要迟了。"

白泽帝君见他真是说走就走，眼看就要离开灵犀院，只得急道："既然来了，何不将此事做彻底些，随本座一同去见见天帝陛下？"

那翠色长衣的凤君头也不回，傲然低语："天帝陛下若要见我，怕是得他亲自前来。"

此话何其狂妄！

白泽帝君眼看是留不住他，索性也不追，将手中的蓝皮册子翻开看了看，不过是一本记载了数代前上古帝君逸事的杂书，类似的册子在琅嬛书库简直堆积如山，多且驳杂，整理起来十分费事，到如今已再也无谁愿意花上几千年归类翻阅，全都尘封在书库最底层，也不知少夷到底怎么翻出来的。

他一页页翻过去，突然不知看见了什么，猛然把手一拍，叫道："哎呀！不得了！"

太尧奇道："先生，这册子里记了什么？"

白泽帝君犹在连连惊叹："不得了！你过来看。"

太尧凑上前，却见那册子内竟赫然画了一位身着青阳氏帝君冕服的帝君，额戴火红宝珠，唇齿含笑，俊美无俦，竟与少夷一模一样。

一旁墨迹淋漓，写了一行字：青阳帝君少夷。

他倒吸一口凉气："这是？"

白泽帝君眨了眨眼睛："依本座看，这是和上上代钟山帝君一起把离恨海折腾出来的青阳氏帝君。"

太尧愣了半日，突地反应过来，登时大惊失色："……少夷！"

白泽帝君叹道："竟是他，怪不得有狂妄的本事……凤凰涅槃向来只是传说，想不到真有青阳氏做到了！不该放他走！"

他原本是想去琅嬛书库找上上代烛阴和青阳两位帝君的生平记载，盼着能找出什么蛛丝马迹，没想到少夷却送来一份惊天动地的东西。怪不得，怪不得……他还奇怪以少夷区区一个年轻神族，如何能把牛哄哄的烛阴氏弄到这种凄惨地步，倘若他是那位上上代涅槃重生的青阳帝君，一切便说得通了。

"先生，您以前没见过上上代青阳帝君吗？"太尧心中震撼犹存，一个涅槃重生的上上代帝君跟自己做了几千年同窗，他还不大敢相信。

白泽帝君摇了摇头："都是本座幼年时的事了，那会儿还没兴起拜先生的规矩。但凡有帝君称号的都是血脉高贵者，何况青阳氏那一代的帝君相当了不得，说是空前绝后也不为过，哪有那么容易见到。"

太尧轻道："先生，如今应当怎么办？"

少夷在这当口暴露身份，是为了给烛阴氏落井下石，还是想拉他们一把？

白泽帝君指尖在册子的帝君画像上点了点，因见背面似有墨迹，他立即翻开，却见其上字迹优雅地写了一行字："一梦数百万载，陈年旧事亦如云水流逝，了无痕迹。离恨海之祸已清，烛阴之功也。"

他又点了点字迹，不知是叹是笑："看来这其中的曲折经历，还得找你小师妹问个清楚了。"

烛阴之暗被铺开在帕子上，玄乙放在眼前试了试，意外地合适。

三日前她便醒了，不知是神躯终于彻底适应了浊气，还是体内浊气中那些再生神力的缘故，后背与腹部极难愈合的两个伤口竟已恢复如初，她有生以来第一次伤好得那么快。

除了没有龙鳞，烛阴白雪变成了黑雪，身体变得意外沉重，再也不能腾飞上云头，她曾经想象的那些惊天动地的堕落成魔的变化一个都没出现，也不知是好是坏。

另外还有一个微妙的改变令她感觉不适，她的眼睛比以前要脆弱得多，连下界曚昽的日头都承受不了，只能用帕子遮挡。

“该走了。”

扶苍细细拨开垂落似翠绿瀑布的浓密枝叶，在下界释放华胥氏金木神力连续三天，这座小树林已被神力浸染得再不似凡间草木，每一棵树都高了数丈，繁盛异常。

他凝神听了听动静，这几日不知是不是另有魔族大君作祟，半空往来战将极少，诸神还未发觉他们躲在此处，但留在这座怪异的林中只会越来越危险，必须尽快离开。

等了片刻，后面的龙公主还不知在捣鼓什么，扶苍皱眉回头，却见这爱美的公主不慌不忙用黑雪捏出个镜子，对着上下左右前后反复看，一面软绵绵地抱怨：“哎呀，变丑了。”

……明明和以前一模一样，连这跳脱的行为都一样。

扶苍不知是松了一口气，还是想笑，或者，是将这些日子压在最深处的脆弱不安发泄出来。他张开双臂紧紧抱住她，把脸贴在她蓬松的发间，连气息也没有变，幽冷而甜美，只属于龙公主的味道。

她像没有骨头一样软在他怀中，隔了一会儿又轻声道：“骨头要碎了。”

她的龙鳞已全部脱落，再也没有可以庇护身体的东西，即便有再生神力，该痛还是会痛，以后他要是想敲打她，真是一打一个准。

扶苍放松手劲，低头在她头发上吻了吻，手掌贴在她冰凉的面颊上，指尖细细摩挲，旋即在她头顶轻轻一敲，果然疼得她“嘫”一声。

“以后就在木剑里待着吧。”他声音里有一丝森然冷意，“不会再放你出来。”

玄乙关注的东西立即歪了：“木剑？不是纯钧？”

她这才发现他腰上挂了两把剑，一把纯钧，还有一把十分普通的木剑，看着竟像是那会儿在毓华殿，他教她剑道时用的那柄。

扶苍声音还是很冷淡：“木剑关你已足够。”

玄乙“哧”一声笑了，娇声软语：“你这样轻视烛阴大君。”

烛阴大君？扶苍又不知是怆然还是轻笑，摸了摸她的脑袋，轻声道：“泥鳅大君吧。”

她是泥鳅，是魔王大君，是烛阴氏公主，是什么都可以，只要别离开他，别离开。

“扶苍师兄，”她轻声细语地唤他，“既然把我装在木剑里，那还不赶紧爱带去哪里就带去哪里？”

扶苍合上眼，重重抱紧她纤细的身体，趁她的痛呼还没出口，木剑化作的金龙已将她一口吞下，旋即柔顺地回到他掌中。

即便是木剑，那也是华胥氏剑气化龙，龙肚子里金光璀璨，要不是早有准备用帕子挡眼，玄乙觉得自己一定会立即瞎掉。

她往地上一躺，用手敲敲剑壁，懒洋洋地信口胡说：“烛阴大君饿了，要吃人，带本座去凡人多的地方。”

剑壁立即被扶苍的手指也敲了两下，他一点都不客气，敲得“咚咚”响，震得她脑壳儿都疼，说话声音像是从遥远的天边传来：“忍着。”

又是忍着，他怎么这样残暴？

玄乙在金龙腹内翻过来倒过去，无事可做，索性用指甲去抠剑壁，谁知那金光竟被她三两下抠出一个洞来。她把脸凑到洞上往外看，扶苍时常骑着的那头蠢狮子居然不在，他正御风而行。天空漆黑，以往因着诸天屠魔诏令时常漫天飞舞的祥光都已消失，群魔潜伏，诸神按兵不动，安静得反而有点毛骨悚然。

一只手伸过来把洞堵住，扶苍对她这爱到处乱抠的恶习也是无奈：“很气闷？”

玄乙轻轻吹了一口气出去，他的掌心便结了一层漆黑的冰。他立即用指尖在木剑上弹几下，继续弹得咚咚响。

似是觉得这样很有趣，龙公主的轻笑声从木剑内细细传来。

扶苍低头看了看变得漆黑的木剑，它毕竟不是纯钧，关了个堕落天神在里面，时间一长便承受不住浊气浸染。指尖在木剑上一拂而过，华胥氏金木神力重新令其变得光洁，她也跟着“哎呀”一声：“清爽多了。”

那就安静些吧，若叫谁发觉这柄木剑会出声，可要出大事的。

谁知她又开始慢悠悠地说话：“扶苍师兄，下次让金龙吞些书啊花啊草啊什么的进来，好不好？”

牛哄哄的剑气化龙就这样被她诡异地扭曲了作用。

“想看什么书？”扶苍始终对她爱看书这件事感到神奇，她成日看的都是什么书，竟然看得这样跳脱胡闹？

玄乙埋头认真地想了一会儿，开口道：“你当凡人那会儿，书架里面放了几本红皮的书，名字叫什么……”

话还没说完，就被扶苍冷硬地打断：“你记错了。”

她的记性向来不坏，怎可能记错？

“名字叫……”

他的指尖又在木剑上重重一弹，震得她耳朵里乱响。这样恼羞成怒，肯定有鬼，玄乙噘起嘴："莽夫。"

扶苍淡道："再说话，便三天不许出来。"

她不信他能把她关剑里一辈子，玄乙又朝那个洞吹口气。

结果他真的也没关她多久，被从木剑里拽出来时，凡间正是艳阳高照，青翠的小山头微风阵阵，怎么看怎么眼熟。

玄乙四处看了一圈，目光落在崖边那株帝女桑上，它宽大的叶片还是那么干净清爽，风吹在上面的声音也还是那么动听，像下着细细的雨。

突如其来的喜悦，就像当年他带给她的一样。终于又一次见到它，什么都没变。

玄乙轻飘飘地飞过去，仰头凝视它，山下已没有半座城，绿意铺满整个视界。她忽又忍不住扭过头，那时候的凡人皇子如今已是白衣战将，那时候的神女如今却成了魔族。

他看着她的眼神还是没有变，一别千万年，此时此刻仍是彼时彼刻。

玄乙笑了笑，朝他伸出手，她很高兴现在陪着她的还是他。

那只修长的手握住她，白衣神君已站在她身边，与她站在这株凡间的帝女桑下，一同眺望山下已不存在的半座城。

山风带着比那时浓厚得多的浊气，拂过她雪色的宽大长袖与衣摆，她还是穿着他的衣裳，被风吹得像是要飞起来一样。

玄乙慢慢坐在崖边，披散的长发黏了几绺在面上，她一面拨开，一面仰头望着头顶帝女桑的叶片，轻声道："这棵帝女桑比我紫府里的好看，应该是我见过的最好看的。"

扶苍亦坐下去，将她披散的长发以手指慢慢梳理，从袖中取出她遗落在巴蛇腹内的金环，替她挽在耳边。她却将金环再度摘下，揪着他的袖子放进去，旋即柔声道："小贼，总是偷我金环，干脆送你吧。"

他摇了摇头，张开双臂抱住她，不要像留下遗物一样，服饰也好，珠钿也好，都是因为心底爱着的那个在穿戴才有意义。

这样悱恻温柔的时刻，龙公主突然不合时宜地冒出来一句："我没记错，我翻过几页，那些红皮书好像讲的是女鬼和书生的故事。"

……又提这个。

扶苍简直不知是再将她关木剑里狠狠敲几下，还是干脆把她丢下这悬崖。只听她细细一笑，朝他面上轻轻喷了口气，吐气如兰，声音娇软："装模作样。"

仰起头凑近，一个吻，很轻。

小女鬼。扶苍俯首加深这个轻吻。

让时光回到过去，让他在那个雪满乾坤的深夜能够赶回下界，正青春年少，四海八荒，天上地下，处处都是三千景色，天涯海角。他们会在一起很久很久，一切都不会是梦幻泡影般的短暂美梦。

夜色渐渐深沉，崖边的风很大，龙公主蜷缩在他怀中，风声没有惊扰她，她睡得很沉。

不要做梦。扶苍低头在她面上吻了吻，抛出木剑，令金龙将她护在腹内。

极远的天边似有祥光划过，他眯起眼，起身方欲走，却见远处忽有数团祥光急急坠落，太子长琴的声音骤然响起：“扶苍！就知道你会在这附近！”

扶苍转过身，便见太子长琴领着几个丁卯部战将面带焦急地走来，说道：“别找那个公主了！她是故意逃走的！上界有消息，说她已经堕落成魔，马上便要发全战部召集令，速速回丁卯部！”

全战部召集令？扶苍没说话，眼前苍茫的夜色忽然变得如此料峭凶险。

太子长琴还在说：“我就说你那招剑气化龙怎么可能失手，一定是纯钧认出堕落天神的气味了！快回去吧！”

扶苍默然片刻，微微颔首，反身便御风而起，忽见数道巨大的真言束缚自虚空落下，立即便要将他捆住。他似是早有准备，苍蓝的天之宝剑自鞘中一跃而出，化为巨大无匹的金龙，飞快盘旋一圈便绞碎了那些束缚。

他没有回头：“全战部召集令不是马上要发，是已经发了吧？长琴兄素来直爽豪迈，何必学这些蹩脚功夫来演戏？”

以太子长琴的秉性，断不至于专门跑出来寻他，他既来寻，还特意带了几个战将，便必然有异。

太子长琴神色复杂，看了他一会儿，长叹一声：“你既通透，如何又这般犯傻？她是天神堕落，绝无活路，即便跟整个烛阴氏为敌，也不可能留下她。我看在往昔情面上，先行一步来提点你。你这些日子不回战部，应当是和她在一处？她藏在何处？速速把她交出来，不要犯傻做错事，此事绝无回旋余地。”

扶苍静静凝望料峭夜色，复又转过头，声音冷淡：“不错，此事绝无回旋余地。”

第三十八章

帝女桑下

太子长琴紧紧皱眉，倏地掷出一根瑟弦，快如疾电。

瑟弦快，金龙更快，璀璨而巨大的金色潮水瞬间铺开，这是太子长琴再熟悉不过的犀利剑道，也深知它有多可怕，只是想不到有一天这招他会用在同僚身上。

为了那个全无讨喜之处的公主，扶苍，这一点也不值得。

第二根瑟弦接踵而至，绕过巨大潮水的范围，无声无息地往扶苍身上缠绕而去，刺穿华胥氏屏障，与纯钧剑鞘所化的金龙撞在一处，霎时掀起飓风。

太子长琴真狠得下心。几位战将在一旁束手无策，老实说，大家做了那么多年的同僚，扶苍又一贯重礼清雅，他们实在下不去手。

四根瑟弦一齐射出，地面骤然化为火海，金色的潮水与瑟弦缠斗不休，太子长琴面色越来越阴沉，牙关越咬越紧，最终厉声道："她罔顾铁律堕落成魔！剿杀魔族才是你的职责！"

扶苍仍旧没有说话，事到如今，他也实在没必要再说什么。

潮水从四面八方呼啸而来，几乎要淹没整个天地，这次的剑气化潮中终于带了浓厚的杀气。太子长琴急急躲避，但见潮水并没有纠缠自己，反而再度涨高，将视线遮蔽——想离开？庇护堕落天神是大罪，他真是不想活了。

"挡住他！"太子长琴一面厉声吩咐周围的丁卯部战将，一面再不留手，细若发丝的瑟弦为他一一弹出，顷刻间穿透那片亦没有用全力的剑气化潮。

扶苍念动真言，剑鞘金龙在身后急急绕了一圈，将瑟弦全部挡开。冷不丁天边疾射来无数寒光，"当"一声撞碎了华胥氏屏障——有别部战将来了！

太子长琴面色简直难看无比，这下他的头功没了，且事情也再无法挽回。

密密麻麻的天神祥光如暴雪降临，随即骤然收拢，勾陈大帝暴躁的声音炸开："捉住那个华胥氏！烛阴氏公主必然被他藏在剑中！"

当年青帝夫人追求本性不灭，渡百世轮回劫未果，神魂消亡，青帝悟出剑气化幽明，将其神躯神魂护在华胥氏桃木神剑之内，此事他们这些同辈的大帝帝君也都有所耳闻。想不到这下一代的青帝也同样用剑庇护，只可惜，他护错了对象，成不得佳话。

幸好青帝与烛阴氏另外两尊厉害的都还没赶来，如此必须速战速决！

一时间，无数术法与真言束缚夹杂着神兵利器，毫不留情地往祥光包围中心的白衣战将砸去。华胥氏也好，帝子也好，甚至白泽帝君也好，谁也不要想庇护堕落天神，这是天界的铁律。

扶苍解下木剑握在手中，剑气化潮旋转着挡在他身周数丈处，挡住这漫天漫地的神明之威，终究没能全部挡下，鲜血在白色战将装上绽开。手中的木剑在剧烈地颤抖，几乎快要裂开，却出乎意料地安静，一点声音也没发出。

在想什么？她还是这样不听话，一定要出来。

他指尖一弹，木剑骤然飞出，打着旋儿扬高。诸神只觉眼前金光大亮，不可逼视，柔和而不可抗拒的神力如清风扑面，木剑化作一尊尚且模糊的巨大神像，双掌合拢，那位堕落的烛阴氏公主正被拢在双手中，雪色的身影被金光映衬得模模糊糊。

华胥氏剑气化神。

白衣战将撤了狂放的剑气化潮，苍蓝的天之宝剑落回他掌中，他执剑端立云海，并不动一下。

勾陈大帝气坏了，这得了失心疯的华胥氏神君看样子是要作对到底！他厉声下令："甲申部诸战将，速速将这背弃天道之徒剿杀！"

他可没那个耐性等这小辈神君把神力耗完，青帝与烛阴氏二位说不准下一刻便要赶来，那为老不尊的白泽帝君也一副不甘不愿的模样，等他们都凑齐了，那时才难办。

他自己永远是第一个先动手的，长袖一挥，一圈巨大的天神弩车轰然落下，大腿粗细的弩箭架在弦上，眼看便要射出，忽觉原本就暗沉的夜色倏地又暗了无数，夹杂着疯狂怒意的巨大暴风肆虐降落，他的身体几乎立即就被冻僵在原地，维持着一个歪着脖子的可笑姿势。

"卑劣的鼠辈，谁给你们的胆子对烛阴氏出手？"

钟山帝君的声音如惊雷般击落在众战将心头，这下坏了，烛阴氏另外两尊厉害的赶来了，果然重伤告假是借口，钟山消息都被封锁，他们是怎么知道的？

一道身影似疾窜的雪光，迅速落在巨大的剑气化神前，身形高大，面色阴冷而苍白，果然是钟山帝君。

似是察觉到女儿暂时无恙，钟山帝君长袖一挥，斗大的雪花几乎遮蔽整个天地，巨大无比的冰龙盘旋着冲进战将们的包围圈。诸神全然身不由己地被冰龙们卷住身体，渐觉龙身缠绕越来越紧，那些神力单薄者全身骨骼已被绞碎，发出惨烈的叫声，连太子长琴与勾陈大帝也叫苦不迭。

璀璨的金色巨大神像似流水般散去，雪色的纤细身影被风吹得如落叶般飘落。忽然又有一道淡青身影疾驰而来，张臂将玄乙一把接住，剧烈的收势使得他耳上两枚黑珍珠耳坠摇曳不停，正是小龙君。

他低头看了看怀中的小妹，曾经披霜带雪、尊贵无双的公主，此刻满身浊气，再也不能腾飞。他硬若铁石般的心也不禁颤了颤，目中一丝泪光闪过，低声唤她："阿乙，你……真胡闹。"

玄乙却移开视线，垂头笑了笑："你和父亲怎么会来？"

说到这个清晏又怒意勃发，他这些日子差点把右腕上的神官金印点烂了，她就是不肯给一丝回应，出了这样天大的事，她还是想悄无声息地自己跑去送命？家里一个帝君、一个龙君，却要她一个小公主在外面扛住一切，烛阴氏脸面何存？

他扬手想揍她一下，可她的龙鳞都已被浊气撕脱，他又如何下得了手。

远远的，一只青色九头狮颤巍巍地绕过暴风雪，十八只眼睛里泪水涟涟，哀号着向扶苍狂奔而去，托住他乏力的身体。

清晏吸了口气："是这只狮子跑来钟山，带了扶苍的手书。"

怪不得扶苍要御风而行，这狮子向来蠢，偏偏在不该聪明的时候这样聪明。

玄乙摇了摇头，一言不发。

远处又有无数祥光划破天际，继续有别部的战将往这里疾驰。清晏在她头发上摸了摸，将她往九头狮那里轻轻一抛，反身迎上那些即将靠近的祥光。

天际不停有祥光落下，全战部的战将都在赶来，可新来的倒霉战将怎么也想不到当头就撞上钟山帝君与小龙君，连话都来不及说便被钟山帝君冻住。后面的小龙君跟商量好似的，上来便是一顿胖揍，全身骨头都打碎了，疼得一个个哭爹叫娘。

云海之上几乎已成冰封世界，无数战将不是被冻成冰雕，便是早已陨灭，神躯还未来得及化为清气散逸。

果然是要对付三个共工大君，这简直是一场噩梦。

玄乙像一片落叶似的打着旋儿掉在九头狮背上，吓得它险些从云海里滚下去。一只手捉住她的胳膊，随后她便落入熟悉的紧窒怀抱中。

方才的剑气化神一定叫他疲惫不堪，他急促的呼吸喷在耳边，还未来得及治愈的伤处鲜血涌出，神血浸透衣裳，贴在她后背的肌肤上，竟让她感到烫。

远处清晏和父亲的暴风雪正将天地都吞噬，祥光与祥光的碰撞，无声却又激烈。

其实这些她从来都不想看到，一丁点也不想。

“这次一定要听话。”

扶苍额头抵在她头顶，用力抱了抱她，木剑金龙再次将她吞入腹内护住。正欲御风而起，心底突地陡生一股寒意，直觉令他化作一团狂风，往侧边避开。只听尖锐而凄厉的破空声自极远处疾电般窜至身旁，赤色的弑神箭矢毫不留情地破开夜风，带着战栗的屠杀之音，射向云海上的冰封世界。

后羿箭矢？竟连这种东西都用上了。

扶苍疾飞入云海，但见这根本不长眼的后羿箭矢，一路也不知擦伤擦陨灭多少无辜战将，诸神能躲远的早已躲得老远，被冻住不能动弹的倒霉鬼们只能暗暗祈祷这不长眼的弑神凶器不要刺到自己身上。

云海里几乎被冰龙绞晕的勾陈大帝咬牙切齿，仍不肯放弃自己的暴躁怒意，大吼道：“青元大帝！把后羿箭矢收回去！”

岂料极远处的青元大帝自己早已痛得晕过去了，后羿箭矢一旦解开封印，便只奔着神力震荡处而去。打开封印的青元大帝成了第一个受害者，没来得及避开，硬生生被箭矢穿透肋下。

这枚箭矢集合了凡人的大怨念，造成的创处对诸神来说犹如剧毒，比浊气感染尤甚，回春术全然无用，眼看被擦伤的无数战将纷纷倒下，勾陈大帝头一次长声喟叹。

这才叫作茧自缚，青元大帝对付个三万来岁的堕落天神就这样贸然开启弑神之器，结果不光把自己搭上，还害了那么多倒霉战将。

突然之间，这根不长眼的箭矢迅速蹿至烛阴氏风雪的领域，如入无人之境，化为一道艳丽血光，立时便要刺入清晏后背。

似是察觉到灭顶的危机，清晏急急朝旁让了一下，终究迟了一步，赤色箭矢穿透他的肩膀，带出大蓬神血，他痛得面色煞白，踉跄数步。诸多天神之血的气味令箭矢愉悦激昂，呼啸着在高处打个转，又化为一道血光疾射而来。

此时再躲已来不及，钟山帝君急急唤出数道冰墙，但闻碎裂声震天，情急之下他一脚将清晏踹了个趔趄，只见那道艳丽的血光倏忽间已到面前，胸口一烫，血光已穿过他的身体，跃向苍穹。

“喂！”

清晏一把扶住帝君的身体，他胸口正中被开了个洞，冰冷的神血飙射而出。钟山帝君面上的神情很奇怪，忽而抬手按住胸前的伤，穿胸而过的痛楚原来是这样的，生平第一次体会，而他曾让这种痛苦伤害了自己的女儿那么多年，他一点也不知道。

染了血的手又慢慢从胸前抬起，抓住清晏的胳膊：“带你小妹逃。”

少了帝君的本事还怎么逃！清晏也不知是怒还是什么别的，谁叫他多事！这家伙除了给子女添堵，还能干点别的吗？

尖锐的杀戮之音又至，扶苍急急掷出纯钧，化为万千潮水，瞬息铺开在他们身周。天之宝剑与弑神凶器撞在一处，风起云涌，可怕的巨大声响贯彻天际。

“还不拿下这几个背弃天道之徒！”勾陈大帝身上的冰龙终于消失，他顾不得去管身上碎了几根骨头，只嘶声大吼。

剩余的战将只得继续纷纷扑上前，试图制服受创渐渐不能动弹的清晏和忙于困住后羿箭矢的扶苍。以往对付魔王大君，痛打落水狗是最叫他们喜欢的过程，可眼下这状况他们一点都不喜欢。

浊气突然变得极其浓厚，密密麻麻的漆黑雪花纷扬而坠，下一刻便覆盖了整个云海之上，战将们不小心闯入这个领域，登时个个冻得犹如黑水晶神像。

扶苍急急低头，却见腰间的木剑早已裂成碎片，他们搏命相护的那个雪色纤细身影似穿花蝴蝶般，在漆黑的暴风雪中一晃，便要朝她的父兄飞去。可浊气令她的身体沉重不能腾飞，硬生生坠落云头，化为一条满身浊气的巨龙，在云层下翻卷腾飞，无论如何也飞不上来。

为什么要来？自己好不容易才保护好他们，最重要的他们，她一点也不希望他们跑来为她做这些事，那样她先前吃的苦流的血，岂不全白费了？要她背负三个债，成天被追杀地活下去，她可不要过这种日子。

电光石火间，密密麻麻的瑟弦无声无息地潜伏而至，玄乙只觉身上一紧，从头到尾被缠了个结结实实。数根巨大的弩箭紧随其后，她再也躲闪不开，硬生生被一根弩箭贯穿龙躯，冰冷的血如骤雨坠落。

她倏地现出人身，脱开瑟弦，化为阴风坠落在崖边。

不远处的帝女桑被风吹得又发出下雨般的声音，只不过，这次应当是暴雨了。

玄乙长袖一挥，一百零八条黑水晶般的冰龙将凄冷的月色尽数遮挡，瞬间又裂成无数漆黑冰刃，毫不留情地朝战将们席卷而去。被冰刃擦伤刺穿处，疯狂的浊气翻涌而出，剧痛令战将们几欲晕厥。

抱歉，最后一次也没听话，最好别看这里，她的血把他的衣裳弄脏了，这景象不会很愉快。

喷出一口气，数道漆黑冰墙横贯天地间，辽阔而深邃的夜色般的暴风雪在云海上绽放，她果然可以这么牛。

术法神兵撞在冰墙上，惊天动地的声响一阵阵。突然，那被后羿箭矢纠缠不休的剑气化潮不受控制一般掉转方向，万千潮水狂暴而狰狞地汹涌呼啸，冰墙瞬间便被撞碎，要将这堕落天神切割成碎片。

眼看那道雪色身影要被潮水吞噬，勾陈大帝那声“好”字还没来得及从喉咙里喊出来，却见那片巨大的潮水好似被无形的威压骤然压扁，随即忽地化为一条金龙，顺从地张开金光灿灿的大嘴，一口将烛阴氏公主吞入了腹内。

白衣战将的身影急急追落在崖边，金龙化为苍蓝的天之宝剑落在掌中，扶苍面色如雪，冷汗一层层从额上滚落，方才那一下神力极度震荡，此刻已令他眼前阵阵发黑。

不可以晕。

可他双膝发软，实在没有办法站住，唯有将纯钧插在地上，双手按住剑柄支撑身体。

龙公主绵软的声音自纯钧内响起："我还是当了一回魔王大君，厉害吗？"

厉害个鬼。

连绵不绝的祥光犹在坠落，有些被不长眼的后羿箭矢掀翻，有些被肆卷的漆黑暴风雪吞没，可更多的正往这里赶来。

"清晏和我父亲会死吗？"她又问。

那叫陨灭。但他们不会，会死的是如今身处纯钧中受到重创的她，如果被抓出来，绝无活路。

扶苍咬牙试图震荡神力，唤出剑气化神，可他好像再也不能够了，连站着都要用尽所有气力。他曾有梦临，帝女桑下，纯钧失控，将龙公主一剑穿心，所以他无论如何也不会让这个梦境成真。

巨大的祥光急急坠落，青帝惊怒交加的声音骤然响起："扶苍！放下纯钧过来！"

扶苍眯起眼，静静看着对面的父亲，他沉痛的神情，不可置信的目光，隐含的愤怒。他仿佛在说：你和烛阴氏公主的纠缠，到如今真的要不得善终。

不知为何，在这一刻，脑海里浮现的竟是自小到大在青帝宫里度过的漫漫时光，疯狂而嚣张的巨树，清澈若水晶的澄江湖，幽雅的淡月小榭，他亲手种下的仙华杏花，自小到大练剑时，父亲的谆谆教诲。

他常说："扶苍，你天赋难见，青帝华胥氏剑道，将来必在你手中发扬光大。"

他这小半生，大多时候都是疏懒而冷眼旁观的，并未觉得有什么事需要付出全身心去做，当战将履行职责也是顺其自然，称职地维护着天地秩序。

倘若没有龙公主，他的一生大约会很顺遂，就像父亲说的，将来即位青帝，四海八荒无数更好的神女任他挑选，华胥氏剑道由他发扬光大，未来光辉而平稳，不会有什么大起大落。

可他已经遇见她了。

所以抱歉，他不能放下纯钧。

苍蓝的天之宝剑化作璀璨的大片金光，柔和而不容抗拒的清风再一次在晨曦中荡起涟漪，这一次的神像清晰而深刻，双手合拢，将那天上地下无处可去的堕落天神收在掌心，神像低低俯首，仿佛正注视着掌中的她。

白衣神君失去了支撑，身体缓缓摔落在地上。

匆匆赶来的勾陈大帝扬手便是万道金光欲射出，冷不丁手腕忽被数根瑟弦紧紧缠住。

他气得头发都要竖起来："太子长琴！你到底站哪边？"

刚刚他俩还配合挺默契的，差点就把那公主重创，结果他说翻脸就翻脸，怎么这样反复无常呢？

太子长琴吼得声音比他还大："丁卯部战将是你说杀就杀的？"

勾陈大帝又扭头望向一旁的青帝："青帝陛下，你怎么说？华胥氏要一路捣乱到底？"

青帝没有回头，向来儒雅的声音竟带了一丝阴冷："犬子行错，我自当斥责教导，不敢劳烦勾陈陛下。"

那他们就僵在这里？勾陈大帝怒不可遏，转头四处乱看，却见战将们犹犹豫豫地立在高处，谁也不动手。更有不知哪个战部的一群战将，连执掌主将都不见，蹲在一旁无所事事。

他厉声道："你们是哪一战部？主将呢？"

立即有战将小声道："玄冥帝君说，小龙君是他爱徒，他不爱来打杀，叫我们自己看着办。"

这才真真是一个两个都胡闹。后羿箭矢还在云海里胡乱穿梭，发出的声音吵得耳朵都在疼。对，还有这么个逆天的玩意儿，没对付到堕落天神，反而把战将们追得犹如丧家之犬。

勾陈大帝愤然挣开瑟弦，收回术法，跃上云海，天神弩车再次排开，巨大的弩箭疾射向那枚不长眼的箭矢。这东西只有会挪旋开阖大神通的神族才能收服封印，他一腔怒火此刻全发在它身上，当即又道："还不赶紧把这弑神之器弄碎！"

原本就是弑神的耻辱，还留着干吗？打个粉碎才好。

汗水浸透了扶苍的白衣，周围所有的声音此刻听起来都朦胧而遥远，父亲在急切地说着什么，他却听不清一个字。他全身上下所有的气力都在全神贯注地维持着神志清醒，不让自己晕厥。

有一片目光交织在他身上，他没有去看，龙公主此刻的表情一定不会叫他愉悦，她从来也没听过话。

不要说做魔王大君的话，他知道，她根本不愿做什么魔王大君，闲着没事看看热闹，折磨一下身边的神族们，喝喝茶，挑嘴不吃饭只吃茶点，他的龙公主只适合做刁蛮任性的公主。别再想着独自去牺牲，不要陨灭，只要活下来，一定会有好事发生，无论用上多少年，他也会寻找解救她的法子。

全战部的战将都已陆陆续续地赶来，大抵眼前的景象出乎意料，传说中那个堕落的烛阴氏公主被华胥氏的剑气化神护着，早先来的其他战将却都忙着跟那不长眼的后羿箭矢斗得死去活来。

朱宣帝君见自己心爱的后羿箭矢被诸神打出了许多裂缝，心疼得浑身肉都在抖，连声呼喝："轻点！轻点！别打碎了！让本座把它收了！"

再让他收回去才见鬼。战将们顿时打得更凶。

太子长琴弹出一根瑟弦，好不容易追上赤色箭矢，纤细的瑟弦一圈圈绕住它的尾部，霎时间瑟弦绷紧，眼看着竟要被大力拉扯断开，他急得直叫："快打！快些！"

一时间，天河般的术法与神兵似巨浪扑来，眨眼便将那根显得十分纤细的后羿箭矢吞噬。只听一阵刺耳至极的碎裂声响彻天地，诸般祥光流水似的褪去后，这惊天地泣鬼神的凡人弑神凶器迸发出一团团巨大的血光，随即一寸寸化为齑粉碎裂而去。

所有的一切仿佛突然变得安静，只有朱宣帝君肉痛得号哭声一阵阵，但大家都不怎么想搭理他。

云海上肆虐的漆黑暴风雪已经停了，飞舞的冰刃也停了，漆黑的冰龙托着钟山帝君与小龙君的身体落在崖边，对了，那里还有个堕落成魔的烛阴氏公主。

怎么办，真要去对付她？她好像特别厉害的样子，而且看烛阴氏跟华胥氏为此拼命的势头，把她杀了之后只怕后患无穷，真要把神界两尊最厉害的战神之族灭了？那以后再有魔族大君作祟，少了暴风雪和华胥氏剑道，打起来一定挺累的吧？何况那似得了失心疯的青元大帝还把后羿箭矢带来，无缘无故又伤了无数战将，不用说以后，就是马上来个大君，他们也要头疼不已。

诸神一时陷入异样的纠结中，忽闻一阵清朗的钟声响彻天地，纶音术，这是天帝有旨意到，这时候来旨意？

九帝子太尧广袖长衣的身影出现在诸神的视界内，他手里捧着一尊通体剔透的玉盒，正是天帝的手书旨意。

勾陈大帝眉头皱起，九帝子曾是白泽帝君的弟子，跟先生自然走一路，他捧着个天帝旨意来，肯定没什么好事。他当即朗声道："九帝子，你自己看看眼下的状况，已经打成了这种样子，天帝该不会在这个时候叫我们停手吧？"

太尧暗暗叹气，他自然也知道烛阴氏在神界的口碑向来不好，这会儿逮着机会把他们往死里整，必然不会放过。

身为天帝一方，在诸神势力间斡旋，实在也是难做。玄乙堕落成魔是事实，天神堕落绝不会被放过也是事实，一百二十战部主将里大半都发了请命，要求下剿杀令，这等架势，已是箭在弦上不得不发。

若是什么小神，一下子解决掉也罢了，偏生是万龙之尊的烛阴氏，杀了他们的公主，帝君与小龙君怎能善罢甘休？以后还想不想过安生日子了？还是说，真要把烛阴氏彻底灭族？眼下又扯上华胥氏，血脉稀薄而高贵的部族就那么几个，灭一个少一个，全灭了万一后头再出个厉害的魔王大君，就指望勾陈、青元这些二流货吗？

太尧看了看云海上那些还未来得及化为清气的战将的尸首，因觉十分惨烈，不敢多看，转过头来又道："勾陈陛下，上父的旨意旨在擒拿，并非剿杀，何况主将们请命时，可没说要动用后羿箭矢。陨灭了这么多无辜战将，怕不单单是堕落天神之祸吧？"

就知道要拿这玩意儿来说事，勾陈大帝摇了摇头："那是青元大帝一意孤行，与'擒拿'堕落天神一事无干。"

他刻意把"擒拿"二字念得特别重，怨气十足。

太尧笑了笑，打开玉盒朗声道："天帝有旨，即刻收回后羿箭矢，将堕落天神活捉，不可伤之。"

天帝这一家子怎么也这么反复无常呢？勾陈大帝厉声道："辛辛苦苦打到一半，天帝跑来叫停手！九帝子，好叫你知道，钟山帝君怕是不能活了，倒是斩草除根为好！"

太尧皱紧眉头，旋即又松开，低声道："烛阴龙神气息绵长，不至于顷刻间陨灭，送回上界后兴许有救。"

他颔首见礼，不再多说，方欲落去崖边，一旁又有其他帝君斟酌道："九帝子，这堕落天神是吸纳了离恨海的浊气才至此，如今看着就是个会走动的离恨海，贸然将她再带回上界，不大妥当吧？"

太尧温言道："离恨海既是上界弄出来的，终究还是要回归上界来处理。"

他降下云头落在崖边，抬头看了看那尊巨大的剑气化神，目光又落在帝女桑下的白衣神君身上。扶苍倚树而坐，面色与唇色都如雪一般。

太尧低声道："扶苍师弟，莫要担心，先生在上界等着。"

剑气化神似潮水般退去，到了极限的白衣神君终于连剑也握不住，纯钧"当啷"一声摔在地上，他的身体也随之瘫软，被青帝一把扶住，仔细看时，他已力竭晕死过去。

诸战将的视线顷刻间都集中在半空那道纤细身影上，金光散开，烛阴氏公主被血浸透的身体沉沉坠落，忽地化作一团阴风，往钟山帝君和小龙君那边扑去。

战将们警惕地退开一些，定定地看着公主蹲在父兄身边，用还算干净的袖子替他们擦身上已结冰的血迹。

留在钟山多好，不来的话，就不会受伤，也不会流血，更不会送命。其实她一点儿都不爱看谁为了自己送命，有阿娘一个已经够了。

玄乙默默看着父亲胸前那个洞，自阿娘陨灭后，他成天关在长生殿不出来，清晏也被他气跑，她对他实在谈不上有多深厚的父女感情，独个儿跑去离恨海，绝大部分是为了清晏。

可她也没想他陨灭，就这样活着，继续和神女们"发乎情止乎礼"，多乱来多给子女添堵都好，谁叫她和清晏倒霉，摊上这么个乱七八糟的父亲。

但他的气息还是渐渐弱下去了，那些血迹怎样也擦不干净。先前她盼着少夷把心羽收回去，现在却又盼着他其实并没有收回，别让她父亲陨灭，眼下这场景她真真是深恶痛绝。

太尧走到她身后，尽量让声音放柔：“小师妹，回上界吧，先生一定不会让你有事。”

她不怕自己有事，她怕的已经在眼前了。

一团团浓厚而疯狂的浊气，从她后背的贯伤处似烟云般袅袅升起，让诸神纷纷皱眉，太尧也不禁退了数步。正要再说，忽觉漫天术法雷动，竟有数位战部主将不顾上命，在此时强行动手。

漆黑的冰墙无声无息地架在崖边，术法神兵竟不能将其撞碎。那道原本还蹲着的雪色身影倏地起身，霎时间天昏地暗，众战将只觉夜色降临般的巨大暴风雪扑面而来，登时一个个被冻得如雕像。

斗大的漆黑雪花落如急雨，盖住半边天空，明亮的日头还在一边。

还是不够，她要让整个乾坤都被风雪吞没。

天地秩序如何，天神职责如何，她确实从来也不在乎，她就是这样自私，只看重自己想看重的。眼前这些战将碰了她的逆鳞，便要吃下烛阴龙神的怒火。

漆黑的暴风雪范围越来越广，终于把那半边的日头遮住了。天昏地暗，这样很好。

一百零八条巨大的黑水晶般的冰龙包围整个崖边，要命的黑暗中，诸神只见勾陈大帝与远处还在昏迷的青元大帝被群龙缠绞，几乎是一瞬间便被绞碎，连叫都没能叫出来。下一刻群龙又扑向方才对她动手的那几位主将，血满乾坤。

暴风雪与冰龙的凄厉呼啸声中，只有太尧在忙着叫嚷：“小师妹！小师妹！别这样！快住手！”

嗯，她也确实不能继续了，像在离恨海里一样，所有的气力全部耗尽，如果她现在有三十万岁就好了，这里谁也别想走。

疯狂的风雪与冰龙一倏忽间又退得干干净净，玄乙身体微微一晃，在众神骇然的目光中摔下去。

帝女桑下忽有清光一闪，一枚通体洁白的巨蚌竟不知从何处钻出，眼看玄乙摔落，它两片巨大无匹的壳骤然张开，将她的身体纳入其中，旋即迅速合拢，一圈圈缩小至手掌大小，腾飞而起，乳燕投林般落进一个掌心。

太尧心有余悸地低呼：“先生！您何时来的？”

隐没在云端之上的白泽帝君小心地将那只雪白的蚌壳收入袖中，却并不急着回答，反而四下环视一圈，诸神与他淡漠的目光一接触，纷纷默然不语。

白泽帝君淡道：“自离恨海祸害以来，上下近万年，战将陨灭不足一万，只今日一天，陨灭者便有上千，重创者无数，诸位，这局面可还满意？”

此话一出，到底还是有执掌战将反驳道：“白泽帝君，倘若放任堕落天神不管，日后陨灭者更是不计其数！”

白泽帝君缓缓道：“其一，烛阴氏玄乙公主是否为堕落天神还未有定论；其二，事出必有因，弄清原委再下杀手也名正言顺，她一个年仅三万岁的公主，你们还怕她翻天了不成；其三，今日是不计其数的战将陨灭在后羿箭矢之下，本座自辅佐天帝以来，从未见过这等荒唐之事。既然天帝旨在擒拿玄乙公主，眼下公主已在本座掌中，此事便算完成了，诸位与其和本座咬文嚼字争论不休，不如救助同僚更为紧要。”

他不等诸神再说什么，长袖一挥，小小的身影已消失在云端。

……看样子这场惊天动地的厮杀终于彻底结束了。青帝长叹一声，将晕死过去的扶苍抱起，因见纯钧落在地上，他左脚在地上轻轻一踏，岂料神力驱使下，纯钧却纹丝不动。他心中讶然，垂头凝神细看，却见纯钧苍蓝的剑身上遍布云纹，竟是认主的状态。

青帝不禁弯腰拾起纯钧，目光似感慨，似震惊，又带了一些赞叹的意味。

想不到这柄天之宝剑能为扶苍慑服，从此只听主人号令，万死不辞，即便血染群神。

他一次次不顾一切地突破剑道，是为了那位烛阴氏公主吧？

自己的孩子，看样子注定要与烛阴氏的公主纠缠到底，他这执拗刚烈的性子与他母亲一模一样。

在远处躲了许久的小九怯生生地跑来崖边，呜咽着将扶苍托上自己的背。青帝拍拍它最大的那颗脑袋，将钟山帝君与小龙君的身体也放上去，自己跨上狮背，回头向太尧温言道：“还请九帝子引路。”

……这场乱七八糟的剿杀堕落天神之旅，开始得突然，结束得也突然。杀了无数战将的居然是那根后羿箭矢，真可谓搬起石头砸自己的脚，这一下砸得太疼了，倘若青元大帝还活着，日后回想起来大约也要羞愤欲绝。

战将们怔了半日，一个丁卯部战将怯生生地开口：“长琴兄，我们接下来……”

太子长琴御风而起，皱眉道：“都回去吧！还想怎样？”

若是没有那后羿箭矢……想到这里，太子长琴倒有些悚然，若没有那后羿箭矢，眼下情况如何还真不好说，他能不能活着回去，更不好说。

第三十九章

似情非情

和暖的春风拂起床边的银纱，绿琉璃桥在春日艳阳下，泛出幽绿的清凉色泽，四下里寂静无比，唯有炉上烧开的茶水发出“咝咝”声。

白泽帝君挽起茶壶，将茶水添满，却听对面的青帝含笑道：“天宫里还是这么安静，好像之前那场闹剧根本没发生过一样。”

白泽帝君轻叹道：“只怕也静不了几日，烛阴氏弄到这种地步，小龙君日后必然不会轻易放过。”

他的视线落在后方三张床榻之上，烛阴氏一家三口犹在昏迷不醒。

小龙君的情况还好些，伤不致命，另外两个就连他也心里没底。

钟山帝君被后羿箭矢贯穿胸口，本来这箭矢带来的伤害就如同剧毒，轻则昏迷数月，重则当场陨灭，若非烛阴氏气息绵长，他在下界便要陨灭当场。即便如此，此时他也已是风中残烛，随时有可能逝去。

至于玄乙……白泽帝君又一次走到她身边，凝神细看——她一直睡着，无论用什么法子都唤不醒，先前身上的血迹污渍已被侍立女仙们洗净，也正因此，他才发现她之前所受的重伤，在短短三日内已经愈合得连个小口子都看不到了。

这正是吸纳了离恨海内那些纠缠复杂的浊气之故，好好的烛阴氏公主，身体跟当年那双防风氏的手已没什么区别。老实说，她现在是什么样的状态、究竟能不能醒、醒来后究竟是神是魔，谁也不知道答案。

他摸了摸玄乙的手，隔了半日，却带着满面惋惜地长吁短叹：“龙鳞全没了。”

白泽老儿成日就惦记这些，青帝啼笑皆非，正欲说话，却听他问道：“扶苍还没醒吗？”

青帝摇头：“他连着数次耗尽神力，只怕不睡上十几日没法醒。”

白泽帝君急得跺了跺脚："偏生他们两个都在睡，真是急煞本座。"

他还等着他俩给他详细解释一下整个事情的经过呢！

青帝温言道："此事急也急不来，帝君何必焦躁，其实那位青阳氏帝君透露身份后，大体经过也能猜出大半了。我看他如此执着离恨海一事，只怕不光是因为烛阴青阳两族的旧怨，更像是一心解决当年留下的祸患。"

不错，少夷的筹谋看似是对烛阴氏的报复，可从他其后的行事来看，竟真的只为了把离恨海之祸平息，也正因如此，白泽帝君才急切地想知道，这位上上代青阳帝君和烛阴氏究竟为了什么把离恨海折腾成这样；又为了什么非叫年齿尚幼的玄乙来承担这一切。

"白泽帝君，这件事你看天帝陛下会如何处理？"青帝沉吟着问道。

以天帝一贯的作风，大约又会想把事情强行压下去，但此次只怕难办。

本身剿杀烛阴氏公主一事就做得鲁莽，对青元大帝放出后羿箭矢也是后知后觉，这边性情乖戾的公主大开杀戒，杀了包括青元、勾陈在内的九个主将，战将们自然不满；钟山帝君濒临陨灭，烛阴氏更不满，天帝再想把事情遮掩下去，哪边都不想得罪，那可不大好，场面不能乱圆。

白泽帝君笑了笑，当今天帝行事风格与上代比起来，圆滑优柔有余，决断清晰不足，到最后这件事怕还是要来找自己商量。

"本座认为，等事情弄清楚后，找个机会原原本本昭告四海八荒倒也不错。" 他又看了看榻上的玄乙，"无论如何，本座这位弟子实实在在是行了一件十分了不起的大功德。"

青帝暗暗摇头，说个场面话就能糊弄过去？烛阴氏有这么好应付，也不至于叫诸神恨了那么多年。

白泽帝君手指一弹，茶杯飞到了掌中："离恨海里滋生出的那些怪物，都是当年本座与天帝丢弃的魔族尸身，想来这祸端也有我等的责任。而最初毁了离恨海的，是烛阴氏与青阳氏，此祸乃三方因缘巧合下形成，自然也该三方都负责。如今烛阴氏解决了离恨海内最大的隐患，以至于体质变成如今这般，上界自然不会不管，那青阳氏也不会叫他袖手旁观的。"

青帝反而有些讶然："那位涅槃重生的青阳帝君，怕是白泽帝君你也须得礼让三分吧？"

姑且不说其真正的年纪与辈分，光是能够涅槃重生，便已足够成为传说。天帝只怕也不好指派他做什么，此事由他一手促成，与烛阴氏仇上加仇，岂会再愿意自找麻烦？何况从整个上界的立场来看，实在没必要插手这件事，算作两族的私下恩怨倒是更好些。

白泽帝君看了看榻上的玄乙，慢悠悠道："本座猜，他十有八九还是会愿意的。"

扶苍梦见自己又在那片荒原上漫步，远处的帝女桑下，却再也没有那个寂寞的纤细身影。

他慢慢走过去，静静听着叶片的“飒飒”声，只觉空寂欲绝。

缓缓睁开眼，入目是十分陌生的缃色帐顶，他躺在熏了九和香的被褥中，大约是月窗没关，风把纱帐吹得摇曳不休。

扶苍怔了片刻，想起方才的梦，顿觉一颗心在往下沉，当即掀开纱帐下床，却见月窗外日光璀璨，绿琉璃为桥，黑水晶做柱，竟是天宫的景象。

房门突然被推开，脚步声渐近，进来的却是一个陌生的神官。见他醒了，那神官急忙躬身行礼：“扶苍神君，在下失礼了。”

扶苍颔首回礼：“请问我睡了几日？”

“自神君被白泽帝君送进天宫，已过了五日。”

过了五天！扶苍深深吸了口气：“烛阴氏的公主现在何处？”

神官躬身又道：“这个在下就不知道了，不过白泽帝君有交代，倘若神君醒了，请前往延和宫觐见。”

白泽帝君在，扶苍心中稍安，至少先生不会把龙公主交去刑部之类荒唐的地方。

他匆匆更衣，一路穿过无数琉璃桥，不知是因为有白泽帝君坐镇，还是天帝刻意的吩咐，天宫内的侍卫比往昔要少上许多，延和宫前甚至只站了两个明性殿的小仙童。见他来了，仙童们立即推开殿门，一面通报：“二位帝君，扶苍神君来了。”

扶苍快步走进延和宫，却见殿内月窗下，父亲正与白泽帝君煮茶下棋，悠闲得仿佛先前剿杀堕落天神一事压根没发生过，他愣了一瞬，当即行礼：“见过先生，见过父亲。”

青帝声音温和：“你醒得倒快，觉得如何？”

其实他并不大好，神力反复耗尽后只睡了五日便因梦惊醒，手脚都是软的，他不愿叫青帝担心，便轻声道：“我已无事。”

白泽帝君连连朝他招手：“既是无事，快过来给本座说说整件事的经过。”

扶苍款款行近，忽见殿内北角放了三张床榻，龙公主和她的父兄分别被安置其上，他便松了一口气。待看清她至今未醒，一旁的钟山帝君更是气若游丝，他的眉头又紧紧皱了起来。

“她……一直没醒？”他低声问。

白泽帝君摇了摇头：“姑且当作她将所有精力都耗尽了，十日后再看看情况。”

扶苍默然坐在榻边，指尖轻轻拨动龙公主浓密的长发，她还有呼吸，肌肤仍缭绕烛阴氏独有的寒意，眉尖微微蹙着，唇角残留一丝苦涩。他并不喜欢这丝隐隐约约的涩然，于是缓缓将她唇角抚平——不要难过，什么都过去了，一切都会好起来，他会一直陪着她。

温柔的春风拂起窗边的轻纱，紫砂壶中蒸腾的水汽在渐渐泛起的夕阳余晖下缭绕不休——这已是白泽帝君烧干的第四壶茶，自扶苍把整个经过说完后，他和青帝都不由得陷入了沉思。

想不到，当年离恨海之灾的起因是这样。要说复杂，倒并不复杂，可要说简单，却也不那么简单。都说人心易变，可原来神的心也是这般捉摸不定。

那位名为长御的钟山帝君，他对青阳氏公主的所为，究竟是故意，还是天性？这问题只怕连少夷自己也不好说。其时两族情势已如水火，缺的不过是个爆发引子。以少夷之谨慎，想必更愿意把爆发的引子再压上一代，可惜他终究没压住，两位帝君彻底放肆的结果，便是让上下两界吃尽了苦头。

白泽帝君突然开口打破了寂静："钟山帝君与小龙君这般模样，可见青阳氏帝君的心羽先前已是收回了吧？"

说罢他也不等扶苍回答，起身走向外间，寻个仙童吩咐了些什么，复又回到殿内，叹息道："本座竟不知要怎样评断这件事。"

青帝缓缓说道："白泽帝君先前的推断倒也没错，此事确然是三方各占责任，只是上上代钟山帝君早已陨灭，他留下的这份后患，便辛苦其后裔来解决了。"

而且，也只能让烛阴氏来解决，除了他们，谁能泰然自若地进出离恨海？扶苍运气好，公主将离恨海的浊气吸了大半，他才勉强能靠着剑气化龙出来，否则后果不堪设想。

白泽帝君又叹了口气，方欲说话，殿门忽被打开，神官步入躬身行礼："白泽帝君，天帝陛下请您前往泰和殿一叙。"

果然是要找自己商量了，接下来这桩离奇古怪从上上代开始的纠葛还有的说，白泽帝君一气将茶水喝完，转身便走。

青帝转头望向扶苍，他正静静望着榻上的烛阴氏公主，他这种眼神青帝从没见过。

他行至榻边，细看这位让扶苍如痴如狂的公主。

自己与她只有过数面之缘，印象里是个心事深沉的小公主，烛阴氏行事又向来乖僻，实非良配，他并不是很喜欢，加上扶苍为之变了不少，他就更不喜欢了。

可她有颗赤子之心，这一点他倒是很欢喜。这会儿睡着了，面上那层阴郁杀气也没了，看着实是个无邪的小神女。

青帝又看了看扶苍，大抵华胥氏认定了谁，便无论如何也会坚持到底，这一点扶苍与他也是一模一样。

他拍了拍扶苍的肩膀，温言："既是要陪着她，那便好好陪着，我先走了。"

见扶苍起身行礼，他便又笑道："之前的剑气化神很不错，你母亲也赞不绝口。"

华胥氏剑道确然要在他手里发扬光大，无论为之拼搏的理由是什么。

因着上回剿杀堕落天神出了大意外，陨灭了不少战将，加之如今下界的大君们潜伏暗处，毫不张扬，一百二十战部的战将们都被召回了上界待命，随之而来的各类风闻消息也渐渐肆虐。

堕落成魔的烛阴氏公主斩杀无数战将的八卦被传得快疯了，从杀了九个变成杀了九百个，偏生天帝还把烛阴氏一家子都接进了天宫，看着好像又想把这事压下去的意思，搞得神界神心惶惶。

听说主将被斩杀的那几个战部，战将们天天跑去天宫门口抗议，要求天帝把堕落公主交出来，杀之以平诸神之怒，闹得还挺大，害得现在天宫大门只敢开半扇，而自始至终，天帝都未有任何表态。

“都是帮吃饱了撑着没事做的东西。”古庭为此给了一句愤愤的评价。

要不是玄乙把离恨海的隐患解决了，他们这会儿大约还在下界忙着跟发了疯的大君们打斗呢，哪里来的闲工夫还跑天宫去抗议。何况以烛阴氏这护犊子的秉性，打杀一个全家出动，他们打得过烛阴氏一家三口吗？

太尧接过延霞递来的一粒剥好的橘子，笑道：“昭告天下一事，上父怕是还在犹豫，毕竟少夷身份极其特别。”

一提到少夷，古庭就有一种完全不知该用什么表情来面对这一切的感觉。上上代涅槃重生的青阳帝君，和自己的前未婚妻偷情，害自己目前的爱侣下界了结因缘，他实在没法说出自己心头的滋味。

“他的所作所为被整个四海八荒知道后，必然是身败名裂了。”古庭嗤之以鼻，“他肯定逼着天帝陛下不许把这事说出去吧？”

太尧却摇了摇头：“没有，他……至今还未露面。”

钟山帝君的情况一日比一日坏，玄乙也始终沉睡不醒，白泽帝君早已发了信递向穷桑城，却全无回音，这反复无常的上上代青阳帝君，行事风格实在叫他摸不着头脑。若非他主动透露身份，剿杀堕落天神一事怕是极难了结，可这会儿钟山帝君即将陨灭，小龙君重伤，公主感染浊气沉睡不醒，他偏生又不出来了。以烛阴氏的护短作风，钟山帝君和玄乙若是陨灭，小龙君能善罢甘休才怪。

古庭继续不屑：“必是不敢出来，青阳氏的名声怕是再难振奋了。”

太尧沉吟道：“其实要我看，他大约也不会在乎身败名裂的事，何况此事一旦公布，是非功过只怕不由我等做主。”

本来少夷的名声就没好过，虽说神界风气放浪形骸，但风流神君总不会是什么好名头，他若在乎的话早已收敛了。加之无论他为了什么目的，又用了怎样冷酷卑鄙的手段，离恨海这个大灾祸总归是被平息了，除了被利用的烛阴氏，上下两界都是受益方，烛阴氏素来的名声又不好，想要诸神去谴责一个涅槃重生的上上代青阳帝君，几乎不可能。

他有预感，少夷以后非但不会萧条，大约更可能过得比现在还高调放纵。

古庭气得不想再提他，索性转换话题：“玄乙既已被接入天宫，芷兮师姐也该被放出天牢了吧？”

太尧反而皱起眉头：“三日前便该出来了，她却不肯离开。”

他后来又往天牢去了一趟，原原本本把事情的经过给芷兮说了一遍。她一面听一面只是默默流泪，可听完后却不再掉眼泪，面上反而现出一层平静的神情。

“玄乙还没醒？”她在天牢阴冷的地上坐得端端正正，头低低垂下，犹如赎罪的罪徒，“她什么时候醒，我就什么时候离开这里。”

如此，即便是太尧，也只能长叹了。

明性殿他们这一辈的弟子，总共就有过四个女弟子，三个都被少夷弄得神魂颠倒过，古庭又不知该用什么心情来面对。这样看来，倒还真是玄乙那小魔头眼光最毒辣，只跟扶苍纠缠得死去活来。

他只好又一次换话题，希望这次不要再扯上少夷：“玄乙长睡不醒是怎么回事？先生有说过什么吗？”

从她被带进天宫，到现在差不多已有十天了，普通神力耗尽根本不会睡这么久，这情况看着似乎不大好。

“先生也只是推测，玄乙的情况毕竟与昔年共工大君有所不同，并非自身产生浊气，而是吸纳离恨海所致，所以她不能算作魔族，但也不能算神族。如今沉睡不醒，许是因为体内清浊二气互相争夺冲撞，只等最后看谁占上风了。”

古庭不禁吸了口气：“要是浊气占了上风，难不成再来一次剿杀堕落天神？”

延霞在后面敲了一下他脑袋：“乌鸦嘴！小师妹才不会！”

古庭自悔失言，当即笑道：“确实不会，即便为了芷兮师姐，也不能叫她堕落成魔啊。”

何况还有扶苍。老实说，现在回想起来，扶苍只有跟玄乙在一块儿的时候，表情与目光才有一种特别的鲜活，最早之前他认识的那个扶苍，是冰冷沉寂的。

以前他一点儿都不盼着扶苍跟玄乙好下去，现在他却非常希望他们俩能长长久久在一处。

太尧沉吟道：“先生的意思是再等几天，至少等少夷出现，不知凤凰心羽是否有益……不过依我看，怕是希望渺小。”

玄乙的情况十分特殊，她若是受了什么致命重创，心羽一定能派上用场，可她体内的浊气本来就混杂了青阳氏的再生神力，却依旧沉睡不醒，心羽有用的可能性其实微乎其微。

他不愿说这些伤心事，索性含笑道：“古庭养伤这阵子，性子倒活泼了许多，果然是近朱者赤。”

说得对面两个小天神面红耳赤，一个两个都呆在原地，嗫嚅着不好意思起来。

第十一天，龙公主仍然在沉睡，一点要醒的迹象也没有。

扶苍静静看着侧卧在榻上的玄乙，她看上去真的只是在睡觉，吐息轻盈，唇色娇嫩，手掌乖巧地搭在胸前，仿佛他只要轻轻推一下，那双紧闭的眼就能睁开，和从前一样清澈而专注地看着自己。

对面榻上小龙君似是刚醒来，直直坐着，他没穿上衣，露出结实修长的上身，左肩上那个贯伤创口虽然不大，但整个肩膀都弥漫着一层艳丽的血红色，正是后羿箭矢上附着的凡人怨念，怕是要几十年方能彻底化解干净。

小龙君的神情似乎从未真正放晴过，眉间始终弥漫着一股阴郁，目光胶着在小妹和父亲身上，一言不发。

殿门忽被打开，扶苍头也不用回便知道，又是白泽帝君来了。这位帝君当先生的时候成日里只会喊忙，以此为借口偷了无数次懒。眼下真正该他忙了，他却整天无所事事地待在延和宫喝茶翻书，真不知该说什么好。

大约见小龙君神情太阴郁，白泽帝君居然还火上浇油："醒了？你看也看不好他们，还是继续歇息吧。"

清晏就跟没听见似的。

白泽帝君扯了把椅子坐上去，早有小仙童奉上茶水，他随口问道："今日还没有客来？"

小仙童连连摇头，他便暗暗叹了口气。

奇怪，难道他料错了？可他明明就觉着这位上上代的青阳帝君，对玄乙有种若有若无的别样情意，他狠过一次心，为了解决天下之乱，亲手把玄乙送上陨灭之路，可后来不是主动透露身份了？莫非真的只因为不想烛阴氏灭族？可眼下这糟糕的情况，比灭族的后患可要大得多啊。

"……听说阿乙斩杀了青元大帝与勾陈大帝，是真的吗？"一醒来便始终沉默的清晏突然开口询问。

扶苍默然颔首，当时他神力耗尽，已晕了过去，否则无论如何也不会让她双手沾染鲜血。

清晏合上眼，他这个小妹，永远把什么东西都藏在心里，往往只有等她做了，他们才能明白她那些从来不说出口的感情。

"等天帝将此事下了定论后，你把阿乙带走吧。"清晏声音阴冷，"不要让她留在钟山，那里不是好地方。"

扶苍停了一会儿，道："那里是她的家。"

破碎的家而已，小妹今年不过三万三千岁，寻常神女在这个年纪仍在父母膝下撒娇受宠，她却为了父兄独个儿跑去离恨海，把自己折腾成这样，目睹阿娘陨灭后，又一次目睹父亲陨灭。钟山实在不是个好地方，让她在青山绿水的青帝宫无忧无虑地生活吧。

"父亲陨灭在即，阿乙的婚事我做主，我把她交给你了。"

清晏说完便不再说，翻身躺回榻上，又一次合上眼。

这样伤心的婚事一定不是龙公主想要的，更不是扶苍要的，他希望她满面幸福笑意地嫁来青帝宫，而不是隐隐含着泪光。只是，她遭遇的这一切，怕是再难无忧无虑地笑出来。

扶苍的手掌轻轻贴在她冰凉柔软的面颊上，指尖一根根去触碰她浓密的睫毛，现在还是先不要醒，继续睡吧，不然见到钟山帝君的陨灭，她又会伤心。

急促的脚步声自绿琉璃桥上传来，一个神官匆匆进了延和宫，躬身行礼："白泽帝君，有客到。"

哦？来了？白泽帝君立即放下手里的书，跳下木椅："迎进来。"

没一会儿，便见绿琉璃桥上款款行来一位身着玄黑色华贵长衣的神君，随着步伐，额上的火红宝珠也微微晃动，往日披散在身后的长发，今日却用金线绕了根辫子，搭在肩上，下面坠了精致的玛瑙凤凰。

脚步声渐近，少夷的声音骤然响起："见过先生。"

身份暴露了，他居然还管自己叫先生。

白泽帝君看着他面上沉静而深邃的神情，这张脸又熟悉又陌生，上回太震惊，他走得也太快，自己没能仔细看看他。自知道少夷的真正身份后，他回想往昔明性殿之事，越想越觉这个弟子行事滴水不漏，他竟一点儿也没看出来。

当年收他当弟子，倒是因着青阳氏太过神秘的缘故。少夷进了明性殿，他也曾刻意观察过一阵，除了风流倜傥外，其他皆是中规中矩，毫无亮处，加上后来有了扶苍和玄乙两个行事鲜明的弟子，他就再也没注意过少夷。

眼前这张脸与蓝皮册子上意气风发的青阳帝君终究还是有些不同，或许是因为数百万年漆黑无声的煎熬，使得他身上再无一丝一毫的锐气，盘根错节的一切复杂都被藏在最深处，一丁点儿也不显露。

少夷与长御相斗时，自己年纪还不大，其时的钟山帝君何其嚣张狂妄，与如今的天差地别，青阳氏硬生生从乌云盖顶般的烛阴氏名头下面挤出一片盛名，并不只因着那场惊天动地的帝君之争。

老实说，他的作风自己并不大欢喜，还有点讨厌，可他如此精密的筹划，卑鄙而又冷酷无情的推进手段，在众神的眼皮子底下干了这么件惊天动地又无声无息的大事，实在是不简单，不愧是青阳氏的第一帝君。

白泽帝君一时忍不住，埋在心里许久的问题脱口而出："涅槃重生是什么感觉？"

少夷微微一愣，随即却失笑："现在说这些是不是有点不合时宜？"

好吧，确实有些不合时宜。白泽帝君朝殿内指了指，又道："那就做些合时宜的事吧。"

他眼睛一眨不眨地盯着面前这位上上代青阳帝君。

可惜他想从少夷眼神里看出些许端倪的企图落空了，这位青阳帝君少夷进殿后十分随意地顾盼一圈，目光落在奄奄一息的钟山帝君身上，看了一会儿，他又笑了。

“这件事处理的法子，是先生想出来的吧？”少夷指尖慢悠悠地搓着辫子上的玛瑙凤凰，对清晏冰冷的目光全然未察一般，“离恨海之事已解决，剿杀堕落天神的荒唐旨意也撤了，先生却连着给我发了几百封信，所欲何为？”

白泽帝君想了想：“你既然来了，自然明白本座的意图，本座以为，这正是帝君愿意出手的意思。”

他完全可以不来，心如铁石，彻底撒手，凭借他那样无可匹敌的帝君神魂，烛阴氏想报复也难，但既然来了，总归是有些不一样的。

少夷哑然失笑，不错，他确实来了，说得有道理，他居然无言以对。

他行至榻边，指尖在钟山帝君胸前轻轻一划，破开已被血冰冻硬的黑色战将装，低头随意看了看上面那个深邃的血洞，复而扭头看了看清晏，缓缓道：“父亲体弱，先前的两根心羽令他疲惫，送帝君与小龙君回钟山时已将心羽收回，早知如此，倒还是留着的好。”

清晏没有出声，把旁人耍得死去活来不正是这青阳氏的作风？

金青色的璀璨光辉在少夷周身蒸腾而起，他摸向心口，取出一团更加柔和明亮的东西，细细地、一点一点地将它刺入钟山帝君胸膛，一面又道：“我到如今也只生出五根心羽，看样子要全用在烛阴氏身上了。”

白泽帝君疾步走来，目不转睛地看着他手中那团光辉，就连他也是头一次见到这天上地下最珍贵的物事，向来只知道它可以瞬间救助任何濒死的创伤，想不到救命的东西竟也能被少夷弄成要挟的东西。

再生神力聚集在掌中，被他灌入钟山帝君的伤处，帝君的身体剧烈地颤抖起来，少夷又以指尖在胸前一牵、一绞，看不见的心羽结系瞬间切断。

他在被褥上擦了擦手上的血，随即笑吟吟地望向清晏：“上回应承青元大帝的一根心羽，因着他被小泥鳅杀了，终究没能给出去，巧得很，小龙君，该你了。”

清晏眯起眼，一个字一个字道：“去救阿乙。”

少夷目光流转，摇了摇头：“她的情况，我救不了。”

白泽帝君重重吸了口气，到底忍不住插话：“……真的救不了？”

少夷淡道：“我既已来了，又何苦说谎？”

能救的话，早在她被扶苍重创后的那次相遇，他便救了，不至于还特地再跑来天宫，被小龙君充满杀意地瞪着。

清晏声音更低：“既然如此，为何是她？”

白泽帝君亦道：“你若将此事提前告知本座，事情也不至于此。”

少夷若有所思地看了白泽帝君一眼：“先生，倘若这四海八荒所有的神明都用天地浩劫的名头逼着你去送命，你去不去？”

呃，这个嘛……白泽帝君沉吟良久，却听他又道：“我若夺了你收藏的那些宝贝，你做不做？”

竟然要夺走他的至爱！白泽帝君一脸深沉：“……做。”

……这成事不足败事有余的白泽老儿。清晏简直看不下去了，他就这样爽快地被套话？

少夷悠然道：“先生也明白这个道理，即便我提前透露，最后事情还是会变成这样，兴许还要更糟。总归这件事要有烛阴氏去做，到最后或许三个烛阴氏都进去，三个都陨灭，又或者三个都堕落成魔，那情形先生也不大乐意见到吧？”

不错，确实不大乐意看到。白泽帝君一面点头，一面正色抬眼看他：“所以你就让玄乙独个儿进离恨海？既然责任亦有帝君一份，帝君何以袖手旁观？”

少夷笑意浅淡，却没有回答这个问题。

清晏声音阴冷：“你既然救不了阿乙，便速速离开，我不需要你的心羽。青阳帝君少夷，待我即位钟山帝君，必向帝君你讨教。”

这还得了！他们又想弄出第二个离恨海吗？白泽帝君咳了一声，方欲想个法子劝阻，少夷却忽然温言道：“我这最后一根心羽，并不是为了救你才给你。”

自进了延和宫后，他第一次朝玄乙那里望去，目光在她沉睡而无邪的面上一触即离，又落在榻边扶苍身上，与这位神色平静的白衣神君对望了片刻，方才收回视线，又看向清晏。

“所以不用谢我。”

少夷微微一笑，出手如电，在清晏左肩伤处上一弹，不擅长忍耐疼痛的烛阴氏小龙君立即面色发青地捂着伤处不能动弹。

金青色的璀璨光芒再度闪耀，第五根凤凰心羽从后背插入清晏的背心，剧痛令他汗出如雨，嘴角死死抿紧——这模样让他看上去与长御更多了数分相似处。

小泥鳅真的没说错，他什么都没忘记，就连本以为已模糊的长御的脸，都那么清晰，或许也因为小龙君原本就与长御十分相似的缘故。

他以为自己会趁此机会好好看看这张脸，他和长御是半生的劲敌，最后他杀了长御，自己被困离恨海数百万年，渊源之深三言两语根本说不完。

可他却想起另一张同样咬牙忍痛一声不吭的脸，那个苍白的公主，他记着她快要被咬烂的嘴唇，还有因着心羽结系，自己也在剧痛的唇。

她对他的影响，永远比想象中要巨大。

钟山帝君的陨灭会带来什么后患，他并不关心，只要有一个烛阴氏活着，让战神血脉延续下去就可以了。连他自己也没料到，他真的从穷桑城赶来天宫，把仅剩的两根凤凰心羽大方地送出去，会这么做，大约只因为他这会儿乐意挽救她的绝望，乐意替她保住她最重要的那些。

她的绝望全是由他带来，他也从未想过要给她希望，甚至有过冲动，想将她亲手扼死在掌中。

但他终究没有这样做，又一次把她交还给光明，让她回到希望中。若一定要说个理由，或许是他这堕落而没救的家伙因为当久了看客，终于也稍稍入了戏吧？只是，他永远不会入戏太深，更不会太久，此时此刻的乐意能够持续多久？他不知道，也不想知道。

这下可以安心了吧？接下来，陨灭也好，堕落成魔也好，一睡不醒也好，醒来后继续做神女也好——他这残忍的家伙都不会再过问，他不会再任由她来打扰自己，也绝不会去打扰她的两情相悦，烈焰与寒冰的碰撞，到了该分开的时候。

这一份虚无缥缈的、他从未想过要攫取也从不相信的情意，总有一天会消散在神族漫长生命的时光中，在他早已烂熟于心的放纵而光辉的生涯里，它实在什么都不是，什么也不会是。

一粒汗水从额上滑落，连种两根心羽还是让他感到吃力。少夷绞断心羽结系，转身便走：“我告辞了。”

白泽帝君一路行到殿门前，憋了许久的他到底忍不住又问一遍：“涅槃重生是什么感觉？”

少夷忍俊不禁：“先生的问题还是这么多。”

他负手四处漫看，那些盛开在天宫里的永不凋谢的花儿、琉璃桥、水晶柱。一模一样的蓝天白云，一模一样的风与土地——所有的一切，在神界清气环绕下，没有丝毫变化。

可还是什么都不一样了。

他的神魂和心还活在数百万年前，他的执着把他留下，在同一片天地里，他是世间最孤独者。

少夷缓缓开口：“凡人有个词，叫物是人非，先生一定听过。涅槃重生的感觉，只有物是人非。”

白泽帝君思忖片刻，一时倒也有些无言，因见他迈步欲走，白泽帝君便又道：“帝君，此事一定会原原本本昭告天下。”

少夷摸了摸下巴：“如此我倒要多谢天帝陛下与先生的成全。”

白泽帝君若有所思地看着他：“帝君这伤害后又放弃所爱的行径，日后莫要后悔便好。”

所爱？少夷但笑不语，四海八荒，天上地下，他的所爱与至爱，从来只有自己，哪怕他的孤独深不可测，也不会沾染一丝“情”的尘埃。

涅槃重生的青阳帝君反身踏上绿琉璃桥，玄黑色的身影慢慢远去，消失在淡黄浓绿的天宫色彩中。

第四十章

今我来思

夜渐渐深了，四季如春的天宫，夜风里却意外地带了一丝料峭寒意。

八个月过去，龙公主依然没有任何醒转的迹象。

月华如霜，透过半敞的窗，倾洒在如冰似雪的容颜上，扶苍坐在床边，用手指细细摩挲她的面颊。

紫纱隔开的外间，钟山帝君与小龙君仍旧彻夜难眠，事实上，整个上界的知情者，情绪都很低落。凤凰心羽也救不了的公主，让白泽帝君束手无策的公主——在诸神眼中，她和陨灭已没什么差别。

相比小龙君日渐阴郁的神色，钟山帝君每日号哭的泪水，扶苍的平静显得十分异样。古庭甚至私下里偷偷安抚过他，伤心的事还是要适当发泄出来为好，一直憋在心中，迟早会发疯。

他并不伤心，相比当日为了龙公主面对一百二十部战将的绝望，此时他只感到满腔的空虚死寂。

天神无梦，在他并不算长的五万多年的岁月中，仅做过短短两个梦，每一个都是因为龙公主。他们在一起的时间始终那么短暂，却已彼此交融神魂骨血般不可再分割。在做了第二梦之后，他心里已隐隐约约猜到会是这样的结果。

上一次他犹能在千钧一发之际阻止梦境变为现实，这次他却和所有天神一样，只能束手无策地站在一旁，看着她的气息一点点衰弱下去。

帝女桑下再也没有那个寂寞的公主等候，终究，他迟了太多。

突如其来的风把龙公主的青丝吹散开，被风带来的冰屑散乱一床，扶苍呼出一口气将它们拂落——这些日子，上界的态度也隐隐有了动摇，更多的战将担心公主体内的浊气会溢出，好不容易解决掉的离恨海怕是又要在上界还原。前几日更有战将们偷偷来找白泽帝君，希望把公主送到下界昆仑山底，山底毒火肆虐，莫说妖类，寻常神族也不能靠近，公主体内的庞大浊气若能被排在那里，倒也是个合适的去处。

他们的话还没说完，便被暴跳如雷的钟山帝君打了出去，他甚至把整个延和宫用烛阴白雪封住，不让任何杂神靠近。

救世主的名头始终是虚的，对上下两界来说，不再让第二个离恨海复苏才是他们最关心的事，公主的生死，并不重要。

不知为何，想到这些扶苍反而笑了，俯身在龙公主额上轻轻吻了一下。这世间不在意她性命的有那么多，她却救了他们，把伤心留给仅有的爱着她的数个悲惨者。他早该知道，爱上这么自私的公主，得到的伤心一定远大于幸福。

当初若是没有爱上她，这些撕心裂肺一定不会有，说不定他还能冷眼旁观这场闹剧，甚至亲自出手把堕落天神降伏。

她真的把他从头到脚都砸碎了，重新拼凑。

怀中八个月来始终瘫软的纤细身体忽然动了动，微弱得让扶苍怀疑是个错觉，他屏住呼吸，怔怔地看着掌中冰冷纤柔的手掌又动了一瞬，旋即，她的手指无力地圈住了他的食指。

“……扶苍师兄。”

极虚弱而轻微的一声呼唤，像梦一样，龙公主睁开了双眼，失神地凝视他。

不是梦。

扶苍倒抽一口冷气，想要说话，一时却全然不知该说什么；该紧紧抱住她，可他竟只能像个傻子一样瞪圆了眼睛。

玄乙把脸贴在他袖子上，冰冷而极度虚弱的气息，犹如一只濒死的小兽。她好困，好累，好想继续睡下去。

“清晏……和我父亲……”她问得断断续续。

扶苍突地一动，手掌托住她无力的后脑，将她的身体圈入怀中，他的声音少见地在发抖：“他们没事，都好好的。你……觉得如何了？”

她面上泛出一丝笑，顷刻间一扫阴霾，又变回曾经那个神采飞扬的小公主。他们没事，那就太好了。她用尽所有的气力握紧他的手指，声音里多了一份久违的俏皮与撒娇：“那我现在……只想和你在一块儿。”

把她带走吧，从此天涯海角，五湖四海，三千景色，他们终于可以实现这个诺言。这次她哪儿都不去了，一直一直和他在一起，他们早就该在一处的。

扶苍把脸埋进她的长发中，喉中只觉犹如火烧，自私的、让他爱恨不清的龙公主，那些早已无所谓，正此时，正此刻，他宁愿粉身碎骨，倘若这样能让她恢复原来模样

“我好困。” 玄乙只觉无尽的疲惫与虚弱如潮水般袭来，她竭力不让自己沉下去，

发出的声音却像梦呓一样，“扶苍师兄……你别走……你等我……”

梦一般的声音戛然而止，他的龙公主又一次瘫软无力地昏睡在榻上。

扶苍双臂收紧，恨不能将她揉进胸膛，眼中的刺痛再也撑不住，化作泪水滚落在她发间。

别睡，快醒醒，他们可以做的事情有那么多那么多，可以度过的时光还有那么长那么长，不要让他形单影只地在天地间徘徊，那会要了他的命。她若一直不醒，他可以永远等下去，可一旦给了希望再叫他陷入等待中，那漫长的时光就会变成巨蟒，一圈圈将他勒窒息。

深沉的夜色终于缓缓褪去，刺目的拂晓之光照亮了龙公主苍白的脸颊，扶苍看了她很久很久，最后似是下定了决心，将腰间纯钧一掷，巨大的金龙瞬间将她纤细的身体吞入腹内，了无声息。

今生今世，只此一双，这是华胥氏的承诺，却也不只因为他是华胥氏。

她是他心爱的伴侣，这天容不下她，他便带她去地上；这地容不下她，他便让自己的神力包围庇护她。至死不渝。

揭开紫纱，外间白泽帝君已来了，古庭、太尧、延霞……他们也都在。古庭探头朝紫纱内看了一眼，没见着那昏迷不醒的小魔头，惊道：“玄乙呢？”

难不成她真被送到昆仑山底排浊气了？这事不要说烛阴氏另外两尊不会同意，扶苍只怕也是宁死不屈的，玄乙被送过去，真的只有死路一条。

扶苍将纯钧系在腰间，声音平静：“我把她放在了纯钧里。”

“你这小子……”这些日子濒临崩溃的钟山帝君再度暴跳起来，自醒来后，一夜之间风云巨变，嚣张跋扈的烛阴氏沦落到墙倒众神推的地步，在他眼里，几乎所有非烛阴氏的神明都是试图刺杀玄乙的那柄利刃，这会儿连华胥氏也朝他亮出刀枪了。

他正欲将纯钧抢夺过来，一旁的清晏突然冷冷开口：“你给阿乙带了那么多劫难，最后还想叫她心愿难平？”

钟山帝君猛地僵住，双唇颤抖地望向自己的儿子。清晏却不理他，目光平静地注视着扶苍，低声道：“我都听见了，既是阿乙的心愿，你便带她走吧。若有谁敢对此置喙，烛阴氏自会叫他们变得安静。”

一直沉思不语的白泽帝君极罕见地犹豫了一瞬，低声道：“你若一直将她装在纯钧内，迟早她体内的浊气会将这柄天之宝剑彻底浸染，时间久了，兴许你也有被浊气感染的风险，你……确定要这么做？”

他明白扶苍这样做的目的，让玄乙留在上界，终究不是长久之计，谁也不知她体内的浊气会不会突然在某天爆发出来，而烛阴氏和上界的针锋相对，也终究不能继续下去。离恨海的阴影太厚重，需要时间来冲刷，所谓“救世主”之名，唯有在她把隐患彻底带走后，才能被真正坐实。

扶苍轻轻在纯钧上拍了拍，察觉到主人的决绝，天之宝剑发出低沉的嗡鸣，带着几丝悲壮，几分坚决，颤抖不休。

这样最好不过，纯钧的觉醒由她开始，也在她结束。

在众多目光的注视下，扶苍缓缓步出延和宫。身后急促的脚步声追来，却是古庭，他神色复杂地一把按在扶苍肩上，过了许久，面上却露出一丝希冀的微笑，低声道："还记得咱们幼年时，我说的那些胡话吗？等哪天我成婚了，咱们喝上十天十夜也不停。虽是胡话，却也出自真心。我和延霞……万年之内便会成婚，到时候，一定要带着那小魔头一起来喝酒。"

一万年，她一定会醒。

扶苍默然颔首，在他肩上重重拍了两下，反身握紧纯钧，飘然远去。

下界朦胧的银月已挂上枝头，细而弯的一线，正如此刻对面女妖的两弯细眉。

青松岗，凉风夜，松枝编织的凉亭中，典则俊雅的白衣神君斜倚在亭柱上，清冷的双眸正望着对面不请自来的美貌女妖。

大抵这些年这种情况已经太过常见，每到一处，几乎夜夜都会有不同的女妖前来勾搭引诱，扶苍已经习惯到连眼皮子都不会动一下的地步了。

眼前的女妖看着像是树妖，纯钧没有动静，她不是魔族。他毫无兴趣地移开视线，眺望枝头那一弯细眉月。

"此地为夷水，上古时曾有一个传说流传下来，扶苍神君可有兴趣一闻？"

女妖试着朝他靠近一些，见他没有反应，便欣喜地依偎着那具修长有力的身体坐下，又细声道："上古曾有廪君自夷水这里乘船去盐阳，有盐水的神女痴缠，廪君好生狠心，令神女以青丝系腰，用箭将其射杀之。扶苍神君，天底下的男人，是不是无论人神妖，都这般无情？"

她大着胆子想碰一碰他美玉般的面颊，冷不丁眼前寒光一闪，天之宝剑纯钧被这位白衣神君握住挡在身前。她花容失色，急退数步，却听他淡道："我只知如今此地有一个自称廪君魔王的魔族，强抢夷水神明之女，他在何处？"

女妖当即化作一团阴风呼啸而去："我不能说，会被杀！扶苍神君莫要怪我！"

扶苍没有动，继续以神力试探方圆千里的每一寸土地。

四千年过去，上古十八族大君被剿杀了十二个，剩下六个有彻底顺服的，也有未曾吸纳浊气的，因此为上界暂且放过。如今下界残余的魔族虽然还挺多，但大多是些零散魔族，不足为惧。

早在两千年前，诸天屠魔诏令便已撤回，上界也渐渐恢复了离恨海祸患之前歌舞升平的日子。

平静都是因为一位公主在离恨海的牺牲而换来，虽然她本身毫无这方面的觉悟。

纯钧握在手中，比往昔要冰冷许多，也沉重许多，他知道，它正被浊气慢慢浸染，剑气化龙已不再是璀璨的金色，而是变成了墨一般的漆黑。天上地下无处容纳的庞大浊气，唯有当年耗费了无数神力与至宝打造的天之宝剑方可应对，而纯钧，也唯有他才能彻底操控。

扶苍分出一丝神念探入纯钧，漆黑的龙腹内，身着柔软丝袍的那道纤细身影仍在沉睡，一睡便是四千年。

这些年每到一处新地方，他都会盼着龙公主能够醒来看一眼。醒醒吧，睁开眼看看这片因她而变得不同的世界，他们正日日相伴，昼夜不离，她若醒着，一定会很开心。

夜风渐渐大了，扶苍向风起处望去，隐隐约约灰色的妖雾正在团聚，纯钧发出低微的嗡鸣声，是魔族。

自诸天屠魔诏令撤回后，毓华殿的战部也撤了，恢复曾经的战将编制，他被编入紫微大帝麾下，又因龙公主睡在纯钧内，他自此便几乎不待在上界，只接下界诸神的状子，专门负责剿杀残余作祟的魔族。

前几日夷水水神递了状子去南天门，说自家女儿被一个自称廪君魔王的魔族摄走了，他接了状子，在夷水附近绕了三日，总算把这魔王等出来了。

随着妖雾越来越多，纯钧的嗡鸣声也越来越响，扶苍安抚地压紧躁动的剑身——被浊气感染后的天之宝剑再也不能用来斩妖除魔，这无疑是巨大的遗憾。

他解下腰间木剑，霎时间化作一道金光，比往昔快了无数倍，倏忽间便蹿至妖雾前，化为一片金色潮水，几乎将整个夷水都盖住。那团灰色的妖雾吓得立即便缩回暗处，潮水复又化为细小金龙，紧随其后，曲曲折折绕过山坳，果然在山腹内有个洞府。

金龙骤然变得巨大无比，当头撞破洞府，将那无处可逃的廪君魔王一口咬住，在地上还没推几丈，他便惨叫一声化为了黑灰。扶苍念头一动，金龙在洞府内急速绕了一圈，破开一道朱红的门，门里传来女子的惊呼，身上清气盈盈，想必正是夷水水神的女儿了。

金龙张开巨口，轻轻将夷水神女咬住，她第二声惊叫还没来得及叫出来，只觉眼前景致极致变幻，下一刻便落在一座松枝编的凉亭内。银月如钩，亭内的白衣神君俊雅清逸，翩然起身颔首行礼："有礼了，我送神女回水神之府吧。"

明艳的神女眨眨眼睛，旋即红着脸垂下了头。

回到夷水水神之府，水神千恩万谢，因见女儿双颊晕红，眼泛春波，一个劲偷瞄对面的白衣神君，他便道："扶苍神君在夷水边劳累三日，倘若不嫌弃敝府简陋，还请歇息一晚。"

本来他没抱什么希望，扶苍是青帝独子，上界之神，又因着当年解决了离恨海的隐患而名声大噪，大约不可能看上他这小小水神的女儿，谁知这位高贵的神君竟颔首："如此便麻烦水神了。"

有希望！水神父女大喜。

被异常热情的水神一家招待了一顿晚膳后，扶苍回到客房，盘腿坐在柔软的贝壳床上，抚了抚手中冰冷的纯钧。睡在剑里怕是不怎么舒服，水神府邸清气横流，不比下界有浊气，他的龙公主，今晚可以在柔软的床褥上睡个好觉。

念动真言，那具柔软而纤细的身体便落在了怀中，扶苍用指尖拨开她面上的乱发，垂首凝望。她的头发又长了，只是龙鳞仍没有长出，脆得有如豆腐。

他俯首在她额上吻了吻，于是满怀希望打扮得娇艳无双的夷水神女刚进来见着的景象就是：白衣神君怀里抱着个不知从哪里冒出来的神女，亲热无比。

她差点哭了，待见着那神女清艳妩媚的容姿，她就真的哭了。

扶苍见她这样擅闯客房，不禁皱了皱眉，向来魅惑的声线骤然冷下去："神女有何事？"

夷水神女流着泪哽咽："没……没事……我是来送茶点的……"

扶苍方欲起身，冷不丁怀里的身体微微一动，浓密的长睫颤抖了数下，那双闭了四千年的双眸缓缓睁开，犹带茫然散漫的目光落在他面上，静静凝望了很久。然后，他听见她天籁般的声音在耳畔响起："扶苍师兄。"

他那颗素来冷硬无比的心此时竟在剧烈地颤抖，双臂也在剧烈地发抖。

不知过了多久，却听她那天籁似的声音再度响起："茶点在哪儿？"

烛阴氏那个解决了离恨海祸患的救世主公主醒了！近日上界最热传的小道消息莫过于此。

当年天帝将离恨海一事原原本本昭告天下后，早已炙手可热的烛阴氏与青阳氏两族之名又一次红到发紫。

听说烛阴氏只有三万三千岁的小公主，以自身之力力挽狂澜，拯救天地万物于水火之中，其后却因为感染浊气而被不明所以的上界追杀，最后力竭陷入沉睡。这件事赚了无数神女的眼泪，也让无数年轻不懂事的神君对这位公主产生了不该有的向往。

听说青阳氏那个年轻的凤君是涅槃重生的上上代青阳帝君，制造离恨海的罪魁祸首之一。他手段残暴狠毒，利用凤凰心羽要挟烛阴氏一家办事，事成后还想深藏功与名。这件事赚了无数神君的暗自钦佩，也让无数年轻不懂事的神女对这位似乎厉害到不行的年轻上古帝君，产生了不该有的向往。

总归诸神对这两族的态度都挺纠结的。

但无论如何，公主排净了浊气，平安醒来就好。

此刻这位被万神景仰的公主正用十分优雅的姿势端坐在椅子上，出手如电，将白玉碟内的茶点吃了个干净，浅啜一口华光飞景茶，她藏在黑纱后的双眼深情地望向后头的侍立女仙，娇声软语："……再来一碟。"

还要再来一碟啊？这都第四碟了，不愧是救世主，胃口都与众不同，女仙带着敬畏的神情继续去替她拿荼点。

“阿乙，你吃这样多不要紧吗？”钟山帝君担心地看着她，抬手想摸摸女儿的脸。

玄乙侧头避开，她不想再被他摸了，一摸他就要絮叨，絮叨着就要红了眼眶，烦得很。

清晏在旁低低嗤笑：“四千年不吃东西，看把你饿的。”

他们也知道她四千年没吃东西，这又不是一梦千年时有清气缭绕震荡，怎么不早些端茶点给她？不然说不定她早就醒了。

又有一只手贴在她面颊上，玄乙扭过头，扶苍正坐在旁边，黝黑的眸子颇为关切地盯着她，显然他也对她这般豪放的胃口有些不放心。

她微微一笑，惬意地享受他的摩挲，这截然不同的待遇让钟山帝君吸了口气。

延和宫的门忽然被打开，却是白泽帝君带着古庭、太尧、延霞他们几个进来，原本就有些喧嚣的延和宫霎时间变得吵闹无比，这个问一句“你怎样了”，那个说一句“想不到你竟有这样的胆量”，玄乙被吵得脑壳儿疼，索性一概不理。

白泽帝君凑过来，刚靠近便察觉到她体内一丝丝极微弱的烛阴龙神的神力，犹如刚出生的烛阴龙神，而她面上也覆了黑纱，想是用了四千年终于成功把浊气驱赶出神躯，结果身体亦变得分外柔弱，连阴暗屋内的一星烛火也直视不得。

他难得欣喜地“哦”了一声，松了口气：“想不到睡在纯钧里真的有用！”

他复又望向扶苍，见扶苍腰间原本苍蓝通透的天之宝剑已然变得漆黑无光，丝丝缕缕的浊气在剑身上犹如云雾翻滚蒸腾，不禁惋惜地长叹道：“此剑耗费无数方才打造成，只因太过犀利，共工之后未曾有祸祟值得纯钧出动。如今又靠它解决这最棘手的离恨海浊气，当年铸剑诸神倘若知晓，倒也算一件喜事。只是……可惜了。”

纯钧自有灵性，不至于让浊气外泄，然而这柄无匹的宝剑再也不能用，怕是生生世世都得尘封在暗处了。

白泽帝君扯了张椅子坐下去，恰好女仙端了茶点上来，他不客气地抓了一粒玛瑙白玉糕，一面扭头望向玄乙：“你现在的神力，怕是与刚出生的烛阴龙神一样，什么法术都用不了吧？”

玄乙默然颔首，何止是术法用不了，她连白雪都转不出来。她居然有点怀念那个一下子能放出一百零八条黑龙的自己。

白泽帝君沉吟道：“你在离恨海吞了那么多被污染的烛阴之暗，理应丧命，没有陨灭大约是因为再生神力渗入的缘故，也多亏了烛阴龙神气息绵长，生命力极其强盛，能只睡四千年就醒，已经算是极快。”

“我以后就这么弱下去？”玄乙摸了摸自己的手，没有龙鳞，没有术法，她简直就是一团豆腐。

白泽帝君想了想：“要不要回钟山养龙池试试？”

此话一出，一直竖起耳朵偷听的钟山帝君登时喜极而泣，他的宝贝阿乙，被扶苍那小子抢走四千年后，终于又回到他身边了！

岂料玄乙噘嘴道："我想和扶苍师兄在一块儿。"

睡了四千年终于醒来，眼下一切顺利，少夷那浑蛋总算做了件有良心的事，保住了父亲和清晏的性命，她再无忧心之事，也因此比往日大胆直率得多，毫不犹豫选择地和扶苍在一起。

至于昭告天下、救世主什么的，她一点儿也不在乎，诸天众神恨她也好，嗔她也好，膜拜也好，唾弃也好，因着都不是她关心的那些，所以她只当不存在。

钟山帝君的眼眶红了，他很想把阿乙留在钟山，可他这个父亲做得实在糟糕，压根没什么立场强求女儿待在身边，直急得一个劲地搓手。

扶苍在玄乙脑袋上轻轻一按，声音变得温和："回养龙池好好休息，不要任性，我会每天去看你。"

玄乙撑圆了眼睛瞪他："真的每天来？"

他颔首，顺便用袖子掸去她唇角的茶点碎屑，下一刻她便绕指柔似的应下了："那我回养龙池。"

嫉妒得快要不行的钟山帝君终于按捺不住，把扶苍请到一边，他得跟这小子好好谈谈，这小子把阿乙迷得魂不守舍，他要谈的东西实在太多太多了！

古庭见桌上堆了好几个吃空的茶点碟，玄乙那小魔头还在时不时往嘴里塞茶点，他皱眉笑道："睡了四千年，看样子把胃口也睡好了。"

说着也凑过去扯了张椅子坐下，又道："你醒得巧，明年春日婆娑牡丹又要开花了，届时请一定前往花皇仙岛观礼。"

观礼？玄乙撑圆了眼睛，因见他身旁的延霞红着脸垂下头，她立即了然，这位古庭师兄还是如此急切，遇到个合心的，忙不迭就想用名分捆在身边，才五万来岁就成婚，是不是太早了？

这回古庭总算能琢磨出她的心思，当即又道："你以为上界个个都是帝君？那些有帝君封号的都是血脉稀薄高贵的神族，成婚生子都得等到即位帝君，似我这般却不用了，延霞也有兄长即位赤帝。"

原来如此。

玄乙笑了笑，她怪喜欢古庭的，于是祝福也给得真心："古庭师兄和延霞师姐真是天生一对。"

说得延霞急忙别过脸，耳根也红了，古庭一笑："甜言蜜语还是说得顺畅。你既醒了，快把芷兮师姐接出来吧，她独个儿在天牢里已待了四千年啦。"

后头的太尧悄悄踢了踢他的椅子，玄乙对芷兮的事一点都不知道，他提这个做什么？

果然玄乙奇道："芷兮师姐怎么了？"

古庭叹了口气，芷兮师姐固执起来也是很要命，说等到玄乙醒了再出天牢，就真的再也没出过。战部撤销后，刑部三番五次邀她出天牢，去刑部任职，她都没答应，了解了事情经过的刑部执掌反而因此对她十分看重。

有恶念实属常情，而能待自己的恶念这般不宽容乃至苛责，却又是寻常神族做不到的。正因着这份对自己的严苛，她一定可以成为极完美公正的刑部善恶断者。

清透的日光又从最高处的小孔里透进阴暗的牢房，璀璨的光点落在鞋子旁边。

同样的景象，芷兮已看了四千年。

这四千年里，她有过后悔，甚至也有过背弃诺言、悄悄离开天牢的念头，可她还是坚持下来了。或许对她来说，留在天牢里已不单单是因为对玄乙的愧疚，而同时也是对她自己的一种救赎与升华。

狭窄的牢房里如今堆满了各色公文，刑部执掌时常会送些事情给她处理，她怎么婉拒都没用。

今天又有一堆事要处理。芷兮叹息着翻开公文，忽听牢房走廊上的门被打开，脚步声一阵阵传过来，没一会儿，那脚步竟停在自己门前，一个久违的绵软声线响起："师姐。"

芷兮手里的公文登时滑了一地，抬眼望去，隔着真言束缚的光，玄乙的身影纤细而模糊。

是感慨？是愧疚？是喜悦？是无颜以对？

突如其来的万般滋味令芷兮竟愣在了原地。

玄乙静静看着阴暗牢房里的倩影。心里欢喜她，便照顾周到的师姐；心里明明不喜欢她，却一定要秉持公正之道相护的师姐。

她启唇轻道："那时候，能第一个遇到师姐，我很安心。"

可她辜负了这份安心。芷兮干涸了数千年的眼眶突然又一次被泪水浸透，她别过头，用袖子压住眼睛。

玄乙声音低柔："其实我那时候是打算杀掉师姐的。"

……啊？芷兮错愕地看着她。

"我很高兴我最后还是没下手。"玄乙黑纱后的双眼眯了一下，"师姐也该像我这样，对自己宽容些才好。"

芷兮登时不知该说什么，眼泪好像也流不出来了。

却听这脾气古怪的小公主忽又叹了口气，语气变得无奈："师姐真是一点眼光也没有。"

延霞好歹后来选了古庭，芷兮就一头在少夷这坑里撞了个半死。

芷兮先时被玄乙说得愧疚而恼火，可很快，她的神色又变得宁静而清澈，这份曾让她痴狂颠倒、发散无数古怪幻想的痴恋，早已在四千年里消失得干干净净，那团她曾藏在心旦、漆黑深邃万法无用的离恨海，也烟消云散。

少夷其实一次也没说错，她迷恋的终究是个幻影，就像当年迷恋扶苍一样。高高仰着头，活在自己构架出的虚幻中，不肯俯首看一看真实。

于是她低头释怀地笑了一声："……不错，确实没什么眼光。"

玄乙的笑声细细远去："快出来吧师姐，过几个月古庭师兄和延霞师姐大婚，咱们一起去观礼。"

就这样走？芷兮急忙追去真言束缚前，却见那几道强有力的束缚也不知道什么时候被玄乙扯坏了，她追出牢房，高声道："玄乙，抱歉。"

抱什么歉？若她俩换个个儿，她可没这样高尚的情操，师姐真是爱折腾自己。

玄乙摇了摇手，藕荷色的长衣衣摆消失在阴暗走廊中。

第四十一章

之子于归

沿着蜿蜒的盘山台阶一级级向上，沿途绿意肆虐，几乎将蓝天也遮蔽。

玄乙看了看头顶巨大的绿荫，有些愕然："这棵树好大。"

听说天宫内种着上界最巨大的神树，有百抱之巨，但眼前这棵绿树却比整个青帝宫还要大。她来过许多次青帝宫，却从没上过半山腰以上，想不到沿着台阶向上攀爬，青帝宫之下竟有如此巨大的树木，猛一眼望去，金顶的青帝宫像是建在树顶一般。

扶苍一面握住她的手，以免这只顾看头顶不看脚下的龙公主摔倒，一面道："这棵树叫迷穀，当年铸造纯钧，取了树心一部分用作剑柄。"

他以手轻叩腰间纯钧，似有依依不舍之意，应和他的心声，纯钧低低地嗡鸣着。

这柄天之宝剑乃是当年太尧所赠，虽然赠剑的本意一为拉拢，二为避免麻烦，可数万年下来，无数次与它并肩斩妖除魔，突破一个又一个极限，剑之灵与他亦是越发契合，最终彻底臣服，他对纯钧的感情终究是不同的。

天下两次浩劫都为它解决，铸造它所耗费的那些巨大神力与奇材都彻底有了意义，是时候让它安静地休息了。

玄乙正心不在焉地打量迷穀树上漆黑的纹理，忽觉脚下一软，竟是踩在了泥上。她收回心神，却见扶苍挽着她走上一旁陡峭细小的岔道，而越往深处走，越觉湿漉漉的，脚底的泥越来越烂，叶片上不停有水珠滴落，如同下雨。浓郁的清气仿佛有了质感，缠绕在发梢衣角，几欲醉人。

在前领路的四名老神官忽地停下脚步，回身行礼，齐声道："神君，迷穀树心就在前方，吾等神官无法再向前，还请神君莫怪。"

扶苍颔首，牵着玄乙绕过四位神官，便见前方巨大的树干上有一道宽敞的裂隙，清气已然如薄纱般缠绕在裂隙周围，几可目视，裂隙内清光隐隐，光芒柔和。

“你可有什么不适？”他低声问玄乙。所谓过犹不及，太浓郁的清气往往也会带来无数麻烦，龙公主刚刚醒来，体弱不堪，只怕她承受不了。

玄乙摇摇头：“不是要封印纯钧吗？我也要去。”

怎么说也是解决了她最致命问题的宝剑，她一定要亲眼看着它直到最后。

扶苍摸了摸她的头发，这才转身往裂隙中行去。好在裂隙内清光并不刺目，玄乙四处张望，迷穀树树皮纹理漆黑，裂隙内的树心四壁却洁白如雪。裂隙越向里越窄小，走了数里后便只可容纳一身而过，扶苍索性将她背在背上。

“当年取了这么多树心做剑柄？”玄乙见这裂隙虽然窄，却无比长，只觉不可思议，做剑柄的树心都被浪费到哪儿去了？

扶苍道：“这些并非树心，乃是当年取树心而开辟的裂隙，木料所余者一部分被用在青帝宫偏殿，一部分用在了我的庭院中。”

说话间，忽有似吟似唱的声音自前方传来，他停下脚步，将玄乙放在身前揽入怀中，轻道：“看来这里就是树心了。”

前方再无路可走，尽头处是一片茫茫雪白，正中却有一道手臂粗细的血红纹理，乍一看去仿佛在游动一般，缥缈的吟唱声正从其中缓缓蔓延开。只有极仔细地端详，才会发现那道血红纹理上有一块被挖取过的痕迹，刚好是一个剑身大小。

“华胥氏性属金木，这株迷穀正是金木之力的源泉。”扶苍一面说，一面缓缓走至树心处，“听说上代天帝原先是想取迷穀树心打造剑身，然而终究嫌不够锐利而被弃之，只取了巴掌大小的一块制成剑柄，剩余部分雕成瑞兽，用来镇压天宫琉璃塔。”

不知是否感应到熟悉的金木源泉之力，纯钧开始剧烈地颤抖嗡鸣，几欲脱鞘而出。

扶苍解下这柄天之宝剑，横置掌中端详良久，低低叹道：“去吧，这便是你的归处。”

他缓缓将纯钧掷出，这柄已然变得漆黑的天之宝剑在半空划过一道迟疑的弧线，终于乖巧地嵌入树心凹槽之内，紧紧贴合。

缓慢的吟唱声变得响亮而凄婉，在裂隙内回旋半日，方才渐渐散去。不知纯钧要在这树心内长眠多少年才能化解浊气，恢复往日灵性。

扶苍静静望着渐渐与树心贴合紧密的纯钧出神，忽觉面上一冷，龙公主的手轻抚他的面颊，虽然她没说话，然而指间传递的温柔已胜过千言万语。

他垂首在她额上吻了吻，轻道：“该送你回钟山了。”

四千年的陪伴好短暂，印象里只有她沉睡不醒的脸，想不到刚刚才醒，他们便要分开。所幸这次分离并无苦涩，他们终于熬过了最苦楚的那些年，以后一定会很美好，很美好。

跳脱的龙公主窝在他怀中打了个哈欠，声音变得慵懒：“我困了，让我睡一觉再走。”

她的眼珠子分明骨碌碌转来转去，哪里是犯困的模样，扶苍啼笑皆非，心里却泛起无数极温柔的感情，他知道，她舍不得和他这么快分开。

“那就走吧。”他在她脑门儿上宠溺地一拍，“慢慢地睡。”

合拢的窗帘被骤然拉开，雨水立即夹杂着风声，卷入了寝宫。

春日多雨，青帝宫这个时常下雨的地方更是几乎每日都在细雨缠绵，幽深寂静的庭院里一片氤氲水汽，云蒸雾缭，晶莹的水滴从楠木的回廊顶上一颗颗坠落，犹如水晶帘。

扶苍回头看了看青纱帐，里面那道身影犹在沉睡，看来那些古灵精怪多是强撑，她到底还是虚弱得紧。

算算时辰，晚膳时间刚过，扶苍推开门破了云境出去，路过的神官们便笑吟吟地行礼，一面道：“神君，花园里的仙华杏花前日开花了。”

这样巧，她见了一定欢喜。

吩咐神官们准备了膳食，回屋内时，却见龙公主竟已醒了，坐在床边用袖子捂着眼睛。她这双眼连朦胧的夜色都承受不起，看上去怪可怜的。

扶苍指尖一弹，令窗帘合拢，屋内顿时陷入让她安心的昏暗中。他蹲在床边将她长发拨开，细细打量面色，一面低声道：“仙华杏花开了，要去看看吗？”

她立即开心地勾住他的脖子：“要。”

她面上还带着刚睡醒的晕红，连唇色都比往日要娇艳许多，扶苍突然有点不大想这会儿就去看杏花了，指尖在她唇上摩挲片刻，到底还是忍不住仰头去吻她。

真怕这是一场没醒的美梦，倘若梦结束后，发现这一切都不存在，他不知自己会不会当场疯掉。

玄乙的嘴唇被他下意识重重地咬了一下，疼得她连连推拒，她现在可是没有龙鳞的豆腐一块，他是打算把她咬碎吗？

不知过了多久，扶苍依依不舍地放开怀中的龙公主，她捂着被咬破的嘴唇一个劲拿脚踹他——会疼，那就不是梦。

他面带笑意，任她踹足了十几脚出气，方才将膳食端上床，陪她用膳。

绵绵春雨落在庭院的参天大树上，这细微的声响因着庭院的幽深安静而变得分外清晰。

玄乙吃完饭在床上翻来覆去了许久，又把扶苍的手玩了几十遍，终于想起仙华杏花的事，立即道：“我想看杏花。”

……现在吗？扶苍一口气吹出，合拢的窗帘掀开一道缝，外面夜色深沉。

也好。

扶苍替她穿上自己的长袍，领口紧束，挡住所有暧昧的痕迹。再取了黑纱替她覆眼，即便是清冷的月光，也会伤害她如今的脆弱双眼。

华胥氏屏障架在身周，挡住绵绵春雨，扶苍单手抱着她一级级沿着巨大而漫长的台阶下去，木底鞋发出清脆的响声。

夜色中的青帝宫风雨声绵绵，这巨大而寂静的山水中，仿佛只有他们两个相依。

玄乙静静看了一阵，忽然道："扶苍师兄，青帝陛下呢？"

她这些年一直睡在纯钧剑里的事青帝肯定也晓得，估计他老人家可能不大愉快。

扶苍道："父亲应当是陪母亲出去游玩了。"

他还有母亲的？玄乙难得有些吃惊，她怎么从没见过？

"母亲是三十三天之上太乙帝君的女儿，素来追求本性不灭，可惜百世轮回劫未能成，几欲陨灭，父亲因此悟出剑气化幽明，将母亲的神魂与神躯收入华胥氏桃木神剑中庇护，她从此算是活在桃木剑内，除了父亲谁也看不到她。"

真看不出来青帝陛下这样专一，玄乙又叹了口气，对比一下自己的父亲，她顿觉惨不忍睹。

扶苍替她将耳畔碎发挽了一下，温言："他们都挺喜欢你。"

她怎么就一点儿都不信呢？不过也无所谓，她素来不在乎这些。

花园里的仙华杏花果然已开了大半，巴掌大小的花朵团团锦簇，在细雨中随风款款摇摆。夜雨中赏花，落英满地，实在是有另一种凄艳的味道。

玄乙眺望远处的澄江湖，湖与半座太山都被云雨淹没，与那天明艳的霞光与闪烁的青帝宫金顶，截然不同。

她又低头看了看抱住自己的扶苍，他也正凝视她，一如既往的目光。倏忽间，他像是忽然变成了三道身影，清冷而又柔脆的神君，干净而柔软的七皇子，执着刚烈的白衣战将。

仿佛轮回了三次，每一次都用一模一样的目光这样看着她。

她浅浅地笑了笑，忽然开口道："扶苍师兄，那时候你和我说一梦千年不急，我其实很开心。"

她对他的那份喜欢自己也避如蛇蝎，盼着他永远讨厌自己，可当他说一梦千年可以为了她不急着去的时候，她的心里真的有过喜悦。令她恐惧的喜悦。或许也是从那一刻，她才明白，她独独对他的那份怒火与斗气从何而来。

她终究不能够控制，那样黏着他、缠着他，尽管心底一遍遍想起阿娘的鲜血与哭声，她还是期盼那些许的甜味。

"我一直都很喜欢你。"隔了两万多年，玄乙终于又一次在白衣神君面前坦陈，"所以，如果是你的话……"

他们并没有在一起很久很久过，却已经历生死与共，但这世间最可怕的永远不是外界的善变，而是漫长琐碎的时光。士之耽兮犹可说也，女之耽兮不可说也，不过倘若这个士是他，她十分愿意。

玄乙移开视线，目光落在天边缓缓泛起的晨光上，雨渐渐停了，枝头仍在滴水，落英满身。

“我啊，最喜欢你了。”

雨收云散，天际的晨曦开始泛出通透微薄的浅蓝，朝霞丝丝缕缕地映亮整座青帝宫，水雾弥漫，仙华杏花织缎般艳丽的色彩在霞光与水雾中也映亮了龙公主苍白的容颜。她实在是很适合娇艳的颜色。

一枝累累杏花因落了太多雨水，沉甸甸地弯下来，她撑着他的肩去够开得最好的那一朵嫣红色，宽大的袖子落在肘间。

扶苍抬手替她摘下，弹去上面的雨露，轻轻绾在她发间，红颜胜花。

他想起第一次与她在花下，她眼里流窜过的细微寂寞，他心底那些对她的厌恶，忽然发觉自己不可救药被吸引的震撼，那真是要命的一天。

从那时起，他便盼着再有一日能像现在这样，与她一同欣赏这片落英缤纷、明霞璀璨。

扶苍仰头在她额上印下一吻，天亮了，风雨也已停了，一切都会好起来的。

那是一个晴朗的春日，花皇仙岛上那株三万年才开一次花的婆娑牡丹终于有蠢蠢欲动之势，绽开了一道缝。

与此同时，花皇三子古庭神君与赤帝小公主延霞的大婚，也在开满奇花异草的花皇仙岛上盛大铺开，来宾几乎把门槛儿都踩矮了半截。

堆云积雪般的仙家梨花遍布仙岛，树下三五成群聚集了无数宾客，说笑声如一阵阵的浪潮，唯有仙岛边缘稍微安静些。

风过处，梨花落如光雪，树下有一位身着水红色繁复荷衣的神女静静站着，蓬松发间的金环熠熠生辉，那袅娜的背影光站着不动便像是要飞起来似的。

偶有路过的神君见到这般容姿，便有些走不动路，悄悄凑上前，却见她眼上罩了黑纱，纱下面颊的弧度饱满而妩媚。

他立即温言道：“这位一定是烛阴氏的玄乙公主。”

玄乙慢悠悠扭过头，看看这位面生的神君，一言不发。

神君又笑道：“公主不光盛名在外，想不到竟还是这样难得一见的美人。今日春色极好，仙岛丽景无数，公主为何孤身在此？在下有心相邀，却不知公主赏面否？在下是……”

话未说完，忽见不远处繁华梨树后款款绕来一位神君，身着藏青色华服长衣，步伐干净利落。

是华胥氏的扶苍神君。

那位神君还没想好说辞，却见扶苍神君将烛阴氏公主的手一牵，转身便走了。

“又到处乱跑。”

扶苍语气冷冰冰的，龙公主一贯这样的脾性，不爱热闹的地方，他不过与几位相识的战部旧同僚说了会儿话，一扭头她就不见了，还被莫名其妙的神君搭讪。

袖子被她软绵绵地摇了摇，她字斟句酌慢悠悠地开口：“妾身脚疼，走不动了。”

一下子就让他想起第一次与她在花皇仙岛初见的场景，拿腔拿调，百般奇葩。他回头瞥她一眼，这位小公主玉颊上笑靥浅浅，说不出的可爱娇俏。

扶苍莞尔，转身继续牵着她：“忍着。”

“莽夫。”她高傲地娇嗔。

大抵这二位形容十分出众的神君神女携手在梨花林下漫步的场景太过刺眼，在场许多神女与神君眼中都不禁泛起了泪花。说起来，当初天帝牵线这二位，似乎也是在花皇仙岛上，时隔数万年，他俩真的成了。这件事震碎了无数在场的琉璃心。

绕过无数宾客，玄乙远远地望见了古庭，他今日浑身上下都好像被一层喜气洋洋包裹着，全然是傻的，面上只剩“笑”这一个表情。他身边的延霞也好不到哪里去，这一对果然是天生绝配。

“玄乙！”芷兮朝她连连招手，这位已成为刑部一员的师姐近日终于知道打扮自己了，今天打扮得明艳绝伦，路过的神君们个个都忍不住要多看她一眼。

“我按照你说的法子做了蔻丹膏，可这颜色出来怎么不对？”芷兮把手指伸到她面前，那上面的淡粉桃色果然不如她的清爽。

“那些花儿得等它们开满快谢的时候再摘……”

玄乙一提到梳妆打扮就精神抖擞，拽着芷兮到一旁嘀嘀咕咕去了。扶苍听得头大，方才跟芷兮一块儿闲聊的太尧似乎听得更头大，两位神君索性让到一边去。

扶苍方取了一杯酒浅啜，忽觉肩上被一拍，转头一看，竟是许久不见的太子长琴。自上回剿杀堕落天神一事后，扶苍便调离了丁卯部，毕竟因着玄乙的事，挺尴尬的。

太子长琴这会儿倒是满面笑意，看看他，又看了看树下那位水红色的艳影，开口道：“虽然我是职责所在，但总归也存了私心，抱歉了。”

其时但凡了解扶苍和烛阴氏公主纠葛的战将们都并不看好他们，也大多觉得他俩很快要散，大约扶苍不过是看公主貌美，一时的迷恋罢了，可想不到他们竟是生死与共。

扶苍默然颔首，举杯敬他，太子长琴痛饮三杯，又笑道：“他日你即位青华帝君，与公主成婚日，莫要忘了请我再饮三杯。”

婚宴一直热闹到夕阳西斜，喝到半醉的古庭突然摸过来，一把攀住扶苍的肩膀晃了晃：“我替你偷偷开内园门，带玄乙去看看婆娑牡丹，她挺喜欢的吧？这会儿正是观赏它的好时辰，你看好她，别叫这小魔头真把花摘了。”

扶苍哑然失笑，扭头见玄乙还在和芷兮嘀咕那些梳妆打扮，他便朝她走去。芷兮见他来了，一笑转身离开。

扶苍弯腰将这慵洋洋的龙公主一把抱起来，夕阳艳光下，她的面颊好似半透明的。此地此景太过相似，他不由得想起第一次见到她的情形，她那藏在罗伞下的面颊也是玉一般剔透。

他含笑替她将面上的碎发拈去，一时来了兴致，低声道："花皇内园的婆娑牡丹近日开了花，公主可愿同去观赏？"

玄乙撑圆了眼睛看他，这不是当年初见他说的话吗？这向来清冷孤傲的神君也会玩这个啦？她笑吟吟地抱住他的胳膊，娇声道："还请神君带路。"

花皇内园依旧是姹紫嫣红开遍，无数奇花异草在霞光中显得格外妖艳。

公主走得很慢，好像没有侍立女仙搀扶，便无力行走了。前面丰神俊朗的神君走走停停，最后似是不耐烦了，反身一把将她抱起，公主"哎呀"一声："你赖皮。"

扶苍看看她手里的帕子，眯起眼："你若再敢把帕子丢云池里……"

玄乙抱住他的脑袋，朝他面上轻轻吹口气："妾身今日得见神君，心中十分仰慕，能与神君结为连理，实乃妾身所愿。故而还望神君三思，妾身希望夫君是儒雅清贵的帝君，而非舞刀弄棒之莽夫。"

扶苍在她腰上掐了一把，抱紧乱扭乱笑的纤细身体："此事公主言之尚早，暂且宽心。"

黄昏的暖风缓缓吹拂，对比外岛的笑谈震天，内园十分幽静，护花使者打开牡丹院的大门，心有余悸，他们还记得这位烛阴氏公主上回在这里给他们带来的惊吓。

院内无数牡丹舒展枝叶，一团团一堆堆凑在一处，万艳争春，唯有正中琉璃台上那朵巴掌大小的婆娑牡丹独傲群芳，冰晶般的花瓣在明丽的霞光中被映出一种极雅致优美的红，怪不得说黄昏时分是观赏婆娑牡丹的最佳时刻。

"好漂亮的牡丹。"

玄乙说着便要伸手，华服的神君立即从后面制住她的双手，以这位公主的恶性，大概真能做出摘下婆娑牡丹的恶行。

她却柔顺地依偎在他怀中，黑纱后的眼睛静静看着这朵天地间的灵根牡丹，直到那层短暂的红色随着霞光的隐没渐渐褪去。

"真好看。"她转了转手腕，可惜转不出白雪，不然真想留下这抹艳丽难见的红。

扶苍把她的身体扳正，低头一本正经地看着她，声音里隐带笑意："公主今日初见，对在下印象如何？"

玄乙"哧"一声笑了，抬手捧着他的脸左右看："嗯，还行。神君呢？对妾身印象如何？"

雅俊的神君目光渐沉，低声道："我对公主一见钟情，实难相忘，盼与公主共结连理，今生今世独此一双，祈愿公主成全。"

她愣住了，藏在黑纱后的双眼凝视着他，目光明澈而专注。

此时此刻非彼时彼刻，数万年的时光在她与他之间安静地流淌过去，花皇仙岛，婆娑牡丹前，一如初见。

扶苍俯身在她额上轻轻一吻，声音更轻：“嫁给我。”

玄乙还在静静地凝望他，过了许久，她才微微一笑：“好。”

二月二，龙抬头，从卯时起，青帝宫便下了一场雨，半座太山又陷入水汽氤氲之中。

神官们个个起了大早，有的忙着吩咐神仆布置淡月小榭，有的忙着清点婚宴酒水。湖畔大道上所有的树木都已被修剪过，青草莹莹，绿水迢迢，格外雅致清爽。

今日是刚即位不久的年轻青帝的成婚大礼日，虽然青帝陛下从来低调不喜喧闹，但不管怎么说这都是婚宴，必须要精巧小心到极致才行。

一位神官带了茶点单子去问特意从钟山赶来帮忙的神官齐南：“齐南神官，您提到的公主想要的冰蓉碎雪糕，可是这模样？”

齐南如今已是鬓发如银，看着反而仙风道骨的，比以往还透出些慈和劲儿来。比起这些不知晓未来青帝夫人脾性的惴惴不安的年轻神官，他简直老神在在，看了看茶点单子上的画儿，颔首道：“是这模样——等一下，玛瑙白玉糕的馅里不要有豆皮，九九归元茶的茶叶用一千年一熟的便好，华光飞景茶切莫用沸水淋……”

见他大气不喘一下念叨这样多的讲究，青帝宫几位年轻神官脸都绿了，半点也不敢怠慢，记下各类事项，足记了小半本册子，倒是那些早已熟悉公主作风的老神官笑道：“公主也就茶点上讲究些。”

正说着，山门处已有神官们急急呼喝：“来了！来了！快把湖畔大道收拾干净！”

烛阴氏与华胥氏的长车已落在山门处，齐南早已迎上去，华胥氏年轻的神官们有些胆怯地看着烛阴氏长车里出来的两道身影。那是上一代与这一代的两位钟山帝君，果然如传闻那般，个个面色苍白，神情冷淡，一看就特别不好说话的样子。

华胥氏长车内也有一道藏青色身影步出，长身玉立，雍容俊雅，腰上佩着华胥氏代代相传的青木神剑，正是他们年轻的青华帝君陛下。

新任的那位看着气势非凡的钟山帝君，穿着黑与金交织的长衣，与青帝陛下不知说了什么，忽然抬手从车内又抱出一道红色艳影，年轻的神官们忽觉半空被水雾遮蔽的日光好像都集中在她身上。

听说这件嫁衣是紫元织女花费了大功夫做出来的，公主喜欢夕阳下婆娑牡丹花瓣映照出的那种红，为了配出那色彩，她绞尽脑汁。

原本大家觉着公主未免太挑剔，但此刻见到这样雅致优美的红，衬着公主的容姿，他们便觉得她确实该挑剔一下，大约也只有她能将这别致的颜色穿得这样美。

公主依依不舍地挽着神官齐南的胳膊，仰头说着什么，神官们猜，她一定在说一些惜别的伤感话，虽说以后还可以经常见，但毕竟出嫁后身份不同，再也不能恣意地回钟山住紫府了。

不过实际上对话是这样的——

“齐南，有吃的吗？我饿了。” 她昨天几乎就一夜没睡，丑时便被拽起来沐浴更衣梳妆打扮，大概怕她把嘴上的胭脂蹭掉，连口茶水都不给她喝，太凶残了。

成天就是吃，出嫁还吃。清晏瞪她：“等宴席开了有得你吃，现在忍忍。”

玄乙叹了口气，清晏自从当上帝君后越来越不和蔼了，白泽帝君还夸他有历代烛阴氏帝君的风范，凶巴巴就是钟山帝君的特征吗？

齐南扶着她慢悠悠走在湖畔大道上，温言道：“一辈子也就这一次，公主今日可别马虎。想不到我有生之年能见着公主穿嫁衣的模样，这会儿真是高兴。”

他以前最怕的就是公主一辈子孤零零的。

玄乙反手扶住他：“谁叫你来忙这些？早就叫你好好歇歇了，回头搬来青帝宫，省得父亲和清晏还操持你。”

齐南失笑：“你这坏心眼的，是想留着我这老头儿继续替你操持吧？”

公主把他袖子扭成麻花：“人家舍不得你。”

他又如何舍得她？齐南静静看着今日清艳无双的公主，一晃眼曾经那幽静而疏离的小公主长了这样大这样好，还嫁给了心爱的帝君，他又欣慰，又有点伤感。

清晏从后面扶住他：“齐南，今日千万要憋住，莫哭。”

好，他尽量。齐南把两包泪使劲憋了回去。

眼看将近午时，宾客将至，年轻的青华帝君长袖一挥，青帝宫山门大开，万朵金花自虚空纷纷坠落，弥漫山水间的水雾霎时间似是被一双巨手拨开，日光万丈倾泻而下，澄江湖上点点金光跳跃。

玄乙倚在淡月小榭的栏杆上，支颐定定望着眼前的青铜铃出神，头发忽然被一只手摸了摸，小小的食盒送到了面前，扶苍的声音低低响起：“饿了吧？”

打开食盒，里面是两列桃花百果糕，她看看茶点，再抬头看看这位新任的意气风发的青华帝君，她轻轻一笑，反而把盖子合上：“我才不吃，不然胭脂要没了。”

扶苍坐在她身边，捏着下巴打量她精致的妆容，低笑：“嗯，今日看着是有些不一样。”

什么叫有些不一样，明明是很不一样好吧？

玄乙替他将下巴上的丝绦系得好看些。其实这些年他们在一起的时候也并不怎么多，在养龙池内长满龙鳞后，久候多时的望舒神女把望舒一职丢给她，她自此便住进了望舒宫。

望舒这个神职不比其他，虽说清闲，却每日都不能懈怠，扶苍只有在完成了战将的任务后来望舒宫看看她，其后又因着各种凶兽作祟、归顺的大君又蠢蠢欲动之类的破事，他们始终聚少离多，如今他即位青华帝君，可算能闲了。

“宾客要来了，青帝陛下不去迎客吗？”玄乙朝他下巴上的丝绦上吹了吹，娇声软语。

扶苍握住她的手，将她一把拽得站起来，款款步出淡月小榭：“夫人也自当一起。”

盛宴开启，丝竹奏响，新婚的帝君与夫人在宾客中雍容穿梭敬酒，据说因为帝君夫人闻不得酒气，今日所用的酒水是味道极淡的罗浮春，映着青帝宫古朴简雅的景致，倒也意外合适。

不小心喝多的齐南又在一旁和上一代的青帝叽叽咕咕不知说些什么；新任的钟山帝君与九帝子对饮，也不知说些什么；花皇三子古庭被孤零零的上代钟山帝君拖住，更不知说些什么；他的夫人赤帝公主正铆足了劲要给同门师姐芷兮介绍合适神君；白泽帝君对着澄江湖里金鲤的鳞片看得出神；早已出嫁的羲和神女一杯接一杯地灌酒，哭倒在夫君怀中；太子长琴与丁卯部旧同僚们正大说大笑地痛饮。

再精致的婚宴也必然吵闹不堪，敬完一圈酒，偷得浮生半日闲的扶苍牵着龙公主的手行去澄江湖边，看湖水中如今体型更大的两条金鲤。

玄乙慢悠悠地开口：“扶苍师兄，回头婚宴结束了，我们出去玩吧。”

她做望舒神女已经闷得快发霉了，偏生扶苍还不给文华殿选新的飞廉神君，他大约不能接受她和另一个神君一同住望舒宫，还天天晚上一起驾车送月。以前她待在钟山多少年都没觉得闷，可自打和他在一块儿，她好像就很容易觉得独个儿待着怪闷的。

现在终于因为大婚有了三百年的假，这次一定要大玩特玩。

“想去哪里？”扶苍将她揽在怀中，等了半日不见回答，低头一看，却见她正埋头搓一粒雪球，旋即顶在了脑门儿上。方才不小心叫她喝了几杯罗浮春，这全无酒量的龙公主一定又开始发晕。

“你兄长上回与我说，他并无成婚意图。”扶苍摸猫一样摸她的头发，“他还说，倘若不行，他便找愿意为他生子的神女，延续烛阴氏血脉。”

什么不行？醉酒的龙公主反应有点慢。

扶苍看着她迷蒙的双眼，不禁莞尔，俯首在她抹了艳丽胭脂的唇上轻轻吻了吻，胭脂的味道倒也不坏，他舔去唇边的香气，复又道：“我盼着头一个是华胥氏的血脉，烛阴氏的血脉怕是要委屈他多等些时日了。”

玄乙晕得厉害，面上还撑出努力思考的模样来，扶苍将她脑门儿上的雪球拿下，她便慢悠悠又搓了一粒顶住。

看样子是真醉了。扶苍摸了摸她发烫的脸，柔声道：“撑住了，别睡，今日你可是主人。”

但若实在撑不住，那便睡吧，都交给他就好。

青华帝君与烛阴氏公主的婚宴办了三日。

宾客们印象最深的，并不是典礼的精致与排场，当他们进入青帝宫山门时，公主的红衣乌发，帝君的典则俊雅，这一对携手相迎的爱侣，真真把整座山水的颜色也压了下去。

凡人常说神仙眷侣，这四个字用在他们身上，竟十分贴切。

有关他们往日的那些故事也被挖掘出来，为诸神津津乐道。

“玄乙公主嫁衣上那层红色真是漂亮。”莺莺燕燕缭绕中，一个神女忽然发了一句感慨，“我出嫁时不知是何等模样。”

缤纷花圃中，狂欢无度的放荡诸神纷纷笑起来：“出嫁？怕是不大适合咱们，同一个神君哪有看一百年还不腻的？”

说罢妖娆的神女们扭头望向青玉台上支颐斜倚的饮酒帝君：“帝君，你猜他们多久要分？”

火红的宝珠在帝君额间闪烁，他轮廓俊美，似烈酒刀刃般迫人。

他偏头想了想：“我猜……大约今生今世也不会分。”

神女们娇笑道：“帝君何出此言？莫非也是痴心者？”

帝君“哧”一下笑出声，没有去答这个问题，仰头饮干杯中酒，姿态闲适而优雅地朝她们招了招手。

软玉温香又一次满怀。

金色的竖格窗上，清透璀璨的日光亮若火焰，一枚玲珑别致的白雪凤凰封在透明的水晶盒中，脖子上长长的丝带好似要飘起来。

千万年不化，烛阴白雪。

【正文完】

番外一

愿逐月华流照君

夏日黄昏的凡间城镇热浪滚滚，比往日稀薄不少的浊气似极清淡的灰烟盘旋缭绕，道旁的老榕树上却是清气横溢，繁密的枝叶后露出一抹雪色衣角，扶苍手握木剑，正靠在树上心不在焉地看着对面凡人闹哄哄的戏台子。

木剑内响起龙公主同样心不在焉的声音：“那个穿青衣服的是不是和穿花衣服的在一块儿啦？”

她认角色都靠衣服。

扶苍道：“花衣服的死了。”

玄乙立即把视线从洞上移开，继续落回手里的书上：“那不看了。”

正好，他也实在不想看这哭哭啼啼、怪腔怪调的东西。

扶苍四处随意张望一圈，夜色将至，正是群妖与魔族蠢蠢欲动的时刻。十日前，此地的土地递了状子去南天门，称这里有十分擅长潜伏的厉害妖族猎食凡人，已吃了不下十人。他接了状子在附近守了许久，至今还没发现任何异常。

分出一丝神念探入木剑，他的剑气化龙已经被她利用得十分彻底，金光璀璨中，一块纤云华毯铺着，左边一盒糖渍梅，右边一杯还冒着热气的茶，周围乱七八糟全是各种书。龙公主懒洋洋地缩在云纱被子里，头上的金环都歪了，正津津有味地看着手里的书——女鬼与书生，她近来的最爱。

似是察觉到有神念窥探，她把书用手一盖：“不许偷看。”

扶苍在木剑上敲了一下，他现在越来越拿她没办法了。他知道她独个儿在钟山养龙池里待着闷气，可她的解闷方式却是黏着他，宁可被剑气化龙吞进肚子里，也要跟他下界看他怎么降妖除魔，为此钟山帝君的脸一次比一次黑，扶苍已觉近来不能直视钟山帝君了。

“这个状子做完，乖乖回养龙池。”他十分无情地吩咐。

不去看她嘟起的脸，省得自己心软，扶苍收回神念，见夜色渐沉，他将神力与清气尽数收敛，从老榕树上轻轻跃下，在凡间凹凸不平的街道上缓缓前行。

龙公主的声音突然从木剑内细细传出：“扶苍师兄，青楼你还没带我去过。”

扶苍冷不丁被她说得停下了脚步，面不改色：“……从哪里知道的这两个字？”

玄乙慢悠悠地晃了晃手里的书，得意扬扬：“书中自有颜如玉，书中自有黄金屋。”

凡人有趣的话真多。

“青楼就是涂成青色的楼吗？”她吐出一粒梅核儿，又塞了一粒新的，“里面是不是住着一群美人，谁最好看谁就有钱财拿？”

扶苍眯眼望向遥远的夜空，顿了半日，给予肯定：“……是的。”

“你当凡人的时候去过吗？”

扶苍皱了皱眉，淡淡道：“没有去过，也从不曾想去。”

那些是风尘场里的皮肉生意，有过一次凡人经历的扶苍神君自然明白个中真意。于是从没做过凡人的龙公主奇道：“为什么不去？你去的话，应该可以拿很多钱财吧？”

扶苍发现自己又一次跟不上她跳脱的思路，“为什么不去”这个问题姑且不谈，“拿很多钱财”是怎么个意思？她是不是误会了什么？

果然下一刻她又道：“我看书里说花魁都是万里挑一的美人，你若去了，应该就是凡间第一的花魁了吧？一定有很多钱财可以拿。”

她至今还记得，他光用脸就骗到天狐族九公主三根尾巴毛的事。

扶苍心里的滋味从未这么复杂过，不知道是高兴、是愤怒，还是被她与众不同的想象力打倒在地。

他只有迈开脚步继续往前走，一面冷道：“噤声，要行公务了。”

好巧不巧，话音一落，便觉夜风中有一丝极细微极遥远的妖气微微一颤，扶苍立即化作一团清风急追而去。

曲曲折折出了城镇，飞了半日，四周的浊气渐渐变得浓郁，附近是一块荒芜的死地，萤萤絮絮残存着些许凡人临死的怨念，想必曾是凡间的战场。这种地方向来鬼神回避，食人的妖躲在这里，倒很聪明。

远处那团阴风倏地落在一株通体漆黑的巨树下，现出妖身，却是一只山魈。他手里抓着两个昏迷不醒的凡人，往白骨累累的树下一坐，叹道：“上面诸天屠魔诏令已经收回好多年啦，诸神忙着享乐还来不及，顾不得你这么个小小的魔头。你这昔日地仙也别再挣扎，堕落成魔也好——看看，清气就剩这么点了，被巡逻的天神发现也还是死路一条，倒不如逍遥几天，何必自讨苦吃？”

扶苍先不去管他，放眼四处环视，这块草木枯萎、全无生气的死地，竟是昔日繁华风流的大梁王城。凡间风云流逝，土木易朽，沧海桑田之变化，令他陡生一股感慨。

那株通体漆黑的巨树，正是青帝庙中的桃树地仙，树身已被浊气吞噬，唯有树根附近还残留了些许清气。

曾是大梁诛邪国师的山魈妖一面慢悠悠地撕开手边凡人的衣裳，挑选肥嫩，一面又道：“这里已经是块死地，你迟早要完蛋，地仙有什么好做？累得半死不活，一个碎片砸过来就全没了……”

说着他便拣了个看上去肥嫩些的凡人，正欲大快朵颐，冷不丁清朗的风声扑面而至，他只觉金光一闪，霎时间被一只巨大的金龙一口咬住，在地上推了十几丈，疼得大声惨叫。

下一刻捆妖索与朱砂真言便将他从头到脚捆了个结结实实，山魈妖这才发觉那条金龙是华胥氏的剑气化龙，而眼前神色冷淡的白衣战将，正是当年做凡人时被自己报复的扶苍神君。他的脸登时黄了，不知是疼的还是吓的。

“妖族捕食凡人乃是重罪。”扶苍长袖一挥，金龙将那只吓傻的山魈妖轻轻咬在口中，游去一旁，“等下随我回刑部定罪。”

他缓缓行至老桃树下，仰头看了片刻，温言道：“当年我下凡历劫，承蒙地仙照料。”

桃树漆黑的枝叶便开始簌簌发抖，不知是感慨，还是恐惧，抑或是觉得终于可以解脱了。当年离恨海四处乱弹碎片，恰逢桃树地仙进行人身第三十六次羽化，不想被碎片砸入桃树之内，就此感染浊气，再不能现出地仙像。

他由桃树修为地仙，个中艰辛难以言表，如何能甘心堕落成魔？只得在这块死地中与体内浊气苦耗，时至今日，已被浊气感染大半身体，几乎不抱任何希望，想不到竟能重逢故人。

扶苍抬手在桃树上轻轻一拍，深深嵌入桃树内的碎片立时被弹出，为金龙一尾巴打成了齑粉。

金木的神力似潮水般漾开，满地干黄枯死的野草霎时间变得碧绿一片，丰盈充沛的清气遍布沉寂的死地。

扶苍又看了看漆黑依旧的老桃树，道：“盼你早日排净浊气，造福一方土地。”

这次就不要再借助青帝庙之香火，自己建个桃仙庙吧。

完成公务的白衣神君御风而起，飞了许久不见龙公主说话，当即又分出一丝神念探入木剑，却见她枕着女鬼书生的故事已睡着了。因着神力微薄，她说睡便睡，一刻也撑不得。他轻轻吹出一口气，和暖的风将她面上的碎发拂开，散乱在地上的被子重新齐整地盖在了她的肩头。

不知过了多久，甜美的黑暗一点点褪去，神界清爽干净的风扑在面上，撩动覆眼黑纱，擦在睫毛上痒痒的，玄乙忍不住揉了揉。

头顶响起扶苍低沉的声音："醒了？"

她用袖子压下哈欠，眯眼四处张望，但见此处是个细长而极曲折的悬空回廊，上界正值盛夏，沉甸甸的紫藤花一团团坠下来，幽香四溢。回廊外是天宫最著名的天外云海，云海内豢养着无数珍奇罕见的仙品鱼，巨大的各色仙品莲花在缥缈的云雾间若隐若现。

扶苍坐在栏杆上，一手托着她，一手竟捏了根鱼竿，悠闲自在地看着随风上下起伏的钓线。

他居然会钓鱼？玄乙撑圆了眼睛。

似是察觉到她的惊讶，他面上竟掠过一丝赧然的浅笑："父亲说我行事还是有急躁不细致之处，劝我学学钓鱼，磨一下性子。"

风吹在脸上怪舒服的，玄乙窝在他怀中放肆地伸了个懒腰，一面去摸头顶坠下来的紫藤花，一面懒洋洋地问："怎么会来天宫？"

她就知道这家伙口是心非，老是说要把她送回钟山，事实上他最巴不得天天把她挂腰带上。

扶苍果然没有回答这个显而易见的问题，因见她身上只穿了件单薄的丝衣，云海明亮无比，丝衣被映得像是半透明一般，他便拉开鸦青长衣，将她裹入怀内："两日前便是天帝七帝子大婚，婚宴还在前面办着。"

婚宴？玄乙下意识低头看看自己身上，他就把这么不修边幅的她放出来参加帝子婚宴啊？

她气得又想往木剑里钻："我不要穿这样出去。"

扶苍哑然失笑："不去前面，别动，鱼要吓跑了。"

说话间，云海中有一条无比巨大的金鲤翻腾一跃，带起云层荡漾不休，玄乙的注意力顿时歪了："你家的金鲤怎么在这里？"

扶苍下巴轻轻在她脑门儿上一撞："是我们家。"

早五年前便订过婚了，她说话还是这样口无遮拦。

"澄江湖中原本有两对金鲤，后来天帝大婚，祖父便送了一对当贺礼，被养在这天外云海里。"

见她对天外云海甚有趣味，他便低声给她讲里面养着的那些极珍贵的鱼与珍兽，方讲到极古早时曾有金鲤跃过龙门化为龙的传说，忽听回廊上传来一个惊喜的呼声："扶苍神君！你也来了？"

扶苍扭头，却见紫藤花下欣喜地凑近一团粉色艳影，身后九条雪白而巨大的长尾依旧似云雾般变幻莫测，正是极早之前在天狐一族青丘遇见的九公主，他当即颔首行礼。

九公主和当年一样，见着他便满面红晕，尾巴耷拉下去，嗓音细细的："当年在青丘与扶苍神君邂逅，妾身再难相忘，今日能再度相见，妾身心中十分喜悦。"

扶苍淡道："九公主客气了。"

九公主捂住通红的脸颊，声音开始发抖："多年不见，神君风采更胜从前……扶苍神君，你若再像当年那样对妾身笑上一笑，妾身这次愿意割下三条尾巴相赠……"

话没说完，却听扶苍身前骤然响起一个低柔绵软的声音："原来上回的三根尾巴毛是扶苍师兄一笑换来的？"

九公主乍见扶苍太过惊喜，全然没察觉到他身旁还有别的神女，凝神细看时，便见扶苍华贵的鸦青长衣内竟藏了一个纤细身影，长发宛然，面色苍白，眼上覆了块黑纱，虽见不到真正的面容，然而轮廓清艳妩媚，实是难得一见的美人。

九公主悄悄退了两步，赶紧把脸上太过明显的惊喜神情收敛收敛。早几年便听闻扶苍与烛阴氏的玄乙公主订下婚约，芳心暗碎的众神女猜测，烛阴氏大约是用救世主的名头，外加强取豪夺的手段，才迫得这位神君屈服，不过这会儿看他俩的模样，和传闻好像不大一样。

"我说笑而已。"她干笑两声，又退上几步，"二位继续欣赏美景，我先告辞了。"

玄乙眯眼看着九公主的九条巨大白尾巴迅速消失在曲折细长的回廊上，隔了一会儿，她傲慢地轻轻一哼："我穿抹布也比她好看。"

她还在为自己的不修边幅而恼火。

扶苍只有啼笑皆非，见她长发有些凌乱，便用手指轻轻梳理。她安静地窝在他怀中，一根一根把领口上云纹的金线抠出来，娇颜凑近，吐息幽香，他忍不住俯首在她鼻尖上吻了吻。

却听她娇声软语："你亲我这一下，我可没三片龙鳞给你。"

说完她自己先笑了。

调皮得很。扶苍不客气地在她脑门儿上重重一弹。

在天宫留宿的这一晚，玄乙睡得并不安稳，熟睡中总觉得肋下的皮肤一阵阵隐隐作痛，痛过了之后又是一阵阵剧烈的痒，她下意识地抓个不停，却丝毫也不能缓解。

抓到第五次的时候，扶苍终于按着手不给动，将丝衣细细撩开一些，她肋下都被抓红了，眼看便要见血。

他皱起眉头，方欲询问，却听"噗"一声，床上的龙公主忽地变作一条通体漆黑的巨龙，紧跟着一圈圈缩小，缩成一尾一尺来长的带角"泥鳅"。

这条没鳞的"泥鳅"把肚皮一亮，低头盯着肋下看了半日，然后开口道："哎呀，好像要长龙鳞了。"

话音一落，只见细小"泥鳅"的身侧仿佛被墨水点了几点，慢悠悠生出一片漆黑油亮的龙鳞。

龙公主醒后第十年，第一片龙鳞就这么毫无预兆地长了出来。

她还有些不可思议似的，用力在上面敲了敲，一只手伸过来阻止她的行径，旋即将她轻轻捉在手里。扶苍用手掌托着这条细小的龙神，久违的冰凉而绵软的感觉，他先用指尖小心碰了碰那片油亮的龙鳞，痒得她满掌打滚蜷起，正要变回人身，忽又觉一根手指极轻地按在了脑壳上。

曾经光秃秃脑壳上的两颗米粒龙角，如今终于长得像点样子了，扶苍细细摩挲着那两根小珊瑚般的龙角，黝黑的眼睛里露出一丝笑意，手感还是这么好。

只生出一片龙鳞的小小龙神在掌中伸展身体，忽然一头钻进他领口，冰凉的一团蜷缩在胸前，慢悠悠地说道："只准摸一会儿。"

扶苍在她细小的龙角上搓了搓，大约这样很舒服，她嘘出一口气，枕着他的头发，突然又道："扶苍师兄，你上次怎么对九公主笑的？"

……还要提这个，她大约忘了当初强行把他推出去的恶行。

"你想知道？"他温和地反问。

玄乙点了点头。

他不说话，指尖在她光秃秃的肚皮上轻轻划了两下，痒得她一股脑从领口游去袖口，"噗"一下变回人身，冷不丁被他抓住手腕，又扯回去，在腰上掐了数把，她差点笑哭了，扶苍淡道："笑得不错。"

这家伙太坏了，趁着她最弱的时候可劲儿欺负她，等她以后厉害回来了，非得报复一下才行，玄乙用力在他手上抠了几下。

扶苍将她的脑袋按在胸前不给动，隔了许久，他开口道："明天该回钟山了，龙鳞长满前，不许再出来。"

若非她动不动就离开养龙池，龙鳞大约还会生得更早些，他亦要负很大的责任。

玄乙把他的一绺长发放在手指间绕来绕去，轻声道："那你来看我的时候，能多待一会儿吗？"

他的心又一次变得极度柔软，指尖摩挲着她的面颊，低声道："还有很长时间。"

他会永远陪着她。

好吧。

其实她也不知怎么的，大概因为之前在一块儿的时间总是太短，所以能在一起她无论如何也要黏着他不放。其实他们还有更长久的时间，可以和他去好多地方，比如下界那个青楼，一定要找个机会去看看花魁有多美，还有还有，上回他说的那些四海上的仙岛也很有趣，她也想去看。

光是想起这些美好的未来，她的心便要开花，再也不会想到有一天她能如此幸福。

玄乙愉快地睡着了。

很快，玄乙就发现，那些“很长时间”果然是要很长很长时间以后才会有。

兴许因着她毕竟不是真正刚出生的烛阴龙神，自第一片龙鳞长好后，剩下的龙鳞长得比以往要快数倍，只花了一万年不到便重新长满。

紧随其后，便是望舒神女的邀请。

那也是玄乙最后一次见到她，在秋日文华殿浓香四溢的金桂树下。曾经冰姿超逸的望舒神女憔悴了许多，耳畔竟有白发丛生。

她这样憔悴，该不会是为了飞廉神君吧？玄乙想了想，终究没问出来。

将神印交给玄乙后，望舒神女仿佛卸下了什么重担，轻声道：“总算把公主等来，我可以离开望舒宫这个伤心地了。”

见玄乙静静地看着自己，她面上便露出一丝郁郁寡欢的笑：“飞廉活着的时候，我全无心思。他陨灭了，我却又天天想着他。公主，我如今很羡慕你能与爱侣两情相悦。好好做望舒，告辞。”

……意思是飞廉神君陨灭后她才动了情意？那她一定是天下第一伤心者。

玄乙默然望着她清瘦的身影消失在文华殿外，此时想起很早以前那个满头白发乱舞、脾气暴躁的飞廉神君，忽又觉得他也没那么可恶了。

在文华殿任职的太尧将望舒的上任手书交给她，含笑道：“小师妹，望舒驾月素来需有飞廉神使在前引路，不过望舒神女这些年一直拒绝任用新飞廉，眼下一时半会儿也挑不出合适的，何况……这桩麻烦还是交给望舒宫那些神官，你不必担心，先去替三足银蟾神力灌顶吧。”

总觉得这位大师兄有什么话没说完，玄乙一路飞向望舒宫，百思不得其解。

上回去望舒宫，是还在明性殿的时候，许多年过去，这里还是老样子。

玄乙在外间大殿里绕了一圈，四角的巨大花盆内原本装满了飞廉神君的月砂，而随着他的陨灭，月砂也没了，花盆里空荡荡的。

对了，她和扶苍在这边近身肉搏过，她的辫子被他拽住，他的下巴被她咬破，还在胸口踹了无数脚。

那会儿他还是“睚眦必报”的华胥氏。

女神官们将她引入大殿之后，却见地面上所铺的长砖赫然呈黑白二色，长长延伸了一段后各自分开，黑色砖路通向一座通体漆黑的殿宇，白色砖路则通向一座好似幽淡月光堆成的苍白殿宇。

宽敞砖道分岔的尽头处，是一扇巨大无匹的宫门，女神官们恭敬地给她介绍：“望舒神女请看，这边的长夜宫乃是飞廉神使居处，此处月华宫便是神女以后的起居处了。这扇门后便是三足银蟾所居之处，神女为之灌顶后，它便会依附神女的阴寒之力而生。望舒一职并不难，每日酉时中驾月而出，卯时中驾月而归，三足银蟾生性顽皮，神女不叫它从车上跳下去就好。”

忽听这位新上任的望舒神女懒洋洋地问道：“你们还没告诉我，驾车怎么走？从哪儿到哪儿，要走多快啊？”

女神官们笑道：“这是飞廉神使的职责，无须神女操心。”

不是说还没有新的飞廉神使吗？玄乙懒得再说，反正等会儿天就黑了，月亮出不去不怪她。

住着三足银蟾的巨大宫殿被开启，通体幽蓝的宫殿内，全无他物，只有一座数丈方圆的青玉池。池内幽光流肆，竟盛满了月华之精，三足银蟾月亮在里面蹦来蹦去，似是察觉到玄乙身上阴寒的神力，它立即欢快地朝她蹦过来。

长得再怎样干净剔透漂亮，它还是一只蛤蟆。玄乙嫌弃地一手掐住它脑袋，将神力灌入后赶紧取出帕子擦了擦手，备受打击的月亮虚弱地沉进月华之精里，它难得想静静。

女神官们捧来望舒的冕服，恭声道：“神女，请沐浴更衣，酉时将至。”

淡青色的薄纱裹在身体上，细碎的银流苏遮眼，玄乙特地在明镜前照了半日。上一任望舒神女打扮成这样，堪称冰姿超逸，给她穿着就不知怎么搞的，总多了一层媚色。

神印被女神官们仔细系在她腕上，出得月华宫，驾月长车已备好，呈半圆形，没有车壁。玄乙上了车，见三足银蟾在上面蹦来蹦去，她只扫了一眼，它登时蔫了，柔顺地缩在她脚边一动不动。

“还是第一次见到三足银蟾这样老实。”女神官们干笑起来，也是，烛阴氏做望舒实在是有点大材小用。

玄乙支颐漫看天边艳红的晚霞，有点无聊，她决定明天开始带一本书在车上看。

长夜宫里忽然有数位神官簇拥着一位身着墨黑神使冕服的神君款款而出，车旁的女神官们立即躬身盈盈下拜。玄乙撑圆了眼睛，嘴也错愕地半张，呆若木鸡地看着这位穿飞廉神使服、特别眼熟的神君雍容优雅地上了长车，随即却蹲在自己身边，覆眼的细银流苏被他用指尖撩开，他静静打量她，过得片刻，低声道：“这身衣裳不驾月的时候别穿。”

她伸手捧着他的脸左看右看，震惊地喃喃：“我没看错吧？你不做战将，跑来做飞廉了？”居然也不提前告诉她。

扶苍含笑将她按坐在软垫上：“等会儿说，我可是花了一下午才知道要怎样做飞廉。”

一下午！比她还提早来望舒宫，怪不得太尧说话遮遮掩掩的，他肯定早就知道了。

长车破开云海，沿着夕阳的痕迹追逐而去，扶苍墨黑的冕服翩跹飞舞，一寸寸夜色仿佛从他身上迸发出来，将霞光明艳的色彩洗去。

一只手从后面悄悄牵住他的长袖，他转过头，裹着淡青薄纱的新任望舒神女已站在身侧。

“不做战将了？”她轻轻地又问一遍。

这些年下界有凶兽作祟，魔族也蠢蠢欲动，战将们又开始辛苦奔波，扶苍身为得力战将，自然更是忙上加忙。先前说好每天来钟山看她，后来也忙得无法兑现，她都快一年没见着他了，想不到他居然不声不响地跑过来躲着做什么飞廉。

扶苍低声道：“我会在每天酉时前赶来的。”

他又要做战将，又要做飞廉？太辛苦了。玄乙垂下头，慢慢握住他的手。

那扇细细的银流苏轻轻晃动，下面是丰润娇艳的唇。这身望舒冕服给她穿，半点冰姿超逸也看不到，反而充满异样的诱惑，淡青薄纱几乎就是贴在她身上。

他实在不愿有别的神君与她日夜为伴，也实在不愿她这副模样被任何神君看见，共处的时光总是短暂易逝，那么至少以后他们每一夜都会在一起。干涉天地职责，过了这么多年，他的胆子还是这样大，看来真的没救了。

扶苍将她面上与银流苏纠缠在一处的发丝拨开，问：“既是做了望舒神女，怎么不看着三足银蟾？”

万一头一天月亮就从车上蹦下去，那可太糟糕了。

玄乙指了指后面，可怜的三足银蟾月亮被烛阴白雪硬生生冻在车上，两只银光闪闪的大眼睛里充满了泪水。

扶苍深深吸了口气，论到胡来，她永远更胜一筹。

夜色如墨，月华如霜，渐渐地，天边泛起淡墨烟水般的通透晨光。

第一夜平静地过去，新上任的望舒神女与临时替代的飞廉神君，极其完美地完成了驾月之行。除了那只内心受伤的三足银蟾，它的眼泪洒满了长空，一整夜。

新的望舒神女上任后的第十万年，曾经彻底归顺上界的六位上古十八族大君开始蠢蠢欲动。

在那一年的隆冬时节，天帝太子陨灭在赤马大君的偷袭中，四海八荒皆为之震动。太子陨灭，紫微星坠落，天宫下了半个月的大雪。半个月后，天帝下了旨意，将上古十八族剿杀殆尽。

天帝太子素来仁厚可亲，诸神敬爱皆有之，故而此次剿杀虽不比当年诸天屠魔诏令，主动请缨的却很多，当仁不让的便是白泽帝君。太子是他早些年教出的最得意弟子，加之太子比当今天帝多了些决断手腕，将来登基必将迎来更繁华的平安盛世，不想一朝陨灭在大君手中，简直叫他怒不可遏。

雷厉风行地剿杀了赤马大君后，天帝太子的送魂典礼在漫天大雪中开启。舞乐神官们在宽敞的绿琉璃桥上作悲歌狂舞，天帝太子的神躯早已化为清气散逸，天帝囿着万分不舍，正恳请望舒神女释放烛阴白雪，将太子的一绺长发冻在冰中。

悲乐阵阵如风啸，诸神大多不忍听闻，目光反而落在桥边的望舒神女身上。

当今这位望舒神女可谓声名显赫，年少时因离恨海一事便声名鹊起，以烛阴氏公主的身份接下望舒一职后，其未婚的夫婿华胥氏扶苍神君又干涉天地职责，强行揽下飞廉一职，在当时传得沸沸扬扬的，好在他俩驾车赶月从来没出过问题，反倒比往昔那些还利索些，群起抗议的声音渐渐也淡了下去。

诸神有见过她的，也有没见过她的，此时见她穿着莹白的华裳，挂着浅紫色的丝制披帛，光看背影便是盈盈袅娜，及至转过身，眼上覆了一层细银流苏，说不出的媚秀，和印象中幽静清瘦的望舒竟是截然不同的滋味，神君们忍不住便要多看几眼。

玄乙将天帝太子的长发仔细封入晶莹剔透的寒冰，指甲在上面掐出些桔梗花，做得万分精致，这才递给对面垂泪的天帝。他现在看起来就是个普通的痛失爱子的神族，眼睛都哭肿了。

桥上舞乐神官鬼哭狼嚎的悲乐吵得她脑壳儿疼，她轻飘飘地下桥四处环顾，不知道太尧在哪里。当年剿杀堕落天神一事，承了他的情，一时也没机会还回去，这次太子陨灭，少不得还得安慰他两句。

穿过积雪的诸般琉璃桥，却见太尧广袖长衣的身影立在万年松下，芷兮正在一旁陪他站着，这位师姐如今越发会打扮了，一身象牙白的荷衣衬得她似一朵山茶花般亭亭玉立。

玄乙方欲过去招呼，冷不丁便见太尧反身张开双臂将对面山茶花似的神女抱在怀中，她不由得一愣，显然芷兮比她吃惊更甚，又不好猛推，只得小声道："太尧师兄？"

太尧低声道："我与太子相差近十万岁，他素来待我如兄如父，我曾想将来他登基，我辅佐左右，必然竭尽心力，开辟盛世。只可惜……"

芷兮叹道："世事无常，旦夕福祸，总算剿杀了赤马大君，替太子殿下报了此仇，太尧师兄节哀顺变。"

太尧缓缓点头："芷兮，可否多陪我片刻？你在，我心神安宁些。"

芷兮涨红了脸，惴惴不安地四处乱看，她与这位师兄这些年来往虽然挺多，但他是个温雅之辈，从不曾露出丝毫心事，她也当他如长兄般厚爱。这突如其来的一下，她一时反应不过来，只僵在原地，到底还是没动。

玄乙在树后站了片刻，仔细想想，她轻飘飘地转身避远，连一粒雪也没惊动。

这样挺好，就这样继续下去。

出了小花园，玄乙望着昏暗的天空，嘘出一口气。她的父兄和扶苍都是剿杀大君的主力，这会儿大约都还在下界奔波，算算她差不多也有数月没见着他们了，夜间飞廉一职也暂时交给长夜宫的神官们替代，怪闷的。

她靠着花盆低头捏白雪，捏出一个穿着飞廉神使冕服的雪人扶苍，再捏一个耳坠不离身的雪人清晏。

“小师妹！”

延霞欢快的声音在这片有点萧索悲伤的天宫内响起，怪不合时宜的，玄乙扭过头，便见她一蹦一跳地奔过来，古庭在后面脸是绿的。

“你又独个儿在这边捏白雪。”延霞凑上前看她手里的雪人，打趣道，“原来是想扶苍师弟了。”

古庭一路追来，扶住她的胳膊，声音在发抖：“别跑，两百年正是最危险的时候。”

还有八百年便要做母亲的延霞毫无自觉，笑得一派天真：“我没事，你别总担心，我阿娘说，她怀我的时候，生产前夜还打拳呢，我应该和她一样。”

如果她真的生产前夜还打拳，古庭觉得自己宁可从极西之地那个还没填好的窟窿里跳下去。

玄乙捏了两个圆滚滚的小雪人送给延霞，她喜欢得紧，拿手里玩了半天，突然想起什么似的：“对了，你见到芷兮师姐了吗？她这些年总独来独往，听说刑部里好多神君对她透露过心思，她也都回掉了，她是不是……呃，还没忘掉少夷？”

玄乙偏头想了想：“我看不像。”

延霞叹了口气：“我看挺像的，我得把她拽出这个坑。”

她如今同样在文华殿任职，周遭遇见的大多是温文尔雅的神君，总归都比少夷要靠谱得多。

“我去找她。”延霞转身又开始跑，“我一个月给她介绍一个，不信都不成！”

说不定真的都不能成。玄乙默默想着，捏了个脸色发绿的古庭。

绿琉璃桥上的悲乐渐渐小了下去，“飕飕”的风雪回旋在空旷的天宫内，不知过了多久，踏雪之声渐近，玄乙正专心致志用指甲雕琢雪人芷兮耳畔的茶花，没有抬头。

踏雪声停在身侧三尺处，隔了一会儿，许久没听见的那低沉而魅惑的声音骤然响起：“没穿冕服，难得听话了。”

这家伙最近特别喜欢搞突如其来的袭击。

玄乙笑眯眯地扭头，有些讶异地看着对面的白衣战将。他看上去可实在不大清雅干净，白衣上染了许多干涸的妖血，风尘仆仆，大约是玉冠又被打碎，长发便拢在肩上，随便扯了截袖子系好。

一定是来不及回青帝宫便来找她。

玄乙丢了雪人，朝他走两步，嫌弃地皱起鼻子：“真脏啊。”

扶苍在她脑门儿上一拍，冷不丁这方才还满脸嫌弃的公主一骨碌钻进怀里，直接猴在身上，他便用胳膊托住。

“我不爱看你这样跑。”她用指甲轻轻抠去他眉梢的血迹，“不要你做飞廉了。”

他不做，也不会给其他神君做的。

扶苍又拍了拍她的脑袋：“走吧，快酉时了。”

龙公主一言不发地用指尖摩挲他面上每一处被溅射的血点，他撩开细银流苏，她的目光只有温柔，再也不见伤心。

这样就很好，已足够。

他牵着她的手离开飘雪的天宫。今夜又要驾车赶月，飞廉引路，望舒携月，漫漫长夜，依偎相伴，属于他和她的独处时光。

番外二

扶苍相亲记

扶苍五千岁生辰当日，太乙帝君送了一车仙华杏花的树苗当贺礼。

看着仙姿三质的小外孙，太乙帝君满心疼爱与期盼，告诉他：“你亲手把树苗种下去，等你见着未来的夫人时，它就会开花了。”

仙华杏花妍丽缤纷，花大如盘，算是杏花中的极品。唯一不大讨喜处，就是花期不定，说开花就开花，说不开花几万年也未必开上一次。

所以其实太乙帝君这番话是糊弄外孙玩儿的，其时只有五千岁的扶苍小神君却信以为真，每天吃过饭便要往花园跑一趟，生怕这些自己亲手种下的杏花“噼噼啪啪”开起花来。

大抵对这天生清冷的半大孩子来说，“夫人”这种东西的存在还不大能被接受。

就这么担忧着，仙华杏花便一如所愿地从来没开过花，扶苍在青帝宫中渐渐长大，三万岁时，他已经把这件事忘掉了。

在一个晴朗的春日，天帝他老人家突然闲得没事做，想起华胥氏的扶苍神君如今已有三万岁，又因着上回帝女婚宴上的剑舞而名声大噪，怕是将来桃花不断，他便起了一丝撮合之意。

可撮合谁却成了个问题，华胥氏素有美名，上界自然谁都愿意把女儿嫁过去，他挑谁都容易被记恨，恰好烛阴氏公主年满九千七百岁，亭亭玉立初成容姿，挑她的话，谁也都不敢记恨了。

于是扶苍在午饭时得到“明日花皇仙岛，与烛阴氏公主见个面，赏个花”这样一条消息。

他转头看了看父亲，父亲一派风轻云淡，含笑道：“嗯，天帝陛下是好意，你年纪也不小了，便去试试吧。”

烛阴氏的赫赫大名上界谁不知晓，这般显赫部族出身的公主，大约和他平日里往来的神族们差不多。

希望她得体而大方，这样两边都好交差。扶苍这样想着，全无波澜地度过了“神生”中寂静生涯的最后一天。

天帝撮合一事几乎瞬间就传遍了整个上界，古庭听说是在自家的仙岛上见面，还热情地给安排开内院门，言道：“刚好婆娑牡丹开了，你与那位烛阴氏公主去看看也好。”

在古庭单纯的心里，大约也觉得烛阴氏公主必然是个高贵温雅的类型。和扶苍应该很配，他这样想。

那天一早，扶苍换上日常的雪色云纹长袍，不知出于什么样的灵机一动，临走前特意去了一趟花园，仙华杏花一如既往光秃秃的，连个花苞也没冒出来。

他放心地离开了青帝宫。

在花皇仙岛堆云积雪般的梨花林中，他见到了烛阴氏的玄乙公主。

她……确实挺高贵，扈从带了上百，简直高贵到嚣张跋扈。

她也确实挺温雅，说话字斟句酌，语气绵软无力，走路也绵软无力，像没生骨头似的。

她更是得体，把隐含恶意讥诮的话说得楚楚动人，他从来没见谁这么会说话。

她还挺大方，毫无主客意识，见面就丢了块帕子进云池，还大剌剌地要去摘婆娑牡丹，古庭差点被她吓哭了。

总而言之，这次撮合，让扶苍平地生出无数恼火，真真是个土山也要被她气成火山。

扶苍神君面黑如炭地回到了青帝宫，迎上来的那群兴高采烈的神官，更是给了他当头一棒：“神君！花园里那些仙华杏花开花啦！”

那一瞬间，他真的有种一口血含在喉咙里要喷出来的愤懑感。

结果它们真的开花了，一团团一簇簇堆在上午还光秃秃的枝头上，在霞光万里中极尽娇艳缤纷之态。

扶苍对着盛放半个花园的仙华杏花发了大半个时辰的呆。

青帝找过来的时候，他还在出神。

“那烛阴氏公主如何？”青帝故意往他不开心的地方戳。

扶苍转身行礼，抬头时，不悦与恼火都已消失，只淡道：“父亲，天帝陛下若再有类似撮合，还请父亲替我婉拒。”

青帝撑不住笑出声：“哦？她长得不好看？还是言行粗鄙？”

不，她长得……

扶苍本以为因着恼火，他已经把那龙公主的样子忘了，可忽然之间，那剔透似玉瓷般的面颊便浮现在脑海里。不光如此，还有那一头蓬松的长发，闪烁的金环，幽静而疏离的眉眼——她看着与周遭的一切都格格不入。

他不再看那些诡异盛放的仙华杏花，拱手告退："我暂时无心此事，父亲亦不必为此操持。"

天色暗了下来，湖畔大道幽光闪烁，扶苍一面走着，一面不能自已地总是想起那道清艳身影，很美，但实实可恶至极，全无可爱之处。最可恶的并不是那些矫揉造作的姿态，而是她把旁人当白痴戏耍的模样，明知故意此番作态会叫他看出来，她还是随心所欲地做了。

仙华杏花开了便开了，当然不会是她。

扶苍将徘徊不去的袅娜艳影强行丢在脑后，他决定把今天发生的所有荒唐事都忘掉。

番外三

情长梦长

天空被巨大的屏障笼罩，泛出一层浅而暧昧的淡紫色。这是只有屠香山蛇皇才会的一种独有的屏障术法，令神界这独一无二的以女为尊的部族绝不会被外界干扰。

这层充满欲望气息的淡紫色印在碧绿的茶色里，茶水看上去都像催情的汤水一般，玄乙晃了晃手里的青琉璃杯，再看看身旁匍匐的屠香山神仆，她有一种彻底吃喝不下的感觉。

虽然来之前做好了各种颠倒掉错的准备，但看到这里但凡是男性神仆都跪下伺候的风格，她还是略有点不适应。

嗯，现在她彻底能理解夫萝师姐的作风了，基本上这位师姐在外面应当还算收敛的。

玄乙放下茶杯，四处张望，扶苍还在山崖上默默背看赑屃驮着的巨大石碑。这些散落各处的上古石碑，均已被他父亲将内容整理出来，记载的都是些上古诸神的逸事，残余的两处石碑，一座在青丘天狐一族，一座便在这屠香山，上代青帝他老人家种种阴错阳差始终没搜集到。

很早以前，因着白泽帝君布置的功课，青丘那块石碑已被扶苍抄录完毕，剩下这屠香山的最后一块，直到今日夫萝师姐正式继承蛇皇帝位，将屏障拉开一道缝，广迎宾客，方才有机会得见。

玄乙起身朝扶苍走过去，匍匐的两个神仆立即将小心折叠在手中的裙摆松开。这位高贵的烛阴氏公主兼青帝夫人，今日穿着裙摆极其繁复华美的浅翡翠色荷衣，坐下时若不用手托着裙摆，起身怕是要皱。

扶苍正凝神观望石碑天书正面最后一段，忽觉袖子被轻轻捉住，那团熟悉的幽冷而甜美的气息凑近身边。他没有回头，只是握住她的手，五指交缠。

牵着她的那只手把她一拉，搂进怀里，脸贴在胸口，扶苍用长衣裹着她，一面盯着石碑，一面道："忍一会儿，马上就看完。"

她抠着他领口上的云纹，轻笑道："夫萝师姐方才见到我们，眼珠子都要掉出来。"

接到邀帖是一回事，大抵为了维护往来的颜面，即位与婚宴这种典礼必然是要广发邀帖的，就连六十年前她和扶苍大婚，邀帖也要发到穷桑城，但宾客来不来便是另一回事。少夷就没来，按照常理，她和扶苍也不会来屠香山。

多年前夫萝与岁虎大君三太子私通，被玄乙冻住后毫不留情送去了刑部，鞭刑与太阳之辉灌顶让她一千年都下不了床，这梁子结得挺大，不过为了最后一块石碑，他俩还是厚着脸皮来了。

扶苍彻底看完两面石碑，低头替她扶正金环，牵着手往山下走："走吧，这里离着西海近，可以去凤麟聚窟二洲上逛一逛。"

少时只待钟山，长大后只待望舒宫的没见识的公主立即发问："上面有什么好玩的？"

扶苍想了想："有反生香，倒是难得一见。"

玄乙一面走一面随口道："就是那个能让凡人起死回生的宝贝？我若是带一车，七皇子是不是就不会死了？"

扶苍蹙眉瞥了她一眼，自己的新婚夫人，对他年少下界时的凡人身份有一种特别的执念，虽说他们其实是同一个，但龙公主的态度就让他觉着，好像她最心爱的还是七皇子。

已成为青华帝君的陛下十分不能够接受这种落差，大抵在他心里面，七皇子那一段是他生命中最柔弱无能、也最青涩的代表，他盼着翻页，龙公主却怀念得很。

扶苍在她腰上报复似的用力掐上一把，浅翡翠色的袅娜身影差点从台阶上滚下去。他一把揽住，继续牵着她一级级往下走，淡道："再说这样的话，我不客气了。"

龙公主在他掌心轻轻抠了抠，吐气如兰："莽夫，还是柔弱的七皇子好。"

她素来惯会作死，总故意往他不喜欢的点上戳。

他眯起眼，方欲像以前那样真的莽夫一下，忽见一尊华丽的淡紫色步辇被十几名屠香山神仆抬住，缓缓沿着黑石台阶向上攀行，如今成了屠香山新蛇皇的夫萝斜倚其上，姿态妖媚，穿着近乎透明的纱衣，脚边盘踞一条巨大的紫蟒，说不出的气派。

步辇停在扶苍身前数丈，夫萝笑吟吟地开口："青帝陛下，公主，你们难得来一趟屠香山，务必让我好生招待，切莫急着走。"

她说着，从辇车上的小柜里取出一只紫莹莹的晶石酒壶并两枚晶石酒杯，亲手斟满两杯酒，自己捏了一枚，另一枚递给神仆，令其跪行送至扶苍面前。

"公主不能饮酒，请宽宥我不敬酒之过。青帝陛下，请。"

她恭敬地举高酒杯相邀，自己先一气喝干，反手将之扣在小柜上。

杯中酒气芬芳而暧昧，正是屠香山才有的天地交泰。扶苍沉吟了一瞬，爽快地喝尽杯中酒，将酒杯递给神仆，优雅颔首行礼："如此，多谢蛇皇陛下盛情。"

眼看淡紫色步辇缓缓远去，夫萝继续给其他宾客敬酒，玄乙抬眼看了看扶苍：“那酒有什么不对？”

他喝酒向来不会犹豫，方才竟犹豫了一下。

扶苍步伐缓慢地往下走：“天地交泰十分奇特，饮过此酒者，三日内若离开屠香山，必然大醉五日，看样子须得在这里留三天了。”

玄乙黑白分明的眼睛盯着他：“你怎么知道这么多东西，是不是年纪……”

不等她说出更作死的话，扶苍干脆利落地一把捂住她的嘴。

天色渐渐暗沉，与那朦胧暧昧的浅紫色糅合在一处，一切都仿佛变得充满了无上的欲念。夔皮大鼓被上任蛇皇的面首们敲响，跳跃的明亮火光映照着他们赤裸雄壮的上身，肌肉跳跃偾张，似抹了油一般。

乐声震天，蛇女们细白妖娆的腰身几乎扭成了花，没一会儿又上来一群近乎全裸的舞乐神仆，与蛇女们纠缠在一处，狂乱奔放的动作与其说是舞蹈，更像是调情，宾客们看得怪面红耳赤的，个个都有点心驰神摇。

扶苍先前既已饮过天地交泰酒，此时便也不再收敛，这只在屠香山才有的名酒滋味实在美妙，他自斟自饮，已喝了数壶。见案上换了新茶点，也是屠香山独有的阴阳和合糕，他便将自己那份推去玄乙面前。

这位公主正用袖子捂着口鼻挡住酒气，两只眼只管往那些敲鼓的面首和舞蹈的神仆身上看来看去，一副甚有趣味的模样。

冷不丁一只手伸过来挡住她的眼睛，扶苍淡道：“‘非礼勿视’四字听过吗？”

玄乙朝后避让，声音懒洋洋的：“别动，还没看完呢。”

还想看完？扶苍倒了一杯酒，忽然客气地点了点她的肩头：“张嘴。”

对夫君充满了至上信任的公主殿下毫不怀疑地放下袖子张开嘴，下一刻浓烈的酒液就灌了满口，想象中的惊天咳嗽没有出现，公主只优雅地“唔”了一声，捂着嘴半天直不起腰来。

扶苍又倒了一杯，自己浅啜，另一手在她低垂的面上摩挲，冰凉的肌肤渐渐变得烫手，烈酒的酒劲奇快无比，她还是安安生生睡去吧。

引路蛇女们用像是要吃下他的目光笑吟吟地打量他，一路穿花过柳，纤细妖娆的蛇腰摇得快断了，方将扶苍引入客房。

今日新蛇皇即位，特许放纵狂欢五日，对来宾们若有看上眼的，也可尝试。这位年轻的青帝陛下早已被无数蛇女偷偷垂涎，听说新蛇皇陛下当年也试着去勾引，他却不上钩，蛇女们猜，大约他不喜欢女皇这类，反而更喜欢小家碧玉些的。

于是其中长得最小家碧玉的蛇女款款上前柔声道：“帝君，夫人醉酒，怕是不能承欢，如此良宵美景，错过岂不可惜？倘若是帝君，我等愿意暂弃女子为天之道，只愿与帝君一夜销魂。”

扶苍声音冷淡：“不必了，退下吧。”

说罢反手合上房门，蛇女们连连顿足，惋惜异常。

雅间客房内遍布紫纱，角落的青玉鼎里不知点了什么香，从未闻过的味道，倒并不靡靡，反而淡雅清爽。扶苍将怀中早已醉得软成烂泥的龙公主放在榻上，见她那十分敏感的鼻子对这香气无甚反应，便不再去管。

巨大的月窗半敞，狂放的歌舞仍在远处恣意，月色如霜，扶苍一时还没睡意，便独自倚窗饮酒品月。

因大婚，她有三百年的假，如今这驾车赶月的却不知是哪一位，赶得实在糟糕，总觉着那月亮像是要从车上掉下来的模样。

他不禁失笑，回首去看榻上沉睡的公主，不知为何，她半张丰润的唇在如水的月光中竟有一种突如其来的异样诱惑。

扶苍早已不是当年的青涩神君，不受控制的欲念一起，立即便觉不对，长袖一挥，青玉鼎中点燃的香块迅速被水浸透。一梦万年都已过，幻术迷魂也好，五感诱惑也好，都已无用，是酒与香气在一起的缘故？

他将酒杯放在案上，凝神细听，四周没有什么动静，旋即释然，屠香山风格素来放纵，弄些别致的催情玩意再正常不过。

扶苍行至榻边，将玄乙揽入怀内，轻轻拍了拍面颊：“醒醒。”

她“嗯”了一声，毫不客气推开他的手，用袖子挡住头脸。是了，烛阴氏万法无用，她倒是睡得香，真真气恼。

掀开袖子，他俯首在那两片充满异样诱惑的唇上咬了一口，真恨不得把她咬醒，可她就是不醒。衣带一根根被解开，他的手穿过缝隙，握住花瓣似的肌肤，终于有一股悔意，不该骗她饮酒。

快醒醒。扶苍只觉喘息粗重，情欲丛生，手下渐渐控制不了力气，她身上那件浅翡翠色的荷衣竟被撕裂了一道豁口，他失了耐心，直接拽开领口，发烫的唇落在她锁骨上。

以往她初次总会躲闪，这会儿倒是不躲闪了，可也不动弹，他倒宁可她乱躲。

扶苍嘘了口气，俯在龙公主上方，低头看她。睡得真沉，继续睡吧，不醒也好。

离开屠香山的时候，已经是第三日了，扶苍的面色并不怎么好看，虽说天地交泰酒与客房内的香气凑一块儿催情不过是屠香山的小情趣，究其根本大约是为了讨宾客的欢心，但没讨到他的欢心，青华帝君陛下对自己不够坚韧的意志力感到十分不满。

龙公主正在怀中熟睡，喝了一杯烈酒，还没能好好睡一觉，到后来她困得已直接上牙咬了。

还有她的衣裳……扶苍低头看看她，她身上裹着的是自己的青色外衣，先前的荷衣已被他撕坏再不能穿。

好像这还是她近期最喜欢的一件衣裳。

时隔许多年，扶苍又生出年少时才有的近乎懊恼的情绪。

更懊恼的是，屠香山的蛇女们和新即位的蛇皇陛下，本想借着这次机会把垂涎多时的扶苍拿下，再不济也可以把他不穿衣服的模样画下来弄成册子全上界发，玷污一下这位始终高高在上的帝君的名声。

结果画师都找好了，心细如发的青华帝君还是张开了屏障，根本靠近不得。进客房的时候衣冠楚楚，出客房依旧衣冠楚楚，气得屠香山诸位送客的时候，恨不得用眼神把他生吞活剥。

玄乙醒来的时候，入目是无边无际辽阔的苍穹，蓝天白日，绚烂通透，她像是躺在一艘船上，摇啊摇的，船桨拨动，水声潺潺。

她微微一动，一直抱着她的那双胳膊便扶着她坐起身，扶苍低沉的声音里难得带了一丝踯躅："没事吧？"

不，她的事可大了。

玄乙先看了看身上那件青色外衣，她最喜欢的衣裳成了碎片，并且浑身又累又疼，他许多年不曾再有过的毫无节制的狂暴，真是把她砸碎一样。

最最可恨的是，他居然使诈强行灌她喝酒，害她都没尝到屠香山阴阳和合糕是什么味道！

玄乙冰冷地吐出一口气，冷不丁一只食盒送到了面前，盒盖被打开，里面放了两列整齐的黑白交错的精美茶点，正是阴阳和合糕，热情的蛇女们还送了一大包屠香山特产的金银线茶。

她那口气立即变得温暖，柔顺地靠回扶苍怀中，猫一样懒洋洋地蜷缩起来："……没事，但你要赔我十件衣裳。"

……只要摸准点，龙公主其实非常温顺。

扶苍替她将凌乱的长发细细梳理齐整，绾上金环，爱怜地在她发上吻了吻。

玄乙四处看了看，他们真的在一艘小木船上，四周是平静的一望无际的大海，撑船的使者一桨下去，小船便无声无息地朝前漂上几十里，极远处与海天之色融在一处的仙岛轮廓隐约可见。

"我们去找反生香吗？"她问。

扶苍摇了摇头："这些起死回生有逆天道自然的东西，都是被严加看守的，只看看便好。"

好，去哪里都好，只随便看看都可以，和他一块儿就什么都无所谓了。

小木船停靠在仙岛畔，扶苍将玄乙拽上岸。

因离恨海再也回不来，只剩三生石畔一个爱侣胜地，已不能满足诸神的需求，有段时间那里简直神满为患，不小心一脚踩下去能惊起三四对爱侣，大家都有点受不了。慢慢地，诸神发现四海上诸般仙岛景色也挺好，三生石畔终于不再神挤神。

聚窟洲在众仙岛中倒并不怎样为诸神喜爱，因着反生香之名，这里有重兵把守，神鸟山景致也不算特别绮丽，玄乙沿着林间碎石小道行了一阵，就没见几个天神来这里玩。

“这里来。”扶苍轻轻拉了拉她。

盘山小道近在眼前，龙公主似乎走不快，慢悠悠地晃在后头，以前不这样，想必身体不舒服，她总也不说，装着没事一样。

“来。”扶苍将她打横抱起，先前泛滥的懊恼与悔意，以及无数歉意又回来了，“抱歉，弄疼你了吧。”

公主傲慢地扭头看风景：“烛阴氏怎么会疼？”

还是老样子。他吹去她发上的落叶，一路行得不紧不慢，及至到了山顶，却见正中竟有一座天然的白玉池，似树叶的形状，池内积水蔚蓝，云雾缭绕中显得十分明艳。

“咦，这里不错。”玄乙挣开他，走去池边看了看，站在崖边眺望远处青翠与海天一色的交织，“你来过这里吗？”

他好像认识路似的，她难免有点惊讶。

青色衣摆铺开在池边，扶苍盘腿坐在纤尘不染的白玉台上，道：“在我六千岁时，母亲渡百世轮回劫未成，我曾独自前来聚窟洲想取反生香，不过后来才知晓，那只能令凡人起死回生。”

玄乙坐在他身边，用手去拨蔚蓝的池水，入手冰寒，她想了想才问：“为什么她要渡百世轮回劫？”

百世轮回劫成功，本性不灭，一如白泽帝君，年岁久长，几乎与天同寿，若非意志极为坚定者，这非但不是什么成就，反倒是个折磨。

扶苍温言道：“母亲虽然真心爱我与父亲，但也有她自己的追求，父亲应当非常欣赏她这一点。也正因此，无论她成不成，父亲都会庇护到底。”

玄乙叹了口气：“青帝陛下真是不错。”

扶苍在她脑门儿上一敲：“要叫父亲。”

她笑着抱住他的胳膊，歪着脑袋仰头看他：“嗯，两个青帝陛下都不错。”

作死和甜言蜜语，龙公主的两大绝招。

扶苍摸了摸她的长发，她剔透饱满的面颊看着几乎比山顶的云雾还要白上三分，即便身上随意套着自己的外衣，依旧是媚色横生，清艳袅娜，也可能他就是喜欢看她穿自己的衣裳。

她躺下去，缩在他怀中，手里又开始捏白雪。他索性也躺下去，支着下巴看她把白雪捏成各种稀奇古怪的东西。不知过了多久，他竟慢慢睡着了。

寂静中，扶苍仿佛听见了青帝宫庭院里那些参天大树叶片的“飒飒”声，像在下着细雨一般。

然后，他做了一个梦。

梦里青帝宫浓绿山水如诗如画，水晶般的澄江湖畔忽然多了一道小小的身影在独自玩耍，他不禁朝他走过去，那小小的身影便张开手欢快地朝他扑来，他立即抱住。

扶苍睁开眼，灵梦残余的气息犹在，他心中竟有一股前所未有的极平安喜乐的感觉。

他低下头，龙公主也正乖巧地睡在他怀中，长发铺开，双手搭在胸前，聚窟洲天色将晚，霞光万里，都凝聚在她翘起的睫毛尖上。

万籁俱寂。

大婚后的第六十年，灵梦降临。是他的灵梦，意味着他们的第一个孩子将是华胥氏血脉。

扶苍俯下身，将玄乙面上的长发拨开，细细去吻她晕红的面颊和浓密的睫毛。她迷惘地睁开眼，随即软软地去推他，犹带疲倦地咕哝：“……不要了。”

他却抱紧她，将脸埋在她长发中。过了许久，他低声道：“我方才有灵梦降临。”

天之道，损有余而补不足，与下界凡人不同，为免清浊失衡，上界诸神繁衍生息全靠灵梦预兆，唯有灵梦降临后十日内方有受孕的可能。而似华胥氏烛阴氏这般血脉稀薄而高贵的部族，一辈子能有两三次受孕的灵梦已算极好的了。

寻常都要在成婚十万年后方有预兆，想不到他的灵梦来得这样快。

玄乙用袖子压住哈欠，伸懒腰似的抱住他的脖子：“我可不可以说不想生？”

……语气听起来不像是不想生。

扶苍摩挲着她冰凉的面颊，柔声道：“真的不想？”

她软软地舒了口气，语气更软：“那可不可以等几天？”

扶苍伸指在她脸上极轻地弹了一下：“傻公主。”

绚烂的晚霞中，山顶白玉池内蔚蓝的池水像是被点化过，变成了极淡的嫣红，池畔碧树枝叶垂坠，似是要从池中汲取灵液。

玄乙目不转睛地看着这片绮丽的景致，直到夜色降临，池水又渐渐变成了天河般闪烁。

真漂亮。

扶苍轻声道：“黎明时，池水会变成浅绿色。下雨的话，会是青莲色。唯有下雪的时候没有颜色。”

玄乙忍不住回头：“……你上回在这里待了多久？”

他想了想："两年吧。"

龙公主不出声地看着他，眼波流转，极罕见地露出温柔之色，扶苍便从她发上取下金环把玩。这枚金环巧夺天工，可也能看出造型已非时下款式，虽然她从不说，但想必它十有八九是她阿娘的遗物。

忽听她低声道："清晏也是，去翠河畔独个儿待了几年。"

回来的时候耳朵上从此就多了一副漆黑珍珠耳坠，据说是河神给他阿娘小时候的饰物，到今天他还没摘下。他不想成婚，大约是觉得自己一定会变成父亲那样，放纵的龙性使烛阴氏历代帝君在感情这块上都没什么好名声。

玄乙突然柔软地纠缠住身前的青华帝君，玉颊上泛起一层暧昧的笑意，声音变得娇软："扶苍师兄，我好像不想等了。"

她贴着他的唇，学他的样子，在上面咬了一口。

大婚后第六十年，在一个赤日炎炎的夏日，公主带着夫君回到了钟山，顺便带来一个几乎炸翻天的消息：她有身孕了，是华胥氏的血脉。

齐南大约是最激动最高兴的，一个不注意就把脸哭肿了一半。他本已不做神官，留在钟山养老，被清晏养得倒胖了几分，此时知道公主有了身孕，哪里还坐得住，当即自告奋勇："公主，我来照顾你吧。"

青帝宫那帮神官笨手笨脚，侍立女仙也呆头呆脑，他才不放心他们照顾公主。

清晏只是笑，在埋头使劲吃糖渍梅的小妹脑门儿上轻轻一点："怎么不是烛阴氏？被比下去了。"

玄乙优雅地吐出一粒梅核儿，不知道是不是因为有了身孕，她对这酸甜口的偏爱已达到此生最高，没一会儿便吃了半盒。

齐南颇有经验地安抚："公主，别吃太多，小心反胃。前三百年没什么迹象的，你尽可安心。"

她立即对糖渍梅失去了兴趣，原来只是犯馋。

"父亲呢？"她问。

清晏淡道："他听说上代青帝陛下云游四海，很是逍遥自在，便也离开钟山，四处寻花问柳了吧。"

这话说得齐南又是一口茶喷出来。

玄乙伸了个懒腰，虽然齐南说前三百年没迹象，但她有身孕这几个月来还是觉得比往日容易犯倦，钟山这冰封雪埋的冰冷气息让她十分舒畅，当即撒娇似的抓住齐南的袖子："我想在紫府住几天，齐南，我那些云纱枕头被子还在吗？"

"在的在的。"齐南忘了自己已不是神官，忙不迭在前面引路，"还是老样子。"

不知是回到熟悉的紫府让玄乙特别安心，还是钟山的阴寒之气让她舒服，进了元詹殿，她往自己的床上一坐，竟觉倦意困意丛生，外衣都没脱便伏上面睡着了。

扶苍替她脱了鞋盖好被子，方合拢纱帐，齐南便在后面低声道："公主想是有身孕的缘故，对阴寒之力分外依赖，帝君不必担心。"

自有了身孕，她看着比往日没什么不同，反而精力更足的样子，扶苍便没有多想，想不到她的疲倦都积在内里，回到钟山便软了。

头一次遭遇这些的扶苍，终于有点不能像平日那样沉稳，漆黑的眸子看了看齐南，欲言又止，齐南立即一副"我懂你不用说"的表情："帝君稍候。"

他快步走出紫府，过了许久又回来，手里抱了山高的一堆书，尽数放在书案上，好心道："帝君闲来无事可看看。"

他相信以扶苍的通透聪明，把这些书都看完，应当足以应付公主千年孕期的各种古怪症状。

那天晚上，疲惫的公主在纱帐中沉睡，元詹殿的书房内，银灯亮了一夜，认真的青华帝君陛下把那堆山高的书一本本全读完了。

眼看天边晨曦微露，陛下看完最后一本，长长出了口气。

他决定，生完这一个，再也不叫龙公主生了。清晏想要烛阴氏血脉，他自己生吧。

玄乙这一睡便睡了三日，只觉神清气爽，用了午膳后没找着扶苍，正到处乱逛，却见齐南在山门处站着，数辆烛阴氏长车刚刚没入云海，她奇道："齐南，在做什么？"

齐南笑眯眯地过来扶住她："公主回头便知道了。"

他们又私下里搞什么秘密事？玄乙四处看看："扶苍师兄呢？"

"他与帝君有些事说，公主莫要去打扰他们，来，吃茶点去吧。"

扶苍和清晏有事说？她怎么一点都不信呢？但无论如何，有茶点吃总叫她愉快。玄乙脚不沾地跟着齐南飘远了。

一列玛瑙白玉糕还未吃完，云境处便进来一个熟悉的身影，玄乙穿花蝴蝶似的扑过去，慌得他一把抱住，蹙眉道："别这样跑。"

还有一千年才会做父亲的年轻帝君已经开始有点紧张。

玄乙笑吟吟地握住他的手，倒退着还没走几步，又被他扳正："也别这样走。"

她噘起嘴："不会叫我一千年不走路吧？"

等三百年的假过去，她还得回望舒宫继续做望舒神女呢。

扶苍揽着她的肩膀，漫步帝女桑下："既然有了身孕，我过几日便发手书去文华殿，望舒一职先放着，你也听话些，方才那样走可不行。"

玄乙嘻嘻笑起来："不然就把我关剑里？"

他也笑了，在她脑门儿上轻轻一弹："不错，不然就关剑里。"

他忽又将她拦腰抱起举高，耳朵贴在她腹部，细细去听，他和她的孩子，正在里面孕育。像是被突如其来一根最柔软的手指点了一下心脏，他觉得整颗心都软了下来，美妙而喜悦的感情又一次迅速将他淹没。

有孩子了，他们的。

齐南早已很有眼力见地躲了老远，不去打扰这对恩爱异常、几乎天天黏一块儿的帝君夫妻。

回青帝宫的时候，清晏一直把他们送到山门处，看着玄乙一点迹象都没有的肚皮，忽然笑了笑。他年少时满面阴郁，成了帝君后更是形容孤傲，此时一笑竟有神采飞扬之色。

“我要做舅舅了。”他摸了摸玄乙的脑袋，声音变得温柔，“有他照顾你，我放心得很。”

阿娘留给他们的阴影太深，可他无比庆幸阿乙遇到了最合适的那个，他知道那位年少时便与阿乙纠缠不休的年轻帝君，是宁可把自己摔坏也绝不会叫她磕着半点儿的，这样就够了。

玄乙浅浅一笑，柔声道：“我还想当坏心小姑呢，那肯定有趣得很，谁叫你不给我机会。”

清晏摇了摇头，他是历代烛阴氏帝君的血脉，也是父亲的孩子，他不想让悲剧在自己身上重演，离恨海的事也好，阿娘的事也罢，在他这一代都不要发生最好。

华胥氏长车离开了钟山山门，滚烫的夏风扬起窗帘，玄乙立即就蔫了，抱着软垫缩在角落里又开始昏昏欲睡。

一双手抱起她，随后身体落入熟悉的怀抱中，扶苍拭去她脖子上的汗，有身孕真真叫她吃苦头了，还是连着吃一千年的苦头。

他轻轻吹了口气，凉爽干净的风回旋在宽敞的长车内，吹去她面上的汗水。

“倦了就睡吧。”他摸摸她的头发。

谁知这公主默默捏了一面冰镜，对着照了半日，泪光盈盈地又丢开：“变丑了。”

扶苍对她这番跳脱思路已到了以不变应万变的境界，淡道：“后面还会更丑，习惯就好。”

玄乙大受打击地扭头瞪他，他却撑不住笑了，拍拍她的脑袋：“成日乱想。”

遭受重创的公主把脑袋埋在他怀里，闷闷地开口：“我可不可以不生了？”

反复无常的公主因着会变丑这件事开始大大地后悔。

扶苍柔声安抚：“就生这一个。”

她扭麻花儿似的：“会变丑。”

他搂着细细安抚了半日，到底还是因着炎热，她复而没什么精神地睡去。

醒来的时候，只觉熟悉的阴寒之力遍布身周，一洗炎炎夏日带来的颓靡，玄乙茫然地睁眼四顾，却见元詹殿近在眼前，红碧交织的帝女桑在风中发出清朗的“飒飒”声，她又难得吃惊——回钟山了？不，不像，这个元詹殿比她紫府里的要崭新得多。

扶苍将她放在地上，温言：“看看有什么不一样。”

玄乙慢慢走了两步，想起很久很久以前，在炽热的穷桑城中有一个同样的云境紫府。那是更加古早的一位烛阴氏公主的夫君为她开辟的，她怎么也想不到，扶苍也会为她在青帝宫中开辟同样的云境。

她一下反应过来，在钟山时那些长车送走的都是她曾经在紫府里所用的物事，清晏和扶苍也不是谈事情，而是都跑来青帝宫，这熟悉的阴寒之力，正是清晏的。

她回过头，对上扶苍温和的双眸，过得良久，公主终于笑了。

“真舒服，这里。”她转身抱住他的胳膊，“我很喜欢。”

笑了便好。扶苍在她额上吻了吻。

凉爽的夏日，难得今日青帝宫没有下雨，午后闲适的微风自澄江湖畔缓缓吹拂。处理了一上午往来信件公文的扶苍刚沿着巨大的台阶下来，却见长子殷桓独个儿蹲在台阶上，用树枝不知画着什么，他便凑过去俯身看了一会儿，温言：“这是小九？”

殷桓处变不惊得很，先丢了树枝，复而起身优雅行礼：“见过父亲。”

明明一派稚气，还撑出老成的模样，扶苍不禁哑然失笑，抬手便将这小小的身体抱在怀中：“你母亲和子丘呢？”

殷桓白玉似的面上终于闪过一丝委屈之情，嘴巴也嘟了起来：“母亲和弟弟躲在紫府里面纳凉。”

华胥氏不惧严寒酷暑，可殷桓毕竟才两千多岁，紫府里阴寒的烛阴龙神之力他待久了便冻得慌。偏生他那毫无慈母心肠的母亲一到夏天就爱待里面，子丘是烛阴氏，他好羡慕他能成日跟母亲待在一块儿。

扶苍浅笑：“那我们去找他们。”

有父亲做后盾，殷桓粉嘟嘟的面上到底露出一丝笑。上代青帝很喜欢这孩子，据说颇有他老人家当年的风范，不比扶苍小时候天生的孤傲不亲近。

却说当年为着生殷桓，玄乙吃了不少苦头，扶苍原是下定决心不叫她再生的，谁知殷桓还不到三百岁时，灵梦又降临了，这次是公主的灵梦。她好像彻底把生殷桓的苦头丢在了脑后，花样百出地黏着他，终究还是叫她得逞了。

怀子丘的那一千年，大约是扶苍有生以来最艰难也最甜蜜的时期，又要教导照顾殷桓，又要铆足了劲头跟玄乙的跳脱任性斗争。大概因为怀的是烛阴氏，她一点儿不难受，简直可谓精力十足上蹿下跳，比往日还难缠一百倍。

子丘没生出来的时候，她一直认定是个女儿，谁知生出来还是儿子，直到他四百岁在钟山养龙池里生出了人身，她还不敢相信似的。

清晏非常喜欢子丘，总归是有了烛阴氏血脉，这位钟山帝君自那之后整张脸都神采飞扬了起来，像是卸下什么重担。这情况让一直盼着儿子成婚的上代钟山帝君十分无奈，却也无话可说。

扶苍破开自己庭院内的另一个云境，立即便见一株帝女桑下铺了宽敞的纤云华毯，一道纤细袅娜的丁香色身影横在这头，另一道小小的白色身影横在那头，中间铺了乱七八糟的零嘴和书。

子丘似乎并没睡着，一抬头望见父亲来了，便一骨碌滚起身，踉跄着朝他扑过来——这位烛阴氏的小龙君更喜欢父亲。

扶苍一手抱一个，将两个儿子抱在怀中，放轻了脚步往那道沉睡的丁香色身影行去。怀里的殷桓用满是艳羡的眼神看着弟弟天生苍白的粉团儿脸，小声道："母亲有没有给你讲好玩的故事？你们一早上做了什么？"

子丘极有烛阴氏风范，傲慢地扭过头，用仍有些含糊的稚嫩声音吐出一粒口水泡泡："和我抢吃的……"

儿子们的对话让扶苍忍俊不禁，他轻轻坐在龙公主身旁，俯身看她。她睡得很香，蓬松的长发铺在纤云华毯上，一如既往饱满而妩媚的面颊轮廓，曾让她担心至极的生子后变丑一事好像并没有发生，只是因着怀殷桓时体质的改变，变得非常怕热，一到夏天就必须待紫府里。

几片不知名的野花花瓣落在她剔透玉瓷般的额上，扶苍轻轻吹了一口气，清朗的风将它们刮走，他把两个儿子放在纤云华毯上，比了个噤声的手势："别吵醒母亲。"

极有华胥氏稳重优雅风范的殷桓抱着弟弟翻滚到纤云华毯另一头，有父亲在，他就不冷了。他体贴地把弟弟爱吃的零食放在弟弟面前，一面拿起旁边的书，上面写着"夜雨秋灯录"五字，可喜的是，他都认识。

"风来露凉，云归月茫，银河界破秋光，坠飞星过墙。"殷桓开始给弟弟念书。

子丘滚到他身边，凑上前在他袖子上吐了个口水泡泡，又开始含糊发问："飞星是什么？"

"……天河里会飞的星星吧。"殷桓觉得不能在弟弟面前露怯。

可子丘的问题出奇得多："秋光是什么？"

一旁的扶苍侧卧在毯上，将他们揽入怀中，把那本《夜雨秋灯录》拿在手里翻了翻，里面都是凡人写的一些狐鬼神仙、因缘报应之类的故事，龙公主看书的趣味甚是古怪。

他翻到方才殷桓念的那页，却见那首凡人小词上竟有她的墨迹淋漓。因着这些年他闲来无事教她写字，字写得已甚是工整漂亮，应着那首词的后面，写了"情长梦长"四字。他念着个中余味，一时竟有些出神。

柔软冰凉的小手轻轻摸在他面上，甚是喜欢父亲的子丘抱住他的脑袋，口水糊在他鼻子上。殷桓体贴地用袖子替他擦干净，没擦一会儿，也忍不住来抱他的脑袋。

扶苍拣了另一本教识字的书，看来龙公主还是有心教儿子识字的，可惜教着教着自己就睡着了。他开始教子丘认字，一旁的殷桓捏着树枝，教到“树”，他就指指身后的帝女桑。教到“鸟”，他就在地上画一只歪七扭八的鸟，真是忙坏他了。

忽然他又一把丢掉树枝，欢快地朝后面扑过去，扑进一个丁香色的怀抱中——华胥氏的小神君更喜欢母亲。

“把你忘掉了。”玄乙摸摸他的小脑袋，毫不内疚地说出让儿子苦下脸的话，见他圆滚滚的脸嘟起来，她笑了两声，手指在上面戳戳，“还是哥哥讨喜。”

子丘又开始傲慢地扭过脑袋，报复似的把扶苍死死抱住，大抵这是他目前最有效能气到她的办法。果然下一刻那道丁香色的身影便抱着殷桓滚过来，一骨碌钻入夫君怀中，朝子丘面上吹了口气：“小鬼，到旁边去。”

子丘学着她吹气，结果吹出一串口水泡泡，玄乙捉起扶苍的袖子接住，被他不轻不重敲了下脑袋。

她不去理他，见殷桓在地上画了鸟和牛，她便摸出一团白雪，捏了一只活灵活现的白牛。殷桓最着迷的就是她这项手艺，简直崇拜至极，窝在她怀里细声道：“母亲，能捏一只小九吗？和它脖子上那只一样的。”

这孩子特别喜欢那头蠢狮子，估计扶苍当年也一样。

玄乙慢悠悠地开口：“白雪小九哪里有真小九好玩，是你又想骑它了吧？”

殷桓两只眼在发光：“我能骑一会儿吗？”

玄乙微微一笑：“等你会剑气化龙就给你骑。”

……剑气化龙那要到几万岁？殷桓被心爱的母亲折磨得眼泪汪汪。扶苍又敲了她一下，真真不成样子。

结果小九还是被带来了紫府，殷桓立即破涕为笑，扑过去扎进它柔软光滑的皮毛里，万分陶醉。如今这九头狮已颇有宗师坐骑的风范，再不像以前那样动不动就眼泪汪汪，它深情地看着殷桓跟子丘在自己背上乱滚，眼睛眨也不眨一下。

玄乙支颐半卧在纤云华毯上，懒洋洋地听着儿子们嬉笑的声音。清朗的风的气息凑近，一双手将她环住，轻轻一托，她便靠进扶苍怀中，他低头在她发上靠了靠：“继续睡吧，该去望舒宫的时候我会叫你。”

她反手摸摸他的脸：“你呢？”

因着他始终不给文华殿找新的飞廉神君，太尧看在同门的分上，索性听之任之，由着他每天晚上陪同望舒神女一起驾车赶月。这位青华帝君陛下白天做帝君，晚上兼职飞廉，也挺忙的。

扶苍握住她的手：“只管睡。”

“等我做满望舒二十万年，就可以找其他神女来做啦。”玄乙扭头撑圆了眼睛看他，“扶苍师兄，我们到时候要不要一起出去玩？”

扶苍低笑：“殷桓和子丘呢？”

“交给先生吧。”龙鳞她都准备好了，两片，不信白泽帝君不收他们。

她还真是有备无患。扶苍在她面上吻了吻：“想去哪里？”

她的回答在意料之中：“随便哪里都好。”

是的，只要在一起，去哪里都好。

扶苍抱紧她，与她一同听殷桓和子丘清脆的嬉笑声，一阵阵，一阵阵，被风打着旋儿送上帝女桑的叶片间，渐行渐远。

番外四

君子偕老

东海方丈岛有金玉琉璃宫，乃是九源丈人所居之处，每日申时金波玉浪便将琉璃宫淹没，待酉时末方退潮现出宫殿。

青帝踏上方丈岛时，色泽妍丽的金波玉浪刚刚退去，金玉琉璃宫在尚未西沉的日色中流光溢彩，这景象自然是极美的。

腰间的华胥氏桃木神剑在微微震颤，他便以指尖轻抚，似自言自语一般开口："这个九源丈人从凡人修行成仙人，厉害得很，可惜始终不得上界册封，成不得神族，为此他对诸神也颇为不满，还不知这金玉琉璃宫进不进得去。"

青帝沿着金碧辉煌的巨大宫殿缓缓步行观赏，半透明的金色宫墙内，宝光四溢，亭台楼阁疏朗有致，甚是富丽堂皇。

桃木神剑细细嗡鸣了数声，青帝含笑道："你想进去看，那我便试试。"

他化为一道虹光，几下起落，轻飘飘地停在巨大的金玉琉璃宫门前。几乎是同一时间，那宫门发出沉重的"吱呀"声，从里面闪出两个着银色短打的仙仆，拱手道："原来是上代青帝陛下，我家主人久闻大名，恭请陛下进殿一叙。"

……还挺容易的。

青帝刻意放慢了脚步，在这座金玉琉璃宫中漫步。神明府邸之奢靡华贵，他早已见得太多，此处一切都绝无稀奇，倘若一定要挑个特别处，大约是所有的亭台楼阁都是那半透明的金玉琉璃所建，不稀罕，却怪好看的，剑里的夫人很喜欢。

上了一座高台，正有位着玄白二色羽衣的仙人临台眺望波光粼粼的东海，因察觉他来了，仙人转过身来，姿容清逸，神情却冷峻，这位赫赫有名的九源丈人看上去出乎意料的年轻。

“青帝陛下。”他看上去似有些心不在焉，行礼却很恭敬。

青帝雍容还礼，温言道：“多谢宫主盛情，我路过此处，见金玉琉璃宫精妙华丽，便忍不住想进来观赏，却是叨扰宫主了。”

九源丈人笑意浅而淡：“陛下素有重礼清雅之美名，有些话我觉得可以直说。请陛下进金玉琉璃宫，并非因着华胥氏的美名，只是我曾听闻陛下对爱侣不离不弃，心甚向往，方才愿意为陛下敞开金玉琉璃宫之门，陛下在此处随意便好。”

看上去这位宫主好像心思不在这里似的，说完便又转身静静凝视东海。青帝笑了笑，不计较他的失礼，复也反身下了高台。

琉璃宫，琉璃树，琉璃草，此处一切都剔透而虚幻。青帝为仙仆们引入客房雅间，就连房内诸般家私也是金玉琉璃所制。

合上房门后，这位老成而稳重的上代青帝却揉了揉眼睛，倒有了一丝暧昧的怨气：“花里胡哨，眼睛都花了，有什么好看？”

桃木神剑内传来一个缥缈却十分清澈的女声：“是吗？我倒觉得不错。”

青帝将桃木神剑放在琉璃桌上，笑道：“咱们两个的意见从来就没一样过，唯独对儿媳，难得意见统一了一次。”

那女声道：“那我又要和你不同了，现在我怪喜欢她的。”

青帝轻轻弹了弹桃木神剑：“那我们又一样了，我现在也挺喜欢她。”

那女声似是细细笑了笑，过了片刻，低声道：“再有数月，扶苍便要大婚了吧？我原以为时间必然过得极慢极煎熬，想不到却是出乎意料地快。”

青帝向来儒雅的面上罕见地现出一缕柔情之色，轻道：“咱们还在一处，怎会煎熬？”

女声依旧细细笑道：“许是年岁上来了，这些年总想着从前的事，那时候扶苍刚出生，谁也不爱亲近，我还想着他若一直这样，将来大了必然可顺利渡过百世轮回劫，成就本性不灭，想不到终是被个邪里邪气的小公主拉下马。”

青帝温言：“他和你一个性子。”

女声道：“我看着和你也挺像，那股谁也不爱亲近的疏懒劲，和你那时候一模一样。”

青帝笑了数声，是啊，那时候……

那时候上下界已经不怎么太平，下界时常有凶兽作祟，虽然比不得当年的帝江，却也个个难缠。

那时候他还不是青帝，而是青帝独子，计然神君。

那时候她也不是成日幽闭在桃木神剑中的一抹神魂，而是三十三天之上，太乙帝君的长女，窈英公主。

正像窈英说的那样，他年轻时谁也不爱亲近，对谁都不上心，对自己也不怎么上心，所有事随遇而安，扶苍这点确实和他很像。但他总归要比扶苍圆润可亲得多，华胥氏的作风在他身上体现得可谓淋漓尽致，父亲那时候便夸他是真正的华胥氏——骨子里冷淡傲然，呈现在外的，却是一个美玉君子。

作为计然神君的那些年，像流水飞光，仿佛一眨眼便过去了，理所当然地觉醒华胥氏剑道，理所当然地拜先生得神职。因着容貌隽雅，举止脱俗，加上华胥氏之名，时常亦有浪荡妖娆神女前来调情，兴之所至，他偶尔也配合，若无兴致，便含笑婉拒。

大抵这点让父亲有些看不惯，言道：华胥氏绝无风流浪荡子，一世一双，以剑庇护，方不负剑气化神之名。

可他连自己的事也不上心，谈何庇护那一世一双？

计然神君在距离二十五万岁即位青帝还差不到两年时，下界又开始有凶兽作祟，其时九婴、黑水玄蛇、祸斗之类层出不穷，他被重新划分到上代勾陈大帝麾下，在剿杀黑水玄蛇时，遇见了窈英公主。

说来惭愧，他已记不得那日的天空是什么颜色，也记不得是白天还是黑夜，下雨还是晴空万里。其时黑水玄蛇难缠至极，他的剑气化天地已用了五次，濒临极限，却始终差一些，不能将之彻底剿灭。

上代勾陈大帝也是个暴脾气，吼得震天响：“那边的华胥氏！这么快就耗尽神力？你当什么华胥氏！”

不，他其实还有点神力，大概还能再用两次剑气化天地，但他从来不爱这样拼命，若耗尽全部神力也打不过，那时又该怎么办？

疏懒的计然神君把剑收回去了，不但收了回去，还找了块干净的空地，坐下来喘口气，假装没听见勾陈大帝的破口大骂。

然后，一道犀利的流光便从身侧飞了出去，随之而上的，是与流光一样迅疾的墨色身影，连他也都一时没能看清这个身影是怎么动作的。只见流光在黑水玄蛇七寸处一闪，深深扎入其中，这时他才看清那是一柄通体银白的长戟。钉入玄蛇七寸后，那道墨色身影似翩然落叶，轻飘飘地在其上一踩，长戟瞬间穿透七寸，将黑水玄蛇重创。

勾陈大帝叫好的声音差点把他耳朵也震聋，大概因为这一切来得太快，神兵刺入七寸，大家都以为黑水玄蛇必死无疑，那一瞬间便松懈了，连那道墨色身影也放松架势，准备转身。

凶兽的垂死挣扎下一刻便来了，滔滔黑水铺天盖地袭来，却在电光石火间被绚烂的金光挡住，计然神君的第六次剑气化天地，彻彻底底将这只凶兽绞成了碎末。

诸神又是后怕，又是庆幸，一时反而都僵在原处，那道墨色的身影也僵了片刻，复而转身款款朝他飘过来，纤腰、薄肩、皓腕——是个神女。

她头上戴了一顶其时战将神女们常戴的黑色锥帽，大概是怕妖血溅到脸上，锥帽摘下，眉眼亦是如墨。计然神君忽然想，她长得比那个传说中美貌无匹的三帝女要好看多了，身手虽然厉害，倒没有那种硬气，看着还挺温婉的，她过来给他盈盈行礼，声音清澈："多谢计然神君相救。"

这便是窈英，隶属他刚刚才分来的勾陈大帝的麾下。

后来他也渐渐知道，她是太乙帝君的长公主，看着纤弱，却十分擅长神兵近战缠斗。这世间很多东西都不能只看外表，譬如她这样漂亮而高贵，却偏生对突破武道与境界热衷之至；譬如她明明看着胆子不大，做事却很大胆。

太乙帝君的长公主对华胥氏计然神君一见钟情，认真而热烈地向他告白了。

那是一个飘着纷扬大雪的冬日，成日如尾巴般跟着计然神君的长公主，神态自然从容，却又带着绝不回转的决心，一个字一个字地告诉他："计然神君，我喜欢你。你若觉得我还不错，要不要考虑一下我？"

其实没有不错或者错，他对一切都那么无所谓，是她可以，不是她也可以，那么多神女，她第一个这样大胆直接地示爱，那就她吧。

计然神君想了想，声音温和："考虑你什么？"

窈英公主粉白的脸终于泛出一丝红晕，知道害羞了，她却撑着不垂头，道："考虑……考虑即位青帝后，成婚的事。"

本以为这位疏懒而清雅的神君大约会婉拒，或者像平时那样淡然地笑笑，谁知他又沉思了一会儿，爽快得好像答应吃晚饭一样："好啊。"

窈英公主的嘴张开，现出一个怪可爱的表情："你……真的不用仔细考虑一下？"

计然神君觉得她这个表情实在有趣得紧，忍不住伸手替她把嘴合上。

于是她又问："你喜欢我吗？"

计然神君这次却给了她一个淡淡的笑："华胥氏一世一双，我对夫人此生不渝。"

只要娶了她，他便会恪守华胥氏之道，庇护到底，至于喜欢不喜欢……那有什么重要？

窈英公主的表情却并不如他料想的那样开心，她反而蹙起眉头，眼珠转了一会儿，复又道："我希望你是因为喜欢我才娶我，你要是现在还不喜欢，可以慢慢来。"

计然神君默然了片刻，低声道："你喜欢我什么？"

窈英公主又红了脸，却掰着手指继续撑着大胆跟上："我……我觉得你处事温和有度，一派君子风范，很让我仰慕，而且，你救过我，你的剑道也让我仰慕。"

……因为这些就可以喜欢？那听起来也不是什么难事。

计然神君缓缓道："我也觉得你……很有趣，武道亦十分犀利，所以……"

他本来觉得可以很流利地说出来，可话到嘴边不知道怎么搞的就结结巴巴了，他自觉这种姿态不妥，索性住口不说。

对面窈英公主澄若秋水的眼睛凝视在自己身上，像是要看穿他这层清雅疏懒的外壳，发现自己苍白贫瘠的内心，计然神君生平第一次陡然生出一股无措与恼火，他退了两步，优雅地颔首行礼，转身快步离开。

宽大的袖子被抓住了，窈英公主定定看了他半晌，又红了脸，这次终于垂下头，声音也变小："那……只要你不喜欢别的神女就好。"

好善变的公主……计然神君默默无言地看着她，她也默默偷看了他一会儿，满面红晕，随后给他一个笑。

很美的笑，时至今日他都记得清晰无比。

二十五万岁即位青帝，三年后，青华帝君与太乙帝君的长公主窈英大婚。

计然神君一直觉得自己做得很完美，该体贴的便体贴，该温柔的便温柔，从此专一不二，认真呵护，做夫妻不外如此，喜欢还是不喜欢，有什么重要？是谁都可以，是她也可以，相敬如宾，举案齐眉，平静地过完一生。

可是窈英面上的笑越来越少，甚至那些隐秘的床笫之事，她也不再欢愉，反而似是忍耐着什么一样。

直到有一天，他头夜贪杯喝多了些，起迟了，摸向床侧没摸到她，披衣行至澄江湖畔，却见她褪了华美的广袖长衣，换上利落的战将装，挥舞长戟神情专注地演练。

自嫁给他之后，他还是第一次见到她又重新穿上战将装，那些隐忍与暗藏的失落此刻都已消失一空，她投入的神情犹如当年向他告白。

计然神君忽然觉得，她这会儿看上去比往日任何时候都要眉目鲜明，可能是澄江湖畔的日光太亮，她满身都是阳光。

练完一套，长戟被她轻轻一抛，倒插入湖畔，她轻飘飘地一跃而上，把手搭在额上，远眺太山上青帝宫的金顶，长长出了一口气。

然后，这位长公主又似落叶般飘下来，将长戟一提，反身见着他，她微微一愣，随即却又笑了："好久没练长戟了，真舒服。"

说罢，她与他擦肩而过。

计然仿佛是出于本能，抬手握住她的手腕，将她扳正，见她面上满是汗水，他便用袖子擦拭。

窈英澄若秋水的眼睛又落在他面上，他没有去看，隔了一会儿，她开口："我想突破一下武道，暂时不想被打扰，明天搬到山腰的庭院住。"

要搬离青帝宫？不是说喜欢他吗？为什么成婚了反而不如从前？

窈英嘘了口气，轻声道："我可能做了一件大错事，觉得你大概总有一天会……是我自己的错，我真怕我以后成了怨妇，那该多可怕。幸好我还没忘了武道境界的追求。"

她摸摸他的袖子："你什么都很好，不是你的错。"

只是不喜欢她而已，只是他谁也不喜欢，包括他自己他也不喜欢而已。这些年夫妻的情分，他一直都做到最好，可这些并不是她要的。

“若有灵梦降临，就告诉我。”窈英又笑了笑，面上浮了一层红晕，一如告白当日，“不过应该不会来那么早吧？”

计然静静看着她推开自己的手，提着长戟沿着湖畔大道缓缓走远。这个一直说喜欢自己的长公主，又善变地选择了退避。

从窈英公主嫁给青华帝君的第二百年开始，青帝宫再也没下过一场雨，那些巨大而嚣张的参天大树纷纷枯黄了叶片，神官们只能苦中作乐地言道，再这样下去，青帝宫要改名叫黄帝宫了。

不再下雨似乎是因着青帝陛下的心情不好，可神官们看不出他心情的好坏，因为从见到他的那天起，他始终是一副风轻云淡的模样，仿佛这世间一切都不能够打动他。

夫人搬出了青帝宫，住在山腰的庭院里，除非见客做宴，她几乎就不出来。

这一对夫妻真让神官们操碎了心，都能看出他们闹矛盾了，可一个照样风轻云淡，一个照样有说有笑，劝都不知道怎么劝。

春华三月，天河织女们送来了窈英早些日子定做的衣裳，那日计然处理完公事，回到寝宫，冷不丁便见着一匹华丽的樱色天衣衣角自纱帐后露出，那一瞬间，他被喜悦包围，这连他自己都惊讶。

他快步行至帐后，却失望地发现，那只是一匹挂在红木架上的新衣。

计然静静看着那抹娇嫩的樱色，新衣已裁就，佳人却已不在，梳妆台上宝奁空置，珠钿乱放，窈英已有很久不在这里清脆地笑过了。

突然特别想看看她，不管是涂了胭脂穿着华美的衣裳发呆，还是挥舞长戟汗如雨下。

这股突如其来的冲动是如此汹涌而不可抑制，等计然神君反应过来的时候，他已经站在窈英如今所住庭院的门外。一推开门，许久不见的婀娜身影正站在空地上，手里提着长戟，不知发什么呆。

他好像也呆住了，僵立院门，前进后退皆不得。

窈英转了个身，忽地发现他，先是一愣，随后却意外地迎上来，用一种特别客气、近乎讨教的语气开口道：“怎么才能让兵器心随意动？”

……隔了大半年，她开口第一句话竟然是讨教武道。

计然又怔住了，她眼里那层异样的明亮自己怪喜欢的，但她这股子说走就走、说不喜欢就不喜欢的执拗劲，自己怪讨厌的。

于是素来淡雅的青华帝君头一次不悦地皱起眉头，低声道：“你见到我就想说这个？”

窈英移开视线：“陛下希望我说什么？”

他希望……希望她哪怕发一场脾气，哭一场，也好过跟个没事人似的。不是那样热烈地说过喜欢他？她的喜欢说没就没？

大约因为他在这边戳着，又不说话，窈英犹豫了半日，终于还是小声道：“陛下，我刚才那个问题……”

计然声音变得十分冰冷：“你叫我什么？”

真是个莫名其妙的帝君，要相敬如宾的是他，这会儿突然跑来跟问罪似的也是他。窈英的公主脾气登时发作，皱眉道：“爱怎么叫是我的事，你若不想指教，便请离开吧！别打扰我修行！”

说罢她背过身，将长戟轻轻一抛，它化为一道流光，在空中乱飞腾了一阵子。冷不丁后面蹿来一条巨大的金龙，一头便将长戟撞飞出了院墙。

窈英公主面罩寒霜，扭头望向同样神色冰冷的计然神君，他淡道：“乱七八糟，谈何修行。”

她终于彻底被激怒，银白的长戟流星般飞回，她随意一掷，将它狠狠插在他脚边：“出去！”

金龙一口咬住长戟，又一次抛向院外。

这简直是最恶劣的孩子才有的行径。

窈窕的身影似疾电般来到眼前，手掌毫不客气地当头推来，立时便要将他推出院门。那只手腕被铁箍似的手一把掐住，若论近身缠斗，她从不畏惧，另一手当即往他两眼中插去，欲迫使他松手。

冷不丁那只手腕也被掐住，窈英只觉他卡着自己的两只手腕，将她用力一推，丝毫抗拒不得的大力把她推得连连踉跄，膝弯撞在回廊上，不由自主地跌坐下去。青色的身影早已跟随近前，双臂将她身体一抱，借力在回廊上滚了数圈，压在她身上好似山一般沉。

高贵的公主没有破口大骂，只是傲然仰起下巴，眼睛里满是怒火：“陛下这是做什么？莫非竟要对我用强？”

他原本没任何意思，只是有股全然不能解释的火气，可被她一说，他复又想起她在这庭院里待了大半年，他也有大半年没体会过软玉温香。向来这件事于他并无太大诱惑，与她不过尽夫妻义务，可现在他竟意外地被撩动。

磅礴的欲念似虚空中涌出的潮水，计然锁紧她的身体，低声道：“你我是夫妻，何谓用强？”

他去解她的腰带．窈英声音骤然变得嘶哑：“我对陛下来说，就是一个需要时便派上用场的物事？”

年纪到了，需要一个夫人，她便自投罗网；欲望到了，需要一个神女，她又自投罗网。只因为她喜欢他，盼着他有天能被打动，给予同样的情意，他就这样践踏她。

是她当初缠着追着要嫁给他，咎由自取，怨不得旁人。

窈英公主面色苍白，紧紧合上眼，语气冰冷：“请你尽快。”

等了半日，他没有什么动作，忽然之间，她的唇被两片同样柔软的嘴唇盖住。他极少吻她，最初新婚时偶尔在最激昂的时候吻一下，大约他从来也没觉得吻这件事有什么愉悦可言。但他现在很想吻一吻她。

唇贴着唇，摩挲，轻啄，计然沿着她的唇角一路吻过来，她的下唇生得丰满，他不禁张嘴含住。她立即动了，像是想要挣脱似的，他按住她的双腕，复而重重吮了下去。

庭院里寂静无比，只有风的声音在流窜，怀里熟悉的娇躯渐渐变软，贴在面颊上的肌肤发烫，呼吸急促，她的唇舌在瑟瑟发抖。

计然想，她还是喜欢他的。

罩在心头的乌云忽又散开，像是离开了他的身体，一团团凝聚在青帝宫的上空，将璀璨的日光遮蔽，许久不曾落雨的青帝宫，在这个春日降下了第一场雨。

青帝宫的神官们发现，他们的青帝陛下近来似乎并不爱在青帝宫待着，时不时就往夫人在山腰的那个庭院跑，每天不亦乐乎地用剑气化龙把夫人的长戟撞飞——他是小孩吗?

对这个情况，窈英公主似乎更加郁闷，她的修行因为天天被骚扰，根本毫无进展。

“你别来了。”

这日午时后，匆匆处理完公事的青帝又出现在庭院门口，窈英恨得把长戟再次朝他丢过去，又道：“我的修行被你弄得乱七八糟！”

计然接住长戟，又轻轻抛给她，声音倒是温和的：“本来就是乱七八糟的修行，不做也好。”

窈英欲要拿出先前的狠劲，却又撑不出狠厉的气势，这一定是她的可悲之处，他既没说喜欢她，也没有任何其他类似的表示，她却已没有办法像上回那样潇洒干脆地退避。

素来爽直的长公主终于生出了一些心事，默默把长戟放手里转来转去，不知想着什么出神。

青色的身影凑近，坐在了回廊上，说道：“把长戟掷出心随意动的修行不适合你的路子。”

窈英立即回神，在武道剑道这方面，华胥氏是大家，她登时虚心请教：“那我还是继续走近身缠斗？可我总觉得少了点什么。”

计然拍了拍身侧：“过来坐，慢慢讲给你听。”

他的长公主便带着叫他心驰神往的明亮目光，柔顺地坐在了身边。

计然神君后来时常会想，假如早知道窈英追求本性不灭的大成就，他会不会还对她的执着这般欣赏。

可能答案最终还是肯定的，他就是喜欢她这样热烈地向着自己的目标奋斗，不管是直截了当说喜欢他也好，还是追求大成就也好，那股哪怕百折不回的执拗，总能够叫他痴痴凝望。那是一种与他截然不同的颜色，一早便欢欣地落在他身边，期盼他的回应，他却直到现在才迟钝地发觉。

但他从来也没把这份情意说给她听，不知什么缘故，或许是说不出口，或许连他自己也还没能够弄明白。在他看来，时间还很漫长，他们还有无数时光可以在一起挥霍，等他某日彻底了悟情意，再告诉她也不晚，反正他们已是夫妻，总归都是在一处的。

因着近代祸祟不断，神族凋零，灵梦降临得比以往都早，大婚后七百年，计然神君有灵梦至，窈英公主搬回青帝宫，开始了彻底不能修行的慵懒千年孕期。

千年后，在一个万里无云、晨曦幽蓝的黎明，扶苍出生了。

金玉琉璃晃得青帝眼睛又是一阵花，他不禁揉了揉，剑里夫人清澈的声音再度响起：“计然，你有没有怪过我？”

青帝笑了笑：“怪你追求本性不灭？这是大成就，又是你的理想，我怎会怪你？”

窈英低低叹息：“怪我没有你想得那么坦诚直率，所以情生劫渡不过去，害得你这样辛苦，也害得扶苍那么早就没有了母亲。”

青帝出了片刻神，随后缓缓摇头，他怪的从来不是她，而是自己。

重礼清雅的青华帝君，把华胥氏的美名发扬光大的青华帝君，实际上是个内心贫瘠到连情意都说不出口的胆小鬼，只贪图她的明亮耀眼，却吝啬给她一个肯定的答复。

无论窈英怎样爽直开朗，在心爱的夫君面前，终究是心思比平常细腻无数的神女，他的一举一动、一言一行，都会在无意中对她造成影响。

他是不是突然喜欢她了？还是想要挽回濒临崩溃的夫妻关系？又或者，是因为有了扶苍？

这些乱七八糟的心思往往只在长公主心头偶尔似乌云般掠过，谁也没注意，连她自己也没注意，计然终究和一开始大为不同，他们两个还是和睦静好的时候居多。

计然神君记得，那是一个月明星稀的秋日夜晚，窈英的情绪出乎意料地兴奋，用了晚膳后还抱住扶苍不肯撒手。这孩子原本就不大爱亲近旁人，何况五千来岁已不是幼时，更不爱这种搂搂抱抱，只把脸板下来，跟块木头似的由着母亲搓揉自己。

窈英便捧着他的脸又笑道：“你的性子若是到了二十万岁还这样，倒也是个好事。”

其实她一直怪羡慕他们父子俩天生冷眼旁观的清冷性子，不轻易动情，不轻易动心，便不会轻易受伤，意志坚定，方能顺利渡过百世轮回劫，成就本性不灭。

扶苍不明所以，美玉似的脸，犹带稚气的圆润，目光清澈，像个小神女似的。

窈英越看越喜欢，忍不住在他面上重重亲了一口，扶苍又僵成了木头。

到了就寝时，她仍无睡意，伏在窗棂上看了许久的月景。计然忍不住凑过去揽住她的肩膀，柔声询问：“你是不是有心事？”

窈英把头靠在他怀中，她的夫君，他们做了这么多年的夫妻，她大部分时候还是很愉悦很幸福的，到了这个时候，再去计较喜欢不喜欢，实在太煞风景。

她笑道："你真是个鬼灵精，什么都瞒不过你。我境界已到，武道亦平稳似水，我打算五十年之内便去历百世轮回劫，明日开始闭关静心。"

明天就闭关，闭关结束便去百世轮回，她这会儿才告诉他？

计然心里腾起一股怒火，握着肩膀低头问她："这么大的事，为什么不早些告诉我？"

窈英垂头沉吟了片刻，轻声道："要是没能渡过去，你……等扶苍再大些再续弦……"

说出这种话，她疯了。

计然冷冷道："早在新婚当日，我便说过，华胥氏一世一双，终此一生，只守一位。"

窈英澄若秋水的目光又落在他面上，像是隐隐含着什么期盼："只因为是华胥氏？"

起先是，可早已不是。华胥氏的一世一双，他已经明白个中真谛，那绝不是随便找谁便能做到的，他这样贫瘠而疏懒，却总是走运，今生最大的运气，便是她。

可他还是说不出口。

他对自己真正有些深恶痛绝。

窈英于是笑："眼看大道将成，我太高兴，居然会说胡话，咱们两个在一块儿这么开心就够了。等我修得本性不灭，回头我也庇护你去渡劫，本性不灭很好玩哦。"

好玩……计然啼笑皆非。

那天他没有阻止窈英闭关，出关后，他也没有阻止她前往苍生殿记名渡劫。窈英心中一片澄澈，他相信这桩大道，她一定能顺利成就，那是她终生的理想，他乐意替她圆满。

百世轮回劫十分凶险，比起寻常轮回，乃至下界历劫，绝非一个层面的东西，大抵是要将这世间所有的喜怒哀乐、苦楚折磨，以凡人柔弱的身躯和心灵，都尝尽一遍，但凡有一世不能顺利过完，遭遇横祸或者自裁而亡，那便前功尽弃，哪怕已过完九十九世，还是得从头再来。

昔年白泽帝君渡百世轮回劫，足足试了五次方成就大道，对爱妻充满信心的计然想，窈英一定能一次成功。

他错了，大错特错。

窈英第三十四世，遭遇情生劫，自裁而亡。

她藏在心底最深处的那一丝乌云，在这一世毫不留情地压顶而至，堪不破情障，甚至动摇了神魂灵性，待计然赶到苍生殿时，她已然陨灭在即。

没有从头再来，莫测的百世轮回劫要带走他爱妻的性命。

窈英见着他的时候，像是有一丝歉意，她已经不能说话，那双澄若秋水的眼睛却告诉他：抱歉，我没有你想得那么厉害，让你失望了。

不，是他让她失望了。

为什么不能坦率地告诉她他的情意？为什么没有在她离开的时候说出来？他自认为对她无微不至，处处小细节都有照料到，却对她的期盼永远视而不见，他真是这世间最愚蠢最冥顽不灵的浑蛋。

桃木神剑感受到他的心境，发出凄厉的嗡鸣，犹如鬼哭神嚎。苍生殿下直通九幽黄泉的幽明寒气似被鲸吸水般吸入剑内，华胥氏剑道已然大成的计然在那个瞬间心有所悟，桃木神剑化为幽明地府，将窈英的神躯与近乎破碎的神魂护在了其中，使其不会散逸。

分出一丝神念进入剑内，那一片云雾苍茫中，樱色的身影在徘徊，是窈英的神魂。她正望着四周暗沉的雾气出神，就像那天他因着冲动跑去她所在的庭院，见到的背影一样。

这一次，他紧紧抱住了她。

“我……”

他近乎哽咽的话没能说完，从来不曾流出过的眼泪，已染湿了他的面颊。

冰冷而温柔的神魂环住他，她的声音清澈如昔：“我还在，别难过。”

计然合上眼，低声道：“我心里从来都只有你一个，不是因为身为华胥氏。”

窈英清澈的目光静静看着他，隔了许久，她目光流转，极轻地笑了笑：“我知道了。”

她往四周看了看，面上神情又静谧，又有一层淡淡的满足，还带了一丝微弱的失落，最后自嘲似的开口道：“咱们两个，真够傻的。”

三十三天之上太乙帝君的长公主，青华帝君的夫人窈英，从此成了一抹只能安于桃木神剑内的幽魂，只有他能看见，也只有他能听见。

可无论如何，她还在就够了。

“我心中自始至终只有夫人，夫人是不知道的。”青帝轻抚桃木神剑，“所以我现在得天天说上几遍，好叫夫人放心。”

剑里的窈英清脆地笑出声：“老夫老妻了，快别说这些，肉麻得很。”

青帝分出一丝神念进入剑内，那抹一如从前的樱色身影仍在幽暗的云雾间徘徊。见着他，她秀丽的长眉微微一扬，露出与从前一般的明亮笑意：“在外面说不够，还要进来当面说？”

她俏皮地打趣他。

青帝挽住她的手，温言：“实是外面的金玉琉璃太刺眼，敢问夫人何时愿意换个地方继续游玩？”

窈英笑意更深：“其实我也早看够了，就是爱看你揉眼睛，有趣得紧。”

这位夫人大约跟着跳脱的儿媳学坏了。

青帝陛下唯有啼笑皆非。

眼看酉时末将至，金波玉浪很快便要将这座金玉琉璃宫吞没，青帝回到了那座高台上，身着羽衣的九源丈人仍在眺望东海。

“金玉琉璃宫巧夺天工，富丽堂皇，可谓美轮美奂，在下今日能一饱眼福，还要多谢宫主盛情。如今天色将晚，在下特来请辞。”

青帝洋洋洒洒把华胥氏礼仪之道发挥到十分优雅乃至繁复的地步，说罢转身便走。

九源丈人忽然道：“青帝陛下，其实我很敬佩你，与爱侣虽有阴阳之隔，却矢志不渝。我却没有陛下这般天赋，到如今，更是连她的音容笑貌也忘得差不多了。”

青帝想不到这位冷冰冰的宫主突然说出这些话，一时倒有些愕然。

九源丈人又道：“每日只有这短短的一个多时辰，可以看看东海。她曾在这片东海下面的凡间活过，可岁月久长，她也早已香消玉殒，我与她不光是阴阳永隔，更是仙凡永隔，再无得见之日了。”

他转过身来，神情淡漠，伸手送客：“兴之所至，说了些莫名其妙的话，青帝陛下不必介意，请吧。”

青帝缓缓步出这座剔透闪烁的琉璃宫，方行到方丈岛畔，色泽妍丽的金波玉浪又一次将这座金玉琉璃宫吞没，那位冰冷宫主的一切也被吞没，怕是再不会有谁知道。

窈英轻声道：“他是个伤心者。”

青帝化为一股清风，在东海上缓缓盘旋，悠然道：“我也是个伤心者。”

他的眼睛到这会儿还在发花。

窈英笑起来：“咱们两个至少一处到老了，凡人不是有句话吗？不能同年同月同日生，但求同年同月同日死，还挺好听的。”

青帝的手又抚在剑身上，亦是微微一笑。

不错，当他陨灭后，剑气化幽明便会消散，她也会随他而去。至少他们可以陨灭在一块儿，一同化为清气，散逸在天地间，从此你中有我，我中有你，再也不会分开。

但其实他们从来也没分开过。君子偕老，一神一剑，这就是他的华胥氏一世一双。

番外五

于我归处

少夷出生的那一年，穷桑城的冬季难得下了数场大雪，老神官们说，这是吉兆，大抵意味着新出生的凤君将会给穷桑城带来巨大的变化。

到底会带来怎样的变化，还是一只小小凤凰的少夷暂时不关心这些，他只觉得好冷，下意识寻求一个柔软而温暖的怀抱。

母亲将他揽入怀中，用最柔软的千丝云纱将他包裹，为了哄他入睡，她拈了一片树叶，吹响一支温柔而干净的小调。

那是他出生后听到的第一首曲子，他却始终不知道名字。

在混沌的黑暗与柔软中，他有过最美妙的一段时光，父母恩爱异常，闲来无事，他们总会带着他走通道下去凡间游玩，有时候看看凡间的山水，有时候看看凡人们的喜怒哀乐。当小小的凤凰第一次张开翅膀飞向天空时，迎接他的是无数赞美与惊叹。

凤君天资绝伦，数代难见，整个青阳氏都为之震撼，大家都盼着他成就青阳氏史上最完美光辉的帝君。温柔的宠爱呵护一夜消失，取而代之的是父母十分严苛的要求。

那首温柔而干净的小调，他也再没有听母亲吹起过，她时常握着他的手语重心长地说：如今我们与烛阴氏关系大不如前，听说他们这代出生的是个小龙君，天赋极好，不输给你。联姻之事怕是一时难有，你要努力，别再叫烛阴氏压在青阳氏的头上。

五千岁的凤君弄不清烛阴氏和青阳氏的关系，暂时也不想弄清，那时候他心底的祈愿，不过是再与父母下界游历玩耍，可它也没实现过。

美妙的时光一去不复返，少夷想，他们大约不再爱他了。

那也没关系，他可以自己给自己找乐子，百折千回绝不亏待自己，这是他天生的性子。

在一个寂静的夜晚，少夷偷偷溜出穷桑城，独个儿走通道去了下界玩耍。可以前下界都是跟随父母，他们认识那么多地方，他却一个都不认识，在凡间绕了三日，少夷悲催地发现，他迷路了。

他被困在漫天漫地的芦苇丛中再也飞不动，四周烟水茫茫，除了偶尔惊起的水鸟的声音，天地间好像就剩他一个。年方五千岁的凤君终究只是个半大孩子，小心翼翼地用袖子把不争气的眼泪擦干。

在那片漫无边际长满芦苇的烟水中，少夷第一次遇见了烛阴氏。

漆黑的长车似乌云般盖顶而来，倏忽间停在烟水间，烛阴氏穿着玄白相间神官服的神官们惊讶地开口："这里有个小小的青阳氏！莫不是凤君？"

少夷抬起头，看见华丽长车的车窗内探出一张与自己差不多大的孩子脸，面色异样地苍白，像是用冰雪堆出来的，高傲而冰冷地瞥了他一眼。

少夷觉得自己怪讨厌他这种姿态的，便移开视线不再看他。

车内的钟山帝君与其新娶的第二任夫人也探头望了望他，小夫人用袖子捂着嘴轻笑："凤君怎么弄得这样狼狈？"

钟山帝君淡道："两族也有许久不曾来往，想不到青阳氏这样不像话，叫凤君独个儿落在下界。把凤君接上车，我们送他回穷桑城。"

神官们跳下长车来抱他，少夷退了两步，缓缓摇头，他好像也怪讨厌这两个说话阴阳怪气的烛阴氏夫妇。

钟山帝君道："长御，你和凤君差不多大，去把他请上车吧。"

虽然两族来往极少，但青阳氏出了个天赋绝伦的凤君一事，他们还是有所耳闻的，两边龙君凤君年纪相仿，他们难免要起一些对比的心思。

那个叫长御的小龙君轻飘飘地下了长车，少夷见他年纪和自己差不多大，却能和父母一同下界这样游玩，心里难免有些艳羡，大约眼里也流露出了一些。长御当他示弱，愉快地绽开笑容，傲然仰起下巴："还不快走？"

说着便要来抓他的衣服，少夷灵活地推开他的手，他面色一沉，复又来抓，两个孩子你推我搡对斥了几下，天色骤然暗下，长御动了气，烛阴白雪纷纷扬扬而坠，少夷渐觉身体无法动弹，车里那对烛阴氏夫妇还看得笑吟吟的。

长御抓住他肩膀，冷道："叫你上车是给你面子，不识抬举。"

少夷登时气坏了，也不知从何处生出一股神力，明亮的火焰掠过全身，又用力将他推开，忽听身后响起父亲的声音："少夷！"

他急忙回头，便见青阳氏的长车落在后面，焦急的父母与神官们已寻来了这里。

母亲爱子心切，顾不得两个孩子的纠缠，急急上前将他拥入怀内："你没事吧？怎会偷偷跑下界？"

少夷突然感到一种极度的委屈，对面的小龙君和自己差不多大，他却可以和父母出来玩，自己却被那么严苛地要求，平日里连他们一个笑脸也难得到。他不想在长御面前示弱，反而把眼睛撑圆了，冷冰冰地瞪着他。

这位小龙君看着少夷被母亲抱在怀中，面上瞬间流露出一丝同样的艳羡之色，可是也同样立即被他收敛。

钟山帝君下了车唤他："长御，回来。"

他哼了一声，转身走回去，推开小夫人的手，独个儿上了长车。

钟山帝君不去理他，只望向对面的青阳氏长车，语气还是淡淡的："青阳帝君，下界虽然宁静，但叫稚龄的凤君独自下界，还是不大好吧。"

少夷看着一向备受尊敬的高高在上的父亲竟只有露出一丝苦笑，颔首道："多谢钟山帝君照顾犬子。"

钟山帝君也上了车，一面又道："这一代联姻之事，倒要劳烦青阳帝君了，钟山地火云境静候青阳氏公主入住。"

乌云般的长车呼啸远去，少夷静静地看着父亲送别行礼的姿势收回，然后他转过来重重握住自己的肩膀，声音很低，也很无奈："你也看到了，即便今天小龙君将你伤到，父亲也没法替你做什么。"

说罢父亲又重重拍拍他的肩膀："回去吧，别再偷偷下界。"

少夷安静地上了长车，任由母亲心疼地抚摸自己的头发，隔了半日，他轻声道："他伤不到我。"

那些美妙的时光回不来便回不来吧，无所谓了。

一万两千岁的时候，年轻的凤君学会了从各色不同的神女身上寻找乐趣。

那些妖娆的眉眼，芬芳的吐息，柔软的身体，多情而娇俏的性子，真是叫他流连忘返，愉悦不已。他喜欢那种每天不同的新鲜感，浅淡而有趣的逢场作戏，短暂的温柔拥抱，不需要深入神魂的抚慰。

就这样风流着、浪荡着，青阳氏风流凤君的名声便渐渐起来了，直到他三万岁一梦三千年，身边的神女更是络绎不绝。

母亲为此曾劝过他：风流神君可不是什么好名声，以后遇到真正喜欢的神女怎么办？

真正的喜欢是什么感觉？他觉得那东西十分虚无缥缈，女仙也好，神女也好，甚至女妖，他都很喜欢，可转过身好像又都不喜欢了。

美好的东西，从来都是短暂的，他想。

凡人有句话，叫物以类聚，人以群分，倒也十分有道理，与风流凤君往来亲近些的，都是同样的浪荡子。

那一天，在下界伊水附近巡逻完毕，出了一件不大不小的事。

年轻战将中有北海龙神的五龙子，这位神君招惹了下界伊水水神之女，大约还说了些不靠谱的甜言蜜语，哄得神女满心期盼要嫁给他，谁知他回头又弃之如敝履，把她给忘了。比番下界巡逻在伊水畔撞见，神女纠缠不清，终究没得到什么结果，直哭得天崩地裂。

五龙子犹有余悸地躲进战将行宫，见着少夷便来诉苦：“凤君，我知道你手段多，千万替我将她安抚好，莫要这样哭闹下去，麻烦得很。”

一旁便有其他战将笑话他：“既知难缠，当初何苦招惹她？”

五龙子叹道：“当初看着不像是这样的，谁知后来变了。”

年轻的凤君尚带着狂妄自大的青涩气，当真替他出得战将行宫看了看，那伊水神女倚在水边垂泪，身姿甚是婉妙，他多看了几眼，五龙子便轻笑道：“凤君，素来听闻冰山在你手上也要化为绕指柔，你若替我解了这桩麻烦，莫说她，我再送你四个妖娆女仙。”

少夷慢悠悠行到伊水畔，见伊水神女哭得厉害，他便从怀中取出帕子递过去，柔声道：“再哭下去，伊水该涨潮了。”

谁知她头也不回，只用袖子将泪狠狠拭去，声音沙哑：“你走吧，叫他过来。”

少夷索性坐在她身侧：“正是他不肯来，我才来，你啊，何必为他哭成这样？”

伊水神女转身看着他，这些山川河流的神女兴许是秉持了山川河流之灵气而生，大多容姿绝艳，她果然也不例外，就是眼睛哭肿了，眼神也冷冰冰的。

“我不是为他哭，是为我自己哭。”她放下袖子，上面泪痕斑斑，“我的真心给错了对象，我恨自己放不下而已。”

少夷偏头想了想：“给错对象再换个给不就行了？这世间总有对你好的，也总有对你不好的，找那些对你好的不成吗？”

伊水神女淡道：“你连真心是什么都不知道。”

少夷却笑了，悠然道：“天上地下那么多更好的神君，你何必总盯着一个不放谈真心？”

伊水神女吸了一口气：“我懂了，你们都是一丘之貉，是我太天真，我只盼着你们这些浑蛋以后少祸害那些可怜的天真神女。”

她说完转身化作一团水雾消散在河畔，少夷摸着下巴在水边站了片刻，方将帕子收回怀中。五龙子已喜滋滋地迎出来，连声道：“解决了？凤君真是好手段！”

少夷突然觉着他这兴高采烈的模样怪碍眼的，皱眉一笑，并不搭腔。

这件不大不小的事，少夷很快便忘了，倒是五龙子后来大婚当日，出了真正的大事。

这些年五龙子不知怎样死缠烂打，竟与伊水神女重归于好，却又转头听从父母安排娶了别的神女。伊水神女在婚宴上试图行刺他未果，自裁在宾客们的喧嚣声中，血染北海。这件事在整个上界传了几十年也没消停，北海龙神深觉丢脸丢到了九幽黄泉去，大怒之下封了北海五百年。

原本天赋甚好有望继承北海龙神之位的五龙子自此便不怎么好，帝位是不可能了，更没有神女敢嫁他，连那些浪荡放纵的女妖也怪唾弃他的。少夷继承青阳帝君后，他也是来去匆匆地观礼，感觉倒比自己父亲看上去还老些。

痴心真是个害人害己的东西，少夷一面想，一面转身迎向前来告辞的钟山帝君长御。

他们两个这么多年虽然见着的次数不多，却好像各自暗地里较劲似的，凤君三万岁一梦三千年，小龙君也在三万岁一梦千年去了；凤君风流倜傥，小龙君也花名在外；小龙君五万岁因着战力出众，被分配在勾陈大帝麾下，凤君五万岁便去了同样有名的紫微大帝麾下。

青阳氏与烛阴氏在他们这一代，简直犹如水火之势，不可开交。

长御站在乌云般的烛阴氏长车前，他似是喝多了些，话也比以往多，回头朝少夷淡道："我自幼便听闻青阳氏凤君天赋出众，当年出手试探，果然非同凡响。联姻既然取消，若有机会，甚盼与帝君一较高下。"

说得这样客套，其实还是与他一样，想为两族将断未断的关系做个了结而已，只是烛阴氏不喜筹谋，素来只动手解决一切问题。

少夷含笑道："如今你我已是帝君，一较高下之事，怕是得谨慎吧？"

长御冷冷一笑："怕是帝君太过谨慎了。"

谨慎些没什么不好，他这半生所有的放纵都被圈在一个自己制定的度内，无论是与长御的明争暗斗，还是那些愉悦的风花雪月。私心很想真正和长御打一场，可他不会做；私心也想过找谁两情相悦一下，可他也不会做。

美好而璀璨的东西从来都短暂无比，不顾一切点燃自己，那灿烂过后怎么办？余下的怅然怎么办？

正如少夷后来终究还是与长御生死大战了一场，濒临陨灭时的后悔要怎么办？漆黑深邃，万法无用的离恨海又要怎么办？

终究还是他孤单地留下，回首这一切。

九天之上清透的日光穿过竖格窗，落在少夷眉间的火红宝珠上，他从沉睡中睁开眼，盯着殿顶五彩缤纷的宝石看了一会儿，随即一口气吹开窗，冬日里的冷风吹散了殿内暧昧的麋香。

怀里软玉温香犹在，他喜欢被这样的柔软贴近抱拥。

他用手捏了捏她的身体，让他愉悦的触感。她叫什么？他已经忘了。长什么模样？那得等下看了才能记起。

但那些都不要紧，自由而放纵，永不停息的新鲜和愉悦，涅槃重生后，什么都没变。

一根手指顺着下巴的弧度缓缓撩拨上他的嘴唇，怀里的神女已醒，他反手搂住她，手掌探入松垮的领口，握住丰满的柔软，轻挑慢捻。

喧嚣停息时，已近午时，少夷换上日常宽袍，方欲离开这座遍布麋香的小偏殿，那个他记不得名字的神女在后面慵懒地开口："帝君，等你还有灵梦降临时，就来找我吧。这是我乐意的事，与其给不知什么乱七八糟的神君诞下后代，还不如给你。"还有钟山帝君也不错。

"乐意"两个字极好，天下间多么珍贵的东西，也换不得"乐意"二字。

少夷将金线缠着的散乱辫子拆开，浅浅一笑："说得好，我都快喜欢上你了。"

出了偏殿，长袖一振，他从高台上缓缓滑落，复又翩跹悬高，轻飘飘地停在高塔宫殿的红玉台上，比以往多了数倍的神官与侍立女仙立即躬身行礼。在他手上衰落的青阳氏，这些年又在他手上渐渐辉煌起来，可惜的是体弱的上一代青阳氏帝君陨灭得早了些，若能撑到现在，他有法子叫他恢复正常。

"华林仍在睡？"少夷轻轻掀开水晶帘，压低声音询问。

侍立女仙恭声道："回帝君的话，公主方才翻了几次身，想是快醒了。"

他便反身往另一边行去："将冕服取来，我要沐浴。"

将一身浮躁的胭脂香与酒味洗净，少夷换上齐整的冕服，女仙们手脚麻利地替他挽好辫子，系上玛瑙凤凰，方将神魂宝珠悬在额上，便又有女仙来通报："帝君，公主醒了。"

少夷快步走去高塔宫殿的寝宫，那重重纱帐中，小小的身影正坐着发呆，一见着他，便娇笑着伸出了粉嘟嘟的两只小手："阿爹，抱抱。"

他含笑一把将女儿抱起，指尖轻轻地把她柔软而凌乱的头发拨顺，她圆滚滚的肉脸可爱得很，他便捏了捏，声音变得温柔："今天还要阿爹教你认字？"

"要。"小华林恨不得爬他脸上，死死抱着他的脑袋，糊了他满脸口水。

少夷抱着她出了纱帐："那先用膳，再和阿爹一起去沉芳园看看你弟弟，最后咱们再认字，好不好？"

她又开始玩他辫子上的玛瑙凤凰，脆生生地说了个"好"。

他抱紧华林，从红玉台上一跃而下，她愉悦欢快的笑声像银铃一样洒满了整个辽阔的穷桑城。

涅槃重生后的二十七万岁，灵梦降临，他寻了一个愿意替他生子的神女生下华林，青阳氏自此多了一位公主，今年刚满一千五百岁。

又因着上下界浩劫，神族凋零，灵梦来得早而且频繁，一百年前，又有神女为他诞下一子，因尚未有人身，还未来得及开典取名。

还没有名字的小凤君被放在布满万年火岩、炽热无比的沉芳园内，和他出生时一样，最柔软的云纱包裹着他纤细的凤凰身体，足足睡上两百年才能醒。

华林一见着弟弟便要用手摸他丰盈的羽毛，说好的认字大概也早忘了。精力旺盛、一心足以二用的青阳帝君少夷一面处理公事与往来信件，一面随时留意儿女的动静，顺便还把今天要教的字都圈出来。

没一会儿，华林又颠颠摸到书案上，她年纪小，却继承了与他一样的专注力，认字极快，就是写字差了些——少夷忍俊不禁地看着她在纸上鬼画符，忽听她嗲声嗲气地问：“阿爹，阿娘在哪儿？”

嗯，这个问题嘛……

少夷支颐摸着她的小脑袋，慢悠悠地开口：“华林，这世上不管是凡人还是神族，当然都会有阿娘，但不是谁都能见到自己的阿娘，比如你就只有阿爹一个。也有一些相反的，见不到自己的阿爹，你觉得是有阿爹好，还是有阿娘好？”

才一千五百岁的天真的小华林被他的话绕晕了，黑白分明的澄澈双眼含泪凝视他：“我要阿爹。”

少夷替她把掉下来的眼泪细细拭干，柔声道：“我也要华林。不过你以后最好别找和阿爹一样的神君。”

“为什么？”她近来问题挺多，到了对什么都好奇的年纪了。

少夷握着她的手替她把字写正：“你若是遇到喜欢的神君，总归会想和他在一处，他若负了你，我即便替你杀掉他，你该伤心还是会伤心。与其这样，还不如从开始就避免。唔，我盼着你能享受两情相悦，不过若没那个运气，做个风流神女谁也不喜欢，阿爹也高兴。”

显然她根本没听懂他说什么，一片茫然地盯着他，又把问题绕回去：“我为什么没有阿娘？”

千伶百俐的少夷帝君面对女儿的固执问题，也终于感到有些无奈，他叹着气四望一圈，目光忽然落在书架那只水晶盒上，白雪凤凰依旧灵动飘逸。

他眯了眯眼，不知被触动了什么，温言：“没能给华林留下阿娘，是我错了，不过阿爹是个自私鬼，你啊，还是把阿娘的事忘掉吧。”

华林吃惊地瞪圆了眼睛：“自私鬼是什么？”

少夷大笑起来，低头在她脸蛋上亲了亲：“这个词对你来说太难了，以后教你吧。”

她大是不满，把嘴噘得可以挂油瓶，埋头默默写了几个字，冷不丁又冒出来一句老气横秋的话：“阿爹，你孤单吗？”

连“孤单”这个词都会？想必是那些侍立女仙闲来无事碎嘴念叨出来，结果被她学到了。

少夷悠然道：“我有华林，怎么会孤单？现在又有了弟弟，就更不孤单了。”

狡猾的帝君不想听女儿再没完没了地问那些叫他头大的问题，索性将她抱在腿上，取了个叶片，细细吹起干净而柔软的小调。

华林很喜欢这调子，被云纱包裹的小凤君也很喜欢，小小的翅膀扑棱了几下。

喜欢就好，他会一直吹下去，对他们来说，美好而璀璨的东西永远不会是短暂的。

图书在版编目（CIP）数据

半城风月：全2册 / 十四郎著．— 南京：江苏凤凰文艺出版社，2022.10

ISBN 978-7-5594-7007-2

Ⅰ．①半… Ⅱ．①十… Ⅲ．①长篇小说－中国－当代 Ⅳ．①I247.5

中国版本图书馆CIP数据核字（2022）第124458号

半城风月：全2册

十四郎 著

责任编辑	王昕宁
特约编辑	澜 亭
出版发行	江苏凤凰文艺出版社
	南京市中央路165号，邮编：210009
网 址	http://www.jswenyi.com
印 刷	北京盛通印刷股份有限公司
开 本	700mm×1000mm 1/16
印 张	36
字 数	740千字
版 次	2022年10月第1版
印 次	2022年10月第1次印刷
开 本	700mm×1000mm 1/16
书 号	ISBN 978-7-5594-7007-2
定 价	79.80元（全2册）

江苏凤凰文艺版图书凡印刷、装订错误，可向出版社调换，联系电话 025-83280257